主編　歐陽健　歐陽縈雪
顧問　侯忠義　李靈年　王立興

全清小说

羅士澍題

順治卷·五

文物出版社

往——續太平廣記——塵餘——婦人集——婦人集補

圖書在版編目（CIP）數據

全清小説. 順治卷. 五 / 歐陽健，歐陽縈雪主編
—北京：文物出版社，2020. 9
ISBN 978 - 7 - 5010 - 6743 - 5

Ⅰ. ①全…　Ⅱ. ①歐…　②歐…　Ⅲ. ①古典小説 - 小説集 - 中國 - 清代　Ⅳ. ①I242

中國版本圖書館 CIP 數據核字（2020）第 138334 號

全清小説·順治卷（五）

主　　編： 歐陽健　歐陽縈雪
責任編輯： 劉永海
封面設計： 程星濤
責任印製： 張道奇
出版發行： 文物出版社
地址：北京市東直門内北小街 2 號樓　郵編：100007
網站：http：//www.wenwu.com　郵箱：web@wenwu.com
印　　刷： 北京京都六環印刷廠
經　　銷： 新華書店
開　　本： 880 × 1230 毫米　1/32
印　　張： 19.5
版　　次： 2020 年 9 月第 1 版
2020 年 9 月第 1 次印刷
書　　號： ISBN 978 - 7 - 5010 - 6743 - 5
定　　價： 86.00 圓

顺治卷五目録

花村談往……一
續太平廣記……一二九
麈餘……五四五
婦人集……五七一
婦人集補……六〇七

花村談往

花村看行侍者　著

謝超凡
席慧鈺　點校

題解

《花村談往》二卷，補遺一卷，題『花村看行侍者偶録』。作者生平無考，書中記癸未即崇禎十六年（一六四三）隨少司馬馮鄴仙出城上德陵，又記丁亥即順治四年（一六四七）在梧州府陸川縣，當爲蘇州嘉興一帶遺老。所記爲明末朝野遺聞，亦有見於《南都事略》、《韻石齋筆談》、葉紹袁《年譜别記》諸書者。有説鈴本、民國烏程張鈞衡家刻本，今據以校點整理。

目録

題解……三
卷一……九
門額兆讖……九
風雷疫癘……一〇
孟夏護日……一一
上陵看祭……一二
韓城賜縊……一四
宜興再召……一六
江夏三異……二一
文定三生……二二
牧遊來錫……二三
踹錢相國……二七
勢逼事逼……二八
拆毀東林……二九
高陳同命……三〇
埢陽事會……三二
鵬舉同途……三八
飛黄作略……四一
魁楚厚槖……四三
袁馬同鄉……四五
魏客始末……四六
闖獻始末……五〇

卷二……五五
明朝開科……五五
功名奇巧……五六
京師會遇……五九
兩元書院……六一
錫山三富……六四
庸醫苦樂……六七
狀元旗扁……六九
封君公子……七〇
海氏死節……七一
冰花非吉……七三
古玩致禍……七四
金壇海案……七六
傳遞領批……八〇
兩廣勒劫……八四
罷市留賢……八六
西山佈施……八七
神木顯靈……八八
魚蟒驚聞……九〇
舟次談虎……九一
明末西湖……九四
補遺……九七
改元宜慎……九七
擣錢造鈔……九八
兩朔無臣……九九
地壇社祭……一〇一
好奇滋弊……一〇三
公座争軋……一〇四
票擬部覆……一〇六
福禄豪飲……一〇九
烏程壓錢……一一〇
倭寇始末……一一三

前朝宫女……一一五
心葵囈語……一一六
西洋來賓……一二〇
項周惡遇……一二三
甘夢梟首……一二四
鐙廟二市……一二六

卷一

門額兆識

盧溝曉月爲畿輔八景之一，三百年來，貨財輻集，出入停駐，闤闠區也。自崇禎踐祚，日漸淩夷，至八九年間，竟成瓦礫荒埠。建議者曰：南北咽喉，又東西遼曠，宜設兵以守橋，更築城以衛兵。於是當橋之北，燒甎運石，規里許爲斗城。局制雖小，百雉墉墉，屹然大鍵關矣。其創造營建爲十年之四月。中設參將府以控扼，自朝至暮，爲榮趨赴任，爲述職還朝，與夫商賈興販，驢馬車輿，悉貫中街而驅馳。仰見拱北之門題曰『順治祝民』也，向南之門題曰『永昌祝國』也。當日人情，初無驚異殊特，以爲新奇有創，初無駭目震耳，以爲休祥有別。不出幾年，璇樓鳳閣，變爲萑苻潢池，帝隨城殉，『永昌』兩字，李闖襲之改元，蔑崇禎而弁置之，奇矣。

清朝順治，又大一統而定河山，追隆古而列漢唐宋與明洪武等爲之讖者，寧不令人咋舌而三歎也。今永昌之額雖已鏟鑿，前明鞏固、憂思兩題預識，不能爲子孫侈億萬載之宏謨，專代爲繼周寫春王正月之新編，數之奇、兆之先，默默彼蒼，視朝端碩畫，衆庶觀瞻如盲瞽乎。曾簡秘笈所載，五代時汴梁建業等處，小民口語矜尚一『趙』字，凡應答之閒，必大聲曰『趙』。當時疑訪致殺趙運樞一門，後見陳橋兵變，方知爲兩宋發祥也。今崇禎末年，京師與吴下市廛口語，皆曰『送阿罩』，後至李賊破城，帝后并殉，竟以天下送之。李之小字曰棗兒，訛言傳送阿罩者，以上聲讀去聲也。寧非天已默定，固知謡歌非無謂而發。

風雷疫癘

崇禎十六年七月二十三日，雷震太廟，電霆風雨終夜不息。明辰，槅栅毁裂，鑪燭臺座無不傾倒，并龕内神主亦俱隕跌在地。主牌以實金造成，后冠係珠寶結就，外有雕龍沈香匣套額，費三萬金。時紊擲顛倒中，簡出兩空匣，英廟與張后者皆係司之者私竊藏家，斬之。敕禮、工二部重葺廟宇，太常祭告以妥先靈，識者知爲不詳。

又八月至十月，京城内外病稱癟瘩，貴賤長幼，呼病即亡，不留片刻。兵科曹良直古遺正與客對談，舉茶打恭，不起而殞。兵部朱希萊念祖拜客急回，入室而殂。宜興吴彦昇授温州通判，方欲登舟，一价先亡，一价爲之買棺，久之不歸，已卒於棺店。有同寓友鮑姓者勸吴移寓，鮑負行李旋入新遷，吴略後至，見鮑已殂於屋。吴又移出，明辰亦殂。又金吾錢晉明同客會飲，言未絶而亡。少停，夫人婢僕輩一刻間殂十五人。又兩客坐馬而行，後先敘話，後人再問，前人已殞於馬鞍，手猶揚鞭奮起。又一民家合門俱殂。其室多藏偷兒，兩人一俯於屋檐，一入房中將衣飾疊包遞上，在檜之手包積於屋已纍纍。下賊擎一包託起，上則俯接引之，擎者死，俯者亦死，手各執包以相牽。又一長班方煎銀，蹲下不起而死。又一新婚家合巹，坐帳久不出，啟幃視之，已殞於牀之兩頭。沿街小户收掩十之五六。凡楔杆之下更甚，街坊間乞兒爲之絶影。有棺無棺，九門計數已二十餘萬，大内亦然。張真人輯瑞入都，出春明不久，急追再入，諭其施符噴咒、唪經清解，眠宿禁中，一月而死亡不減。發内帑四千，三千買棺，一千理藥，竟不給。十月初，有閩人補選縣佐者，曉解病由，看膝彎後有筋腫起，紫色無救，紅則速刺出血可無患，來就看者日以萬計。後霜雪漸繁，勢亦漸殺，閩醫以京銜雜職酬之，明春爲流賊所殺。

十二月初六夜，崇禎帝親祭穀神於社稷壇。秉珪就位，陳詞方畢，欲行初獻禮。忽暴風自地震發，庭燎祭燭一時傾滅，不得亞獻終獻，竟不能成禮。帝於黑暗中恐有不測，急扶上輦，迅爾回宫。陪祭文武各執事員役攜手扶肩，如瞽者引裾叫唤。及出兩長安門，星月仍然皎朗。

孟夏護日

癸未年四月初一日，日有食之。是日雨後初霽，天清氣朗，最爲和暢。百官護日在禮部大堂之月臺堂，係坐東向西，官皆側立向南，其班行前後照朝儀排立。周宜興站第一班之第三位，上兩位勳臣也，簪纓佩笏，朝服朝冠，儼同丹陛。欽天監堂上官報蝕之，次第每一報，各官皆叩拜恭謹，端莊以候明。復在辰之下刻與巳之上刻，爲時頗長。

宜興時側其笏於額以窺望，又指點形似以示衆，諛之者曰和易近人，訕之者亦可曰天威罔忌。至左右與後之就言，孟子『右師往弔』，兩言盡之矣。可見千百世以上之人情與今日同。惟冢宰鄭玄岳三俊站第二班之第一位，白鬚鶴髮，卓立如山，敬慎之思，徵於衣表。自初至末，未當寸步移，少抒袖，毅然截然之象，望而知爲典型大老也。第五六班之部屬前不能攀援，宜興遠接一談。後皆爲教坊司嗩吶與鑼鼓喧鬧，同班中亦嘈雜嘩嚷之極，人衆語煩故也。堂之東與川堂，叢聚僧人道人約五六百，唪經聲、木魚聲如野田中百萬青蛙，耳爲之聾。報復明後仍四叩，易吉服。大宗伯林欲楫時年雖八十六，耳目行動間絶不作老狀，肅就主位，揖進升堂，金玉横腰，絳緋奪目，威儀態度，彬彬雍雍之極，猶然禮樂衣冠之盛會也。

誰知明年此日，李自成盤踞皇極殿，牛金星叫號，宗伯堂一片清涼竟成炎海。今日面日叩拜諸人，竟有一半在内，仍是奔馳不遑，真所謂廉恥道喪，人心昏昧，終古如長夜矣。

上陵看祭

癸未年二月，已禁足在京一百五十日矣。緣九門晝閉出入，非令箭，則詰問居住，爲某事至何所，晤何人，詳登之。瓮城内方幅地，將城門閘板横平列，架爲經摺卍字紋出入，人必歷東西曲轉，依方環遶，頓食候功也，蓋曰防勁兵直擣、奸細暗窺，設此則畏懼而不敢，前皆坐門，文武之經略，繪圖以達御覽者，故人之出入也甚艱。

天壽山上陵之期，清明與十月朔。今值清明，主祭遣三品堂官，陪祭六品以下司官，又勳臣一員，十二陵皆然。余隨少司馬馮鄴仙始得出城上德陵天啟將入紅門，輿騎俱輟，總鎮戎裝率萬二千兵卒跪迎，軍容壯麗，營伍嚴整，觀美則無踰擊撞，恐未任也，以精神全注衣甲故耳。紅門之左設兩鑼，徑有五尺，聲發如雷，入後反得乘馬，神宗定陵萬曆最近外，凡入者先瞻焉。外豎大方石碑一座，細睨之，四面無一字，諸陵皆然。進陵門有饗殿九間，殿内祭品盛以長方匣，棗栗黍粟等，可容石許，豐潔整備，悉覆以黄紗籠罩。硃紅龕座，金龍繞護，供正中以安牌位。兩旁樂器龍頭鳳嘴，錦旛繡帶，與辮磬懸鼓鍾笙蕭管之類以千百計。後則露臺一座，高丈餘，東西如殿基之長，上設銅鑪銅燭扦三事。鑪有五圍，燭扦高二丈，玄門向之，玄門梓宫所從入，入則扃閉不得開者也。陵門在西側，白石琢成，闊五尺，高約丈五，厚及尺，向外釘蕾，即從本石鐫出突起二寸許，位置星列，每扇約二百，加壙之土，即預堆於此，一木担一土籃，皆紅抹。祭畢，勳臣親自肩乘凡三上，餘則本陵副鎮繼之，則六上。

正總鎮獨效力於長陵永樂，陵門之内拾級而上，玄門之頂爲玄宫，有殿五楹，中立硃漆方石，碑高丈有五，闊四尺，金書『神宗皇帝之定陵』七字，爲地爲壁，爲四面城垛，皆竹葉瑪瑙石甃成。後爲寶頂，草樹閉塞，禁不許入，足下停梓宫也。出由西行，經長陵爲主穴，居中再西爲永陵嘉靖，殿墓規式各陵無二，惟永陵之松多偃地，游行若藤蔓。過河越澗，人蹤馬跡跨履其上，皆剔牙松，松鼠羣行，其捷如飛，獐兔跳躍，鵲鸛鷩投，如連昌久閉，爲鳥雀走獸場耳。康陵正德在三十里外，三面皆邊牆，凡上此陵必先一日行。翊日遊玉泉寺，山以泉石勝。西十里遊香山，山以殿刹勝。來青軒可坐，觀九門雙闕，偉觀也。下山遊碧雲，金翠輝煌，川巖萃嵂，兩兼之，觀止矣。

置陵寢於邊陲，與留金陵之空質，由今日觀之，一無深意。

韓城賜謚

崇禎十年六月，臺省交謫，温烏程體仁盡發其庇私排異，引疾歸里。先是陝西西安府韓城縣已未進士薛國觀字賓庭，性褊刻，諫垣幾年，不避諱，不擇吉，人多畏之。烏程每爲援引，都人士羨其騎馬入閣，蓋起家司李，擢諫垣轉少常，躋僉憲，即大拜也。自十年八月登政府西蜀，王應熊等相繼罷黜，韓城得陟首輔，頗向用之。十二年，舉考選，改授等例。嘉興吴昌時於門户聲氣中稱魁首，外定銓曹，會上方欲示不測，不依外擬，顛倒更换，别出手裁。時黎玉田以臺易同知，許自表以同知易臺，不止一人。獨昌時改祠祭司，主事憾極，謂韓城作祟，愠恨日深。京邸清議薛或有失，必宣指之，或挑釁或加詞，水火實甚也。時上方嚴切，曾於平臺召對，閒語閒上爲言曰：『目今朝臣婪賄，外致東西糜餉，内致吏兵殉私，國事顛倒，民生塗炭，奈何？』憂形於色。韓城聊爲解嘲曰：『使東廠得人，舉朝何敢黷貨？苞苴之來，或有所自。』時廠臣王化民適躋御座後，聞之汗出浹背，駭極恨極。昌時又與化民久結義盟，憂喜相商，於是耑伺韓城之陰。韓城恃帝寵以坦衷處之，亦無有格心之孚，回天之術，不過入仕途來，未有敢爲之枝梧者耳。

又一日召對，帝慮匱乏，言司農所入不償所出，向韓城畫策借助。韓城曰：『外廷搢紳臣等可任，內而戚畹必須睿斷。』因言李武清富厚，爲世臣最，上亦久聞神祖幼時，太后運出內帑語。遂密旨借銀四十萬以充餉。李氏危恐之極，安敢列現鏹以上輸，乃盡鬻其室中所有，至棟宇巍峻，田園袤遠，無人敢居種也。又欽限嚴迫，不得已將小房從屋拆毀，木石騾載車裝，停貯街市零賣民間，體甚褻矣。世勳舊戚人人自危，於時爲不祥，然無敢爲皇上道也。十三年六月，小皇子熱證陡發，出譫語云：『吾乃九蓮菩薩也，皇上薄待祖親，行將折絶其子孫矣！』合宮驚怖。李太后存日禮佛讚揚，每尊稱九蓮娘娘云，上親見之，悔懼殊甚，速停借助之令。王化民知之最早，密聞於昌時，則偏慫言官，毀斥韓城矣。

又奉旨擬諭，大失旨意，督責之詞傳外。於是科臣袁愷、臺臣郝晉等訐其擅權無上，納賄有據，并及憲副葉有聲，葉即日下獄。又逮大司農傅永淳、侍郎蔡奕琛，韓城之左右手也，悉繫獄，隨嚴諭府部大小九卿議處。薛國觀回奏，各存大體，得致仕歸。十二月抵里後，謝恩奏辨，云袁愷等訐奏皆出昌時指使，并訴昌時致憾之由，且云操縱出於聖明，豈期怨毒歸於臣下等語。奉有聖旨則嚴切殊甚，著入京訊理，其中機局凶多於吉矣。十四年五月，韓城來京待問，有內閣中書松江王陛彥向實爲韓城心腹，以舊誼至寓密談。廠役希旨，密伺薛邸，適遇陛彥，禽奏下獄，此化民昌時設穽搆成者。韓城在省在閣以刻薄從事，時無援手可知。三法司亦嚴刑鍛煉，以職侍內閣洩漏機密，律擬大辟，加國觀候審鑽刺，罪惟上裁。八月，國觀賜縊，陛彥棄市。陛彥係昌時嫡甥，臨刑時大呼叫冤，曰：『此我吴家舅氏所作之孽，我若説出，大傷名教也。』薛王正法，後俱没其家。昌時失銓部而韓城死，昌時得銓部而宜興亦死。韓城之死，王陛彦略爲訟冤，宜興之死，吴昌時盡傾底裏，百口莫辨矣。

宜興再召

宜興之再召也，通内而贄幣帛者，别有大力奔走而靈線索者，太倉張溥、嘉興吴昌時也。擘畫兩年，人事盡而徵召之綍始下，時爲崇禎十四年之二月。六月陛見，相得甚歡，呼先生而不名。時朝政嚴切，歲事凶荒，兵餉復爾襟肘，臺省訐直相尚，倘啟沃再趨峻削，盈廷無樂生懷矣。宜興重憂之，思惟濟之以寬，首復詿誤舉人，廣天下取士額，於宗室及保舉破格拔異才，引薦先朝故老。次釋漕白欠解户，并蠲民間積逋，會夏旱，禁獄遣戍以下悉還家。再陳兵殘歲歉地，減現年兩税，將卒功罪，賞罰不踰。

時凡門户學問許彼攻此，借公擊私者，無不極其討究，極爲調劑。至望恩請恤，昭忠銘節等事，向期期不予，覆覈已無遺議，猶以限於格、限於分委，責於會典，阻滯停擱，致幽明向隅者兹，則沛然弗吝人人盡曉忠孝節義事，爲聖天子所樂聞，天下仰望丰采，如久污新沐、宿鬱臨風之快，昇平玉燭拭目在望。考選四十六人悉登臺省以示寵，人亦樂歸之，誦太師者無閒口。又特請撤回邊鎮璫差，俞旨即日沛降，此尤不易得之。數使天意向明安在，非救時之宰相，即三楊當國，江陵震刷燮理之術，亦不過如是。

時昌時已職儀郎，必欲調文選，握百僚黜陟權。奈正郎從無調例，昌時浼首揆如驕子乞乳母棗栗，必得而後已。首揆查例，嘉靖時文選病故，武庫正郎調入。冢宰鄭三俊素不肯依違於首揆者，向因初入都門，訪時賢於總憲劉宗周、念臺理正徐石麟虞求，皆曰：『君子人也。』遂信之。以昌時故特爲具題。八月入司時，當例轉臺省，故事省一臺二外遷，司道無踰額者。昌時則省六臺十，省爲范士髦等，臺爲陳蓋等也，一時闐然。然昌時辣手初試，首揆主裁於上，惟弭耳就職耳。又冢宰得心應手，於是昌時事權獨操，呼吸通天，爲所欲爲，其斷絶張溥之志遂矣。昌時與溥同爲首揆畫策豎功之人，淮安道上溥患破腹，一劑投入，逆下九泉。忌首揆密室有第二人也，其忍心如此。

壬午年十月二十日，爲首揆半百之誕辰，擬舉觴大内，周后以皇親嘉定伯雲路公新通族譜，亦備壽儀外，庭則盡文武，徧海内不爲首揆添一籌者，非情也。不意初十日下午有邊牆失守之傳言，首揆不信，曰：『塞鄙將卒爲糧儲欠發，誑造浮言以劫司農套也。』十一十二兩日，果寂然。首揆恃宴樂以坦衷處之，非別有折衝之能、運幄之用，不過謂庚造中不信逢此坎坷耳。十三日早辰，薊州難民踉蹌而來，小保定告陷矣。蓋北人勁兵果係初十進口，五更破薊城，即謹閤其四門，内不得出，外無馳報，故京中以進口爲浮言。十三日五更，齎所掠而出口者，向北方發硎，而揚刃者馳南，畿輔左右，獸駭禽飛。崇禎帝震怒，以爲邊將不足恃，邊撫無可依，更恨郵牒不傳，塘報無聞，兩撫馬成名、潘永圖一鎮唐鉞咸逮而誅之，怒未蠲也。

日御文華殿，敕凡獻策陳言直入毋禁，心葵董廷獻之類親承聖語。後又有一逃奴，貂裘錦衣，入對妄言，亦蒙賜坐賜點，主係勳衛，當獲特奏，梟之而止。首揆之華筵綺席變爲干戈鐵馬，九門晝閉，大小文武分撥坐門外，入羽書。一日曾陷名城二十六，首揆爲之無色，聊傚楊嗣昌故智，使僧道百人建道場於石虎衕衕口上，唪《法華經》第六卷。十一月、閏十一月、十二月，滿城人如處甕中。十六年正月朔，禮應輯瑞，十三省方岳無一至，二月春闈并無人言及。至三月初，外來者聯鑣，路慶平安，内應出者，有三選文武俱已給憑，又外轉司府等官不下三百餘人，亦俱結隊而去。遠近日有次涿鹿等信，路店雖經燹燬，并無兵馬相值。有爲不更事之説者，謂舊冬劲入之兵想已潛出久也，人皆駭疑。至四月初，飽颺之衆反自南來，蓋北來兵自十月入内，至今二月，日將二百，身不解甲，馬不解鞍，困乏思蘇，乃於三月初一日入莒州城，養馬於野，人皆休臥，所獲所歸再爲東縛部次，如是者匝月，所以出入人俱未與之邂逅遘見也。莒州地境四面高山，春暮草茂，特宜牧馬云。

四月初五日下午，帝御平臺，召二相國，詞氣甚厲：『朕欲親征！』首揆跪致：『臣願代行。』上不言，上視，仰首側摇。首揆起，陳演繼之云：『首揆閣務殷繁，臣可去。』仍側摇不言。陳起，蔣德璟跪奏：『臣實可去。』復如前。蔣起，首揆不得不再請出，帝回顧冷笑曰：『先生果願往？朕在宫中看過奇門，正在此刻，一出朝門向東行，慎勿轉西。』蓋知首揆寓西也。當時一無料理，又不得不謝恩而出。東至齊化門，權宿城樓，題請隨征科道部屬兵科方士亮、御史蔣拱宸、職方尹民興、户部劉嘉績，及勤王已到，四鎮劉澤清、唐通、周遇吉、黄得功。初六日至通州駐城内，北返勁兵自南而來，踰河越城者東起津門，西至涿鹿，亘三百餘里，横排齊擁，車載騾駝，不盡自蘆溝一處渡河也，遠近城樓之礮，日夜不絶響。首揆内驚聖諭之諄切，外驚出口之驕嘶，坐守通城，一無事事，受四鎮之拜師，四鎮亦不出通城，一無事事。輪設絳帳之脯席，随征四臣伴首揆於通城，一無事事，随首揆而傳食於四鎮，四鎮又赴随征四臣而陪酌於首揆。首揆之客席已徧，先主爵於勤王四鎮，祝凱歌，屈四臣佐四席歡，後洗盞於随征四臣祝紀録，再屈四鎮暢四席情，筵以間日而設，聚以達旦而散。宴飲之先後，俱博弈點綴，歡聯彼我情。朝晚二时，随事随闻，必进二疏，題皆飛報大捷，實未出通城一步，壯濠上觀，一矢相加，更未夢見。後人有賣口放出之説，以誣首揆，不亦冤哉。大抵四鎮膽怯力弛，勤王本意主静而不主動，随征四臣亦無敢創言出戰，見鎮臣蹈履，反過雍雍，從軍指示，自應默默。至首揆相度，休休容容，從來不强人所不能，不凌人所不欲。况開隙圖功，便是暴虎馮河，此所以静守一月，雖雍容師弟之間，周旋主賓之地，回翔内外，衷腸不知幾萬結也。倉卒視師可御將遣兵乎，宫中看奇門，揮閣臣向東，不敢不從，閫外出轅門，慮荷戈走北，慎之難之，但不出耳，出則必敗，所損所失又當何如哉。

五月初六日，烽火晏息，各處解嚴，通城文武再慶太平，停四日方整鞭還朝，時爲初十之上午。先入文華殿陛見，親手扶握，慰勞備至，告假休沐，不允。十五日，賚閣臣羊酒，陳蔣二相國懇辭，謂伴食無狀，貽我皇憂，方負慚媿，遂收成命。首揆亦斂辭，竟同準允。時入覲知州武進吴方思在京見邸鈔，頓足曰：『聖眷替矣。』十八日，諭吏、禮、兵三部查閣臣視師凱旋優禮之宴，如何隆重，各兩進其儀，俱駁情禮未盡。二十三日午刻，傳諭大小九卿申刻平臺候旨，屆期接出，則議處首揆之嚴諭，謂首輔周延儒奸貪詐僞，大負朕躬，著各議處回奏。時首揆尚臥内閣，兩人扶出，小轎而歸。明日，各臣會集西掖門右府之空室，向得其顧盼而驕語中庭者，今不啻口詈之筆殺之，亦不知如許議論，三年來藏於何所，一旦競發，鬬勝以至如是。旨意落於勳臣，疏亦略存體，餘皆已有旨了。六月初一日，陛辭於棋盤街，仍予路費一百兩。去後參之者日甚，在當年之最暱最爲左右手者，詞更慘毒，如袁彭年等各自爲地，恐人論及，自別非周黨也。蔣拱宸考選時意欲得省，時值及萬，蔣具六千，以西臺與之憾焉，亦以同鄉及門之誼，過望宜興也，朋比爲姦，一疏事款，多實吴昌時。七月二十五日，文華殿親鞫，即日逮首揆，十月初八日抵京，寓順城門外之二廟，自疏願戍衝邊，不報。十二月初七日五更，昌時棄市，首揆賜繯，齎敕大金吾駱養性也，向在閣時，金吾必拜首揆爲老師，以便稱呼。時首揆囑乃弟後事，絮絮不了，駱欲回奏，恐遲所限時刻，則闔其槅而跪於中庭，高聲大呼曰：『老師天明矣，老師天明矣！』回奏。即日得旨，復來解繯，收其帛焚焉。十四年之薛國觀，暑天停解一月，蟲出户外也。宜興再召之，局方結。

七月二十五日，親鞫時宣取錦衣衛東廠全套刑具，吴昌時及宜興視師時，隨征官方士亮、尹民興皆即訊，皆拱宸所糾也。昌時銅夾折脛，通賄招權，一一承認，至氣絕方止刑。乃呼宜興門客布衣董廷獻，怒聲下詢周延儒在閣日得銀，起周爲何人，爲幾人，曰不記也。時御几有搢紳一册，自上擲下，則福寧道施元徵十葉向上，即指奏曰：『施元徵是也。』緹騎即時南下矣。昌時氣回，亦撼拱宸曰：『羅山大敗，皇上發銀三千往邊口，收贖難民難婦，兵部又差護救官兵二千名。後兵民俱無隻影，爾固隨征，亦仍以飛報大捷奏，非欺君而何？』拱宸曰：『羅山敗北，初交兵時固有失銀等事，以後各將用命，仍復大捷。』帝震怒，恨聲高喝曰：『那有敗而再捷之理？』喊聲：『打！』司刑璫寺將拱宸當頭一擊，官帽破裂，悶絶伏地。時帝憤恨氣塞，拍案歎噫，推翻御案，迅爾回宮。錦衣堂將昌時等繫獄，候覆審。後昌時棄市，諸臣仍繫獄，至流賊破城後，各逃出焉。蓋是時警報頻聞，姦貪滿目，帝亦負氣疾羣，滿腔悲怒，煤山之恨，所由積也。

江夏三異

大學士賀逢聖對揚，湖廣江夏人，癸卯科早發於鄉。癸丑年授應城縣教諭，課士供職之外，於聖殿几筵每晨必躬親拭掃，焚香四叩，風雨無間，三年如一日也。公未第之前一年，山東有老儒夢至聖先師云：『今秋享祭在湖廣之應城。』儒學醒，回稽儒林，便覽知爲賀公秉鐸。明年丙辰，公次臚春榜，楚人言其在學三年，敬慎如此。崇禎十一年，大拜，原未躋首揆。

十二年乞骸歸里，舟行至安慶鰨魚嘴江頭，初則風靜滯濇，次如膠定不移，舟子汲水，尋察有兩棵連枝帶根树，交附夾持於舟傍，如生成環抱，固不可解。乃宰牲祭告江夏，肅衣冠而致詞。忽焉兩樹浮起，夭矯獰嶮，如虬龍蛟螭之狀，枝如四足飛騰，根如鬣莖回旋。更可異者，枝節盤錯，諸處多米豆糧食，蓋興波作浪於巨浸者已幾十百年，運蹇之商遭之傾覆，短造之夫因喪厥躬，更不知幾多若也。土人鼓舞，引之登岸，爲立廟以崇祀之，至今香火不亞天妃與金龍大王。歸即隱於武昌之南城下，竹籬茅舍，望而式爲高賢之廬，其自題堂聯云：『當年雞豆未忘念；此日兒童莫妄思。』蓋公未遇時，除夕無米，一雞換豆，聊以卒歲，故舉以爲勵也。

十六年六月，張獻忠破武昌，城中士民驅殺無遺。公聞，即備小艇載家口艤入墩子湖心。後數日，寇復水陸并進，公知不可捍禦，整衣北向四拜，鑿舟自沈，同溺者至親十二人。七八月間，獻賊殺戮愈慘，死者漂流，生者逃徙。至十一月，公見夢於在籍之家人曰：『我在某橋下，須來接歸。』如言往覓，果見水中直立一人，舉之即是，越殉節時已百七十餘日，不變不腐，神色凛凛如生，僅失一手，蓋精誠所結有如此者。其一生三異如此。

文定三生

李文定公春芳，興化人，號石麓，嘉靖丁未狀元，大學士。解組林居，一閒僧坐門求募，久之不去。問所欲，曰：『上曾賜公金盆，意欲一覩。』閽人爲報。乃延見於後圃，請屏左右，公出盆。僧令注水，公照之，見千嚴香娟、萬壑澄瀠中坐老衲，肅襟禮誦。僧曰：『此公之前生，日夜唪經苦行也。』傾水復注，公再鑑，見殿吻嵯峨，廊檻遠繞，内坐紫袍玉帶、劍佩珠璣，僧曰：『此公之今生，黄閣崢嶸氣象也。』公曰：『余亟欲見來生。』又令傾水再注，公見著絮，貧寒雙盲，病臥悲泣，棲遲於蔓草荒田中，頓足大駭：『作何逭業？』僧曰：『惟有積德行善，康樂可返，然暮年失目已不免矣。』再欲懇求，僧指人來，公一回首，僧不見矣。由是討田廬之未得直者，悉爲增價，日費數萬金，民情政事不便於上下者，潔已拯救。幾年來，日夕不懈，奈兩眸昏究至雙瞽，數年而殂，自悔之極也。二子顯貴，冢孫曾孫玄孫文章科第爲江南第一家。

今瓊南之耶毘，有文定之師李高學博義産義室，實著官籍，不得私售者。蓋學博原耶毘産，於成弘間秉鐸興化，文定父係學宫掌史。公年八歲能屬文，李公延入署，教養之，夫人親爲櫛沐。後鼎元，宰相，置産室，裕其子孫。奈多棄才，三置三廢，因會同院司道府昭存典册，子孫止可居食其中，變賣授受有罪，亦報師之厚者矣。

牧遊來錫

堵胤錫字仲乾，號牧遊，母臨盆時夢一牧童入室也，宜興之鄉里人。四歲讀書，過目成誦，習字不用倣，落紙便入格。父村學究，七歲時攜之赴館，適雨阻陳氏之門，見所懸壽章，仰而朗誦，琢琱詞句，一如其語，主人異之。父曰：『已熟記矣。』笑令之背，不失一字。陳喜，留宿夜，以女字之。後歲歉，家益窘，復疾疫纏連，醫禱事歲月無閒。年十八，父母俱喪，隻身煢煢，妻室盟而未聘，性又嬾宕不羈，欲襲父業爲村師，無肯就。

乃渡夜船來無錫，進北關，見有閥閲門舉幼喪，弔者紛至。視門狀，堵姓也，心驚曰：『錫邑固有我姓而巨室者乎！』亦具愚姪柬入弔。其主人堵維垣太沖公歷官右藩，時已告老，喪其孫媳也。老翁無事，恆步入喪房檢弔帖，訪來人。適仲乾方出，見簡異之，堵族甚少，往還間無不知名者。問何品，曰少年，因曰或自鄉來，可追轉留飯。詳詢之，來自宜興，覓蒙館。太翁曰：『且宿此喪房效勞。』及登簿書帖，二王妙墨也，太翁喜。喪事畢後，課其一藝，秀亮多驚人句，太翁更喜。乃請中橋之族姓號之白者引見，敘叔姪禮，鼎峙坐爲午飯。太翁謂之白曰：『老姪佳麗盈房，弄璋有兆乎？』之白摇手曰：『全未！全未！』太翁曰：『吾有一言欲商，可乎？』之白曰：『叔命無不從者。』太翁曰：『親生之子教養尚需歲月。』舉杯指仲乾曰：『此子無父母兄弟，且筆墨秀好，青青子衿，特細事也，盍螟蛉之？』之白本以户役煩身，况承太翁之命，色喜首肯。太翁曰：『吾今涓吉，即在此拜見可也。』遂叩額呼嚴，同舟入室矣。

而之白有兄曰念恆，有二子，長伯楨，次仲榆，方幸乃叔無子，日視眈眈。今恨引外來之子以爲繼，百計驅之，忌太翁所擅，不敢出之口。一年後，諸妾中二娘者最麗，而嬛生一子，之白之喜，伯仲之不喜也，萋菲之謂非叔氏嫡血，然亦無實證，婦人女子中日爲讒言。明年夏，仲乾應六府大收試，文宗取其卷爲第一，之白又喜，又伯仲之大不喜也。妒刻之私，日夕礪刃矣。後獲二娘情書，會太翁已故，投之親族，爲驅逐之盟詞，投之縣邑，爲繼嗣之張本，投之學師，爲行劣黜革之網羅。仲乾在之白家不得安身矣，乃託跡於崇安寺鐘樓下之僧房一年許。之白又故，不得不還宜興，勉力完娶。

後三年歲試，名落五等，益無顔再造無錫。文宗將劣等卷各發本學，仲乾常州府學生，府學師范鑛江右甲榜，擊節賞仲乾卷。另爲謄出，凡正卷直抹處悉爲圈點批評，注明其用意用筆之所在，因呼門斗亟請晤言。仲乾無蹤可覓，至笞其役而始來。至則衣衫藍縷，巾履幾幾不全，取卷示之，撫肩賞曰：『子其吾輩中人也，毋隳乃志，時已升任曰録遺事，吾當囑之。』吴司理兆壆贈銀二兩，爲鐙火之需。仲乾泣拜。後果得吴力，而觀場雋矣，癸酉科也，丁丑成進士。廬墓一年，改號牧遊，授南部收北新關稅，升長沙知府。癸未年入覲輯瑞，遲至六月初一日，七月出春明門。再欲抵任長沙，已於六月爲流賊所陷，時朝政孔棘，無暇遠計三楚。明年弘光朝升湖廣學道，正室陳夫人留家，攜之白子與己子同之官。

乙酉以後，闖越玄黄流賊之長向横行於中原，潰京蕩陵。如曹允建李赤心之類，爲大兵所驅逃逐湖南，尚擁衆數萬。初奔入境，猶斂牙戢爪，度虎狼之性必至如在晉在豫之狂暴。湖南五府紳衿慮之，小民患之，牧遊挺然力任曰：『吾責也。』乃單身匹馬直抵曹李之營，激之以忠義，勸之以因果，引言岳武穆收服楊么亦於此地，後楊么改名王貴，隨武穆底定中原，遂爲千古名將。又馬殷亦據茲土延祚四十年，湖南一片地正英雄出世，展略揚聲之籍。況赤眉當年亦思爲賊二字，名稱污穢，覓一劉盆子爲帝主。況今福京现有隆武中興，建都設官，號召天下，以將軍之大力，反正從王，再造皇室，他日凌煙閣上標名第一，湖南百萬生靈皆誦將軍生養恩德也。曹李遂泣拜就撫，即以十萬之兵屬牧遊，并散西秦燕晉楚豫川蜀之所擄掠，交易貨賣爲地方利。更撥派鎗斧手、馬兵、弩箭、驍勇，素號臨陣奮擊者，各湖口山陬險要處防守，捍禦長沙衡永辰寶一帶，屹然重鎮。於是在閩則有功罪奏章、兵馬奏章到閩，在粵則有剿撫事宜、升黜事宜到粵，爲閩爲粵加之督撫加之宫保。晉之五等之爵，曰文成伯，所轄之兵賜號曰『忠貞營』，從龍諸臣亦倚之爲淮陰之韓信、河朔之子儀。湖南半壁四五年不受兵戈，爲隆武永歷稱西北保障者，不得不誦堵牧遊之力也。

已丑年三月，牧遊疏永歷，欲將家口寄安肇慶，隻身提兵控禦西楚，舉朝重其事。時李成棟反叛後，永歷再駐肇慶府，時也奉旨發帑，埽室設帳。特遣少司馬程恂前往封川接候兩艇兩妾，物多於人，於曠野處爲猺獞土蠻劫殺無遺，程恂亦殉命。其中又四月二十五日，梧州府城忽然突入亂兵幾萬，自言忠貞營殺敗而來，衆且十萬，擄掠淫屠，慘毒無聞。官民討口糧討駐插地，聲言即下肇慶爲行在，禁軍又言主帥堵閣部不知何往，其姪寅叔已殺死在長沙府東門，之白子也，在軍中稱姪，今乃郎正孫在此行在，上下憂恐殊甚遲疑。

至六月初六日，選遣總憲劉湘客詣梧州安撫，以其關中人可與衆兵話鄉曲，至則忠貞營兵衆已於五月二十四日流入潯州府萬山中矣。湘客徘徊河上方，無以報命，梧屬文武尚逃竄遠鄉，無一爲主人。見府江中半葉破船順流浮下，中坐一人，科頭跣足，自喊自言：『吾乃湖南忠貞營主帥堵閣部也。』劉爲挽舟細詢，云爲清兵衝散，數萬營兵豕突而去，止存隻身，閒關至全陽，再達平樂，獲此片板縱流而下。反問此爲何府？湘客先令進飲饌具衣冠，然後拜謁接談，易舟并下到肇慶。之晚爲六月十五日，閣臣嚴起恆秋冶公係舊薦主，相見益歡。明日陛見，永歷帝極意荷賴，賜飯賜寓。三日後滿朝人易視之矣，逼其出城收拾忠貞營亂兵。堵以空拳從何招集，疏凡五上。閣臣又爲特請議於學道李綺友，三署支撥納秀銀三千兩，已舁至寓，忽爲反正大功臣李成棟養子賈姓者攖之而去，僅領布繪龍旗一對。八月二十四日，含淚辭陛，同湖南新撫馬光涑庵攜手上梧州府，時伊子正孫已先故潯州府，不一月亦染瘴而殂。有太僕卿潘曾緯二岳以史其文所遺之妾之子贈之，子方四歲，題請準與襲蔭，偕之同去，後亦不知所終。

踹錢相國

天啟朝，崑山顧相國秉謙林居在邑。邑尊入見，臨別足不出堂閾，竟率意不恭，任邑尊自去。邑尊患之，謂必有不滿於己。即入郡謁巡道訴言情事，轉求解釋，已甚有所費。巡道係相國之門生，可以曲詢，特造崑山晤公。公曰：『非有他也，時見閾下有一錢，不知誰人所遺，我將一足踹之，若移步必爲童奴所拾，是以不送出閾。邑尊何多疑也。』後爲民變，百萬之蓄燬搶一空，止存黄物幾箱，奮身護伏其上，衆拳擂搥，命立殞矣，箱復空焉。嗟乎！相國此品，國運民生安能復長久乎？事又有類此者。松江董平泉、范中行庚子科同鄉試，寓金陵聽榜。董范二僕私擬主人必中，遂以中之前後爲賭，如後一名輸錢一文。揭榜之辰，二僕看榜，董中第五，范中十一，董僕遂索錢六文，逍遥而去。范僕先回，方入門，歎恨曰：『何命窮晦氣如是？』將茶壺重擲於桌，聲割然。中行聞之，謂必不中矣，反解之曰：『不中亦是常事，何消恨毒？』僕曰：『非是不中，累我輸去六文錢耳。』詢其故，董范大笑，時尚無馳報卒也。

天啟四年間，高忠憲公攀龍位總憲，嚴覈諸御史。崔呈秀巡兩淮鹽課，賄賂彰聞，高以重法懲之。已奉旨逮問矣，崔急趨魏忠賢，弁置總憲所覈仍入道，更掌河南印，即升京堂，驟躋大司馬。高爲所傾，以致畢命水沼中，此勢逼也。

勢逼事逼

又閩人陳保泰代巡粵東，從來粵東米價不逾四錢，時忽翔至六錢。地方貧民以爲非平價，即禁糴，方可延性命，大意葢恨福建漕船海運興販也。於按臺行香日衿民叢集，人以萬計，聲言歲荒穀貴，民不堪命。若按臺善於詞命，原一言可了，或云上疏减稅，或云出示禁糴，以一兩句軫恤語慰安之，湧呼之人散矣。乃厲聲宣問曰：『米價貴至幾多，而如此喧嚷？』衆應曰：『六錢一石矣！』冷笑曰：『六錢一石，我福建常價，何云貴極也？』內有不好静者高叫曰：『正爲閩人興販過多，以至騰貴，今若此，廣東人皆死矣。』適有傾牆在地，即舉甎亂抛，府州縣官之頭已破，幸一齋夫力負按臺逃入教官内室。藩臬兩司在外聞變搶入，急欲尋護按臺，反爲亂民擲破頭面，冠翅靴帶斷裂糜爛，講書禮樂之會俄頃而成殺官瓦礫之場。撫院據實上奏，意指保泰一言激變，保泰亦回京聽勘，乃求援於崔呈秀，得奉俞旨，歸罪於藩臬二司，謂不善撫字斥之，保泰仍入道候差。適南直學院周邦基緣道學黨就逮，補差焉，此事逼也。三月前有訓導夜視天文，熒惑犯粤，百日内應上揭，總制笑之，至是代巡出奔，特薦升授知縣。

拆毀東林

東林，無錫東城隅地名也，左有楊時龜山先生祠，道學之所聚，道學仕宦中名公也，無論在朝在野，入道學者皆曰正人君子也。崔呈秀魏忠賢之拆毀東林，蕩除東林廨宇，猶之削跡伐檀之意也。東林之盛始於萬曆中年，遠則趙南星李三才豎幟，近則顧憲成高攀龍爲主。東林道學行皆實也，狹邪姦諂之徒見之色阻，貪繩墨綻之後望之遠趨。以行範世，更以實行自守，在鄉曰德星道紀，在國曰威鳳祥麟，潛見卜天下之休咎者。天啟委政，崔魏專國，曰東林道學影附名也，爲參語曰：『聚不三不四之徒，作不深不淺之揖，講不痛不癢之話，啖不冷不热之餅。相對片時，便云講道學，名噪實鮮，迸逐其人宜也。實非道學而借庇道學。又東林爲巢穴，拆毀之宜也。』拆毀之令不容片刻留，竊假威力，時勢與事權也。

當其盛時，門楹榜曰『東林書院』，入爲麗澤堂，進爲講堂，凡六楹，榜曰『依庸講堂』，後榜曰『燕居』。廟祀至聖，雍和肅穆，入焉起敬。廊後精舍書室，爲遊學孤寒饔飧齋宿地，雞鳴風雨，詩書聲不少輟。坊外之榜東曰『洛閩中樞』，西曰『觀海來遊』。講學則每年一大會，每月一小會。先兩月啟知，有事赴會者復不因大小與遠近，如日之中如月之盈，自不爽期也。會必有一主，外則知賓二人，坐次會序賓東主西，各以齒坐定。聞磬聲，四書五經通鑑性理，陳説隨意，啟難尋源，亦隨人答問，坐久，歌《鹿鳴》章。時萬曆帝廿年不視朝，國是每求諸野，故東林講堂奔走天下。迨其敗也，逆閹亂政，鈎黨隙興。天啟五年八月十九日，無錫知縣河南人吴大朴奉旨遵憲，拆毁東林，從御史張訥言也。時方下午一刻間，廟貌灰飛，廊房電埽，碑坊寸斷，書籍風翻，并沿隄松柳盡遭斫伐。禮樂道義之場，入則名高，出則影媿者，一旦化爲瓦礫灰燼，奉令者又惟恐稍延時刻，輕染謗議，重來罪禍。其木石甎椽悉聽居民塞入牀底突穴，搶多搶少不爲禁，蕩爲平地矣。崇禎改元，奉旨修復，諸生吴桂森重搆麗澤堂三楹，視向日規模，十未逮一矣。

高陳同命

無錫高忠憲公攀龍，崔魏横時殉節池沼，後崇禎朝恤贈宫保，謚忠憲，得兩蔭兩郎君，伯珍仲敘分授之。仲敘諱世學，以家窘先就職，時爲辛未年，筮仕都察院經歷，三年例得升部屬，户刑工隨缺授。癸酉年，大司農李日宣爲忠憲故友，特留主政缺以待，又特留蕪湖差以待瓜期，甫介院咨銓司農咨缺即例題，從此亨途矣。忽南來之信，太夫人歸天也。在京三年，百費預支以候此缺此差，奈何惟歸耳，服闋再措輿馬之費。

時爲丁丑年之六月，適堂弟世泰傳臚授主客司主事，因捧忠憲公恤贈宫保誥敕領授璽寶。蓋誥敕用寶一年僅有兩日，三月二十五、九月二十五也，於未近三九月，給得者領歸，竟無璽，亦容後補，此爲定例。世學七月抵京，世泰爲之介紹冢宰之供，已到司農之缺，已咨題定山西司主事，擇八月初十莅任。前到京之明日，即送忠憲誥軸彙集内閣中書房，數亦盈百。八月初一日，忽有内寺廿人急呼世泰寓，索齎忠憲誥軸，人謂有『萬世一人』字句在内，且詞語踰千，非誥體，大攖聖怒也。世學手足無措，因出疏言恩賜誥軸時里居苦塊，罔知句語，卷軸亦從都察院勘合下撫院，然後領入，故至今尚無璽寶。又奉旨查責撰文詞臣爲常熟之許士柔，以諛言爲誥，降三級調用，伊子世學冒受無知，亦降三級調用，時已十月矣。忠憲誥文著另撰進，遂於原誥中盡去其讚言頌詞，寥寥數語敘晉官加秩，激烈情事，略爲點綴。時已過九月，仍不得璽，徒滋一番降黜，百日奔馳，寧非出於意外。世學於十一月終得授五城兵馬司吏目，守俸年半，始轉上林院署丞，皆苦守清閒。已卯年七八兩月，點入鄉場效勞無績，九月終丞俸方滿。三年以來，米珠薪桂，菜形於色，年家故舊多爲惜惋。司農乃留四川司缺管收江浙六府白糧者。幸李日宣已轉冢宰，林咨過銓，即日具題。甫三日，中瘋殞矣。旨下已四虞，靈輀已舉入通河。

又同邑陳常，順治乙未進士，少年也。清朝例，前科壓選伏櫪里居者五六年不等，呫嗶之業快矣，束之高閣，聲伎之華焦焉，想之宦成，如蟻熱帆轉，胸與蹤似也。陳常殿試名列二甲，應選部屬，於戊戌之春脂車北上候選，可暫此下脱二十二字，記在都聞母夫人訃。邸，歲以幾易計，今且隨驢尾而南下，不啻落第，心况兼陟屺慘懷也，歸况實苦况矣。勉支三年，服闋補選，連宵進發，并攜家室，萬無他故，致虞中阻身，到就職官待人爲矣。不意抵京之明日，親知爲告南撫奏銷欠糧，紳衿列名上奏，且削奪擬罪，永錮示儆，部亦不收供，正不必解裝，惟束之歸耳。閎以酒遣，不能千日醉，事關宸斷，又何能百計營，如年之時刻，慘加讀禮望恩之懷想，情迫登科。乙巳春，莫聞有肆赦，懸想奏銷一案，自當首及興多，於足信倍於疑，謂須先趨以拜恩。挂帆之夕，夢吕祖手示『遇珍珠泉而止』六字。比至東省，知赦款尚未普及，未可冒昧入都，乃浪遊濟南，徙倚房師之門。閒步白雲樓處，向德府禁中地也，仰見一楔大書『珍珠泉』三字，前夢乍驚，心遂不快，返寓而假寐。醒回，日薄西山矣，旅次蕭然，悔出之非是，前途又杳然。疑夢之不祥，弓蛇杯影，暗鬼生疑。兩日而入病鄉，三日而整歸鞭，四日五日於臨清舟次易簀而長眠矣。爲二泉之主，不耐爲珍珠泉之客，不終躁心使之與有數存焉，與高世學同命。

岺陽事會

天下事起於微渺而情涉婦人者，其禍發也，最大而烈。如鄭岺陽之敗名喪家，毁親孿身是也。岺陽諱鄤，進士鄭振光之姪，進士鄭振先之子，大宗伯孫慎行之甥，大學士吴宗達之甥，督學周詩雅之壻，門户婣戚，無敢視爲第二乘者。幼穎異善屬文，十九歲壬子舉於鄉，二十九壬戌成進士，選庶常，佐文震孟參魏忠賢，一時聲譽俊峭而宏遠。百年後非文正文清，易名不稱也。乃因驕而來讒，因貪而來忌而來恨，蚊聚成雷，蟻集成山，信有之也。

岺陽幼時，心非母氏之妬。及其長也，見母氏之虐於婢，尤虐於垂髫之婢，益甚非之。甚至不欲見不欲聞，棄家離母，躡足深山者，三年不窺園，然俚言俗說。亦於是焉而染入。有巫嫗者能降神爲來生禍福，挽休咎，婦女篤信之。婦女之老而性頑、癖而心忍者亦向化之，接其人奉其言。觀音之愛，菩薩之敬，閻羅之畏，崟陽豈不心非之哉？然欲挽其母氏之殘，而即於慈格其暴而敦於寬，非可口舌諍，非可是非説，非可利害陳，惟借神道設教，因果報應之恆談，常語言入而信從之心真。再就村嫗野婦之所羣欽羣仰，六婆三黨之所驚傳驚駭，教顯而改革之心速，遂敬延其嫗以與母相見，安在非張子房四老入東宮之策？

嫗則設壇升座，兩炬熒煌，初憑而俯，繼呻而噫，忽張目突睛，雙掌震几，漢語而呼曰：『鄭門吴氏還不速跪？』崟陽欲尊其説而聳母氏之聽也，急先母而致跪。母又以崟陽讀書明理，素崛强於鬼神之説，今且慴服悚跪，敬信之心頓起，悔禍之心更大萌矣，亦繼兒而跪。漢女之嫗且歷言虐婢之含冤冥訴之多詞，母則不欲其繁指也，嫗則漢語揚聲，指事以實之，又嚴察速報指期指驗以恐之懼之。崟陽急下轉語曰：『固知罪矣，今惟求解罪。』漢語者固不可也，母則俯其額至地，沾其淚於襟衫矣。崟陽則下直語曰：『陰司現今作何果報？』漢語曰：『准罰十幾世爲苦婢，虐死之婢作夫人以莅之，亦各還其向日之慘毒耳。』於是母顙之下數以百計，聲從淚出，惟命求解。崟陽又下轉語曰：『果報與現報孰重？』漢語曰：『現報十倍之矣。』崟陽曰：『今求現報以消冥愆，可乎？』漢語曰：『折算耳，大限即在眼前可也。』母懇求漢語曰：『惡疾耳，瘋癱之類可也。』母懇求漢語曰：『減食失目，無生人之樂可也。』母又懇求，崟陽爲之中解曰：『現前賜杖受責之，後不蹈前非，可乎？』漢語曰：『子係貴人，説準允從爾母過世仍爲一品夫人，諸婢亦超生樂界去。』母則喜從天降，俯伏請杖，雖百奚辭。漢語曰：『應杖八十，心服改過，折去一半，子貴親榮，再饒怒一半，痛杖二十以贖前罪。』而執杖爲嵳陽出自漢語，於是杖母傳說親族，其知遂成鐵案，時在十八歲辛亥之四月中旬事。

至其媳也，爲辛未進士韓鐘勳之女。鍾勳授楚之湘潭縣，三年中飲冰茹蘗，所謂非翰銓科道不足償。其四年四月之矯行飾名也，瓜期望邇上府考察，小轎出委巷，導前繖夫沖入刺史節隊，刺史怒責二十，韓亦不介意，復回寓所更其從役，再詣巡方之轅門。凡知推候考者蝟集已久，共駭何遲，對以前故。時辛未榜有八人在内，蘇常居其六，皆忿然震怒曰：『老頽一麾而欺吾將行取之知推乎，非明朝官制仕局矣。』彼今在此，各督皁快，取其吏書，重責四十板以倍之，受責者反有五人，衆以爲大暢。乃知府不能海涵，先傳鼓哀稟，哭訴辭官，後隨班進謁，獨湘潭縣還，其見揭不得同與考察停府三日，方浼巡守二道從中調解。知府實係年邁以氣蹶而仙逝，子竟出執命狀，巡方乃欲白简從事，韓遂回縣。因此杜門悶躁之極，恨事出無端，日惟書空咄咄，夜惟夢覺清清。正在無聊無賴，夫人忽發舊疾，數日而殂。原止一子，年已數齡，聰慧勤讀，亦於斯時殤於痘疹。韓則困守内衙，鼓盆之戚，喪明之痛接踵而來，直不欲有其身也，數日間果不有其身矣。

其女向允嵳陽公郎之聘，今自湘潭歸來，雖無父母兄弟之可棲，尚有乃祖之可恃也。自宜聽祖翁鞠育，再需年歲以成婚娶之大禮。嵳陽則以湘潭之歸帑爲子舍之裝匳，年尚未笄，聲言童養訓習女紅，遂埽室以居之。從來隨嫁之婢女理所應備，然必年卑於主，妝亦必選擇，勤慎如，嫺於禮，訥於口，敏於事，方得相宜。遣侍外，此決不敢冒昧罔率以貽我變季憂也。今則闔門從進稂莠無分矣，今則遠歸從嫁，姦貞莫辨矣，今則船載捆擕，多寡咸入，挾貲有恃矣。李下之嫌固當嚴如秋肅，隨來婢女自應異路趨方，難養之歎，尚不宜親形口角，無主嬌娃何得同堂希寵，峚陽於此中當未楚楚也，繁言之興有自来矣。使新臺有因，峚陽別室，豈乏如玉之肌、含花之貌而必屬意於不順情之嫠女，未合巹之冢婦也哉？且蛇行龜步於多耳目，別尊卑歧老少之庭，將爲乞憐媚臉措詞耶？將爲賣俏挨身調戲耶？自經溝瀆匹雛之量使然，真爲峚陽之不幸矣。然則韓女之不壽，踵父母兄弟之劫運；峚陽之被讒，緣妾婢奶孀之雜處。若曰因姦致死，天下有是情理乎？

至姦妹之説，峚陽不幸有此妹，又不幸而此妹復適於錢氏之門。婦人無行，何所不有？況生於逸樂之鄉，富貴之家，無艱衣苦食之煩心，操作中饋之賤職，飽玉錦衣，聽小説淫詞以導情，妖僮冶少，看挑簾借茶以誘慾，不甚限之以禮義，鮮不大潰。其步趨者又人之好談閨閫，自兒童婦女販夫走卒消閒佐酒，新説資談，何所不加，何所不飾，歐陽永叔因一詞而訾其大行，自古然也。若爲峚陽白此議也，必須當鏡之神明，必須隨地當鏡之神明，天下有不問諸人，而問諸天者是也，然在峚陽，亦何苦爲此，以無瑕之玉碗而故抛擲於危殘礪石中，恐亦無此狂悖之人情。

以上三案，吾非私爲之洗釋也。三十年來知其事而敘之，原其情而諒之，天理人心之際，所關者良非細故，寧謂覆盆之不足論乎？吾再爲詳次其後。峚陽登文震孟榜進士，震孟上聖學疏留中，峚陽繼論之，謂留中不發，必有伏戎援奥之姦。時魏璫初萌，文鄭俱降級調，各閒居就里。後崇禎帝以信藩嗣寶位俱還職，文已大拜，鄭猶伏處，總計後日登樞要，在廷在野，歲月均也，家居鱗角，不無太露。兩院留都之線索，千金萬金之關説，方面有司之黜陟，覆命大計之推敲，非請正之不敢行。至諸生科歲、儒童泮取，督學之所以嚴重其關節者，片紙靈於詔敕矣。名高厚實兩踞其巔，天且忌之，其所以不就職者，以伊舅孫淇老屢徵不起，需之偕行耳。

壬申年七月，淇老以大宗伯召擬出山，由水程進，峚陽則從陸先行。忌孫者因而忌鄭，先參鄭以孤孫之黨，即以杖母參鄭，以削孫之色，主之者烏程竟繫詔獄。時大金吾吴孟明即於獄中引二子受教，峚陽擊歎決其必售，後果庚辰聯捷，其幼者亦己卯舉人。孟明極意奉贍八口之費，日必聲六金，淹至三年，無人訊讞，孫亦病故於京。丙子孟夏，京師亢旱，諭在京衙門各陳弊政，宣冤抑以沛德化。吴孟明則遵旨出奏曰：『臣衙門事件自有法司平允，非敢聞涉，但有幽禁三年，無人爲之雪理，如原任庶吉士鄭鄤者或當釋放，以召天和。』疏入，則蒙極嚴之旨，謂杖母逆倫，干憲非輕，如果無辜，何無同鄉同榜爲之申救，著常州府在京人等從公回奏。時臺中有三人，劉光斗、劉呈瑞、王章也，正在憂虞回奏難於措詞，而光斗内艱之信適至，於是乎時局益復一片矣。適又有武進落魄生員許曦與翰林修撰管紹寧同入泮，無聊至京會考，取武英殿儒士，管因取之，未授中書實職，無守無責，非官而似官者，主計者代爲草疏，實杖母之事，再以姦妹姦媳兩情佐之。許曦之後又綴十六人爲公疏，先一日進，於劉覆疏則曰：『臣本世家子，父母課讀，寸晷爲惜。自六歲從師至二十歲聯捷，從不敢片刻出書館。鄭鄤之事，窗外無聞也。』于王覆疏則曰：『臣本鄉村農家子，離城百里，鄭鄙係宦室閨門，草野耳目實未聞見。』兩疏俱後一日上，預囑政府於許疏則票法司嚴訊二疏，則曰已有旨也。初審爲十年九月，三法司主筆仍以事屬影響，言出謗忌，革職太輕，遣戍太重，惟候聖裁。旨復嚴切，謂刑杖未加責，骫徇褫問，官繼則嚴苛索詳事因，破情面衡律例，逆情罪款，法無輕貰矣。

旨下，猶謂親族未經面質，議擬尚然疏縱，獄案未定湔奪降罰，仍次第於西曹。至十二年八月初六日，凡詞中男婦老幼悉聽勘於公庭，韓媳之祖以望八之年匍匐嚴刑之側，詢其姦媳，但云一憑法臺明斷，餘皆不敢出『誣枉』二字，大辟竟成矣。韓公甫出，殞絶於寓，輿屍歸也。至二十六日黎明，臠割之旨下頒，外擬原不至是，三千六百刀爲柳葉剮，飛報大内之紅旗如兔脱燕掠，擁擠之人以幾百萬計，天亦暗慘之極。即有旨驅逐聽審家屬不許容留在京。至下午，賣生肉以爲外科藥者偏長安市。二十年前文章氣節，功名清顯，竟與參术甘皮同奏膚功爲人世用，亦大奇矣。

陳眉公《讀書鏡》曰：『宋趙叔平與歐陽文忠公同館，趙厚重少文，歐陽意頗輕之。未幾，公甥女事閧，疾公者竟上聞，仁宗怒，舉朝莫爲公辯。趙獨上言修以文章爲近臣，不可以閨房曖昧事輕加汙衊，臣與修蹤跡素疏，修之待臣亦薄，所惜者朝廷大體耳。公賴此浮議以息。國家隆盛之時，自有此忠厚之論，惜崇禎朝竟無其人也，摭無影之事形於奏牘，媟褻至尊，點辱清班，亡國之徵，此爲第一。又唐李公巽奏竇參交結外鎮，德宗怒，陸贄解之曰：『參之貪縱天下共知，至謂之潛懷異圖加以重辟，駭動不小。』乃貶司馬，當時以爲得情。又宋邵伯温論元祐紹聖之政曰：『公卿大夫當知國體，蔡確姦邪投之死地亦何足惜，然既爲宰相，當以宰相之體待之。』彼應得之罪猶有此論，况風影之謗乎？吾所以筆之津津者，總爲朝廷地方鄉紳之故，冀留忠厚之道於人心，使千百世以後人景蘭陵爲禮教之邦，鄉紳之在朝在野者多道德文章之彦云，爾豈有所私愛於峚陽哉！

鵬舉同途 隱地隱名

江南京口有金鵬舉，太學生也，鵬舉之父習之爲孝廉，孝廉之父桂軒公爲大司農，大司農之父萬枝公。萬枝少孤家貧，未冠爲童子師於宦室，母居鄉之北門外。一日五更早起，攜布奉母，道遇一暴客，萬枝膂力過人，相搏而致其命，還爲館東言之，讚其孝，諭鄰里呈之官，給扁旌門。後登進士第，生平繩趨矩步，真道學也。桂軒公宦久家富，習之則奢侈豪悍，女優爲江南最。鵬舉又紈袴不更視，庭前歌舞，盈筐珠翠，金銀米粟計萬千，歷紅朽以爲家常事，不了期迷樓翦彩，鄙爲酸腐讀書事，以國學謝之。乃搆宅另居，獨抒適意伎倆，峻宇雕牆，妖童媚婢，與夫饌食服用，賓朋紀綱，選俊選時，惟恐輸乃翁一著。

有門工女髮方覆額，態致盈盈，偶進習之内室，習之呼曰：『停幾日訓爾旦曲。』未幾門工以女受聘，礮三響，聲觸習之之耳。晚宴方濃，偶問及，坐中有知者云大房門工女受聘。習之怒曰：『方欲用訓紅娘，何自擅乃爾？』當即去打之。斟酒之童與有瓜葛，速爲馳報，門工乃謹鍵正門爲防禦計。時爲既望。後一日更餘，酒蘭，月色如銀，習之發步月興，陪客奚童隨行者十餘人，於路爲《采蓮歌》及《昭君出塞》歌。每人手持者樺皮所護之鐵棍，駕言防身，迂拙遊衍。經鵬舉新第，習之駐足高喚開門，左右則羣而佐之，叫門聲嘈雜矣，鐵棍在石街作戛戛響，甚驚耳。門工在内方懷來打之恐，急趨入内，誑言大盜臨門。時鵬舉正在把盞演習《淮陰點將》，其戲帳中斧鉞皆係乃祖宦署攜歸，臨陣截殺所用。衆皆酒後，聞盜反喜，各持器械恃利恃勇，謂須洞開禦之門外，奈月色一時爲雲所掩，内外皆漢語聲呼。兵刃既接，習之傷耳及足，幸門工之婦急止之曰：『老房相公也。』亟各停仗，而被傷者坐地呻吟，笑罵半遺，鵬舉又呼酒悦客，再爲《十面埋伏》之歌以謔乃翁看月，歡情仍然不減。不意明日殺父之説偏滿街衢矣。京口故南北咽喉地，未及兩月，京師閧傳。

會鄭崟陽事聖怒方新，省中言事者竟以爲江南風化，杖母之外，尚有殺父之子，指名入告。逐奉嚴綸逮京勘問，撫按起解，限日就程，如此風波，寧非青天霹靂。路近山東，怕入春明，於青兗路店見一孤客，鬚眉形體逼肖鵬舉，草莽諸葛遂起代替之謀。問其脚夫之騾價，倍價償之，潛令逸去，則孤客有騾而無飼騾之人，苦矣。鵬舉之騾夫爲之飼之朝夕，上下爲之左右之樂矣，行止不得不同。孤客既藉其飼騾之人，鵬舉則并其坐騾之客飯食房銀給與俱同，又不另立孤客之名目，日夜概已先給一家俱同，孤客之行止遲速又不得不同同矣。一日同未甚暱同，兩日同猶未甚褻同，三日同則請與屋舍之左右俱同行道之前後，俱同飲食之，坐次俱同，衣履贈之，色質之長短大小俱同。

僮僕上下相公稱呼，指示店家相公排行色樣俱同，兩人也竟可混而爲一矣。迨鵬舉淹淹病臥，起居又不與俱同，旅寓又不與同，飲食又絶不與同。不與同也，而所同鵬舉之客之僕又日夜與客俱同，同則同飲同醉，醉而又飲，飲而又醉。孤客蓋沈於酒，困於酒，不知天之高，地之下。鵬舉之客之僕之沈醉又不與孤客俱同，孤客於此時亦不甚知爲同其所以爲同也。鵬舉之病不起，押解者告之官，官爲撥醫生，病更甚。押解又告之官，官爲親自督醫令理藥調治，限速愈出境，毋留地方累。再越日，鵬舉死矣，押解又告之官，始爲驗取家人口供，繼爲殮，取店家結狀，由縣申府而道而撫按，具疏上聞。

前初參之省臣爲十可疑奏，又奉嚴旨下該撫按嚴提訊質，拘地方拘歇店拘解差拘家人拘伴客拘騾夫，各受嚴刑。騾夫招賣騾之騾夫，賣騾者以初情告，飼騾者以起事告，解差以知情告，家人以下手告，伴客以與謀告，歇店以容留告，地方以事後不首先不知情告，縣官以疲軟不堪句逐去之，定案回奏，再逮鵬舉於家鄉矣。鵬舉來家未及兩月，棲於洞庭之西山。雖藏匿深遠，而神思恍惚，手足拘攣，酒甫入脣便顛倒不勝，食始下咽便飽噎難堪。又夢寢驚狂急呼我來，想已爲孤客冤魂所縛。緹騎著撫按，撫按著府縣，府縣著習之，從來有云知子莫若父，於洞庭山之秘室竟取之而去，梟首西市。蓋償孤客者十之七八，爲殺父者，十之二三也。倘當年徑入都門，以實情上告，大司農之年家故舊尚列津要，家藏之珠翠紅朽十損五六，自無典刑之事。紈袴子不學無術，可憐又可笑，又更可恨，殺之允當，揆厥所由，禍始於女優，爲江南最也。

曾祖斃一孤賊而旌孝，曾孫斃一孤客而誅，不孝曾孫自爲孤賊之轉世，孤客又乃祖之轉世也。何者？乃祖不應積多金使乃郎乃孫奢淫也。客曰：『乃父何人轉世？』曰：『高祖母轉世，富貴孝廉女優領袖償其半生寡貧之苦。』客又曰：『乃祖轉爲孤客，似乎以怨報德。』曰：『非也，厚積之人多殺其身，今得殺於轉世，想不甚逆取也。』客又曰：『然則將何以處厚積？』曰：『主寬厚以養德，廣施予以培元，則厚積皆精神，否則糟粕也，糠粃也，糟粕糠粃而可以養精衛神乎？皆殺身之具矣。』

飛黃作略

鄭之龍號飛黃，福建漳州府之漳鎮人，離城六十里濱於海，祖父兄皆府掾。飛黃年十八，早緣掾缺上役進房，已擇有期矣。父多妾媵，內有最嬛麗者，一日爲飛黃理髮，一手插入裙腰。調情正密，伊父忽自後入，提縮出手，勢急拔重，裙帶爲絕。父目擊情事，持棍怒逐，奔上洋船，時蓋泊其舍傍也。知父怒嚴篤，急未可歸，船又刻期掛帆，乃懇巨商攜往海外。飛黃固姣媚嫵順，音律樗蒲之類無不精好，愛之者非一，遂同抵日本。後各商有脱貨置貨之煩，飛黃獨無事事，日就島主宴飲歌舞。時主室有文君悦之，即國姓成功生母也，贅入爲壻。來艦已返，留焉，生一子，鄭成功也。

再一年，前艦復至，乃附歸，所娶所生姑留日本。至中途爲海盜劫奪，飛黃隻身亦隨艦貨作千金分與主寨之首座。海有十寨，寨各有主，飛黃之主又主中主也。停半年，主有疾，疾且錮，九主爲之宰牲療疾，飛黃乃泣求其主曰：『明日祭後，必會飲。意欲求衆力爲我放一洋，獲之有無多寡，命也。』煩緩頰懇之。主如言，衆情樂允，劫得四艘貨物，皆自暹邏來，每艘幾廿萬，九主重信義，盡畀之，富逾十主矣。海中以富爲尊，主亦就殂，飛黃升爲十寨中之一。時則通家耗，輦金還家，置蘇杭細軟，兩京寶玩及古今書畫骨董，興販流球、真臘、日本、朝鮮、占城、三佛齊等國度，兼於東粤八閩沿海郡縣搶擄竊發裕海島中之酒米，此天啟年間事也。

後兩廣總督熊文燦會同閩粤兩撫密畫剿除以靖海隅，各遣一道，康承祖、張一傑先駐潮州之海角，調集猺獞蠻黎與土漢軍勇入海會禽。不三日，兩道臣爲飛黃取入海寨，兩撫悔恨無策，剿撫并疑，乃蒙其詞，會稿上奏。飛黃亦日醉二道臣於洪波巨浸中，恐之侮之，絶不甚危之。三月有餘，主撫之旨下頒，且設漳州參將府之座以待飛黃，從歸者次第給恩，飛黃挾二道臣登涯就職矣。兩撫敘功加宫保，飛黃貽倭夷産爲贄見禮，腰金黄蓋，出自欽授，戚里爲榮，地方有司荷賴以無恐。

其在海未服九寨首傑爲劉香，蹈飛黃故轍，仍爲海邊患。飛黃知其技力窘之，視風色之東西窮逼追擊，幾無挽泊處，香甚恨焉。訪飛黃在漳鎮，選遣心膂直搗飛黃之室，或殺或禽，期了絶以杜後患。飛黃突見，即歡顔曰：『我自就撫上岸，爲貪官污吏束縛，無奈正欲仍來入夥，今衆義盟來邀，喜不可說。』即遣家口眷屬細軟珍重悉登所來之船，并鍋鐵器械海中所需，必欲取之涯市城店者，無不席卷歸船。飛黃曰：『室中酒肉甚多，何不暢飲，啖空而去？』速令治具，取精腆豐美者恣爲飽渥。後則數指衡拳，高歌坦腹，更爲碗酒塊肉，極量忘懷，海中來黨至醉至酩酊矣。醉而酩酊者，腰刀快斧各各掛壁倒地，或眠或坐，笑謔罔顧，醉人情態，俱有欲眠君去之意。忽鑼震如雷，門皆反鍵，銅頭鐵額生力勇猛自屋而下，斫殺支解酩酊，頭顱菜瓜落地，無倖脱者。飛黄仍向舟中取上眷屬家口，搬回什物，解來人衣甲以衣家丁，駕彼來船，飛黄挺立桅下，開洋迅往，劉香遥望本船旗號，舟人服飾，再睨船前獨峙果係飛黄，大喜而呼曰：『來矣。』飛黄拱手而應曰：『來矣！』立躍上岸，乘其不備，舉刀奮斫。劉香既殺，精勇敢戰之士又隻影無歸，餘皆膽破拜跪，願降。因席卷香之所蓄，復來漳鎮。其八主皆爲飛黄勁旅，從此海島寧靖，通洋販貨内客夷商皆用飛黄旗號，聯帆望影，無儆無虞，如行徐淮蘇常之運河。半年，往返商賈有廿倍之獲。撫按又爲報功，再升漳潮副鎮。

後崇禎末年，欲得全閩正鎮齎銀十萬，賂京師大小司馬，手長膽怯，無敢啟齒。弘光朝馬士英進之以五等之爵，封靖海侯，意不甚貴也。至福建隆武朝，倚之爲尚父，疏陳有一子在日本，隆武立爲己子，賜國姓朱名成功，不久飛黄歸投本朝，赴京師。

魁楚厚橐

河南永城縣丁魁楚，丙辰進士，薊遼失機，遣戍五羊。丁丑年，省臣條議凡大臣緣事在遣，許助餉三千，得還里。魁楚自羊城歸，壬午年十一月，永城有在籍總鎮劉超以私仇擅殺丁艱侍御魏景琦，又射殺巡按御史王夔，乘京師九門晝閉，竟懷負固志，劫魁楚與丁啟睿練國事衆紳於一室，勒令具疏代爲訟冤。魁楚潛令子姪輩以計縛之。癸未年三月解京獻俘，敘功復魁楚巡撫銜，敕於本省歸德等府督理屯政，計功授職。明年弘光朝，馬士英以兩廣總督畀之。乙酉年，南都破，魁楚約桂林府靖江郡王舉事，靖江王於六月十五日下肇慶府，率桂林府推官蘇州人顧奕爲相國，臨桂縣知縣溧陽人史其文爲大司馬，同赴魁楚之定約。不謂先一日魁楚已拜福建隆武登極，詔即禽顧史二人并同郡王加詞叛逆，囚解福京駢首正法，邀封靖粵伯子孫世襲所搜取靖江王三百年儲蓄，金珠珍寶不計數，庫銀窖積亦不可以萬計。丙戌年九月初八日，復擁戴桂王第二世子由榔爲永歷皇帝，以肇慶府爲行宮，自居首相兼吏部兵部尚書都察院左都御史，總理事宜。

十二月十五日，大清兵下廣州府，永歷於二十四日逃上梧州，再進平桂。魁楚不從，將百萬厚橐裝入四十梢船，遷延於岑溪縣之裏河。先遣家幹齎多金潛上廣州省城夤緣，征廣主帥，至丁亥年二月，方得叩陳固山李成棟，前達魁楚歸順迎降意。成棟手書招之，大喜過望，即解維移舫，仍來肇慶。成棟亦率兵來會，相見歡笑，頓足恨晚。知有公郎亦亟請見，敘誼敘情，無異一堂骨月。云以兩廣事仍煩督理，明日黎明受事，舉令旗令箭令牌與舊日符驗印信，悉爲手付，具疏亦在明晨。魁楚父子銘感喜樂，非可言喻，當餽見面禮一萬珠寶稱是，成棟原有轉敬，歡顏暫别。未及三更，成棟戎裝秉鉞，昂坐將船之露臺，列炬如晝，刀戟森立，喚請丁家老幼。魁楚方入夢，以爲到任何早，或者爲拜表出疏，必宜致跪云。又聞并請郎君，想亦另以官官之耶，肅衣而前，尚擬揖禮相趨見。成棟正坐不動，料局已變，急跪下乞饒兒子，成棟曰：『先斫兒子。』左顧已獻首級，隨驅殺魁楚焉。當即拘撥其家人，分置各營，再取其眷屬，一妻一媳三女二妾寢臥己船，四十梢船之厚橐原封未啟，亦寸楮不失，拱手而歸之李矣。聞其中精銀八十萬，金珠犀珀三倍之。惟妾女過船時，有一揚州豔婢投入江水，爲李成棟之失財。

從來百萬厚橐封之一人，啟之者正不知爲誰人，即遺之子孫，亦決不爲居室衣食幾兩幾錢之用。

袁馬同鄉

明末之袁崇煥、馬士英，兩重臣也。袁爲崇禎朝之大司馬，馬爲弘光朝之大柱國，袁係廣西梧州府藤縣人，己未科進士，馬爲貴州貴陽府新貴縣人，丙辰中式，亦己未進士，馬之原產亦係藤縣，居同里爲北門街。生同歲，爲辛卯年。馬年五齡爲販檳榔客馬姓者螟蛉而去，本姓李也。馬則新貴人耳。袁拜經略遼東，時賜宴文華殿，親許三年内挈全遼還陛下。崇禎帝爲之下拜，後言不應口。己巳年五月，另爲殺毛文龍之謀以解嘲，實則胸中絕無定見，文龍之掎角於海島未必無用，此又華亭相國錢龍錫出山時，陳眉公指教代朝廷惜費秀才家酸齏計較也。袁又誤聽喇嘛僧人和好息兵之説，後皆策説罔效。本年十一月，烽火逼京，總兵滿桂盡發其姦，崇禎帝震怒，庚午八月，詔臠西市。時畿輔百姓初罹兵火，恨入骨髓，争噉其肉，皮骨已盡，心腑之間叫聲不絕，真所謂活剮者也。馬則獨攬國柄，豎黨狎邪肆貪導欲，喪身亡國之事，故蹈無忌，言之污口，筆之污史。未及一年，豕突鼠竄，逃過浙東，爲福建亂兵活剥其皮以代天誅。

此二臣者，二祖列宗九原見之自當寸磔而後快者。然誕育於一鄉，亦必上天所降之狼檮以喪亡三百年之基業。如安史二賊同生一營，四望如火，固知亂世之姦雄，與佐治之能臣，天皆有以命之，絶不與腐草樗木榮枯比類。但袁馬二人本無姦謀惡術，辣手剛腸，如杞檜諸凶，惟是手長智短，耳軟眼瞎，酒色貨利而已。

魏客始末

魏忠贤初名進忠，河間府肅寧人，少黠慧，善賭博，喜馳馬，能左右手彀絃。目不識丁，亦有膽，遇事擅用。曾娶妻營室，因負博籌，窘甚自宫。萬曆十七年，司禮太監孫暹收用，供事皇太孫天啟也。導引遊宴，甚得歡。因夤入太孫生母孝和皇后宫，職辦膳事，扶掖介紹者太監魏朝。朝爲老監王安名下一人，安剛直。泰昌三十年，東宫悉爲主持，朝與太孫乳母客氏有姦，然朝日夕侍安多不暇，忠賢乘間得通焉。後天啟登極。數月，一夕朝與忠賢争擁客氏於乾清宫之暖閣，醉詈聲囂達御聽。令跪榻前詰問，不罪一魏，反問客氏意所喜，乃退朝而進忠賢。不數日，忠賢矯旨發朝鳳陽縊殺之。時王安奉旨掌司禮，套辭未赴，太監王體乾欲攘之，因忠賢客氏從中附和，革安職，降南海净軍，勒令自裁，進王體乾掌司禮印務，忠賢提督東廠，又使舊監李永貞爲司禮贊畫，布置李實李明道崔文昇等於司局，探旨得動静以爲姦。大婚禮成，廕忠賢姪二人錦衣千户；陵工成，廕一弟錦衣千户；開内操，廕姪一人。都督僉事建坊肅寧縣，賜額忠惠，加禄一千二百石，賜金印，文曰『顧命元臣』，營造三殿。

晉崔呈秀工部侍郎，授黨人姓氏謂之《天鑒録》，首列東林葉向、高韓爌、孫承宗、劉一燝、趙南星、高攀龍、楊漣、左光斗、孫居相、李邦華、喬允升、王洽、曹于汴、李騰芳、錢謙益、姚希孟、孫鼎良、徐彦良、熊明遇、沈惟炳、熊奮渭、侯恪、鄒元標、孫慎行、馮從吾、余懋衡、繆昌期、袁化中、惠世扬、毛士龙、邹維璉、鄧漢、盧化鼇、夏之令、周宗建、房可壯、章允儒、侯恂、文震孟、曹學佺、李三才、顧大章、周起元、李應昇、黄尊素、張慎言、成基命、何如寵、陳子壯等。又列真心爲國，不附東林，顧秉謙、魏廣微、周應秋等五十餘人，爲削除起用底案。封忠賢姪良卿肅寧伯，世襲。又賜忠賢養贍田七百頃，良鄉請宅第，給帑銀一萬九千兩，以武清伯西朝房改付王恭，廠災降敕，獎忠賢撲滅功。又逮吴養春，其祖守禮曾助餉二十一萬，因官中書。至是叛奴吴榮首稱養春歲收租税六十餘萬，又變賣程夢庚山場三十餘萬，俱助大工，嘉忠賢發姦，廕姪一人錦衣，指揮三殿。工成，晉忠賢上公，加恩三等。原封肅寧侯魏良卿進寧國公，賜世襲鐵券。又莊田二千頃，禄米照魏國公例，歲支五千。

浙江撫按爲忠賢建立生祠，賜額『普德』。由是各省撫按争先建祠，俱乞賜額。孝陵『仁溥』，南京『崇勳』又『懷德』，蘇州『普惠』，松江『德馨』，淮安『瞻德』，揚州『沾恩』，蘆溝橋

『隆恩』，崇文門『廣仁』，宣武門『茂勳』，濟寧州『昭德』，河東『褒勳』，河南『戴德』又『成德』，山西『報功』，大同『嘉德』，登萊『報德』，遼東『元功』又『茂德』，湖廣『隆仁』，四川『顯德』，陝西『祝恩』，徽州『崇德』，北通州『懷仁』又『崇仁』，昌平州『彰德』，延綏『祝恩』，密雲『崇功』，大和山『昭德』，上林苑『感德』，林衡署『永愛』，嘉蔬署『洽恩』，良牧署『存仁』，江西『隆德』。監生陸萬齡請建祠國學，當與至聖并祠，謂驅擊道學，比誅少正卯，東帥報捷較孔子以筆削尊宗周尤多顯功也。至各處祠中獻媚曲意争奇，朝夕上食饗祀，一如王公像質，用沈檀香木，口眼手足宛轉運動，服飾巾履四季更易，腹中肺腸綴以金玉珠寶，髻上簪花日必兩換，守祠之人叩拜問安無間歇。又以邊功加恩三等，封姪世襲錦衣指揮，魏鵬翼安平伯，加寧國公，魏良卿太子太保，世襲伯爵，進錦衣指揮，魏明望太子少師，封魏良棟東安侯。時良棟僅三歲，鵬翼二歲，俱世襲。

七年七月二十二日，天啟崩，崇禎帝登極。九月，魏忠賢有罪，免寧國公，改錦衣指揮，安東侯改指揮同知，安平伯改指揮僉事。十一月，安置忠賢於鳳陽，籍其家，行至阜城尤家客店自縊。下良卿鎮撫獄，伏誅，良棟、鵬翼嬰兒無知，褓睡未醒，俱受戮。五等定罪，文官崔呈秀、田吉、吳淳夫、李夔龍、倪文煥爲五虎，武官田爾耕、許顯純、孫雲鶴、楊寰、崔允元爲五彪。魏忠賢與崔呈秀戮屍示衆，生祠俱毁，莊田鐵券盡行追入，撰敕獻諛諸臣列名，欽定逆案，爲一代之信史。

客氏，皇太孫天啟乳媪也，真定府定興人侯二妻，年十八生子國興，選乳母入宫。又二年，侯二物故，在內而嫠。初與太監魏朝通，謂之對食，人盡曉，魏忠賢則私竊焉。天啟登極，客氏喜忠賢，上亦明與之，用毒計殺朝，并殺持正不撓之老監王安。客氏遂與忠賢恣意弄權，大婚禮成，封奉聖夫人，賜莊田二十頃爲護墳香火用，子國興世襲錦衣指揮。又賜金印，文曰『欽賜奉聖夫人』，敘邊功，賜金幣加恩三等，廕一子錦衣指揮，準世襲。凡忠賢所爲，如開內操，殺泰昌寵妃趙選侍，殺天啟孕妃李選侍，削國丈張國紀爵，逼正后幾致投繯，逮東林各止人，殺强諫諸君子，追贓定三朝要典，賜諂諛祠額，專任顧秉謙、崔呈秀等人，及旨意朝令夕改，緹騎徧天下，皆客氏呼吸相通，爲之左右。忠賢之肆威肆虐，若無客氏，未能如此之甚也。

七年七月二十二日，天啟崩，崇禎帝登極。九月遣客氏出居外宅，籍其家，得宮人之妊身者八人，欲爲呂不韋之事，未及月耳，笞逐之，命浣衣局。掠殺客氏子國興下獄，伏誅，兄子錦衣指揮客光先客璠俱戍。客氏在宮中乘小轎，內官輿之如妃嬪禮，誕日上必臨幸，恩賜無算，據西宮爲巢穴，出入往還，惟其所便。每歸私第，繡幃牙轎，內寺數百，緋袍玉帶，乘騎驅擁，由嘉德門經月華門，過乾清宮亦不下輿，出西下馬門威儀，隨侍呼殿傳宣，擬過鑾駕。抵家升座，宮人家人依次跪叩，稱『老祖太太千千歲千千歲』，聲震里許，各以銀幣重加犒勞。有路人聞聲進拜，賞亦如之，或往一兩日，多則三四日，治肴設宴，日夜不停。侯伯臺鼎挨次進謁，內旨趨入，日夕必幾次。至忠賢矯旨，特促必備駕入朝矣。忠賢私第與之同里，土木繁華，聲伎精選四方貢獻，夜不停軌，勢燄烜赫，古未有也。客氏奉敕歸第之明日，復衰服赴梓宮，前出一小匣，內有黃龍袱包裹，皆天啟胎髮痘痂及幼時剃髮落齒退甲等，哭叩焚化而返。其子國興愚蠢昏濁，與人對坐不能發一言，輒欠伸入夢云。

闖獻始末

從來有云天下無窮驛，蓋指旱驛而言也。官客往還資用，役卒所養，不耕而食、不織而衣之貧民驛遞中收拾，動以幾百計。自魏瑺耑國，裁扣充餉，緣是驛舍傾倒人夫散佚，又值凶荒，驛夫變而爲饑民，陝西邊陲遂起不粘泥、王嘉胤之流賊，爲詞以感召曰：『大户欠我錢，小户各自眠，若肯隨我走，强種一年田。』趨而從之者以萬千。是時巡撫胡廷晏庸而髦，尤惡聞盜，恆杖報盜者。以故盜益恣，刼宜君獄，聚延慶之黄龍山，釀禍二年，洛川、淳化、三水、略陽、清水、成縣、韓城、中部、石泉、綏德、葭、耀、静寧、潼關、金鎖關等處，漢南一帶，徧地皆賊所流矣。

有延安府米脂縣農家子李自成，小字棗兒。幼與姪李過試力關帝廟，舉鼎，自豪又厲志。不欲因人成事，立名曰自成。又不欲娶室女，謂宴爾時羞澀狀可憎。年十九娶三醮之韓氏，未幾月，韓復有外遇，手刃之。韓父訟於縣署，事府同艾淑年逾戒得因門役通賄，罄自成家得釋獄。甫歸三日，吏胥欲未厭，復籖拿再審，治前會飲堂事遲而竟醉矣。兩言勘詰，挺刃殺署官與經承，一堂披靡，遂走甘肅投伍，食馬兵糧。會朝廷允言官議挑選九邊精鋭實京師，陝西三撫四鎮共得二百八十人，自成與焉。統轄參將王斌老疾而懦，行至臨洮府金縣支行糧，縣令素不甚出堂，至邊兵過往尤扃户，諸兵哨於門，擲瓦礫於内署，參將知之，將爲首一二穿耳示衆。自成獨不甘，與同伴五六人掉首去之，遂入王嘉胤黨。

又延安府谷縣鐵匠子張獻忠者，祖籍承值官差鑄造軍器，從來官吏率多陋規，然煤鐵有餘。今則煤鐵日減，陋規反增，匠户不堪命矣。獻忠家已傾，官差追捕復不支，亦走入王家胤黨。此皆崇禎初年事。

李自成主搶掠姦淫，不甚殺戮，稱闖將。有先自成而强者，爲高汝岳，稱闖王，起陝西，過山西，入河南，破湖廣，江北八府，流入南直安慶，并維揚界會，合張獻忠陷鳳陽，焚泗陵寢殿，燬伐松柏三十萬餘枝，殺守陵官監百六十人，縱放高牆罪宗，登府座。知府顔容暄先囚服匿獄底，搜出，跪之堂下，數其罪，痛杖二十而後殺，推官萬文英死之。士民被殺者數萬，剖孕婦卜男女爲勝負，注嬰兒於槊爲笑樂，焚燒公私邸舍二萬二千六百餘間。趨廬州府，陷巢縣，掠霍丘合肥，圍六合，聚嬰兒數百，環板焚燒，聽號哭以爲樂。又裸婦女數千向城穢詈，稍有媿色，對衆磔之。攻三日而去。朝廷正值經筵，接報痛哭，逮撫臣楊一鵬棄市，案臣吴振纓戍邊。復西入河南，連破河南等府，屠殺荆王福王。又荒旱頻仍，豫晉秦楚赤地千里，賊以人爲糧，肥者爲白米，所歷城池必夷爲平地。十四年春夏，志欲得汴梁，百計攻圍，周王協力固守，乃決黄河以陷之。時總督孫傳庭扼守潼關，在豫之賊枵腹徒手，有死之氣，無生之情矣。七月中，大司馬陳新甲移檄傅庭，督催出戰，甫離關三日，傾盆霖雨十日不止，衣甲透溼，弓矢解膠，幾百輛軍糈車輪陷没沙土者三尺餘。

自成率衆唾手而取，馬騰人飽，北入潼關，仰天大笑，改爲古今關，無一人扼截也。第一縣渭南楊暄守拒三日，屠之即破，省會撫馮師、孔臯、黄烱，鄉紳焦原溥、原清、南居益、王道純俱駡賊死。進殺秦王存樞，據有秦宫，發窖得二百萬，珍寶不計數。後新甲雖正法，無益於事矣。

甲申正月朔，自成僭建國號大順，年號永昌，渡河而東，山西城郭如破竹。自成性鄙嗇，食不兼味，無子，以養子李雙喜爲子，改名洪基。移檄遠近，有『君非甚暗，孤立而煬蔽恒多；臣盡行私，比黨而公忠絶少。甚至賄通宫府，朝廷之威福日移；利入戚紳，閭左之脂膏盡竭。又公侯皆食肉紈袴，而依爲腹心；宦官皆齕糠犬豚，而借其耳目。獄囚纍纍，士無報禮之心；征斂重重，民有偕亡之恨』，如此。逆檄直達御案。三關不守，昌撫何謙詐死逃歸，十二陵灰燼。三月十九日，自成之箭上貫承天扁額，帝后投繯并殉，賊衆豕突，深宫禁内闖突無阻，真闖賊哉，自成之也。兩月後，清兵剿除，向西退遁，奔過山西，再入陝西。時賊槖饒溢，多私逸不從。及清兵逼入陝西，自成又出潼關，見勢去力單，投林懸，縊其黨，劉宗敏勸解鼓勇，畫計南取金陵兩浙，遂由荆黄過江，覘武昌，欲暫思駐足湖廣。清兵復擊敗之，左右散盡，隻身奔竄，裂服毁容，作乞兒狀，潛逾洞庭湖，匿入辰州山谷，爲農夫所疑，舉鉏擊斃焉。乙酉年四月也。

張獻忠陰謀多智，性好殺，賊中稱爲八大王，自號西王，愛一細狗，食寢與俱。自元年至六年，横行秦晉，七年始入河南，會合李自成，寇安慶府、鳳陽府、廬州府，連營數萬，攻滁州，行太僕李覺斯、知州劉大鞏督士民固守。賊列雲梯，衡轒并穴地填濠，百道環攻，城上火輪石礮續發刳，轟死者雖衆，皆係難民。復掠鄉村婦女環賊城裸體而沓淫之，又斷其首，刳其腹，倒埋於地，露私向堞，穢血淋漓以厭礮，城上守卒掩面不忍視，礮皆迸裂，礮卒横散，覺斯搜斂民家圖牏亦環城向外，然礮擊礮得如式，賊始畏避，如此三晝夜。幸總理盧象昇救兵忽至，戰於城東五里橋，賊大潰，斬首一千二百級，追逐五十餘里，回河南屠滅三十六城，以鑿眼砍手爲寬赦。十年，又直抵南直之儀真，尋轉湖廣，盤踞於黄麻光固閒食，盡趨鄖襄。十一年七月，總督熊文燦撫之，獻忠疏求襄陽一郡地，又乞餉十萬以爲耕牧資，廷議俱不允，止許其株守穀城縣城内，出則有禁。十二年五月，獻忠舉穀城叛，逮文燦。九月，拜楊嗣昌督師會剿。

十三年二月，嗣昌督總兵左良玉大破獻忠於太平縣之瑪瑙山，斬首萬級，精鋭悉亡。良玉連營百里爲困守計。獻忠於興房走白羊山，後潛循澗洛，從巫山隘盡入蜀。楊左於秋初搜山，山空無賊，方知西遁。九月統兵追入。十四年正月，獻忠復出蜀，假充楊左官兵，夜襲襄陽，踞襄王殿坐立王於前曰：『吾不殺爾，楊嗣昌無死法，今奉一杯酒，借汝頭有用處。』遂殺焉。向瑪瑙山大捷時，禽獲獻忠妻妾子女，監禁襄陽獄底，楊左亦以家口輜重頓寄襄城，至是悉爲獻忠所淫殺，監禁者宛存，守道張克儉、推官鄺曰廣皆死之。發襄王之窖銀，得十五萬，廣濟飢貧。嗣昌聞信，由川江至荆陵，服金屑而死，良玉戴罪。嗣是獻忠益横，凡人未殺盡有糧可資之處，雖遠必到，速忽千里，官民俱不及防。

入河南再破洛陽，轉入荆州，官民逃徙，僅存空城。開科取士，狀元姓易，本姓楊，因獻忠極恨朱楊左三姓，見無不殺，故去木旁以避之也。十五年，湖北八府并豫晉漢南方規五六千里寸地爲賊巢，紳士軍民非附賊不得活，穀麥麻豆幾絶，糧米價六十兩一石，無盈斗賣者。十六年，獻忠過江，破武昌，禽楚王，以竹簏盛之，凡王族及合城士民約六十餘萬，盡驅而投之江，鐵騎後圍，行稍遲緩，利刃亂砍，趨如赴家，江魚致不可食。初獻忠將計渡江，撫按向楚王急貸十萬贍守城軍卒，王笑而辭焉，謂城守事非王府責也。及城陷，發王窖得銀一百萬，輦載數百車不盡。賊喜過望，從此而南，自岳至沙，常辰寶衡永再東南下袁瑞吉安，幾及於贛，所在殘破，所在設官，特未建號立年，仍稱癸未。復聞李自成據有西秦，傳檄有能斬獻忠頭來者予銀十萬，獻忠亦懼，乃棄舟楫，率步騎數十萬西向入夔州，陷重慶，瑞王合宫死，并殺舊撫陳士奇。再陷成都府，蜀王合宫死，并殺撫臣龍文光，西蜀盡歸獻忠矣。爲獻忠善後計者，保土愛民，建邦立國，金牛沃壤，安在非李特王建。奈彼殺心愈熾，縱虐爲威，城陷無遺孑，過墟不留種，黄巢八百萬，今且千倍之，四川一省天地爲虚矣。全蜀鄉紳以索銀有無皆被殺，懸榜試士，遠近争赴，冀全性命，以兵圍殺咸挾策握筆而死。直至辛卯年四月日，清朝收蜀，獻忠猶蹲鴟成都，左右報言大兵已至，且信且疑，城垣瞭望，一箭斃焉。已後，李自成七年死矣。

此二賊者，覆明朝，亂天下中原之大慝也。然而有明之天下，不亡於二賊，而亡於殺二賊之兵將，不亡於殺二賊之兵將，而亡於内外當事之大臣也，可慨也夫。

卷二

明朝開科

余於積書家見明朝首科試録册，係洪武四年，知貢二人，右丞相汪廣洋、左丞相胡惟庸；主文官二人，禮部尚書陶凱、侍讀學士潘廷堅；考試官四人，侍讀詹同、司業宋濂、吏部員外原本、鮑恂。第一場先經一、四書一，共二篇，題名『四書疑』，二場論誥詔表各一篇，無判。三場策一篇。四書疑云《孟子》曰：『由堯舜至於湯，五百有餘歲。若禹臯陶則見而知之；若湯，則聞而知之。夫禹臯湯於堯舜之道，其所以見知、聞知者，可得而論與？《孟子》又言伊尹樂堯舜之道。《中庸》言仲尼祖述堯舜。夫伊尹之樂，仲尼之祖述，其與見知聞知者抑有同與？請究其説。』天下會試舉人共止二百，中式者一百二十人：狀元吴伯宗，授員外；餘二甲及第進士出身，俱授主事；三甲同進士出身，投縣丞，會元俞友仁亦授縣丞。朝鮮人金濂三甲第五名，授安丘縣縣丞，後告歸本國，即拜相。此第一科制式也。

嘗考宋制科舉，内闈士子有疑難事許叩問主考，以五代干戈後，人以識字爲罕耳。後主司避嫌，多自峻不敢啟，啟亦不答。歐陽文忠同梅聖俞知貢舉，每事復古制，策崇舊體，因宣諭諸生坐待啟問，至日午猶喋喋不已。退食後，又有叩簾者，問『堯舜』二字，并董仲舒何代人，聽者哄然，文忠不動聲色，爲之講解，復曰：『似此尚疑不用可也。』他日言及，憫然憐之，其矜惜人才如此。後金人入中國，今科科舉罷後，即曉示後科於某經某史中出題，天文地理兵農禮樂皆然，中原士子寒窗静案得以窮究極，至不出數科，經史政事各得精要。元朝初年多出異材，金人所以養之者有素也。至前明立法主司出題必欲乘人所不知所未習，故於經史政事一無考訂，一無究驗，文則空拳白戰剿襲套話，人則庸腐無知，蠢然要錢而已。

明朝以不肖之心待士子，士子惟以爲己之念待朝廷。試問未進時，有一念不爲身家者乎？既進後，更有一念肯爲君國者乎？報效事明朝獨少，求全事明朝獨備，如四書五經、論表誥判、天文地理、兵農錢穀、往古來今，三教九流無一不通，方稱入式天下，幾見有此全才？至末運幾年，欲兼騎射而有之天下之應之者，一無所能而已矣。

功名奇巧

萬曆丙午，北場龔爲光幼時夢『先有司』三句，題須串做。後童試於院，爲『舉賢才』題，憶幼夢於入題處，承上二句。文宗於此特密圈，得入泮。後録科爲『赦小過』二句，竟串做之，謂『賢才原不能無小過，必先赦而後可舉』，文宗以爲奇，領案。觀場闈中題『先有司』三句，益憶幼夢，八股串做，房考韓仲雍擊節加賞，首薦中式。

又丙子科南場，七月中文宗徵蘇常二節推較闈録遺卷。一日下午，兩推翦紙綦對弈，文宗忽於屏後步入，急搜一卷掩之，笑問曰：『得佳卷否？』倉卒答曰：『正看此卷。』時取字木印在案曰：『既好，取之可耳。』遂手印之，即便出外。兩推方取同閱，疏弱殊甚，曰：『彼之命也。』記其破承，竣事出，署一生送卷，即其人也，爲松江上海之張汝聰。二推又同入秋闈，期取積學，適看一卷，似前倖得遺才之筆氣，去之，念已二十四分，忽倦甚，攜之入袖，閒步總考簾外，遇前推捧兩卷呈薦，聚觀片刻，司門者疑并入，竟擊雲板兩下，不得不同進，彼推兩卷俱入式，問及同進，無聊出袖，大加讚賞，謂必英俊，特令加圈點拆，號中出，果即汝聰。

又一生應試，在寓夢祖先告曰：『封銀五錢，書己之名於貢院前，送人可保必中。』連三夜皆然，勉爲之。不意受銀者神樂觀道士，唤入貢院以備寫榜，踉蹌而趨得銀，視名，感爲恩人。填榜至末，大總裁持四卷在手，欲較取一卷，口微吟曰：『沈景華。』道士所得封銀名也，心熟手便，疾書之，急欲止易，已上榜矣。遂爲鎖榜舉人。又丁卯南場簾考書三房，河南人某誓不閲卷，候至二十日問硃卷進完，即焚香叩天，先宣頂上一卷，主必中以爲頭卷，乃上下顛倒者三，取出第一卷後信手抽五卷，前後次第亦隨之，皆密加圈點，無錫唐損占士嶸在内，五人爲沈胤培等，俱中進士，惟第一卷爲上江人，已耄矣。此損占親口自言者。

又天水某，榜眼也，幼不甚穎。年十七，搦管不能盈二篇。縣録考題分東西己未，日過午，濇滯枯槁，落想爲艱。乃向牆角再小遺，見有黑綫垂壁，拽之，抽不了，末得一紙包，即其題之文，傳遞人所爲也。急謄上卷，取覆試共二十名，以覆卷不稱殿之府録，則儘縣案二十名，候考澄江。時陽羨李蘭皋癸未科李用楫之父。年望四，素號通童，亦府取。在寓課小題，甫脱稿，天水適至，懷李作而去，朗誦記之。及入棘，竟是其題，不遺一字，直書上卷。李意天水必爲此事，恐涉雷同，月搆一義，拆卷時，天水入而蘭皋不入，天水因心感執贄蘭皋門下。戊午年，南場入彀矣，時方二十二歲，向因家業中微，植産計勇於誦讀。每見閒談某以舉人知推致厚槖輒傾耳；某以舉人知推幾年居善地行善政播善名輒神往；某以舉人知推截俸行取、擢諫垣擢西臺、查太倉庫差、茶馬鹽鐵輒自許。冀一日焉，得其時，莅其任，樂可知也。三科後已不耐公車之極。辛未榜發，乞恩就選，果次知縣例，樂甚。遥憶三年後綰綬琴堂，栽花海嶠，震旗鼓看排衙，平生志願足矣，恨不能縮日就。

癸酉中秋，乃爲虎丘之遊，又獨自爲虎丘之遊，一葉孤舟，泊於人所不到處。十五日爲詞林項水心摇春上京之日，趨之者船以百計，優酌以候之，矙之者席亦以百計，望見顔色寄語長安，或驕語鄉曲者，人又以百計。項以不耐人事，挽舟南岸。天水隻身既無朋又無酒，操手閒行，往來於斟酌橋，至普福橋，獨步徘徊者幾上下。項則假寐艙中，冷眼覷視，疑宦後何獨行，疑未達何魁梧，遣僕偵之，乃知爲老孝廉，再遠詳閲，非孝廉結局者，請其登舟，此時仰望水心如在天上，告以乞恩就職，項曰：『無煩此也。』即簡經義十首畀之，曰：『明春大業在是矣。』甲戌四經題果在其中雋矣。卷出，項房師生誼先於虎阜訂後廷試對策，又蒙崇禎帝特簡爲鼎甲，中人俱大違，其知推之願於五雲多處猶懊恨之。可見讀書士子埋頭刺股，與傍花泛酒，未必若爲有用若爲無用。儻天水發憤，憾五科之不第，當中秋賞月時閉門禁足，安能身登帝庭，天人策衮然爲天下第二人耶。故知落霞孤鶩原非千秋絶調，只少八百里一日之順風耳，雷搥薦福，安可以成敗諭英雄。雖然求苦中之苦，方得人上之人，惜陰繼晷立，品成人之所必道，且天之所報視人之所盡不爽秋毫。若所見聞之天湊功名，彼自有夙世因緣，或前生苦讀終身不得一青其衿，或錦繡盈篇爲盲主抹擲，爲勢利擠棄，天蓋以儻來榮貴償其勤苦，故甘寂守戒之禪僧，恆爲太平宰相，有由來也。

京師會遇

吴晋叔，祁門人，又云江右人。幼孤貧，不認字，能腹記萬言一切钱穀瑣務。年二十四，爲閩客負荷建扇入都，自渡江登陸，日所履之地步有數，廿年後猶能歷指。壬戌之春，爲四公車主爨，自辛酉十一月至三月，米鹽腐茶事零費錢七十千，至分手時，倩一人主筆，彼自口憶，不錯一銖。四舉子日夕所誦前後場及古今文，耳聆心解，皆成誦盈篇。魏璫最喜不識字而有心計者，知其人，使主記室，轄三殿大工，料役支放，皆關白主裁，空憶忖記，萬千端緒始末井井。偶有簡舉，追數了徹，絲隙無漏，亦刻晷不差。另以姓名入仕版，加至宫保，知係冰山，不欲以真氏籍染也。

大工甫成即逸去，爲藥餌客，徧走江湖，其貨物多寡，視外橐裏便悉中之數目，袖底素無簿牒，眼爲筆，而帳藏腹也。性最戒慎，自知福薄，故雖大遇而不濫富，卒又能遠害潔身，智士也，傑士也。鼎革後，尚走蘇杭。崔魏時炙手可熱事，亦絶口不談。

又上海張電號賓山，工草楷，以布衣從陸文裕入都。夏文愍公言見而賞之，授以武英殿中書局儒士，屢蒙獎賞，即實授中書，進供奉局，序班擢太僕寺少卿，晉正卿，遷司經局正字通政司使，歷工部右侍郎、禮部左侍郎，食二品服俸。所著事蹟書太廟金額，仁壽殿永福殿二額，獻皇帝銘旌，獻皇后神主，皇天上帝玉册文表，九廟神主牌額，御製碑文寶軸平邊告廟文表，至書銘書屏與扇軸掛屏春聯等件不悉紀。其寵幸特命等事，隨駕承天往還，日夕謹身，路經六千。時將及歲，護行景仁殿奉慰仁壽宫，拜瞻永禧殿，賜偕輔臣。進香武當，賜偕輔臣。入苑賞荷，并席泛舟，賜偕輔臣。坐賞鼇山，三賜御製衮文，四賜御書平安。特賜慎勤忠誠圖記額牌，特賜道德經斗母像。至上方新茶，牽羊酒果，御前尊爵，御用服帛，與雲鶴麒麟、飛魚繡補等件無算。又特賜銀瓢繡袋，祭品酺醖，閣臣經筵，勞臣所不易得者。又輟箸賜饌者五，銀如意金丹生脈散香薷飲者四，内帑金銀十兩至五十兩，幣帛自一表裏至四表裏者，三十有七例。賜歷扇外，面賜手賜者各六。錢鈔以百貫計者，三十有三。若筆墨肴核、鮮果時烹以日賜、以時賜者又不計。《寶訓日録》告成，賜宴謹身殿，尤二祖列宗來之曠典。内殿竣工，蔭一子，考成又蔭一子一孫，給三代誥命，貤恩前。母偶疾，賜藥，特遣太醫日數次問，諭内閣上寢食狀。母卒，賜祭葬馳驛，守制，服闋召用。後卒，贈禮部尚書，蔭子，祭葬一品禮，此布衣之極榮矣。

初入中書局，未甚寵幸時，嘉靖帝曾賜一札，與文愍公偶醉後漫評數字於札尾。數日後内復，索此札，夏驚懼，召電曰：『此事煩爲擔認慨承之。』跣跪御前請死。上熟視良久，曰：『此夏言筆也。』電伏地不敢言，即叱出。後西市之緣根實種此，電非有意擠之也。張在雲間日，寒蹇殊甚，傭書於沈水南書館，得俸不滿六金以糊家口。一日，水南率及門五六與張出西關亭，橋有星相僧迎顧，時徐文貞公階年方十六，恭手尊之曰：『宰輔大器也。』衆失笑。又恭手於張曰：『此位遭遇特隆，品亦不下一二級。』衆益以爲妄。指水南曰：『多寒氣，非科甲中人，然官亦登大夫。』衆又怫然。外王白谷、顧豫齋、王左山，歷指皆兩司，張白灘非科即道，衆復大噱，以爲同學數人豈能盡入朝班，且賞賓山爲大貴，貴從何來，不再詢去之。後水南年老出貢，賴及門多顯爵，扶掖至郡丞，晉階中順大夫，餘皆如其言，亦神相矣。

兩元書院

杭州孫兩峰先生大銀臺致政歸里，素恃先達，傲睨後輩。然鑒識時流或爲大器，或爲小就，或朝鮮而夕嫣，縷縷指也。家延二師，講貫爲紹興之李旻，句讀爲餘姚之王華，即新建伯文成公之尊，人年將登四，貌拙氣鈍，小試多不利，兩峰每狎侮之，呼爲落魄老儒，王亦不較。成化庚子之春節歸就試，候案一月，名復不録，兩峰不悦，其久荒童課也。初到之席，演蘇秦劇本誚之，王愠不形色，館政之外，自理正業，循常格而已。中元録遺幸附觀場，更幸復領鄉薦，兩峰仍然蘇秦劇本賀之，謂其掛名浙榜，便可稱掛印榮歸之蔗境，杯箸票簽，金書桂折，驚落魄鵬摶望老儒，王亦無喜無怒，舉杯飲醴，舉箸食饌而已。李以同館情深，把臂噫吁，雪涕而别。明春辛丑，王以狀元及第報矣。兩峰舌愕，始悔從前，畢竟非月旦真主，束幣附其家訊中，不報，再耑伻抵京師，止獲一單名柬，乃遣子入都申賀悃，王以故人相待，情誼諄篤。及歸，書金箋贈之曰：『好去殷勤謝爾親，莫教童子誚蘇秦，丹庭獨對天人策，便是當年落魄生。』兩峰見之大慚。

嗣後語言晉接之間，厚奉李師。李亦於三年中咿哦徹晝夜。癸卯春，掀髯自命必期繼王公去。八月果雋於鄉，謁兩峰，索演蘇秦，扮兄嫂與乃母之奚童遞罰，大觥醉極，幾不任衣冠，李亦呼酒大樂。明春甲辰亦狀元及第。兩峰喜以書館另闢其門於正街，顔曰『兩元』，書院後王公冢宰家居，有星家推乃郎新建伯之造曰必定跨竈，王公微哂曰：『我竈恐亦難跨。』星家曰：『狀元冢宰不過百年之富貴，此造主匡扶社稷，整頓乾坤，與國同休劉誠意之流也。』時新建方在童年。後卒如其言。王李二公相較，李又遜王萬萬矣。李之氣豪，王之氣和，其亦局量之有别乎？

此二公之元志於元而得元者也。迨後嘉隆以至天啟諸朝，傳臚次第，悉依進呈前後，其中機局，天工少而人事多矣，《邯鄲夢》之演劇憾詞也。然狀元爲天下之福主，裁自宰相，豈即造福之人耶？此皆齊東諧語，草野村談，安可妄聽而筆之書。但就我目擊而灼知者，一一志之。辛未科爲宜興之陳于泰，當時譁有長安莊之説，此以小人之心度首揆之腹也。首揆爲同邑之周後密，聞周意甚忮忌之，則當日無引掖之情可知。或言其廷對之卷，預備其二，入内正卷反係在外，倩人者线索直通司禮與朝廷之左右，并周亦不得而知之，則固大有力者也。至甲戌科，則有異矣。廷對詞策悉用駢語以引端，後則敷陳題旨以頌聖，算定字句揭出第二葉『皇帝陛下』四字作第一行，凡有志於進呈或遵是式，又有牛衣對泣時煽心知推，故不整飭其卷，願填三甲以快生平。聞向隆萬年間，竟有不搆一筆，但書『聖學淵深，臣愚不敢妄對』十字，則必歸之三甲矣。此其志趣之卑下可知。崇禎帝於是科之卷，取呈至再，尚未愜意，閣臣無奈，盡將一榜卷送入，遂於卷之不矜意以求工者節取焉，去麗而存率，略博而收平，中州之劉理順入彀矣，鼎甲三名俱出聖裁。若丁丑科，則内外預定者無錫之高世泰也，傳臚之一刻與前一晚及傳臚一刻以前之半日皆高世泰也。至殿，呼聲裏爲江右之劉同升矣。説者謂烏程忌忠憲公之姪，其然，豈其然。庚辰科又訛言無錫之鄒式，金人謂其多金也，偵卒詭其説以取之，此亦錫人目未盈寸之言，長安輦金山積，貂尾通天，屈指當未及鄒也。北通之魏德藻卷有『滅賊中興』字，横列在上，御筆點之，遂定其元。癸未科春闈愆期，秋暮始舉，臨軒繙閲，矚審至午，韋絶意嬾，尚無專屬。午門外馳報者指松江之朱，又忽指淮安之王，江右之張，御几已兩盡一榜卷，可稱萬選青錢矣，得武進之楊廷鑑，遂爲八十九榜之殿焉。

甲申以後，病臥蓬窗，足不踰閾十年。後又爲餬口，見壬辰科狀元則爲無錫鄒忠倚，即前式金姪也，係己丑進士，補殿試。元宵日啟行，在途殊無吉兆，輿夫逸於中途，貂帽失於酒店，衾褶竊於僧房。是科庭試，錫邑共十一位，凡有親知俱於西長安街接候，見簪筆出宮者已數其十遲之又遲，鄒始出焉，衆祝之曰：『詳慎如此，鼎甲在握矣。』鄒曰：『狀元如後數起，或者有望也，然守部又無此大力。』是日風砂晝暝，晦塞異常，又爲避痘令嚴，廷試進士改集承天門下。墨池土漬，筆尖砂飽，一字作四五字潤書，其點畫方全，不然一豎止見上下一畫，止有兩頭，令觀者月露生憎。鄒則字全行直，於靡靡中赤幟易拔，其得元以此。

己亥科於八月舉會試，以丁酉鄉場主考簾官正法懲創，南直舉子未與戊戌春闈，章皇帝月試示恩，狀元爲崑山之徐元文，是科能書者無錫華亦祥爲第一卷，爲大宗伯領讀，玉質金容，銀鈎鐵畫，朝廷展玩亦不忍釋手，崑山之所以得元者，上意不欲於進呈卷内取元，示帝簡特恩一日知遇之意，崑山無領卷，官遂定第一人，華次之，華若不爲宗伯所呈，魁天下無疑矣，後亦同鄒俱不享命也。所見六科中，以未進呈得元者過半，固知宰相原不能爲人造命也，人宜安命矣。

錫山三富

無錫古泰伯地墓在延祥鄉，嘉隆間有三富翁，世所傳安國、鄒望、華麟祥也。安號桂坡，東鄉膠山人，離城六十里。既富後，思貴以耀宗，子如山原俊偉苦讀，謀之堪輿氏，必期來科聯捷，方聳觀瞻，遂覓三吳兩淮，有其地無其速，有其速又不可得其地，再四圖維。政不必遠求，本處膠山寺殿基催官速發可期許也，私相籌議桂坡曰：『若先明告，寺係古刹，志書所載，決不得者，勿動聲色，則就緒矣。』逕擇破土造墳，安葬掩壙吉期。然後敦請主僧，告欲修齋萬祈，誠敬齋宫，亦另建更祈功德。幾日内外迴絶，雜人不進，雜念不起，寺中房屋所有纖悉任之，還須主伯亞旅闕九字。則涓吉舉行矣。功德二十四日完滿，桂坡率友進宮拜佛謝僧之後，葷殽醇酒極量酩酊，及至酒各不勝惘，其徒步僧衆上下俱用幃轎送歸。主僧入室，視舊日所藏所設不異也，執爨下廚，視舊日存柴存米不異也，檢舉服用鍼刺於窗帶懸於椅不異也，言念事物晾摺帽帨盆蓄花果俱不異也。酒既沈酣，惟展衾撫枕，脱脚就睡而已。

明晨日高未起，有住持老僧先啟内户禮佛焚香，前闢山門昂頭一望，向占丑未正對龍山，今則欹右向更子午矣，異之；俯視田圻，向豎膝以縱，今順寺而横矣，異之；前望喬木，向直遠村，今抵曲埄池塘迴徑矣，益異之。左顧，里許巍然隆起者墳也，而丹堊未乾、焕然更新者寺也，而基阯右移，趨就細睨，爲安桂坡尊人。亟步歸告闍黎，幼小輩尚然夢中囈語，爲别話相酬，亦有驚起訝問，拭眼四顧，見一切户牖窗檻舊式舊製，反叱告者爲眼花見怪，嗔聲奉答者。迨道童釋侣奔訴同詞，各相顧曰：『事已成功，若云不可，先遷寺乎？先遷墳乎？聲言擅估，聲言不先預告，告之官乎，訴之鄰里鄉黨乎？不如且已。』方在擬議間，桂坡復率幾友來謝，方丈之肴核已滿，再爲盡歡一日，敬奉百金爲佛殿慶會，僧喙於是永息。明年子如山果聯捷。桂坡則爲天下名山遊，并鑒賞秦漢彝鼎，築菟裘以娱，歲月如是者幾廿年。至閭廈阡陌，粟紅貫朽，不必指也。孫希范少年科甲，從孫廣居明末舉人，文章名世者更多俊髦，子姓如螽斯，居然晉室王謝。

鄒號東湖，邑之泰伯鄉人，會計簿編號至六百，米穀數槖，儲至百萬，錢不索而庾，銀不匣以室，至櫃藏於牀前阿堵零賸物也。曾與顧尚書榮僖公搆訟，郡城内外十里悉令罷市，榮僖在寓幾無菜腐魚肉以爲飱，衙儈胥役呼命不應，鈔酒無靈，以饜足於鄒者過多也。崇僖諱可學，關節圖章，金提玉質，繫於袖帨，日夕弗離一日。欲致札郡伯，啟出視之，一塊瓦礫，秘不敢發。明晨再啟，縣紙緘識大書『鄒望封』三字，榮僖警駭曰：『吾頭可斷也。』即與之。平錢能使鬼如此。子二，來鶴來鵬，閲牆招釁，親朋分黨，百萬家資斷送衙門，想貽未讀書之故。

華號海月，父本有家諸生也，嘗館於京口。時京口地無紅菱，使館僮興販於錫之菰瀆，即海月本居地，六七日往來，利可十倍。又於館政暇縱步金山江口，同牙行人等商南北貨物之翔沈，億則屢中，意念勃如也。子雲露俱早慧，慨然曰：『黄甲科名事可付兒曹。』知父翁處有契好遠宦，寄銀二百封頓，年餘乃竊之往館，徊翔百貨間。立志人棄我取，積久無用者，方爲收置。牙行人忽指曰：『有一物矣，積已年久，儲非一家，荆湘川蜀遠下客商所帶扳枝花俱結算在主撥除飯食牙用，向無定價，大約百斤一包作四錢可也。』海月曰：『此有收之日，無發之時者，付實銀二錢可乎？』衆各欣然，以爲臭腐神奇矣。蓄貯四廒，固封焉。未閲月，正德帝爲宸濠反叛，督兵親征，已有旨由金陵至武林登太和山從嵩岱而還，凡所經歷州縣，備供帳、設衾褥皆需扳枝花，價已昂極，一斤對兩，迫無貨見也。販賣遠商艤舟蝟集，海月徐發，匝月方完，實銀幾百萬矣。此方謂臭腐神奇，捆載而歸。訓二子讀書，雲成進士，露亦舉人。享福廿年，德澤廣布，爲義莊田以贍族，園亭幽潔，建劍光閣以蓄書，沈石田文衡山輩經年主其家。時值倭亂，月造城郭以鞏固其家。孫玄禩進士，名御史也，從孫琪芳，會元鼎甲也，子姓雲礽與蕩口興道并埒。

庸醫苦樂

常州府理刑陳式匡于垣丁丑進士，杭州人，戊寅年選授刑署，清肅。莅任年餘，夭殁一子。蓋其子也，年僅二七，聰慧勤讀，本領已升堂，二人矜寶之，又止獨子，二人憐惜之。不料欲實早甲，綢繆於妖婢曠奶間，尪羸澌露，中槁可窺矣。二人以爲童年也，投以袪驚消疳之劑，悦以洗兒逐舞之懽，師傅疏而温柔，邇病寔反有以濟之。先是無錫有庸醫，術不能糊口，有親識久充司李掾，乃開設於府橋南街。司李以兒病在念，遇醫室必式瞻，小兒科尤注意。見錫山某之招牌新煥奪目，回衙將退，對衆掾詢之，親識亦順口讚曰極有斟酌。司李即發柬延入，告以兒病。診脈時，睡一藤坐甚短小也，遂毅然主童子勞之説。開陳藥品在署炮製，火候生熟之間，故爲矜張，內署家人叱之詈之，終無一是。甚至謗譖於司李之前，筆之氣喪者比比。又承露以涼入地去火。停挨四五日方稱道地一劑，人而殂矣。

合衙男婦皆謂命送此醫之手，司李亦哀苦無抒，聊向醫生發洩。醫則跪而拜，拜而泣，欲求脱身出外不得也，暗受家人老拳已不知几幾。自日中至夜，再候至天曙，殯殮事方完，司李呼至前曰：『吾亦知爾非有意也，苦不讀書耳。有小兒書數部可持去熟讀，每晨進背十葉，如錯一字，掌嘴一下，限再明日爲始，庶後人不受爾害。』差兩皁押出，取保所薦親識，笞五十，革役。至第二日早晨，押阜催促進署，司李不得見面。二家人督背，二家人持木掌，第一行中便經兩掌，三葉未完，兩臉疼腫，舌不辨音，叩哭告歸，自限明晨補背。來寓即遞病呈，速通家信，罄其所有典賣現物，央巨紳達情，逐出府城以爲慶幸。此庸醫之苦也。

又和州一庸醫，無聊之極，卜休咎於關帝。因遷過蕪湖東下馬頭半間陋室，内外中分，月餘之後益甚無聊。一日下午，見舟子收縴，左腿發腫，蓋癰也，口呼痛極，步履艱難。醫謂曰：『吾能藥之。』舟子以無錢對。醫又曰：『吾不汝較也。』先與活命飲一劑，代爲烹製，就室而服之，復圍以蔥臘膏。舟子原乘醉而來，即睡於門首，醒來腫者軟痛者癢矣，四叩首去，日夕感念神仙手也。未出一月，留都大司農畢東川公自嚴患痢劇篤，公郎自徽州出寧國駕船長江順流至水西門，使舟子負送行囊至父署。見數十醫生默坐廳事，廳事之東帳幃嚴肅，云尚書公病臥。彼舟子即前生癰者，胸中止有此醫，不覺高聲自言曰：『若得蕪湖某醫來，立刻愈矣。』畢公係老人，極肯聽事外之言，再詢之，舟子更神異其詞。

當差飛馬屬蕪湖縣尊，如風順用快棹，風逆多撥夫輿之而來。外又肅名帖具聘儀，敦致醫生，縣公則差吏書船隻偕下留都。奈此醫生亦患痢坐家，不敢出口，隨之而去。甫下幾里，正在揚帆，忽而風來去路，畢之家人曰：『期定明早進城，今宜從陸。』於邨落中覓一椅以爲轎，連夜進發。將近城三十里，已夜半，人皆憊極，經一孤村，啟門强入，就釜造粥。家止一老嫗，起爲執爨，食粥時，衆乞小菜，嫗指煙櫃處鹽菜乾。醫生取其二莖連粥啖下，腹鳴有聲，私自忖曰：『此佳兆也。』菜餘把許，并取入袖，升輿再行。原有煮軟烏梅乾藏袖，潛裂菜乾爲細段，外圍以烏梅。比及進城，已成六十餘丸，自痢已止。診脈之後，宣言造粥摻二十丸於粥面，令畢公乘熱徐呷，將及其半，問曰：『腹中轉動否？』公曰：『小腹氣攻。』又曰：『響動矣。』醫大喜曰：『響即效也。』再下二十丸，盡其粥，喉囀大噫，急索净馬，見糞而痢愈矣。醫生曰：『後不須用藥，調理脾胃可也。』公實爲煎劑淘苦，大喜，立贈五百金，又各衙門延譽款留一月，滿千金而送回。此庸醫之樂也。

狀元旗扁

嘉興錢御令士升，與弟士晉同胞也。士晉癸丑先發，揭旗扁於門首，旗已定石爲礎，扁已釘盤上桁。御冷夫人出視，怒形於色，謂不留長兄地，趨移旗於兩傍，次扁於後桁。明年，御冷恩貢出學，士晉之夫人嘲伯姆曰：『聊以貢生旗扁懸掛，亦不枉留空地待也。』御冷夫人益怒，竟已之。御冷入京廷試，後部例有考職之舉，此非預屬不可者，御冷以必不落第二乘，冒昧入考，發榜則主薄銜也，京報仍馳告於家，其嬸又謔伯姆曰：『天下有主簿旗扁乎？』御冷夫人更怒曰：『如授過主薄，連夜移爾之旗扁於正中，不然尚有北監可待。』乙卯丙辰，聯捷，御冷狀元及第矣，中掛狀元旗扁，姆嬸悉無言以意相答也。後御冷大拜，夫人誥封一品。

又嘉靖帝夢見『⿰饣靈』⿰饣瞿二字，時松江徐文貞公當國，傳旨宣問。文貞徧集大小京官與寓京文墨之士查考《篇海》《内典》諸書，并無其字，已竟日矣。二鼓歸寢，夫人見公神情不適，問之，夫人曰：『我見道藏《法海玄珠》有此二字，乃鬼來求食之意。』稽之果然。明晨捧《玄珠》經入對，大喜，詔祠祭司於在京在外各處壇壝悉爲祭告，丈貞恩眷始於是舉。又一日，忽傳内旨云『卿齒與德何如？』文貞不能解，似非温諭，亦内外徧集，莫有繹得其指者。夜分就寢，口吟前旨，夫人曰：『德或指一人，其爲冢宰歐陽德乎？』公恍然，明晨以兩人年齒入對，果稱旨。君子曰：『兩夫人之機智作用自是不凡，然而獅吼之漸矣，用於家且用於國，律以無非無儀之訓，其謂之何？』

封君公子

松江陳洪宇，諸生也，子早卒。幼媳能守，浼佐里與同庠呈舉貞節，因乞鄉紳緩頰於當事，爲此徵逐公庭，叩乞吏胥道府，縣準行之，官府亦識熟其人。洪宇以爲官府與有厚情也，公私大小事叨承陳乞不已，至地方有公典，必欲與名，謂可廁身縉紳一席，時因號曰節婦封君。又陳眉公長君性戇，曾夜深酒歸，路逢捕幕巡街，怒其不下馬，極聲喝詈，幾欲衡之以拳，捕幕亦以爲貴顯子弟也，急立地讓之。遣役細詢，大悔過謙，明晨憤訴堂尊，時因號曰山人公子。然口舌之儇利風氣原開於先達。

董玄宰三楚，督學歸，怡情赴宴。一舊族子驟富，倣名公家營搆精舍，中藏書畫鼎彝琴棊玩好之物，充牣無序，又與算格法馬帳簿等交互錯置，因邀玄宰眉公與張侗初輩花會談敘。飯後引入清談，主人各爲誇指某物矜所自來，某爲的係真蹟，某件價值多少。玄宰閉目搖首曰：『太多太多，穢雜矣。』主人領意，急令各去其半。又問玄宰眼前清曠否？仍曰：『正未正未。』再爲割情裁減，幾至於無。復問如何？玄宰目眉公曰：『兄意以爲暢適否？』眉公曰：『畢竟不潔净。』玄宰曰：『曉人。』主人曰：『如此尚多，乞示何法？』玄宰曰：『更無別法，如吾兄亦去之，可耳。』滿室大噱。又進墨池，乞書堂額。玄宰書曰『南有堂』，主人本意欲求褒美，衆不知所指，但胡口稱妙。獨眉公曰：『儻彼伐去，如何？』玄宰曰：『此時不妨再來奉邀。』眉公點首。不過取『南有喬木』之句耳，初無讚奬之意，蓋入門時二公見南鄰有大樹也。又玄宰過吴玄水家，適一傖父來爲浼玄水力致乃郎入泮，送謝儀四百金，因留酌，坐次與玄宰聯席。無聊間，問尊庚，傖父曰：『癸亥生。』接口曰：『小兒今已進學。』玄宰仰首自言曰：『癸亥則與今上同年。』傖父遽問曰：『令襟丈何姓？』玄水解之曰：『非也，今上乃皇帝也。』傖父又悚然曰：『萬不及一。』玄宰亦遽止之曰：『豈有此理，他令郎還未進學。』一坐絶倒。

輕儇風氣畢竟凶年之玉，甲申三月十九日，一字用不著也。

海氏死節

海氏，徐州産也，夫陳有量，懦而貧。歲饑隨族武弁往江陰，弁隨調他所，因棲毘陵，日給幾不周。氏固美姿容，深自飭匿，酒傭楊二偶伺見，乃結交於有量，稍資匱乏，乘閒挑氏，氏怒恨痛哭，傭知不苟意絶。丁未春，運河水涸，糧艘滯集，有艘卒林顯瑞者飲於傭，告以麗姝在邇，引林竊窺，魂蕩然。傭曰：『彼夫婦歸徐念切，吾能説之附君舟，慫君爲也。』林喜，乃書帖聘會計士值三金，使傭馳有量云：『尊嫂可附舟歸。』有量喜過望。傭亦索積逋清之，歸言於氏，氏曰：『傭非良人，事從所來，決非良圖，盍返之？』正擬議閒，林率衛役聳脅登舟矣。居桅艙，氏益韜斂，林於入艙後，不得再見。計持廿金使有量往蘇，氏知決不可，正擬議閒，呼登舟聲甚急去矣，氏徬徨殊甚。即日祭金龍江神，刑牲時，舟卒藍九捧盤載血倏而蹶覆，林怒揮以拳甚毒，九忍之。令戲臺設於艘傍，便氏眺睨，復垂簾，揭彩于氏之艙門，遣平日所私外婦攜酒饌叩窗扉曰：『神惠也。』氏峻却，并不視劇。林怏怏，又使外婦贈金五錠，粲列氏前，款語曰：『奉娘子至維揚市珠帛。』氏揮之，厲聲達外，林亦不顧。二更餘，穴艎板而入，欲掩其睡也。氏猶危坐，大呼『殺人』，同舟盡知，屏息不言，持之益急，喊聲愈厲，驚鄰舫，林沮喪逸出，微聞內有哀泣詞，久之使外婦再窺，投繯瞑矣，急匿屍於糧米中，思渡江時抛之江心，禁舟人勿洩。

閱二日，盧有量自蘇還，又計懸十金能至前途殺之者賞之，藍九應募懷金而去，密首監兑司理朱某鐙前，閱牘大驚，立傳經歷司繆國瑞啟城謁衆弁云有逃人在旗甲中，亟呼點名，按籍唤唱，至林顯瑞，繆曰：『是矣。』喝鎖轄之，林方肆辨，鐙光之下，藍九躍出，抗言逼死烈婦，屍現在某艙，押林檢出，勃勃如生，衣雖鶉結，矜袛上下連綴縫緻，蓋有量去後，自紉以備倉卒者。論法斬林，林扳酒傭楊二，二早欲逃，眼盲無去路，至則先爲艘人市人共毆，隨受官刑，不數日斃於獄漕，撫以其事上聞，合郡士民建氏祠於龍舌尖，詩詞弔之者不計數，江陵黄光業立傳。

冰花非吉

崇禎初年，嘉興葉紹袁昆仲文彩茂著甲第蟬聯，又見其家刻集妝閣珠璣、閨垣錦繡、離鴻別鶴之操，不足數也。最可異者，庚午辛未二冬，室女漱盥之殘水每晨起視結爲冰花山川，花鳥人物神仙，朝不雷同。又必先爲兆示略似其家之所事，或親朋讌集則竹林七賢西園雅集等，或佛懺經典則達摩葦渡紫竹大士等，或官職拜遷結姻考試則待漏賜誥、射屏雙鸞、首臚歸第、蟾宫攀桂等，其媚麗纖巧，極古今所未有。至一種磅礴蜿蜒，開宕聳峙，董北苑不是過也。清晨求閲者，車馬填街，蠢夫傖兒趾不敢前，雅墨鉅筆，贈賦盈筐，竟有不遠千里而至者。公祖父母冒嚴寒修謁，時樵李繁華，以事功著，以文章著，園林聲伎著，幟各争標。惟葉氏以冰花奪韻，諛之者曰神仙窟宅靈氣灝牣，人值之懷蛟吐鳳，物值之亦鏤金錯采，水尤易染，理固然也。抑知豫大之業，履實爲先，冰花燦發以後，女先溘逝，家隨國傾，入懷忠殞，不出十年，冰花皆離黍矣。

又北宋萬延之，亦錢塘人，性昂不仕，規畫田畝。廿年後，致租萬斛。前赴銓時，汴京銅禁甚厲，十文錢置一瓦缶以備沃盥，今乾擲者已廿年。偶供客頮面，水已覆去，略存餘滴。時值隆冬，成桃花一枝，異之。再爲注滿，少頃間又呈并頭牡丹，次日又成寒林衰草、水村竹樹、斷鴻翹鷺之遠景。自後遂寶其缶，以白金外護。適徽廟繼極普及覃恩萬，以致仕例遷一秩膺宣德郎，詔到之日，又屆生辰，則凝結冕服老人山巖正笏，龜鶴在側，桃杏滿枝，如廳事親朋所獻之壽圖，莫不驚喜誇炫。以致聲徹時相，竟爲人挾勢歸蔡京，不幾年壽終。子爲副車，王晉卿孫壻亦早殀，萬頃家資盡爲王氏席卷。衆始悟冰花非堅久之物。五百年後，復有葉氏情事合轍，即在百里内，總不祥之兆云。

古玩致禍

萬曆末年，婁東有一白定鑪，鄉邨老媪佛前供養，不知幾世年矣。下足微損。偶有覓古者，一金易之，媪過喜，以爲送終之資。覓古者則爲拂拭碾去損處，錦襲以藏，售雲間大收藏家顧亭林，滿願得四十金，其人更喜，以爲終身娱老之資。亭林又售董玄宰，貨物相值，價已翔至一百二十金。玄宰不甚喜玩視，歲餘，售檇李項氏墨林，實銀二百五十兩。玄宰以百金賞與事之人，其人一室爲之小康。新安大俠程季白聞之，自負鑒賞，先請瞻視，項氏幾爲涓吉，設幔鋪錦，優酌廣筵，費將百金，季白神往焉。後輸八百現鏹延推日月，猶以爲情讓。季白捧至吴閶，珠寶飾玉以爲匣，外復蜀錦重襲，攜入京師，共矜奇貨。原係文華中翰宴客賞視，必月設卓重褥繡圍，崇尊於上香，非海外名品禁内異製不入爇。季白聲譽因白定而清高雅俊，非華貴之極，親友之至，不得窺望一班。

時崔魏已熾，忠賢欲求識面。季白素往還於東林，驕不與暱，又慮一入不再出，吝之。璫怒，牽入東廠叛逆黨，下詔獄，緹騎擒拏。時正對白定，拭案焚香，梃棍交下，揮掠階下，粉齏矣，不知事緣所起特爲此也。忠賢知之，仍令拾碎片，再三詳視，爲之大笑。後季白久羈於獄，瘐死焉。

又宋徽宗御前有玉杯三進，一爲教子升天；二爲八面威鋒，皆溫潤潔白、螭龍纏繞；三則單螭作把，外碾細花迴紋，瑩白甚於二杯，神光稍遜，世寶也。雲間大宗伯朱大韶旅谿公得之門生所奉，後冢孫中落，以教子杯典吴門王氏三百金。從兄大司成文成公贖歸，并以重價得八面單螭。文成故無嗣，立弟文泉子，三杯皆文成夫人陸氏莞藏。文泉子太學生也，外盡陸氏嗣母之孝養，惟日伺三杯所在，全歸後攖得之。陸氏宗黨素亦垂涎此三杯，内有顯者，以忤逆誣情訟太學於平湖縣屬，令逮入圜扉。時太學生三杯密藏於壻室，太學之夫人胡氏曰：『何愛三杯，而以性命爭耶？』亟取歸以解之。杯到之夕，胡氏憤泣，謂禍從此祟，睨之欲擲，左右失色，急勸曰：『解難目前非此不可。』固止之。胡曰：『縱不毀擲，亦當羞辱一番。聞爾在御前金盤跪捧，甘露瓊漿，歌舞而進者，今以四文錢沽極薄酒，使奴婢輩席地滿斟，作偷飲狀以壓之。』明日裹以獻顯者，太學出矣。出復邀歸，即以三杯款飲，明示此實非貴顯莫得懷之之意也，亦驕惡無忌之至矣。後四十年，太學子本吴、本洽俱成進士，陸氏顯者之孫名鍾奇者，染馬道英叛逆案，松守張宗衡亦置之圜扉。一月後，仍歸三杯於二朱，鍾奇得免死。太夫人接三杯在手，泫然告二子曰：『四十年前，吾已欲碎之，今復來吾家，毋爲子孫禍也。』時太學久故，出家醞手自瀝獻，泣告靈前，各爲再進，劃然一聲，碎之階下。

又鼎革初年，文震孟相國之壻常熟嚴栻子張冑步吴，趨見錫工鋪一方壺，矚之一角微損，二金易之，蓋三代時物邢候罇也。其來於錫鋪武弁曹虎下松江時所掠，銅錫貨於鋪家，工見質白爲雪，亦以爲錫也，一椎折角，内非錫體，姑置之耳，不意獲二金，實過望。嚴復倍所值以修之，珍藏密室，方以爲百世藏寳，閉門兀坐，妄議纏涉，家幾罄，三年後始得冰釋。乃再索朱提并罇以贈當事介紹，子則匿罇於家。不一年，當事與介紹又别案債裂，歷歲月牽纏，介紹之身家不保，伊妻爲糊口無資，舉罇與注鏇等物質之典室，又視罇爲錫器類矣。

金壇海案

金壇風土，沈摯而篤鋭，絶無蘇常曠逸靈虚之致，其趨於名利也，一往不返。故周介生家同祖七進士兩解三魁，文章制藝直欲上逼歐蘇，俱以美錦而多染糞穢虞來。初同胞嫡弟兄一榜兩會魁，文章材幹，負朝野重望。後因京計兩典，俱掛彈章，遂自蹈璫禁而甘心。今又緣海寇一案，迷入霧網，屠戮滅門，流徙遣戍，幾及千人，起禍之因，亦惟放利自尊而已矣。

鎮江之屬邑凡三，二丹一金，金爲最僻，吏胥之舞文也特甚。如馬草米豆等項，常以該府總數朦派催徵，不知其弊者三倍完納。知其弊者，不特免除本户，且索重賄於吏胥。鄉紳之有力，如王重、袁大綬、王明試等是也。曾爲馬草，分過賄銀七百兩。云知其弊而復不寛恕其限數，役重而且寃，則叫號於縣門，布揭於通衢，如生員蔣太初、蔡黝、于厚等是也。惟此叫號、布揭之諸生，吏胥恨之，鄉紳欲專利也，亦甚心憎之。又金壇典鋪俱係徽商，利息雖曰三分，成色稱兑之間，幾及五分。諸生條陳呈縣，求減半分，各典斂銀八百，浼王袁幾紳入縣調酌，兩外二分五釐，兩內則仍三分。諸生復叫號於治前，曰求減典利爲貧民也，貧民有兩外之質乎，且吾等窮儒，爲公自好，開陳利弊，反爲富紳關説居間獲取厚賄，情不甘也。王袁諸紳又深惡之矣。紳衿交哄，玄黄而水火者已非朝夕，鄉紳通吏胥每思覓一事以難之。

會海寇既潰，二丹諸生多罹於法，思羅織此網，不但可以箝其口而且可以絶其影，刑名家所云致命傷也。獨不思諸生固多降海，鄉紳豈真無一降海者？諸生之降海，散漫而無稽，鄉紳之降海，實有議單花押之可據也。不恕之甚，竟先發於陶海防，指其名者十人，蔣太初、蔡勷、于厚居前，餘皆平日嘵嘵多口者。又不三思之甚，指名之揭次第上臬司矣。海防以法重獄繁，且海寇已勦除年餘，內地方賀昇平，難忍之，臬司更原情寬恕，亦不欲於無事中生事，更不欲以滅門事起黌宮，恐株連甚盛心也。王重獨深噬臍之恐，適巡方馬騰蛟按臨，封翁馮徽元伊子馮班乙丑西臺也，重以危詞恐聳，徵元曰：『不速殺此十生，金壇之禍端百出而螫，且先中於鄉紳矣，亟宜致意按君嚴鞫真情，毋使倖脱。』巡方因同臺之父見屬，謂事非誣罔，嚴刑極訊，承認之詞，後先箠楚之聲，而應不得已也，仍批臬司定罪。鄆未發，馬院以別事就逮，赴西市，臬司益疏縱此十生。然情勢雖寬，尚未出獄。

內中周某之父亦諸生，名勉，素與王重諸紳相往還，因泣浼王重。重則不欲寬其案者，委曰其權在袁大綬，我不得而主也。勉再叩袁，袁與王明試壬辰雖朝夕聚首，中有私釁，曰：『欲寬此案，須扳下現任有力鄉紳在内問官，方有忌器之嫌，彼紳必力爲自全之策，十生荷賴矣。』勉曰：『當日降海，無有不與，若云有力，王明試其人乎？』袁喜應之曰：『是也。』勉即手書一呈云：『我等窮措大，安能爲投誠降海之大舉？惟現任兵部王明試倡降，有議書名親押有據云云。』一付大綬，一懷歸投縣，附申六案，此爲十生計則善矣，禍已移入鄉紳。時明試現在袁之密室，赴馬弔酒會，乘四賞開莊，時撫其肩曰：『亦毋過喜，大事涉身矣。』以勉呈密示，明試乍驚，彼於投誠單内果係書名畫押，中實歉然。即煩大綬力寢其事，許以百金，又曰：『我已涓吉北上，家鄉既有此浮議，明日行矣。身到京師，十生之口風撼泰山也，亦何足較。』明日袁於舟次送行，促其所許，王以小半畀之。袁曰：『一入都門，懇屬巡方早結十生之罪，萬事瓦解。』王頷之。時順治辛丑之春初也。

不一月，又有馮標乙未進京，袁大綬特寄一函於王明試。馮於途中私拆，内云邇來劣矜惡少挾制官府，侮慢鄉紳，若不速置之死地，種禍金沙，現在幾紳無噍類也。更有老而不死之餘孽，如李恢先明戊辰曹宗璠明丁丑二賊，亦斷斷不可輕恕等語。標與宗璠子鍾浩乙未刑主兒女至戚，現任在京，抵寓之夕，即對言之。鍾浩欲索其書，標曰彼寄吾者，安可竟與？鍾浩曰明日贐新邑尊於二廟，使价持來奪而看之可耳，標如其言。王曹争奪以致内語大露，鍾浩恐家中與京中是非纏涉，商之馮班。班曰：『若出己口，甚難措詞，盍使省臣風聞入告可乎？』省中孫際昌極肯直陳，在對户住，鍾浩訴際昌，孫云我未悉顛末，做疏稿來。鍾浩又往商馮班，班曰：『請王明試迎風，問以馬弔，微詞激之，委曲自露矣。』鍾浩發簡并請同邑三四輩一日歡，明試果來。馬弔之興頗高，至午餘，負及百金，頗有不悦之色。鍾浩挑之曰：『聞年臺在家，得虞來初家弒主之僕侯大經銀一千兩，又得降海秀才毛于王銀五百兩，皆儻來意外物，何些須介意？』明試曰：『此王重主裁，我無染指。』又有餂之者曰：『投誠降海實首倡乎？』曰：『海寇王再興齎令進東門，王重袁大綬先降，我派守南門，何曾首倡？』一番閒論，曹馮略爲次敘，密遞際昌。明辰照詞入告，奉旨拿究。

王重袁大綬差尼馬二大人審質，王重首先受刑，扳指曰：『投誠降海非我本心，係知縣任體坤强逼。』時體坤爲錢糧羈禁，亦復嚴刑訊問。體坤曰：『現有衆鄉紳兩次投誠議單可據，一在明倫堂會集，一在魯山堂書寫，俱有親書花押。』大人盡將有押姓名另奏報聞，隨奉嚴旨，再拿究矣，共十人。王重明進士吏部、王夢錫明進士布政、段冠明進士知府、江潢明進士推官、馮徵元清封君班父、袁大綬清進士兩司、李銘常清進士中書、史承謨清進士知縣、史洪謨清進士推官、王明試清進士兵部，九人皆在金壇，惟王明試現任兵部在京。先將九人用刑，衆因明試不在，與審皆扳指其爲首倡投降，移文提明試。大司馬方有差委，欲發文到南侯差竣另結，明試未見全鈔，亦未悉就裏情事，反云非我自去謀叛，十生必致倖脱，須親赴審。既下江南，亦受嚴刑，又獨扳指王再興進東門的係王重袁大綬先降，王袁則將周勉首呈供出，明試投降十生現在可質，明試無詞，大人按律定罪。王重袁大綬李銘常馮徵元四人斬，段江史王等絞，王明試因扳指後，後出流徙。其知縣縣丞教官守備及吏書里老人等分別不等，又復奉嚴旨，謀叛降海不分首從皆斬，惟知縣任體坤絞，共斬六十四人。家屬男女没入流徙，大小親丁共二百七十六人。蔣蔡于周等十生釋放，寧家回學肄業，曹鍾浩父子出首免罪，馮班亦流徙。段冠夫人年已望七，久臥牀褥，參膏果餌度日，粒食不入口者幾年，舁至江寧，起解内院之辰，忽然體骨健旺，步行就杻，點名出署，腹空思啖，連噉糙黄米飯三碗。羈縶東人之室，朝夕磨腐，兩年而卒。

蘇常風土爲錢糧吏胥事，鄉紳必佐諸生，吏胥故不至十分放膽，其猶道學之遺教與聞。薛方山先生居鄉之日，恆以葛巾布袍趁坐航船，或雜稠衆聚集處，聽有談及衙蠹宦僕地棍悉心訪確，一函達兩院，不三日嚴刑正罪。其孤寒儒童艱於府取不使聞知，立拔院試，至徵收利弊名節公典，苦心苦口爲上臺開陳，絕無名利兩字膺胸。此真道學也，地方荷賴多矣。

傳遞領批

崇禎末年間，廣東雷州府有流寓人吴仲芬，蘇産也，天啟時候缺巡檢，後遂居府城。幼曾習舉子業，先攜二子，後又生一子一女，因入籍。品蕭善謳，口滑稽，雷人質蠢對之雅俗，逕庭寓盧臨往瓊正路。瓊屬一府十三州，縣文武莅任年約及百，凡輿馬過門多邀入，款坐敘鄉曲，或年家故舊，設點設酌所不吝。因而道風土，説利弊，初來瓊者，胸懷恐，亦樂聞色喜，再閱月履其治爲秋風客。以故交日廣，家日裕。長兒换錢銀并私典，次兒開京貨店於觀音閣下，雷之闤闠處也。三兒年二十，尚未冠，掛名儒童，每縣試府録多前列。功耑於傳遞倩代盈其卷，窗前苦索，恆剽竊襲倣侈人目，棘場伸紙露肘難堪，故幾試道而不得青其衿。想仲芬在蘇亦熟其技，故縱子爲之。乙酉年五月，按院劉逵按雷，弔瓊聞弘光已敗，有意遷延，乃於六月初十日觀風童生。仲芬三兒名國瑞，已與考，倩友捉刀矣。至晚瓊州二府蘇人馬光過雷，仲芬素往還者，月下趨候。馬曰：『今日按君較童，公郎入試否？』仲芬諱言小恙未赴，且曰：『今卷發瓊推李用楫署，未知可袖致一卷否？』馬曰：『可疾歸，屬兒竭一夜力，卷名吴傑。』馬以授李，閲兩日，繳取十名，按君復去其五，第一名吴傑，國瑞又第四，滿城譁傳，謂必進學廣東，舊例按院領批學道所必遵者。仲芬亦居之不疑，開宴延賓，接帖受賀，因而媒妁議親，誇富誇貴，鬧於家者將十日。按院以閒極忽親覆試，仲芬三兒自頂接第一卷第四名，國瑞缺焉，當日發落，止取三名，吴傑屏黜孫山，底裏無文，滿城又復譁傳，仲芬亦杜門禁口，然此未云禍事臨門也。

九月，學道行歲考事，吴傑之名先難於縣，勉續進府，府尊痛恨絶之夤緣，亦不靈，然此猶未云禍事及身也。十一月初，學道坐高弔，雷有慫恿仲芬曰：『公郎曾叨按院領批，學道豈無耳，屆考之辰，正案點完，儀門叫喊，自無不收功名之會，不可失也。』聽之欣然。路遥五百，果躡簦前行，青衣簪筆，恭立儀門。時雷州府學三教官同海康縣學兩教官代正印送考，見吴傑在外，私商約語吴傑爲仲芬之子，富户也，以按院領案之説稟宗師，不但收考，可望大就。乃先詵言吴傑曰：『吾五人已力稟宗師，討爾進學，今立票與我，即領入矣。』傑亦心喜，遂付票云：『雷州府吴傑爲考試在高急，借府縣學五位學師處白銀三百兩，候發案有名，一頓交還，如不進學，此票不準。』各師收執，領進上稟，實以按院第一爲詞宗，師亦唯唯給卷。同試時吴仲芬在雷，留一宗師處。真綫客在家置買海南香料爲名，乃忽來道試之，報以爲必因叫喊而入，誰料五學師爲之指引，子尚未歸，竟對綫索客乞其情强其意，止半價一百五十兩，與之立議。仲芬意中有伽楠香帶一圍，沈速几架，事成之後，舉以相質，初無意以白鏹奉酬也。見其發書附入買辦帳中，耑人隨郵事實不誑，又以名入黌宫即有富姻招贅，念望闊奢。幾日間耑人反逗留於途，書未入而案發，吴傑又落孫山外，此猶未云禍事剥膚也。五學師與綫索客當皆灰冷，仲芬父子亦以爲前議無用，票俱未索，仍享無事之福。

而已時按院久駐高州府，雷府理刑蕭中、瓊府理刑李用楫於十二月二十日進别言歸，按院憮言曰：『兩兄相隨一年，本院衙門苦無事件相贈，若學道處有情可轉致也。』二推一時愕然。李忽憶曰：『雷州有大人觀風案，首力能舉三百金俾得續取，亦誠美事。』按君曰：『此易易者，兩位暫留半日。』手書一函，傳鼓而進，果見硃批，懸牌續取雷州府儒學童生一名吴傑。齎文到學之承差與飛馬馳報之走卒，二十二之五更到雷，仲芬廬舍道報府報縣報又京報并兩學報聲高氣揚，填門塞座。以爲喜從天降，内外鼓舞，有志事成樂莫踰焉。乃日方出土，綫索客曰：『畢竟於買辦帳中間到前書，故特發一名也，此銀刻欲繳進，幸早筦封。』五學師曰：『五老人叩頭乞恩，當蒙面許，今年終想及故特懸牌，辛速見惠，以成文宗大人恤貧憐老盛念，居功之聲。』逼銀之面勢盛力宏，仲芬父子手口難支，應接不暇。欲爲詞説支吾，不容詞説支吾也，一係仲芬親做，一係吴傑親做。日夜叫唤，主僕嚎呼，衙役擁擠，親朋説處飯食酒費日踰數金。長兒私典不過百金，次兒京店亦不滿百，盡其所有而與之，仍不收貨物。二十二至二十六五日之閒，羅雀掘鼠，山枯海竭，猶欠百金，八分帳小結，約限正月初十日完足，公私上下，幾及百人。影方離閾，蕭李二節推先各差馬快二人竟入吴家發票三百兩，急置卒歲禮儀，云爾家吴傑進學乃按院大力送與二位爺者，今帳已發，非可時日延挨，致蒙取究也。訴與五日以來事情，笑爲癡談，叱爲夢話。

少頃，蕭李將到，又各籤上加籤，紅衣人盈門塞户，逼勒哄閙，擲臺碎椅，吴傑曰：『我秀才受苦如此，安用生爲？』懸梁投井，刻刻密做，嫂妹幾人分救不遑。臨晚，蕭刑廳進署又籤捉仲芬長次二兒，監禁追銀，仲芬情極，亦爲懸梁投井，父子二人分更忙做。馬快籤差見此光景，代爲中解，幸仲芬富饒，聲名尚然，外著照兩理刑單帳使之相隨滿城撮借，俱甘明日午刻非現銀即原貨清足，支還約百金一處各各繳進，兩子始得釋放，舉家聚首痛哭一場，即於午夜罄室遠逃。長兒隨仲芬上廣西潯州府，次兒人碣石海島，三兒吴傑同母妹過海下崖州，二嫂各寧家。至明年二月初，長兒信到，父親進潯三日而殂，唤三弟領匶彼往南寧府催顧華峰子妹丈成姻。不謂傑領匶至電白縣界，吃煙延火爲軍丁毆打，未抵室而殂。長兒入南寧亦三日而殂，次兒亦於是月殂海島。母攜孤女仍來故居，欲有收拾，一病而殂。止存未嫁女隻身，時已亂極，爲軍丁所占，不知所終。

兩廣勒劫

天下風土之惡，莫甚於兩廣，疾貧好勇之徒，設心制行，詭譎無恆，全以偷盜劫勒爲主。故凡有身家子弟，出入不顯言，日期衣帽必轉換黑白，所到之處必舛指東西與村郭，防勒贖也。曾經勒贖之害者，十人而七八，雖陳秋濤之公郎，亦在所不免，襁褓幼樨，多有負之而趨所勒之幽禁，一入其手，必蒙錮其兩眼，舁之而行，即在一室中，故爲升陡下坎之形聲，以竹箐枝條括其耳云『入深山也』。每至夜半，刑炙其所有，勒招已定，則致書於其家，約某處某日交銀若干，三期不至，則竟殺之。曾有一人坐涯候渡，爲勒贖人取去，押入船頭，誡勿出聲，稍喊即殺矣。後爲逼取銀數艱難未足，在船四閱月有餘，歸云曾到本村幾次，遠望家人，不敢聲喚也。又有一人縛置祖祀神龕，事完後，竊一主牌，即隔鄰至親人也。告官正法，當於城市稠廣中兩人挾之而走，反高叫逃奴、欠債之類，廣人最無義，絶不之救。故庶民之户牖必設於委巷，啟之遲，闔之早，視爲常規，暮夜酒闌，侵晨往晤，無有也。

又曾有兩宦，盜劫最爲盡情。蘇州陸世廉字起頑，拔貢，授廣州府別駕，莅任之後，兩院三司海道學道皆荷賴其筆札，得蒙寵眷，五大縣南海、番禺、新會、香山、順德印篆遞經署綰，所取不貲百踰甲榜之蓄矣，獨無所用故也。後升梧州府知府。鼎革後，方離任，橐皆隨身，票拘一船，盡所有而入焉。行至封川地界，見涯上飛馬而來，持大字名帖，口稱請上老爺廟中會話，船亦隨泊，不知其爲盜也。肅衣冠而去，兩价相隨，彼則讓馬坐之，經轉村落約里許有餘。至則彼復乘馬云即邀來，不意馬再來船，滿船人露刃矣，厲聲對艙中曰：『奶奶相公急速上船，我這裏要殺人也。』遂立殺一价。夫人公郎輩不得不奔上涯船，即順流縱力奮棹，馬亦隨去。待轉覓起頑，猶然兀坐空廟，訴言所以，頓足奈何，而船已不知順下幾百里。七八人一雙空手，五六年兩袖清風，向思踰嶺計脚費，今嗟度日再仗筆耕活矣。後復仕至光禄卿，歸家壽九十，天仍有以報之。

又常州府癸未科李用楫字武舟，授瓊州府司李。乃翁蘭皋公，一生刀筆，隨任，内衙悉爲綜理，武舟不得私一錢。乙酉丙戌兩年間，察盤廣惠潮肇四府凡有所入，悉寄佛山户侍李待問之孫、門生李向榮家。丙戌冬日，考選禮科給事中，逗留肇慶，思欲將此宦囊載入瓊州。時將鼎革，各處俱兆亂端。有兩英俊來拜門生，贄見頗豐，文復雋永，愛之。因留小酌，云時事倥傯，欲歸瓊臺海外，恨無舟。兩生曰：『門生現有一舫，任供師用。』移來，則極華極廠之座船，器用無不周備。武舟同弟及二親與四五僕盡入焉，兩生又時進飲饌，武舟則遣親僕日取佛山寄槖裝入本舟。然此舟高大而水淺不得上鬱林，至藤縣極矣，再須兩哨船駁進鬱林。至徐聞過海止三日，陸程所用車騾脚價猶甚省簡，又謀之兩生，兩生曰：『哨船極易易耳，當即遣來，然此地上藤縣尚有八日行，何苦跼處自困？仍坐大舫哨船尾之，至必欲易之處，换船可耳。』武舟更喜，二生遂别，惟存八九駕船武夫日夕效用。

至十二月二十八日，達藤縣，兩親幾僕盡將大舫所載運入哨船。時已簿暮，廣土炎熱，衆以衣飾被褥兩船分駐，空身於大舫夜飯，暗色已起，忽見哨船移動，驚叫曰：『纜脱也！』亟趨視之，第二哨船亦移下，再呼曰：『何人弄船？』則箭弩齊發，風狂雨驟而來，不得不避入艙門，覓後駕船閧無一人，棄此大舫而去矣。八九主僕單衣禿頂，驚喊地方，擊鼓鳴官，俱云人船係自帶來，不得而知。復怒言相强，差捕役駕船同親僕五六向東追下。約行六七十里，見前船火發，視之，即兩哨船也，物盡運去，焚燬空船，已絶追尋之念。捕役亦不肯再前，曰：『此去皆白晝殺人之處，且來此已遠，上水極難，明日直須一日到縣也。』黑夜轉棹，傍晚方回，具言所以，長歎咨嗟，無可奈何而已。武舟則向藤尹借五十金，與弟僕先返瓊臺，留徐姓之親候比捕役。至明年二月，杳無影響，乃零拆大舫板木，陸續賣得銀二十兩，武舟曰：『四五萬金之脚力也。』

又已丑年二月，武舟將瓊臺家眷載入肇慶，路過德慶之三洲崖，順流揚帆。時值午後，人皆醉臥，忽有數十小艇扳附而乞錢米，猺獞之流也。少停變乞臉爲殺手，出刃亂砍，奶姆抱幼女墮河身死，滿船男婦驚戰自東，眼見其搜取横索，片刻間盡所有而去。一任兩舟悉爲盜齎，又取之東粵，失之西粵，何仇東而恩西也。雖然冰玉素著，原未有空發之盜，緑林之側目追隨，非一朝一夕可知矣。至下蟲之説，此唐宋以前事，今則絶無，但瘴氣易染，稟質脆薄，與色事過多之人，忍勿早起，便爲居廣之要術矣。

罷市留賢

廣州瓊州府風習之惡，備諸慘鄙，惟罷市留賢一節，尤爲可憎。府前積棍同劣生幾人，凡道府州縣大小文武有謝職回家者，其楔杆與黄布旗皆素所藏貯，即張旗立楔於府前曰罷市留賢。又倩做紙劄匠以蘆竹爲幹，紙裱於外，裝一極高極大之去思碑，文亦套搆，隨官易姓氏。幾日前劣生刀棍舁碑哭泣，正拱於庭，曰呈樣，必哀聲震内，官爲詢故，曰：『合城子民不忍捨我老爺也。』跪而求賞，猶未饜欲也，瑣而至櫈卓甕碗之類如所願而出，樣碑舁之去矣。

曾於丙戌年九月，見知府三楚人李春蓁，弘光朝升授者，到任半年許，丁亥秋知福閩已敗，杜門思歸。豎旗舁碑故事，到堂賞齎之後，衆復恐之曰：『但恐出城時，自有幾萬百姓擁塞城門，轎仍不得出也。』李籌之幾日，曰：『吾有策矣。』乃於去之前一晚，往浼參府述舁碑人之言，求撥兵六十於城門，三十在前拽其轎，三十在後擁其損，雖有數萬百姓，可以强奪也。參府如其言。明晨轎去，城門内外并無一人攀轅，惟有營兵六十，一半在前速拽轎而出，一半在後竭力聳損而去，反若恐知府再留一步者。六十兵求賞争多，弗饜所欲，備加詬詈焉。武林朱旋庵生祠詩曰：『循良直待去思遲，廟貌忙營未去時。寶籙若同周八百，兩峰飛去築生祠。』一『後賢追誚白蘇癡，湖澗堪爲畏壘基。香火若無下柱處，石梁跨水架生祠。』二『庚桑户祝不如兹，募簿沿門獵襯施。可怪古人多闕事，召公尚少一生祠。』三或曰生祠亦有用處，當爲易其末句云『救荒奇策鬻生祠』，大是快意。

西山佈施

釋道二教，色戒最嚴，酒色財氣四事，色事無施與獨。每年三月二十八至三十日，京師西山有大佈施之舉。妓之蠢劣與夕陽景迫之流，擇林蔭深處，巖阿窩區，張葦蓋，設肴食，頑少僧道，羣而笑謔。其間入室寢牀，不避人，皆牽裳引眺，亦惟僧道是求，故京師駡婦人之辭曰：『是可充大佈施用也。』而訛言謂此先朝太后懿旨，弛禁三日，如元宵金吾，蓋又訛之訛者矣。原其始也，倉庚鳴樹，農作方興，貨販商客擺集以賣農器，農器集聚，無正人士宦可知，借集場以規利則顛不刺之類，弄粉調朱，大肆其面目於當道矣。集既離城，在山林僻野，僧道胡言，視此倚門賣俏竟爲彼設，無忌無恥，謂三辰狂聚，恩出朝廷，又有遊手閒徒結黨趨伺，窺聽僧道之所爲，以爲一年無悔。噫，西來本意作此想乎！

然釋氏之説又有不解者。唐大歷中，延州流入異方婦人，姣嫵有姿，往來無室，薦枕之歡，盡人而狎，不利資財，不擇妍陋，惟所慕而順焉。數年而歿，人爲槀葬。忽有胡僧云來西域，趺坐墓側，焚香讚誦曰：『此鏁骨菩薩也，慈悲喜捨，順緣以盡聖功者。』衆以其淫縱不信。僧爲開棺，徧身鏁子骨鈎結如鏁，以杖挑起，升天而去。抑色空兩字，又仍合講耶！

神木顯靈

京師有神木廠，一木橫亙在地。長二十四丈，高則騎者過左右不見，其頂徑二丈餘，經幾造殿，工師繩度再四，爲楹爲桁爲梁爲棟，無其匹，姑置之，蓋二百年矣。始正統初年，采木於山西懷來，武弁報有巨材在土木地界，爲三代時物，土人奉以爲神，祈禱香火不絕，恐不可伐。內璫率黨閲之，索居民百金，且限日以充其橐，不果獲，遂以可采聳主璫。是夜武弁夢至一廟，正座無神，傍立勇士，甲冑森嚴，如開府衙門式，一吏謂曰：『大老爺爲朝廷采木解册案，玉帝親諍去留，聞爾妄報此事，大關利害，朝廷有千日災，爾命不保矣。』醒回，冷汗淋身，遂得疾，不十日殂。内璫則指日伐樹，宰牛以祭，風雨驟至，不能成禮，破土之役，即殞絶仆地，忽張目狂叫：『兵馬散了，皇爺搶去了。』内璫怒，愈督工人爲斫伐計，更先具疏以長大丈尺報，獲俞旨矣。半月之功，幾百人僅仆於地，内璫於仆樹之刻，急病身亡。其隨行副璫又亟欲攘功，以啟行舉之，竟無其策。爲滚木，爲繩拽，爲木船，爲木撬，夫則集萬而號呼，如風撼山，如蟻叢石。有司文武之祭，告太牢少牢之陳薦，靡所不盡，不能寸步移也。乃申請督府躬往拜祝，始就行，自朝至暮，去不里許，口糧索損日費四五百金，民間猶佐其半。至上陡踰嶺，日以尺寸計。英廟帥師出狩時，遇見於大同之西，命羽林萬夫加力共襄，反傑然昂若土木變日，萬夫野宿於傍，皆聞涕泣聲，郕邸攝政，後遂寢其事。

至天順復辟，諭仍輦入。所過地方許竭庫藏濟所需，三日一祭告，隨地文武肅衣冠在前，力夫從役羣而拜於後者，必萬人呼，聲震山谷，共在途十幾年，數公私所費如木之高大不啻也。入京貯山西大木廠。夜有鐙光時，聞呵叱聲，人或犯之，輒得病。若失運人以苦難告，必立起亨途，中非少牢祭，又必誠敬，病不瘳也。崇禎時，就地下半有朽蠹，意靈感，亦鮮著聞矣。然則正統之蒙塵，神木無扞禦，致有千日之厄。既儲京二百餘年，不受斧鑿殘傷，豈非神木尚能自衛其生也。俗稱神木洵神矣。故龐涓之死也，馬陵之樹招其魂；苻堅之敗也，八公草木壯其威。自古有然者矣，誰謂樹固木偶也哉？

魚蟒驚聞

瓊州府在大海中，每年清明前後，有海龍王巡海之舉。海龍王者，莫大之魚也，自東而來，環瓊四阯，翱翔一周而去。大魚居前之中，頭背互起五六尺七八尺，浮落不一狀，亦未得完竟其尾，不知幾千萬斤也。兩傍次之者各一，參前夾輔而游泳，亦不知其幾千萬斤也。後而隨之，如前大者，如左右大者，飛天卷地而來，更不知其幾千萬頭尾也。雖航海之船，亦必遠避其波濤。惟文昌縣人歲必邀截一尾，以足一年油火之需。造謀之始，必先問筶於天妃，筶許，方具呈告縣，縣給印票，主其事者縛縣票於鐵椎，背負葫蘆從人之椎，悉貼天妃神馬，蹲處小舟，候龍王過後，數人鼓棹而前，爲首者奮身躍赴，望略後大魚，揮椎一擊，其魚便不能急追大隊，餘人將天妃神馬之椎亂擊，數百魚則如醉如癡，隨人鈎入淺灘，恣意臠割其肉，以爲油艇載擔負，遠取近取亦不知其幾千萬斤也，得油滿量更不問魚之生死去留，海潮大至，彼復鼓鬣而游於東洋。又海洋之東涯，腥聞逆鼻者及月，遥望小山自遠日近，至則已斃之，大魚長五里，腹皮有破處，想爲龍鵬之類所喙。露出船板，登其腹蒸熱不可履，窺其中皆胡椒也，爲吞航海之船人物財貨銷鎔净盡，惟存中艙之胡椒發熱太甚，以致其命，胡椒之數，土人分得千石有餘也。吾聞飄洋之船，人非三百不克駕行，走番巨商主伯亞旅動以百計，猪羊酒米鹹脯宿肉人各料千日糧，此一啖也，餡則過豐所苦辛辣過多蒸泄并行耳，鄉黨章有十不食，朵頤不慎，厥躬不保，吾爲此魚下一箴云。

又紹興俞拱辰，萬曆中爲惠州府某縣丞押解協餉，至廣西平樂界，因炎熱，每早行。一日乘霧上騎行，不數里皆山巖，密箐中忽熱氣横衝，如屋下罩，目不辨色，腥臭異常，騎遂離坐。知爲巴蟒所吞，急抽出利刃，飛刺亂斫。覺移動甚捷，并力揮刀砍，穴一處，見外有光，冷氣透入頭面耳鼻，痛不可忍，勉力從穴中透身而出，死於旁不知也。隸僕呼覓，日近中而得，幸稍醒，耳鼻俱銷鎔其稜角，手腕露骨。見巴蟒如崗死山窩，離前相失處已數里矣，再窺所乘之騎，頭足半銷，尚未入腹，利刃正刺其喉，故當即斃之也。後俞爲布客往來金五茸間，人多識之。

從來吞舟吞象，確有其事也。余於丁亥年在梧州府陸川縣萬山中見一半面人，詢之，十五歲時入山斫柴，上緣枯樹，忽見掌大紅舌伸下一餂，面遂去半，當即跌下，死於地，不知何物也。人見負歸，兩日而甦，亦危矣。

舟次談虎

庚子秋日，自通州解維，同舟之人南北不一。餘暑未退，摇扇閒談，天時朝政風土經商，説各不倫，唯擊節談虎，有吉有凶，差足書紙以助談資。

江陵之黄曰：有一漁翁在冰次摸魚，以右手伸入岸之石坎，盡其臂而頭則挨岸矣。不意岸艸叢中一虎適伏其處，張牙而吞其頭。漁翁幸戴毡帽，帽頂羢毛刺虎之喉，一嗽而漁翁之頭出矣。即没水而浮於彼岸，背覺痛甚，兩牙齧入寸許也，虎於隔岸咆哮片刻而去。又有五六人同赴親筵，去約里許，一人指路側曰：『何爲老人牽狗而嬉？』衆皆不見。正質問間，主人迎入。酒至半席，各起小遺。時已更初，再邀入酌，獨少見狗之客。門又投轄，下鍵者秉燭徧索，見牆有新缺處，啟户遠探，於一里外虎食其半矣。

嚴州之商曰：一婦就竈洗釜，傴俯其躬，虎入後而不知。竟扟爪爬其背，幸衣絲縧，半臂著爪處布碎，而絲頭絮絮漾出，虎遂停爪。婦回首見虎，適持竹筯一握，盡撒於地，其聲朗然，虎驚躍去。又一流棍久在地方肆虐，忽營郡伯委管遂安典史事於舊識，斂分爲衣飾。臨别時，吉服拜衆，方出城，不五里，尚未易服也。一傘夫導前，四輿夫肩之於山坡下，遥見傘夫擲傘而横逸，流棍於轎中聳肩探出，方問爲何，一虎奮爪直撲轎衣，輿夫亦棄轎奔命，虎則横齧流棍之腰，急跑過山，身上猶穿紅衣也。此皆現今戊子已丑年事。

又江西之朱言：南昌西門外撫州街長亘十里，南北貨擁。癸未年九月中，早辰開入廳事，見一虎蹲伏香几卓下，急掩門而出。將後屏門，敲擊呼喊，虎遂躍上臨街之屋。人驚駭傅，呼聲沸如雷，虎於屋上東西閒步，殊無恐狀，口惟哈哈有聲，無敢犯者。一人計議可取鉛彈斃之，時亦無此器。其人雜疇衆中，虎忽從屋巔躍下，噙説彈之人於曠野，嚼爲兩截。衆因虎下地，各逞杖棍，直立而死。後戊子年，金王兵亂，撫州街前後焚燬，片瓦無存，火蓋起於虎蹲之廳也。

又宜興之周曰：南岳山麓一民負薪爲業，有母無妻，母常病，子爲滌浄器無怨言，日所供不乏葷。一日晨起，忽得斃猪於客次，因爲母洗桶時頗早，稍遲爲他人取矣，亟負歸，視其腰，虎齧痕四五，喜告母，可爲百日餐。晚方闔扉，户外躑躅聲觸耳，微啟視，一虎前去，門外人聲呻吟叫救，乃婦女音，異之，扶起見母。云長興山中人，午餘登厠，爲虎噙來，詢其詳，尚未有家。母曰天賜也，取晨肉祭先，遂合巹焉。後生五子，通母家往來，今其母尚存。

又湖州之許言：庚寅年二王南征，廣東十府俱選己丑進士爲司道，知府過吉安府後，武將在前，文官在後，三軍進贛過嶺，文武家屬俱挽舟十八灘。有一知府延幕賓在舟，先一夕，賓夢變一白羊，辰爲主人言之，主人曰廣州爲五羊城，佳兆也。晚飯後，月色甚白，賓以内逼欲登岸，舟子戒毋去遠，賓曰數武耳。候久不歸，高呼不應，持炬徧覓，見隻履，危矣。再前，聞兩虎争食聲，鳴鑼叱之，惟存衣帽而已。昨宵之夢，想已非人也。

又有爲禽虎之説者曰，索釣藥餌俱無可用，彼性最靈，有械必知，足不誤蹈。惟有黏之之策，不煩力而逸致。以糯米三五升煮濃汁一大鑊，用麥殼或米穀殼石許入米汁而拌匀之，牽一三十餘斤之大羊擔殼同入山，視虎跡往來處，縛羊於樹，散殼於草。人則歸家，更餘羊以餓而叫，虎聞叫而來飽啖之。既飽必巡視淺草爲反身舒體之樂，一轉而殼黏其毛，再轉而殼愈多黏毛，三轉而眼耳尾項俱蒙殼，如雨打羢氊，不得騰起。虎性躁烈，高叫躑躅，三躍而斷其腸，殂矣，明晨取之。又有爲捉熊之説者，熊力最大，其走如飛，刀箭所不得加，網械所不能施。則有穽之之策，彼性喜食松子，以小筐貯松子懸於樹，夜自來食，食完即於枝上跌地，以試身之肥瘦，肥則骨不疚。如此五六日後，下爲深穽，穽覆茅草，一跌即下穽矣，於穽中取之。

明末西湖

西湖至明末，絮著之裘，齒長之馬矣。何者，昭慶回禄，遊舫沈縻，珠桂湧翔，盜賊充阻，四難駢集，西湖便聾瞶不前，人生此時，不得不慨慕乎南宋之西湖也。《武林舊事》有言曰，宋孝宗淳熙間，金人和好，歲熟政平，都城自過賞鐙，貴游巨室争先出郊，謂之探春。春衣飄曳，駿騎騁馳，六橋新柳，煙罥酒艎，緣岸夭桃香維。寶馬舟制之精雅寬深，與夫層樓邃閣，華倩非同俗豔。新裁另出巧思，如十樣錦、百花寶、勝明玉等何啻數百。曾經御座者，主舟之人，花帽繡衣以别於衆。士庶之因事會集，如締姻、賽社、會盟、弔殯、□義、樂神、經營接送以及仕宦屬託、臺司恩慶、貴璫盛事、豪雄俠盟，與買笑千金，呼盧百萬。又密約幽期，并産室契，照無不在焉，竟日絃歌，大半連宵達旦，日費金錢靡有紀極，故諺有『銷金窩』之號，不特此也。京兆尹爲立賞格，肴核之新美，器御之貴重，歌喉手技之出色超羣，服役停挽之適意象旨，内璫新貴必加犒添彩。初登舟也，先南後北，午餘盡入西泠橋裏湖，既而次序斷橋。橋畔左右多年少子，競縱紙鳶以相句牽，起輪走綫地鼠水球花爆煙火等事多設於此，迨花暗月升，絳紗籠燭燦若繁星矣。

又每日賽社輪勝湖隄，二月八日張王誕辰爲始，珍玩充途，鑒賞家品題置買，目無空過。戲妓競集，游俠子勝會，豪舉齎擲傾囊，如緋緑社雜劇，遏雲社唱賺，同文社耍詞，角觝社相撲，清音社清樂，錦標社射弩，錦體社花繡，英略社使棒，雄辨社説書，翠錦社行院，繪草社彩戲，律華社吟叫，雲機社撮弄，各各鬭異逞能，供人識賞。器用華美，服飾鮮麗，不必言矣。外又有七寶、灊馬二社。非富貴之極者不能舉，玉山寶帶，尺璧寸珠，璀璨奪目。驕嘶怒蹏，絨韉錦勒，神駿駭觀，或單馳，或并驅，或五馬齊駕，或十馬穿梭。是日，湖船價昂十倍，好奇以趨奉者剪寸毛爲花朵人物以貽贈。至廚工果局，窮極珍錯，精緻品核，有所謂意思作者，悉以通草羅錦雕嵌爲樓臺典故，綴以珠翠尺盂，價費萬錢，然皆浮靡無用，不過資一噱耳。外此奇禽則紅鸚白雀，水族則銀蟹金龜，又高麗華山之怪松，交廣海嶠之奇卉，并商彝周鼎秦鏡漢匜與晉書唐畫，非不列架盈眸，而真贋混淆，收藏家反不貴總，皆動心駭目之觀也。然此屬民間之西湖耳。

至孝宗皇帝奉光堯太上皇帝及德壽三宫游幸西湖，更爲天上僅有，人間絶無者矣。輦輅齊駕，輿騎星從，水面湖隄變成一片錦繡珠玉，遠望如天半靄霞。二聖三后各御龍船，親王宰執京兆巨璫亦分乘畫舫華艅，許水陸游觀。諸士女大小貨賣，諸商民無有迴禁，同民歡笑，驊騮彩槳，如織如飛。至於果蔬羹肴，糖魚粉餌，以及畫扇花籃，戲具泥嬰，謂之湖中土宜，宫女虔嫗無不罄資置買，思爲回宫賞予。又有珠翠冠梳，銷金髹漆，以及纖巧玩具，紅緑畫蒿，係供取笑博耍，妃嬪王孫無不賫予千百，貧兒多驟富者。又歌妓舞鬟，品簫寫盡之妖冶，豔妝執扇，坐以小艇，守待招呼，俗名水仙子。其投壺、花彈、蹴踘、泥丸、傀儡、術數、爆竹、翔沈諸事藝，羅列炫送，趕逐求售，總謂之趁鬧，人求賞錢帛與酒饌耳，耳目實不暇及焉。至龍舟游衍，花簇蘭浮，光騰彩繞，外望之珠簾，錦幌流蘇，寶結風開，時金鑪腦麝，玉拂晶池，隱隱祥雲，覆護遠遠，天香四溢，天上人也。散耍雜扮時有宣唤，擲賜萬千，額頂叩呼而出，市食槃架亦偶進御，金珠對付，萬倍得直而還。宋五嫂魚羹暫經御奬，人共争趨，遂成富媪。小貨兒糖餃一枚得賞金釵一枝，又有供獻草花一罇，亦得賞金卮一執，如此之類，不一而足。

又一日，二帝游行散步斷橋，見有酒肆清雅，忽共步入。太上皇視屏上一詞，調係《風入松》，注目良久，宣問何人所作，乃太學生俞國寶醉筆也。詞云：『一春長費買花錢，日日醉湖邊。玉驄慣識湖邊路，驕嘶過、沽酒樓前。紅杏香中歌舞，緑楊影裏鞦韆。暖風十里麗人天，花壓鬢雲偏。畫船載得春歸去，餘情付湖水湖煙。明日重攜殘酒，來尋陌上花鈿。』太上笑曰：『惜末句寒酸，應改爲「明日重扶殘醉」爲得。』即日命解褐云，俞生遭遇亦倖矣。每遊湖徧後，率幸御園，南有聚景珍珠，北有延芳玉壺等，又多幸聚景以便歸途，二更筵散，萬火熒煌，照耀天地，簫鼓笙歌，以至教坊樂部音連山谷，驪山夜遊，馬上奏曲，當亦不過如是，此真西湖千載一時也。所記如此。

明末西湖有澆杯酒以酬湖光者乎，有燒殘燭以增夜色者乎，淡妝濃抹，一聽西湖自爲主張焉而已。客曰：『子但言遊人之鬧西湖，而未審西湖之宜遊人也。』余愕然，請詳，客曰：『子於朝雲暮雨，斷橋殘雪處訪西湖之真面目，則人之宜不宜自得矣。』余曰唯唯。

補遺

改元宜慎

國家以改元爲重，然歷世無窮，美名有限，遂有前後相復之嫌。最可鄙者，晉惠六同漢號，一同吴號，漢哀之太初，晉元之建武，魏孝之永興，唐肅之上元，皆自同一代之號，乾德蜀號也，因宫人鑑背而始知隆興僞號也，因曾布日録而後見。然所當避不止重複一節，如謚法，康定、靖康之類是也；如陵名，熙寧、崇寧皆同劉朱陵名是也；又不可蹈襲宫名，如宣和乃契丹宫門之名，徽欽至彼，見額而始悔是也。

是以當國改元，最宜博洽之士，如永樂，乃前涼張重華、宋方臘及南唐賊張遇賢所僭年號，而正德亦西夏僭國年號，隆慶乃金國宫名，當時無一人記憶，何也？宋太宗謂宰相須用讀書人，豈虛語哉！又當詳考國運，如宋改治平，而説者謂火德不宜用水，則我朝土德不宜用木，犯之有耗損元氣之嫌。又當察國姓，如周高祖姓宇文，改元宣政，當時以爲亡日是也。又當詳避國號，如唐僖宗改元廣明，當時以爲唐去其口而著黄家日月，後果爲黄巢所篡。大率離合之讖，深微而難逃，最宜熟察。桓玄改元大亨，議者云一人二月了，果二月而乘輿反正於江陵。梁豫章王棟、武陵王紀皆改元天正，説者謂二人一年止，齊後主緯改元隆化，以爲降死，隋煬帝改元大業，以爲大苦來，齊顯祖改元天保，謂一人只十，果十年而終，宋徽宗改元宣和，云一家有二日，果徽欽同帝，欽宗改元靖康，謂十二月，果周歲爲金擄云。

擣錢造鈔

明朝京師錢價，紋銀壹兩買錢六百，其貴賤在零幾與十之間。自崇禎踐祚，與日俱遷，至十六年癸未，竟賣至二千矣，夏秋間，二千幾百矣。宣問由來，云私錢攙入過多。乃於九門特點御史嚴察督理，街坊錢桌有私錢一文笞三十，二文徒一年，三文遣戍，四文斬首。其價額遵隆萬以來舊例，多一文亦斬。復敕工部設石臼鐵杵，一見私錢，不暇入鑪鎔化，即刻擣碎以滅其影，恨之也。九門搜簡，有挾入進城必斬，小民貿易存賸，敕令送入御史臺獎之，令至嚴也。臼設於門，杵懸於臼，官坐吏守，自朝至暮。半月來，小民無捨錢之俠腸，販商無觸綱之癡棍，清對無聊。西臺正務各欲自幹巡方，乃出自己橐買私錢擣之，辰出午飯，必欲班役持錢四五千擣碓兩番，將碎錢銅末積於杵臼之閒，爲人觀看。匝月後，各舉報命云私錢收盡，額外一文不敢增，民皆遵制矣。然皆塞責之詞，民間之錢價下趨更甚也。凡賣換錢鋪對面現付必如欽限，如一兩應買二千四百，其一千八百則於桌下私授，或少轉再取，以廠衛多人曾有照常交易禽去梟首故耳。

時有保舉生員蔣臣盛言錢鈔，因召對中左門，奏行銅鈔，每重半斤準富銀壹兩，帝以爲費，乃決意行紙鈔。時有省臣條議紙鈔有十便十妙之説，一曰造之之本省，二曰行之之途廣，三曰齎之也輕，四曰藏之也簡，五曰無成色之好醜，六曰無稱兑之輕重，七曰革銀匠之奸偷，八曰杜盜賊之窺伺，九曰錢不用而用鈔，其銅盡鑄軍器，十曰鈔法大行，民間貨買并可不用銀，銀不用而專用鈔，天下之銀竟可盡實内帑。聖旨嘉允，立刻造鈔，押令工部領取儀制司所藏鄉會中式硃墨二卷，與直省文宗科歲解部優劣試牘爲鈔質之資本，限日搭廠撥官選匠計工，如有阻其事者，法同十惡罪款，工部查二祖時故則造鈔工料紙六皮四，皮者樺皮也，産於遼東，有紙無皮，無從起工，乃令工部召商工部，仍以庫洗爲辭。正擬議閒，忽報流賊決意渡河欲犯京師，已之，此崇禎十六年十二月中事也。

科臣建議，一二襲取，三四實政，五六民不欺，七八世無盜，九富十强，策果大奇。

兩朔無臣

廷臣待漏待天子也，乃恐天子早臨，先天子而待漏也。待漏之時，鼓未嚴，鼓嚴而班肅矣，班肅而鐘鳴，鐘歇而聖駕登殿，静鞭響矣。鞭響之刻，兩班文武有容無息，有氣無聲，仰瞻殿陛，祇見千百紅袍掀袖傳令，耳聽鴻臚，聲裊心驚，科道糾喝而已。惟癸未年正月之朔，聖駕升殿，文班止一首揆，武班止一勳臣。首揆面奏，諸臣以坐門勞苦起稍遲，又爲鳴鐘舊例，鐘鳴東西長安門俱閉，今朝臣自皆擁積在外。因傳諭啟門，到者仍寥寥，鴻臚未可唱齊班。久之來者喘急神驚，作倉遽奔走狀，十少四五，勉成禮焉。首揆上揭，云政本怠弛，以致羣臣慢誤，乞奪俸，自臣等始，得旨姑免。

甲申年正月朔，聖駕更早，止一大金吾立班。時鐘聲已絶，金吾啟奏朝臣不聞鐘鼓聲，以爲聖駕未出，來者益遲，今再鳴鐘，遠近聞之，自皆疾趨。乃諭鳴鐘，扣且不歇，門永不閉，又久之，卒無至者。乃欲先謁太廟，然後受朝，呼駕鸞輿，時久一無所備，駕輿馬與立仗馬約用幾百，忙取長安門外朝臣坐來之，馬悉爲驅入端門備駕鸞輿。將凳輦矣，司禮又恐外入之馬不馴，有齧蹏之恐，奏止之。再傳諭朝賀後拜廟，仍陞座以候，文武官從東西長安門入者，竟不得過中門，以天顔正視也。文則直入，武班從螭頭下傴僂而入東班，武亦直入，文班從螭頭下蹲俯而入西班，以文寓多西城，武居俱東城之故。有新科榜眼宋之繩其武之父名劼，召對稱旨，寵任職方，贊畫品最高偉，爲龜行而過東班。成禮後，聖駕入廟，六品以下不應陪祭者，以馬掠入率皆攜手步歸，不祥極矣。不滿百日，此座已讓自成，鳴鐘伐鼓，改國改年，兩班文武仍是擁簇不去。今日之晨星視他日之彈冠，爲嬾爲勤爲玩爲慎，皆一人爲之也，何二心若是，故詩曰：『毋貳爾心，朝綱廢弛。』至此已極，天下安得不壞？

兩讞兩朔，血性男子讀過，當爲淚下而掩卷長歎也。

地壇社祭

壬午四月初行大社禮，方澤在城北艮方，先一月埽除。十日前位置各當，凡簠簋籩豆、罇爵鼎罍與笙磬鐘鼓俱用黄紗籠覆，恐人指膩近染也。薰沐處亦先十日試湯，問禮之士縱往觀焉。至期稅樓房於東華門外北大街，初五日辰刻與觀盛事者，束身登樓，肴核酒米衾褥器用件件齊備。午未二刻，坊官内官本城西臺於大房小房有户通出入處，悉緘紅封，跨其兩杴，門仍可啟，名色也。先三日正街兩旁五府撥禁軍，戎裝執刀，齊肩對立。自大明門至地壇，約三十餘里，約用軍士六十萬。中闊四丈爲街道，稍有高低，俱填平滿上，復鋪細黄泥，人不得行。牆壁窗牖亟抹紅紙紅泥，一切街巷街寶堆當戰車，禁六畜，行人藏樓上者，爲小飲，爲細語，敕諭者高脚牌與口宣室，主人不停囑也。

更初，馬駕先過，即太祖之神位，樂器如民間噴吶，以二十四馬駕輦而行，執事人役皆紅笠軍帽。隨後接踵舉朝之勳戚文武璫寺金吾，鐙光照曜，擁嚷咈騰，如浪潮湧。順行向北，無一逆行，亦無一刻停止。二更餘，鹵簿大駕過矣。萬火閃爍，塵埃蒙混，不甚辨五色。欲觀駕者，各養精蓄鋭，注閲回鑾，就枕求寐。至街坊，終宵喧鬧，輿馬不歇。初六黎明，馬駕先回，即灌以降，即徹行旋，廟朱鉞黄，麾錦旗繡幢約千餘人。少頃，八象蹣跚而來，霞帔被身，寶帶圍腰，大小明鏡垂懸項側，背負灑金朱漆胡蘆，巍然雅步。故爲震蕩其音，珊珮鏗鏘，令人喝采以爲喜，過此勢將極鬧，報入大內之飛騎如燕掠地。刻過四五，軍戎儀衛各爲飭毖，坊官甲長復灑黃沙，裨將騎逐叱戒轄屬兵丁侍立對偶，凝儼端肅，有如土範木妝。千官百長介胄班行，甲馬仗馬結隊鵠立，各依位次，各執器械，旌旗辟易，劍佩雍和，黃金肘後，白玉腰垂。時旭光初出，目力渴燥，一物一事，情與神會，如山陰道上應接不暇也。

祇見自北而來，天樞地軸，日幢月麾，山旌海旆，穀璧金精，寶頂九檐，深傘珠纓，聯結璽繻，聲呼悠遠，節號緜長，朱棍藤條之甲士，提鈴喚號之紅軍，介夾其間。又龍旛鳳帶，虎纛豹尾，青萍朱戟，金鉞銀牙，鐙杖骨朵，響節儀鍠，奚啻萬對，人各捧一，行行隊隊，簇簇陣陣，聲從履出，氣從鼻息。遥聞簫韶之奏，中和之樂，餘響先聞，沓雜入耳，華其器而華其飾，選其聲而選其人，不知幾千百偶，跨馬行奏。過此皆爲宫扇，方圓正側，長短横斜，制度不一，粉白玄青，嫣紅閃緑，色澤各别，龍翔鳳舞，梭織鋮繡。至於日月鏤銘，山河繪藻，彪虬飛走，仙佛離奇，風雲聚會，金片銀絲，形變萬端，工奇百換。接見辟寒菡香，諸具商彝周鼎金猊碧疊，與夫獅犀鳧雀供置尊崇几桌捧舁貴執。寺璫雖未可云萬千，而過目不了。但見氤氳升天，光浮燦爛，觸鼻原非入腦，聞馨絶不聞香，此係外國貢獻，又異方奇料合成者也。至軍器特臨，又作改觀，弓弩劍戟明炫奪目，復累千成隊，集對多儀，有云凡近鑾輿之斧鉞皆木質金裝以備美，觀事未可知，鼓聲漸嚴，玉輅大輅，步輦象輦皆黃絹爲幌。有兩墨色曲柄小傘在前，爲朝延所坐，大鼓旗纛在後，按步疾行，如水面平移。下用一百六十輿夫，肩背無高下，三里一更其力。前有數十中涓扛捧金龍紅橋一座，爲輦前升降所由，前後兩旁宮扇斜掩，羽旛對障，非樓觀不可。後則內覽貂璫擁簇追隨，如紅雲蔽天，更不知幾千百也。龍輦塵遠，兩街萬户，漸次開闢，主客賓朋征逐四散，如春社酒闌矣。

好奇滋弊

癸未十六年十一月二十六日，崇禎帝於大雪中御皇極門，朝儀已畢，聖駕不興，異之，乃召吏兵二部堂上官宣諭曰：『文選職方，文武用人之地，今文選用沈自彰，職方用張法孔。』兩尚書承旨，聖駕方旋宮，不知沈張何如人也。亟查履歷，沈爲辛丑進士，字方揚，戊辰年以問鄉致仕，本京人，猶在二十七日見朝，二十八日莅任焉。張爲庚戌進士，字九劬，丁丑年以四川左藩拾遺者，雲南人，存亡未卜，方郎現有王永積，竟不爲永積地，另銓一人矣。十二月初七日，召對兵部，堂司官爲司禮秉筆王之俊弟之仁，欲得浙江總兵，大小司馬已延挨一年之後，促聖駕臨中左門，成其事也。傅下喚職方司郎中，時御几上已黏張法孔名字，不顧雲南遠在萬里，王永積承旨跪，上問曰：『浙江廣東兩省總兵爲何許久不推？』永積震恐惶悚，操吴音對曰：『無功夫。』聖上復曰：『浙廣兩地雖係腹裏，總兵原一日不可少，著即推上來。』又復言曰：『著即日就推，如是便退，無甚過責。』時爲上午。至申刻，忽接嚴諭下部會推總兵，爾兵部緊要事，何云無功夫三字，是何言語，著回話。此王之俊又恐兵部將之仁事閣置，聖上大爲所朦朧，即此上諭，未知曾經御覽否。王永積無奈，當晚三更，同堂司官科道幾人會推具題，浙正則列王之仁，廣正則孫某，陪爲宋駉，聊舉職級近似，不知其爲誰品者，停内六日，浙點正推，廣點陪推焉，雖示不測，聖上罔覺其中之故也。宋係鳳陽帶銜副總，一文不破，天降粵鎮，亦夢想所不及者矣。至沈張特用之由，方岳貢初大拜，進閣面聖，以小摺開天下清官三十人，沈張承首，故有二十六日之面諭。又楚人言此沈張兩位一爲方禹修父，諸生之恩主，一爲禹修自爲諸生，時之恩主原非無爲而發。

庚辰科廷試放榜後，召對二甲進士，觀相貌質辯，欽定四衙門，即日到任。

簡討原部屬改四人姚宗衡、葛世振、孫一脈、劉瑄 原知州改二人趙玉森、嚴似祖

六科原部屬改三人宣國柱黃雲師、胡周鼒原知州改一人周正儒

十三道原部屬改四人馮垣登、陳羽白、魏景琦、陳純德 原知州改一人吴邦臣

吏部原部屬改二人驗封司董國祥、稽勳司顏渾

兵部原部屬改七人武選司葛奇祚、職方司張朝綋蔡綋明、田有年、武庫司盧若騰錢志騶陳纁 原知州改一人吕陽。

公座争軏

崇禎帝差司禮監張彝憲總理工部，時司空乏員，侍郎高弘圖上言：『臣部衙門公座次序中，則尚書旁兩侍郎，禮也；今又奉差總理，似宜另設衙門，臣部無兩尚書之理。』奉旨切責，謂工部營造皆軍興重務，彝憲總理正須日夕，同堂官司查核料理，豈容另設，仍開推諉。弘圖又以體統禮制

所關，疏凡七上，終格不允，彝憲限日到任矣。弘圖於兩日前修葺公座椅案，髹以不乾之油漆，一堂兩侍，椅卓儼存，其如不可以衣冠就手腕按何。彝憲無奈，於川堂後升座舊小椅卓，無陪無侍，一人獨到任焉。弘圖於是削籍，聲稱亦大著。又寵用三科武舉陳啟新，特授吏科給事中。時掌科福建人顏繼祖，上言吏科祖制諫臣七員，公座椅案亦七副，無容增減。從來新授科臣到任，必共陪坐其間，新舊坐次必上頂其原缺，從未有空位無敢越次，祖制體統然也。今科臣七人，適又盈濟，皇上欲添設一人到科，合敕禮部撥制，户部發價，工部差工，造成椅卓一副，啟新方得安身於科房，從事奉旨，舊套該部議奏而已。若候三部奏覆，啟新畢世不得入科。宦心殷熱，又聽班役慫慂，冒昧而來。継祖七人先为据坐，無幾案，科廊甚窄無隙地，啟新無奈，聊取低臺馬櫈挨檐側座，繼祖與六人俱正位面西，談論不休，啟新默坐半日，無一人與接談，長安中一時稱快。此皆十年間事。

在陳啟新既登首垣，自宜以軍國大政開談，或參一大貪大姦之八座以見丰裁，數日間噤舌寒蟬，平素無積籌可知。時爲祖陵地陷土阬，嚴諭廷臣禁止宴會，穿素服，彼獨遵制不茹葷酒，朝服煐耳，俱以青布爲之，然人猶有嚴憚之意。一日忽具目擊駭，奏一疏謂：『今早入朝時，當五鼓，見科臣章正宸赴筵席散，打恭上馬。身備禁臣，先爲不遵聖諭，恣情酒食，宜加處分，以儆官邪。』旨則著某自行回話。章正宸奏曰：『打恭上馬有也，非席散；送客飲酒一杯有也，非赴筵款賓。啟新但見微臣片時酒意，而未審微臣從前之謹恪也。臣量涓滴，一杯竟醉。臣心最小，每當朝期，五夜不寐，趨朝太早，知朝門未啟，於素不識面之家竚立片時，霜寒露冷之甚，見卓上有酒，偶飲一杯，聞有環佩聲來，待漏有人矣，急趨出户適遇。啟新以實事告，臣以實情奏，兩無歉也，但貪杯兩字，臣不免耳。』奉聖旨姑免究。自此以後，爲滿朝人窺測底裏，不過三家邨伎倆與乳口臭之識見，帝實誤用，天垣寵錫，負乘貽羞。後以匿喪拏究，逃入海涯，亡國而止。

票擬部覆

永平府北鄙一帶，右古曹牆等處皆衝邊督撫道鎮，鱗集櫛比。崇禎十五年十月初十日，牆子嶺汛將旬日餘，壽誕會飲，致北兵闌入保大廣河，屬城連陷。兵垣曾應選，時最錚錚，首建策航海攻心等事，謂造船三千，選兵六萬，由登萊徑入三韓，虜在内知之，必速歸救，實勝算也。端揆票擬奉旨下部嘉計畫之妙，制敵之奇，該部看議速奏此疏到科，例應分鈔工兵二部，時少司空陳必謙署篆司官呈覆曰：『科臣建策安邦，臣敢後時供令，但會典舊例因兵事興工者，同兵部分理其役。今計造船三千，裝載貔貅六萬，踰海收功，其船隻臣部應認造船一千五百，餘乞嚴飭兵部協力襄舉，以便揚帆云云。』端揆票擬，奉旨下部準照。會典著同兵部分頭起工，而擔責料費半卸於兵部矣。然估計營造仍是工部職掌，造船三千，每隻該銀二千，共應支六百萬，因上價值疏曰：『船用航海，内又屯兵，須萬分緊急，臣部與兵部朋肩營造，亦需三百萬金錢。奈今外輸途便，内藏洗竭，日夕躊躇，事又在必行。計有河南開封歸德等府，積欠本部料價銀五百萬，合將此項聽臣挪借，以爲造船工本可也。』時河南等處，城郭人民蕩析無存。端揆票擬奉旨，下部特嚴，馬上差人限日起解，共勷軍國大事。依允其挪借以供造船之費，工部移咨兵部，謂奉造船航海攻心，應挪貼本部料食工價估計銀三百萬兩，今限日起工，直辦需候，乞早爲撥付，萬毋稽遲，致誤軍機等語。

時大司馬張國維號玉笥，方日夕召對，慮禍不測，方司案呈，亦照工部覆奏曰：『用兵造船，臣部自應趨先，但三百萬金錢非撚指可就。臣部庫藏原無積儲，況今外解阻絶，巧婦不能爲無米之炊。臣查鳳陽徐州等處積欠臣部馬價四百餘萬兩，催其陸續先解以應工部然眉。此係現在正額無煩設處，更欲需遲數月者。』時鳳陽等處殘破，烏鵲無存。端揆票擬，奉指下部，允其督催鳳陽馬價，立限起解，即日撥付工部，協助船工之費矣。工部初意欲向兵部撮移幾萬爲賞軍募士等事，別項支用，不謂兵部亦奉俞旨止照題覆旨意，付一空文，竟同本部之游戲閒談。乃乞憐大司農，回咨謂山東路便，刻刻有庚癸之虞，自救不暇，轉叩同卿，又以勤王四集，冏藏與廐肆皆空。乃告窘於江米巷紬店各商，令執票與本州縣官庫兑銀，應者及百，上下書簿而已，亦以零星而止。時爲閏十一月中旬。

山東連破東兖二府，州縣在所不計造船工價，兩奉俞旨，毫無著落。事則究歸工部，又恐建議省臣責其泄泄，從事乃爲脱卸之謀，以神變化。另上疏曰：『造船之費，兩部雖有成議，奈九門晝閉，工商裹足，油釘板木無從置買，工匠舵工亦無覓顧，而行兵之事，又刻不容緩，如之奈何？即造於津，造於通，奈路絶，往來無從下手處。爲今之計，臣部適題都水司主事前往淮安船廠，督造漕船，合無敕令帶往廠中，則物料現備，匠工叢湧，計日莅任，可以指日造成，省臣不徒，託空言也。』端揆票擬奉旨下部，又允其就便鳩工，課督營造，著另加敕，以重事權矣。時爲十二月初旬。聖旨與部覆將三千號海船并未給付釐毫，資本事已，責在船廠，主事一身，若非金蟬神脱，寧不畏科臣糾揭，計固有最玄虛而切理者，談之侃侃，聽之鑿鑿，更非若司馬司空之畫餠充飢。其疏言曰：『造船攻心，省臣妙算，同仇之恨，素所同心。但臣所督造者，由閘運糧腹裏之船，非衝風破浪航海之船也。海船與腹裏板木不同，釘鎝不同，樣式不同，舰舵不同，索纜器用不同，操駕運動不同。今欲造此必須資材於閩廣，營造於海崖，耑敕彼處兩撫勒限督程，即從海上駕往，而北震起國，威實覘中興盛舉，因材因地，因人理勢之所必然，非敢膜外視卸擔避也。』端揆票擬奉旨下部，準移敕兩廣總制與福建巡撫，著即選材集匠，計日報工，以抒西北之憂、京師倒懸之急。舊例臺省奏疏不踰五日得旨，部屬言事定須候旨匝月，此旨得之於十六年二月初旬。都察院請敕移咨，又爲二月終矣。

是年九月初，閩廣兩院沈猶龍張肯堂會疏中極讚省臣之策極妙，後言臣等拮据料理，庀材嚣谷，選工蜑户，一勞永逸，灑雪從前，爲皇上焕中興之業，省臣建不世之勳，正在造船，奮往似無容中止。但今北地寧謐，海宇澄清，閩粤荒疲，難堪重役，造船浩費極爲勞民傷財，不必行可也。端揆票擬奉旨下部聖旨，是臺省之條議，部曹之覆核，與内閣之票擬相爲游戲，以度歲月，當亡一席直傀儡耳。

福禄豪飲

崇禎十四年正月，李自成勁兵飢困，圍逼河南府城。福王桐封在内，王係萬曆第三太子鄭妃所生，諱常洵，晚年最愛，幾欲易儲者。河南八府惟汴梁與洛陽未破，自成就食無所，志在必得，攻擊甚勁。福王出宫帑募死士力戰，斬獲頗多，賊异各府大將軍砲環城密布，迅發如雷，守埤將士不爲少退。三日後，賊勢稍殺，王亦慶幸，宴賞三軍。傍晚，總兵王紹禹帳下新兵馳哨城垛外，多呼而應諾。監紀王昌胤聞聲驚詫，追究欲責，兵反扭執胡言。紹禹亟馳往解，情勢冈劣，奮號攘臂，謂：『賊在城下，我等出力死守，勞苦不録，敘功無分，若撒手放開破陷，與我何干，那怕兵爺、總爺？』即横殺守垛一人，餘卒驚走。外賊已知，揮刀挺戟，緣堞齊上。城陷，馳殺縱火，喊聲震天。福王及由松世子即弘光與鄒太妃俱縋城走，一更至五更，搜人斫殺，天明滿街屋屍積丈高，道府縣官家屬盡被繫拘留，沽口拷炙官帑。惟一典史抗節見殺。飢荒人相食，通判白尚文墮城死，不須臾爲飢民臠割。自成搜括福藩倉庫，得窖銀錢米各數十萬，大振飢貧。時殿基下響如牛吼，掘下幾丈，見有大古鼎，舁之不動，仍掩焉。識者謂周公定鼎郟鄏，埋鼎以鎮正其地也。應時而吼，亦天崩地裂之兆歟！

先是陝西有弑主逃兵數百流入河南，巡撫楊維岳留之，使屬紹禹，撥付守城。巡撫會稾山陝總督以事上聞，奉有嚴旨，究追首惡十名，内者限刻赴京，梟首傳示。機復外洩，逃兵大懼，乃句賊於外，潛爲内應。頃刻城潰，福王軀復肥重，不能遠行，黎明後猶藏匿附郭民居，賊兵搜執，牽入城内。舊紳大司馬吕維祺亦被執，遇見西關，王哀呼曰：『先生救我！』吕曰：『我命亦在頃刻，但名義甚重，王無自辱。』兩欲再言，各迫牽去。王見自成詞色悚怖，泥首乞命。自成縱肆横惡，數責其罪，賊中持刀撫肌垂涎，咸呌一塊好肉，遂殺焉，稱重三百六十斤，臠分肢割，與囿中之鹿同烹，列賊臚食，謂之福禄酒飯。獨維祺罵賊，氣節不少挫，死之。巡撫隱其情，駕言兵寡餉乏，以致城陷王死。帝閲報大驚大哭，御袖爲溼，逮王紹禹磔之，籍其家，贈維祺御史。

烏程壓錢

明高祖罷設承相，朝政大端事歸六部，權尊天子，二祖時勤勵無旁落。迨其後，萬幾不獨斷，睿智不恒操，無相名而勢有所趨。仁宣二代，太宰第一，蹇義華蓋，學士次之，杨士奇大宗伯次之，夏原吉謹身殿又次之楊榮。正統景泰間，太宰宗伯權相似楊溥張輔，然在正統中貴王振專内，在景泰司馬于謙專外，内閣尚然無體。天順復辟，武功氏徐有貞專政，雖不久輒蹶，而相端萌，成化中相權首次之局大形，萬安李賢劉吉，弘治間首次以官敘，不以權異，丘濬劉大夏，其治世之象歟。正德不親政，大閹劉瑾介冑馮昂争操，閣臣孱懦，李東陽焦芳甘爲之役。嘉靖入紹秉歸，内閣首次大分，永嘉張孚敬、貴谿夏言、分宜嚴蒿、新鄭高拱、華亭徐階、江陵張居正輩，首次懸天壤，又極冰炭而用各水火，此王世貞鳳洲憤其乃翁忬忠愍公之典刑敘成。

首輔傳而冠之曰，嘉靖以來也，至萬曆啟禎三帝，揆席紛囂忮擠成風，有市道所羞稱者，十年遲拜之憾，三年伴食之誚，與世日遷矣。如琴川錢謙益牧齋，與苕霅温體仁員嶠跼天蹐地，終身没齒受壓，無奈勢局有不能擺脱者焉。温登戊戌科進士，選庶常，錢庚戌科探花，皆年少登科。錢以甲第傲門户，勝視温，蔑如計宣麻大拜，但守歲月無歧路，軼異人翦，錢之局過盛於温。初錢之貳於浙也，又有故神宗尸位殿試後小璫宫報辰昏，錯出大内，首臚業已定錢，甚至司禮謹身，俱飛帖致意，傳臚前夕，户外轍不停也，錢亦過喜而安心焉。天曉後，湖州韓敬求仲其進呈讀卷，官望尊力勁，又乃翁紹約齋廿年廷諫，司禮多莫逆交，且錦步帳實可鬭石崇，首臚竟易矣，原有宫報，錢遂憾極。後木天同署，自宜修鼎甲歡，敦同榜誼。不二年，韓罹察典黜閒散，韓亦自憾極。辛酉夏，大宗伯題直省典試位，錢湖廣懇辭，謂楚贄涼薄，地遠情疏，近求兩浙，亦以素與浙人齬，借此德加，并自尊臨耳。時求仲林居思，計多暇泛，擬七字經，詭託牧齋友使徧東西浙之入闈時髦人各私與戲，以覯其去取，嘉禾錢千秋得『一朝平步上青天』之句，千秋獲雋，浙人皆慶，名士不終詘，謂牧齋得佳士。求仲又力主撫按讚今科文盛，將全場硃卷限刻登棃，表彰人文。冬末春初，京省廣布禮垣，張允儒魯齋係江右辣手磨勘『平步青天』等字，浙人復爲慫恿，亟入告，幸票擬容情下撫按究擬，千秋實貧而才非，傖而財擬，停會試經房，總裁與監臨提調俱不染議。

時東林品候蒸蒸釜上氣，浙人斂袵避，牧齋歷宫坊裕如晏如。崔魏時稍露鮮角，得褫職編氓，聲價更燦如焕如，屈指昭雪，端揆虛左無疑。不三年，信王登極，羶穢盡埽，首舉枚卜牧齋列名第一，此金甌必得夔伯所首尊也。員嶠爲時局不與，咨望雖深，竟未掄及，憾極焉。乃興對壘之師，亟發青天舊案，謂結黨欺君，骩法徇私，應置重典。帝喜索瘢，不下部院，乃集大小九卿中左門召對面詰。時法令初整，天威嚴赫，錢謙益口訥氣阻，故無詞以對，唯叩首委云，不知温體仁亢詞質辯，且聳聽。帝顧左右禮部侍郎，周廷儒上言：『關節事自真大學士。』錢龍錫爲辯云：『關節或有，與謙益無涉。』帝有怒容，曰：『關節既真，彼爲主考，豈得脱卸？』龍錫不敢再陳。遂命擬旨，一番廷讞，氣盈氣歉，大分庭逕。帝心已許，温體仁剛斷，後六年眷寵基於此矣。翌日奉旨諭，益既有物議，著回籍聽勘，千秋法司嚴審。

後千秋遣戍，謙益閑住，於是牧齋里居築東西皋爲菟裘，與同邑省垣瞿式耜稼軒矜尚名節，慎立交與。撫按督學嚴重之公私事，呼吸相通者，皆曰正人，崔魏黨鍛羽潛竄不敢問。時朝局又變機彀，龍錫罪遣，員嶠持召典樞密，東林講學氣不揚。有常熟地棍張漢儒者，望風生事，起覺賣刁，竟赴京訐奏。謂錢瞿二臣横恣江南，喜怒操人材進退之權，賄賂握訟獄生死之柄，三黨九族無不詐之人，興販通番無不爲之事，侵國帑，謗朝廷，壞漕儲，危社稷，門生故舊列於要津，嗚冤無地，官幹豪奴滿於道路，攫奪公行等語。時烏程正陟首揆票擬，旨意十分嚴重，緹騎紐解，法司勘問，抵京下獄矣。

先是常熟又有姦民陳履謙以門族争産事在撫按二院，挽錢瞿關説，峻却不允，因懷恨伺隙。計唆漢儒思探大利在京候審，志得氣揚，罔有顧忌，揑造款曹和温謡語朵頤下手，知錢瞿秘密，不惜重費，兩保無虞，似萬金可飽行橐。其所云款曹者，牧齋曾爲故太監王安撰奉旨建祠記，今東廠曹化淳出安門下，内侍極重衣鉢，自德牧齋，宜款之，求其力主斯事。和温者，牧齋與烏程宿有舊隙，宜有以和潤之，令其於票擬間寢致斯事，款和二説播傳椎轂，人皆疑嗤。東廠訪奏其實，摘發姦狀，一并會審。大司寇鄭三俊玄岳力主鋤邪，秉公實究。奉旨下部，張陳各一百棍，立枷三月，錢瞿釋放。第四日，張陳二姦俱斃於枷，猶掘地立埋，枷仍滿日始去，則骨肉與水土同腐矣。

在牧齋雖於名節無虧，而圜扉半載，營費幾萬，與虎狼騎卒同寢食於青齊道上，刀筆吏擎拳報太平，甚非所樂見聞也。向以爲局甚於温，畢竟命不及温。温首相寵任五載有餘，錢惟抱膝行吟，擁柳如是，選刻明季詩文，雌黄古今人物而已。後接韓城三年，宜興三年，井研一年，以迨國亡，牧齋無門出山，直至弘光踐祚，奮袂彈冠，少窺黄閣之選，士林卒以此少之。

倭寇始末

倭寇之起嘉靖間，新安人徐海同其叔惟學友人汪直、葉宗滿等往嶺南市易貨物，飄洋到日本等國貿易。折閲計窮，惟學將海質於倭主，貸貲易貨回。復句其夷入寇嶺南，惟學被指揮黑孟陽殺之，倭立責海償貨，海約内掠以償。癸丑六月，入嘉興、海鹽、乍浦等處，甲寅二月，劫海鹽龍王塘，轉攻嘉興。三月，從硤石至崇德，過石門鎮西去。五月，又從石墩涇至崇德，殺掠而去。乙卯，海偕酋辛五郎入浙西，據柘林、乍浦，其黨葉麻向在崇德貿易，知崇城備寡，擁衆數萬，入薄城下，城陷，俘戮數千人。暮屯郵舍，令妓王翠翹歌而行酒。時胡御史宗憲方巡浙東，星馳至崇德，取酒百餘瓶，置毒藥诱之。倭中藥死者過半，餘出王江涇，仍督參將盧鏜、總兵俞大猷率浙直狼土兵大敗之，朝廷遂拜胡爲中丞。海等久屯柘林、乍浦，丙辰出寇嘉興、阜林。時中丞又奉命代張督府經甫八日，麾下兵止三千，及參將宗禮所部兵八百人事急檄。禮與裨將霍貴道率五十人突之，殺倭百餘，禮令嚴肅自崇德至阜林。未及炊，兵皆枵腹，忽疾風傷火藥，又外無應援，禮與貴道皆陷，倭乘勝圍桐鄉。

胡督府引兵至崇德，集諸司問退倭計，崇德吕希周、歸安茅坤議遣辨士下海諭汪直，直遣養子毛海峰款定海關謝罪。督府又遣華老人説海降，海怒，將斬老人，所幸妓王翠翹解其縛。老人歸告督府狀，乃又遣羅中書詣海説降，陰賄王夫人翠翹，令慫恿之。海遂遣囚自謝，因邀督府犒遂解桐鄉圍，南至崇德而去。會葉麻與海争一女子有隙，復遣諜説海，縛葉麻陳東以獻，諸酋遂怨且疑矣。海見衆酋解體，自念縛麻東有功，率酋百餘胄而入平湖城，求款，督府厚犒之，出居沈家莊。復遣諜爲詐書，遺其黨曰：『徐海受朝廷大官，即日約官兵盡勦，倭酋自出降矣。』其黨果大亂。明日督府出官兵縱火焚之，海沈河死，諸酋殲焉。官兵執兩侍女，一即翠翹，一名緑姝，即海與麻所争者也。指海沈所，斬海首以獻。先是遣諜下海，厚賂王夫人，使説海降，曰奏朝廷，封爲大總兵、鎮海侯，王爲一品夫人，故翠翹誠心欲降。勸海就撫後，以計殺海，翠翹深知爲督府所賣，負海，意不自安。海死，王見執督府，欲以賜順義酋長，王辭曰：『我所以不即死者，爲爾輩負約，未與爾聲言之也。今既如此，寧爾負我，我不可負海。』赴錢塘江而死。

前朝宮女

禾中董姓老人，京都人也，其妻乃明季宮人，因闖賊犯闕，逃竄民閒，得自從人。董老挈之南來，入籍嘉興，今老矣。然能言明季宮中事。因言崇禎帝每晨起盥漱，四宮女捧紫金盆四，鑲以八寶，一初盥手，徑二尺，一漱口，徑一尺，一浴面，徑四尺，一再洗手，徑一尺五寸。盥畢櫛髮，宮女與帝櫛髮者爲最尊，稱管家婆。櫛畢，冠帶朝天，乃易便服，御早膳，羅列丈餘，宮中人皆豐美其食，唯心所欲，頃刻即至，日費三千金爲例。至於讌會，無不上壽，先皇后，次太子，次諸妃，次諸王，次諸宮女，次諸宦官，宮女宦官亦有尊卑次序。自皇后以下，皆行朝拜禮，爵用玉或金，或金嵌珠寶，每爵容酒斤許，副之以匜，皆八寶鑲成，極其工巧。飲饌之物，極天下之珍品，每宴以十萬計。

元宵放鐙，真珠鐙有高大四五尺者，珠皆顆重分許，華蓋飄帶，皆衆寶所成，帶下復綴以小珠鐙，大尺許者四十九盞。宮中諸殿，殿各有數鐙，雖與正殿稍殺，然貴重則不異也。自殿陛甬道回旋數里，悉有石欄，欄有蓮椿，椿各置琉璃鐙，約數萬盞。遇宮女成羣嬉戲，觸墜十餘盞，頃即宦官易去矣。

冬天處處設火鑪，合宮之中約有數千具，皆金銀爲之。至於皇后，甚尊而甚勞，晨必先起請安，俟帝起，又請安行禮。晚必先令宫女至帝所設拜具，繼至而拜，俟帝卧，然後辭去，敕免則不至矣。若帝入正宫，亦須迎拜唯謹。若妃子宫女輩，則甚逸樂。皇后平居則選能詩畫博弈彈射蹴踘等藝及工絲竹歌唱者約三十餘人自隨，帝則方巾朱履，隨意往來，語言嬉笑，與常人同。宫人食不隔餐，衣不見水，金珠盈囊，服飾不記其數。迨宫闈大變，亂竄而出，無敢有所攜者。回首當年，如同一夢，今日至此，悲感何極，遂流涕不能復言？

心葵囈語

董心葵名廷獻，武進人。農無力，商無本，工無藝，士無學，見貧賤人憐之，富貴人傲之。性好賭呼盧，客盈座，以朱提之多寡次上下，客謝之，曰：『爾見吾有銀百萬，與皇帝坐金華殿講語也。』其囈語如此。年逾三十，餬口幾不週，不屑向勝已者作乞憐計，視延陵尺土非彼結宿場。偶代友人坐糧艘至京，且攜家室數口寓長巷，時在天啟初年。與篦頭劉姓者各内室而合外户，兩内人結爲姊妹歡。彼有一女，董有一子，締婚媾。心葵則浮浪以度日，給口之外，不能贏一銖。以心葵材智，欲佐東林，如汪文言效奔走勞，取中翰拾芥耳。揆朝端局將中變置之，至如崔魏客三氏，敦索智囊士，懸厚幣高爵，若心葵躡座自尊，珠履上賓，又忖冰山不久已之，寧白眼操手，視彼炎涼，倏忽榮枯，旦暮如雁鶴徊翔，審矚下界也。

劉姓者，魏璫微時曾爲櫛沐幾次，作世外談，稱知識得時，後無敢望見顔色。一日，璫遊海洶，爲野便於郊，劉適遥過其旁，亟呼：『劉篦頭，何不來服事我？』劉趨近側，跪稟不敢。魏最喜與故人話舊，亦喜所識窮乏示恩施予，乃問曰：『爾認字否？』對曰：『不能。』曰：『數目字可曉？』曰：『幼曾讀《千字文》《百家姓》，十百千萬字能握管爲之。』魏曰：『可矣。吾欲於琉璃橋北蓋造無梁藥王廟一座，爾主收塼、收灰，發價記數。明日進衙門領銀是矣。』劉復叩頭而去。歸，商之董心葵，因共肩其任，爲之召窑户，課灰商，搆石作，與木工畫規定式，呈正魏璫，璫俱依，擬營繕。董率期年而後成。在魏支費二萬餘，收放領取，劉悉自爲主裁，不與心葵分權、計羨人。事成之後，劉仍爲舊業而已，心葵亦不著聞姓氏於其閒。

時京師有姓冉者，家頗豐，人命事詞涉東厭，魏璫心豔其富，欲下手難其局。冉走别賓，劉篦頭介紹通冉駙馬爲族兄弟，稱以駙馬力致意東廠，遂寢所欲，魏心銜之，細訪來因，劉篦頭指教也。因怒唤入廠，陰令拳勇一揮而致其命，屍亦不得歸。心葵與劉妻實無從詢耗，一月後，劉妻亦病殞於室，心葵襄理喪葬，并其室爲一家。不意床下覆金一釜，計三千兩，心葵乍驚，方悟劉爲大有心人，以我爲浮浪不羈，共事一年而不同心以示也。然劉亦未識董之弢晦養潛，董念家計維窘，若輕發京，人側眼疑不祥，且亦僅此三千，且慎之。後見兩局顛覆，崇禎登極，時事更新，線索改觀，計聲施遐邇，必附青雲士。

偶過石虎衚衕，有延陵會館，門欹牆缺。入内縱觀，草滿階除，壁塌龍蛇，坐屋見天，傾廊積地。蓋緣萬曆四十餘年，宦局世風崇尚樸素，貪索名高。寓此館者，初則門槅爲薪，繼則椽檻佐爨，前人葦席遮穿，後人則拆三并兩，更爲一。至於廣筵長夜之器用，主以情借，僕以姦賣，空空如也。燕居趙女之密貯，内妬不容，外贍不敢，冷冷然也。清淡簡率，儉嗇鄙陋，官於此屋争品，屋亦因此官而告頹。風雨之際，反應走出，以避狂驟，更防顛覆，以全性命。心葵私計曰：『此奇貨可居也。』乃罄其三千金，飾除整葺焉，門楣輪奂，堂宇弘深，邃室仍分内外，繡榻各有東西。秋壑半間，牙籤之架可抽，郿隖金穴，百萬之藏莫窺，真是金馬玉堂之紫府，宣麻調鼎之沙隄。延陵尊爵，屈指伊誰。

時陽羨之周將介枚卜，敦請而奉爲主室。始而駭，繼而感，後則安焉。敬之愛之，尊之信之，千金萬金之託，一言九鼎之信，内外事委任而授教焉，此真奇賈哉，三千金買一狀元宰相。由是三公入座，上揖其履；翰銓臺省，恭聽其音。戚畹勳班，常爲好會之主爵；廠司璫衛，時領樗蒲之旺稍。考選講盈千盈萬，金諾有神手挽回，廠審係出生入死，當場慣微言解散。凡進長安札牘，必投之爲主人，庭脱之轄，晚設之衾室爲窄，而借廡於寺院者幾半城，竣局領音與解搴陳情者，趾相錯也。然心葵立品，温温自守，絶不作矜張狀，大小禮節，必曲致以友朋之誼。造其家和好如歸，宿之再宿，必再懇留。窮途亦肯贈，仕宦中往還多有負其千百者。又寬解廠衛邏卒之密網毒刺，救滅門殺身者甚多。幹辦之能，周后知之，内庭衣飾事宜與宮闈位置，時遣尚衣局巨璫咨其料理，皇親嘉定伯雲路周公倚爲左右手，如是者幾二十年。又最不可及者，不欲一官羈身，布衣而已。

十五年十月初十日，烽火照京，崇禎帝御文華殿，許直言入告。心葵以布衣廷對，賜坐賜點，問修練儲備四事外，州縣有司果否實效，作何堵禦，趨勤王兵。心葵雖無奇策奏進，亦稱臣拜颺曲盡溫和，叩辭時仍慇勤宣諭：『事或危急，須不時進講。』雍雍成禮，與盡辭，聖容多怒，茲則霽顏目送。向日囈語，果如其願也。斯時若以塵情世俗之見處此隨事叨任，內省西臺可即刻授，廷獻又惡蹈三科故轍，仍以布衣謝恩歸家而已。

宜興再召，曾兩遣橐抵里，公郎亦大痛懲齎貲之僕，謂賄致多金，必奴輩誑誘，後遂留京，盡寄心葵家，三年中亦不計數矣。後流賊進彰義門，不數武便得此種旺財，爲之齎者，何巧耶？宜興於六月出都後，心葵爲蔣拱宸疏繫獄候審。十七年三月十九日，城陷。至順治三年三月，有外入之兵，不過三四十人，宿其外廷，索食索料。心葵適從外歸，因與爭鬨，謂供應不及時，心葵曰：『我非當官應值，有無多寡係我賠出，若竟不與，何如？』兵曰：『不與殺爾。』心葵曰：『爾敢殺我？』衆兵曰：『便殺何如？』遂殺焉。兵亦他去，不知何來何將也。

董心葵脩葺會館，實爲道學之功臣，較汪文言依附道學，反啟道學之禍端，損益萬倍之與，爲汪也寧董。

附記：汪文言，初名守泰，歙縣門役，長貯充庫胥，竊藏擬戍，逃入京，父事太監王安，內外交通，事敗，又擬配，改今名，納中書，爲左光斗魏大中之幕賓，後典刑。

西洋來賓

大西洋十字架教主，利馬竇也，萬曆三十年由廣東東嶴率其徒麗迪峨龍化民等五六人至五羊城，轉入八閩，遞上金陵。自言來自大西洋國，路遠十萬，泛海九年，海水崇卑，有上陞於天、下及於淵之高下，亦如地之低昂。初出千里鏡、自鳴鐘，舉重算法諸事件，較大明國賢愚萬倍，更出歐邏巴與地圖接，大明國僅掌中一紋，東南大海固不如也。留都，臺省駭極喜極，口讚力勸，心皈意愛，尊爲西儒，至稱爲西土聖人。再出渾天儀、量天尺、句股法、算時測度、卜影景星，諸談玄説奥，更莫能識其隱。又曰大統歷已壞，會須修之，更是驚奇。胸包天上之天，目廣地外之地，因咨送燕京，引之達御覽。遣大宗伯馮琦琢庵叩所學，疏曰『歸化陪臣』，再曰『西儒來賓』，又曰鼓吹休明觀文來化，利馬竇等非臣非民，而曰賓也。改歷之議，談不齒寒，適承首善書院之室主爲門户被擊，顔其門曰『修歷局』，畢竟『修』之一字爲改字之底本，宜其三十年後遂爲通微教師之尊主。嘗見千古來掛冠東門，瞻視異常，重華二千日，享福無不歷驗。明末幾年，夢夢之人征逐夢夢之天，惟此利馬竇一人實爲清朝頒歷之人，非明朝修歷之人。君臣上下，未見有鑒識品題，畢竟定爲何如人者，則賓之而已。

又萬曆末年至泰昌天啟并崇禎御宇一十七年，在京師遥望東北，夕陽時候，紅霞照地，光燄騰爍，無日不然。愚夫俗子訝爲牆外燒荒，文人墨學占爲亢旱風霾，又云蒼龍黄潤，十年後五穀豐登，皆非也。今日思之，物華天寶，猶然彩炳薇垣，出震發祥，寧不燦儲東海。清興以來，邦國祥禎，匪可言紀。至侯王宰執，岳牧將帥，以及郡伯郎官，偏裨執戟，何一而非誕育於遼東，握符乘勢於中原吴粤等處者，則當年之紅雲覆蓋，固吉星官曜降生出世。或尊或卑，或先或後，三十餘年而紺綘常繇，致今日儋圭執爵者，雲蒸泉湧，無艾無息也。

常讀稗史，北宋政和年間，轉運使蔣穎叔謁泰明徐神公，慨論世事紛紜，神公曰：『天上也不静，將遣五百罡星下界，分作宰官。』二十年後果有靖康之變。又劉誠意少年時赴西湖友人之約，有異雲起西北，劉詳視久之，忽大言曰：『此新天子氣，在徐淮間，二十年後吾當輔之。』同飲者駭狂妄。觀此一代之興自有一代之天，一代之人，勝國之耳目自瞶耳，明季無人，於西洋利馬竇來賓徵之。

附記：利馬竇，大西洋人，奉耶蘇教。十字架者，耶蘇爲仇人殺身之具也，奉其教而必著架圖於門首，思其難而以敬天爲事也。教無父母，惟尊天。竇入京師，建天主堂於宣武門内，堂制狹長，上如覆幔，旁綺疏藻，繪詭異，供耶蘇像。像係彩飾，平畫望之如塑貌，三十許人，左手執渾天儀，右乂指，若方論説狀，鬚眉竪者如怒，揚者如喜，耳隆輪，鼻隆準，目若矚，口若聲。右聖母堂，貌若少女，手一兒，耶蘇也，衣非縫製，自頂被體，所供香鐙蓋幃，修潔精美。其入京爲萬曆之辛巳，卒於庚戌年，奉旨以陪臣禮葬阜城門外三里許。

項周惡遇

項煜字水心，蘇州府吳縣人，乙丑進士，文章名世。時尚六朝子書，項則靈空清轉，堆砌之風應時丕變，黌宮與較學使者從不擲三人外，子丑聯捷，皆掄魁，選庶常。清華中又特文彩異衆，閣試館課出，必紙貴，誥敕詞命拜恩家以得水心應制爲榮。兩入春闈，甲戌榜元李青竹君，癸未榜元陳名夏百史，皆出本房，望重識尊，月旦之所宗也。崇禎十七年春，已進宮詹，築沙秉鈞，意中事亦撚指閑事。三月十九，流賊破帝都，傳聞李闖登極詔，噴血語『一夫授首，四海歸心，比堯舜而多武功，較湯武而無慚德』，吳門友謂非名筆不能。未幾，闖賊驅勦江以南，擁立弘光，金閶士民習俗雖靡，一種貞心勁骨，素最赴義争先。聞又有請下江南疏，『擁子女以承歡』之句，亦不問捉刀人氏，將水心華椽廣廈烈付一炬。

至水心數十年來門生年故非不徧滿天下，斯時回首乃誤與。癸未門生新庶常介生周鐘潛匿金沙，係介生世居地，奈介生與梓里多齟齬，最悍訐，又專以事外身議成敗者。先聞介生從賊，宗親鄰社方振擘拳胷，咥喋蹴蹋，第慮接見無期，不謂攜侶而歸，遂聲罪致討，并項禽解，囚服泥首，禁陷金陵，詔獄一月餘。西蜀高倬枝樓以南冏卿會推大司寇，莅任三月，披牘見情，恨介生平日談忠説孝，假仁義以駡天下者二十年，乃提出會衆開新毛板，選勇力卒，痛責二十，以快人心。即日題請同光時亨、武愫三人，肆市正法，周鑣雷演祚勒令自盡，亦緣左右無匡救之策故耳。

時瑶草馬士英秉政事皆游移功令，雖著五等從賊罪，水心援助餉例，近地門生斂集三千金上户部得出獄。高係乙丑同年，特開一綱云。寅夜過金閶，踰西越投四明之二馮，元颺元飂，又伊弟元颺係新科門生，館之鄉莊，戒弢晦，毋示人影。奈所攜僕從不飭，縱恣絃歌跳舞罔忌，月明夜静，呼觴揭調，聲徹遐爾。慈水子衿積怒欲言者已久，會薙髮令下，遂號黨揭竿趨項寓而甘心焉，擁送入縣，衆意亦無甚深仇，縣令爲癸未科維揚王玉藻，散衆無力，庭訊無詞，朒脑殊甚，絶無發揮。衆復擁出，斯時不免拳勇交加矣。繫西門外之太平橋，自上擲下，橋高數仞，潮水湍激，亂石砍斫，索端仍挽於衆衿之手，抽拽數過，顛觸於波洄石嵌者數刻，衆爲鼓掌曰：『真是項水心也。』元颺聞信，急奔救解，已氣絶不及矣。歌舞僕從自爲奔竄，無有顧問主屍若何者。此癸未進士南京刑部主事寧波水榮旭雲壑兩事，皆經目擊之言也。

至周項臨賊，初念甚有足取者。周主王百户家，王擬同周巷戰而死，事迅不及，主人自縊，周亦投繯是矣。徐爲一友與僕解焉，固守泣勸以爲萬萬不宜不可，今已造成中興世界，何苦以中興名宦甘讓别人。周猶擲身倒牀，顧友人曰：『吾豈前世殺爾父母，奈何不成我之大美？』其痛言如此。項則與倪元璐鴻寶馬世奇素修并街寓，倪馬殉節，項有蘇友勸成大名，遂與縱飲，俟醉自裁身後事，痛哭流涕奮書，已盈握，陽呼鬼籙，頃刻分途矣。忽有甲戌門生黎志陞子方馳馬排門大呼入朝，今日魏徵非老師無人，新任山西學道隨賊進京者，水心怒恨，矢口毒罵，彼竟挾之上馬。其僕素與介生之僕爲好友，喜顔奔告，黎亦遣兵促周勢押而去。傳聞從賊皆後來轉境，然亦從未入朝，志陞報名銓職，刻入縉紳而已。志陞對闖賊反云項周是彼門人。

項周在志陞寓慘顔痛飲，呼天噓氣，項書『奈何，奈何』、周書『如何，如何』者幾匝月，酒後清辰，哭聲多於强笑，即登極詔詞，皆家鄉親友冀其死難，生光梓里，爲不克副望，借以污衊，然百口莫爲之辨也。臨難時，明曉大體，愛人以德，難其人矣。周則誤於友僕之救解，項則幾成於蘇友之慫恿，一壞於門生之馳援，再壞於家奴之嘯歌，使兩人遂其初志，文清文忠之溢美當共倪馬諸公輝映千古矣。未嘗不認識其理，未嘗不身爲其事，天不肯以全福予人也。生爲名士，死爲忠臣，文章節義，存殁争光，若倪馬諸公，三代至今有幾人哉！死爲忠，生爲逆命也，欲死不死，既生又死，皆命也。文章名世，命非好也，《春秋》責備，纔見命之不好也，亦皆命也。到此地位，功名富貴不欲聞，父母妻兒不欲見，惟願即刻赴冥哭，叩彼蒼縱付我上半世之福慧者，何心桎梏我片刻不欲視世者，何律殺人多術，此爲極刑，人孰無死，死所不甘。

項水心縱不死難成大名，若使無黎周二門生，安知今日不猶然享福。周介生縱或從賊，彼之力量有餘，功名自在，只因誤歸故鄉，便走絶地，致累房師。孔子曰：『危邦不入。』金壇固是羅刹地，試看壬寅年合城縉紳盡皆滅門可知。

甘夢梟首

宜興陳一教礀雲，廉憲也，二子，長于泰大來，次于鼎琪華，次先戊辰入翰林，長後辛未登狀元，一門富貴，盈滿已極。居鄉不飭其家人，致民變，兩翰林澒職。未幾碉雲捐館，于泰亦不久繼之，于鼎以父兄素不合於鄉，僦居京口。

已亥年，海寇上金山，于鼎則手書招戚友慫恿彈冠。后海寇就戮，脩隙者達其字蹟於當道，逮繫詔獄。以所禁之室沿出入路，人聲嘈雜，日難靜坐，夜不成寐，百計營求，無略幽邃處。苦口懇提牢主政，爲指獄底空地，乃自構小精舍一椽以居之。初入之夕，時值新年，張鐙遣興，暢飲更餘。就枕之后，僻靜深遠，夢魂憩適，日高方起，時爲辛丑年正月某日也。徐出視外，寂無人聲，異之；四顧囚監，各厫房闃如矣，更異之。急前趨叩獄門，門亦反鍵，益駭焉，呼問外人，人反驚訝獄内何尚留人？昨夜三更時分，恩詔大赦，在獄犯人無論已結未結，盡行驅釋，齎詔官猶恐遲誤，出入高呼者三，豈獨無耳耶？曰移入後室，肆赦高呼，夢沈不覺也。然獄門不可擅開，罪犯不得再出，會須上聞，再浼提牢具情説堂，大司寇勉爲具疏，敘述前因，爲海寇事，旨意嚴重，即日處決矣。一晚之安息，竟成百年之大夢，孔子曰：『素患難，行乎患難。』還須再讀也。

嘗聞陳碉雲盛時，族姪陳于庭報升都察院左堂，碉雲聞之曰：『左堂右堂不如我家三郎四郎。』蓋泰鼎將露頭角時也。由今觀之，鼎元翰撰駢發一時，父子兄弟科甲蟬聯，反非吉兆。昔有尊宿赴湯餅之宴席，中傳抱新生之兒，尊宿熟視，舉杯祝之曰：『後日必定做教官。』主人微有不愜之色。尊宿曰：『教官自然有壽耳，戴官帽，掛錦繡，張藍蓋，體統不與貲郎吏員伍，又壽而官者，自能教子孫讀書，書香不絕矣，寧非好兒孫耶？』合座首肯。旨哉，尊宿之言也。陳氏之狀元翰撰，不及一教官萬萬矣。

鐙廟二市

明朝京師鐙市廟市即西北中原等處，俗説趕集，東南閩廣等處趁墟是也。鐙市向設於五鳳樓前，後徙東華門外，廟市則起自刑部街之東粥教坊，下繞北延至都城隍廟，緜亘十里。其期，鐙市則每月之初五、初十與二十，廟市則月之朔望與二十五。鐙市先爲鐙設也，正月起於初八至十八，再過晚始散，鐙賈大小以幾千計，鐙本多寡以幾萬計。自大内兩宫與東西二宫及秉刑司禮世勳現戚文武百寮莫不挾重貲往，以買之多寡角勝負，百兩一架，廿兩一對者，比比鐙之，貴重華美，人工天致，必極塵世所未有。時年所未經目者大抵閩粤技巧，蘇杭錦繡洋海物料選集而成，若稍稍隨俗，無奇不敢出也。至珠實古玩，香綢磁錦等貨，貿易售市，動經千百，豪華局面，富貴氣象，人欽帝都如此。

自世道變古，將三釐銀置一盞梅花紙鐙，堂前清供，家無優宴，夜不設席，自以爲道心不亂，冰操可掬。鐙賈由是解體，鐙本逢此虧折，皇店酒樓，氣索神冷止舞，大頭和尚以鬧街遣興，此非樸茂，乃衰薄也，所謂金吾不禁，徹夜遊行之事無有矣。鐙市窮，京師遂愀然無色，廟市乃爲天下人備器用、御繁華而設也。珊瑚樹、走盤珠、祖母緑、貓兒眼盈架懸陳，盈箱疊貯，紫金脂玉、犀角伽南、商彝周鼎、秦鏡漢匜、晉書唐畫，宋元以下物不足貴。又外國奇珍、内府祕藏、扇墨箋香、幢盆鏡劍、柴汝官哥、猛肭氆氌、洋緞蜀錦、宮妝禁繡，世不常有、目不易見諸物件應接不暇。維彼碧眼胡商、飄洋番客，腰纏百萬，列肆高談。日至市期，官爲給假，便爲留車行行，觀看列列。指陳後必隨之以扶手，舁之以箱匣，率之以紀綱戚友。新到之物必買，適用之物必買，奇異之物必買，布帛之物必買，可以奉上之物必買，可貽後人爲鎮必買，妾媵燕婉之好必買，仙佛供奉之用必買，兒女婚嫁之備必買，公姑壽誕之需必買，冬夏著身之要必買，南北異宜之具必買，職官之所宜有必買，衙門之所宜備必買，朱提稱兑不避人見，置辦山積無人敢議。

自世道變古，有其用有其力，不欲有其名，心所愛夙所訪至期必欲置，又不欲露人之耳目窺見其好尚，當日不出者十之七八，曰不見所欲，此心不亂。偶出而遊行，低頭清看，問價飽眼而已。使坐賈巨商怒目怨視，算格法馬高閣束置，由是遠近興販之人裹足不前，鉅本深藏之客聞風先遁。惟有本處二三老圃、荒場廢墓、種值胡瓢，纏葺匡籃，充塞街衢，即有一二擺設，俱已破爛雜碎，物不成器，價不盈貫者。廟市窮，京師遂大窮，欲如漢之灞上，唐之曲江，宋之上河，千百不及其一。即金人之蔡州猶藉商賈貨物，元兵攻圍百計，支應固守三百七十日而後散。非若明朝之京師軍民官宦皆爲朝不謀夕，聊且苟存之營業，宜乎流賊一到而崩潰，掉首不顧，棄之與夷狄也。

有清明上河圖之想。

右《談往》二卷，補遺一卷，不知撰人名氏，説鈴止署『花村看行侍者』而已，專紀明季朝野事跡，其間黨禍之傾軋，言路之攻訐，内外之推諉，仕路之倖進，譏刺慨歎，文筆亦冷雋異常，疑是遺老所爲。而及見康熙登極者，大是蘇州嘉興人口吻。説鈴本一卷止有二十六條，豐順丁氏鈔本二卷，共四十一條，除重見七條，實得六十篇，是爲最足之本。孟夏護日、風雷疫癘、韓城賜死、宜興再召、坔陽事會五條，則與《南都事略》同，古玩致禍則與《韻石齋筆談》同，冰花非吉則與葉紹袁《年譜別記》同。則同時人録同時事，不必疑其互相襲也。

歲在甲寅二月初吉，烏程張鈞衡跋。

續太平廣記

陸壽名　輯
林春虹　點校

題解

《續太平廣記》八卷，題吴陸壽名處實父輯。陸壽名，字處實，號芝庭，江蘇長洲人。順治九年（一六五二）進士，官安徽寧國教授，以文學稱於時，著有《芝瑞堂稿》一卷、《芝瑞堂詩》一卷，輯《治安文獻》十卷等。陸壽名對李昉《太平廣記》評價極高，故『仿其規制，節記其事』編《續太平廣記》，現據嘉慶五年刻本整理標點。

目録

《續太平廣記》序……一三五
卷一……一三七
天地部……一三七
山部……一四〇
水部……一五〇
花木部……一五六
禽鳥部……一六八
獸部……一七六
卷二……一九五
昆蟲部……一九五
珍玩部……二一七
異物部……二二六
化石……二二六
寶部……二二七
卷三……二三三
妖怪部……二三三
卷四……二七三
智術一……二七三
智術二……三〇二
卷五……三三三
智術三……三三三
卷六……三八三
高逸……三八三
廉儉……四〇六
器量……四二四
卷七……四四三

厚德……四四三
精察部……四七一
卷八……五〇一
剩史……五〇一
雜志……五二三

《續太平廣記》序

夫儒者博通今古，必網羅天下舊聞，一一親之於目，而後見所見而奇異足誌，聞所聞而道有由來。蓋事之所宜有者，聖人勿禁，故删《詩》《書》而不廢鳥獸草木之異，修《春秋》而悉傳災祥變異之端。安得事非習見，遂目爲誕妄而不經哉！此特淺見寡聞者臆斷之言，非博雅之士所宜出也。按北宋太平興國時置崇文院，敕命儒臣編輯經史諸子百家之書，博文約取，集成千卷，名曰《太平御覽》。又取古今記録外傳野史之屬，博採兼收，集成五百卷，名曰《太平廣記》，同時梓刻頒行。獨是二書之出，雖已囊括古今，可爲格物致知之一助，而其中放失滿聞，有遺所當言、廢所當録者，亦復不少。此《續太平廣記》所由出也。因是仿其規制，節記其事，特列天地山川之異、禽獸草木之奇，以及人文珍寶之類，分門辨類，亦欲暢發其前書之意，留爲後世之觀，有可記者，靡不畢舉。庶幾海内之士復得其續記而覩之，則於『廣記』二字之義斯無遺憾云。

古吳陸壽名處實父序

卷一

天地部

天裂

宣德中，一日未申間，天裂於西南，視之若千餘丈。時晴碧無翳，内外際畔了了可察。其中蒼茫藻繪，不可窮極，良久乃合。

弘治戊申二月廿六日，浙東處州景寧縣北屏風山，有白馬成群，首尾相銜，從牛首山迤邐騰空而去。是年陝西天門開，人馬百萬，自下而入。

天鼓

成化正旦日中時，中天有白氣如練。仰視之，如一白蛇，漸升漸消。消且盡，忽有聲如雷，蓋天雷鼓也。

日　異

景德元年十二月甲辰，日有二影，如三日狀。

政和二年四月辛卯，日中有黑子，乍二乍三，如栗。

德祐二年二月朔，日中有黑子，如鵝卵相盪。又德祐元年六月朔，日食既星見，雞鶩皆歸。

月　異

天啟四年四月乙酉，西南方兩月重見。

吴曦一日晚歸，垂鞭四視，仰見月中有一人騎而垂鞭，與己惟肖。曦揚鞭揖之，是人亦揚鞭而揖。乃大喜，異謀遂決。

星　異

咸平五年三月，有星晝出，心至斗南，赤光丈餘。

景德三年四月，周伯星見，出氐南騎官西一度，狀如羊。月煌煌可以鑒物，歷庫樓東八月，隨天轉入濁。

雲中人馬

元至正乙未正月二十三日日入時，平江在城忽聞東方軍聲漸近。驚視，但見黑雲一簇中，彷彿皆類人馬，前後火光若燈燭，由西方而没。

土龍眼

臨江龍岡山，有赤土如環者二，呼爲龍眼。掘出輒雨，雨過如初。

隕星

成化中星隕於山東馬長史家。初墜地，其光煜煜，而星體腐軟，特如粉漿。馬家人以杖抵之，没杖成穴，久而漸堅，乃成一石。

朓

天啟丙寅二月朔，月出如鈎。按《五行志》『日晦而月見謂之朓，王侯其舒。』注曰：『君舒緩而臣驕慢也。

隕銀

萬曆戊戌春，福州府隕星化爲石，復變爲銀，收貯布政司庫。見《邸報》。

山部

白雲岩

蒙山頂有白雲岩，産茶。黎陽王有詩：『聞道蒙山風味佳，洞天深處飽烟霞。水綃剪碎先春葉，石髓香粘絶品花。蟹眼不須煎活水，酪奴何敢問新芽。若教陸羽持公論，應是人間第一茶。』

回雁峰

回雁峰在衡州城南，雁至衡陽不過，遇春而回。或曰峰勢如雁之回，故名。唐杜荀鶴詩『猿到夜深啼嶽麓，雁知春信别衡陽。』

廬山

廬山大林寺，山高地深，節氣絶晚，時當孟夏，如正二月天。唐白樂天詩『人間四月芳菲盡，山寺桃花始盛開。長恨春歸無覓處，不知轉入此中來。』

佷山

佷山縣有一山，獨立峻絶。西北有石穴，以燭行百步許，有二大石，其間相去一丈許，俗名其一爲陽石，一名陰石。水旱爲災，鞭陰石則雨，鞭陽石則晴。

衡山

衡山有二峰極秀。一峰名芙蓉峰，最爲竦特，自非晴霽之朝不可望見。峰上有泉，飛泒如一幅絹，分映清林，直注山下。

華嶽

華嶽本一山當河，河水過而曲行。河神巨靈，手蕩脚蹋，開而爲兩，今掌足之跡仍存。

君　山

君山翠麗鮮明，遠若臺榭，名曰『娲宫』。風雨之後，景氣明静，頗聞鼓吹之聲。

雷首山

雷首一名獨頭山，夷齊所隱也。山南有古冢，陵柏蔚然，攢茂邱阜，俗謂之夷齊墓。

淳于山

淳于山與白雉山相近，絶壁之半有白石雉，遠望首尾可長二丈，伸足翔翼，若虚中翻飛。

員　嶠

員嶠之山名環邱，有雲石廣五百里，或四五十或十數里，駁駱如錦川。扣之則翕翕然，雲出，俄而徧潤天下。西有星池，周千里，水色隨四時變化。有神龜出爛石之上，此石常浮水邊，方數百里，其色多紅，質虚似肺，燒有烟，香聞百里。烟氣升天，則成香雲，徧潤則成香雨。

吴仲庶

吴仲庶守金陵，夢三舉子求哀曰：『若不垂佑，明日當爲煨燼矣。』公甚異之。詰旦，兵馬司狀申，乞燒三醜石爲灰，供修造用。公悟，敕寺僧愛護焉。

砂石

天地間物有不可以理曉者。松之海陬，有地名三沙者。其一蜆砂岡，袤亘數十餘里，掘地皆蜆沙丈餘，不知上古何以聚蜆沙之多如此。又如七里灘之鵝卵石，水底皆卵石，歲有取者，不見其損，豈皆鑿山之遺耶？此猶水底也。蓋水流而光潤，則或然若金陵雨花臺諸山，卵石遍地，愈掘愈有。不知諸山何以有是碎石，又皆成卵也。

望夫石

新野白河上有石如人，名望夫石。相傳一婦送夫從戎，别於此。婦悵望久之，遂化爲石。天台陳克字子高，題石云：『望夫處，江悠悠。化爲石，不回頭。日日風和雨，行人歸來石應語。』

層山

河北有層山，山甚靈秀。山峰之上立石數百丈，亭亭桀竪，競勢争高，遠望篸篸，若攢圖之托霄上。其下層岩峭舉，壁岸無階。懸崖之中多石室，室中若有積卷，而世士罕有津逮者，因謂之『積書岩』。岩内時見神人往還，蓋鴻衣羽裳之士，練精餌食之夫耳。

牛首山

牛首山，去京師四十里，舊屬江寧。太祖嘗幸焉，見城外諸山皆朝拱京師，而此山獨否。上怒，杖之六十，命屬宣州，不許内屬江寧。

空中樓閣

渾源州倒馬關外有嶺，峭削千仞。漢武時，於壁上鑿孔，横攢巨木作基，因而重疊，架樓三座，鉅麗巍峨，上接於天，下不在地，所謂『空中樓閣』。復覆以岩唇，雨日不及。歷代及明嘉靖間重修，真天下大巧而異觀也。架棧曲屈爲道而上，有警騎至則去棧，故不經兵火。

華陽洞

李元，至和中，近郊有穴，黑如夜，稍進漸明。石池中荷花爛熳，天日晃曜。有石碁局，聞誦經聲而不見人。已而至道旁，則滁州境也，已是七日，纔一晝耳。其所至，乃華陽洞也。

雞鳴石

分寧陳至甫山莊有槌擣石。陳夜步月，忽聞雞鳴石上，即而視之，不見也。移石於數步外，次宿鳴如故。陳揭石以歸，每當月夜，置之月光中雞必鳴。其子剖石視之。有雌雄二雞，文采燁然可觀。

宜興石

吴興郡北，一山皆怪石。中有一石最尊，上大而根小，危立如種自石上湧起，輕撼則摇動，稍加力排之輒屹然不動。

一指石

桐廬有石，長一丈，高五尺，綴岩谷間。以一指抵之，則摇動，人力多則不能動，故以一指名之。

牡丹石

葱利武口寨，石上有花，如堆心牡丹。枝葉繚繞，雖精於畫者莫能及。或以物擊碎其花，拂拭之，其花復見，重疊不一。

石人

英巨山人岩内，有石人生磐石上。其體有塵穢，則興風雨，天晴則遍體清瑩如玉。

黑石字

太平興國四年，夾江獻黑石二，皆丹字。其一曰『君王萬歲』，其一曰『趙二十一帝』。

鼎州巨石

建炎三年，鼎州石隨大水流下，有字曰『無爲大道，天知人情；無爲窈冥，神見人形；心言意語，鬼聞人聲；犯禁滿盈，地收人魂。』

石像

永州蘇山多石，人取以水淋之鋸破，其像有觀音、彌勒、寒山、拾得，又有『天下蘇山』四字。

石塔

信豐有石塔，高九層而無影，影現則災。

石臼

任邱有石臼，受一石二斗。有沙門移於寺，經宿血滿其中。仍移舊所，復浄如洗。

石油

鹿延有石油，生於水際。砂石如水泉相雜而出。土人以雉尾裛之，乃採入缶中。燃之如麻，烟甚濃。掃其煤以爲墨，黑光如漆，松墨不及也。

延安有石出油，自石中流出。每歲秋後，居民取之，可以燃燈療瘡。

石　鷹

湘潭梅下江畔有石，高大數十丈。其形類鷹，啄插水，翼如墜而將斂，其勢甚雄。忽一年，開倉失米。召道士行法，知爲石鷹所竊。掘石下，果有米數十石。

石　牛

休寧有巨石，狀如牛，歲旱塗其背則雨。又鬱林州池中有石牛，歲旱民殺牛禱雨，以血和泥塗其背。祀畢則雨，泥盡則晴。

石　魚

涪州江中有石刻雙魚，皆三十六鱗。一啣萱草，一啣蓮花。有石秤石斗，傍雨見則年豐。

活　沙

范河，北人爲之『活沙』。人馬履之，百步外皆動。其下足處雖甚堅『若遇一陷處，則人馬皆没，有數百人平陷無孑遺者。或謂即流沙也。

蝦蟆山

吴城西四十里，其地山巒疊嶂，中有一蝦蟆山。弘治己卯春，忽徐徐而行，已而疾移。時有行道者，驚曰：『山走矣！』老稚莫不哄然。此山隨聲而止，漫從山下視之，已懸舊址數畝矣。次歲丙辰，朱玉峰狀元及第，方言『山移出狀元』，驗之矣。

石中男女

成化間，澧河築堤。一石中斷，中有二人作男女交媾狀，長僅三寸許，手足肢體皆分明，若雕刻而成者。高郵衛某指揮得之，以獻平江伯陳公鋭，以爲珍藏焉。

山移

成化庚子五月内，雲南麗江軍民府巨津州白：石雲山約長四百餘丈，距金沙江計二里許。一日忽然山裂中分，其一半走移於金沙江中，與兩岸雲山相倚。山上木石依然不動，江水壅塞逆流，渰没田苗，蕩析民居。州府具申上司太監等官，具聞諸朝。時雲南屢有邊報，此山之兆與？

山崩

萬曆己亥八月，陝西狄道縣城東五里，地名毛家坡，山長二百餘丈，忽崩裂一半，長一里。其下中成一池。山南平地湧出山五座，約高二十餘丈。山未崩之先，每夜山下火光四出，其内有聲如雷，稍稍又聞鼓樂之音。如此者十數夜，至十八日遂崩。

水部

清水池

清水池在儋州，四季荷花，臘月尤盛。蘇子瞻詩：『城南有荒池，瑣細復誰採。幽姿小芙渠，香水獨未改。』

甘泉

甘泉寺，在常德府城北六十里。寇准南遷日，題於東楹曰：『平仲酌泉經此，回望北闕，黯然而去。』未幾丁謂又過之，題於西楹曰：『謂之酌泉，禮佛而去。』後范諷留詩云：『平仲酌泉回北望，謂之禮佛向南行。煙嵐翠鎖門前路，轉使高僧厭寵榮。』淳熙中，張栻榜曰『萊公泉』。

江乘泉

江乘縣有泉，半温半冷，共出一壑。

玄武湖

玄武湖是金陵勝境。一日諸閣老待漏朝堂，語及林泉之事，馮謐曰：『玄宗賜賀監鏡湖，信爲勝事。余非敢望此，但賜後湖，亦足暢平生也。』徐鉉答曰：『主上尊賢待士，常若不及，豈惜一湖？所乏者知音耳！』馮有慚色。

龍泉

有龍泉出允街谷，泉眼之中水文成蛟龍。或試撓破之，尋平成龍。畜生將飲者，皆畏避而走，謂之『龍泉』。

靈濟泉

李文忠公同徐達復征迤北。軍還失故道，乏水，渴死者衆，文忠患之。至哥兒麻思，出野尋水脉，忽所乘馬以足跑地，泉隨湧出，三軍賴之。後歸以白於上，賜名曰『靈濟泉』。

夢泉

藍玉之征迤北也，師次遊魂，南道無水，軍中渴甚。至一山下，忽聞有聲如礮。使人視之，則四泉湧出，須臾成溪。士馬因得就食，竟成功而還。先是，上嘗夢日西北偶有小山，流泉直下，至御足所履而止。至是玉歸奏適與夢符。上大喜，賞賚有加。

半湯湖

句容縣有半湯湖，其水同一壑而半冷半熱。熱可以瀹雞，皆有魚。魚交入輒死。民引熱水以溉田，一歲再熟。

烏脚溪

漳州界有一水，號『烏脚』，涉者足皆如墨。數十里間水皆不可飲，飲則病瘴。

白蝦池

開化池中有白蝦，乃宋趙抃所遺而放於此，其後生息不絶。有求而他畜者，蝦色輒變。遇旱水涸，絶而復有。

瑞蓮池

雩都縣有池，産異蓮。其葉曰『雙捲劍春』，其華曰『雙頭丫髻』，其實曰『覆鐘金鋌』，移之他處輒成常種。

火池

蜀伏龍山下，地窪若池。以火引之，有聲隱隱出地中，少頃炎熾。夏月積雨停水，則焰生水上，水爲之沸，而寒如故。冬月水涸，則土上有焰如燒。人聚而觀之，至焚其衣裾。

冰異

元豐末，秀州人家屋瓦上冰成花，每瓦一枝，如折枝。有大花如牡丹、芍藥者，細者如海棠、萱草，皆有枝葉。以紙搨之，無異石刻。紹興七年冬，建康槃冰有文如畫，佳卉茂木，花葉相敷。日易以水，變態奇出，春暄乃止。

金沙泉

湖州啄木嶺金沙泉，處沙中，居常無水。每歲造進貢茶，郡守拜敕具牲祭告。其夕，泉出清溢，及造茶畢即涸。

喜客泉

茅山有泉，客至則湧出，故名『喜客』。

撫掌泉

茅山有撫掌泉，聞擊掌之聲則湧沸。

笑泉

無爲州有泉湧出石底。人有笑聲，泉益滚沸，故名『笑泉』。

平痾泉

和州有平痾湯泉，水熱，色深碧，自沸，香氣襲人。患瘡疥者，浴之即愈。

五色泉

松江府有泉，湧出五色。郡之士見之者，其年必擢高第。

二竅井

崇寧一大井，以片石開二竅幕其井。一竅汲以造錫，一竅汲以爲染。若易竅汲之，皆不能成其用。

冰柱

正德中，文安縣河水每僵立。是日大寒，遂凍爲柱，高圍俱五丈，中空，而傍有穴。數日流賊過縣，鄉民入穴中避之，賴以全者甚多。

玉蠏

支硎山有細泉，自石面罅中流出，雖大旱不竭，俗稱爲『馬婆溺』，相傳支道人養馬蹟也。萬曆庚子歲，忽見燥枯。山中人云：『有賈胡每夜燭火，凡半月取一玉蟹而去。』

花木部

杜鵑花

王順伯爲温州平陽尉，嘗以九月詣村疃觀旱田，見杜鵑花一本，甚高，開花數朵，色如渥丹，照映人面皆赤。訝其非時，以詢土民，皆云此種只出山谷，一歲四悉開，而春秋爲盛。順伯欲訪求小者，竟不可得，疑亦但有一云。

前記載潤州鶴林寺有此花，高丈餘，每春來爛熳，或見三女子紅裳艷麗，共遊樹下，俗傳花神也。節度使周寶，令道人殷七七開非時花，重九爛熳，驚爲特異。今此花之平陽，固不假女仙道人之力也。

紫金竹

宣和間，海州東海縣治内，叢竹生筍。有紫金蛇一條蟠繞一筍根，凝然不動，光采射人，至於解籜乃不見。竹竿從本至末，如紫金線。界道百竹，極可愛。縣宰劉逢作詩表異之。其一聯云：『已疑引鳳來何晚，却恐爲龍去莫尋。』後不復有此種。

竹米

慶元二年，湖湘粒米騰貴，郊郭間無不艱食。湘潭境内有昌山，周回四十里中多篠簜。環而居者千室，尋常於竹取給焉。或搗爲紙，或售其骨，或作簞，或造鞋，其品不一，而不留意耕稼。先是，乙卯歲連山之竹皆開花，謝而結實，如麥粒而長。人以長篙擊竹杪取米，治之如稻穀，每一石可得米五斗。或其炊法和以粳米十之一，沃以湯，其香全與粳等。民賴以濟，至販糴於縣市，遠近百里皆競取之，穀價爲平。有負米而歸者，云：『昌山有廟曰雷祖，欲得米者先謁神，敬則可不勞而獲，否則得亦不多。』父老有家藏上世祖關分析舊産，其中云『其處竹米八十石，每分當四十石』，則知昔固有之矣。

瓊　花

揚州后土廟有瓊花一株。宋丞相郊構亭花側，榜曰『無雙』，謂天下無别株也。仁宗慶曆中，嘗分植禁中，明春輒枯，遂復載還廟中，鬱茂如故。

倒黏子花

東坡至儋耳，見野花夾道，如芍藥而小，紅鮮可愛，樸樕叢生。土人云『倒黏子花也』，結子如馬乳，爛紫可食，殊甘美。中有細核并嚼之，瑟瑟有聲，亦頗澁。童兒食之，或大便難下。葉背白如石韋狀，野人秋夏病痢食其葉輒已。海南無柿，人取其皮，剥浸爛杵之，得膠以代柿漆，葢愈於柿也。吾久苦小便白濁，近又大病滑，百藥不差，取倒黏子嫩葉蒸之，焙燥爲末，以酒糊丸，日吞百餘，二疾皆平復，然後知其奇藥也，因名『海漆』而私記之，貽好事君子。明年子熟，當取子研濾，酒爲膏以劑，不復用糊矣。

海　棠

海棠香國在大定縣。凡海棠無香，惟此地産者獨有香，故名曰香國。

榔梅

榔梅在太和山，真武折梅枝於榔樹之上，仰天誓曰：『吾道若成，花開果落。』竟如其言。

月竹　棕櫚　歲蘭

月竹，嘉定州之産，每月生筍。歲蘭，每歲元日開花。棕櫚樹，按月抽一片棕，每於閏月則半片，豈草木亦有知耶？

無情化有情，腐草變爲螢。有情化無情，蚯蚓變金燈。若三者，其無情而即有情者耶？

茶

建人謂鬬茶爲『茗戰』。北苑焙茶之精者，名『白乳頭』、『金蠟面』。覺林院志崇收茶三等，待客以驚雷莢，自奉以萱草帶，供佛以紫茸香。蓋最上以供佛，而最下以自奉也。客赴茶者，皆以油囊盛餘瀝以歸。蔡襄善別茶。達安能仁院有茶生石縫間，僧采造得八餅，號『石岩白』，以四餅遺蔡，以四餅密遣人走京師，遺王内翰禹玉。歲餘，蔡被召還闕，訪禹玉。禹玉命子弟於茶筒中選精品，碾以待蔡。蔡捧甌未嘗，輒曰：『此極似能仁石岩白。公何以得之？』禹玉未信，索貼驗之，乃服。

天　帚

天門山角上谷生一竹，倒垂拂拭，謂之天帚。

菊

菊，一名更生，一名日精，一名女華。

蘜如聚金，蘜而不落，故字從蘜。花大氣香、莖紫者爲甘蘜花，此日精也。其葉可羹，其花可釀，其囊可枕，其實可仙。

秋　海　棠

昔有婦人思所歡，不見輒涕泣，恒洒淚於北牆之下。後洒處生草，其花甚媚，色如婦面。其葉正緑反紅，秋開，名曰斷腸花，又名八月春，即今秋海棠也。

淫　樹　花

遜頓國有淫樹，花如牡丹而香，種有雌雄，必二種并種乃生花。去根尺餘，有男女形陰，以别雌雄。種必相去勿遠。二形晝開夜合，故又以夜合爲名，又謂之有情樹。若各自種，則無花也。雌實如李而差大，雄實如桃而小。男食雌實，女食雄實，可以愈虚損。

大　穀

始興令楊應隆，柳州人。言其遠祖掘地種竹，忽地中鏗然有聲，得一石甕。發之，有物數百個，長三寸餘。見其上下膚如穀形，去膚熟之，真是大米，香美異常。後食者壽皆百二三十歲，飲其汁者壽亦八九十。嘗讀《歲經》云：『太古之世，穀長五六寸。人壽皆數百歲。』又《圖經》稱：『崑崙之墟有木禾，食者得壽。』豈其餘粒耶？

鴛　鴦　草

崇寧間，蘇州天平山白雲寺五僧行山間，得蕈一叢，甚大，摘而煮食之，至夜發吐。三人急採鴛鴦草生啖之，遂愈。二人不肯啖，吐而死。此草藤蔓而生，對開黄白花，傍水處多有之，治腫毒有奇功。或服或敷或洗，皆可。今人謂之『金銀花』。又曰『老翁鬚』，《本草》名『忍冬』。

金帶芍藥

廣陵芍藥有紅葉而黄腰者，號『金帶圍』而無種。有時而出，則城中當有宰相。韓魏公守廣陵日，一出四枝。是時王岐公、王荊公、陳秀公會賞。後四公皆入相，果應四枝之兆。

鬼草

西安府牛首山出鬼草，赤莖。其葉如葵，其秀如禾，服之使人不憂。

甘露草

撒馬兒罕有小草，叢生，葉細如藍。秋露凝其上，味如蜜，可以爲餳。夷呼爲『達郎古賓』。蓋甘露也，名爲甘露草。

異芝

咸平六年，相州生芝一莖，色紫黄，長尺餘，分七枝，枝如手五指狀。其最上枝類鳳。祥符元年，孔林産芝，根黄紫如雲及人戴冠冕之狀。復州獻芝，類神仙佛像。天禧元年，出肉芝如真武像。

大茄

蘇門答剌國出大茄樹，高丈餘，經三四年而不瘁。子大如西瓜，重十餘斤，以梯摘之。

菜花

熙寧中，李及之知潤州。園中菜花盛開，悉成蓮花。各有一佛坐於花中，形如雕刻，莫計其數。曝乾其像依然。

水葱

水葱出始興，花葉皆如鹿。葱花有紅、黄、紫三種。婦人懷妊佩其花，生男。交廣人之極驗。

女樹

海中有銀山，生樹名女樹。天時明，皆生嬰兒。日出能行，至食時皆成少年，日中成壯年，日晚成老年，日没時則死。明日復然。

鎖鎖木

回紇野馬川有木，曰鎖鎖。燒之，其火經年不滅，且不作灰。彼處婦女取根爲帽，入火不焚。

延福樹

劍州古延福寺，有古木一株，甚大。二白羊往來其下，近之則不見。

御愛檜

亳州太清宫，以真宗將幸，有檜南枝礙簷，將加斤斧。一夕大風雷，比曉，檜枝已轉北矣。真宗甚愛之，故名。

都梁

都梁縣有小山，山上水極清淺。山中悉産蘭草，緑葉紫莖，俗謂蘭爲『都梁』，因以名縣。都梁是蘭名，人鮮知。

竹炭

北方多石炭，南方多木炭。蜀中有竹炭，燒巨竹爲之，耐久而無烟，亦奇物也。又邛州出烹鍊，利於竹鐵，更奇。

夜合

百合非夜合也，往時誤認爲一種。因考青棠二字，乃得之青棠合歡也。合歡，夜合也。合歡生益州山谷，樹似梧桐，枝弱葉繁，互相交結。每一風來，輒似相解，了不相牽綴。樹之階庭，使人不忿。《古今注》：『欲蠲人之憂，贈以丹棘；欲蠲人之忿，贈以青棠。』丹棘，一名忘憂。青棠，合歡也。合歡，夜合也。其花上白下紅，散垂如絲。今陽羨山中多百合，有紅白二種，白者根入藥。按《本草》合歡入木部，百合入草部。凡詠百合爲夜合者皆誤。且晝開夜合，花態常有，不獨此種也。

梧桐

東坡云：『凡本實而末虚，惟桐反之。』試取其小枝削之，皆堅實似蠟，而其本皆虚。故世所以貴孫枝者，貴其實也。

虎邱榆

長安人某，客游吴閶。夜夢婦人斂衽而泣，自稱俞氏，居虎邱，命盡明日午時，非君莫援。客夢中許諾。明日即買棹登山，訪其人，未嘗有也。徘徊於劍石之側，見數人捆索，持斧鋸喧囂而來，仰看一樹，謀伐去。客遽問何樹。一僧從旁對曰：『榆樹。』客因悟，立出懷中金贖之。是夜復夢婦再拜謝。至今百年，樹鬱葱凌雲，合抱者四五矣。

蚊樹

江南有蚊樹，四五月間皮裂，蚊從中出。往時見於雜説中。偶行野，見樹上有包如豆。剖之，一蚊飛出。豈即所謂蚊樹耶？樹不甚大，葉似枇杷。

柿木

柿木千年，心爲烏木。徐氏拙政園有柿，適大風折其一枝，中有指大黑如漆，樹纔百餘年，真成烏木矣。

草木長

坡公云：『或爲予言，草木之長，常在昧明間。早起伺之，乃見其拔起數寸，竹筍尤甚。夏秋之交，稻方含秀，黄昏月出，露珠起於其根，纍纍然，忽自騰上，若推之者。或綴於莖心，或綴于葉端，稻乃秀。』實驗之，信然。

松

東坡海外書云：『松之有利於世者甚溥。松花、茯苓，服之皆長生。其節煮之以釀酒，愈風痹，强腰足。其根皮，食之膚革香久，不香聞下風數十步外。其實食之滋血髓，研爲膏入漓酒中，則醇釃可飲。其明爲燭，其煙爲墨，其皮上蘚艾，納聚諸香烟。其材産西北者至良，名黄松，堅韌冠百木。』略數其用於世，凡十有一。不是閒居，不能究物理之精如此也。

四海

花名有海字者，皆從海外來。海棠、海榴是也。海紅花，即山茶也。海桐花，即七里香也。亡友陸子淵欲以四花名爲『四海亭』，然不知海紅花即山茶也。

虎須草

虎須草可爲席，出虎邱寺。虎須草可爲燈炷，出金華府春草巖。

禽鳥部

鳳凰

《虞書》載『簫韶九成，鳳凰來儀。』三代以後無傳焉。惟漢宣帝時嘗見，史不載其形狀若何。真宗景德年，白州有鳳凰三，自南入城，衆鳥周遶，至萬歲亭前棲高木。上身如龍，長九尺，高五尺。其羽五色，冠如盞。午時來，至申時飛向北去，遂不復見。州畫圖來上。太平興國九年，嵐州獻獸，一角，似虎無斑。角端有肉，性馴善。詔群臣參驗。徐鉉、滕中正、王佑等上奏曰：『麟也』。宰相宋琪等賀。

顔店鵝

淮上顔氏店歇客。一日，謂妻云：『明日宰雄鵝一隻，待衆客。』是夜皆聞柵中群鵝如人悲哭，或相弔語。及旦，顔往取之。群鵝向前喙其衣，環繞不退。顔携杖擊散，竟殺一雄。衆舉翅拍地，一雌一雄即死，餘皆不飲水食穀。

張時鴨　洪勝雞

婺源張村民張時，所居臨溪，育雌鴨數十頭，日放溪中，自棹小舟看守，歲收卵四五千顆。慶元三年春，忽得哽噎之疾，不可復出，命其子代之。數日間，一鴨羽毛聲音驟改，俄便爲雄。家衆以爲不祥，擊殺之。刳其腹，所儲卵猶有細者累累，而張時亦亡。

同村人洪勝，是年春牝雞誕十一雛。内一黑色者，稍大乃生三足，旬日間能鳴，自啄，不逐群隊。月餘，碩大過母，一日翔空而去。

愽白鳳

愽白有遠村，號録舍，皆高山大水，人跡罕及，斗米一二錢，蓋山險不可出。有小江，號龍潛，魚大者動長六七尺，痴不識人。村民自誇：『我山多鳳凰』。從而詰之，則曰：『其大如鵝，五色有冠，率居大木之巔，穴木而巢焉。遇天氣清明必出，出必雙飛，所過則諸鳥斂翼，俛首而伏，不敢動者久之。此真鳳凰也。』古人謂南方丹山産鳳，爲信。

海南五色雀

東坡云：海南有五色雀，常以兩絳者爲長，進止必隨，俗謂之鳳凰。雲久旱見而輒雨，潦則反吾。吾卜居儋耳城南，嘗一至庭下，今又見之黎子雲及其弟威家。雀既去，吾舉酒祝之，曰：『若爲吾來者，當再集也。』已而果然，乃爲賦詩云。

鸚鵡

宋高宗養鸚鵡數百。一日問之曰：『思鄉否？』鸚鵡曰：『思鄉！』遂遣還隴山。後數年，有使臣過隴山。鸚鵡問曰：『上皇安否？』使臣曰：『已崩矣！』皆悲鳴不已。使臣賦詩曰：『隴口山深草樹長，行人到此斷肝腸。耳邊不忍聽鸚鵡，猶在枝頭説上皇。』

義　燕

太倉陳郁七家有燕將雛，巢忽被毁。俄鄰燕成羣啣泥而入，去來如織，頃刻巢成。明日，遂育數雛巢中，乃知群燕以事急助力。義哉！燕也。

義鵝

太倉陳懷四家，有黑白二雌鵝。兩窠相并，各哺數雛。越數日，黑鵝死，衆雛失怙焉。其白鵝，每晨必至其窠，呼雛與己雛同喙園中，晚必領其雛至窠乃去。似有孤恤之仁，同類之義云。

婆餅焦

人有遠戍者，其婦從山頭望之，化爲鳥。時烹餅將以爲餉，使其子偵之，恐其焦不可食也。往已見其母化此物，但呼『婆餅焦也』。今江淮所在有之。

鸕鳩

鸕鳩，一名『内史』，一名『花豸』。

燕

昔有燕飛入人家，化爲一小女子，長僅三寸。自言天女，能先知吉凶。故名燕爲『天女』。

黄鵠

黄鵠，一名『逕翮』，一名『烏孫公主』。

鶴

鶴一名『仙子』，一名『沈尚書』，一名『蓬萊羽士』。

子規

昔人有飲於錦城謝氏，其女窺而悦之。其人聞子規啼心動，即謝去。女恨甚，後聞子規啼則怔沖，若豹鳴也。使侍女以竹枝驅之，曰：『豹，汝尚敢至此啼乎？』故名子規爲『謝豹』。

戲鵝

太祖在滁陽王甥館時，嘗爲其牧鵝。一日，戲以青白二紙旗左右豎，命曰：『青者立青旗下，白者立白旗下。羣者死！』群鵝皆如命。惟一花鵝不知所從，往來奔走於青白之間，乃殺而食之。

烈鸛

高郵有鸛，雙棲於南樓之上。或弋其雄，雌獨孤棲。旬餘，有鸛一群，偕一雄與共巢，若淫誘之者，然竟日弗偶。雄者形親而依依，孤者聲哀而啄喙，遂皆飛去。孤者哀不已，忽攢嘴入巢隙，懸足而死。時遊者群客見之，無不嗟訝爲烈鸛，而競爲詩歌弔之。復有烈鸛碑，爲某公撰。

泰吉了

瀘南有泰吉了，能爲人言。夷首欲以錢十萬緡買之，泰吉了曰：『我漢禽也，不願入蠻夷山。』遂絶不食。數日死。

信天緣

塘濼之上有禽類鵠，色正蒼而啄長，凝立水際，魚過其下則食之；終日無魚過，亦不易其處，故名曰『信天緣』。

寒號蟲

五臺山有鳥，名寒號蟲。四足，有肉翅，不能飛，其糞即五靈脂也。當盛暑時，文彩絢爛，乃自鳴曰：『鳳凰不如我。』至冬寒，毛盡脱落，自鳴曰：『得過且過！』

半翅鳥

陝西出半翅鳥，倍大如鴿鶉，肉味亦如之。又謂之『半癡』，亦曰『癡半觔』。好視紅物，飛不遠輒下歇。人着紅裙襖以誘之，則近身凝視不去，故可得。

翠鳥

《交趾異物志》：『翠鳥，先高作巢以避患。及生子，愛之恐墜，稍下作巢。子長羽毛，復益愛之，更下巢，而人遂得而取之。』

鵬羽

嘉靖中，海上曾墜一大鵬鳥毛，萬元獻親見，在某郡庫中。毛以久盡獨見孔，横置在地，平步入之碍礙。又海邊人家，忽爲糞所壓没，從内掘出。糞皆作魚蝦腥，質半未化，蓋大鵬鳥過遺糞也。

海　雕

正德末，有鳥黑色，大如象，舒翅如船蓬，飛入長安門内大樹上。弓弩射之，皆不入。民家所養鵝被啄食之，如拾蛆蟲然。數月方去，人以爲海鵰也。

鳳　凰

天啟壬戌，鳳凰集河南府大槐山。文采如世間所繪，群鳥從之數萬。有人攀躋至山巔就視，輒知鳴翔舞，三日始去。南思州北甘山有鳳凰穴，壁立千仞，瀑水淙淙，猿狖不能至，鳳凰巢其上。彼人呼爲『鳳凰山』。遇大風雨或飄墜，其雛小者猶如鶴，而足差短。南人取其嘴，謂之『鳳凰杯』，今人家往往有之。《書》云：『鳳凰生丹穴』是已。然則鳳凰亦與凡鳥同生，并育於塵寰之表，仁風瑞氣適或感之，則暫遊人間。凡而不凡，斯謂之神物也。

獸　部

全　椒

紹興中，徐州全椒縣外二十里，有山庵，頗幽僻。常時淮樵農往來。一僧居之，獨雇村僕供薪爨之役。養一貓極馴，每在旁，夜則宿於床下。一犬，尤可愛，俗所謂獅狗者。僧嘗遣僕買鹽，際暮未返。凶盜乘虚抵其處，殺僧而包裹其囊鉢所有，出宿於外。明日入縣，此犬竊隨以行，遇有人相聚處，則奮而前，視盜嘷，盜行又隨之，至於四五，乃泊縣市，愈追逐哀鳴。市人多識庵中犬，且訝其異，共扣盜。曰：『犬如有恨，汝意得非往庵中作罪過乎？』盜雖强辨，然數低首如怖伏狀。即與俱還，而僧已死。時正微暑，貓守卧其傍，故鼠不加害。執盜赴獄，不能一詞抵隱，遂受極刑。

蠢動含靈皆有佛情。世之朝食其禄，夕事其仇者，比比然也。可以人而不如貓犬乎？

安　勵

安自强字行老，爲荊南參議。其子勵，令幹僕魏璋以十一月一日買黄牸牛并其犢。既殺爲脯矣，越數日又欲屠其母。先一夕，勵夢婦人着黃衣泣拜無數，懇言曰：『女子已遭官人剮了，乞恕妾命。』勵未及對，其人拜懇申誨不已。遂寤，因扣魏璋，乃知已縛牸牛，方擬屠剥。勵大悔悟，棄死犢餘肉於江，而牽牸付興化寺，遂終身不食牛。

武昌虎

永宣使孫瑞之子禹功，紹熙四年冬自臨安挈家赴襄陽都統司幹官。過鄂州，捨舟趨陸。夜宿驛舍，覺有賊往來門外。從吏呵罵之曰：『是都統官員，不得作過！』久之稍定，試啟户出視，乃兩虎相與盤拏也。既至襄，遣蔡德歸宿武昌客舍，見舍中人紛紛擾擾，有驚畏狀。叩其故，云：『昨夜吾家父子四人俱未寢，團坐圍爐。俄一虎撞入，踞爐而坐。吾父子危懼喪膽，以爲必有一人遭啖食，不敢略轉動，添薪益火與之相廝守。虎亦偃然自若，至曉乃奮迅而出。鄰媪適來請火，正及門遇之，即駭仆而死。吾家雖倖免，而驚魂到今未定。且憂其今夕復來，決無由可脱也。』蔡德亦爲之變色，殆寢不安席，明日辰巳間始敢去。

宜興縣山中多虎，尋常不入城市。時或一來村中，人必相誡曰：『老賊入鄉矣。』土人云：『自有神押管之，不無故傷人也。』人行或遇之，左右交過亦不輒顧。人或見其夜行，則以一目爲燈，一目視雲。善捕犬，腥風一至，人必避匿。犬嗅其氣，則必嗥。虎聞其嗥，即以尾置犬洞中。一摇，犬已從埸上攝出，負之而去矣。每食犬則醉臥，蓋虎以犬爲酒也。洞庭山本無虎，時或有之者，皆從宜興山渡湖而來。然必牝虎，蓋牝虎畏交故也。渡河時必以尾爲檣，乘風而過。有見者以篙擊之，尾倒即溺死矣。

蜀梁二虎

蜀峽山谷中鷙獸成群，行人不敢獨往來。萬州尤爲荒寂，無市肆。教授某，嘗招會同官，至夜於廳上設燈燭勸酒。一虎忽躍升階，蓋見火光熒煌，突然而至者。衆悉驚竄。一客在外不敢入，急伏胡床後。虎漸進逼之，客無計可禦，舉床冒其頭，按頓再三。虎作勢撑拒，頭入愈深，如施枷械者，大窘駭，負之奔出。諸客不敢再飲，各散去。明日村民入城者言：『三十里間有一校椅，碎裂在地。』教授遣取之，乃昨夕所用以冒虎者。蓋虎沿途擺撼而脱之也。客亦喪膽成疾，彌月方愈。

興元府近郊有農民，持長刀將伐薪。行次狹徑，下皆沮洳。相去丈許，一虎在彼望農至，欲奮迅登岸。農遽躍坐其背，刀亂斫之虎亦勃躑與相抗。里人環睨不敢救，相率投戎帥乞援。帥命狠騎百輩，鳴金鼓馳往。至，則人虎俱困，獵騎刺虎殺之。扶農歸，遍體斷裂，次日亦死。蓋盡力用刀，且驚怖故也。帥厚給其家錢粟焉。《餘冬序録》載東坡言『人不怕虎者，虎不禁得其人何？』朱子以爲有此理。余聞山中人云：『人先見虎即不怕虎。』虎先爲人所見，即怕人也。如小兒有不怕虎者，由不識虎，心不動也。朱子言，有一鄉人賣文字，中途遇虎，更無避處。曾聞人言虎識字，遂以文與虎看，而虎自去。然虎寧有識文字理哉？此愚氓恃所聞，亦自心不動故也。《青瑣高議》：『鄆州有「追虎碑」。父老云，昔張侍郎守鄆，境内有虎害物。公令直吏執符追虎，不往且斬。吏别其家，痛飲而行，果見巨虎。致符於地，虎熟視銜符，隨吏至府。』然則，謂虎識字亦或有之耶？

饒風鋪兵

金洋之間驛路蕭條，但每十里置饒風驛。鋪卒送文書已逼暮，值虎從傍來，有攫噬意。卒窘甚，駐立語之曰：『我聞汝亦是靈物。我今所傳文字，係朝廷機密，下置制司者。汝喫我無可辭，此一筒制敕符命如何分付？』虎弭耳低頭，爲聳聽之狀，徑捨去。卒到他鋪交遞畢，因留宿，與彼中人言，自喜再生。明日回至昨虎處，復相遇，竟爲所食。乃知命當死於此虎，疇昔之免，端爲文書故云。

虎亦知文書要緊，則虎誠識字矣。

蜀猴皮

彭仲訥送其兄仲和往臨安，置錢於鄱江。見村民數十，列坐探籌相向，若有所營。就視之，皆江岸漁人也。問其何事，曰：『有人持一獮猴皮求售，其價十三貫。我曹恰二十六人，各出錢五百分買。今將割裂以去。』彭問：『何用？』曰：『是川中猴皮，以置鈎上，用鈎白魚，百不失一。一番入水則皮愈緊潔，久而不壞。如土產者皮，着水即爛，只堪三兩次用耳。故不惜高價，惟恐失之也。』

牛夢告

陳茂英宰太寧，夢到一處，遇三牛當道，急側身避之。其一牛人立而言曰：『乞教人，莫殺我。』故例凡遇開剥病牛者，必投狀，縣給公憑乃許之，蓋防私宰殺也。明日治事，第一狀曰：『家有耕家牛瘴死，乞行開剥。』陳憶夜夢，叱之曰：『汝有牛三頭，如何但殺其一？』其人駭愕，不能對。即遣一吏隨往驗視，果見三牛，其一已就屠。舁至庭下，親引手摸之，尚有煖氣。方未死時，元無疾，乃依法置於罪。次年又夢與一客在野路交語，一牛嚙草在傍。牛亦作人言曰：『謝使』。驚而覺。明日衆手力共陳狀云：『歲例用牛賽神。適有黄犉病瘴，合錢買得，願判許。』陳命牽至，則牡腯無恙，立撻詞首，而捨牛付道觀，令耕墾場圃。數月，産一犢。陳以兩夢靈異，念牛有功於民，遂申嚴法禁約束。自是此風爲戢。

牛實有功於民。今之當道者，此令何不申行之。

向生驢

樂平人向生，有陸圃。戒其佃僕種菽豆，僕竟植山禾。一日向乘驢至彼按視，怒之，悉加芟蕩。僕方冀收成，而大失望，即入室持利斧爲不軌。刃已及，向急跨驢走，因傷墮地。驢舉兩足觝僕，又人立嚙之，且逐行數十里。僕既逸，乃還護向。人或過其前，輒踶觝之，無敢近者。復銜草覆向體。迨暮，芻秣者至，始嘶鳴往迎，引以視，向遂得脱。

嶺右虎

蔡絛《鐵圍山叢談》云：『嶺右俗淳物賤。始吾以靖康丙午來博白。時虎未始傷人，獨村落間竊羊豕。或婦人小兒呼譟逐之，必委置而走。有客嘗過墟井，繫馬民舍籬下。虎來噉籬，客懼。民曰：「此何足畏？」從籬傍一叱，而虎已去。村人視之如貓犬然。十年之後，流寓者日衆，風聲日變，百物湧貴，而浸傷人。今則啖人與内地弗殊，風俗澆厚亦及禽獸耶？先王中孚之道信及豚魚，知必不誣。』

酆縣鹿

老泉詩序云：『至酆都縣將游仙都觀，見知縣李長官。云：『固知君之將至也。此山有鹿甚老，而猛獸、獵人紉莫能害。將有客來游，鹿必夜鳴，故嘗以此候之，而未嘗失也。』

麟

麟牡鳴曰『遊聖』，牝鳴曰『歸和』，夏鳴曰『扶幼』，秋鳴曰『養綏』。

獼猴

程伯淳遊山。山僧云：『晏元獻南來，獼猴滿野。戲爲一絶，云：聞説獼猴性頗靈，相車來便滿山迎。鞭羸到此何曾見，始覺毛蟲亦世情。』

鼠

蔡山人隱鐘山，養鼠數千頭，呼來即來，遣去即去。言語狂易，時謂之『謫仙』。

鄒志完

宋鄒志完南遷，過永州僧山岩。岩有馴狐，凡貴客至則鳴。志完將至，而狐輒鳴。寺僧出迎，志完怪之。僧以狐鳴爲對。志完作詩曰：『我入幽岩亦偶然，初無消息與人傳。馴狐戲學仙伽客，一夜飛鳴報老禪。』

陳氏虎媒

義興山陳氏，薄暮有虎咆哮其門，置一物而去，乃肥豣也，取而烹之。懼其復來，縶瘠羊於外以塞口。及夕，虎復啣一物至，大嘷者再而去。陳趨視，則一年少女子，雖衣履沾敗，而體貌絶妍。扶入室，久而息定，乃言：『兒是江陰周商女，隨母上塚爲虎所搏。自分死虎口矣，不意得至此。』主人易衣，飲以湯粥。俾縫紉殊有條理，主婦諷之曰：『汝肯爲吾子婦乎？』謝曰：『得主君救，出死入生，敢不惟命？』陳以配其季子。女甚勤儉，舉家重之。後父母覓得之，大喜。時人謂之『虎媒』。

蔣生

天順甲申，浙中蔣生賈於江湖。後客漢陽馬口某店，而齒尚少，美丰儀。相距數家，馬氏有女，臨窗纖姣，光采射人。生偶見之，歎羡魂銷。是夜，女自來曰：『承公垂盼，妾亦關情，故來呈其醜陋。然家嚴剛厲，必慎其口，始永厥好。』生喜逾遇仙，遂共枕席，而口必三緘，足不外趾，唯恐負女。然生漸憊瘁，其儕若夜聞人聲，疑之，語生：『君得無中妖乎？』生始諱匿，及疾力，始白其故。其儕曰：『君誤矣。馬家崇墉而人稠，女從何而來？聞此地多狐，必是物也。』因以粗布盛芝蔴數升，曰：『若來，可以此相贈，自能辨之。』生如其謀，四跡芝蔴撒止處，窺之：乃大別山下，有狐鼾寢洞穴中。生懼大喊，狐醒曰：『今爲汝看破我行藏，亦是緣盡。然我不爲子厲，今且報子，汝欲得馬家真女亦不難。』自擷洞中草作三束，曰：『以一束煎湯自濯，則子病癒。以一束撒馬家屋上，則其女病癩。以一束煎水濯女，則癩除，而女歸汝矣。』生大喜，如其言爲之，女癩偏體，皮癢膿腥，痛不可忍，日夜求死，諸醫不效。其家因書門曰：『能起女者，以爲室。』生遂揭門曰：『我能治。』以草濯之，一月而愈。遂贅其家云。

馬見愁

西域有獸如犬，含水噀馬目，則馬瞑眩欲死，故凡馬皆畏之，名曰『馬見愁』。太宗時，人獻其皮，帝賜群臣編爲馬鞭，一揚即走，謂之『不須鞭』。

貓

貓一名『女奴』。

飛越來峰

洪武四年四月，夏國明昇以全蜀降，獻良馬十四。而其一色正白，蓋得之羅兒國，養龍坑，牝馬與龍交而生者。身長十有一尺，首高八尺，足之高比首而殺其二。有肉隱起項下，約高五寸，廣三尺餘，貫膺絡腹至尾閭而止。精采光晃，振鬣一鳴，萬馬辟易。蹄不可近，近輒人立而吼。上謂：『天生英物，必有神以司。』親撰祝册，詔有司以牲醪祀於馬祖，然後敕典牧副使高敬，囊沙四百斤壓之，人跨囊上，使遊行苑中。久之，性漸柔馴。歲癸卯八月，上將行夕月之禮於清涼山壇上，於是乘之而出，如躡雲而馳，一塵弗驚。皇情豫悦，賜名『飛越來峰』，復命御用監馬晉臣繪其真形藏焉。

麒麟

正統中，在朝每燕享，廷中陳百獸。近陛之東西二獸，身似麒麟，身似鹿，灰色微有文。頸特長，殆將二丈，望之如植竿。其首亦大概如羊，頗醜怪，絶非所謂鹿身牛尾，有許多文彩也，乃永樂中外國所獻。又成化甲辰，泗州民家牛生麟，黄毛中肉鱗隱起，如半錢，以爲怪，殺之。弘治初，蒙陰苗滋秀才家駿生駒，馬首牛尾，圓蹄，遍體花紋，閃爍如電。時或以爲麟，滋家亦謂之怪，杖殺之。

寺犬

成化間，有一富商，寓京齊化門一寺中。僧見其挾有重貲，因乞施焉。商頷之，而未發也。僧自度其荒寂，乃約衆徒先殺其二僕，次殺商，瘞之，壓僕尸於上。實之以土，全没其所有。越二日，有貴官因游玩過寺。寺犬嘷鳴不已，逐去復來。官疑之，命人隨犬所至。犬至坎所，伏地悲嘷。官使人發視之，尸見矣。起尸而下有呻吟聲，乃商復甦也。以湯灌之，少頃能言。遂聞於朝，盡捕其僧，而償於法。是歲例該度僧，因是而止。

孝獸

貢州思南有山曰甑峰，居大山中，其形若甑，故曰。山盤亘，銅仁、思州、石阡數百里内無人居，人亦多不能到。所産草木多異狀，有獸曰『宗彝』，類獮猴，巢於樹。老者直居上，子孫以次居下。老者不多出，子孫居下者出，得果即傳遞至上。上者食，然後傳遞至下。上者未食，下者不敢食也。先儒謂先王用以繪於尊者，取其孝也。

義猴

汪公可受，黄梅人，嘗令金華。有丐者作猴戲乞錢，遂飽所欲。旁一丐者忌且羨之，因醉丐者，誘至破窑内殺之，繩其猴從己，亦作戲乞錢。而公呵導聲至，猴即嚙繩斷脱，走赴公前作訴冤狀。公令人隨之，至破窑内得尸。急捕後丐者，鞫問伏辜，杖之死。方焚前丐者尸，烈焰始發，猴又號嗚，赴火抱尸與共灰燼。公益傷之，爲之傳云。

神打虎

歙縣王干寺門塑千里眼、順風耳神，神像可畏。有虎入，以爲人也，而怒囓其足，神倒身重，遂壓死虎。

毗貍

契丹國産大鼠，曰『毗貍』，形類犬而足短，又名『北令邦』。以其内一臠置食物之鼎，則立糜爛。性甚畏日，爲隙所射輒死。體極肥，契丹以爲殊味，穴地取之，以供國王之膳。

瞎撞

西北有獸，類黄鼠而短喙無目。性狡善聽，聞人足音輒逃匿，不可卒得。然有時誤聞他聲，驚惶奔竄，呼爲『瞎撞』。

老鹿

景泰中，口外進一鹿，項上懸銀團牌，書北宋年號。朝廷乃又益一銀牌，亦書本朝年號而縱之。又通州一鹽商從安東場來，見鹿一羣，中有一大白鹿，項上有銅牌，見人馴擾不畏。其人欲箭射之，群鹿遂飛躍而去，而白鹿所懸牌乃志唐時年號歲月，云亦縱之。

廟神虎

成化間宜興多虎，邵文敬弟某設機箭於道。夜，群虎過，一中箭，逐之不獲。明日見山邊古廟中，一泥鬼腿間，其箭宛然。（縣）尹王某聞而毁廟，虎遂少。

總兵趙輔征廣西，虎盡出飲溪中。趙關弓射中一渠魁，衆虎去。明日巡卒於古廟見所主之神，前箭着左脇間。趙以其神，令新其廟。

一毀一新，何神之有幸不幸與？然尹實爲當矣。

獅　吼

弘治己酉，西番貢獅子，其性怪險。一番人常與之相守，不暫離，夜則同宿於木籠中，欲其馴率故也。少相離，則獸眼異變，始作威矣。一人因近視焉，其舌略舔，則面皮已半去矣。又畜二小獸，名之曰『吼』，形類兔，兩耳尖長，僅尺餘。獅作威時，即牽吼視之，獅畏伏不敢動。蓋吼作溺着其體，肉即腐爛。吼猖獗，又畏雄鴻。鴻引吭高鳴，吼亦畏伏不敢動。物之相制有如此。

戴釜山鹿鳴

嚴司空震，梓州鹽亭縣人。所居枕戴釜山，但有鹿鳴，即嚴氏一家必殞一口。有表親野坐聞鹿鳴，其表曰：『戴釜山中鹿又鳴。』嚴曰：『此際必應到表兄。』表接曰：『表兄不是嚴家子，合是三兄與四兄。』不日，嚴氏子一人果亡。是何異也？

荊溪三虎

荊溪吴康侯，嘗言山中多虎，獵户取之甚艱。然有三事可資談笑：其一，山童早出，往村頭易鹽米，戲以藤斗覆首。虎卒搏之，啣斗以去，童得免。數日，山中有自死虎，蓋斗入虎口既深，隨口開闔，虎不得食而餓死也。其二，啣猪跳牆，虎牙深入，而牆高難越，豕與夾牆而掛，明日俱死其處。其三，山中酒家，一虎夜入其室，見酒竊飲，醉甚不得去，次日遂爲所擒。

嚙虎

近歲有壯士守水碓，爲虎攫而坐之。碓輪如飛，虎視良久，士且甦，手足皆被壓不可動。適見虎勢翘然近口，因極力嚙之。虎驚，大吼躍走。其人遂得脱。

躲破鼓

兵部郎中鄭獅南，曾養二猿。其牝者甚淫，一旦失牡猿，叫號不已。主人遍覓不得，越宿乃自破鼓中出。今號人之避内差者爲『躲破鼓』。

鄧虔卿曰：『臨水登山，僧房道院，皆破鼓也。節慾養生者，不可不知。』

猢猻

萬曆間，人有獲子母猢猻繫之柱。子跳躍庭下，爲鴟所搏。母號呼奮擲，晝夜不絶聲。一旦裂繩而走，旋於庖中，竊少肉置瓦溝内，隱身屋角邊。伺鴟攫取，便騰出擒住，抉其雙目，除兩翅，乃携下庭剖腹屠胃，哀號祭其子，後寸寸斷之，肉拆爲縷。其人驚，縱之入山。

變虎

初游黔，聞有老叟變虎，甚異。一歲中凡三四輩，土人亦不爲怪，然大抵皆苗夷也。山棲草食，氣類相感，理或然與？其最異者，萬歷戊申四月十二日日正午，虎入畢節衛北門，至一民家，循堂奥歷臥室，發衾枕而購鼾臥於床。民皆持兵聚圍，莫敢近。或言揭瓦刺之。其家二子獨號呼，曰：『安知非我爺？』勸諸人勿動，但鳴金擊竹守之。至日暮，虎徐起，仍由城門出。或有從城上窺之，若有戀戀之狀。頃之，大吼一聲，屋柱震，奮迅入山矣。

四犬

韓封公未貴時，深夜自城中還陸墓，見有四人，衣色各别，遥望公來，踉蹌踰垣入人家。公疑爲盜，伫足不前。既久寂寂，遂叩訊之，其家適産四犬，毛色皆異。

産猪

捕兵賀四，捕盜吴江。更盡，見道上十六人同行，皆衣青。其一是女子，因尾之。至一賣漿家，方啟門而炊，諸人倏焉擁入。乃糾侶持械搜捕之，一無所見。唯壁下豕圈新生十六豕，其一牝耳，各稱異捨去。兵遂持齋爲髮僧，不復捕。在盤門内住，常爲人說。萬曆末年事。

鷹背狗

北方風早。鵰作巢所在，官司必令人窮巢探卵多寡。若三枚，必設幕以守之。及其出，乃一狗也。取而飼養之，長則獻於朝。與常狗無異，但耳上多羽毛數根耳。田獵時雕則上飛，狗則下搏，所逐同至，名曰『鷹背狗』。蓋凡物生三子，必有一異焉。

虎妖

龍潭村有客，晚行借宿孀婦家。婦拒之，祈請甚哀，乃許外庭權宿。中夜虎扣門，婦誤以其人也，叱曰：『暮夜窮途，好意相留，胡不良若此！』虎乃止。俄復扣數聲。婦曰：『勿放肆，明日我姑歸，決不汝貸！』虎又止。俄又扣數聲。婦意頗動，因笑曰：『郎畢竟有意耶？』虎連扣不已。婦起開門，虎突入攫之而去。寄宿者大驚，奔告村中，共依血跡往追。至山麓，婦餘半體耳。或曰：『此虎妖也。』然婦無外心，門可開。虎可得攫哉？

卷二

昆蟲部

小隱蛇

文安公小隱園，在妙净寺南。其西偏地勢隱僻，蔓莽極目。紹熙五年七月，圃人徐三以正午酌水放甕，見二犬共擒一蛇，大如柱，其長五六尺。蛇回頭反嚙一犬，吞嚼喉間，滯縛不能紳縮。其一犬徑咬蛇頭，相持久之，三者俱斃。蛇體黑花方紋，遍身生毛，茸茸然。名爲『鐵甲五步』，蓋蝮也。

諸湖僧

鄱陽諸湖寺僧，夜夢人告曰：『須用三盌水煮過。』言之至再，寢而不能曉。明日一童持白蕈來，大如桶，曰：『得於山後樹下。』僧喜，即命煮之。初，用水一升許，踰時皆乾，蕈如生。又益以水，至於三，不熟。僧忽憶夜夢，疑其異物。喚童負鋤就所生處，纔二尺，見一花蛇蟠穴内，已死而口猶出氣，蒸薄於土，遂成蕈。傍有小柄甚多，村民採食之，一日間死者三人。寺僧盡脱此厄，夢之靈如此。

鄂州總領司蛇

鄂州總領司偪城，城有園，園有大蛇，長數丈。乾道中，韓總領者欲於東北隅建楚望亭，而築基不成，至於數圮。或言，此蛇所穴，倘爲立祠，當可就。韓如其説，作小廟於數十步間，基即成。蛇往來東西，或如教場大井内，或從府倉氣樓中垂頭下食米。嘗蜕皮於竹林裏，一兵得之，貯以布囊，時出示人。蜕廣長如其身，左肋下有一足。郡民楊八，賃城下濠種菱芡，就近地縛葦舍，母子處之，以察盜摘者。夏，夜半聞聲，母以爲賊也。出示之，見蛇在女牆上，而頭在濠中，昂起視母，母駭叫楊。楊至，僅能舉手指示，即仆地死。楊懼，舍之去。

楊壽子

淳熙八年春，南城縣境久雨溪漲。漁者於岸滸設網罟。前此，郡無大魚，江中所得極不過一二斤，他皆池塘中豢養者耳。是歲，民楊壽子置網於章山支港，及舉之，覺其太重，獨力牽挽不能勝，叫呼同業者三人共助之。乃一魚，絶大，騰躍於中。徐徐曳至岸，百計攻刺始死，凡重百斤。熟視之，額上隱隱有鮮紅字。衆漁皆村民，無識者。一士人至，爲釋之曰：『三度入潮門，四度當大水，下稍却逢楊壽子』。

此與前記所戴張鬍子事同。張鬍子於太湖鈎得大魚，腹上有丹書云：『九登龍門山，三飲太湖水。畢竟不成龍，命負張鬍子。』

張　四

浙東薦橋門外細民張四者，世以海蛳爲業。每販船到，必買而置於家。計逐日所售，入鹽烹炒。杭人嗜食之，積戕物命百千萬億矣。淳熙年間一夜，蛳之在盎者，盡緣壁登屋，上床繞衣，掃去復集，至於粘肌膚不可脱。張恍然有悟，遂發誓云：『從今日後不復造此惡業，自别尋一營生道路，願諸佛子鑒察。』言訖，悉墜於地。甫天明，空蓄投諸江，而改貨煎豆腐以贍給。

汪茂通

汪茂通監福州福清海口鎮税。一夕，津吏報：『有海船一隻經過岸下，所載惟鱖魚一尾。

客人貪行市，不可滯留，乞便爲簡放。』汪知其爲大魚，語之曰：『俟收税畢，爲我買其頭。』吏曰：『恐太多，無發泄處。』乃令只買雙頰腮肉，亦以多爲言。於是，但市其半。少焉，四兵牽負而至，其重七八十斤。汪舉室恣食之，又以其餘作脯，餉縣僚。略計此鱖，無慮數千斤。

潘元寧

潘元寧者，青田木溪鄉人。好賓客，嗜食鱉。紹熙三年春，漁者持一巨鱉來，其重六斤。潘見而喜，即欲烹食。妻曰：『今日上七，不應食此，姑留以俟明旦可也。』諸子以繩絆其足，牽曳爲戲。抵暮墮溝中，失所在。經月餘，妻夢一偉丈夫泣告曰：『向者將膏鼎鑊，賴娘子一言勸止，但得苟延。而不幸落溝渠内，爲蟲蛆所咂，一足幾斷，與死爲鄰。願賜於惠。』覺以語潘，潘笑曰：『恍惚之夢，何足信！』淩晨起視之，正見前鱉跛曳於泥中。取之出，使僕放之河。夫婦皆夢來謝。

蚵蚾脱化

饒衣黄裳訪推官黄焯，見一蚵蚾跳入瓦堆中。坐客臧主簿曰：『是且變化。』俄瓦下爲物頂起，有鶺鴒飛出，直從屋簷翔空而去。三人同就其處觀之，但蚵蚾蜕皮存，其薄如紙。臧因言，頃日嘗觀此異。然則萬物化形，固非理也？

西溪蚊

世傳蚊詩：『飽似櫻桃重，饑如柳絮輕。但知從此去，不要問前程。』范文正公詩也。秦州西溪多蚊。使者行按，左右以艾烟薰之。有一廳吏醉卧，爲蚊所嗜而死。

金蠶

金蠶毒始蜀中，近及湖廣，閩粤浸多，有人或舍去，則謂之『嫁金蠶』。率以黄金釵器錦段置道左，俾他人得焉。鬱林守言：嘗見福清縣有訟遭金蠶毒者。縣官治求不得蹤。或獻謀，取兩刺蝟入，捕必獲矣。蓋金蠶畏蝟，蝟入其家，則金蠶不敢動，雖匿榻下牆罅，竟爲兩蝟擒出，亦可異也。又嶠嶺多蜈蚣，動長二三尺，螫人求死不得。然獨畏托胎蟲，多延行井幹牆壁上，蜈蚣雖大，偶從下過，托胎蟲必自落於地。蜈蚣爲局縮不得行，托胎蟲乃徐徐圍繞周匝，蜈蚣愈甚縮，然後登其首陷腦而食之。以故，人遭蜈蚣害，必取托胎蟲涎，輒生擣塗焉，痛立止。且金蠶甚毒，若有鬼神，蜈蚣若是之强且大也。然蝟捕金蠶，托胎制蜈蚣，物理有不可致詰，而不可不知者如此。

金鯽

杭州金魚，宋初甚少。至南渡始盛有之。蘇子瞻嘗讀蘇子美六和塔詩，有：『沿橋待金鯽，竟日欲遲留。』不曉此語。及倅錢塘，從塔後觀金魚，以爲奇物，投餌出之，不食而没。始悟竟日遲留之意，以爲難進易退，不妄喁食。故今者去子美四十年，而潛泳如故，可謂壽矣。然魚之壽，非以不食致然也。數月不食，則腴腹盡消，頭恢尾削，塊然死矣。金魚有鯽、有鯉，鯽食淤澱，鯉食螺蜆，若餅食之類，則咸食之。蘇子之見，特偶然耳。然鯽稍奈久，以土性可伏故也。南屏萬工池，舊有金魚。子瞻詩云：『我愛南屏金鯽魚，重來拊檻散齋餘。』近者西湖金魚，惟玉泉最盛。大者長數尺，投餌則競集焉。

蜆蛤

曾魯公放生，以蜆蛤之類，爲人所不放。一日，夢被甲者數百人前訴。既寤而問其家，乃有惠蛤蜊數篭者，即遣人放之。夜復夢，被甲者來謝。

蛟

嘉靖四十年間，吴越之境大水異常，淫雨不絶。其年諸處多出蛟，有親見者。聞之曰：『從山中出時，先有火燒其地。出時左右草木皆披靡，成一徑甚光滑。有小民開鍵，竊視之，亦無甚驚恐。既入水則成驢形，但不見足，浮游而去。』然聞蛟出江，尚須游衍江中。若遽入海，多死。可見，神物之變化甚難。蛟之所過，不敢傷害物命，謹天律也。

蛇報

廣中有一儒士，挾弓弩出郊外，見赤蛇，弩之，矢貫其腹。既歸，蛇尾其後。有人報生。生急走書室中避之。蛇飛穿窗而入，爲矢所掛而免。

一商客他所，見蛇，斷其尾。客去三年復來，蛇入客卧内，環帳外尋孔而入，止有帳頂一孔，蛇入首而尾不得入，爲尾斷而結痂，成骨朵也。

二生者免禍，殆幾希矣。俗云：『殺蛇不死，留害。』又云：『殺蛇須火其骨，否則骨亦能刺傷人。』然何如不殺之，尤善也。

仁蛛

太倉陳恂六家有大蜘蛛，結網簷畔。又一小蜘蛛，連其旁，結小網於右。俄大網破損，大蛛將收絲於腹，另結焉。絲盡收訖，獨左畔一絲牽連小網，若去之，則小網無所依，必毁；乃盤旋樑柱間，若有遲疑籌度之意。良久，竟不收而去。微物之仁如此。

代漏龍

薛若社好讀書，往往徹夜。一日遇比邱，告之曰：『夜半不臥則血不歸心。君雖好學，恐非延益之道。』薛謂：『留心傳記，則心昧於時。何夜半之可得知乎？』僧因就水中捉一魚，赤色，與薛曰：『此謂知更之魚，夜中每至一更，則爲之一躍。』薛留盆中，置書几。至三更，魚果三躍，薛始就寢，更名曰『代漏龍』。

海産

海中所産多類人身，而人魚其全者也。蚨青類人首，眉目宛然；玄羅類人足，戚車類人男陰，文嗡類女陰，亦名東海夫人。至於青鈐類鳳，蕊鐘類鹿，鳩賊類象，水藻類皃更奇。

白鳥

閶門沙盆潭，獨無白鳥。帳幕可已，與滇中寶珠寺、荊州李姥浦同。

守宫

一人爲蛇傷，痛苦欲死。見一小兒來，曰：『可用兩刀在水内相磨，取水飲之效。』言畢，化爲緑螈走入壁孔中。其人如方即愈，因號緑螈爲蛇醫，即守宫也。

蛺蝶

蛺蝶一名春駒。

鯉

鯉，一名穉龍。

蟋蟀

蟋蟀，一名王孫。袁瓘《秋日》詩曰：『芳草不復緑，王孫今又歸。』人都不解，施巙見之，曰：『王孫，蟋蟀也。』

蟻

一士人與鄰女有情。一日飲於女家，惟隔一壁而無由得近。其人醉隱几臥，夢乘一玄駒入壁隙中。隙不加廣，身與駒亦不減小。遂至女前，下駒與女歡。久之，女送至隙，復乘駒而出。覺甚異之，視壁孔中有一大蟻在焉。故名蟻曰『玄駒』。

黿禍

國初江岸崩，土人謂有水獸曰『豬婆龍』者搜抉其下而然。適朝廷訪求其故，人以豬與姓同音，諱之，乃嫁禍於黿。上以黿元同音，益惡之。於是令捕黿大江中，黿無大小，索捕始盡。老黿逃捕者不上淺灘，則以猪肝爲餌鈎之，衆力掣不能起。有老漁云：『此蓋四足爬土爲力耳。若以甕穿底，貫鈎緡而下，甕罩其頭，必用前二足推拒，從而并力掣之，則足浮而起矣。』如其言，果然猪婆龍。亦四足而長尾，有鱗甲。疑即鼉也，未知是否。

黿之大者能食人，是亦可惡。然搜抉江岸，非其罪也。夫以高皇神聖，人言亦遷就，禍及無辜如此。當朋黨獄興時，人之株連就戮者，何以異是！

蚺蛇

嶺南大蚺蛇，食人、鹿、牛皆通體吞之，不咀嚼。既下咽，塞於膈臆，即入水浸兩三日，則肉糜於腹腸矣。或遇大角雙格吻傍不能入，則鹿死而蛇困。如遇蛇嚙，急拔去己頂心上髮，掐破頂處，毒水出即愈。

張寅溪

萬曆丙午間，黄崗民謝茹保、王里生、張寅溪共醵母金三十兩，往蜀販蜜生理。或謂：『家蜜不賤，售重慶某山洞野蜜可不購而獲，第險遠，道無人烟耳。』三人徑往其地，以二人乘繩其上，遞以一人下割蜜。既足，適謝、王在上，利張母金，遂斷繩棄之，載蜜而歸。詭言：『張分道他商矣。』張在洞絶粒，採菰肉草莖和蜜療饑，得不死。忽巨蛇從内洞出，身如車輪，懼甚。伏以待噬。蛇當蟄時，絶不飲噉，反相親附，兩無嫌猜。至春雷動，蛇矯首向上，嘘濁納清以受生氣，始蠕蠕翻動欲出。而張亦抱其腹，欲附以上，腹滑屢墮，乃以尾承之，遂出洞。相别猶相顧眷戀，兩相含情。抵家，二人聞大駭，以爲鬼。察之，人也。慮索金并蜜貨，競遁去，反不歸。

白蟻食銀

易公惟效在郎署，有銀一百五十兩，爲白蟻所食。蟻隨死，投入爐中煎之，仍得銀一百五十兩。陸致齋按粵時，有一庫吏失銀三十兩，亦於庫窖中掘出死白蟻數石，煎化亦得銀如其數，不失毫釐。

白蟻之爲害大矣，晝棟雕樑嘗爲毁蝕。然未若食銀之異也。

鼋嚙虎

池州江上有人釣得巨鼋，閉猪圈中，以待明發宰殺。而其地有虎，往已躭躭其豬，是夜來，以爲豬也，伸爪入搏。鼋嚙其足，虎痛而吼，鼋縮首益堅。至明，人群來殺虎。因念爲民除害實鼋之功，遂縱浮江上去。

江畔老龜

紹熙初，湖口人林四日暮騎馬顛墜，折一足，骨斷經旬，痛甚。偶一道人來視曰：『續筋接骨，非敗龜殼不可。』林召衆醫議：『可。但一足所付，非一龜可辦。』有人云：『去兹五里許，江畔有一大龜，身闊二尺，嘗跧伏泥中，捕用之而足矣。』時屬昏暮，期明而往。是夜，鄰有張翁，夢烏衣人來訪，自通爲江畔老龜，云：『林四折足，醫欲殺吾取殼，望一言救護。』張謝不知。烏衣人云：『只煩丈人往諭林氏，老龜有一神方贖命，只用醃藏瓜糟罨斷處，次將杉木板夾縛定。方書亦嘗記載，如增赤小豆一味，拌入糟中，然後夾板，不過三日即十全安愈。願翁告之，後當圖報。』黎明，張如所夢（告林）。林與醫皆喜而從之，果愈。

石首魚

南海有石首魚者，蓋魚枕也。取其石治以爲器，可盛飲食。如遇蟲毒，器必爆裂，其效甚著。人但玩其色，鮮能識其用。

天　蛇

一吏爲蛇所毒，舉身潰爛。有醫識之，曰：『此爲天蛇所螫，疾已深不可爲也。』乃以藥付其瘡，有腫起處，以鉗拔之，凡取十餘條，而疾不起。

又，錢塘西溪嘗有一田家急病癩，通身潰爛，號呼欲絶。西溪寺僧識之，曰：『此天蛇毒爾，非癩也。』取木皮煮飲一斗許，令其恣飲。初，日疾減半，兩三日頓愈。驗其木，乃今之秦皮也，然不知天蛇何物。或云：草間黄花蜘蛛是也。人遭其螫，仍爲露水濡，乃成此疾。露涉者戒之。

蜘蛛解毒

處士劉易，隱居黄屋山，嘗於齋中見一大蜂粘於蛛網。蛛搏之，爲蜂所螫墜地。俄頃，蛛鼓腹破裂，徐徐行入草，嚙芋梗微破，以瘡就嚙處磨之。良久，腹漸消，輕躁如故。自是，人有爲蜂螫者，挼芋梗付之愈。蜘蛛嚙者，雄黄末敷之。

吐光蛇

惠州有老蛇，長數丈。宋朝科舉年則夜吐異光，若光一團，則主一人登科。二團，則二人登科。惠人望以爲驗。

黄花蛇

咸淳中，温江有黄花斑蛇，長百餘丈，神光照三百餘步，口吐椒梅，花香薰灼三十餘里。

白花蛇

蕲州有白花蛇，頂有方勝，尾有指甲。人劃破其腹，則自赴水，以指甲洗去其腸，蟠結而死。食之，以治風疾。

鱗蛇

安南長官司，出長蛇丈餘，四足有黄鱗、黑鱗，能食鹿。春冬在山，夏秋在水。其膽治牙痛，解藥毒。黄鱗爲上，黑鱗次之。

巨魚

紹興十八年，漳浦海岸有巨魚，高數丈。割其肉數百車，剜目乃覺，轉鬣，而傍船皆覆。

化水魚

澄邁縣潭中有異魚如鯉，人取而烹之，則化爲水。禱雨隨應。

浮胡魚

真臘産浮胡魚，八足，狀如蛆，嘴如鸚鵡。

建同魚

真臘産建同魚，四足，無鱗。鼻如象，吸水上噀高五六丈。

人手鯰

乾道六年，行郴北關，有鯰魚色黑，腹下出人手於兩傍，各具五指。

靈龜

楊炎正與其弟皆官安撫使。家畜一龜，大二尺餘，飼以飯餅。兄弟每有除擢，龜則跳躍而出。

若有凶事，則出而淚下。

海鑾師

海州漁人獲一物，魚身而首如虎，亦作虎文，兩短足在肩，指爪皆虎也。長八九尺，視人輒淚下，謂之海鑾師。

三足鱉

太倉州有民，道見漁者持一鱉而三足，買歸，令婦烹之。既熟，令婦共食。婦疑不食，出坐門外，久不聞其夫聲，入視已失所在。地上止存髮一縷，衣服冠履事事皆在，如蜕形者。驚怖，號喚。里甲疑婦謀殺夫也，録之。官知州莆田黄庭宣鞫之，得其情，歸婦於獄，召漁人，立限捕三足鱉。數日，得之以獻。即於公廳召此婦，依前烹治，而出重囚令食之。食畢引入獄，及門已化盡矣；所存衣髮皆與民同，婦遂得釋。群漁出，初被命網於川。舉網驚其太重，及岸視之，乃肉一塊。如人形，五官具而無手足，閉目蠢動。漁大驚怕，擲之水中。又別網，所得一物狀亦如之。群漁且買牲酒祭水神，禱曰：『我輩奉命於官，尋三足鱉，乃連得怪物，如違限必獲罪矣，惟神佑之。』禱畢而獲。

按：《爾雅》『三足鱉曰能』。注曰：『今陽羨君山上有池，中出三足鱉。』又《山海經》曰：『從三山足是物，世宜有，但人食而化。』《傳》記所無，然一舉而得二異，尤所未聞也。伯鯀化能，世作熊者，誤然左傳去爾。

紅娘子

蚺蛇，大者如柱，性喜花，嘗出逐鹿食。寨兵數輩滿頭插花，趨赴地必駐視。漸近競拊其首，大呼：『紅娘子！』蛇頭亦俛不動。壯士大刀斷其首，衆奔散伺之。有頃，蛇身覺，奮迅騰擲，旁小木盡拔，力竭乃斃。數十人舁之，一村飽其肉。

蝎虎冤

守宫與蜥蜴二種，守宫即蝎虎，常懸壁，蜥蜴毒甚於蛇，又名蛇醫。俗言，與龍爲親家，故能致雨。古法用蜥蜴數十置水甕中，數十兒持竹枝咒曰：蜥蜴蜥蜴，興雲吐霧，降雨滂沱，放汝歸去。』宋熙寧中，求雨時覓蜥蜴不能盡得，以蝎虎代之，入水即死。小兒更祝曰：『冤苦冤苦，我是蝎虎。似爾昏沉，怎得甘雨？』

海大魚

《崇明志》：海上有大魚過崇明縣，八日八夜其身始盡。海舟汎琉球，夜見山起接雲，兩日并出，風亦驟作，撼舟欲覆。衆皆駭惑，舟師摇手，令勿言，但閉目，坐久始不見。舟師額手賀曰：『我輩皆重生矣。（山）起接雲者，鯨魚翅也，兩日目也。』見《使琉球録》。

近時劉參戎炳文，過海洋，於亂礁上見一巨魚横沙際，數百人持斧，移時僅開二肋，肉不甚美。肉中刺骨長丈餘，劉携以示人。南海人常從城上望見海中推出黑山一座，高數千尺，相去十餘里，便知爲大魚矣。此魚偶困而失水，蜿蜒島上。居人數百，咸來分割其脂爲膏，經月不盡。又有貪取魚目爲燈，相與攀援騰踏而上。其目大可數石，計無能取。失足溺死於中者同時七人，乃止。

昔人有餘東海者，既而風惡船破，補治不能制，隨風浪，莫知所之。一日一夜得一孤洲，共似歡然，下石植纜，登洲煮食。食未熟而洲没，在船者斫斷其纜，船復漂蕩。向者，孤洲乃大魚也。吸波吐浪，去疾如風。在洲上死者十餘人。

鰐魚

大街袁六房，曾網一鰐魚。長而極瘦，始怪之。肚中得一糙碗，蓋爲此物所磨，故瘦如此。

人魚

宋待制查道，奉使高麗。晚泊一山，望見沙中有一婦人，紅裳雙袒，髻鬟紛亂，肘後微有紅鬣。查曰：『此人魚。』命水工以篙扶於水中，勿令傷。婦人得水偃仰，復身望查拜手，感戀而退。

蟹

松江幹山人沈宗正，每深秋設簖於塘，取蟹入饌。一日見二三蟹相附而起，近視之一蟹八腕皆脱，不能行，二蟹舁以過簖。

惡蟲齧頂

天順間，徽士吴與弼到京，英宗御文華殿召對。吴默然無應，惟曰：『容臣上疏。』衆方駭異，上不悦，駕起。吴出至左順門，除帽視之，有蠍在頂，螫皮肉紅腫。方知其適不能答者，以螫故也。宋淳熙間，史寺丞輪對，適言高宗某事，史忽淚下。上問故，對曰：『因念先帝舊恩耳。』孝宗亦下淚。明日御批史爲侍郎。不知當時爲蜈蚣所齧，故下淚也。

漢泉井中魚

河陰南廣武山，漢高皇帝廟在其麓。殿前有八角井，曰漢泉。井中三魚：一金鱗，一黑，一如常而半邊鱗肉與骨俱無，獨其首全，與二魚并遊無異。但其遊差緩，不復有揚鬣撥刺之勢。俗傳：漢皇食鱠，庖人治魚及半而楚軍至，倉皇棄魚井中而遁。

千倿人蛇腹

上虞徐孝廉計偕京師，與一千倿同舍，蜀人也，貌甚偉而鱗文遍體，皴如青赤松皮，面有瘢痕隱起，類三當錢大，狀若癩風者。然訊之，具言少年嗜酒，落魄不羈。一日從所親會飲野次，時天色漸暮，歸不及城，便醉臥道傍積草間。夜半宿酲始醒，覺悶甚，首如蒙被。輾轉反側，不知身在何所。已而捫之微溫，嗅之腥不可忍。尋思腰間有匕首，急抽而割之，得肉一臠。復嗅之，臊甚，棄去，旋割旋如此者凡數十臠。漸漸漏明，於是悉力以從事。俄而，此竅漸廣。頃之，如土穴矣。因踴身躍出，睨之乃一大蛇也。遂驚仆地。明日，家僮消息至其所，見主人與蛇并死於道。奔告鄰里，急舁歸，營救復甦，而膚間癢不可耐矣。幸遇明醫得不死，三月而癢止，及起則膚革變色，幾類漆身。

大蝶

《嶺南異物志》：見有物如蒲帆過海，將到舟，競以物擊之，破碎墜地。視之，乃蝴蝶也。海人去其翅足，稱肉得八十觔。噉之，極肥美。

禁蛙

以芝麻揩碎，順風撒去，雖群蛙百千聒耳，一時寂響。

促織

宣廟好促織之戲，遣取之江南。其價騰貴，至十數金。時楓橋一糧長，以郡遣，覓得最良者，用所乘駿馬易之。其妻以爲駿馬易蟲必異，竊視之，躍去矣。妻懼，自經而死。夫歸，傷其妻，且畏法，亦經焉。

珍玩部

郴圃鯽魚

郴州支邑村落中有小民圃，蓋昔之達官故宅基。其半有小池，水泓澄可愛。嘗見雙鯽出遊，比鱗而嬉，略不暫捨，雖經年歲并無他鱗，大小亦只如此。民投網欲取之，訖不可得。後因灌漑竭澤，於泥内獲一銅盆。中鑄兩魚，形狀與向者無異。滌净持歸，注水滿，魚即撥剌去來如前。事聞於縣，縣令以計奪之，酬之錢五千，後爲郡守闕吏部所有。

磁器

宋秘色磁器，世言錢氏有國日越州燒進，爲供奉之物，不得臣庶用之，故云『秘色』。嘗見陸龜蒙詩集《越器》云：『九秋風露越窑開，奪得千峰翠色來。好向中霄盛沆瀣，共稽中散閗遺杯。』乃知唐已有秘色矣。

黄州鏡

元豐四年正月，余自齊安往岐亭，泛舟而還。過古黄州獲一鏡，周尺二寸，其背銘云：『漢有善銅，出白陽，取爲鏡。』清如明月，左龍右虎輔之，其字如菽大，雜篆隸甚精妙。白陽，疑南陽白水之陽也。其銅黑色如漆，其背如刻玉，其明照人微小。舊聞古鏡皆然，此道家聚形之法也。

紫蟾蜍

紫蟾蜍，端溪石也。無眼，正紫色，腹有古篆『玉溪生山房』五字，藏於宜興陶定安世家，云是李義山遺硯。其腹疵垢，真數百年物也。其蓋有東坡小楷書銘云：『蟾蜍爬沙到月窟，隱避光明入岩骨。琢磨黝頳出尤物，雕龍淵懿湏瀣渤。

許敬宗硯

東坡《書許敬宗硯》云：都官中杜叔元，有古風字硯，工與石皆出妙美。相傳是許敬宗硯，初不甚信。其後杭人有網得一銅匣於湖江中者，有鑄成許敬宗字者，與硯適相宜。有容兩足處，無毫髮差，乃知真敬宗物也。君懿嘗語余：『吾家無一物，死當以此硯作潤筆，求君誌吾墓也。』君懿死，其子清歸硯，請誌。而余不作墓誌久矣，辭之。清乃以硯求之余人孫莘老。莘老笑曰：『敬宗在，正堪研以飼狗耳，何以其硯爲？』余哀此硯之不幸，一爲敬宗所辱四百年矣，而垢穢不磨。方敬宗爲奸，硯豈知之也哉！以爲非其罪，故乞之於孫莘老，爲一洗之。匣今在唐氏，唐氏甚惜之，求之不可得。硯之美，既不在匣，而上有敬宗姓名，蓋不必蓄也。

端溪硯

端溪硯，水中者石色青；山半者石色紫；山頂者石尤潤。如猪肝色者佳，若匠者識山之脉理，鑿一窟自然有圓石青紫色者，琢而爲硯，其值千金，謂之子石硯。歐文忠《硯譜》云：端石出端溪，色理瑩潤，本以子石爲上，在大石中生，蓋精石也。而流俗傳訛，遂以紫石爲上。又以貯水不耗爲佳；有鸜鵒眼者爲貴。

歙硯出龍尾谿，其石堅勁。大抵多發墨，故前代多用之。以金星爲貴，其石理微麤，以手摩之，索索有鋒芒者尤佳。

蔡君謨言：『端石瑩潤，惟有芒者尤發墨。歙石多鋩，惟膩理者特佳。』蓋物之奇者，必異其類也。

玉堂新樣

丁寶臣知端州，制緑石硯，送王介甫，謂之：『玉堂新樣。』介甫以詩報之，云：『玉堂新樣世争傳，况以蠻谿緑石鐫。嗟我長來無異物，愧君持贈有新篇。久埋瘴霧看猶濕，一取春波洗更鮮。還與故人袍色似，論心於此亦同堅。』

沈愛

吴人沈愛觀漁，漁人網得一錢，背上有文曰：『紫金錬精，晝燭鬼形。』愛以百錢買之，置閣内。時時有人物影，平生所未睹覩者，往來於鏡内，夜恒有光。愛一日見亡父坐蓮花上，身小於花。愛妻又見死狗復活，對之泣皆鬼也。愛畏之，仍投入舊處。

青華酒杯

闞闞贈俞本明以青華酒杯，酌酒輒有異香。在内或有桂花、或梅、或蘭，視之宛然，取之若影，酒乾亦不見矣。俞寶之。

蟠桃核

乙卯夏，太祖御端門召翰林詞臣，出示巨桃半核，蓋元庫所藏物也。其長五寸，廣四寸七分，計其實大如斗。上刻『西王母賜漢武桃核』及『宣和殿』十一字，塗以金，旁繪龜鶴雲氣之象。上因謂宋濂曰：『爾盍撰詞以垂後戒？』濂因進《蟠桃核賦》焉，今尚收之内帑也。

方于魯墨

莫雲卿最愛方於魯墨，嘗曰：『潘谷、奚超世不嘗有，隃麋、松節絶亦多時。玄賞者睹古希今，恒情則貴遠賤邇。緑螺烏玦，獺髓龍膏，推轂峨嵋，齊盟易水。吾於方氏，殆無間然。』又曰：『是人已入玄心三昧。』

象簟

安南鄧上舍説：其祖初入朝時，貢象簟、金枕。象簟者，凡象齒之中悉是，逐縱攢於内。用法：煮軟牙，逐條抽出之，柔韌如線，以織爲席，今横截牙心有花紋即是也。

玉脂燈臺

正德八年，琉球進玉脂燈臺。油一兩可照十夜，光焰鑒人毛髮，風雨塵埃皆不能侵，御用必將之。駕幸香山寺，權擋瑾竊以自照，燈忽發花作人面，耳目口鼻俱有。瑾蓄逆謀，以爲己祥，暗祝曰：『我成大事，封汝爲天下光明大元帥。』花忽凋萎，仍作咤噫聲，越數尺，飛濺瑾衣袍，成油暈數處，氣腥如血，滿室暗晦。瑾大怒，拔金如意碎之。逆謀因之遲回，竟以誅滅。

此與前記載李輔國香玉辟邪相類。夫屈軼指佞，神羊觸邪，猶是生類。玉亦能，然則尤異矣。抑物之尤者，必有物憑之耶？或又謂燈臺作人語，詈瑾以阻其邪，是又神其説也。

銅馬

紹興二十六年，成都郫縣地出銅馬。高三尺，工製甚巧，中宵風雨，忽聞嘶聲。

銅龜

常州倅廳有一銅龜，背上應時自換十二時字，不差晷刻。

鶴飛盞

周益公以一湯盞贈貧友，歸以點湯。纔注湯中，有雙鶴舞而出，啜盡始滅。

神鞭印

新淦鄒玉，神授鞭、印各一，曰：『祈晴順用，祈雨倒用。印鞭畫空，雨止畫處。』後鄒過其女家，曬麥於庭。遇雨，鄒望空四向，畫以鞭，曬麥處果無雨。

生寒鏡

泰寧縣耕夫得鏡，厚三寸，徑尺有二寸，照見水底，與日争輝。病熱者對之，心骨生寒，故名。

透光鏡

宋世有透光鏡，背有銘文二十字。以鏡承光，則銘文二十字皆透在屋壁上，了了分明。

知來鏡

吴僧持一鏡齋戒，照之則見前途吉凶。有沈衛丞如其言，乃以水濡鏡，鏡不甚明，彷彿見如人衣緋衣而坐，是時沈方衣緑，不數月，果以覃恩賜緋。

生水

李後主得青石硯，墨池中有黄石如彈丸，水常滿，終日用之不耗。陶穀取黄石置他硯，水不生，唯此硯能生水。

丁晉公藏一硯，有水一泓，用之不乾。

寶硯山

南唐有寶石硯山，不假雕琢，渾然天成。有華蓋峰、月岩、方壇、玉筍、翠巒、上洞、下洞，三折相通。有龍池，遇天欲雨則津潤。滴水少許在池内，經旬不竭。米元章嘗成《硯山圖》。

養珠法

以假珠光瑩者，取大蚌清水浸之。候口開，急以珠投之，頻換清水，夜置月中，兩年則成真珠矣。

雕漆

雕漆起於宋，謂之『宋剔』。有金銀胎者至今傳寶。宣廟極愛之，開柯延廠，製造靡麗。有滇人精此伎，拘入廠内，至老死不能歸骨。今價極貴，小者尤珍。

異　物　部附珍玩部後

化　石

波斯人來閩相古墓，有寶氣乃謁墓鄰，以錢數萬市之。墓鄰諱不許。波斯曰：『汝無庸爾也，此墓已無主五百年矣。』墓鄰始受之。波斯發之，見棺衾肌肉潰盡，惟心堅如石。鋸開視之：有佳山水，青碧如畫。傍有一女，靚妝凭欄凝睇。蓋此女有愛山水癖，朝夕玩望、吐吞清氣，故融結如此。此志壹動氣也。

《程氏遺書》內一事：南中有人，因採石，石陷壓閉石罅中，幸不死。饑甚，只取石膏食之。不知幾年後，他人復採石，見此人引之出。漸覺身硬，纔見風便化爲石，此又氣壹則動志也。天地間陰陽變合，何所不至哉！

瓦缶冰花

宣義郎萬延之，家蓄一瓦缶。蓋初赴銓時，遇都下銅禁甚嚴，因以十錢市之，以代沃盥之用。時當凝寒，注湯頮面，既覆缶出水而有餘，水留缶凝結成冰。視之，桃花一枝也。衆人觀異之，以爲偶然。明日用之，則又成雙頭牡丹一枝。次日，又成寒林。滿缶水村竹屋，斷鴻翹鷺，宛如圖畫遠近景者。自後以白金爲護，什襲而藏。遇凝寒時，即預約客，張晏以賞之。未嘗有一同者，前後不能盡記。最詭異者，上皇登極，而致仕官例遷一秩。萬遷宣德郎。詔下日，適其生辰，親客畢集。是日復大寒，設缶當席，既凝冰成象，則一山石上坐一老人，龜鶴在側，如所畫壽星之象。觀者莫不咨嗟歎異，以爲器出於陶，革於凡火，初非五行精氣所鐘，而變異若此，竟莫有能言其理者。然萬氏自得缶後，雖復資用饒給，其剥下益甚。後有誘其子結婚王晉卿家，費幾二萬緡，奏補三班借職。延之死，三班亦繼入鬼録。余資爲王氏席捲而歸，二子日淪替，至寄食於人，始悟萬氏之富如冰花在玩，非堅久之祥也。後此缶歸蔡京家云。

寶　部

水　精

水精出信州靈山之下，惟以大爲貴，及其中現花竹像者。朱秀才家在彼，嘗因寒食掃墓。小民百十爲群，入山尋采水精。朱獨行間，忽見一石塊光輝射人，就視之，真寶石也。高闊如大甕，喜甚。懼爲衆所見，取亂葉蔽之。既還舍，呼田僕二十輩，乘夜舁歸。已而，市儈傳聞，相率來觀。共酬價六千貫，朱猶未已。臨安内苑匠聞之，請於院璫求視，復增三千貫，朱付之，賴以小康。

麗水人盛庶，字復之，曾仕於信，得二片，高四寸許，闊稱之。中有青葉成行，全如萱芽初抽之狀。盛君寶藏之，遇好事君子，乃始出示。

金亮鎮國物

劉通判云：在江陵，見淮甸一客，因語世間異物。言紹興辛巳，金亮戕滅。隨行帑藏舟車，多爲王師所掠。吾亦獲一主首，將揮之以劍，其人哀鳴乞命，曰：『舟中有寶，當取獻以自贖』。乃遣兩卒隨之往，少頃携一匣來。啟視又一匣，兩重皆金玉裝飾；第三匣内一石三稜。上尖而下大，色微黄。石之腰有玉龍旋繞仰首，左爪撲一玉珠，爪牙鱗鬣獰雄，熟視如生；不與世間繪畫者類。其人云：『主亮以此寶爲鎮國。尋常欲觀其變化，則用凈盆貯水，候夜半置於水中，須臾間黑雲蒙覆其上，必急收之，稍緩恐或昇去』。如言試之，果然，遂珍藏到今。劉曰：『物今在否？』曰：『常以隨行。』因從借觀。明日出示，留之至夜，亦一試之，悉然；又明日，復歸之。

石門珠岩

鄱陽石門鎮外二十里一山阜，高峻深沓，名曰：『珠岩。』土人七八十歲者言，曾有波斯客經過，徘徊凝望，留連再宿，語逆旅主人云：『茲山氣象奇秀，當孕珍寶。其兆已露，特里俗不能别識耳。我須復來營之』。遂去。後二年復至，以所携破山刀剖嶺骨成溪，得大珠數十顆，藉以毬蓐，置之笥中。其圓多徑寸，小者猶如櫻桃。野山無主，但略犒傍近居民而行。今取珠之穴尚存。

白皙婦

景德鎮一巫，夢白皙婦人二十七輩，皆赭衣，前拜曰：『願伏事君家』。自此，歲一夢，已而至於三四，切怪不知何祥也。後開山爲生穴，得一窖，中藏銀二十七錠，皆漢裹蹄樣也。後人争取之，巫與之競，訟於官。受傭者弗得，悉付巫者。

廣東老嫗

廣東老嫗，江邊得巨蚌。剖之得大珠，歸而藏之絮中。夜輒飛去，及曉復還。嫗懼失去，以大釜煮之。至夜有光燭天，鄰里驚以爲火也，競往觀之。光自釜出，乃珠也。明日納於官府，今在韶州軍資庫。子嘗見之，其大如彈丸，狀如水精，非蚌珠也。其中有北斗七星，隱然而見，煮之半枯矣，故郡不敢貢於朝。

奉宸庫

奉宸庫者，祖宗之珍藏也。政和四年，上自攬權綱，不欲付諸臣下。因踵藝祖故事，察諸內司。於是乘輿御馬，遍歷內中。諸司大懼，因是并奉宸俱入內藏庫。特於奉宸得龍涎香二琉璃缶、玻璃母者，若今之鐵滓然。塊大小猶兒拳，人莫知其用。又歲久無籍，且不知所從來。或云：柴世宗顯德間，大食所貢。又謂：真廟朝物也。玻瓈母，諸璫以意用火蝦而模寫之，但能作珂子狀，青、紅、黄、白隨其色，而不克自必也。香則分錫大臣近侍，其模制甚大，而外視不甚佳。每以一豆大爇之，輒作黑花，氣芬鬱滿座，終日略不歇。於是上大奇之，命籍彼使者，隨數多寡復收取以歸中禁，因號曰：『古龍涎爲貴也。』諸大璫争取一餅，可直百緡。金玉爲穴而以青絲貫之，佩於頸，時於衣領間摩挲以相示。是此，遂作佩香焉。今佩香，蓋因古龍涎始也。

寶鐺

于闐國朝貢；使每來必携其寶鐺以往返，自國初迨今，如是也。我主客備見之，蓋其來道涉流沙，携三月程無薪水，獨挈水而行。是鐺者投以水，頃輒已百沸矣。用是得不乏，故寶之。實一鐵鐺也，其異若此。

醉龍珠

郎玉嗜酒，而家赤貧。遇仙女於嵩山中，投以一珠，曰：『此醉龍珠也。諸龍含之以代酒，味逾若下。』玉甫視珠，而女忽不見矣。

華胥寶環

季女贈賢夫以瑪瑙宛轉環，丹山白水，宛然在焉。握之而寢，則夢入其中。始入甚小，漸進漸大。有名山大川之勝，異木奇禽，宮室璀璨。心有所思，隨念輒見。因名曰『華胥寶環』。又季女贈賢夫以緑華尋仙之履，素絲鎖蓮之帶，白玉不落之簪，黄金雙蝶之鈕，皆製極精巧，當世希覯之物也。

奇香

袁運字子先，嘗以奇香與莊姬。姬藏於笥，終歲潤澤，香達於外。其冬，閣中諸蟲不死，冒寒而鳴。姬以告袁，袁曰：『此香製自宮中，其閤當有返魂乎？』

鈔

上初造鈔，屢不就。一夕，夢神告曰：『當用秀才心肝爲之。』寤思之未得。曰：『豈將殺士爲之耶？』高后曰：『不然，士子苦心程業，其文課即心肝也。』上悦，命取太學所積課簿，擣而爲之，果成。乃令歲輸上方。

卷三

妖怪部

王彦大

臨安人王彦大，家甚富，有華屋，頤指如意。忽欲航海營舶貨，舟楫既具。以妻方氏妙年美色，不忍輕捨，久之始決。既行，歷歲弗反，音書斷絶。當春月，杭人日遊湖山，方氏素廉静，獨不肯出。散步舍後小圃，野曠幽閒。花叢中，見一少年，衣紅羅裳，戴簇金帽，肌如傅粉，容止緩雅，潛窺方氏，且引彈弓欲彈之。方氏駡曰：『我良家婦，杜門屏處，汝何等人敢擅入吾園，且挾彈無禮如是？』少年拱揖謝過。方正色叱之，忽不見。方奔入呼告群婢，覺神宇淆亂，力憊不支。迨夜半，少年直登堂，方趨走欲避，則伸臂挽其裾，長幾丈餘。群婢盡力援奪，不能勝。遂擁（方）升榻欵接。自是，曉去暮來，無計可脱。心所欲物，未常言，不旋踵輒至。方念彦大殊切，報於親故，招道士行五雷法。又擇僧輩作瑜珈道場，皆爲長臂捶擊，莫克施技。後數月，慘蹙語方曰：『汝良人自海道將歸矣。如至家，切勿露吾事，露則必汝害。汝知吾神通否？』未幾，彦大果歸。方垂泣曰：『妾有彌天之罪，寸斬不足贖。』王驚問故，具言之。王曰：『是乃山精木魅，吾必殺之。』乃藏利劍以俟。一日，儼然而至。王拔刀襲逐，中其背，鏗鏗若金玉聲，化爲白光，熠煜亘數丈，衝虛去，其後遂絶。

張四妻

徽州婺源民張四，以負擔爲業。其妻年少，在輩流中稍光澤。張受傭出千里外。一白衣客過其家，語言佻達，視傍無人，謔妻欲與奸，且出白金爲賂。妻喜而就之，荏苒頗久。張歸。密聞之，詐與妻曰：『我又將往他州，旬日乃回。』妻益喜適願。逼暮，張潛反，持短矛伏户側，見白衣從窗檻入，迎矛以刺其人，呦呦作聲奔去。視矛刃有血，并細白毛數十莖。張念：『人安得有毛？必怪也。』妻亦如之，始言始末，即具一牒如供狀式，請渾元法師董中甫處自訴。董至張舍發符，拱俟少頃，有大鷹盤空，可六尺許，旋繞屋上。觀者闐溢。俄飛落古溝中，徑搏一巨白鼠，啣擲於前，命沸油以烹之，怪遂絶。

朱琪兒

下邳朱侯者，習武事，從韓蘄王爲探報司統領。與北騎戰於洙水上，死焉。朝廷録其忠，命賞即琪以官。時下邳已陷，琪在宿豫，倡朋儔來歸江淮都督府，補爲忠義軍偏將。嘗乘間入海州，既而失之，坐罷處散秩。琪一妾曰：『喜奴懷妊六七月。』嬰兒啼於腹中，盡室駭怪。數日後能言語，或笑、或泣、或厲聲呼父母。及其生，齒髮畢備，形模可愕，見者疑非吉祥。次年，琪遂應羊舜韶海道之舉，事不濟，與徒闞德、郭世興革皆死。亦以恩得延賞，乃名此子曰『忠』，而與之官。不知其後存亡。

聶公輔

聶公輔，博州高唐縣人，性好鬼神。歲月滋久，禱請多不驗，於是懈心生，翻成毁悖。嘗以六月正午，坐堂上。僕妾在傍，忽聞呵叱聲，注目凝視，見數少年黄衫小帽，玉帶緑靴，振袖過庭下。人物才尺許，而歷歷可觀。聶震駭，呼家衆至，所睹儼然，皆驚走出外。少年者冉冉騰空，顧從吏以線一縷，繫通紅炭一挺，長三尺，置屋上。其去稍遠，聶遣僕升梯取之，炭洞赫不可嚮邇，而一線自若。聶不勝愁撓，遂得疾殂。

管秀才

信州永豐縣管村，皆管氏所居。淳熙七年秋，有怪興於某秀才家，幻變不常，遍請僧道莫效。久之，化一美女，夜造僕夫寢處。僕知爲魅也，而庸奴貪色，竟留與接，凡歷數夕，極綢繆婉戀之致。然終慮其禍，陰磨利刃以待之。迨復至，盡力斷其首，携出外，呼告衆曰：『我已殺鬼。』人争來覩，乃一大貍也。

茶僕崔三

黄州市民李十八，開茶肆於觀風橋下。淳熙八年春，夜已扃户。其僕崔三，聞外扣門，意其主也，急啟之，乃一少女，容質甚美。駭曰：『娘子何自來？此李家茶店耳。豈誤乎？』曰：『我在側孫家婦，因取怒阿姑被逐，中夜無歸，願寄一宵。』崔曰：『我傭人，安敢自擅？』女以死請，不得已引至屋隅使息。久之徑起就崔，崔意望外，即共宿焉，雞鳴而去。繼此，時時一來，崔以人奴獲此，愜適所願，不復詢本末。一夕女曰：『汝月得雇，直不過千錢，豈足給用？』袖出十千與之，其後屢至薄助。崔又益喜。兄崔二者，素習役獵，常出游他州，忽詣弟處相詢問，寄寓旬餘。女杳不至。崔思念篤切，殆見夢寐，乃吐實告兄。兄曰：『此地多魅，且害汝命，宜速爲之圖。』崔三曰：『弟與之相從半年，且賴周恤，義均伉儷，難誣以鬼也。』兄曰：『然則我至絶跡，何耶？』三曰：『正以兄弟妨嫌耳。』兄曰：『彼從何處出入？』曰：『入自外門，由樓梯而下。』兄是晚潛取獵網散佈之，伏於隱所。三更後，戛然有聲，急篝火照視，得一班狸；長三尺，死焉。兄曰：『是物蓋惑吾弟者。』剥其皮而烹之。崔慘沮不勝情。異日獨處室中，覺異香馥烈，女已立燈下。罵曰：『我恩如此，何爲輕信狂兄之言？幸是時我未離家，僅殺了一婢，壞衫子一領。』而崔謝罪，女笑曰：『固知非汝所爲，吾不恨汝。』遂駐留如初。

衢州少婦

衢州人李五，居城中。本巨室子，後因淪落，爲人管當門户。紹興戊辰歲三月夜，天氣清潤，微雲遮月。獨卧小軒，若有捫其而者，驚而起，疑爲天明。適欲詣郡投牒，即衣冠疾步抵譙樓下聽，方三鼓，覺神宇不寧，彷徨無所適。往來於班春堂前，驀聞奇香襲鼻，覘見堂内隱隱有燈光，益怪之。謂：夜半安得有此？登階就望，乃一少婦，約年二九，自携小籠燈，倚柱獨立，姿態絶艷，含笑萬福。李急應喏。婦問曰：『使府放詞狀否？』李曰：『然。不審娘子何爲者？』曰：『我東城杜效妻也。嫁才數月，不幸夫亡，居室一區，遭鄰里欺暴，故不免告官。倘非冒夜來，必將爲邀阻耳。』李正悦其貌，又語言楚楚可傾聽，四顧無人，試抱之，欣然相就。入室繾綣，而東方漸白，相與投牒畢，別去。婦約今夕再至，遂荏苒三旬。李生家訝其連日宵行，疑必淫奔。數輩共躡之，得於班春堂後，恰與婦寢。呼噪共前就擒，婦呦呦作聲，化爲青狐，奔而出。衆駭追之，茫無所覩矣。

葉氏婢

永嘉葉正則，爲湖北安撫參議官。有庖婢忽懷妊，疑其與童僕通。而此婢村戇，且持身甚謹，置不問。已滿十月生子，暗中不作聲，捫其體，涷泠無氣。亟取火視之，則泥塑所成者，持而擲棄之。一老翁跟而至，連呼曰：『吾兒也，不可棄。』就地抱挾之而去，乃知其爲土地祠中鬼物云。葉氏亦不復扣其所以。

蜂王

宣州南陵縣，舊有蜂王祠，莫知所起。巫祝因以鼓衆，謂之至靈。里俗奉事甚謹，既立廟，又崇飾，龕堂貯之。遇時節嬉游，必迎以出。紹興初，臨安錢讜爲縣宰。到官未久，因旱祈雨。吏民啟曰：『此神可恃。』乃爲具威儀，導入縣治。甫升廳，焚錢香致敬。望其中無他像，惟一蜂，大如拳。飛走自若。錢素習行天心正法，知爲怪妄。於是大聲語之曰：『爾爲蠢蠢小蟲，當安窟穴，那得憑托妖祟，受人血食。吾今與爾約，此日之事，理無兩全爾。實有靈宜即出，螫我雖死不憚。

苟爲不然，當焚爾作灰，以洗愚俗。』語畢，蜂如不聞。錢因已蓄乾荻，命積於庭下，緊閉龕户，舁出焚之。蜂在内喧咆撞突，聲音哀怨。頃之，煨燼無餘，遂并火其廟。邑人自是不敢復言禱事矣。

趙不易妻

趙不易，爲江陰軍僉判。其妻得奇疾：烟火食不向口，惟啖生肉。服飾起居與平生異，而與夫别室寢處。趙秩滿調知桂陽監，妻疾愈。有一婢供其使令，便覺瘦瘁短氣，面如蠟色，不半年輒死。又一人復然，凡如是死者三。每老兵持肉來，或從戟門入，必怒曰：『何得經鼓角樓下過？』棄而不納。若自後圃入，則受之。其後趙待知封州闕，寓居衡州常寧。洎到官，妻白晝化爲虎，騰呼而出。趙妻乃中官家女，不知本何人，容貌姝美，未常妊娠。性好潔，夫每至其室，坐椅上才去，即命洗滌。三婢之亡，皆遭其乘夜吮血，故浸淫絶命。

建康三孕

建康醫者楊有成，説目擊三事，皆婦人異産者。桐林灣客邸主人王氏妻，年二十九歲。紹熙三年，臨産生大蛇五六於草上。乳醫與夫皆驚走。蛇徑出．赴秦淮水中，遇夜復入家，訪母飲乳，天明始去。在店居人，悉徙避他舍。凡七日，乃絶跡。商劉一妻當産不下，氣厭厭且死。有爲診脉曰：『腹内必有怪，宜救其母。』與藥灌服，至中夜生子，頭甚大，髮長五寸許，兩肉角隆起，滿口十餘牙，白而銛利。其家殺而投諸江。又斗門橋河船張大之婦，産一雞。夫持刃而剉未竟，婦仍稱腹痛，復誕一猴，亦殺之，包以布，縫以大石，舉而沉於深澗。三母竟無恙，不能測致怪之由。

夷陵兒

峽州夷陵縣村間民家，於紹熙元年生一子。方周歲，忽生髭數莖。及三歲，遂滿頭如瓠壺，咿啞學語，然長鬚已過臍，多可把握，其色極黑。嘗抱入郡城，不登五齡而夭，亦云異矣。

荊南猴鼠

淳熙中，荊南官道上十五里間，忽有鼠，以千萬計，蔽塞通逵。其色或黑或白，或黄或青；其狀或如鷄，如鳥。人行其間，略不知避，遭車馬踐踏而死者不可勝數，凡兩三月乃息。後有一猴，高二尺許，隱於高木之上，乘間爲人害。是時正暑，婦女露坐者，多爲戲侮，不敢輒出。居民百計取之，久而墮一網中。民納之布囊，將負往八渠山，投於江流。到城西遇一老叟，髯白如雪，笑問之曰：『囊中豈非猴耶？』民曰：『然。』曰：『彼實有罪，願貸其死。吾適有官會三十道謝汝。彼獲脱去，不更復來，吾二人同詣八渠，放之深林足矣。』即於袖間取楮幣付民，民喜無望之獲，從之。自是，猴果絶跡。

宜黄廳蛇

宜黄丞廳，與縣治相連。有大蛇，長二丈，鱗甲青黑，行地有聲。父老傳言：『每出游一廳，則主人必罹禍咎。』紹興庚辰春，出於丞舍後東牆蓮池側，隱半身牆内，尾出於池。丞祝君逸以亭午，到池上見之，呼乞子能捕者，冗牆取之。蛇蟠屈不動，命數健力舁至郊外，過百丈橋數里，縱之莽中。意不能復至矣。

桂林兵

淳熙十六年，桂林守應孟明，遣故用兩兵，將伐木於桂林山中。夜宿民家，一兵夢神持刀割去其腎，夢中叫呼。旁兵亦驚覺，問其所以。急秉炬照視，兩腎已墮床下，流血如注，竟莫測何以致此。兵傷年餘始愈，狀貌如宦者。

盛總幹

盛八總幹，名挺，字特夫，開封尹章之族孫也，寓居金壇縣小曲觀。生三子，長曰木，登進士第。次曰栗，季曰果。紹興十九年，一日晡後有異怪起，甲士鐵馬可百輩，各長三寸。分爲兩陣，馳驅戰鬥於庭除。凡曆半月，日增數十騎。稍聞金鼓之聲，喧鬧特甚。挺不勝駭憤。抛大磚亂擲，則散走門堂庖廁，隨四集。或遺下弓矢刀矛，皆絶小，而形制悉具。是日暮乃不見，一家不知所爲。歲未盡，挺卒。木待次揚州教官，繼死。果忽失所在，杳不得其蹤跡。妻徐氏懼禍之延，挈孤幼往常州，依表叔安自强同居，始得息。厲鬼爲妖若是，所未之聞也。

朱巨川

餘千團湖朱巨川，一意治生，不合於義。嘗白晝有人抛磚入室，意奸盜所爲。審視之，無所覩，亦未以爲異。自後日，變怪百出。一日，忽墜大石磨於庭中，繼而衣笥箱篋火從内起。於是呼村巫治之，怪愈益肆。男女皆遭扼吭批頰，弔縛箠楚，舉室晝夜不寧。乃命道士設醮禳請，悉見火毬巡繞，壇下科儀未竟，抛石及於坐傍，不復可施法。其居旋爲火焚，遂徙寓别墅。相去數十里，怪亦如初，生計蕩析已半。有喻真人者過其家，爲言：『此非邪鬼致然。以君家用秤斗出入不均，好利太過，造物所不容。天降其罪，非人能救，宜改過悛心，禍將自息。』朱悔懼引咎，一切改爲，迨今無恙。

建康宅

建康都統制，會客正歡酬，而所親趙某自遠方來，先遣信假館。其人素亢傲，尤侮鬼神，子弟欲窘困之。中軍有將官室廨，絶凶，無人敢居，乃導往彼處。趙入據中堂，宿半夜後，望大門内兩火炬，以爲從僕未寢，猶呼問之。俄而門開，一物長二尺，闊亦然，持巨扇直入。趙擬下床毆之。時當冬夕，既解衣，畏寒未能起。物徑逼床，舉扇一揮，覺陰風如割，精采消隕，惴怖戰慄，憂其復爾，不暇出聲唤僕。會帥晏已散，知其故，責厥子曰：『奈何將人性命爲戲？』急令邀迎，還公廨中。人聲四喧，此怪始捨去。明日趙氣象索然，無復向來傲能，後一年竟死。

醉石

許先之尚書幾，信州貴溪人。居住鄱陽，知平東府時得一奇石，高闊三尺，宛如酒家壁所畫仙人醉後奮袖坐舞之狀，蹺其右足。輦歸，置於堂。宿直者常遇一偉丈夫，舞跳不已而形軀絶異。始猶懼之，久而習玩其態，相與持杖襲逐，擊之即仆。燭火闚視，乃此石也。許命推斷其腦，自是不能神。紹興初，宅爲汪丞相爲有，知其爲怪，委諸牆角云。

劉改之

劉過，字改之，襄陽人。雖爲書生，而貲産贍足。得一妾，愛之甚。淳熙甲午，預秋薦將赴省試。臨岐眷戀不忍行，在道賦《天仙子》一詞，每夜飲旅舍，輒使小僕歌之。其詞曰：『宿酒醺醺猶自醉，回顧頭來三十里。馬兒只管去如飛，騎一會，行一會，斷送殺人山共水。是則青山深可喜，不道恩情拚得未？雪迷前路小橋横，住底是，去底是？思量我了思量你。』其詞鄙淺，姑以寫意而已。到建昌游麻姑山，薄暮獨酌，屢歌此詞，思想之餘至於墮淚。二更後，一美女忽來，執拍板前曰：『願歌一曲勸酒。』即歌曰：『别酒未斟心先醉，忍聽陽關辭故里。揚鞭勒馬到皇都，三題盡，倘際會，穩跳龍門三級水。天意令吾先送喜，不審君侯知得未？蔡邕博識爨桐聲，君背負，只此是，酒滿金杯來勸你。』蓋賡元韻。劉喜龍門之句，因留伴寢，始問何人。曰：『我本麻姑上仙之妹，緣度王方平、蔡經無功，謫居此山，久未回玉京。恰聞君新詞，勉顔自媒。從此願陪後乘。』劉深於情，長途遠客，不能自制，遂與之偕東，而令乘小轎，相望於百步間，迨至都僦委巷，密室同處。果擢第，受荊門教授。歸過臨江，因游門車山。道士熊若水修謁，謂之曰：『欲有所言得乎？』劉曰：『何不可者？』熊曰：『吾善符籙，竊疑隨車娘子非人也。不審於何地得之？』劉具以告。曰：『是矣，是矣。茲夕并枕時，吾於門外作法行持。教授緊抱同衾，切勿令竄逸。』劉如所戒，喚僕秉燭，排闥入，止擁一琴。頓悟昔日蔡邕之語，堅縛至於旁。親自挈持，眠食不捨。及經麻姑山，訪諸道流，乃云：『頃有趙知軍携古琴過此，寶惜甚至。因搏拊之際，誤觸隨砌下石上，損破不可治，乃埋之官廳西偏，斯其物也。』遽發瘞視之，匣空矣。劉舉琴置匣，命道衆焚香誦經，咒而焚之。

劉監丞

劉大臨，以紹熙五年自將作丞，出補外得添差通判。建康府以贅員無官，舍假楊和王宅以居。未幾爲祟所撓，雖無鬼物現形，而室内八籠。一日正晝出行於堂，如人所夾持者。劉知其怪，白於府僚，寓他處。既而妻亡，次年又坐事，罷官歸。

王甑工

處州松陽民王六，以箍緫盤甑爲業。因至縉雲爲周氏葺甑。方施工，腰間甚癢，捫一虱，戲鑽成竅，納虱於中，剡木塞之。經一歲，又如縉雲，周氏復使理故甑。忽憶前所戲，開竅視之，虱猶蠕蠕而動。王怪之，拈入手内，祝之曰：『爾忍餓多時，今與爾一飽。』虱遽嚙掌心，血微出，癢不可耐，抓之成癰。久而，攻透手背，竟無藥能療而死。

周五女

臨安豐樂橋側開機房周五家，有女頗美姿容。嘗聞賣花聲，出户視之，花鮮麗非常。乃與值悉買之，遍插房櫳，往來諦翫，目不暫釋。自是若有所迷，晝眠則終日不寢，夜坐則達旦不寐。每晚必洗粧再飾，更衣一新。中夜呢呢如與人語。父母以爲憂，密邀行法者至，略不動色。有鬻麵人羽三者，居候潮門外。周邂逅相遇，詳問其故。羽曰：『此貓魈也，明日當爲行誅。』至期，周備酒殺香楮延致，羽布氣步罡。少時，女已振恐。羽運法劍斬其首，女不覺而入房熟睡。數刻起，神宇豁然。問其向者所見，女曰：『纔黄昏後，一少年狀貌奇偉，著裘乘馬而來，兩絳蠟導前，笙簫隨後。凡飲食所須應聲即辦，謳吟笑語與人不殊，今絶矣。』經數旬，女感疾若妖娠者，復召羽書符使吞之，自是一切如常。

王耕

王耕，字樂道，宿預桃園人。讀書不成，流爲駔儈。諳練世故，長於謀畫，鄉里取決頗著信。從後，避地於丹陽北固山。暮冬既望，雪月交輝，耕聞雞鳴，以爲將曉。急著衣冠而出，一僕徐隨之。耕先行，由利涉門東循河而西，欲從清風橋去。甫及百步，遇婦人携青衣，問曰：『我與妯娌分析事，投狀詣府，不知入城路。』耕曰：『我同途，偕行可也。』入城未幾，復遇數人。中一人服飾華楚，餘秉火炬，盡其僕也。見耕與婦俱來，罵曰：『汝何等人，中夜誘他人子女？』耕自辨，其人益怒，叱諸僕執縛，鞭之百數。哀鳴，乞不肯捨。正喧競間，耕僕始至，連聲呼：『秀才』，耕應之。群怪皆不見，繩索亦無有也。扶掖還舍，惘惘然尚懷怖懼。遭鞭處痛毒難忍，踰月乃復常。

王直大

兗州萊蕪人王直大，雖生田家而賦性剛介，不媚鬼神。妻子疾病，但盡力醫療，或勉以禱禳，立志不爲。（金主）亮正隆春杪，變怪驟興。正晝見形，窺户嘯梁，移床徙釜，歌笑馳走，百端千態，舉室駭怖，寢食不安。直大不動，呼長幼戒之曰：『無以異物置疑而畏之。吾輩人也，肖天地真形，稟陰陽正氣。彼陰鬼耳，烏能干陽？汝輩宜安之，勿憂怯。』家人意小定。一日，端坐堂上，見巨魅身長七尺，高冠大帶，深衣朱履，拱立於前。直大了不動色，魅斂袂言：『王翁真正人，某等固已敬服。猶疑色厲内荏，故示怪以相撼。而翁若不見不聞，自是無敢蹈舊態矣。』頷而遣之，悚揖而没。

石六山

寧越靈山縣外六山相連，故名曰石六山。巖谷奇偉，山容秀絶。舊爲墟市，居民益廣，商旅交會，至於成邑。郡胥甯賞主藏於驛中，嘗以未曉起盥櫛。俄一女子至，荷鉤筒，候門徘徊羞怯，將汲井。賞凝睇久之，蓋美色也。所著布衣潔白無垢，訝爲異物。執而訊之，對曰：『家只在下村，喪夫半歲矣。舅姑嚴急，每天明必使負水，少遲則遭撻無數，體常流血，不如無生。』因泣下。賞已美其色，又悅其語音，欲加以非義，拒不肯。賞奮怒，令驛卒繫之柱間，殊不悍怖，悲告求釋。賞再詰之，收淚言曰：『碧岩之前，緑水之濱，喬木之上，白雲之間，君幸勿相窘，他日當自知。』賞命解縛遣之，與俱出門，倏爾不見，惟鉤筒在焉。賞料必山靈之精，邀朋輩好事者挈壺酒往遊，冀有值遇，略無所覩。日將暮，雲陰四合，木杪一白獼猴，引手垂足，且往且來，擲一木葉墮前，其大如扇，書二十字於上，墨猶未乾。其詞曰：『桃花洞口開，香藥落莓苔。佳景雖堪翫，蕭郎尚未來。』衆傳觀驚嘆，即隨失之。賞慮其爲妖孽，亟率衆奔歸，消息遂絶。後十年，縣市一少年，狂醉繼日。因過岩畔，逢女子秀色，奪目留盼，不能進步。女亦注視，含笑而迎曰：『慕君之能久矣，能過我乎？』少年喜甚，便握手相從，入石室。但見瓊樓瑶砌，碧玉階梯，中鋪寶帳，名香芬馥，奇葩仙卉，不可殫述。遂留飲同寢，各各愜適。居數日，女於席上歌曰：『洞府深沉春日長，山花無主自芬芳。凭欄寂寂看明月，欲種桃花待阮郎。』少年不思歸，女曰：『與君邂逅合歡，恨不得諧老。君之家人失君久，曉夕叫呼尋訪於絶崦孤寂之墟，行且抵此。恐爲不便，君宜遽歸。』猶眷戀，不忍弗獲。已而行及家已三更，妻孥言失之兩月矣，後亦無恙。

石　魚

廣陵陳生，往孝感寺謁僧。逼暮趨回山莊，過樵人謂之曰：『早上斫柴之樹，得石一枚，形狀可愛。我村野農夫無用，此物以與君。』陳袖歸。是夕月白風清，階前元置石盆，因納其中，掬水沃之爲戲。因取酒，同妻孥飲。盆水忽汎溢，浪聲漸高，久而不止。一家爲之驚異，秉燭臨視，水已空竭，而石身略無涓滴。生嘆曰：『妖由人興，福不自作。古賢之語豈虚哉？留蓄必爲後患。』遂持頑石就擊之，其鳴如雷，破成四片，腹内白蟻數百飛走而出，莫能名爲何怪也。

徐秀才

鄱陽槐花巷以大槐得名。其木枯枝老幹，由來久矣。慶元間，浮梁人徐五秀才入城輸租，值積雨致悶，縱游廛市，經巷中拊樹，歎曰：『何物老槐，龍鍾若此，得毋有精以憑之乎？不然何若是之異？』復再三拊摩而去。歸邸掩關秉燭，獨飲至更闌。將就寢，聞叩户剥啄聲，啟視之，一青衣椎髻，韻致楚楚。徐謂必倡家人來邀孤客者，未遽媟狎。姑問之曰：『誰家女郎中夜相過耶？』

答曰：『妾乃槐花巷内大樹之精也，辱郎君惠顧憐愛，用是致謝。家有尊屬，不敢久留。更俟他日，與君綢繆君善自珍。』斂衽而起，忽不見。徐懷想待旦，目不交睫。後不敢復詣彼處。

僧法净

慶元三年，浮梁東鄉寺僧法净，暮冬時與童行培壅茶園。見林深處一美女，未及笄，長裙大髻，兩丫鬟隨後；容色妍麗，嘻怡前揖曰：『和尚萬福。』法净應喏。既思：『此間四向無人居，即村近農婦，焉有綽約如是者？必鬼魅無疑。』遂袖手印誦楞嚴咒，大聲咄叱之。女大笑曰：『和尚瘋耶，楞嚴神咒如我何？兒實良人家，迷蹤到此，望慈悲示歸路，何事以鬼物相待？』净使從左方出，乃穿踐叢中，不避荊棘。良久，俱化爲狐，嗥聲可怖。净駭懼，執童手大呼奔還舍，惴惴者累日。

程真喜

新塗王生，最喜觀靈怪、神異志等書。每觀其事，輒思慕，冀一遇之。所居在村墅，一夕見一美女過之，斂容萬福曰：『我城中程虔婆家女，小名喜真。主母嚴切，遭箠難過，竄身至此。倘得見容，爲君子婢妾，此生之幸矣！』王生年少，甚愜所望，但以父母在前不敢帶入，語之曰：『我有守墳僕冢，汝可暫寓，挈汝遠行可乎？』女諾之。乃竊父百金，買小舟載女東下，駐於豫章，商販度日。久而消折殆盡，女素善針指，自繡領篋之屬出售。王生偶在家閑坐，有雲游馬道人過而顧之，謂曰：『内女子非人，懼不利於君。今君之身妖氣充滿，禍至無日矣。吾行五雷法，當爲除之。』即付硃符一道，令爇與司命。王如戒，納符竈中。女色變股栗，俄火燁然從竈出，徑入房室。『霹靂』一聲起，女大呼。王走視之，寂無人矣。

璩小十

南劍州尤溪縣人璩小十，於縣外里沽酒。每日駐宿於彼，留妻李氏及四男女、兩婢在市居，經旬一歸，然暮必反店。一夜且二更，璩扣户而入。李曰：『歸來何故？衝夜脱路有不虞，奈何？』曰：『我因薄醉，念汝耳。』洎就枕，歡洽倍常時。自是輒用此，際來李已懷娠彌月。璩歸訝妻腹大曰：『我經歲不共衾枕，何由致此？是必外行。』李具言，去歲八月汝必夜歸，且援衆爲證。璩亦以隨身僕王八使質對李詢之。王云：『十郎未嘗夜離本店。』李曰：『然則每來必挈酒餌，是誰將到！』王云：『今後即伺之。』又偕一僕韓二者同候隱處，乃見主公與主母對酌，察其衣冠言動，真無少異。急即店告璩。璩大驚，淬利刃秉炬而趨，及家已三更。揮刃刺之，化一老猿而斃，凡重七十斤。李免，身生一小猱，并殺之，棄於野。

劉師道

漣水軍醫者劉師道，赴醫而回，中途逢婦人跨驢，一僕從後。婦先舉鞭招劉，呼其字曰：『別來安樂？』劉茫然未識也，問之。曰：『我夫魏師成，相爲婚戚。因久伏床枕，遣我邀君診視。適爾值遇，非偶然也。』劉意不願行，婦强之甚力，不得已隨往，并馳三十里，膂力疲倦，而婦無怠色。度獨木橋經烟村院落，到一宅，請下馬升堂，啜茗會食，遂入室。見魏元無半面之雅，伸手求診，覺骨節硬如木石，全無煖氣。心怪之。婦在旁鼓掌笑曰：『劉郎中細審此病，不可醫也。』劉曰：『娘子拉我來，何却如此？』婦曰：『郎中試看。』轉盼間化爲狐狸，奔而出。劉與僕怖叫，室宇俱不見，正坐古塚中，所診者一朽骸耳。即疾驅而歸。及家，則婦已在門内，曰：『説道醫不得，郎中不信，奈何？』劉大怒，取長矛將刺之，復化爲狐狸，出户登屋嗚嘷。劉集弓矢叢射之，遽先所向。劉由是得心疾，一年後僅能愈。

支友璋

漣水民支友璋作牙儈，性慧口辯，詭計百出。左彌右縫，人多墮其狡計，且好尚奇怪。乾道八年春，士人共議建東嶽行宫，未有任責者，求索頗久。璋忽發狂，全如喪心，逢人則直指姓名，道心腹秘隱及其意中所營畫，無纖微不呈露。衆畏之如鬼。或齎錢帛密賂之，輒受不却，而悉以付祠下，收市木石瓦甓，募倩工匠，一邑無不尊敬者。人有疾病久而弗愈，詣之請聖藥，或得一二盈撮，或傾瀉瓶水，俾服之，一切效驗。至於牛馬不食水草，群立道上懇禱，及到其處，一叱即撮復常。已而數十處，同日同至皆見之者。郡縣知爲怪，亦不能禁。經歲餘，欻然若有所失，拊膺大哭，隕仆於野。越夕乃蘇，向之恍惚，冥冥略不記憶。殆如鬼孽附麗而然。

張允

張允者，宿豫角城人。徙居山陽北神堰，大啟酒肆，家亦贍足。而爲人輕率無忌，或談鬼神之事，必詆而蔑視之。紹興辛巳，淮海受兵，所在俶擾。允只一子曰詢，得病危殆。白晝鬼游其室，器皿几案，悉憑虚而行，互相值遇，則鏗然作聲。貓犬雞豚，舉示怪狀。屢招術士治之，愈甚無益。允始知悔咎，方議訪邀山林高道，忽一偉人自外至，掀髯簡據，謂允曰：『令郎病不可爲，今宅上診氣蟠結，充塞不散，吾與君無雅素，然欲代天行化，救濟斯民。足下其廣備科儀，毋靳暫費，當爲止絶。』允喜其望外，清肅庭除，鋪設畢具。其人按劍禹步，斥群鬼之名，即有使者擁一鬼來，立命斬之，則鼠也。如是者源源不已，或鵝或雞，或烏或梟，其類不已。允家竊以爲賀，其人遽擲劍奮怒，化爲白狼，突户而出。内外觀者駭散，稍定復集，變怪儼如前時。訖於詢死乃息。

婆律山美女

政和中，南番舶來泉州客，與所善者云，占城及真臘兩國夾界有大山，名曰婆律。比歲一月，風雨震電，變怪百端，至天明乃止。石壁中裂，有美女二人姍姍而出，其貌傾國。占城人得之，以獻於王。真臘聞之，遣使求其一。不遂所請，至於興兵爭鬥，殺傷甚衆，經年不已。

石牌古廟

浮梁縣石牌村民胡三妻董氏暴死。一日黄昏時，胡三困怠假寐，見董來，驚問之曰：『汝下世已兩年，何故到此？』董泣言：『與爾説知：舊日有一何師者，得一獼猴，縛高木上，餓數日乃煉製泥土，送入山後古廟，祭以爲神。後竟成精怪，我被攝去也。』言訖遂别。胡忽然驚醒。明日訪廟見有神像，正所謂獼者，揮刀擊之，流血滿地，遂毁其宇。

樹中樂聲

萬曆丁酉，河南鞏縣大道，有木匠持斧往役於人。憩樹下，忽聞鼓樂聲，不知其自，諦聽之，乃出樹中。遂將斧擊樹數下，其内曰：『不好，不好，必欲進矣。』匠益重加斧，乃有細人長三四寸，各執樂器自樹中出地上，猶自作樂數疊。來觀者益多，乃仆地。

五寸舟

杭州徐副使，清苦之士。致仕後，偶巡行小院，凭欄觀竹中菡萏盛開。忽有物瞥然墮於水面。視之，乃一小舟也，其長五寸許，篙櫓帆楫合用之物，無不畢具。有三人皆寸半，操篙把舵與人不異。大以爲怪，呼其兒子二官者同翫。其喧呼運儼若世態。有時舟欹，側亦復手足紛紜，若救護之狀。已而三人同拽一帆張之，帆與竹葉多馭風排空而去，竟莫知其怪。

産異

宋孝廉家有婢，産出肉帶子一條。帶上共懸十八小兒，面目形體無不具備，聯絡如綴。觀者雲集，其母懼而棄之。

萬曆壬子，蘇城吴妻娩，身産一金色大鯉魚，長四尺許，鱗甲燦然。其家大駭，投之清泠之淵。里人呼其父曰：魚翁。

萬曆丁未，吴縣石湖民陳妻許氏産夜叉、白魚，後又姙，過期不産。一日，請治平僧在家轉經祈祐。其夕功未畢，内呼腹痛急，忽産下一胞。訝是何物？破而視之，乃一秤銀銅砝碼子也。舉家大駭，權之，重十兩。視其背有鑄成字樣，爲『萬曆二十二年置』七字，跡甚分明，比鄰章秀才偕同學方生親詣其廬，傳玩而異之，或疑銅精所交，或疑五郎所幻，未可知。

徐州吴瑞者秀才，玠之弟，行八，年二十餘。妻初産子，曆五十四日，忽嘔出水數合，有銅青氣。家人曰：『此兒傷重，何爲出水緑色耶？』明旦，遂噦出三角物數十。其家怪而洗之，乃成二錢，分爲四塊，平正無大小之殊。五六日連下數升，合之得大錢七十二文，皆有年號，輪郭周正，體面無一不符。遂以膠粘而固之。聞者争求觀，州有司亦至，其兒竟無他異。

鬼婚

海虞譚氏小婢十餘歲，嘗見一老嫗長尺餘，白髮婆娑，自地下出，向婢語甚狎，他人不知也。其主翁偶見之，驚問婢。婢曰：『此從牆脚下來，與兒往還數月。每日暮輒以果物啖。』主因教其婢：『來便堅持之。』執利劍潛暗處，日暮果捉其前裾，揮劍寂然，惟灑血滿地，餘少頭髮而已。夜半有老翁自地出，哭曰：『殺我妻耶，如兒女何？』地下聚哭聲甚哀。既聞老翁曰：『吾親兒女六人，寄養三人皆藉吾嫗，今死須别尋配某處某人却好也。』諸小兒亦啾啾然哭曰：『爺繼配良是，但恐新母虐我輩，我輩須先自配合。明日便當治酒，所需椀楪當復溷主人家。』至暮，老人復出，從婢借椀楪，主人試與之。及夜，鼓樂喧闐，笑語聲不絶。主人尋其穴，蒸沸油沃之。群鬼大笑曰：『吾家新造門正須油也。』復取巨木支其穴，三四丈未窮其底。又聞鬼曰：『塞却前門當另開後門耳。』於是地下一時穿小穴五六處，掘地視之，空洞無所有，竟不能誰何。然亦無他害，聽之而已。

小蓮

李郎中，忘其姓名，京師人。家豪，屢典郡公，爲人環偉，厚自供養。嘉祐中，售一女奴名小蓮，年方十三，教以絲竹則不能，授以女工則不敏。數日，公欲復歸之，大泣告曰：『倘蒙庇育，後必圖報。』公異其言，久則稍稍能歌舞，顔色日益美艷。公欲室之則趨避，誘以私語則斂衽正色，毅然不可犯。公乃醉以酒，一夕亂之。明日謝曰：『妾菲薄安敢自惜，顧不足接君之盛德。』乃再拜，自兹公大惑。公妻孫氏賢甚，亦不禁公。一夕月晦，侍公寢，中夜不見。公驚秉燭求之庖厨井廁，不見。公意其與人私，頗憤。至曉，方至。怒甚，欲加箠，且詢所往。小蓮曰：『願少選，當露於公。』公引於静室詰之。曰：『今日不幸見質於長者，不敢隱諱。妾非人，亦非鬼也。容盡陳委曲，妾自愧，固當引去。公若憐照，不加深究，則永得依附，以報厚德。』公曰：『他皆可恕，汝何往而不我報也？』泣曰：『妾非敢遠去，惟每至晦夕，例參界吏，設或不至，定貽伊戚，亦若民間之農籍，自有定分也。』公終疑焉。又至月晦，公開宴醉之。以醉酒，小蓮熟寐，高燭四列，公自守之。將曉，矍然而興曰：『公私我厚，使我不得去，我因公被罪矣。』而次夕中夜，復失之，及曉乃歸。公詢之，小蓮袒衣視公，青痕滿背，公謝焉。自茲月晦，則失之，公亦不怪。一日公病，小蓮曰：『公無求醫，公好食辛辣，膈有疾，但煎犀角、人參、膩粉、白礬服之自愈。』果如其說。家人有疾，從其説皆愈。亦時言人休咎，無不驗。公尤愛信。或言公之親族某人某日死矣，若合符契。一日語公云：『某日授命當守某州。』皆合其言。公將行，小蓮乃泣告：『某有所屬，不能侍從。懷德戀愛，但自感恨。君不遺舊，時復念之。』公堅召同行，蓮曰：『一夕不往，已遭重責，去餘歲月，罪不容誅。』公知不可留。公行有日，蓮送公，執手泣曰：『公妻到官一歲當辭世。公與都漕交競，公亦失意歸。妾當復見，公宜謹秘，勿泄。』公到官經歲妻死，會都運到，責公留住錢穀，艱阻公事。公力辨不聽，乃去公焉。公罷郡喪妻，意殊不足。入郡不以仕宦爲意，閒居闔户，終日兀坐。有叩户者，乃小蓮也。公喜延之坐，乃感泣云：『別後一如汝言。』置酒命蓮舞，終日極歡。是夜留宿，踰月告去。乃泣，且拜云：『妾有私懇浼長者，願以此身託死長者。』公曰：『何遽此言？』蓮曰：『妾實非人，乃城上之狐也。前生爲人次室，搆語百端，讒其冢婦。獨蒙寵愛，致冢婦憂憤而死，訴於陰官，妾受此罰，歲月滿，得復故形，業報所招，分當死鷹犬，苟或身落鼎俎，膏人口腹，又成留滯，未得往生。公可某日出都門，遇獵狐者，公多以錢與之，云欲得狐造藥，死狐耳間有花毫而紫者，長數尺乃妾也。公能以紮紙爲衣，木皮爲棺，葬吾高壤，始終之賜。』再拜，又泣。公皆許諾，仍留之宿。蓮云：『醜跡已彰，公當惡之。』堅留，乃宿。翌日辭拜，欷嘘曰：『陰期有限，往生有日。

無容欵留，幸公不忘平日之意。』大慟而去。公如期出鎮，北行數里，果有荷數狐者。得耳中有毫者售歸，公親爲祭文，如法葬於都城坊店之南。迄今人呼爲狐墓焉。

李良雨

隆慶二年五月，陝西民李良雨忽變爲婦人，與同賈者茍合為夫婦。其弟良雲，以上所司奏聞。

犬怪

乾道三年八月，饒學釋奠諸家，在城者多以當日四更往赴禮。王賁之至朝，天門尚早，雙闔上扃。閽卒言：『已請鑰於府中，少駐可也。』遂留坐。俄一白衣男子行相近王，慮暗中不别識，預笑嗽以覺之。白衣忽變一犬，轉社壇巷而没。乃詢閽卒，卒曰：『渠無夕不出，每來逼人，乃遭逐，則奔竄，其怪久矣。』

香屯女子

德興香屯人陳百四、百五孿生子也。二親并亡，兄弟同居未娶。六月間弟納涼門首，值女子不告而入。托言以事，竄匿至此。弟固着意聲色者，竟與之寢。五更後去，而兄不知也。如此累月，尫悴之極，至於伏枕。兄以爲感疾，招張法師治療。張蓋能醫者，視其脉曰：『此非有病，祟惑所致也。今夜過予法院，當與符水服之。君却執一符在手，而宿弟榻。待異物至，痛批其頰，其形狀可立驗。』陳盡如所戒。甫二鼓，一女著黄衫黄裙直造室内，既解於椅上，裸而前，近枕欲臥。兄急引手擊之，叫呼而出，聲如嬰孩，即時不見。視椅上衣，皆虎皮耳。

黄鼠怪

無錫縣龍庭華家，氏族甲於江左。有宗人某，堂中大柱内忽穿二穴，常見走出兩矮人，可三寸許。主人怪之。擇日延道士誦經，爲厭勝之法，兩矮人復出聽經，逐之，則又無跡。命塞其穴，而傍更穿一穴，出入如故。主人治藥弩，令奴張以伺之。既出，斃其一，一疾走去。視之，乃雌黄鼠也。少頃，忽有矮人百餘輩出，與主人索命，僕從譁譟而走。又少頃，復有七八人以白練蒙首，出堂中慟哭，仍復逐去。久之，聞柱中發鈴鈸聲，衆謂送葬。又久之，聞柱中起簫鼓聲，衆謂鼠中續偶。閉其堂經月，怪便寂然。

虱誦賦

揚州蘇隱夜臥，聞被下有數念杜牧《阿房宫賦》聲緊而小。每開被視之，無他物，惟得虱十餘，其大如豆，殺之即止。

鱉異

萬曆己卯，嚴州建德縣有漁者，獲一鱉重八斤。一酒家買之，懸室中，常作人聲。明日割烹之，腹有老人，長六寸許，五官皆具，首戴皮帽。大異之，以聞於郡縣。郡守楊公廷誥入覲，以木匣盛之，携至京師，諸貴人傳觀焉。又丁未年遂昌縣民宋甲，剖一鱉中有比丘端坐，握摩尼珠，衫履斬然。俱見邸報。

潁川王户部在通州時，一日宴客，庖人烹鱉剖之，有鬼判各一，朱髪藍面，皂帽緑袍。左執簿，右執筆，種種皆具，刻畫所不能及。王自是遂不食鱉。

怪畏面具

金陵有人擔面具出售，行至石灰山下遇雨沾濕，乃借宿大姓莊居，莊丁不納。權頓簷下，愁不能寐，而面具經雨將壞，乃拾薪爇火熯之。首戴一枚，兩手及兩膝各冒其一，以近燎。至三更許，有一黑大漢穿一黑單衣，且前且却。其人念必異物懼其面具而然，乃大聲叱之。黑漢前跪曰：『我黑魚精也。』曰：『家何在？』曰：『在此里許水塘中。與主人女有交，故每夕來往，不意有犯尊神，望恕其責。』其人叱之使去。明旦，訪主人之女，果病祟，遂告之故。竭塘漁之，得烏魚重百斤，乃醃而擔歸。

江陰女子

楚中人産一女，墮地即言：『我天女也。汝輩不可以凡人畜我。』此後竟不言。至六歲而言，父母相繼歿，養于舅家。或數日一食，或一睡半月，説未來事多奇中。舅亦不甚惜之。及笄鬻於江陰商人，即語商人曰：『我天女也，若犯我汝即殞命。』商亦不敢攜歸江陰，屢著奇徵。無錫尚書張有譽家多怪多病者，延問之。笑曰：『汝幸遇我，再遲兩三年家人無存矣。』因步罡念咒，命人鑿斗拱上，則鮮血迸流，其中乃畫一虎，云是匠人爲厭勝，始不過食遠近雞犬之類，兩三年當食人云。欲來吴郡，不知果否。

小羅漢

桐城某山有小沙彌，年八九歲，遇二奇僧欲携之去，謝以師恩厚，且父母在。二僧頷之。自是寢食及誦經寫字無不見二僧，久之遂言人間事，多奇中，號曰：『小羅漢』。鄉官方大鎮家多怪，延問之於庭際，掘出一蜈蚣，長三尺，色正白，自此遂絶。遠近問禍福者輻湊，年十六七而死。

狗怪

陸墓卓生，淩晨入郡。同載有婦色美，生屢挑之。婦初漠然，將達岸，笑謂生：『子行似有憂色，何也？』卓實以輸租無措，因以情告。女探袖中，得銀三四星，并以二燒餅贈之。期以明日會於此。卓大喜，啖一餅而懷其一，殷勤謝别。至縣出金，乃一石塊。餅則乾狗矢也。遂受笞而歸。訪其地，相傳有『狗怪』云。

蝙蝠怪

平陽縣廨中多鬼怪。鄭櫟年作縣令，素不畏鬼。嘗月夜獨酌庭下，家人悉寢，鄭亦微醉矣。忽有婢自梧桐樹下來，甚肥而皙，立鄭旁。鄭遽使撲扇。須臾復有一婢稍黑，鄭使執壺。二婢相視而笑，頗偃蹇，鄭即嫚駡，盃擲其面。撲扇數十廻，見鄭咍臺於榻上，擲扇走出，曰：『誰耐此醉漢？』其一婢，竊壺罄飲，亦醉臥。鄭聳箫倆讀書廨側，夜聞人語聲。窺視既久，密呼家人共前執之。方啟門，婢醒走入樹下。共明炬，掘地三尺，空穴中有二大蝙蝠，一白一黑，大於蒲扇。家人欲擊殺，鄭笑曰：『彼侍我飲，何害？當縱之去。』遂撲楸墻外，自是廨中不復有鬼。鬼欲弄人，反爲人役，甚可笑。

狗精

山塘戴氏，富商也。家人於白晝見一老翁，從廁中出，倏忽不見。後每日暮，輒彷佛露形，有時被髮，時衣冠，於梁門剌剌作語。初甚怪異，已而相習，漸與之接談，家人悉呼爲老官。戴無子，多姬妾。老翁嘗以佳果相啖妾名壽者，餉遺之獨加厚。一日壽啖福橘，分一與同伴，從空中奪去，且笑曰：『喫别人物不羞！』群妾共罵之。老翁從床下走出，揖謝甚恭。一妾持竹竿欲擊翁。翁摇手曰：『莫打，莫打，當有小東道，請衆姐姐恕罪。』須臾，桌上陳設果肴，豚蹄二隻，熱氣猶騰騰然。主人在門外聞對門酒肆中喧言，適煮蹄方熱，開釜不見。又三四閧客坐肆内，對案未食，悉變空楪。主人心異之，入語諸妾，乃知是怪所爲而秘不言，心念神仙廟楊道士善治怪，當延至家。已見老翁前揖曰：『主人莫作是念，楊道士堪嚇野鬼，安能奈我何？且我在爾家初不爲禍，何用見逐？』主人默然良久，曰：『適到酒肆作賊，此禍不細。』翁笑曰：『甚易事耳。』須臾又聞肆中言：『梁上擲一紙包，内銀五錢七分，正合失物之數。』於是，主人任其出入，翁爲之司警門户，防護畜産甚謹，其家反藉之矣。他日，主人遊杭，以鎖鑰囑掌，記語勤惓不已。老翁從旁曰：『但去，有我在何慮？』主人去月餘，歸舟抵葑門。翁迎候岸側，躍入舟，具報家中纖悉：『某於某日賭失錢若干，某夜宿娼，同某飲酒若干，家中無不竊主物者。獨有一表姪秋毫不取，可任家事者此子也。』主人先有螟蛉子，已聯姻巨室，至是將婚選吉矣。老翁歎息曰：『我觀某郎命薄如紙，心狠如羊，恐年算不永，亦曾見所娉女甚有福氣，非其偶也。』某郎聞而大怒曰：『老魔妄言，何不轟雷震殺？』翁笑曰：『我不怕死，只怕死到你。』未十日，某郎自外醉歸，暴心痛，半夜果死。死後三月，姻家遣媒詣門云：『昨有高年惠顧，知爲令表姪續前好，願一識東床。』主人唯唯，出見其表侄，倉卒欵媒。詢高年狀，云是幅巾玄衣，鬚髮盡白，自稱君家内親也。主人知爲老翁託辭，別去。其後姻家聞其故，乃大恨曰：『安有好人兒女用鬼作媒？』竟不肯。夜與姻家共談，聞牀後咳聲如劈竹，大言曰：『若戴家親事不戒，禍至無悔，今夜先看月香作樣子。』其家舉室惶駭。月香年十五，侍立座後，遽仆地狂叫，惟以手指肩背，解其衣看之，赤痕隆起，痛不可忍，頃刻成疽矣。老翁歸告於戴：『姻事已諧，急擇期行禮。』戴亦托人殷勤爲請，其家不得已，遂許焉。伉儷克家，竟承戴氏後，如老翁之言。居三年，忽謝去，曰：『法師且至，我當遠避。』遍揖内外家人，雖童稚亦爲撫摩，若不忍之狀，灑淚而別，絕無音響。後半月許，有頭陀乞食，具訪其事於戴，知其去，甚嘆恨。戴問：『何怪？』頭陀言：『天目山狗精，生於宋理宗之世，幾四百年矣。道人欲意收之，非有惡念。渠懶於役使，三度見避，深可惜也。』

洞庭女子

吴施生者，家貧弱冠未娶。所戴紗巾破裂，夜置几上，晨起已縫綴完好，心甚訝之，而莫解其故。後館於洞庭朱家，所居園亭幽寂，花木叢茂。住數日，有好女子月夜就之，聞漏聲則來，曉鐘乃去。每去，施生啟扉而送，復掩扉而寢兩童子臥榻前。年餘，施恐其覺，敬言試問而毫不省。會主人留他客宿館中。女子先一夕告曰：『暮有客至，妾不能復來。當遣人迎子，幸勿虛良夜。』施於是稍疑之。及二更後，有兩人自窗紙中入，皆衣青衣，貌奇醜。施意不欲行，不覺爲扶掖出門，行如飛。前臨大澤，跙浪而度，不異蜻蜓之點水。既而朱門甲第，儼然王侯家。女子貌益莊，服飾愈麗，金鳳冠，步摇鑾然，迎施於中門，慰勞甚歡。席間，綺繡錯陳，金玉羅列。酒酣，携手入臥内，其陳設瓘璨，世所未見。帳前懸明珠十二顆，有大如雞卵者。雙金鴛鴦，口吐香烟，環繞衣袂間。施生目眩神摇，不敢正視。榻前復設小酌，女子横玉琴而彈之，捧紅玉卮自飲其半，以半進施生。將就寢，隔帷簫聲嗚嗚然。施揭幔，復見女子年十四五，姿態更妍前女子。遽牽施袖去，曰：『小妹學簫羞見生客，無煩君竊看。』遂寢。女子攬被覆生，被如輕煙。若不知有被者，以手捫之，惟輕温帖體耳。至雞鳴，復呼二醜人送歸。還至大澤，醜人推之入水，大驚而寤。客與童子俱問：『適當夢魔耶?』施應唯唯。又窗外鬼聲啾啾然，始甚懼，告於主人。夜仗劍危坐，迨女至而復懵然與之歡狎矣。明日懼益甚，主人使壯僕數人與之偕處。施焚香讀易，不敢寐。女徘徊窗外，有怒色，既而吁嗟灑淚而去。數人者共覩其美艷，真國色也。自是遂絶，而施亦無恙。

鼠婢

常德鄭氏買婢九歲，初其羸瘠，住鄭氏七八年，白皙而肥，頗黠慧，爲主翁所嬖。主翁多蓄地黄，嘗爲鼠盜嚙，雖加鎖鑰，弗能禁。偶戲語婢曰：『白瓠乃爾，何須更食地黄？』婢不覺面赤神沮，即走入床後，泣曰：『相隨數載，一旦見疑，命也。請從此辭。』主人怪而就視，已變成大白鼠，跳躑至梁，穿屋而去。誇蛾氏過常德詢之，曰：『此婢狀貌更無他異，但每食避人，喜於暗處坐，亦後來追憶如此，當時初不疑也。』

門神

嘉定縣民晨起煮粥，忽見金盔絳袍將軍，掀鍋而啜食，見民反走。民遑遽挽滾粥潑之，將軍仆地有聲，頓成大門扇上繪門神，潑粥正在神面上。鄰里喧傳爲異，而相近鄉紳家夜失一門。驗之，即其門也。無何，而有群小告訐之變，鄉紳大擾。

宗立本

宗立本，登州黄縣人。爲行商，年長無子。紹興戊寅盛夏，與妻販縑帛抵濰州，將往昌樂。遇夜，宿一古廟，明且登途。值小兒六七歲，遮拜於前，語言猥利可喜。問之，曰：『我昌邑縣公吏之子，父母俱亡。鞠養，他人，潛棄於此，計必死於虎狼也。』立本拊之曰：『肯從我乎？』又再拜感泣，遂收育之，命名曰；『天授』。兒性警敏，讀書過目輒憶。又能書一丈闊字，篆隸草不學而能。見名賢墨蹟，摹臨曲盡其妙。立本蓋市井人，遽棄舊業携此行游，藉以自給。後二年，至濟南章邱，逢一胡僧，神貌瓌傑，指兒謂立本曰：『爾在何處得來？』立本瞠曰：『吾妻實生之。』僧笑曰：『是吾五臺山五百小龍之一也，失之三歲矣。方尋訪見之，爾久留他定掇大禍。吾已密施法禁，彼亦無所肆其虐矣。』於是索水噴噀，立化爲小朱蛇盤旋於地。僧執浄瓶，呼神授名，蛇即躍入其中。僧頂笠而去。立本夫婦思念久而不忘。

鄭毅夫

鄭毅夫未第時，夢浴池中化爲大龍，池邊小兒數十拍手呼爲『龍公來！』既覺，猶見其尾曳牀間。卒於安州，十年貧不克葬。滕元發爲郡，一日夢毅夫來，但見轎中一白龍，身首即毅夫也。元發因出俸營窆。

小龍

江湖間小龍，號靈異。崇寧中淮水暴漲，而汴口檣舟不能進。一日昧爽，小龍者出運綱之舟尾。有柁工之婦不識也，謂是蜥蜴，撥置之，則又緣柁而上，婦怒舉火柴擊其首。隨擊，霹靂大震一聲，汴口官私舟船七百隻皆自相撞擊俱碎，死數十百人。朝廷聞而不樂，第命官爲賑䘏焉。會發運使上計，而小龍者又復出。大漕甚窘懼，乃焚香祝之：『願與王偕上計，入覲天子可乎！』龍即作喜悦狀，因舉身入香奩中不動，大漕遂携至都輦。上遣使索入内，爲具酒核以祝之。龍輒躍出奩中，兩爪據金杯飲幾釂。於是天子異之，取大琉璃盒貯龍，爲親加封識焉，降付都城汴水到都門外小龍祠中。一夕封識宛如故，視缶中，則已變化去矣。上喜加封四字，仍大敞其祠宇。後時於汴口及江湖并兩浙所在著靈異云。

白龍

海南城東有兩井，相去咫尺而異味，號『雙升井』，源出山石罅中。東坡酌水異之，曰：『吾尋白龍不見，今家此水中乎？』同游怪問其故。曰：『白龍當爲東坡出。』俄見其脊尾如蝘，銀色蛇伏。忽水渾有氣浮水面，舉首，如插玉筯，乃泳而去。

山東民婦

山東民間婦人，一臂有物，隱然膚中，屈結如蛟龍狀。婦喜以臂浸盆中。一日雷電交作，自牖出臂，果一龍擘雲而去。

龍嬰

金有龍見燕京舊塘濼，手托一嬰兒，如少年内官之狀。紅袍玉帶，略不畏懼。經三時始没。

龍妒

紹興年間，姑蘇郭二雅妻陸氏，死去二日更生。言有龍王嬖妾，遭夫人妒忌，以箠死。鞫訊天獄，累年不決。上帝以陸貞潔，敕令斷之就刑。特在信宿至期，且有大異。數日後，平江忽起大風，疾雨驚潮，深溺田廬數百里。

龍蟄人身

薛主事揚河東人，言其鄉人有患耳鳴者，時或作癢，以物探之，出蟲蛻，輕白如鵝翎管中膜。一日與其侶并耕，忽雷雨交作。語其侶曰：『今日耳鳴特甚，何也？』言未既，震雷一聲，二人皆培於地。其一復醒，其一腦裂而死，即耳鳴者。乃知龍蟄其耳，至是化去也。

戴主事春松江人，言其鄉有衛舅公者，手大指甲中筋，時或曲直，或蜿蜒而動，或懼之。曰：『此必承雨濯手，龍集指甲也。』衛因號其指曰『赤龍甲』。一日與客泛湖，酒半，雷電繞船，水波震蕩。衛戲與坐客語曰：『吾家赤龍將欲去耶？』乃出手船牕外，龍果裂指而去。

鹽龍

籥注從狄殿前破蠻洞，收其寶貨珍異，得一龍，長尺餘，云是『鹽龍』，蠻人所豢也。藉以銀盤中，置玉盂以玉筋摝海鹽飲之。每鱗甲出鹽，則收用，以酒送一匕，專主興陽。後因蔡元度就其體舐鹽而龍死。其家以鹽封其遺體，三四日用亦有力。後聞此龍歸蔡元長家。

晴　龍

萬曆丙戌四月，天氣晴朗，四際無纖雲。有二龍婉蜒空中，鱗鬣爪角無不具見，共戲匹練，下視如悦其上，不知長幾許，亦不知爲布爲絹。食頃，龍自東南至西，捨練而去。練從空中飄颺，頃之亦不見。別記大觀間，有龍起於錢塘，龍山石橋下天宇澄霽，萬目共睹。方起時，後足挐一石，大柊簸箕，半空飄弄甚久，委石徑去。時有巡官庭下仰看，正墜面壓死。

卷四

智術一

王曾

丁晉公執政，不許同列留身。惟王曾一切委順，未嘗忤其意。曾謂丁曰：『欲面求恩澤，又不敢留身。』丁曰：『如公不妨。』一日留身，進文字一卷，具道丁事。丁去數步，大悔之。自是遂有珠崖之行。

趙太祖

故事：執政奏事，坐論殿上。太祖即位之明日，執政登殿。上曰：『朕日昏，持文字近前！』執政至榻前，密遣中使撤其坐。執政立奏事，自此始也。

三徐名著江左，皆以博洽聞，中朝而騎省鉉尤最。會江左使鉉來貢，例差官押伴朝臣，皆以詞令不及爲憚，宰相亦難其選。請於藝祖，藝祖曰：『姑退，朕自擇之。』有頃，左璫傳宣殿前司，具不識字者十人，以名入，宸筆點其一曰：『此人可。』在廷皆驚，中書不敢復請，趣使行。殿侍者莫知所以，弗獲已，竟往渡江。始鉉詞鋒如雲，旁觀駭愕。其人不能答，徒唯唯。鉉不測，强聒而與之言。居數日，既無酬復，鉉亦倦且默矣。

岳珂云，當陶竇諸名儒端委在朝，若令角辯騁詞，庸詎不若鉉。藝祖正以大國之體，不當如此耳。其亦不戰屈人，兵之上策歟？

猳猪

神廟一日行後苑，見牧猳猪者，問：『何所用？』牧者曰：『自太祖來常令蓄之，自稚養至大則殺之。又養稚者，累朝不敢易。亦不知何用。』神廟沉思久之，詔付所司，禁中自今不得復畜。月餘忽獲妖人，急欲血澆之。禁中卒不能致，方悟祖宗遠略。

狄武襄

南俗尚鬼。狄武襄青征儂智高時，大兵始出桂林之南，道旁有一大廟，人謂其神甚靈。武襄遽駐節而禱之，因祝曰：『勝負無以爲據。』乃取百錢自持之，且與神約：『果大捷，則投此期盡錢面也。』左右諫止，倘不如意，恐沮師。武襄不聽，萬衆方聳視，已揮手一擲，則百錢皆面。於是舉軍歡呼，聲震林野，武襄亦大喜。顧左右取百釘來，即隨錢疏密，布地而釘帖之，加諸青紗籠覆，手自封焉。曰：『伺凱旋，當謝神取錢。』其後，破崑崙關，敗智高，平邕師還，如言取錢，與幕府士大夫共視之，乃兩面錢也。

桂林路險，人心皇惑。故假神道以堅其心，鼓其氣。

王文正公

王文正公爲兖州景靈宫朝請使，内臣周懷政同行。或乘間請見，公必俟從者盡至，冠帶以出見於堂。周乃白事而退。後周以事敗，方知公遠慮，不涉嫌忌之間。

李文定公

真宗不豫。大漸之夕，李文定公迪與宰執以祈禱宿内殿。時仁宗幼沖，八大王元儼者有威名，以問疾留禁中，累日不肯出。執政患之，無以爲計。偶翰林司以金盂貯熱水，曰：『王所須也。』文定取案上墨筆攪水中，盡黑令持去。王見之大驚，意其有毒也，即上馬去。

曹武公

曹武公瑋在秦中，有士卒十餘人叛赴敵軍。吏來告，瑋方與客奕棋，不應。軍吏亟言之，瑋怒叱之，曰：『吾固遣之去，汝再三顯言耶？』敵聞之，即歸告其將，盡殺之。

呂文靖

景祐末，西鄙用兵。大將劉平死之，議者以朝廷委宦者監軍主帥，節制有不得專者，故平失利。詔誅監軍黄德和，或請罷諸帥監軍。仁宗以問宰臣呂文靖公，公曰：『不必罷，但擇謹厚者爲之。』仁宗委公擇之，對曰：『臣待罪宰相，不當與中貴私交，何由知其賢否？願詔都知押班，保舉有不稱職者，與同罪。』仁宗從之。翊日，都知叩頭乞罷諸監軍宦官，士大夫嘉公之有謀。

張忠定

張忠定公詠，復知成都時，關中率民負糧以餉川帥，道路不絶。公至府，問城中所屯兵，尚三萬人，而無半月之食。公訪知鹽價素高，而廪有餘積，乃下其估，聽民得以米易鹽。於是民爭趨之。未踰月，得米數十萬斛。軍中喜而呼曰：『前所給米皆雜糠土，不可食。今一一精好，此翁真善幹國事者！』

公守蜀，季春糶廩米，其價比時估三之一，以濟貧民。凡十户爲一保，一家犯罪，一保皆坐不得糶，民以此少敢犯法。

公令崇陽，民以茶爲業。公曰：『茶利厚，官將榷之，不若早自異也。』命拔茶而植桑，民以爲苦。其後榷茶，他縣皆失業，而崇陽之桑皆已成，爲絹歲百萬，民富至今。知益州時，民間訛言云：『有白頭老翁，午後食人男女。』郡縣譊譊，至暮路無行人。公召犀浦知縣，謂曰：『近訛言惑衆，汝歸縣去訪市肆中有大言其事者，但立證解來。』明日果得之，送上州。公戮於市，即日帖然，夜市如故。公曰：『妖訛之興，沴氛乘之。妖則有形，訛則有聲。止訛之術，在乎識斷，不在乎厭勝。』

文彦博

文彦博知永興軍。起居舍人毋湜，鄠人也。至和中湜上言：『陝西鐵錢不便於民，乞一切廢之。』朝廷雖不從，其鄉人知之，争以鐵錢買物。賣者不肯受，長安譁然，民多閉肆。僚屬請禁之。彦博曰：『如此是愈惑擾也。』乃召絲絹行人，出其家縑帛數百疋使賣之，曰：『納其值，盡以鐵錢，勿以銅錢也。』於是衆知鐵錢不廢，市肆復安。

包孝肅

包公拯，知天長縣，有訴盜割牛舌者。公使歸屠其牛鬻之。既而有告私殺牛者，公曰：『何爲割其家牛舌而又告之？』盜者驚服。

陳述古

陳述古知建州浦城縣日，有人失物，捕得莫知的爲盜者。述古紿之曰：『某廟有一鐘，能辨盜，至靈。』使人迎置後閣祠之，引群囚立鐘前自陳。不爲盜者摸之則無聲，爲盜者則有聲。述古自率同職，禱鐘甚肅。祭訖，以帷帷之，乃陰使人以墨塗。良久，引囚逐一令引手帷中摸之。出乃驗其手，皆有墨。唯一囚無墨，訊之遂爲盜，蓋恐有聲不敢摸也。

許元初

許元初，爲發運判官。患官舟多虛破釘鞠之數，蓋陷於木中，不可稱盤，故得爲奸。一日先至船場，命拽新造之舟，縱火焚之。火過，取其釘鞠秤之，比所破冒才十分之一，自是立爲定額。

范忠宣

范忠宣公，知襄城縣。襄城之民，不事蠶織，鮮有植桑者。公患之，因民之有罪而情輕者，使植桑於家，多寡隨其罪之輕重。彼按其所植榮茂，與除罪。自此，人得其利。公去，民懷之不忘，至今號爲『著作林』，公宰縣時官也。

智殺䵚䵵

曹南院知渭州。夏人撓邊，有智將䵚䵵與渭對壘，下十餘寨。夏人歲遣數百騎精鋭，覘視兩界。曹患䵚䵵智勇，我探騎伺彼巡邊來，適䵚䵵踰月病不能起，曹乃於界首設一大祭，賻器物照耀原野。用祝版云：『大宋具位曹某，始吾於夏國都護某人，公累以臘書約提所部歸我大宋。我待公之來，不期天喪吉人，事無終始。』令百騎守祭下，望其兵近，即舉火燒祭并所用銀器千餘兩，悉皆棄而返歸。夏兵盡掠祝版、祭器而去。後旬日，夏國殺䵚䵵，其下二十餘帳反側不安，卒衆内附，拓地數百里，獲生口數萬，羊馬槖駝不可勝計。

韓忠獻

契丹使每歲至中國，索食料多不時珍異之物，州縣撓動。公之使也，入其境稍深，則必索豬肉及胃臓之屬，從者莫能曉。燕北地産羊，俗不畜猪。驛司馳歸，疲於奔命，無日不加箠楚，所以困之耳。既回程，與送伴者飲，率盡醉，然公明日乘騎如故，初不病酲也。蓋取隨行大盃酌勸之，伴者不能勝，屢至委頓，臨别痛飲達旦。及上馬，幾不能相揖。後聞彼責伴者以失儀，沙袋擊之至死。

宋太宗

太平興國中，諸降王死，其群臣或宣怨言。太宗盡收用之，置之館閣，使修群書，如《册府元龜》《文苑英華》《太平廣記》之類。廣其卷帙，厚其廩禄贍給，以役其心，多卒老於文字之間云。創業之主，中懷猜忌，韓彭俎醢。功臣尚然，何有於勝國之遺？宋太祖、太宗處此不惟術智，抑亦德厚矣夫。

劉承規

阜城使劉承規，在太祖朝爲黄門小底時，氣性已不同，宫中呼爲劉七。每令與諸小底數真珠，内夫人潛覘之，未嘗偷竊一顆，餘皆竊置衣帶中。太宗即位，有一宫人潛逾垣而出，捕獲。太宗遲疑間，似不欲殺。承規輒承意奏曰：『此人不可容，臣乞監處，須活取心肝進呈。』太宗然之。六宫皆拜而泣告，承規再三奏不可留，即於上前領去，送一尼寺中，潛遠嫁之。却取猪心肝一具，猶熱以盒貯呈。六宫皆圍盒哭之，略惕視，便令將去，仍傳旨賜承規壓驚銀伍鋌。由是宫掖間肅然畏法。

王　旦

王旦在中書，祥符末内帑災，縑帛幾罄。三司使林特請和市於河外，章三上，旦悉抑之。特率屬僚訴於宰府，旦曰：『瑣微之事，固應自至，奈何彰國弱於四方？』居數日，外貢并集，受帛四百萬。蓋旦先以密符督之也。

李　允　則

李允則守雄州，匈奴不敢南牧，朝廷無北顧之憂。一日，出官庫錢千緡，復斂民間錢，起浮圖。即時飛謗至京師，至於監司亦屢有奏劾，真宗悉封付允則。然攻者尚喧沸。真宗遣中人密諭之。允則謂使者曰：『某非留心釋氏，實爲邊地起望樓耳。』蓋是時北鄙方議寢兵，罷斥堠，允則不欲顯爲其備，然後謗毁不入，畢其所爲。

王濟

太宗朝，王濟主漳州龍溪簿。時福建諸郡輸鸛翎爲箭羽，既非常有之物，而官司督責甚急，民間苦之。濟輒以便宜，喻郡民用鵝翎代之。因附驛以聞，詔可其請，施及旁郡。民咸德之。

宋汝霖

宋汝霖澤，政和初知萊洲掖縣。時户部下提舉司科買牛黄，以供在京惠民和濟局合藥用，督責急如星火。州縣百姓競屠牛以取黄，既不登所科之數，則相與斂錢，以賂上下胥吏丐免。汝霖獨以狀申提舉司，言：『牛遇歲疫則病有黄，今太平日久，和氣充塞縣境，牛皆充腯無取。』使者不能詰，一縣獲免，無不歡戴。

邵澤民

裴諝爲史思民所得，靖康之變授僞御史中丞。殘殺宗室，諝陰緩之，全活者千人。金人盡欲得京城宗室，有獻計者謂：『宗正寺玉牒，可據以取，則無遺也。』乃立命取之。倉皇間，吏已持至南董門亭子矣。會金使以事暫還，此夜惟監交物官數人在焉。户部邵澤民溥其一也，遽索視之。每揭二三板，則掣取其一，投火爐中，歎曰；『力不能遍及之，庶被焚可以免計。』一籍中掣又焚者，亡慮十二三。俄頃使至，吏舉籍授之，遂按籍以取。凡京城宗室獲免者，皆澤民之力也。

呂頤浩

航海之後及水濱，而衛士懷家。流言呂相頤浩以大義諭解，且怵以利害。先至舟者遷五秩，署名而以堂印志之。其不遜倡率者，皆側用印記。事定，悉別而誅賞之。

汴京故城

藝祖初修汴京，大其城址，趨中令鳩工奏圖，取方直，四面皆有門，坊市經緯其間，井井繩列。上覽而怒，自取筆塗之，命以幅紙作大圖，紆曲縱斜，旁注云：『依此修築。』時人罔測，多謂其不宜於觀美。神宗欲改作鑿苑，中牧豕及内作坊等，事卒不敢更，第增陴而已。及蔡京擅國，奏廣其規，以便宮室苑囿之奉，命宦侍董其役，方周旋數十里，一撤而方之如矩，墉堞樓櫓甚藻飾，而無曩時之堅樸矣。靖康之變，粘罕斡離不揚鞭城下，有得色，曰：『是易攻之。』令植炮四隅，隨方而擊之，城既引直爲炮所衝，一壁皆不可立，竟以此失守。沉幾遠略，至是始驗。

張文定

張文定公佐真宗時，戚里有争財不均者，更相訴訟。又因入宫自理，於上前更十餘斷不能服。公曰：『是非臺府所能决也，臣齊賢請治之。』上許之。公坐相府，召訟者曰：『汝非以彼所分財少乎？』曰：『然。』即命各供狀結實，乃召兩吏趣歸其家，令甲入乙舍，乙入甲舍，貨財皆按堵如故，分書則交易之。訟者乃止。明日奏狀，上悦曰：『朕固知非君莫能定也。』

胡汲仲

胡汲仲在寧海，日有群嫗聚佛庵誦經。一嫗失其衣，適汲仲出行，訟於前。汲仲命以牟麥置群嫗掌中，令合掌，繞佛誦經如故。汲仲閉目端坐，且曰：『吾令神督之，盗衣者行數周，麥當芽。』中一嫗屢開其掌，遂命縛之，果竊衣者。

張少愚

文潞公以樞密直學士知成都。公年未四十，成都風俗喜行樂，公多燕集。有飛語至京師，御史何聖從謁告歸，上遣伺察之。何將至，潞公亦爲之動。幕客張少愚謂公曰：『聖從之來無足念，少愚與聖從同郡。』因迎見於漢州，命酒設樂。有營妓善舞，聖從狎問其姓，伎曰：『妾姓楊。』聖從曰：『所謂楊臺柳者。』少愚即取伎頂帕羅，題詩曰：『蜀國佳人號細腰，東臺御史惜嬌嬈。從今喚作楊臺柳，舞盡春風萬萬條。』命其伎作《柳枝詞》歌之，聖從爲之霑醉。後數日，聖從至成都頗嚴重。一日潞公大作樂，以燕聖從，迎其伎雜府伎中歌少愚之詩以侑觴，聖從每爲之醉。及聖從還朝，潞公之謗乃息。

潞公知益州，喜游晏。嘗宴鈐轄舍，夜久不罷。從卒輒拆馬廄爲薪，不可禁。軍校白之，坐客股栗。公曰：『天實寒，可拆。』與之飲晏自若。卒氣沮，然以爲變。

陳秀公

宋初遣盧多遜使李國主還，艤舟宣化口，使人白國主曰：『朝廷重修天下圖經，史館獨缺江東諸州，願各求一本以歸國。』王急繕寫送之，於是多遜盡得其十九州之形勢、兵戍遠近、户口多寡以歸。朝廷始有用兵之意。熙寧中，高麗入貢所經郡縣，悉要地圖，所至皆造送。至揚州，牒取地圖。是時陳秀公守揚，紿使者欲盡見兩浙所供圖，倣其規制供造。及圖全，都聚而焚之，具以事聞。秀公蓋因前事有所感發也。

趙葵

越南仲葵父，方寧宗時，爲荊湖制置使。葵聞警報，與諸將偕出，遇敵輒深入死戰。諸將惟恐失制，置子盡死救之，屢以此獲捷。一日方賞將士，恩不償勞，軍欲爲變。葵時年十二三，覺之，呼曰：『此朝廷賜也，本司別有賞賫。』軍心賴一言而定。

南渡吏

高宗南，駐蹕臨安，草創禁苑爲行在。方造一殿，無瓦而天雨，郡與漕司大憂之。忽一吏白曰：『多差兵士，以錢鑼分俵關廂鋪席，賃借樓屋腰簷瓦若干。旬月，新瓦到，如數倍還。』郡司從。殿瓦咄嗟而辦。

張浚

建炎初，駕幸錢塘，而留張忠獻於平江爲後鎮。時湯東野爲守將，一日聞有赦令當至，心疑之，走白張公。公曰：『急遣吏屬解事者往視，緩驛騎。』而先取以歸，乃僞詔也。度不可宣，而事已彰灼。卒徒急於望賜，懼有變，復謀之於公。公曰：『今便發庫錢，示行賞之意。』乃屏僞詔，而陰取故府所藏登極赦書，置輿中，迎登譙門，讀而張之，即去。其階禁無敢輒登者，而散給金帛如郊賫時。於是人情略定，乃決大計。

叛將范瓊，擁兵據上流，召之不來，來又不肯釋兵，中外洶洶。張忠獻與劉子羽密謀誅之。一日，遣張俊以千人渡江，若捕他盜者，使甲而來。因召瓊、俊、劉光世詣都堂計事，爲設飲食。食已，相顧未發。子羽坐廡下，恐瓊覺，事中變，遽取黄紙執之。趨前舉以麾瓊曰：『下！有敕，將軍可詣大理置對。』瓊愕不知所爲。子羽顧左右，擁置輿中，以俊兵衛送獄使。光世出撫其衆，數瓊在圍城中脅二聖出狩狀，且曰：『所誅止瓊，汝等固天子自將之兵也。』衆皆投刃曰：『諾。』悉麾隷他軍，頃刻而定。瓊伏誅。

楊存中

殿帥楊存中，有親愛吏，平居賜予無算。一旦無故，怒逐之。吏莫知其由，泣拜辭去。存中曰：『無事莫來見我。』吏悟其意，歸以厚貲，俾其子入臺中爲吏。無何，御史欲論存中乾没軍中糞錢十餘萬。其子歸語其父，其父奔告存中。存中即具劄，奏言軍中有糞錢若干，椿管某處，惟朝廷所用。不數日，臺中果以爲言，高宗出存中子示之，御史坐妄言被黜。

黄震

宋嘗給兩川軍士緡錢，詔至西川，而東川獨不及，軍士謀爲變。黄震白主者曰：『朝廷豈忘東川耶？殆詔書稽留耳。』即開州帑給錢如西川，衆乃定。

趙從善

趙從善尹京日，宦寺欲窘之，科降刷醮紅卓三百事，内批限一日辦集。從善命於酒坊、茶肆取卓，净洗，糊以白紙，用紅漆塗之。又兩宫幸聚景園，夜過萬松嶺索火炬三千。從善命取諸瓦舍伎館蘆簾，實以脂卷而繩之，繫於夾道松樹左右，照耀比於白日。

黄炳

嘉熙間，峒丁反吉州。萬安宰黄炳，鳩兵守備。一旦五更，探報寇且至。遣巡尉領兵迎敵，皆曰：『空腹奈何？』炳曰：『第速行，飯即至矣。』炳乃率吏輩，携竹籮木桶，沿市民之門曰：『知縣買飯。』時人家晨炊方熟，皆有熱飯、熱水，厚酬其值，負之以行。於是，士卒皆飽餐，一戰破寇。由此論功，擢守臨川。

屠枰石

屠枰石羲爲浙中督學，持法嚴。按湖時，群小望風，搜諸生過失。一生宿娼家，保甲昧爽兩擒。抵署門，無敢解者。開門携以入，保甲大呼言狀。屠佯爲不見聞者，理文書自若，保甲膝行漸前，離兩累頗遠。屠瞬門役，判其臂，曰：『放秀才去。』門役喻其意，潛趨下引出，保甲不知也。既出，屠昂首曰：『秀才安在？』保甲回顧失之，大驚不能言。與大杖三十，荷枷，娼則逐出。保甲倉皇語人曰：『向殆執鬼！』諸生咸唾之，而感先生曲全一酒色士也。自是刁風頓息，而此士卒自懲用，貢爲教官。

李孝壽　宋元獻　胡霆桂

李孝壽爲開封尹，有舉子爲僕所淩，忿甚，具牒欲送府。同舍生勸解，久乃釋。戲取牒效孝壽花書判云：『不勘案，決杖二十。』僕明日持詣府，告其主倣尹書判，私用刑。孝壽即追至，備言本末。孝壽幡然曰：『所判正合我意。』如數與僕杖，而謝舉子。於時都下數千人，無一敢肆者。

宋元獻公罷相守洛。有一舉子行囊中有稅之物，爲僕所告。公曰：『舉人應舉，孰無所携？未可深罪，若奴告主，此風胡可長也？』但送稅院，倍其稅，仍治奴罪而遣之。

胡霆桂開慶間爲鉛山主簿。時私醋之禁甚嚴，有婦訴其姑私釀者，桂詰之曰：『汝事姑孝乎？』曰：『孝。』曰：『既孝，可代汝姑受責。』以私醋律笞之，政化遂行，縣大治。

禁諸生宿娼法也，而告訐之風不可長；效尹書判及失稅私釀皆不法也，而奴不可以加主，婦不可以淩姑。捨其細而全其大，非宏智其誰與歸？

胡　濙

正統中，宗伯胡濙一日早朝承旨，跪起帶解落地，從容拾繫之，遂叩頭還班，御史亦不能糾。十三年，彭時中狀元當上表謝恩之夕，坐以待旦，至四鼓乃隱几而寤，竟失朝糾儀。御史奏令錦衣衛拿，已奉旨，胡公出班奏：『狀元不到，合着錦衣衛尋。』上是之。不然，一新狀元遂被拘執如囚人，斯文不雅觀。老成舉措，自得大體。

繼遷母

李繼遷擾西鄙，保安軍奏獲其母。太宗欲誅之，以寇準居樞密，獨召與謀。準退過相幕，吕端謂準曰：『上戒君勿言於端乎？』準曰：『否。欲斬於保安軍北門外，以戒凶逆。』端曰：『必若此，非計之得也。』即入奏曰：『昔項羽欲烹太公，高祖願分一杯羹。夫舉大事者，不顧其親，况繼遷悖逆之人乎？陛下今日殺之，明日繼遷可擒乎？若其不然，徒結怨，益堅其叛耳。』太宗曰：『然則如何？』端曰：『以臣之愚。宜置於延州，使善視之，以招來繼遷即不即降，終可以繫其心，而母生死之命在我矣。』太宗拊髀稱善，曰：『微卿幾誤我事。』其後，母終於延州，繼遷死，子竟納款。

蘇頌

邊帥遣種樸入奏得諜言：『阿里骨已死，國人未知。所立。契丹官超純忠者，謹信可任。願乘其未定，以勁兵數千擁純忠，入其國立之。』衆議如其請。蘇頌曰：『事未可知，今越境立君，倘彼拒而不納，得無損威重乎？徐觀其變，俟其定而撫戢之未晚也。』已而阿里骨果無恙。

頌執政時，見哲宗年幼，每大臣奏事，但取決於宣仁。哲宗有言，或無對者，惟頌奏宣仁後，必再稟哲宗。有宣諭，必告諸臣，俯伏而聽。及貶元祐故官，御史周秩并劾頌。哲宗曰：『頌知君臣之義，無輕議此老。』

陳恕

陳晉公爲三司使，真宗命具中外錢穀大數以聞。恕諾而不進。久之，上屢趣之，恕終不進。上命執政詰之。恕曰：『天子富於春秋，若知府庫之充羨，必生侈心。』

李吉甫爲相，撰《元和國計簿》上之，總計天下方鎮鎮州府縣户税，實數比天寶户税四分減三。天下仰給縣官者八十二萬餘人，比天寶三分增一。其水旱所傷、非時調發者，不在此數。欲以感悟朝廷，大臣憂國深心，類如此。

劉大夏

天順中，朝廷好寶玩。中貴言：『宣德中，嘗遣太監王三保使西洋，獲奇珍無算。』帝乃命中貴至兵部，查王三保至西洋水程。時劉大夏爲郎，項尚書公忠令都吏簡故牒。劉先簡得匿之，都吏簡不得，復令他吏簡。項詰吏曰：『署中牘，焉得失？』劉微笑曰：『昔下西洋費錢穀數十萬，軍民死者亦萬計，此一時弊政。牘即存，尚宜毀之，以拔其根，猶追究其有無耶？』項聳然，再揖而謝。指其位曰：『公達國體，此不久屬公矣。』

又安南黎灝侵佔城池，西略諸土夷，敗於老撾。中貴人汪直欲乘間討之，使索英公下安南牘。大夏匿弗予，尚書爲榜吏至再。大夏密告曰：『釁一開，西南立糜爛已。』尚書悟，乃已。二事，天下陰受忠宣公之賜而不知。

成化十六年，朝鮮請改貢道，中官有朝鮮人爲之也。衆將從之，公獨執不可，曰：『朝鮮貢道自鴉鶻關出遼陽，經廣寧過前屯，而後入山海。迂回三四大鎮，此祖宗微意。若自鴨綠江抵前屯，山海路恐貽他日憂。』卒不許。

莊浪土帥魯麟爲甘肅副將，求大將不得，恃其部落强，徑歸莊浪，以子幼請告。有欲予之大將印者，有欲召還京子之散地者。公時爲尚書，獨曰：『彼虐，不善用其衆，無能爲也。然未有罪，今予之印未法，召之不至損威。』乃爲疏奬其先世之忠，而聽其就閑。麟卒怏怏病死。

黔國公犯法當逮，朝議皆難之。謂朝弼綱紀之卒，且萬人不易逮。逮則恐激諸蠻夷。張居正擢用其子，而馳單使縛之，卒不動。既至請貸其死，而錮之南京，人以爲快。獎其先，則內愧而怨望之詞塞；擢其子，則心安而巢穴之慮重。所以唯吾所制。

弘治十年，命户部劉大夏出理邊餉。或曰：『北邊糧事，半屬中貴人子弟經營。公素不與此輩合，恐不免剛以取禍。』大夏曰：『處事以理不以勢，俟至彼圖之。』既至，召邊上父老日夕講究，遂得其要領。一日揭榜通衢，云：『某倉缺糧若干石，某倉給官價若干。凡境內外官民客商之家，但願輸者，米自十石以上、草自百束以上，俱准告。雖中貴子弟，亦不禁。』不兩月，倉場充牣。蓋往時，糧百石草千束方准告。以故中貴子孫，争相爲市，轉買邊人糧草，陸續運至牟利十五。自此法立，有糧草之家，自得告輸。中貴子弟即欲收糴，無處可得。公有餘積，衆有餘財。

忠宣法誠善！不召邊土父老日夕講究，如何得知？能如此虛心訪問，實心從善，何官不治！何事不濟！

上御文華殿，召大夏諭曰：『事有不可，每欲召卿商確，又以非卿部内事而止。今後有當行當罷者，卿可以揭帖密進。』大夏對曰：『不敢。』上曰：『何也？』曰：『先朝李孜省可爲監戒。』上曰：『卿論國事，豈孜省營私害物者比乎？』對曰：『臣下以揭帖進，朝廷以揭帖行，是亦前代斜封、墨敕之類也。陛下所行，當遠法帝王，近法祖宗。公是公非，與衆共之。外付之府部，内咨之閣臣可也。如用揭帖，因循日久，視爲常規；萬一匪人冒居要職，亦以以此行之，害可勝言！

此甚非所以爲後世法，臣不敢效順。』上稱善久之。

老成遠慮，大率如此。由中無寸私，不貪權勢故也。

趙忠簡

劉豫揭榜山東，妄言御藥馮益遣人收買飛鴿，因有不遜語，泗州劉綱奏之。張浚請斬益以釋謗。趙鼎奏曰：『益事誠暖昧，然疑似間有關國體。若朝廷略不加罰，外必謂陛下實嘗遣之，有累聖德。不若暫解其職，姑與外祠，以釋衆惑。』上欣然，出之浙東。浚怒鼎異已，鼎曰：『自古欲去小人者，急之則黨合而禍大，緩之則彼自相擠。今益罪雖誅不足以快天下，然群閹恐人君手滑，必力争以薄其罪。不若謫而遠之，既不傷上意，彼見謫輕不致力營求。又幸其位，必以次窺進，安肯容其入耶？若力排之，此輩側目吾人，其黨愈固而不破矣。』浚始歎服。

文彦博

富弼用朝士李仲昌策，自澶州商湖河穿六漯渠，入横隴故道。北京留守賈昌朝素惡弼，陰約内侍武繼隆，令司天官二人，俟執政聚時，於殿廷抗言：『國家不當穿河北方，以致上體不安。』後數日，二人又聽繼隆上言：『請皇后同聽政。』史志聽以狀白彦博，彦博視而懷之。徐召二人詰之曰：『天文變異，汝職所當言也。何得輒與國家大事耶？汝罪當族。』二人大懼。彥博曰：『觀汝直狂愚，今未忍治汝罪。』二人退，乃出狀以視同列。同列皆憤怒，曰：『奴輩敢爾！何不斬之。』彥博曰：『斬之財事彰灼，中外不安矣。』既而議遣司天官定六漯方位，復使二人往。二人恐治前罪，更言六漯在東北，非正北也。

王陽明

王陽明以勘事過豐城，聞逆濠之變。兵力未具，亟欲遡流趨吉安。舟人聞濠發千餘人來劫公，畏不敢發。公拔劍馘其耳，遂行。薄暮，度不可前。潛覓漁舟，以微服行。留麾下一人服己冠服，居舟中。濠兵果犯舟，得僞者。知公去遠，乃罷。公至中途，恐濠速出，乃爲間諜，假奉朝廷密旨，行『令兩廣湖襄都御史及兩京兵部，各命將出師，暗伏要方地方，以俟寧府。至，襲殺。』復取優人數輩，各將公文置袷衣絮中。將發問，又捕捉僞太師家屬，至舟尾令其覘知。公即佯怒，牽之上岸處斬。已而故縱之，令其奔報。濠獲優，果於衣中搜得公文，遂遲疑不發。公至吉安，調度兵糧粗備，始傳檄徵兵，暴濠罪惡。濠知爲公所賣，憤然欲出。公謂急犯其鋒，非計也。宜示以自守不出之形，必俟其出，然後尾而圖之。先復省城，以傾其巢。彼聞，必回兵來援，我則出兵邀而擊之，此全勝之策。濠果使人探公不出，乃留兵萬餘守省城，而自引兵東下。公聞濠已出，遂急促各府兵，刻期會於豐城。時濠兵已圍安慶，衆議宜急往救。公謂：『九江、南康，皆已爲賊所據。而南昌城中，精悍萬餘，食貨重積。我兵若抵安慶，賊必回軍死鬥。安慶之兵，僅足自守，必不能出而夾攻。賊令南昌兵絶我糧道，九江、南康合勢撓攝，而四方之援又不可望，事其危矣。今我師聚集，先聲所加，城中必恐。并力急攻，其勢必下。此孫子救韓趨趙之計也。』偵者言：新舊廠伏萬餘兵，以備犄角。公遣兵從間道襲破之。潰卒入城，城中知王師雨集，皆大駭，遂一鼓下之。濠聞我兵至豐城，即欲回舟。李士實諫，以爲必須徑往南京，既登大寶，則江西自服。濠不聽，遂解安慶之圍，移兵泊阮子江，爲歸援計。公聞濠兵且至，召衆議之。衆云：『宜斂兵入城，堅壁待援。』公曰：『不然。彼聞巢破，膽已喪矣。先出鋭卒，要其惰歸，一挫其鋭，將不戰而潰。所謂先聲有奪人之氣也。』乃指授伍文定等方略，先以遊兵誘之，復佯北以致之。俟其争前趨利，然後四面合擊，伏兵并起。又慮城中宗室或内應爲變，親慰諭之。出給告示：『凡脅從皆不問。雖嘗受賊官職，能逃歸者，皆免死。能斬賊徒歸降者，皆給賞。』使内外居民及鄉導人等四路傳佈，又分兵攻九江、南康，以絶其援。於是群力并舉，逆首就擒。

公既擒逆濠，江彬等始至，遂流言誣公，公絶不爲意。初謁見，彬輩皆設席於傍，令公坐。公佯爲不知，竟坐上席，而轉傍於下，彬輩遽出惡語。公以常行交際事體，平氣諭之。復有爲公解者，乃止。公非争一坐也；一受節制，則事機皆將聽彼，而不可爲矣。

濠反時，張忠、朱泰誘上親征。而守仁擒濠報至，群奸大失望，肆爲飛語中公。又令北軍肆坐慢罵，或故衝道以起釁。公一不爲動。務待以禮。預令巡捕官諭市人，移家於鄉，而以老羸應門。始欲犒賞北軍，泰等預之，令勿受。守仁乃傳諭百姓，北軍離家苦楚，居民當敦主客禮。每出遇北軍喪，必停車問故。厚與之櫬，嗟嘆乃去。久之，北軍咸服。會冬至節近，預令城市舉奠。時新經濠亂，哭亡酹酒者，聲聞不絶。北軍無不思家，泣下求歸。

寧藩既獲，聖駕忽復巡遊。群奸意叵測，公甚憂之。適二中貴至浙省，公張燕於鎮海樓。酒半，屏人去梯，出書簡二篋示之，皆此輩交通逆藩之迹也。二中貴感謝不已。公之終免於禍，多得二中貴從中維護之力。脱此時，公挾以相制，則仇隙深而禍未已矣。

公因逆濠於浙省時，武廟南幸，駐蹕留都。中官誘令公釋濠還江西，俟駕親征擒獲。差二中貴至浙諭旨，公責中官具領狀。中官懼，事遂寢。

江彬等忌公功，流言謂公始與濠同謀，已聞天兵下征，乃擒濠自脱。欲并擒公，自爲功。公與張永計謂，將順天意猶可挽回。萬一苟逆而抗之，徒激群小之怒。乃以濠付水，再上捷音。歸功總督軍門，以止上江西之行，而稱病浄慈寺。永歸，極稱守仁之忠，及讓功德避禍之意，上悟乃免。

陽明於寧藩一事，至今猶有疑者。因宸濠密書至京，欲用其私人爲巡撫。書中有『土守仁亦可』之語。不知此語有故。因陽明平日不露圭角，未嘗顯與濠忤。濠但慕公之才，而不知其心，故猶冀招而用之，與公何與焉。當公差汀贛巡撫時，汀贛尚未用兵。公即請旗牌以行，而大司寇王晉溪即給以旗牌。公又取道於豐城。蓋此時逆濠反形已具，二公潛爲之計，廟堂方畧已預定矣。濠既反，地方上變告，猶不敢斥言，止稱『寧府』。獨公疏聞稱『宸濠』即此便見公心事。

土官安貴榮，累世驕蹇。以從征香爐山，加貴州布政司參政，猶怏怏薄之。乃奏乞減龍場諸驛，以償其功。事下督府勘議。時公以兵部主事建言，謫龍場驛丞，貴榮甚敬禮之。公貽書貴榮，略曰：『凡朝廷制度，定自祖宗，後世守之，不敢擅改。改在朝廷，且謂之變亂，况諸侯乎！縱朝廷不見罪，有司得執法以繩之。即倖免於一時，或五六年，或八九年，雖遠至二三十年矣，當事者猶得持典章而議其後。若是則使君何利焉？使君之先，自漢唐以來千幾百年。土地人民，未之或改。所以長久若此者，以能世守天子禮法，竭忠盡力，不敢分寸有所違越。故天子亦不得無故而加諸忠良之臣。不然，使君之土地人民富且盛矣，朝廷悉取而郡縣之，誰云不可？夫驛可減也，亦可增也。驛可改也，宣慰司亦可革也。由此言之，殆甚有害，使君其未之思耶！所云奏功陞職，意亦如此。夫剗除寇盜，以撫綏平良，亦守土常職。今縷舉以要賞，則平日之恩寵禄位，顧將何爲？使君爲參政，已非設官之舊。今又干進不已，是無底極也。衆必不堪。夫宣慰守土之官，故得以世有其土地人民。若參政則流官矣，東西南北惟天子所使。朝廷下方尺之檄，委使君以一職，或閩或蜀。弗行，則方命之誅不旋踵而至；若捧檄從事，千百年之土地人民，非復使君有矣。由此言之，今日之參政，使君將恐辭之不速，又可求進乎？』後驛竟不減。賊首王和尚，攀出同夥有多應亨、多邦宰者，驍悍倍於他盜。招服已久，忽一日，應亨母從兵道告辨，准批下州，中引王和尚爲証。公思之，此必王和尚受財許以辨脱耳。乃於後堂設案桌，桌圍内藏一門子。喚三盜俱至案前覆審。預戒皂隸，報以寅賓館有客。公即舍之而出。少頃還入，則門子從桌下出，云：『聽得王和尚對二賊云：且忍兩夾棍，俟爲汝脱也。』三盗皇遽，叩頭請死。

公至蒼梧時，諸夷聞公先聲，皆股栗聽命。而公顧益韜晦。以明年七月至南寧，使人約降蘇受。受許諾，而以精兵二千自衛。至南寧投見有日矣，而公所愛指揮王佐門客岑伯高，雅知公無殺受意，使人言受，須納萬金丐命。受大悔，恚言：『督府誑我，且倉卒安得萬金，有反而已。』公有侍兒年十四矣，知佐等謀，夜入帳中告公。公大驚，達旦不寐。使人言受『毋信讒言，我必不殺若等也。』受疑懼未決，言來見時必陳兵衛，公許之。受復言，軍門左右秖侯須盡易以田州人，不易即不見。公不得已，又許之。受入軍門，兵衛充斥，郡人大恐。公數之，論杖一百。受不免甲，而杖杖人。又曰：『州人也。』由是安然受杖而出，諸夷咸帖。

王龍溪，妙年任俠，日日在酒肆博場中。公欲一會，不能也。即日令門弟子，六博投壺歌呼飲酒。久之，密遣一弟子瞷龍溪，隨至酒肆家，索與共賭。龍溪笑曰：『腐儒亦能博乎？』曰：『吾師門下，日日如此。』龍溪乃大驚，求見陽明。一睹眉宇，便稱弟子。

才如龍溪，陽明所必欲得也。然非陽明，亦何能得龍溪乎！使遇今之講學者，且以酒肆博場獲罪矣。公疏救戴銑廷杖，謫龍場驛。公微服疾驅過江，作《弔屈原文》見志。尋爲投江絶命詞，佯若已死者。

詞傳至京師時，逆瑾怒猶未怠。擬遣客間道往殺之，聞已死乃止。

韓　雍

韓襄毅甸宣江右時，忽報寧府之弟某王至。公托疾乞少需，密遣人馳召三司，且索白木几。公匍匐拜迎，王入，具言兄叛狀。公辭病聵？莫聽請書。王索紙，左右舁几進。王詳書其事而去。公上其事，朝廷遣使按無跡。時王兄弟相歡，諱無言。使還朝廷。坐公離間親王罪，械以往。公上木几親書，方釋。

公鎮兩廣，防患甚嚴。心腹一二人外，絶不許登階。亦多以權術威鎮之。一日，與鄉人宴於堂後，鞠蹴爲戲。既散，潛使人置石炮。有觀者，因指示曰：『此公適所蹴戲也。』衆吐舌，咸以公爲絶力。蓋内藏磁石，以鐵屑塗毛髮間。每出坐蓋下，鬚鬢翕張不已。貌既魁岸，復覩兹異，驚爲神明焉。

天順初，兩廣亂，公往討。帥次大藤峽，道隘，旁夾水田。有儒生里者數百人，跪持香曰：『我輩苦賊久矣，今幸天兵至，得爲良民。願先三軍鋒。』公遽叱曰：『是皆賊也。爲我縛斬之！』左右初亦疑，既縛而袂中利刃出。乃悉斷頸、截手足、刳腸胃，分掛箐棘中，累累相屬。賊大驚沮。

公嘗出兵，令五鼓戰。將領聞賊已覺，恐遲失事。二更即發，大破之。公賞其功，而問以違令之罪。以軍令當斬，乃具聞請。釋曰：『萬一不用命而敗，奈何？』人謂公得將將之體。街亭好水川之敗，皆以違令致之。必不貪功，而後功成於萬全。公之慮長矣！

楊榮

王振謂楊士奇等曰：『朝廷虧三楊先生。然，三公亦高年倦勤矣，其後當何如？』士奇曰：『老臣當盡瘁報國，死而後已。』榮曰：『先生休如此說。吾輩衰殘無以效力，行當擇後生可任者，以報聖恩耳。』振喜，翊日即薦曹鼐、苗衷、陳循、高穀等，遂次第擢用。士奇以榮當日發言之易。榮曰：『彼厭吾輩矣。吾輩縱自立，彼自已乎？一旦內中出片紙，命某人入閣，則吾輩束手而已。今四人竟是吾輩人，當一心協力也。』士奇服其言。

楊王司帑

楊王沂中，閒居郊行，遇一相押字者。楊以所執杖書地上，作一畫。相者再拜曰：『閣下何爲微行至此？宜自愛重』王謂然。詰其所以。相者曰：『土上一畫，乃王字也。』王笑批緡錢五百萬，仍用常所押字，命相者翌日詣司帑。司帑取券熟視曰：『汝何人？乃敢作吾王僞押來賺物！

吾當執汝詣有司問罪。』相者具言本末，至聲屈，冀動王聽。王之司謁與司帑，打合五千緡與之。相者大慟，痛駡司帑而去。異日。乘間白楊。楊怪問其故，對曰：『他今日説是王者，來日又胡説增添，則王之謗厚矣。且恩王已開王社，何所復用相？』王起撫其背，曰：『爾説得是。』即以予相者幾百萬旌之。

智術　二

程伯淳

程顥爲越州僉判，蔡卞爲帥，待公甚厚。初，卞嘗爲公説張懷素道術通神，雖飛禽走獸，能呼遣之。至言孔子誅少正卯，彼嘗諫以爲太早；漢祖成皋相持，彼屢登高觀戰。不知其歲數，殆非世間人也。公每竊笑之。及將往四明，而懷素且來會稽。卞留少俟，公不爲止，曰：『子不語怪力亂神，以不可訓也。斯近怪矣！州牧既任，信重士大夫。又相諂合，下民從風而靡。使真有道者，固不願此。不然不識之矣，未爲不幸也。』後二十年，懷素敗，多引名士。或欲因是染公，竟以尋求無迹而止。非公素論守正，則不免於羅織矣。

張讓，衆所棄也，而太丘獨不難一弔。張懷素，衆所奉也，而伯淳獨不輕一見。明哲保身無定局，二公之識，并行不悖可矣。會稽天寧觀老何道士，居觀之東廊，栽花釀酒，客至必延之。一日，有道人貌甚偉，款門求見。善談論，能作大字。何欣然款留，數日方去。未幾，有妖人張懷素謀亂，即前日道人也。何亦坐繫獄，良久得釋。自是畏客如虎，杜門謝客。忽有一道人，亦美風儀，多技術。西廊道士張若水介之來謁，何大怒駡，闔扉拒之。此道乃永嘉林靈噩，旋得上幸，貴震一時，賜名靈素。平日一飯之恩，無不厚報。若水乘驛赴闕，宦至蘂珠殿校籍，父母俱榮封。而老何以常駡故，朝夕憂懼。若水以書慰之，始少安。此亦知一不知其二之鑒也。

東海錢翁

東海錢翁，以小家致富，欲卜居城中。或言某房者，衆已償價七百金將售矣。亟往圖之。翁閲房，竟以千金成券。子弟曰：『此房業有成議，今驟增三百，得無溢乎？』翁笑曰：『非爾所知也。吾儕小人，彼違衆而售我，不稍溢何以塞衆口。且夫欲未饜者，争端未息。吾以千金而獲七百金之舍，彼之望既盈，而他人亦無利於吾屋。歌斯哭斯，從此爲錢氏世業無患矣。』已而他居多以求虧求貼或轉贖，往往成訟，惟錢氏帖然。

下巖院主

巴東下巖院主僧，得一青磁碗，携歸折花供佛前。明日花滿其中，更置少米，米亦滿。錢及金銀皆然。自是院中富盛。院主年老，一日過江簡田，懷中取碗，擲於中流。弟子驚愕。師曰：『吾死，汝輩寧能謹飭自守乎？棄之，不欲使汝增罪也。』

孫伯純

孫伯純知海州日，朝廷調發軍器，可弩椿箭簳之類。海州素無此物，民甚苦之，請以縹膠充折。孫謂之曰：『弩椿箭簳，共知非海州所産，蓋一時所須耳。若以土産物代之，恐汝歲歲被科無已時也。』

貢麟

交趾貢異獸，謂之『麟』。司馬公言：『真僞不可知。使其真，非自至不爲瑞。若僞，爲遠夷笑。願厚賜而還之。』

羊駰

趙汝愚與韓侂胄既定策，欲立寧宗，尊光宗爲太上皇。汝愚諭殿帥郭杲，以軍五百至祥禧殿前。杲入，索於職掌内侍羊駰、劉慶祖。二人私議曰：『今外議洶洶如此，萬一璽入其手，或以他授，豈不利害！』於是封識空函授杲，二璫取璽從間道詣德壽宫，納之憲聖。及汝愚開函奉璽之際，憲聖自内出璽與之。

宋太宗

孔守正，拜殿前都虞侯。一日侍宴北園，守正大醉，與王榮論邊功，於駕前忿争失儀。侍臣請以屬吏，上弗許。明日俱詣殿廷請罪。上曰：『朕亦大醉，漫不復省。』

以狂藥飲人，而責其勿亂，難矣！托之同醉，而朝廷之體不失，且彼亦未嘗不知警也。

老隸

宋御史臺有老隸，素以剛正名。每御史有過失，即直其挺。臺中以挺爲賢否之驗。范諷一日召客，親諭庖人以造食，指揮數四。既去，又呼之叮嚀告戒。顧老隸挺直，怪而問之。答曰：『大凡役人者，授以法而責其成。苟不如法，自有常刑，何事喋喋！使中丞宰天下，安得人人而詔之？』諷甚愧服。

此真宰相才，惜乎以老隸淹也！如此而不獲薦，剗資格束人，國家安得真才之用乎？

薛簡肅

薛簡肅公帥蜀。一日，置酒大東門外。城中有戍卒作亂，既而就擒。都監走白公，公命即於擒獲處斬決。民間以爲神斷。不然妄相攀引，旬日間未能了得，非所以安其徒反側之心也。

稍有意張大其功，便不能如此直捷痛快矣！

民有得僞蜀時中書印者，夜以歸囊掛之西門。門者以白。蜀人隨者以萬計，皆恟恟出異語，且觀公所爲。公顧主吏藏之，略不取視，民乃止。

梅衡湘

梅少司馬國楨，總督三鎮。有酋或言於沙中得傳國璽，以黄絹印其文，頂之於首，詣轅門獻之，乞公公請。公曰：『璽未知真假，俟取來，吾閲之，當犒汝。』酋謂：『累世受命之符，今爲聖朝而出，此非常之瑞。若奏聞上獻，宜有封賞，所望非犒也。』公曰：『寶源局自有國寶。此璽即真，無所用之。吾亦不敢輕瀆上聽。念汝美意，以一金爲犒。』并黄絹還之。酋大失望，號哭而去。或問公：『何以不爲奏請？』公曰：『王孫滿有言：「在德不在鼎。」况此酋視以爲奇貨，若輕於上聞，酋益挾以爲重。萬一聖旨徵璽，而璽不時至，將真以封賞購之乎？』人服其卓識。此即薛簡肅藏印之意。

張詠

張忠定知益州，民有訴主帳下卒，恃勢嚇取民財者。先是，李順陷城都。詔王繼恩爲招安使討之。破賊，復成都。官軍屯府中，恃功驕恣。其人聞知，縋賊夜遁。詠差衙役往捕之，戒曰：『爾生擒得，則單衣撲入井中，作逃走投入井中來。』是時群黨詾詾，聞自投井故，無他説。又免與主帥有不協名。

公守成都兵火之餘，人懷反側。一日大閱始出，衆遂嵩呼者三。公亦下馬，東北望而三呼，復攬轡而行。衆不敢讙。

高中立

隆慶中，貴州土官安國亨、安智各起兵，仇殺撫臣，以叛逆聞。動兵征剿，弗獲，且將成亂。

新撫阮文中將行，謁高相公。拱語曰：『安國亨本爲群奸撥置，仇殺安信，致信母疏窮、兄安智懷恨報復。其交惡互訐，總出仇口難憑。撫臺偏信智，故國亨疑畏不服拘提。而遂奏以叛逆。夫叛逆者，謂敢犯朝廷。今夷族自相仇殺，於朝廷何與？縱拘提不出，亦只違拗而已。乃遂奏輕兵掩殺，夷民肯束手就戮乎？雖各有殘傷，然亦未聞國亨有領兵拒戰之心也。而必以叛逆主之，甚矣！人臣務爲欺蔽者，地方有事，匿不以聞。乃生事倖功者，又以小爲大，以虛爲實。始則甚言之，以爲邀功張本。終則激成之，以實己之前説。是豈爲國之忠乎！君廉得其實，宜虛心平氣處之。去其叛逆之名，而正其仇殺與夫違拗之罪，則彼必出身聽理，而不叛之情自明。因是，止坐以本罪，當無不服斯國法之正，天理之公也。今之仕者，每好於前官事務有增加，以見風采。乃小丈夫事，非有道所爲。君其勉之！』阮至貴，密訪果如拱言。乃開以五事：一責令國亨獻出撥置人犯；一照夷俗，令賠償安信等人命；一令分地安插疏窮母子；一削奪宣慰職銜，與伊男權替；一從重罰，以懲其惡。而國亨見安智居省中，益疑畏。恐軍門誘而殺之，擁兵如故，終不赴勘，而上疏辨冤。阮狃於浮議，復上疏請勦。拱念勦則非計，不勦則損威。乃授意於兵部，題覆得請以吏科給事賈三近往勘。國亨聞科官奉命往勘，喜曰：『吾係聽勘人，軍門必不敢殺我，我乃可以自明矣。』於是出群奸而赴省聽審，五事皆如命，願罰銀三萬五千兩自贖。安智猶不從，阮治其用事撥置之人，始服。智亦革管事，隨母安插。科官未至，而事已定矣。

蒲宗孟

賊依梁山濼，縣官有用長梯窺蒲葦間者。蒲恭敏知鄂州，下令禁，毋得乘小舟出入濼中。賊既絶食，遂散去。

程明道

廣濟蔡河出縣境。瀕河不逞之民，不復治生業，專以脅取舟人錢物爲事，歲必焚舟十數以立威。明道始至，捕得一人，使引其類，得數十人。不復根治舊惡，分地而處之。使以挽舟爲業，且察爲惡者。自是境無焚舟之患。

竊鎖　毆人

元豐間，劉舜卿知雄州。有夜竊其關鎖去，吏密以聞。舜卿不問，但使易其門鍵，大之。後數日，北諜送盜者，并以鎖至。舜卿曰：『吾來嘗亡鎖。』命加於門，則大數寸，并盜還之。敵大慚沮，盜乃得罪。民有訴爲契丹民毆傷而遁者，李允則不治，但與傷者錢二千。逾月，幽州以其事來請。答曰：『無有也。』蓋他諜願以毆人爲質，驗既無有，乃殺諜。

甲仗庫火

李允則嘗宴軍，而甲仗庫火。允則作樂飲酒不輟。少頃火熄，密遣吏持檄瀛州，以茗籠運器甲。不浹旬，軍器完足，人無知者。樞密請勘不救火狀，真宗曰：『允則必有謂，姑詰之。』對曰：『兵械所藏，儆火甚嚴。方宴而焚，必奸人所爲。若舍宴救火，事必不測。』

草場火　驛舍火

杜紘知鄆州。嘗有揭幟城隅，著妖言其上，期爲變。州民皆震。俄而草場白晝火。蓋所揭一事也。民益恐。或謂大索城中，紘笑曰：『奸計正在是。冀因我膠擾而發，奈何墮其術中！彼無能爲也。居無何，獲盜。乃奸民爲妖，遂誅之。

蘇頌遷度支判官，送契丹使宿恩州。驛舍火，左右請出避火，不許。州兵欲入救火，亦不許，但令防卒撲滅之。初火時，郡中洶洶，謂使者有變。救兵亦欲因而生事，賴頌不動而止。

向敏中　王旦

真宗幸澶淵，賜向敏中密詔，盡付西鄙，許便宜行事。敏中得詔，藏之，視政如常。會大儺，有告禁卒欲依儺爲亂者。敏中密麾兵，披甲伏廡下幕中。明日，盡召賓僚兵官，置酒縱閱。命儺人，先馳騁於中門外，後召至階。敏中振袂一揮，伏出，盡擒之。果懷短刃，即席斬焉。既屏其尸，以灰沙掃庭，照舊張樂宴飲。

旦從幸澶淵，帝聞雍王遇暴疾，命旦馳還東京，權留守事。旦馳至禁，直入禁中，令人不得傳播。及大駕還，旦家子弟皆出郊迎。忽聞後面騶訶聲，回視，乃旦也。皆大驚。

喬白巖

冢宰喬公宇，正德己卯參理留都兵務。時逆濠聲言南下兵已至安慶，而公日領一老儒與一醫士，所至遊燕。實以覘形勢之險要，而外若不以爲意者。人以爲矯情鎮物，有費禕、謝安之風。即矯情鎮物，亦自難得。胸中若無經緯，如何矯得來！方宸濠報至，喬公令盡拘城内江西人。訊之，果得濠所遺謀卒數十人。上駐軍南都，公首俘獻之。即此，已見公一班矣！

王璋　羅通

璋，河南人，永樂中爲右都御史。時有告周府將爲不軌者，上欲及其未發而討之。以問璋，璋曰：『事未有跡，討之無名。』上曰：『兵貴神速，彼出城則不可爲矣。』璋曰：『以臣之愚，可不煩兵。臣請往任之！』曰：『若用衆幾何？』曰：『但得御史三四人隨行足矣。然須奉敕，以臣巡撫其地乃可。』遂命學士草敕，即日起行。黎明直造王府，周王驚愕，莫之所爲。延之别室，問所以來者。曰：『人有告王謀叛，臣是以來。』王驚絶。璋曰：『朝廷已命丘大帥將兵十萬將至。臣以王事未有跡，故來先諭。事將若何？』王舉家環哭不已。璋曰：『哭亦何益！願求所以釋上疑者。』曰：『不知所出，唯公教之。』璋曰：『能以三護衛爲獻，無事矣。』王從之。乃馳驛以聞，上喜。璋乃出示曰：『護衛軍三日不徙者，處斬！』不數日而散。

羅通以御史按蜀。蜀王富甲諸國，出入僭用乘輿儀從。通心欲簡制之。一日，王過御史臺。公突使人收王所僭鹵簿，蜀王氣沮。藩臬俱來見，問狀，且曰：『聞報王罪且不測，今且奈何？』通曰：『誠然。公等試思之！』詰旦，復來。通曰：『易耳。宜密語王。但謂黄屋左纛，故玄元皇帝廟中器，今復還之耳。』玄元皇帝，玄宗幸蜀，建祀老子者也。從之，事乃得解。王亦自斂。

吴履　葉南巖

國初，吴履，字德基，蘭爪谿人。爲南康丞。民王瓊輝仇里豪羅玉成，執其家人，笞辱之。玉成兄子玉汝，不勝恚，集少年十餘人，圍王家奪之歸。縛瓊輝，道箠之濱死，乃釋去。瓊輝兄弟五人，庭訴斷指出血，誓與羅俱死。履念獄成，當連千餘人。曰：『千餘人皆。』召瓊輝語之曰：

『羅氏圍爾家耶？』對曰：『千餘人。』曰：『千餘人皆辱爾耶？』曰：『數人耳。』曰：『汝憾數人，而累千餘人，可乎？且衆怒難犯，倘不顧死，盡殺爾家，雖盡捕伏法，亦何益於爾？』瓊輝悟，頓首唯命。履乃捕箠者四人，於瓊輝前杖數十，流血至踵。命羅氏對瓊輝引罪拜之，事遂解。

葉公南巖刺蒲時，有群哄者訴於州。一人流血被面，經重創，腦幾裂，命且盡。公見之側然。時家有刀瘡藥，公即起入内自搗藥，令舁至幕廨。委一謹厚廨子及幕官曰：『宜善視之，勿令傷風。此人死，汝輩責也！』其家人不令前，乃略加審核，收仇家於獄而釋其餘。一友人問其故：公曰：『凡人争鬥無好氣，此人不即救，死矣！此人死，即償命一人，寡人之妻，孤人之子。又于證連係，不止一人破家。此人愈，特一鬪毆罪耳。且人情欲訟勝，雖於骨肉亦甘心焉。吾所以不令其家人相近也。』未幾傷者平，而訟遂息。

范希陽

范希陽爲南昌太守。先是，府官自王都院作勢以來，跪拜俱在階下篷外，風雨不問。希陽欲復舊制。乃於陳都院初上任時，各官俱聚門將見。希陽且進且顧曰：『諸君今日隨我行禮。』進至堂下，竟入篷内行禮。各官俱隨而前，舊制遂復。希陽退至門外，與衆官作禮而别，更不言及前事而散。

使希陽于聚門將見時，與衆參謀。諸人固有和之者，亦必有中沮而稱不可者，又必有色沮而不敢前者，如何肯俱隨而前？俱隨而前者，見希陽之前而已不覺也。又使希陽於出門後，慶此禮之得復，諸人必有議其自誇者，更有媒孽於各上司者。即撫院聞之有不快者，如何竟復？而上人不知。不知者，希陽行之於卒然。而後又循之爲舊例也。

宋真宗

宋真宗朝嘗有兵士作過，於法合死。特貸命，決脊杖二十改配。其兵士高聲叫唤，乞劍不服決杖。從人把捉不得，遂奏取進止。傳宣云：『須決杖後，别取進止處斬。』尋決杖訖，取旨。上云：『只是怕喫杖。既決了，便送配所莫問。』

倪文毅

孝宗朝，雲南思疊梗化，守臣議勦。司馬馬公疏：『今中外疲困，災異疊仍，何以用兵！宜遣京朝官往諭之。』倪文毅公言：『用兵之法，不足示之有餘。如公之言，得無示弱於天下；且使思疊聞而輕我乎！遣朝官諭之，固善。若諭之不從，則策窘矣。不如姑遣藩臣有威望者以往，彼當自服。俟不服，議勦未晚也。』乃簡參議郭公緒及按察曹副使玉以往。旬餘，抵金齒。參將盧和統軍，距所據地二程許而次，遣人持檄往諭，皆被拘。盧還軍，至千崖遇公。語其故，且戒勿迫。公曰：『吾受國恩，報稱正在此。如公言，若臣節何！昔蘇武入匈奴十九年，尚得生還。况此奴非匈奴比。萬一不還，亦分内事也。』或謂公曰：『蘇君以黑髮去白髮還，君今白矣。將以黑還乎？』公正色不答。是日，曹引疾。公單騎從數人，行旬日至南句。路險不可騎，乃批荊徒步，繩挽以登。又旬日，至一大澤。戛都土官以象輿來，公乘之。上霧下沙，晦淖迷躓，而公行愈力。又旬日，至孟瀨，去金沙江僅一舍。公遣官持檄過江，諭以朝廷招來之意。夷人相顧驚曰：『中國官亦至此乎！』即發夷兵，率象馬數萬，夜過江抵君所。長槊勁弩，環之數重。有譯者泣報，曰：『賊刻日且焚殺矣！』公叱曰：『爾敢爲間耶？』因拔劍指曰：『來日渡江，敢復言者斬！』思疊既見檄，諭禍福明甚。又聞公志決，即遣酋長數輩來受令。及饋土物，公悉却去。邀思疊面語，先敘其勞，次伸其冤，然後責叛。聞者皆俯伏泣下，請歸侵地。盧得公報馳至，則已撤兵歸地矣。

才如郭公，不負倪公任使。然是役紀録，止晉一階，而緬功羅防功，横殺無辜，輒得封蔭。嗚呼！事至季世，不惟立功者難，雖善論功者亦難矣！

吴正肅公

吴正肅知蔡州。蔡故多盗，公按今爲民立伍保而簡其法，民便安之，盗賊爲息。京師有告妖賊聚確山者，上遣中貴人馳至蔡，以名捕者十人。使者欲得兵往取，公曰：『使者欲藉兵立威耶，抑取妖人以還報也？』使者曰：『欲得妖人耳。』公曰：『吾在此雖不敏，然聚千人於境内，安得不知？今以兵往，是趣其爲亂也。此不過鄉人相聚，爲佛事以利錢財耳。手召之即可致。』乃館使者，日與之飲酒，而密遣人召十人皆至。送京師鞫實，告者以誣得罪。

王 旦

馬軍副都指揮使張旻，被旨選兵。下令太峻，兵懼謀爲變。上召二府議之，王旦曰：『若罪旻，則自今帥臣何以禦衆？急捕謀者，則震驚都邑。陛下數欲任旻以樞密，今若權用，使解兵柄，反側者當自安矣。』上謂左右曰：『王旦善處大事，真宰相也！』

契丹奏請，歲給外别借錢幣。真宗以示王旦，公曰：『東封甚迫，車駕將出，以此探朝廷之意耳。可於歲給三十萬物内，各借三萬，仍諭次年額内除之。』契丹得之大慚。次年復下有司，契丹所借金帛六萬，事屬微末，仰依常數與之，今後永不爲例。

不借則違其意；徒借又無其名。借而不除，則無以塞僥倖之望，借而必除，又無以明中國之大。如是處分方妥。

西夏趙德明求糧萬斛。王旦請敕有司，具粟百萬於京師，而詔德明來取。德明大慚，曰：『朝廷有人！』乃止。

受　饋

唐主畏宋祖威名，用間於周王。遣使遺太祖書，饋以白金三千。太祖悉輸之内府，間乃不行。周遣閤門使曹彬，以兵器賜吴越。事畢亟返，不受饋遺。吴越人以輕舟追與之，至於數四。彬曰：『吾終不受，是竊名也。』盡籍其數，歸而獻之。後奉世宗命，始拜受。盡以散於親識，無留者。

拒高麗僧　焚西夏書

高麗僧壽介狀稱：『臨發日，國母令齎金塔祝壽。』東坡見狀，密奏云：『高麗苟簡無禮。若朝廷受而不報，或報之輕，則夷虜得以爲詞。若受而厚報之，是以重禮答其無禮之饋也。臣已一面管勾職員，退還其狀，云：「朝廷清嚴，守臣不敢專擅奏聞。」臣料此僧勢不肯已，必云：「本國遣來獻壽，今兹不奏，歸國得罪不輕。」臣欲於此僧狀後判云：「州司不奏朝旨，本國又無來文，難議投進。執狀歸國照會。」如此處分，只是臣一面指揮，非朝廷拒絶其獻，頗似穩便。』

范仲淹知延州，移書諭元昊以利害。元昊復書悖慢，仲淹具奏其狀，焚其書不以上聞。夷簡謂宋庠等曰：『人臣無外交，希文何敢如此！』宋庠意夷簡誠深罪之，遂言：『仲淹可斬。』仲淹奏曰：『臣始聞虜悔過，故以書誘諭之。會任福敗，虜勢益振，故復書悖慢。臣以爲，使朝廷見之而不能討，則辱在朝廷，故對官屬焚之。使朝廷若初不聞者，則辱專在臣矣。』杜衍時爲樞密副使，争甚力。於是罷庠知揚州，而仲淹不問。

張方平

元昊既臣，而與契丹有隙，來請絶其封。知諫院張方平曰：『得新附之小羌，失久和之强敵，非計也。宜賜元昊詔，使之審處。但嫌隙朝除，則封册暮下於西北。爲兩得矣。』時用其謀。

于肅愍

永樂間，元人降者多安置河間、東昌等處，生養蕃息，驕悍不馴。方也先入寇時，皆將乘機騷動，幾至變亂。至是發兵征湖貴及廣東西諸處寇盜，于肅愍奏：『遣其有名號者，厚與賞犒，隨軍征進。』事平，遂奏留於彼。於是數十年積患，一旦潛消。

用郭欽徙戎之策，而使戎不知，真大作用！

李賢

法司奏石亨等既誅，其黨冒奪門功，陞官者數千人，俱合查究。上召李賢曰：『此事恐驚動人心！』賢曰：『朝廷許令自首免罪，事方妥。』於是冒功者數千餘人，盡皆改正。

王瓊

武宗南巡還，當彌留之際，楊石齋廷和已定計擒江彬。然彬所領邊兵數千人爲彬爪牙者，皆勁卒也。恐其倉卒爲變，計無所出，因謀之王晉溪。晉溪曰：『當録其扈從南巡之功，令至通州聽賞。』於是邊兵盡出，彬遂成擒。

嘉靖初年，北敵嘗寇陝西。鎮巡惶遽請兵策應，事下九卿會議。本兵王憲以爲必當發，否恐失事，衆不敢異。瓊時爲冢宰，獨不肯曰：『我自有疏。』即奏云：『花馬池是臣在邊時所區畫，防守頗嚴，敵必不能入。縱入，亦不過擄掠。彼處自足防禦，不久自退。若遣京軍，遠涉邊境，道路疲勞，未必可用。而沿途騷擾，害亦不細。倘至彼，而已退，則徒勞往返耳。臣以爲不發兵便。』然兵議實本兵主之，竟發六千人，命二遊擊將之以往。至彰德未渡河，已報北人出境矣。

晉溪在西北，修築花馬池一帶邊牆，命二指揮董其役。二指揮甚效力，邊牆極堅。其功役亦甚費，有羨銀二千餘，持以白晉溪。晉溪曰：『此一帶城牆實西北要害去處，汝能盡心，了此一事。此瑣瑣之物何足問。即以賞汝。』後北人犯邊，即遣二指揮提兵禦之。二人争先陷陣，其一竟死於敵。晉溪籌邊智略，類如此。

又，晉溪總制三邊時，每一巡邊，雖中火亦費百金，未嘗折乾。到處皆要供具，燒羊亦數頭，凡物稱是。晉溪不數㸑，盡撤去，散於從官，雖下吏亦皆霑及。故西北一有警，則人人效命。當時法網疏闊，故豪傑得行其意。使在今日，則臺諫即時論罷矣。梅衡湘播州監軍行時，請帑金三千，備犒賞之需。及事定，所費僅四百金。登籍報部，無分毫妄用。雖性生手段大小不同，要亦時爲之也。

晉溪在本兵時，適湖州孝豐縣湯麻九反，勢頗猖獗。御史以聞，事下兵部。晉溪呼賫本人至兵部，大言數之曰：『湯麻九不過一毛賊，只消本處數十火夫縛之，何足奏報！欲朝廷發兵，殊傷國體。巡按不職，考察即當論罷矣。』賫本人回，傳流此語，皆以本兵爲翫寇，相聚憂之。賊知朝不發兵，遂恣劫掠，不設備。先是户部爲查處錢糧，差都御史許延光在浙。晉溪即請密敕，許公討之，授以方略。許命彭憲副潛提人兵數千，出其不意，乘夜往。賊方劫掠回，相聚酣飲。兵適至，即時擒斬，遂平之。

爾時若朝廷命將遣兵，彼必負固拒命，弄小成大。此舉不煩一旅，不費一財，而地方晏如。晉溪之才，信有大過人者！雖人品未醇，何可廢也。

王欽若

王欽若爲亳州判官，監會亭倉。天久雨，倉司以米濕，不爲受納。民自遠方來輸租者，深以爲苦。欽若即命輸之倉，奏請不拘年次，先支濕米。太宗大喜，因識其名，由是大用。

朱勝非

苗劉之亂，勤王兵向闕，朱忠靖從中調護。六龍反正，有詔以二凶爲淮南兩路制置使，令將部曲之任。時朝廷幸其速去。其黨張逵爲晝計，使請鐵券。既朝辭，遂造堂，袖劄以懇。忠靖須臾取筆判：『奏行給賜，令所屬簡詳故事，如法製造。』二凶大喜。明日將朝，朗宿傳宿扣漏院，白急速事。命延入。宿曰：『昨得堂帖，給賜二將鐵券，此非常之典。今可行乎？』忠靖取所持帖，顧執政秉燭同閱。忽顧問曰：『簡詳故事，曾簡得否？』曰：『無可簡。』又問：『如法製造，其法如何？』曰：『不知。』曰：『如此可給乎？』執政皆笑。宿亦笑，曰：『已得之矣。』遂退。

妙在不拒而自止。若腐儒，必生一段道理相格，激成小人之怒。怒而懼，即破例奉之不辭矣。

費子充

鑄印局額設大使、副使各一員，食糧儒士二名。及滿將補，投考者不下數千人，請托者半之。當事者每難處分。費宏爲禮部尚書，於食糧二名外，預取聽缺者四名，習字者四人，擬次第補，度可逾十數年。由是投考及請托者皆絶跡。

汪應軫

汪應軫知泗州，武宗決意南巡，郵卒馳報，駕且至。他邑傍徨勾攝爲具，民至塞户逃匿。公獨凝然不動，曰：『駕來未有期，而倉卒措辦，科泒四出，吏胥易爲奸。倘費集，而駕不果至，將奈何？』時中使繹絡道路，恣爲求索。公率壯士百餘人，列舟次，呼聲震地。中使沮喪，公麾使速牽舟行。頃刻百里，遂出泗境。後有至者，方斂戢不敢肆，而公復禮遇之。於是皆咎前使，而深德公。

沈啓

世宗當幸楚，所從水道，則南京具諸樓以從。具，而上或改道，耗縣官金錢；不具，而上猝至，獲罪。尚書周用疑，以問工部主事沈啓。啓曰：『召商需材於龍江關。急驛偵上所從道，以日計，舟可立辦。夫舟而歸，直於舟。不舟而歸，材於商。不難也。』上果從陸，得不費水衡錢矣。中貴人請修皇陵，錦衣朱指揮者往視。啓乘間謂朱曰：『高皇帝制：皇陵不得動寸土，違者死。今修，不能無動土，而死可畏也！』朱色懾，言於中貴人而止。

蘇子容

蘇子容充北朝生辰國信使，遇冬至節，本朝曆先北朝一日，北朝問公孰是。公曰：『曆家算術小異，遲速不同。如亥時猶是今夕，踰數刻即屬子時，爲明日矣。或先或後，各從木朝之曆可也。』北人深以爲然。遂各以其日爲節慶賀。使還奏，上喜曰：『此對極中夏理。』

夏翁　尤翁

夏翁，江陰巨族。嘗舟行過市橋，一人擔糞，傾入其舟，濺及翁衣。其人舊識也。僮輩怒，欲毆之。翁曰：『此出不知耳。知我寧肯相犯。』因好語遣之。及歸，閱債籍，此人乃負三十金無償，欲因以求死。翁爲之折券。

長洲尤翁，開錢典。歲底，聞外閧聲，出視則鄰人也。司典者前訴曰：『某將衣質錢，今空手來取，反出詈語，有是理乎？』其人悍然不遜。翁徐諭之曰：『我知汝意，不過爲過新年計耳。此小事，何以争爲命簡原質，得衣，惟四五事。翁指絮曰：『此禦寒不可少。』又指道袍曰：『與汝爲拜年用，他物非所急，自可留也。』其人得二件，默然而去。是夜竟死於他家，涉訟經年。蓋此人因負債多，已服毒。知尤富可詐，既不獲，則移於他家耳。或問尤翁，何以預知而忍之。翁曰：『凡非理相加，其中必有所恃。小不忍則禍立至矣，廣人服其識。

唐六如

宸濠甚愛唐六如，嘗遣人持百金至蘇聘之。既至，處以别館，待之甚厚。六如住半年，見其所爲不法，知其後必反，遂佯狂以處。宸濠遣人饋物，則倮形箕踞，以手弄其人道，譏呵使者。使者反命，濠曰：『孰謂唐生賢？一狂士耳！』遂放歸。不久而告變矣。

嚴辛

分宜嚴相，以正月二十八日誕。亭州劉巨塘令宜春。入覲時，隨衆往祝。祝後，嚴相倦。其子世蕃令門者且闔門，劉不得出，饑甚。有嚴辛者，嚴氏紀綱僕也。導劉往間道。過其私居，留劉公飯。飯已，辛曰：『他日望臺下垂目！』劉曰：『汝主正當隆赫，我何能爲？』辛曰：『日不當午，願臺下無忘今日之托。』不數年，嚴相敗。劉適守袁州，辛方以賍二萬滯獄。劉憶昔語，爲滅其贓若干，始得戍。

嚴嵩父子，智不如此僕！趙文華、鄢懋卿，智亦不如此僕！雖滿朝縉紳，智亦不如此僕也！

陳同甫

辛幼安流寓江南，而豪俠之氣未除。一日，陳同甫來訪。近有小橋，同甫引馬三躍而馬三却，同甫怒，拔劍斬馬首，徒步而行。幼安適樓而見之，大驚異。即遣人詢訪，而陳已及門，遂與定交。後十數年，幼安帥淮，同甫尚落落貧甚。乃訪幼安於治所，相與談天下事。幼安酒酣，因言南北利害云：『南之可以并北者如此，北之可以并南者如此。錢塘非帝王居，斷牛首山，天下無援兵。決西河水，滿城皆魚鱉。』飲罷，宿同甫齋中。同甫夜思幼安沉重寡言，因酒誤發。若醒而悟，必殺我滅口。遂中夜盜其駿馬而逃。幼安大驚。後同甫致書微露其意，爲假十緡以濟乏。幼安如數與焉。

楊廷和

彭澤將西討流賊。鄢本恕等入，問計廷和。廷和曰：『以君才，賊何憂不平。所戒者，班師早吾不及也！』

耳。』澤後破誅，本恕等奏班師。而餘黨復蝟起，不可制。澤既發而復留，乃歎曰：『楊之先見，

張英國三定交州，而竟不能有，則以英國之去也。假使如黔國故事，俾英國世爲交守，雖至今郡縣可矣。故平賊者，勝之易，格之難。所戒於早班師者，必有一番鎮撫作用，非僅僅仗兵威以脅之也。

寇準

楚王元佐，太宗長子也。因伸救廷美不獲，遂感心疾，習爲殘忍。左右微過，輒彎弓射之。帝屢誨不悛。重陽。帝宴諸王。元佐以病新起，不得預。中夜發憤，遂閉縢妾。縱火焚宮。帝怒，欲廢之。會寇準通判鄆州，得召見。太宗謂曰：『卿試與朕決一事：東宮所爲不法，他日必爲桀紂之行。欲廢之，則宮中亦有甲兵，恐因而招亂。』準曰：『請某月日，令東宮於某處攝行禮。其左右侍從，皆令從之。陛下搜宮中，果有不法之事，俟還而示之。廢太子，一黄門力耳。』太宗從其策。及東宮出，得淫刑之器，有剜肉、挑筋、摘舌等物。還而示之，東宮服罪，遂廢之。

張晉

大司農張晉爲刑部時，民有與父異居而富者。父夜穿垣將入，入取貲。子以爲盜也。瞯其入，撲殺之。取燭視尸，則父也。吏議：子殺父，不宜縱。而實拒盜，不知其爲父，又不宜誅。久而不決，晉奮筆曰：『殺賊可恕，不孝當誅！子有餘財，而使父貧爲盜，不孝明矣。』竟殺之。

杜杲 蔡京

六安縣人有嬖其妾者，治命與二子均分。二子謂妾無分法。杜杲書其牘曰：『傳云：「子從父令。」律曰：「違父教令。」是父之言爲令也。父令子違，不可以訓。然妾守志則可，或去或終，當歸二子。』部使者李衍覽之，擊節曰：『九州三十二縣，令之最也！』

蔡京在告。有某氏嫁兩家，各有子。後二子皆顯達，爭迎養其母，成訟。執政不能決，持以白京。京曰：『何難！第問母所欲歸。』遂一言而定。

曹克明

曹克明有智略。真宗朝，官融桂十州都巡簡。既至，蠻酋來獻藥一器，曰：『此藥，凡中箭者傳之，創立愈。』克明曰：『何以驗之？』曰：『請試雞犬。』克明曰：『當試以人。』取箭刺酋股，而傅以藥。酋立死，群酋慚懼而去。

王曾

天聖中，嘗大雨。傳言汴口決，水且大至。都人恐，欲東奔。帝以問王曾，曾曰：『河決奏未至，必訛言耳。不足慮。』已而果然。

嘉靖間。東南倭亂。蘇城戒嚴，忽傳寇從西來，已過許墅。太守率衆登城，急令閉門。鄉民避寇者數萬，騰踴門外，號呼震天。任同知環憤然曰：『未見寇而先棄良民，謂牧守何！有事環請當之。』乃分遣縣僚，洞開六門，納百姓，而自仗劍帥兵坐接官亭，以遏西路。鄉民畢入。良久，而倭始至，所全活甚衆。吴民至今尸祝之。又萬曆戊午間，無錫某鄉，搆臺作戲娱神。有閧於臺者，優人不脱衣倉皇趨避。觀劇者亦雨散，口中戲云：『倭子至矣！』此語須臾傳遍，且云：『親見錦衣倭賊！』由是城門晝閉，城外人填湧。踐踏死者，近百人。迄夜始定。此雖近妖，亦有司不練事之過也。大抵兵火之際，但當遠其偵探。雖寇果臨城，猶當静以鎮之。使人心不亂，而後可以議戰守。若訛言，又當直以理却之矣。

朱文公

乾道四年，民艱食。朱熹請於府，得常平六百石賑貸。夏受粟於倉，冬則加息以償。歉蠲其息之半，大饑盡蠲之。凡十四年，以米六百石還府。見儲米三千一百石。以力社倉，不復收息。故雖遇歉，民不缺食。詔下熹社倉法於諸路。

聽民之便，則爲社倉法。强民之從，則爲青苗矣。此主利民，彼主利國故也。

陳霽巖

陳霽巖知開州時，萬曆己巳大水，無蠲而有賑。府下有司議。公倡議：極貧，穀一石。次貧，五斗。務沾實惠。放賑時，編號執旗，魚貫而進。雖萬人無敢譁者。公自坐倉門小柵，執筆點名，視其衣服容貌，於極貧者，暗記之。庚午春，上司行牒再賑極貧者。書吏稟，出示另報。公曰：『不必也。』第出前點名册中暗記極貧者，逕開唤領。鄉民咸以爲神。蓋前領賑時，不暇粧點，盡見真態故也。

公在開州。己巳之冬，倉穀幾盡。撫臺命各州縣，動支在庫銀二千兩糴穀。時穀價騰踴，每石銀六錢。各縣遵行，派大户領糴，給價五錢一石。每石賠己一錢，耗費復一錢。災傷之餘，大户何堪。而入倉穀，止四千石。是上下兩病也。公堅意不行，竟以此被參。以災年僅免。至庚午秋，州之高鄉大熟，鄰境則盡熟。穀價減至三錢餘，方申撫臺動支銀二千兩，派大户分糴。報價三錢，即如數給之。自後減至二錢五分，大户扣除餘銀。公笑曰：『寧增穀，毋減價也。』比上年所買多穀三千餘石，而大户無累賠。報上司外，餘穀七百餘石，盡以給流民之復業者。先是，本州土城十五連年雨注，崩數十處。庚午秋，議填修。吏請役鄉夫，公不許。會兩年被災，流民聞已饟荒糧，思還鄉井。因遍示招撫云：『亟歸種麥，官當賑爾。』乃出前大户所糴餘穀，刻期給散。另出四五小牌於各門一里外，令各將盛穀袋裝土，到城上填前塌處。總申於面上用印，倉中驗印發穀。再賑，而城已修完。

北方州縣，唯審均徭爲治之大端。三年一審，合八州八十里之民，庭集而校勘之。自極富至極貧，定爲九則。賦役皆准此。而派區中首領有里長、老人、書手。官唯據此三等人。三等人因得招權要賄。公蒞任，輪審均徭尚在一年後。乃取舊册查，自上上至下上七則户，照名里開填，分作二簿，每日上堂輒以自隨。或放告，或聽斷，或理雜務，看有曉事且樸實者，出其不意，唤至案前問：是何里人，就摘里中大户，問其家道何如，比年間何户驟富，何户漸消。隨其所答，手注簿内。如此數次，參驗之，所答略同。又一日，點查農民，本里集有二百餘人。即閉之後堂，各給一紙，令開本里自萬金至百金等家，嚴戒勿欺。又因聖節，先揚言齊點各役。至期拜畢，即唤里、老、書手，到察院。分作三處，各與紙筆，令開大户近年之消乏者。或殷厚如故，不必開也。以上因事採訪，編成底册。審時，一甲人齊跪堂下，公自臨視。擇其一二篤實人作爲公正，與里長同舉大户應升應降者。諸人知底册甚明，咸以實舉，遂從而酌驗之。頃刻編定。一日審四五里，往往州官待百姓，不令百姓待州官也。

平米價

趙清獻公，熙寧中，知越州。兩浙旱蝗，米價踴貴，飢死者相望。諸州皆榜衢路，立告賞，禁人增米價。公獨榜通衢，令有米者增價糶之。於是米商輻輳，米價更賤。

凡物多則賤，少則貴。不求賤而求多，真曉人也！

撫州飢，黄震奉命往救荒。但期會富民耆老以某日至，至則大書『閉糴者藉；强糴者斬』八字，揭於市。米價遂平。

撫流民

富鄭公知青州，河朔大水，民流就食。弼勸所部民出粟，益以官廩。得公私廬室十餘區，散處其人，以便薪水。官吏自前資待缺寄居者，皆賦以禄。使即民所聚，選老病弱瘠者廩之。仍書其勞，約他日爲奏請受賞。率五日，遣人持酒肉飯糗慰藉。出於至誠，人人爲盡力。山林陂澤之利，可資以生者，聽流民擅取。死者爲大塚埋之，目曰『叢塚。』明年，麥大熟，民各以遠近受糧歸。募爲兵者萬計。帝聞之，遣使褒勞。前此救災，皆聚民城郭中，爲粥食之。蒸爲疾疫，或待哺數日不得粥而仆。名救之，而實殺之。弼立法簡盡，天下傳以爲式。

能於極貧弱中做出富强來，真經國大手！

李若谷

安豐荀陂縣，叔敖所創爲南北渠，溉田萬頃。民因旱多侵耕其間。雨水溢，則盜決之，遂失灌溉之利。李若谷知壽春，下令陂決不得起兵夫。獨調瀕陂之民，使之完築。自是無盜決者。

趙閅

趙閅既疏通錢引，民以爲便。一日，有司獲僞引三十萬，盜五十人。議法當死，張浚欲從之。閅曰：『相君誤矣！使引僞，加宣撫使印其上，即爲真矣。黥其徒，使治幣。是相君一日獲三十萬之錢，而起五十人之死也。』浚稱善。

卷五

智術三

周忱

周文襄巡撫江南日，巨璫王振當權，慮其撓己也。時振初作居第，公預令人度其齋閣，使松江作剪絨毯遺之，不失尺寸。振益喜，凡公上利便事，振悉從中贊之。江南至今賴焉。

賊檜構格天閣，有某官任江南，思出奇媚之。乃重賂工人，得其尺寸，作絨毯以進。鋪之恰合。檜謂其調己内事，大怒。因尋事斥之。所獻同，而喜怒相反，何也？謂忠佞意殊，彼蒼者陰使各食其報。此恐未然。大抵振暴而驕，其機淺，檜險而狡，其機深。振樂於招君子以沽名，檜嚴於防小人以慮禍。此所以罪與？

倭躪姑蘇，戟嬰兒爲戲。唐公順之，時家居，一見痛心，憤不俱生。時督師海上者趙文華，嚴分宜倖客也。公挺身往謁，與陳機略。且言非專任胡梅林不可。趙乃首薦，起職方郎中，視師浙直。因任胡宗憲。宗憲亦厚餽嚴相，以結其歡。故無掣肘之虞，始得展布以除倭患。

焦弱侯曰：『應德字順之，晚年爲分宜所薦，至今以爲詬病。嘗觀《易》之「否」以「包承小人爲大人吉」，甚且「包畜不辭潔一身而委大計於溝瀆。」固志天下者，所不忍也。漢人有言：「中世選士，務於清慤謹順。」此婦女之簡押鄉曲之常人耳。嗚呼！世多隱情，惜已之人，殆難與道此也！正德時，逆瑾鴟張。劉健、謝遷皆逐去，而李東陽獨留。益務沉遜，時時調劑其間，縉紳之禍往往恃以獲免。人皆責東陽不去爲非，不思孝宗大漸時，劉謝李同在榻前，承受顧命，親以少主付之。使李公又隨二人而去，則國事將至於不可言。寧不負先帝之托耶！則李義不可去，有萬萬不得已者。李晚年有人談及此，輒痛哭不能已。嗚呼！大臣心事不見諒於拘時儒者多矣，豈獨應德哉！

楊一清　張永

楊文襄與内臣張永，同提兵討安化。王楊在軍，語及逆瑾事，因以危言動之。即於袖中出二疏，一言平賊事，一言内變事。囑永曰：『公班師入京見上，先進寧夏疏。上必就公問，公詭言請屏人語，乃進内變疏。』永曰：『即不濟奈何？』公曰：『他人言濟不濟未可知，公言必濟。顧公言時，須有端緒。萬一不信公，公可頓首，請特召瑾，没其兵器，勸止登城驗之。若無反狀，殺奴餧狗又頓首哭泣，上必大怒瑾。瑾誅，公大用，盡矯其所爲。吕强、張承業與公，千載三人耳！得即請行事，勿緩頃刻。」，永勃然作曰：『老奴何惜餘年報主乎！』已而，永入見，如公策，事果濟。瑾初縛時，得旨降南京奉御。瑾上白帖，乞一二敝衣蓋體。上憐，令與故衣百件。永懼，謀之内閣，令科道劾瑾。劾中多波及阿瑾諸臣。永持疏至左順門，諸言官曰：『瑾用事時，我輩亦不敢言，况爾兩班官。今罪止綵一人，勿動摇人情也。可領此疏去，急易疏進。』比疏入，瑾遂正法。止連及文臣張綵一人，武臣楊五等六人而已。

周新

周新爲浙江按察使，嘗巡屬縣。微服觸縣官，取繫獄中。與囚語，遂知一縣疾苦。明往迓，乃自獄出。縣官慚懼，解綬而去。由是諸郡縣，聞風股慄，莫不勤職。

陳瓘

陳瓘嘗爲别試，所主蔡卞曰：『聞瓘欲盡取史學，而黜通經之士。意欲沮壞國是，而動摇荊公之學也。』卞既積怒，謀因此害瓘，而遂禁絶史學。計畫已定，惟俟瓘所取士，求疵立説而行之。瓘因預料其如此，乃於前五名，悉取談經純用王氏之學者。卞無以發。然五名之下，皆往往博洽稽古之士也。瓘曰：『當時若無矯揉，則勢必相激，史學遂廢矣。』故隨時所以救時，不必取快目前也。

郭崇韜　宋主

郭崇韜素廉，自從入洛，始受四方賂遺。故人子弟或以爲言。崇韜曰：『吾位兼將相，禄賜巨萬，豈少此耶？今藩鎮諸侯，多梁舊將，皆主上斬袪射鈎之人。若一切拒之，能無疑駭！』明年，天子有事南郊，崇韜悉獻所藏，以佐賞給。

南唐主以銀五萬兩遺趙普，普以白宋主。主曰：『此不可不受，但以書答謝，少賂其使者可也。』普辭，宋主曰：『大國之體，不可自爲削弱，當使之弗測。』及唐主從善來朝，常賜外，密賚白金如遺普之數。唐君臣皆震駭，服宋主之偉度。

宋主聞唐主酷嗜佛法，乃選少年僧有口辯者，南渡見唐主論性命之説。唐主信重，謂之一佛出世。由是不以治國守邊爲意。

梁文康

正德中，秦藩請益封陝之邊地。朱寧、江彬輩皆受賂，許之。上促大學士草制，楊廷和、蔣冕私念，草制恐爲後虞，否則忤上意，俱引疾。獨梁儲承命，草之曰：『昔太祖著令曰：「此上不得藩封。」非吝也。念此地廣且饒，藩封得之，多蓄士馬，必富而驕。奸人誘爲不軌，不利社稷。今王懇請畀地與王，王得地毋收聚奸人！毋多養士馬！毋聽狂人導爲不軌，震及邊方，危我社稷！是時雖保親親不可得已。王慎之毋忽！』上覽制，駭曰：『若是其可虞，其勿與。』事遂寢。

王振

北京功德寺後宮，像極工麗。僧云：『正統時，張太后常幸此，三宿乃返。』英廟尚幼，從之遊。宮殿別寢皆具。王振以后妃遊幸佛寺，非盛典，乃密造此佛。既成，使英廟進言於太后曰：『母后大德，子無以報。已命裝佛一堂，請致功德寺後宮，以酬厚德。』太后大喜，命中書舍人寫金字藏經，置東西房。自是太后以佛經在，不可就寢，不復出幸。

李允則

滄州城北，舊有甕城。刺史李允則欲合大城爲一。先建東嶽寺，出黄金百兩爲供器，道以鼓吹。居人争獻金帛。久之，聲言盜自北至，遂下令捕盜。移文北界，興版築以護神祠。而卒就關城浚濠起月堤。自此甕城之人，悉納城中。歲修禊事，召界河戰棹爲競渡。縱北人遊觀，而不知其習水戰也。州北舊多陷馬坑，城下起樓爲斥堠，望十里。自罷兵後，人莫敢登。允則曰：『南北既講和矣，安用此爲？命撤樓夷坑，爲諸軍蔬圃。浚井疏洫，列畦隴。築短垣，縱横其中，植以荊棘，而其地益阻隘。因治坊巷，徙浮屠北原上。州民旦夕登望三十里。下令安撫司，所治境有隙地，悉種榆。久之，榆滿塞下。顧謂僚佐曰：『此步兵之地，不利騎戰。豈獨資屋材耶！』

允則不事威儀。閒或步出，遇民有可語者，延坐與語，以此洞知人情。

范仲淹

皇祐三年，吴中大饑。時范仲淹領浙西，發粟及募民存餉，爲術甚備。吴人喜競渡，好爲佛事。仲淹乃縱民競渡，太守日出宴於湖上。自春至夏，居民空巷出遊，又召諸佛寺主守，諭之曰：『饑歲工價至賤，可以大興土木。』於是諸寺工作并興。又新廒倉吏舍，日役千夫。兩浙大饑，惟杭晏然。

《周禮・荒政十二》：『或興工作，以聚失業之人。』但他人不能舉行，文正行之耳。凡出遊者，必其力足以遊者也。遊者一人，而賴遊以活者不知幾十人矣。萬曆時，吾蘇大荒。當事者以歲儉，禁遊船。富家兒率治饌僧舍爲樂，而遊船數百人皆失業流徙。不通時務者，類如此！

洪武中老胥

洪武中，駙馬都尉歐陽某，偶挾四妓飲酒。事發，官逮妓急。分必死，欲毀其貌以覬萬一之免。一老胥聞之，往謂之曰：『若予我千金，吾能免爾死也。』妓立與五百金。胥曰：『上位神聖，豈不知若輩平日之侈，慎不可欺！當如常貌哀鳴，或蒙天宥耳。』妓曰：『何如？』胥曰：『若須沐浴極潔，仍以脂粉香澤治面與身，令香遠徹，而肌理妍豔之極。首飾衣服，須以金寶錦繡。雖私服衣裙，不可以寸素間之。務盡天下之麗，能奪目蕩志則可。問其詞一味哀呼而已。』妓從之。此見上，叱令自陳。妓無無一言，上顧左右曰：『榜起殺了！』群妓解衣就縛，自外至内，備極華爛，繒采珍具，堆積滿地，照耀左右。至裸體，裝束不減，而膚肉如玉，香聞遠近。上曰：『這小妮子！使我見，也當惑了。那廝可知！』遂叱放之。

僕散忠義

僕散忠義爲博州防禦使。一久陰晦，囚報謀反獄。倉卒間，將士皆皇駭失措。忠義從容，但使守吏撾鼓鳴角。囚徒以爲天且曉，不敢出，自就桎梏。

嚴養齋

海虞嚴相訥，營大宅於城中。度基已就，獨民房一楹錯入，未得方圓。其人鬻酒腐，而房其世傳也。司工者請爲價乞之，必不可，憤而訴公。公曰：『無庸。先營三面可也。』工既興，公命每日所需酒腐，皆取辦此家，且先資其直。其人夫婦拮据，日不暇給，又募人爲助。已而鳩工愈衆，獲利愈豐，所積米荳充牣屋中，缸仗俱增數倍，屋隘不足以容之。又感公之德，自愧其初之抗也。遂書券以獻公，以他房之相近者易焉。房稍寬，其人大悦，不日遷去。

高皇帝

滁陽王二子忌太祖威名日著，陰置毒酒中，欲害之。其謀預洩。及二子來邀，上即與偕往，了無難色。二子喜其墮計。至半途上，遽躍馬上，仰天若有所見。少頃勒馬即轉，因罵二子曰：『如此歹人！』二子問故，上曰：『上天相告，爾設毒毒我，我不往矣。』二子大駭，下馬拱立，連稱『豈敢！』自是息謀害之意。

王敬則

王敬則嘗任南沙縣。時方兵荒，縣有賊一群聚匿山中，爲民患，官捕之不得。敬則遣人致賊帥曰：『若能自出首，當爲申白。請盟之神，定無負。』蓋縣有廟，神甚酷烈，鄉民多信之故云。賊帥許之，即設宴廟中，致帥。帥至，即席收之，曰：『吾業啟神矣。若負誓，當還神十牛。』遂殺十牛享神，而竟斬帥。賊遂散。

出見錢

京下忽闕見錢，市間頗皇皇。忽一日，秦檜呼一鑷工櫛髮，以五千當二錢犒之。諭曰：『此錢數日有旨不使，可早用也。』鑷工遂與外人言之。不三日，京下見錢頓出。又都下貨壅乏見錢，府尹以聞。檜笑曰：『易耳！』即召文思院官。未至，促者絡繹。奔而來，渝之曰：『適得旨，欲變錢法，可鑄樣錢一緡來進呈。廢見錢不見。』約翊午畢事。院官唯唯而出，召工爲之。富家聞者，盡出宿鏹，市金粟。物價太昂，錢溢於市。既而樣錢上者，寂無聞矣。

俵馬

俵馬，以高三尺八寸，齒少而形肥者爲合式。各州縣無孳生駒，必從馬販買解。開州居各縣之中，馬販自外來，先被各縣攔截買完，然後放過。州官比解，嚴迫馬頭，枉受鞭笞。馬價騰踴，求速反遲。陳霽岩爲知州，詗知之，故緩其事。時馬販到齊，方出示看馬。先一日，喚馬頭到堂，面問之云：『各縣俵馬已行，汝知之乎？』咸叩頭曰：『知之。』又密諭曰：『我心甚忙，明日看馬，只做不忙。汝輩宜知之！』又叩頭感激而去。明日，各馬販隨馬頭帶馬，有高至四尺者。令輒置不用，曰：『高低怕相形，寧低一寸。我有稟帖到太僕寺，只説是孳生駒耳。』衆稟，再遲三日，至臨濮會上買，易得。公許之，不責一人而出。各馬販氣索然，争願賤賣。兩日而辦。在他縣，争市高馬，刻期早解，以求保薦，騰價至四五十金。在本州無過二十餘金者。

丁謂

真宗幸澶淵。丁謂知鄆州，兼齊濮等州按撫使。時契丹深入，民大驚，争趨楊劉渡。舟人邀利不急濟。謂取死罪囚，詐作篙舟人，立命斬之。舟遂集，民乃得渡。遂立部分，使沿河執旗幟，擊刁斗自衛。契丹乃引去。

李文正

正德五年，安化王寘鐇反。遊擊仇鉞陷賊中，京師訛言鉞從賊，興武營守備保勛爲之外應。李文正曰：『鉞必不從賊。勛以賊姻家，遂疑不用，則諸與賊通者皆懼，不復歸正矣。』乃舉勛爲參將，鉞爲副戎，責以討賊。勛感激自奮。鉞稱病臥，陰約游兵壯士候勛兵至河上，乃從中發爲内應。俄得動信，即嗾人謂賊黨何錦：『宜急出守渡口，防決河灌城。遏東岸兵，勿使渡河！』錦果出，而留賊周昂守城。鉞又稱病，亟昂來問病，鉞猶堅臥呻吟，言旦夕且死。蒼頭卒起，捶殺昂，斬首。鉞起，披甲仗劍跨馬，出門一呼，諸游兵將士皆集。遂奪城門，擒寘鐇。

楊倭漆

天順間，錦衣指揮門達用事。同時袁彬指揮者，隨駕北狩，有護蹕功。達惡其逼，令邏卒摭其陰私，欲致於死。時有藝人楊暄者，善倭漆器，宣廟喜倭漆之精，令暄往學。號『楊倭漆。』憤甚，乃奏達違法二十餘事，且極稱彬枉。疏入，上令達逮問。暄至，神色不變，佯若無所與者。達曆訓其事，皆曰：『不知』。且曰：『暄，賤工，不識書字。又與君侯無怨，安得有此？望去左右，暄以實告。』因告曰：『此内閣李賢授暄，使暄投進。暄實不知所言何事。君侯若會衆官詰我，我必對衆言之。李當無辭。』達聞大喜，勞以酒肉。早朝，以情奏。上命押諸大臣，會問於午門外。方引暄至，達謂賢曰：『此皆先生所命，暄已吐矣。』賢正驚訝，暄即大言曰：『死則我死，何敢妄指。我一市井小人，如何見得閣老？鬼神昭鑒，此實達教我指也。』因剖析所奏二十餘條，略無餘蘊。達氣沮。詞聞於上，由是疏達。彬得分司南都。居一載，驛召還職。後達坐怨望，謫戍廣西以死。

此與張説保全魏元忠事同。然説故士林，且多權智，又得宋璟諸人勉勵，而後收篷蓏之益。楊暄一介小人，未嘗讀書通古，而能出一時之奇，抗天威而塞奸吻。不惟全袁彬，并全李賢。不惟全二忠臣，且能去一大奸惡。豈不十倍於説也！一時縉紳阿附達者不少，聞此事，有不吐舌愧汗者乎！豈非衣冠牽於富貴之累，而匹夫迫於是非之公哉！

洪武時，上嘗怒宋濂，使人即其家誅之。馬后是日茹素，上問之。后曰：『聞今日誅宋先生，妾不能救，聊爲齋以資冥福耳！』上悟，即馳驛使人赦之。薛文清忤王振，詔縛詣市殺之。振有老僕，是日大哭厨下。振問何故，僕對曰：『聞今日薛夫子將刑故也。』振聞而怒解。適王偉申救，遂得免。夫老僕一哭，遂與聖母同功，斯亦奇矣！

喬白巖

武宗南巡。江提督所領邊兵，皆西北勁兵，偉岸多力。喬白巖命於南方教師中，取其最矮小而精悍者百人，每日與江相期至教場中比試。南人輕捷，跳趫如飛，北人粗坌。方欲交手，或撞其脅，或觸其腰，皆倒地僵臥。江氣大沮喪，而所蓄異謀亦已潛折其一二矣。

時應天府尹寇天敘，山西人，署事。每日戴小帽，穿一撒衣坐堂。自供應朝廷外，毫不妄用。江彬有所虐索，每使至。佯爲不見。直至堂上方起立，呼爲『欽差』，語之曰：『南京百姓，窮倉庫，竭錢糧無措。府丞所以只穿小衣坐堂，專待拏問耳。』每次如此，彬無可奈何而止。此亦白巖一時好幫手也！又，是時邊軍於市橫行，强買貨物。寇公亦選矬矮精悍之人，每早晚祈候行宫，必以自隨。若遇此輩，即與相持。邊大爲所措，遂斂迹。想亦與白巖共議而爲之者。

張嘉言

張嘉言司理廣州時，邊海設有總兵、參、游等官。幕下各數千防守，每日工食三分。然參、遊兵每歲涉遠出汛，而總兵官所轄，皆藉口坐鎮不遠行。每三年五年修船，其參游部下兵止給每日工食之半。即非修船而僅不出汛也，亦減工食每日三分之一，俱貯爲修船之用。獨總兵官部下兵，毫無所減。當修船時，另湊處於民間。積習已久，彼此皆視爲固然。忽巡道申詳軍門，欲將總兵官所轄兵以後稍裁其工食，留備修船之用。軍門適與總兵有隙，乃倉卒允行。各兵鬨然而譁。知張公爲院道耳目，直逼其堂。張公意色安閒，命呼知事者五六人登階述其故。衆兵俱擁而前，即叱下堂，曰：『人言囂亂，殊不便聽』。衆兵乃下。時天雨甚，兵衣盡濕，公亦不顧，但令此六人者好言之。六人曉曉，稱舊無減例。公曰：『此事我亦與聞。汝等不出汛，却難怪上人也。汝欲不減亦使得。雖然，亦非汝之利也。上司自今使汝等與參游兵，每歲更迭出汛，汝寧得不往乎？若往，汝等且稱參遊兵工食減半矣，汝所争而存者，非汝所能享，而參游兵之來代者所得也！何不聽其減，而汝等猶得歲歲稱大將軍兵乎。汝等試思之！』六人俛首不能對，惟曰：『願爺爺轉達寬恤公曰：『汝等姓名爲誰？』各相顧不肯言，公駡曰：『汝等不言姓名，上司問我，誰來稟汝，何以對之？不妨説來，自有處也。』乃始各言姓名而記之，公曰：『汝等傳語諸人，此事自當有處，甚無譁。諸人譁，汝六人各有姓名，上司皆斬汝首矣六人失色，唯唯而退。後議諸兵每月減銀一錢，兵竟無譁者。

吴瑾

石亨矜奪門功恃寵。一日，上登翔鳳樓，見亨新第極偉麗，顧問恭順侯吴瑾、撫寧伯朱永曰：『此何人居？』永謝不知，瑾曰：『此必王府。』上笑曰：『非也。』瑾頓首曰：『非王府，誰敢僭妄如此！』上不應，始疑亨。

折契丹

契丹遣使，論中國書所稱『大宋』『大契丹』，似非兄弟之國，今輒易『南朝』『北朝』。上詔中書、密院共議。輔臣多言，不從將生隙。梁莊肅曰：『此易屈耳。但答言：「宋，蓋本朝受命之土；契丹，亦北朝國號。無故而自去，非佳兆。」』其年賀正使來復，稱大宋如故。

皇佑末，契丹請觀太廟樂人。帝以問宰相，對曰：『恐非享祀，不可習也。』樞密副使孫公沔曰：『當以禮折之云：「廟樂之作，皆本朝所以歌詠祖宗功德也。他國可用耶？使人如能助吾祭乃觀之。」』仁宗從其言，使者不敢復請。

韓億

韓億奉使契丹時，副使者爲章獻外姻，妄傳太后旨於契丹，諭以『南北歡好，傳示子孫』之意。億初不知也。契丹主問億曰：『皇太后即有旨，大使何不言？』億對曰：『本朝每遣使，皇太后必以此戒約，非欲達之北朝也。』契丹主大喜曰：『此兩朝生靈之福！』是時副使方失詞，而億反用以爲德，時推其善對。

辛企李

辛參政企李守福州。有主管應天啟運宮内臣武師説，平日郡中待之與監司等。初視事，謁入，謂客將曰：『此特監當耳。待以通判，已爲過禮。』乃令與通判同見。明日，郡官朝拜神御。企李病足，必扶掖乃能拜。既入至庭下，師説忽叱候卒退曰：『此神御殿也！』企李不爲動，顧卒曰：『但扶，自當具奏。』雍容終禮。既退，遂自劾、待罪。朝廷爲降師説爲泉州兵官云。

元伯顏

有告乃顏反者，詔伯顏窺覘之。乃多載衣裘，入其境輒以與驛人。既至，乃顏爲設宴，謀執之。伯顏覺，與其從者趨出，分三道逸去。驛人以得衣裘，故争獻健馬遂得脱。

沉盃

有人舟行，出鍮石盃飲酒。舟人疑爲真金，頻矚之。此人乃就水洗盃，故墮之水中。舟人駭惜，因曉之曰：『此鍮石盃，非真金。不足惜也！』

倉卒治盜

婁門二布商舟行，有北僧來附舟，欲至崑山。舟子不可，二商以佛弟子容之。至河，僧拔刀插几上，曰：『汝要完尸，汝要斷首？』二子愕曰：『何也？』僧曰：『我不過欲得財耳。速躍入河，庶可全尸！』二子泣曰：『師容我飽餐，就死無恨。』僧曰：『容汝作一飽鬼。』舟子爲煮肉，多沃以汁，乃以巨鉢盛之，呼曰：『肉已熟。』因出僧不意，舉汁急蓋其頂。僧方兩手推鉢，二子即拔几上刀斬之，擲尸於河，滌舟而去。吴有書生寓僧舍，見僧每出必鎖其房甚謹。一夕忘鎖，生縱步入焉。房中有小石磬，生戲擊之。旁小門忽啟，有少婦出，見生驚而去。生亦倉皇外走，僧適挈壺酒而入。見門未鑰，愕然問生：『適何所見。』生曰：『無有。』僧怒掣刀擬生，勢不兩容。生泣曰：『容我一醉就死，庶懵然無覺也。』僧許之，生佯乞菜一莖，僧乃持刀入廚。生急脫布衫塞壺口，酒不泄，重十許斤。潛立門背，伺僧至，連擊其首。僧悶絕而死。問少婦，乃謀殺其夫而奪得者。分僧橐而遣之。

張佳胤

張胤佳令滑，巨盜任敬、高章詐密旨，挾匕首以千金劫張。張曰：『庫藏空虛，我將貸諸豪右。』乃手書十人名，令持百金來。十人素善捕盜者。須臾，人捧二十金來。公陽怒曰：『賦汝百金，明二十也。』稱之良久。察賊少懈，一人前，忽躍而就之。刺一人，縛一人。不踰刻，蹶巨盜於樽俎間。

羅巡撫

羅某初出使川中，泊舟河邊。川中有一處，男女俱浴於河，即嬉笑舟邊。羅遣人禁之，男女鼓噪大罵。人多，卒不可治，反拋石舟中而去。乃訴之縣，稍鞭數人。既而羅公巡撫蜀中，縣民大駭。羅心計之。是日，又泊舟舊。大言曰：『此處民，前被我懲創一番，今乃大變矣！』嗟嘆良久。川民前猜遂解。

不但釋其猜，且可誘之於善。妙哉！

沈括

沈括知延州時，種諤次五原。值大雪，糧餉不繼。殿值劉歸仁率衆南奔。士卒三萬人皆潰入塞，居民怖駭。括出東郊，餞河東歸帥。得奔者數千，問曰：『副都總管遣汝歸取糧，主者爲何人？』曰：『在後。』即令各歸屯。未旬旬，潰卒盡還。括出按兵，歸仁至，括曰：『汝歸取糧，何以不持兵符？』因斬以徇。

括在鎮，悉以别賜錢爲酒。命廛市良家子，馳射角勝。有軼群之能者，自起酌酒勞之。邊人歡激，執弓傳夫，皆恐不得進。越歲，得徹札超乘者千餘，皆補中軍義從。威聲雄他府，真有用之才！

河清卒

河清卒，於法不他役。時中人程昉爲外都水丞，怙勢蔑視州郡，欲盡取諸兵治二股河。程顥以法拒之。昉請於朝命，以八百人與之。天方大寒，昉肆其虐，衆逃而歸州。官晨集城門，吏報：

『河清兵潰歸，將入城！』衆官相視，畏昉欲弗納。顥言：『弗納，必爲亂。若昉有言，某自當之。』既親往開門撫納，諭歸休三日復役。衆歡呼而入。具以事上聞，得不復遣。後昉奏事過州，見顥言甘而氣懾。既而揚言於衆曰：『澶卒之潰，乃程中允誘之。吾必訴於上。』同列以告。顥笑曰：『彼方憚我，何能爾也！』果不敢言。

此等事，伊川必不能辨。縱能撫卒，必與昉結訟於朝。安能令之心憚，而不敢爲仇耶。

周金

周襄敏公撫宣撫。總督馬侍郎，以苛刻失衆心。會諸軍詣侍郎請糧，不從，且欲鞭之。衆遂憤，轟然而罵。因圍帥府。公時以病告，諸屬奔竄，泣告公。公曰：『吾在也勿恐。』即便服出，坐院門，招諸把總官，陽罵曰：『是若輩剝削之過。不然，諸軍豈不自愛而至此！』欲痛鞭之。軍士聞公不委罪若也，氣已平。乃擁跪而前，爲諸把總請曰：『非若輩罪。乃總制者，罔利不恤我衆耳！』公爲從容陳利害，衆囂曰：『公生我！』始解散去。

徐文貞

留都振武軍邀賞，投帖，詞甚不遜。衆憂之。徐文貞面諭操江都御史：『出居龍江關整理江操之兵。萬一有事，即據京城，調江兵，杜其入孝陵之路。』且曰：『事不須密，正欲其聞吾意。』戒令各自爲計。變遂寢。

顧岭

顧岭爲儋耳郡守。文昌海面，當五月有大風，飄至船隻，不知何國人。内載金絲鸚鵡、金條等件。地方分金坑女，止將鸚鵡送縣。申呈鎮巡衙門公文，駁行鎮守府，仍差人督責。原地方畏避，相率欲飄海。主其事者，莫之爲謀。岭適抵郡，咸來問計。玠隨請原文讀之，將『飄來船』作『覆船』改申，乃止。

胡興

祈門胡進士興，令三河。文皇封趙王擇，輔以爲長史。漢庶人將反，密使至趙。王大驚，將執奏之。興曰：『彼舉事有日矣，何暇奏乎？萬一事泄，是趣之叛。』一日盡殲之。漢平，趙王讓還護衛兵。宣廟聞斬使事，曰：『吾叔非二心者。』趙遂得免。

徐達

太祖嘗召徐中山王飲，迨夜，强之醉。醉甚，命内侍送舊内宿焉。舊内，上爲吴王時所居也。

中夜王酒醒，問宿何地。内侍曰：『舊内也。』即起，趨丹陛下，北面再拜，三叩頭乃出。上聞之大悦。

周文襄

己巳之難，將直犯京城，聲言欲據通州倉。舉朝倉皇無措。議者欲遣人舉火燒倉，恐賫敵也。時周文襄公忱適在京，因建議『令各衛軍預支半年糧。令其在取。』於是肩負者踵接。不數日，京師頓實，而通州倉爲之一空。

韓襄毅

韓襄毅在蠻中，有一郡守治酒具進，用盒納妓於内，徑入幕府。公知必有隱物，召郡守入，開盒令妓奉酒畢，仍納於盒中，隨太守出。

此必蠻太守欲假此以窺公耳。公不拂其意，而處之若無事然，乃妙。

牛膠　盔甲

正統中，綵繪宫殿，計用牛膠萬餘斤。遣官敕江南上供甚急。時巡撫周忱以議事赴京，遇諸途。敕使請公還治，公曰：『第行，自有處置。』至京，言京庫所貯牛皮，藏久朽腐，請出煎膠應用。俟歸，市皮還庫，以新易舊，兩得便利。王振欣然從之。

時邊緊急，工部移文索造盔甲、腰刀數百萬。其盔俱要水磨。公取所積餘米，依數成造。且計水磨明盔，非歲月不可。暫令擺錫，旬日而辦。

張愷

張愷，鄞縣人。宣德三年，以監生爲江陵令。時征交趾大軍過，總督日晡立取火爐及架數百。愷即命木工以方漆桌鋸半脚，鑿其中，以鐵鍋實之。已又取馬槽千餘，即取針工各户婦人，以棉布縫成槽。槽口綴以繩，用木椿張其四角。飼馬食過便收卷。前路足用，遂以爲法。

後周文襄公薦爲工部主事，督運大得其力。嗟乎！此監生也。用人可以資格限乎！

陶魯

陶魯，字自强，鬱林人。年二十，以父成死事，録補廣東新會縣丞。都御史韓公雍下令索犒軍牛百頭，限三日具。公令出如山，群僚皆不敢應。魯踰列任之。三司及同官，交責其妄。魯曰：『不以相累』。乃牓城門云：『一牛酬五十金。』有人以一牛至，即與五十金。明日，牛爭集，魯選取百頭肥健者，平價與之。曰：『此韓公命也！』如期而獻，公大稱賞。檄魯隸麾下，任以兵政。其破藤峽，多賴其力。累遷至方伯。

本商鞅『徙木立信』之術，兼趙清獻『增價平糴』之智。

書城壁

金主亮性多忌。劉錡在揚州，命盡焚城外居屋，用石灰書城壁。書曰：『完顏亮死於此！』亮見而惡之，遂居龜山。人衆不可容，以是生變。

韓雍

韓雍弱冠爲御史。出按江西時，有詔下鎮守中官，而御史誤啟其封，懼以諮雍。雍請宴中官，而身爲解之。明日僞爲封識，藏舊封於懷。俟會門，使郵卒持以付己，佯不知而啟之。稍讀一二語，即驚曰：『此非吾所當聞！』遽吏還中官，則已潛易舊封矣。雍起謝罪，復欲與郵卒杖。中官以爲誠，反爲救解。歡飲而罷。

有御史怒其縣令，縣令密使孌兒侍御史。御史暱之，遂乘間竊其篆去。御史顧篆篋空，心疑縣令所爲，而不敢發，因稱疾不視事。嘗聞某教諭有奇才，因其問疾，召至床頭訴之。教諭令御史夜半於厨中發火。火光燭天，郡縣俱赴救。御史持篆篋，授縣令。他官各有所護。及火滅，縣令上篆篋，則篆在矣。

山盡水窮處，忽覩天台、鴈蕩、洞庭、彭蠡，想胸中有走盤珠萬斛在！

徐杲

嘉靖間，上勤於醮事，移幸西苑。建萬壽宫，爲齋居所。未幾，萬壽宫災，閹臣請上還乾清宫。上以修玄不宜近宫闈，諭工部尚書雷禮興工重建。禮以匠師徐杲有智，專委經營，皆取用於工部營繕司。原收贖工等銀，及臺基、山西二廠原存木料，與夫西苑舊磚舊石，稍新改用，并不於各省派辦。其夫力則以歇操軍夫充之，時加犒賞。及僱募在京貧寒乞丐之民，因濟其饑。是以中外不擾，軍民踴躍，而工易成。杲曆陞通政侍郎及工部尚書職銜。

尹見心

尹見心爲知縣。縣近河，河中有一樹，從水中生有年矣。屢屢壞人舟。見心命去之，民曰：『根在水中甚固，不得去。』見心遣能入水者一人，往量其長短若干。爲一彬木大桶，較木稍長。從樹抄穿下，打入水中。因以巨瓢盡涸其水，使人入而鋸之，木遂斷。

輪 囤

政和中，晏中夷酋十漏反。漏據輪囤。其山崛起數百仞，林箐深密，壘石爲城，外樹木柵，當道穿坑阱，仆巨枏，布渠荅夾以守障，官軍不能進。時趙遹爲招討使，環按其傍。有崖壁峭絶處，賊恃險不設備。又山多生猱，乃遣壯丁捕猱數十頭，束蔴作炬，灌以膏蠟，縛之猱背。於是身率正兵攻其前，旦夕戰，羈縻之。而陰遣奇兵從險絶處負梯銜枚引猱上。既及賊柵，出火然炬，猱熱狂跳。賊廬舍皆茅竹，猱竄其上，輒發火。賊號呼奔撲，猱益驚，火益熾。官軍鼓噪破柵。遹望見火。直前迫之。前後夾攻，賊赴火墮崖死者無算。卜漏突圍走，追獲之。

凱口囤

嘉靖十六年，阿向與土官王仲武争田構殺。仲武出奔，阿向遂據凱口囤爲亂。凱口囤圍十餘里，高四十丈，四壁斗絶，獨一徑尺許，曲折而登。山有天池，雖旱不竭。積糧可支五年。變聞，都御史陳克宅、都督僉事楊仁調水西兵剿之。宣慰使安萬銓，素驕抗不法，邀重賞乃行。提兵萬餘。屯囤下。相持三月，仰視絶壁，無可爲計者。獨東北隅，有巨樹，科科偃蹇斗壁間。然去地二十丈許。萬銓令軍中曰：『能爲猿猱上絶壁者，與千金。』有兩壯士出應命，乃鍛鐵鈎縛手足爲指爪。人腰四徽一劍。約至木，憩足，即垂徽下引人。人帶銃炮長徽而起。候雨霽夜，昏黑不辨咫尺時，爬緣而上。微聞刺刺聲，俄若崩石，則一人墮地，骸骨泥爛矣！俄而長徽下垂，始知一人已據樹。乃遣兵四人，緣徽蹲樹間。壯士應命者，復由木間爬緣而上。至囤頂，適賊巡激者鳴鑼而至。垂徽下引樹間人，樹間人復引下人，纍纍而起。至囤者可二三十人，便舉火發銃炮，大呼曰：『天兵上囤矣！』賊衆驚起。昏黑中自相格殺，死者數千人。奪徑而下，失足墜崖死者，又千人。黎明，水西軍蟻附上囤。克宅令軍中曰：『賊非鬥格而擅殺。及黎明後殿者，功俱不録。』自是一軍解體，相與賣路走賊。阿向始與其黨二百人免。囤營一空，焚其積聚，乃班師。

樊若水

唐，池州人樊若水，舉進士不第，因謀歸宋。乃漁釣於採石江上。乘小舟，載繫繩維南岸，疾掉至北岸，以度江之廣狹。因詣闕上書，請造浮梁以濟。議者謂江闊水深，古未有浮梁而濟者。帝不聽，擢若水右贊善大夫，遣石全振往荊湖，造黄黑龍船數千艘，又以大艦載巨竹絙，自荊渚而下。先試於石碑口，移置采口。三日而成，不差寸尺。

許逵

許逵，河南固始人。令欒陵期月，令行禁止。時流賊勢熾，逵預築城浚隍，貧富均役，逾月而成。又使民各築牆，高屋過簷，仍開牆竇如圭，僅可容一人。壯士執刀，壯丁執刀，俟於竇内。其餘人皆入隊伍。令曰：『守吾號令，視吾旗鼓。違者從軍法！』又設伏巷中，洞開城門。未幾賊果至，火無所施，兵無所加。旗舉伏發，盡擒斬之。

鐵菱角　火老鴉

流賊犯江陰縣，人以鐵菱角布城外淖土中，縱牲畜其間。賊争掠冢，悉陷着菱角，不能起。擒數十人，後更不敢進城。

流賊劉七等，舟泊狼山下。蘇人有應募，獻計用火攻。其名『水老鴉。』藏藥及火於炮，水中發之。又爲製形如鳥喙，持之入水，以啄鑽船，而機發之，以自運轉。轉透船可沉。試用之，已破一船，賊駭，爲江南兵能水中破船，是神兵也。乃捨舟登山，遂爲守兵所蹙。

張文錦

宸濠兵起，聲言直取南京。道經安慶，太守張文錦與守備楊鋭等合謀，令軍士鼓譟登城，大罵激怒逆濠。使頓兵挫鋭於堅城之下，而守仁得成其功。雖天奪其魄，而文錦諸人之智，亦足術矣。

敖上舍

韓侂胄既逐趙汝愚至死，太學生敖陶孫賦詩於三元樓壁弔之。方縱筆，飲未一二行，壁已舁去矣。敖知必爲韓所廉，急更衣持酒具下樓。正逢捕者問：『敖上舍在否？』對曰：『方酣飲。』亟亡命走閩，韓敗乃登第一。

徐富九　方二

玉峰徐君富九，元之遺族也。所居田連阡陌。洪武初，一日乘馬入州，見道上一蚯蚓，長而且大，其色如血。富九心甚怪之。後顧見一婦人俯身若有所拾，富九勒馬以待其來。詰之，婦乃出一金釵曰：『此所拾者。』富九聞其語，因嘆曰：『精金能神變耶？見而不我得，而歸一婦人。我時往矣，我禍速矣！』歸以田産盡散族人及貧乏者，穹堂邃宇一火盡之，孑然如素貧者。越三月，朝廷訪得豪富，使籍其家，至則蕩然一空，竟以獲免。安全以終天年。時使還奏，太祖曰：『此老能知幾乎！』已而止之。

嘉定安亭方二，亦元遺民，富甲一郡。嘗有人自京師回，問其何所見。聞其人曰：『皇帝近有詩云：「百僚未起朕先起，百僚已睡朕方睡。不如江南富足翁，日高丈五猶披被。」』方嘆曰：『兆已萌於此矣！』即以家資付托諸僕能幹掌之。買巨航，載妻子，泛游湖湘而去。不二年，江南大族以次籍没。方獲令終。

南都沈萬三甚富，今會同館是其故居，後湖中地是其花園。京城自洪武門至水西門，是其所築，費蓋不貲。上嘗欲犒軍，沈願代出，上曰：『吾軍百萬，能遍給乎？』沈曰：『請一軍犒金一兩？』上曰：『此雖汝至意，然國家自有備，不須汝也。』由是，遂欲除之。馬后苦諫，乃得流嶺南。其婿余十舍，亦流潮州。今二氏之後，尚富甲彼土焉。沈雖富矣，何智之不逮徐方遠甚也！

郭德成

驃騎指揮郭德成，皇寧妃之兄也。縱酒自晦。上一日授以都督，固辭不受。上變色詰之，成免冠拜曰：『聖恩如天，臣豈不知。但賦性愚，貪酒嗜臥。若膺職任，必至廢事，上殺我也。人之所樂，不過多得錢，飲美酒，隨意自適，便足了一生矣。』上喜，即賜黄封百罌，金繒稱是。一日侍内宴，既醉脱冠，其頂蕩然。上曰：『酒風漢，顛毛若此，非酒過耶？』對曰：『臣猶恨其多，欲盡髡之。』上默然。成悟觸諱，悔懼。亟剃髪披緇，狂呼唱不已。上乃謂妃曰：『前謂汝兄戲言耳，乃實爲之，非風而何！』德成每見其兄弟列侯，征鎮四方，或經年不歸，輒笑曰：『虚名也，好得，辛苦也好受！争如我安坐喫杯酒耶！』其後黨禁事熾，死者相屬，獨成以令終。可謂明哲保身者矣。

公一日入内，上以金二錠置其袖，曰：『弟歸勿宣。』公敬諾。比出宫門納韡，佯醉脱韡，藏金間。人以聞。上曰：『吾賜也。』或尤之，公曰：『九閽嚴密如此，藏金而出，非竊耶？且吾妹侍宫闈，吾出入無間，安知不以相試？』人乃服。

誠意伯智於取天下，而居功曾不驃騎若也。

漁　人

太祖未登極時，嘗與元兵相拒。敗，有二將乘馬追之。上匿漁舟中。漁人令婦以血沁裙詐爲産婦，坐於舟尾。二將至，問曰：『有一偉人過否？』漁人對曰：『去已遠矣。』一人不信，下馬欲搜船中，及見婦身，衣上有血，以爲不吉，遂上馬而去。上得脱。後有天下，漁人封上爵。或曰即蔡國公也。』

盛　公

盛公昶爲縣令，有盜數百夜劫庫。公潛登庭樹，賫朱墨二缶，俟盜出入，濡筆灑其衣。明旦，開城門，密命邏者曰：『衣有墨迹者，悉捕之。』不失一人。

蔣　瑶

蔣恭清爲御史時，舟次有一野僧，大肆罵詈。公若不聞，即命放舟。次日，復罵一主政，遂遭箠楚。僧訐奏，被逮。詢之乃國族也。後問公所以忍者，公曰：『以一僧妄侮吾輩，於中必有所恃，可輕與較哉！』

況鐘

況鐘爲禮部都吏時，尚書吕震兼攝工部。會神木廠失火，有旨令部官回話。吕草疏示鐘，鐘曰：『若此奏，恐不免罪。請於燒毀木植中增「減退」二字。』震大然之。疏入，有旨報罷。

張　通

張都督通，素善石亨。亨迎駕南宫時，公適在京。使人索賂，將爲公報功。公執不可曰：『吾實未效勞，敢欺君乎，且貧無以爲獻也。』後亨敗，冒功陞官者，皆削謫。而公完名高節，竟以壽終。

楊　英

北方流民聚襄鄧山中，凡數十萬。千户楊英奉使河南，策其不早制必反，乃上疏：『宜漸圖散遣。』不報。後劉千斤等作亂。副使鄧本端追訟英先見，謂一言可當十萬師，比於茂陵徐福。

周　瑛

周公瑛知廣德。有道士作法，能使童子舞。公摘樹葉置童子懷中，戒曰：『汝第舞，但樹葉落地則笞汝矣。』童子心在守葉，道士百計作法，凝然不動。

胡汝輝

杭州重建戒壇，須萬金，兩司召富民勸募。湖州胡輝願一力當之。憲長楊繼宗曰：『何易若此？』輝曰：『民有一子，不肖，所積必爲他人取。何如奉承勝事？』既而如數獻有司。

李東陽

正統間，朝廷敕一邊將，本左府之職誤寫右府。邊將受敕，疏請何府支俸。衆歸罪武選鄭厚。

東陽徐曰：『鄭主政，豈不解王言如絲，其出如綸乎？初書既云右府，即合於左府帶俸，何誤之有？』

何大復

錢寧有寵於上，欲交歡何大復，間持古画求題。何不肯，第曰：『此名画，無污吾題。』

陸道原

元時，富人陸道原，貨甲吴下，爲甫里書院山長，一時名流咸與之游處。暮年，對其治財者二人，以貲歷付之，曰：『吾産皆與汝，惜爲汝禍耳。』道原遂爲黄冠師，遁陳湖之上，開臨雲觀居之，改名宗静；又納貲爲道判，時稱陸道判。其故宅今爲竹堂寺。

盛寓翁　盛居密

盛寓翁，諱似祖，字嗣初，蘇人。晚更號寓翁。志宇軒豁，篤於孝友。父殁，抱痛成瘗，三年始瘉。母殁，居喪哭嘔血。有賈者誤寄翁千緡而去，公追百里，及而與之。凡友親間窶者痗者，視篋中財似履中苴。人曰：『奚不吝也？』翁曰：『財浮物，在吾篋中，猶吾在世。吾猶不常有，財吾常有耶？』故翁在羈旅，猶推以與人，其性然也。順帝末年，翁汎焉，家無常處。人因目之曰『寓翁』。翁聞而喜，遂以自名。諸名士爲《寓翁傳》、爲《寓翁説》云。

居密，寓翁子，諱逮，字景華，號默庵，後號居密。元季，張士誠據蘇。公所善唐自牧，負官糧二百餘石，自度不能償，恐困笞辱，來與公訣。公驚謂曰：『用幾何可了？』曰：『須銀百兩。』即與之如數，自牧得不死。洪武初，有薦者，高皇帝召見，賜冠帶襲衣，命議事於兵部。公處斷剛正。尚書陳寧忌之，欲中以危法。人爲公懼，勸少降意。公處之自若，即稱疾歸。初國兵下姑蘇，寓翁先出，闔城，扃舍中圖書器玩，托鄰家守視。而鄰之奴竊售之，家人欲執於官。公曰：『幸父子獲全，物無足計。』寓翁喜而釋之。後陳寧爲蘇州知府，徵丙午所負糧，烙鐵征逋，刑甚慘酷，人稱爲陳烙鐵。亟詢公欲一見，衆亦勸往。公曰：『彼以酷立威，重欺罔，其能免乎？』避之不見，寧怒，命司以通區逋賦，責其督辦。時民方脱兵燹，食且不給，惶惶待罪。公傾貲代償，至千餘石。里人曰：『吾輩豈可重累長者！』於是相率稱貸，不月告足，寧莫能加害。未幾，寧果敗，人稱公先見。公弟章嘗坐鹽法，逮捕甚急。寓翁憐章少子，不忍遣。公請曰：『弟未有子，某有子。』遂就捕，至京得從輕論，戍寧夏。時其地新定，荊榛骴骼蔽野，斗米千錢，人饑困多疾疫。公以醫藥濟之，全活者衆。故舊同在戍所而貧屢者，多依公飲食，曾無倦意。嘗道經西寧，山中逆旅，哭甚哀，乃父母同死，貧無殮具。公惻然，探囊中得白金一餅盡與之。主人拜問姓名，不告而去。戍久，念二親日老，南望流涕。越十九載，始得歸省。未浹旬而母鄧卒；又五年，復歸省而寓翁卒，皆得臨邆。人以孝義所致。李幹，貞臣，前元户部侍郎，洪武初，爲陝西省郎中兼秦府參軍，以事戍寧夏，與公友。後受慶府薦爲翰林待詔，年八十餘歲，請老，無家以歸。知公亦以老還蘇，來依焉。公延教諸孫，逾數年疾作，告公曰：『吾老死無所歸。』因而淚下。公曰：『毋憂，倘不幸，必葬吾先人墓隙，他日使吾子孫歲時便於祭掃。』先生舉手加額而終。公具棺衾葬於黃山先塋之右，俾孫之受業者持其喪，至今不廢祀享。鄉人周伯恭久客淮，以病歸蘇，告公曰：『聞君高誼用托死生。』公忻然納之，食飲藥石，罔不具備；歲餘而卒，亦具衣棺葬之。平日，賑給困窮患難及婚喪不能舉者，多類此。

余闕

安慶余忠宣公闕，字廷心，營葬之所，貌廟具存。其鄉老能言國初事，云其墓松楸瘞翳，晦暝之夕，尚聞車馬之聲。清水塘爲公死所，公所佩印遺其中，鄉中人嘗取之，不能得。至今或浮水面，取則復沉匿。豈公英爽曠代，有不可泯者耶？

陸安

洪武初，崑山陸安，方弱冠，父以罪論棄市，安往京代父死。初議婚鐘氏，乃往妻家告曰：

『我父死，我何用生？』語妻別爲計。至京，訴登聞鼓院，得代父死。其妻聞之，亦自經於室。嗚呼，孝義聚一門，惜不獲恩典以旌之。爲闕事云。

吴琳

吴琳湖廣黄岡人。洪武中，由起居注陞吏部尚書。既致仕，朝廷遣使廉其居止。使者至舍旁，見農夫莳稻，有一老以秧分佈於田。問曰：『此有吴尚書在家否？』琳曰：『吾是也。』使者還以聞，上益重之。

范貞昉

臨海孝子范貞昉，字孟。昉事母以孝聞。其父孝先，洪武辛亥進士，擢官龍游丞，再遷臨川，坐法謫江浦縣輸作。貞昉時爲郡學，諸生聞之，奔訴於郡守，欲走代之。守以其名隸學籍，難其行。貞昉號泣於庭曰：『人孰無父哉，奈何沮我也。』左右爲之言，獲如其請。即日上道，詣京伏闕，奏曰：『臣父臨川丞孝先，不幸經吏議輸作大江之濱，筋力向衰，不能執事。大母春秋復逾九十，旦夕念之，恐染霜露之疾，無以遂其菽水之歡，終天之恨，或及其身。臣犬馬之齒方隆，願代父作勞，使其歸養，雖即死無恨。聖天子以孝治天下，惟哀矜焉。』疏入，上惻然，從之。貞昉乃解儒衣易短褐，欣然就役，無難色。然體質尫弱，不勝任負之勞，越七日病卒。貞昉通周易，能并唐人歌詩。性剛直，讀古忠孝事，斂衽曰：使貞昉生其時，亦能爲之。遇交友患難，蹈湯火赴援，不爲利害怵。卒時年二十八，聞者悲之。

古岡黎

古岡黎先生名貞，號秫坡，國初名儒。嘗以非罪謫戍遼左，同里馬姓者與焉。既先生宥回，而馬獨不與。馬之兄盛席以邀先生，侑觴之妓皆絶色。先生不往，遺以詩曰：『錦瑟銀箏白玉巵，賞音原自有鐘期。可憐孤雁長城外，叫斷雲霄總不知。』其兄得詩，爲之墮淚而罷宴。

焦某

江陰有焦某，爲太祖舊人，屢召不赴。將使人搜索，忽自荷鷄酒，由御道直入。上喜其至，以其物付光禄寺，治具共飲之，甚歡，出金銀角三帶，命其自取。焦取角者。乃授以千户，數日，遯出高橋，掛冠帶於梁間而歸。

高風傲節可上媲桐江之絲矣。

盛啟東

啟東公嘗居憂於吴，周文襄巡撫江南，倉有儲穀數千，遣使糶之，可得千金，公不受。復書曰：『老當戒得，貧當安分，呼蹴之食，不敢受也。』且爲詩曰：『魚龍江海夢，鼠雀稻粱謀。』文襄得之，大慚而止。公一日夢有寄椒數包者，私取數粒，覺而自咎者累日。曰：『豈我義利不明，以有斯耶？』迄不能寐，坐以達旦。

卓敬

瑞安卓敬，生而穎異，一目十行。年十五六，讀書寶香寺。嘗夜歸，值風雨，路迷，偶得一牛乘之以行。及門，視之乃虎也。洪武中，官給舍，好直言。間謂上曰：『諸王服御，尚有僭擬乘輿者，此舛道也，何以令天下絶禍源？』上笑且罵曰：『若亦欲如知囊耶。』後曆官户部侍郎，靖難師至，不屈而死。

陸象山

陸象山，家於撫州金谿，累世同居，一人最長者爲家長，一家之事聽命焉。逐年選差子弟，分任家事，或主田疇，或主租稅，或主出納，或主廚爨，或主賓客。公堂之田，僅足給一歲之食，家人計口打飯，自辦蔬肉，不合食。私房婢僕，各自供給，許以米附炊。每清曉附炊之米，交至掌廚，爨者置曆交收；飯熟，按曆給散。賓至則掌賓者先見之，然後白家長出見，款以五酌，但隨堂飯食；夜則巵酒杯羹，雖久留不厭。每辰興，家長率衆子弟致恭於祖禰祠堂，聚揖於廳，婦女道萬福於堂。暮安置亦如之。子弟有過，家長會衆子弟責而訓之，不改則撻之，不改度不可容，則告於官，屏之遠方。晨揖擊鼓三疊，子弟一人唱云：『聽聽聽，勞我以生天地定，若還懶惰必饑寒，莫到饑寒方怨命，虛空自有神明聽。』又唱云：『聽聽聽，衣食生身天付定，酒肉貪多折人壽，經營太甚違天命，定定定。』

李時勉

李祭酒時勉，始爲侍講，直諫，仁宗大怒，命武士以十八斤金瓜擊之，脅折，曳出下獄。楊文貞公遇於外朝，以燒酒灌之，得不死。宣宗即位，召見，亦盛怒，將斃之。先生對云云，乃少霽，已而釋之。及爲大司成，在正統中，諸生稱之曰：『父母之心，天地之量。』時王振勢傾朝野，每進香文廟，司成設茗延款，至先生獨否。振久銜之，令人密廉其事，無所得。彝倫堂前有大樹，是許平仲手植。先生嫌其一面陰翳，妨諸生班列，稍令伐去旁枝。振遂聲罪，以爲擅伐官木入私家用，傳聖旨以百斤枷枷之成均前。時爲三械，與司業趙琬、掌饌金鑒同枷。先生之枷特重數斤，而竅極隘，不可飲食。鑒前易之，先生不可。始先生以助教姑蘇，李繼爲浮薄，厭之，至是繼力自效。繼家富，素結諸權貴，與某伯李者爲兄弟。因李識會昌伯孫。公至是，李爲求救於孫。孫適生辰，家啟宴太后，令家饋禮，孫因附奏：『臣今歲生辰殊不樂，比年每得諸公卿爲賀，國子李先生不過一幅綃帊耳。然辱此大人君子臨賁爲榮。今諸公皆集。獨李先生爲朝廷桁楊之禁臣，席無此君子爲重，故不樂耳。』奏上，太后即邀上問云：『祭酒尊貴臣，奈何施以囊頭？』上言不知。太后言：『不知作甚皇帝！』帝遣問之，乃知振所爲也。即飛詔放之，令就賀孫舅。繼又已備儀物，公因就諸孫，初筵猶未散也。先生在翰林時，上元夜，朝廷結鰲山。一騶控先生馬而行，中途拾一墮釵，以呈先生。視之，金也。懷之歸，少酬騶以錢。大書揭於門。既而失釵婦往尋不獲，倉皇問人，告以李翰林家有示帖。婦遽往，先生叩言，夫爲錦衣千户，勾當海外，妾昨出看鰲山，失去一金釵，尚存其一，可驗也。驗之良是，即以歸之，亦不問其姓氏。既久千户還，妻述其事，夫言：『非李翰公，汝當憂思爲疾，或且致絶。汝絶，吾亦不聊生。是二命所關也。』急往叩謝之，因具儀物酬先生，先生悉却之。其人言：『公不受不能强，此一片藥，乃海域所産，初非傷財所得而甚罕貴，公幸受之。』先生問：『何物？』曰：『血竭也。』乃受，付夫人，言此爲血竭，當識之。既而先生被擊脅折，舁至錦衣，適此千户宰獄，驚曰：『此李先生也，聖旨固未嘗令死。』因密召良醫，云：『可爲。第須真血竭。』千户曰：『吾囊固嘗貺公。』立命問其夫人，夫人取畀之醫，治藥以板夾脅敷之，越一日夜，遂甦焉。

楊守陳

楊文懿公守陳，泊然自處，未嘗求進。權貴重其賢，欲援之，使所親諭意，公謝却之，曰：『吾猶婺婦也，守節三十年。今老矣，豈白首而改節耶？』

黄潤玉

黄潤玉，制行不苟。京有富翁，僅一女，招先生寓宿其家，先生辭。或問之，曰：『瓜田不納履也。』

陳敬宗

陳祭酒敬宗，遇僚屬諸生極嚴，有懷忿而訟之者。周文襄謂公，當具疏辨雪，因代爲具草，多遷就之詞。公見之，驚曰：『無乃欺君乎！』或笑曰：『在法，惟奏事不實耳。』公曰：『被誣事小，欺君罪大。』乃具實以聞。

李　謨

廣文李謨不受贄。諸生莫鉉者，取古畫求楊尚書翥題詠贈之。謨曰：『如此，使我市名矣！』録詩還其畫。

徐　駿

常熟徐駿，少時蓄鴿，父撻之，遂篤志於學。後父亡，遇鴿飛鳴，必思親訓，涕泣不已。人稱爲『泣鴿先生。』

朱　勝

蘇州守朱勝，嘗言：『吏貪，吾詞不付房；獄卒貪，吾囚不下獄；隸貪，吾杖不輕決。』

馬　諒

馬諒，任東省少參。民有惑於後妻，欲置子於法者。公諭其父母曰：『昔夫子誅少正卯，而宥不孝，以教令不明也。爾子有凶德，乃吾屬教令之失，非由爾民之罪。』其父母感悟，請釋之，遂爲孝子。

海　瑞

淳安令海瑞，抗直，不阿上官。時鄢懋卿以鹽法都御史巡行郡縣，所至叱咤風生。懋卿妻從行，爲裝五彩綵輿，令十二女子舁之，令長以下皆膝行蒲伏。比至淳安，供帳甚薄，瑞復抗言：『縣小民貧，不足容車馬。』懋卿怒甚，知其不可辱，斂威去之。

景　清

景清過淳化，主家有女爲妖所憑。清宿其家，是夜妖不至，去却來。女詰之，曰：『避景秀才。』女告其父，父追及清，書『景清在此』四字，令粘户，妖遂絶。

楊　瑛

楊瑛，弘治初爲給事，嘗夜出遇貴璫，争道不恭，批其頰。璫泣訴於上，上云：『知是長楊聖主，何不讓之？』

楊繼宗

汪直延攬名士，聞楊繼宗名，往弔拜，起手持公鬚曰：『比聞楊繼宗名，今貌乃爾。』公曰：『繼宗貌陋，但虧體辱親未之敢也。』直不復言。

馮恩

馮御史恩，以彗星見，論劾輔臣，謂：『孚敬根本之彗，汪鋐腹心之彗，方獻夫門庭之彗。』上怒，逮下詔獄。適汪鋐遷太宰，以例會審南闕門。汪令校卒持公轉膝面之，公即起立不跪，辯甚强項。觀者嘖嘖，嘆曰：『是御史鐵膝、鐵口、鐵膽、鐵骨。』相傳爲『四鐵御史』，其子年可十四，刺臂血上疏，得減。

錢海石

錢海石，素性耿介，或勸之少貶以求進。公曰：『不屈次山之股，不折彭澤之腰，吾岩穴焉，足矣。』

朱冕

周文襄至崑山，甫登岸，盛怒撻一人。挜授朱冕叱皂隸，令止，進白公曰：『請姑息怒，至衙門治之。』公從之。後召冕問故，對曰：『下車之初，觀瞻所係，恐因怒傷人，累盛德耳。』

爲冕者固難，處文襄之位更難，亦由國初敦崇學校，必擇名賢，居職雖卑，而聞望實隆也。』

陳迪

文廟繼統陳迪，責不屈，與子丹山、鳳山同磔於市上。命割其肉塞迪口，因問肉味何如，迪曰：『這是忠臣孝子肉，甚香美！』

薛文清

薛瑄，有理學，以僉事董山東學政，人稱，『薛夫子』。王振之專政也，問三楊曰：『吾鄉亦可以爲卿佐者乎？』三楊以瑄對，乃召爲大理少卿。瑄初至，宿朝房，三楊先道之。不值，戒其僕曰：『語若主，明日朝罷，即詣王太監謝。若主之及此，太監力也。』明日朝見，復使人語之，終不往。振至閣下，問胡不見薛少卿。三楊爲謝曰：『彼將來見也。』知李賢與瑄善，召賢至閣下，使往告之。賢往道三楊意，瑄謂賢曰：『原德亦爲是言乎？拜爵公朝，謝恩私室，吾不爲也。』久之，振知其意，亦不復問。一日會議東閣，公卿見振皆拜，一人獨直立，振知其瑄也。先拜之，又曰：『多罪多罪。』自是銜之。會百户楊安者病死，妾有殊色，振從子山，欲娶之，妻持不可。妾因誣告妻毒殺其夫，下御史問，已誣服，大理駁還之，如是者三。都御史王文大怒，又承振風旨，劾瑄受賄，故庇死獄。詔會宫廷鞫。瑄呼文曰：『若安能問我，若爲御史長，自當引嫌辭避。』文怒，奏：『强囚不服，問理當死。』詔『縛至西市』。門人皆奔送，瑄神色自若。會振有老僕素謹，願不與事。是日，泣於爨室，振問何爲，曰：『聞薛夫子將刑，故泣。』問何以知之，曰：『鄉人也。』備言其賢。振意解，得詔赦之，謫戍邊。瑄授御史，内閣楊士奇等令人邀瑄，欲識一面。瑄曰：『某忝糾之任，無相識之理。』一日於班行中尋識之，曰：『薛公見且不可得，况得而屈乎？』中官金英，奉使道南京，公卿俱餞之江上，獨公不往。英至京言於衆曰：『南京好官惟薛卿。』天順改元，公入内閣。一日上方小帽短衣，聞先生奏事，爲更長衣，世擬之不冠不見汲黯。

范石湖

宋淳熙中，范至能使北，孝宗令口奏金主，謂河南乃宋朝陵寢所在，願歸侵地。至能奏曰：

『茲事須與宰相商量，臣乞以聖意諭之，議定乃行。』上首肯。既而宰相力以爲未可，而聖意堅不回。至能自爲一書述聖語，至金庭納之袖中。既跪進國書，伏地不起。時金主乃葛王也，性寬慈，傳宣問使人何故不起。至能徐出袖中書，奏云：『臣來時，大宋皇帝別有聖旨，難載國書，令臣口奏。臣今謹以書述。乞賜聖覽。』書既上，殿上觀者皆失色。至能猶伏地，再傳宣曰：『書詞已見，使人可就館』。至能再拜而退。彼中群臣或不平，議羈留使人，而金主不可。至能將回，又奏曰：『口奏之事乞與國書中明報，仍先宣示使臣不墮欺罔之罪。』金主許之，報書云：『口奏之説殊駭觀聽，事須審處，邦乃孚休。』既還，上甚嘉其不辱命。由是超擢以至大用。至能在燕京，會同館守吏，微言有羈留之議，乃賦詩曰：『萬里孤臣致命秋，此身何止一浮漚。提携漢節同生死，休問羝羊解乳否。』

京鏜

光堯之喪，金來弔祭。京仲遠以簡正，假禮部尚書，爲報謝使。康元弼館伴，錫燕汴亭。仲遠與郊勞使康元弼言免燕，不許；請撤樂，如告哀遺留使，亦不許。至期，促入席，傳呼不絶：『若不撤樂，有死而已，不敢即席』。元弼等不可奪，乃傳言曰：『請先拜酒果之賜，徐議撤樂。』仲遠方率其屬拜受，北典籤者連呼曰：『北朝燕南使，敢不即席！』聲甚厲。仲遠趨退，復位。甲士露刃，閉門。仲遠左右叱曰：『南使執禮，何物卒徒，乃敢無禮。』排闥而出。元弼等以聞其主，仲遠留館以俟命，賦詩曰：『鼎湖龍馭去無蹤，三遣行人意則同。凶禮强更爲吉禮，夷風終未變華風。設令耳與笙鏞末，只願身糜鼎鑊中。已辨淹留期得請，不辭築館汴江東。』越七日，竟獲免樂之命。既還，孝宗勞之曰：『卿能執禮，爲朕增氣。何以賞卿？』對曰：『彼畏陛下威德，非畏臣也。正使臣死於彼，亦嘗分也，敢覬賞乎！』上大喜，謂宰相曰：『京鏜，今之毛遂也。』除權侍郎，以至大用。

唐琦

唐琦，紹興衛士也。高宗南渡，金帥琶八追至紹興。太守李鄴以城降，琦憤甚。一日，鄴方與琶八并馬行，琦持二大甓登樓擊之，不幸中馬。琶八問曰：『大金兵數百萬，汝殺我一人何益？』琦曰：『欲碎汝腦，以愧降敵者耳。』因罵鄴曰：『吾月請官米一石，尚不肯負國；汝受國厚恩，乃甘心事仇耶！』琶八怒曰：『汝欲以何死？』琦曰：『我欲以布裹屍灌油焚之三日。』琶八如言焚之。蓋琦恐琶八追及高宗，故假焚屍以緩之耳。會稽帥傅崧卿，請立廟祀之。此人忠勇與安藏金略同，比施全刺檜更難，而史中少見。

趙子固

趙子固，本宋宗室，入元不樂仕進，隱居鹽官廣陳鎮。有一舟，琴、書、尊、杓畢具，往往泊蓼汀葦岸，看夕陽賦殘月爲事。嘗到縣，縣令宣城梅巘到船謁之，公飛棹而去。梅佇立岸上，言曰：『昔人所謂名可聞而身不可見，殆先生與！』公從弟子昂，自苕中來謁，公閉門不納。夫人勸之，令從後門入。坐定，第問弁山笠澤近來佳否？子昂曰：『佳。』公曰：『弟奈山澤佳何？』子昂慚退。公便令蒼頭濯其坐具，蓋惡其臣元也。公諱孟堅，善翎毛、花草。

邢麗文

邢麗文先生，名參，酷貧。太守胡纘宗最下士，嘗屏騶從微服訪之，必坐談竟日。一日，家乏薪，其妻至刈蒔蕎烹茶，心厭苦之，大罵曰：『太守不治公事，何輒溷人清净？』罵不已。公悉聞之，頗不堪，乃從容徙坐庭中劇談，向暮始去。於是亟稱之縉紳間，云：『微獨邢先生高尚，乃其夫人者亦天生高士配也。』

卷六

高逸

王羲之舊跡

太宗命内侍裴愈，與山陰縣令李易直訪王羲之《蘭亭》舊跡。其流杯修禊事在越州，僧子謙請建寺於舊跡，以藏玉札。詔從之，賜寺名『天章』，仍御書賜之。

封邱主人

滕達道，錢醇老，孫莘老，孫巨源，治平初，同在館中，各歷數京師花最盛處。滕曰：『不足道。』約同林日率同舍遊，三人如其言。達道前行，出封邱門，入一小巷中，行數步至一門，陋甚，又數步至大門，特壯麗，造廳不馬。主人戴道帽，衣紫半臂，徐步而出。達道素識之，因曰：『今日風埃。』主人曰：『此中不覺。諸公宜往小廳。』至則雜花盛開，雕欄畫楯，樓觀甚麗，水陸畢陳，皆京師所未嘗見。主人云：『此未足佳。』頤指開後堂門，坐上已聞樂聲矣。時在諒闇中，莘老辭之，衆遂去。莘老嘗語：『平生看花，只此一處。』

僧清順

宋時西湖多詩僧。熙寧間，有清順，字怡然；可久，字逸老。所居皆湖山勝處，而清順尤約介，不妄交人，無大故不入城市。士夫有以米粟饋者，受不過數斗。盎貯几上，日取二三合啖之；蔬筍之供，恒缺乏也。東坡一日遊西湖，僧舍壁間見小詩云：『竹暗不通日，泉聲落如雨。春風自有期，桃李亂深塢。』問誰所作，或以清順對。即日求得之，聲名頓起。

李頎

李頎，字粹老，不知何許人。少舉進士，當得官，棄去；烏巾、布裘爲道人。遍歷湖、湘間，晚樂吴中山水之勝，遂隱於臨安大滌洞天。往來苕溪之上，遇名人勝士必與周旋。素善丹青而間作小詩。東坡倅錢塘日，粹老以幅絹作春山横軸，且書一詩其後，不通姓名，付樵者，令俟坡之出投之。坡展視詩畫，蓋已奇之矣，及問樵者：『誰遣汝也？』曰：『吾負薪出市，始經公門，有一道人與我百錢，令我至此。實不知何人也。』坡益驚異之，即散問西湖名僧輩，云是粹老。久之，偶會於湖山僧居，相得甚喜。坡因和其詩云：『詩句對君難出手，雲泉勸我早抽身。』是也。粹老畫出，筆力之妙，盡物之變，而秀潤簡遠。非若近世士人，略得形似，便復輕訾前人，自謂超神之妙，出於法度之外者。然不能爲人特作，世所有者絶少，得其小屏幅紙，以爲寶玩也。

韓忠武

韓忠武王，歸第絶口不言兵，自號清涼居士。時乘小騾，放浪西湖。一日至香林園，蘇仲虎方宴客。王徑造之，盡醉而歸。明日手書一詞以遺之，云：『冬日青山瀟灑静，春來山煖花濃。少年衰老與花同。世間名利客，富貴與貧窮。貪忙不是長生藥，清閒不是死家風。勸君識取主人翁。單方只一味，盡在不言中。』

喻汝礪

宋喻汝礪，爲新井縣尹，酷愛閬中奇山川。每與士大夫脱巾散髮酌酒賦詩，作物外笑，醉後即呼天。叫曰：『天乎！真不負汝礪矣。吾嘗謂富貴之士，不能放意於江山松竹之樂；而山川怪奇煙雲竹石詩酒風月，唯遺逸未遇之人，始得兼而有之。故天地間雄偉不凡之處，天所以資賢人而舒其憂鬱之思者也。吾零落荒山，可謂無聊，而錦屏、嘉陵、占星、漱玉之勝，所謂閬之四奇，吾皆得而有之。他日解官，視吾破囊，無復一物，獨挾四奇以歸。朋從舊好，從我覓閬中土物，則取吾詩歌之，則四境者，不移足而在几席間矣。』

方正學

方正學，偕葉夷仲輩夜登巾山絶頂。飲酒望月劇談千古，竟夕不眠。因曰：『昔蘇子瞻與王定國諸公，登桓山，吹笛飲酒，乘月而歸，以爲太白死三百年，無此樂矣。斯樂，又子瞻死三百年後所無也。』

吴立夫

吴萊，字立夫，好遊。嘗東出齊魯，北抵燕趙，每遇中原奇絶處及晉人歌舞戰鬭之地，輒慷慨高歌，呼酒自慰。由是襟懷益疏朗，文章益雄宕有奇氣。嘗謂人曰：『胸中無三萬卷書，眼中無天下奇山川，未必能文；縱能，亦兒女語耳。』

莫子及

吴興莫子及，素負豪氣。暇日招友泛海，舟人畏，不敢進。子及脅之以劍，勉從之。及出海，四顧無際，風起浪湧，舟掀如簸，衆皆戰慄。子及命大白連酌，略無懼意。乃賦一絶云：『一篙點破碧落界，八面展盡虚無天。醉餘長笑海波闊，今夕何夕無神仙。』

陳圖南

陳圖南，召入禁中，月餘始開，熟睡如故。對御歌曰：『臣愛睡，臣愛睡，氈不蓋，被片石枕頭，蓑衣鋪地。震雷掣電鬼神驚，臣當其時正鼾睡。閑思張良，悶想范蠡，説甚孟德，休言劉備。三四君子，争些閒氣。争如臣向青山頂上白雲誰裏，展開眉頭，解放肚皮，且一覺睡，管甚玉兔東升，紅輪西墜。』

魏野

宋魏野，居陝州東郊。手植竹樹，清泉環繞，旁對雲山，景趣幽絶，前爲草堂，彈琴其中。寇準訪野，野以詩謝：『晝睡方濃向竹齋，柴門日午尚慵開。驚回一覺遊仙夢，村巷傳呼宰相來。』

後真宗召之，不至，乃圖其所居觀之。

王旦在中書，東封西祀悉嘗總領。召野不至，野以詩獻曰：『從來輔相皆頻出，君在中書十五秋。西祀東封今已畢，此回好伴赤松遊。』

劉　卞

劉卞，築室後圃，不語不出者三十餘年。徽宗遣郡縣辟之，對曰：『吾有嚴誓，不出此門。』上知不可奪，賜號『高尚先生。』王侍郎問修身之術，書云：『非道亦非律，又非虛空禪。獨守一畝宅，惟耕己心田。』又云：『以手捫胸，欲心清净；以手上下，欲氣升降。』又云：『人多以嗜欲殺身，以貨殺子孫，以政事殺百姓，以學術殺天下，後世吾無是四者，不亦快哉！』

裘元量

裘萬頃，字元量，不樂仕進，以薦舉召爲司直。入朝，有詩云：『許築書堂壁未乾，馬蹄催我上長安。兒時只道爲官好，老去方知行路難。千里關山千里念，一番風雨一番寒。何如静坐茅齋下，翠竹蒼梧仔細看。』遂促歸。

傅省元

陳野水，紹興學正，任滿，給取解由。道經婺境，入一野室。見數人擣桐油，一老下碓，詢所以來。野水言任滿，往倒解由。老笑曰：『汝自倒解由，我自擣桐油。』上碓不顧。野水怪問其鄰，鄰人云：『此我郡省元，因共革，隱處山中，碓油以自給。』野水書一絶云：『忽遇山中避世翁，居然沮溺古人風。白頭方作求名計，不滿先生一笑中。』傅即召坐，曰：『子真悟者耶！』命飲食勞之。

嗚呼，山澤之臞，長往不返者，何限也。役役蝸蠅，苟竊升斗，彼視之一噓耳。

韓奕

姚善，陸安人。洪武末，擢知蘇州，治稱上最，尤雅尚賢哲。王賓獨居陋巷，既候見，又將候奕。奕避入太湖。善嘆曰：『韓先生所謂名可得而聞，面不可得見也。』

陳處士

成化間，成都陳處士，隱居自守，不接官長。臬使兩致書召之，不應。臬使怒，欲譴責之。處士從容投以詩云：『折簡殷勤累見尋，布衣寧敢謁朝簪。明公有道持身正，賤子無知感德深。柏府風霜尊偉重，柴門山水遂閒心。雲泥兩地無勞顧，魚戀深淵鳥戀林。』臬使愧如禮焉。

趙閱道

趙閱道，退居於衢。有溪石松竹之勝，與山僧野老遊，不復有軒冕志。故其詩曰：『軒外長溪溪外山，捲簾空曠水雲間。高齋有問如何答，清夜安眠白晝閑。』

季嵩

季嵩，蘇人。隱居陽山，不妄出交遊。有詩云：『一室焚香几獨凭，蕭然興味似山僧。不緣懶出忘巾櫛，免得時人有愛憎。』

松江漁翁

松江漁翁，不知何許人。但棹舟往來波上，醉則扣舷而歌。紹聖中，閩人潘裕遇而異焉，起揖之曰：『吾見先生澡身浴德，非漁釣之流。今聖明在上，盍出而仕乎？』翁笑曰：『君子之道，或出或處，吾雖不能棲隱岩穴，追園綺之遺蹤，竊慕老氏曲全之義，軒冕如糞土耳！出處異趣，子勉之。』裕又問舍所，翁曰：『吾無姓名，况居室耶？』鼓枻而去。

蘇子瞻

子瞻云：『元豐六年十月十日夜，解衣欲睡，月色入户，欣然起行。念無與樂者，遂至承天寺，尋張懷民。懷民亦未寐，相與步於中庭。庭下積水空明，水中藻荇交横，蓋竹柏影也。何地無月，何處無竹柏，但少閒人如吾兩人耳。』

蘇子美

蘇子美答韓持國曰：『比伏臘稍足，居室稍寬，無應接奔走之勞；耳目清曠，不設機關以待；人心安閒而體舒放；三商而眠，高春而起；静院明窗，羅列圖史琴樽以自娱。有興則泛小舟，出盤閶二門，吟嘯覽古於江山之間。渚茶野釀足以消憂，蓴鱸稻蟹足以適口。又多高僧、隱君子，佛廟絶勝。家有林園珍花，奇石曲池，高臺鳥魚，留連不覺日暮。』

騎牛者

騎牛者在婺州山中，古貌褐巾，手執鞭扣角而歌曰：『静居青嶂裡，高嘯紫烟中。塵世連仙界，瓊田前路通。』時有僧入山見之，揖之不應，馳步趨之不及，望赤松而去。

杜生

杜生，潁昌陽翟人。不知其名，縣人呼爲杜五郎。所居去縣三十餘里，有屋二間，與其子并居。前有空地丈餘，即爲籬門。生不出籬門者三十餘年。黎陽尉孫軫往訪之，其人頗瀟落。自陳『村人無所能，官人何爲見顧？』軫問所以不出之由，笑曰：『以告者過也。』指門外一桑曰：『十五年前亦曾納涼其下，何爲不出，但無用於時，無求於人，偶自不出耳，何足尚哉。』問所以爲生，曰：『昔居縣南，有田五十畝，與兄同耕。迨兄子娶婦，度所耕不足贍，乃盡以與兄，而携妻子至此。偶有鄉人借此屋邊居之，惟與人擇日賣藥，以具飯粥，亦有時不繼。後子能耕，鄉人見憐，與田三十畝使之耕。尚有餘力，又爲人傭耕。自此食足。鄉人貧，以醫業者多。念己食既足，不當更兼他利。由是擇日賣藥，一切不爲。』又問：『常日何所爲？』曰：『端坐耳。』『頗觀書否？』曰：『二十年前，曾有人遺一書册，無題號。其間多説净名經，當時極愛其議論，今忘之；并書亦不知所在矣。』時盛寒，布袍草履，室中枵然一榻，而生氣韻閑曠，言辭精簡。問其子之爲人，曰：『村童也。然性純質，未嘗妄言嬉遊。唯買鹽醋，則一至邑中，可數其行跡，以待其歸也。』軫嗟嘆，留連久之乃去。

南安翁

南安翁者，漳州人。陳元忠客居南海日，嘗赴省試，過南安。會日暮投宿野人家。茅茨數椽，竹樹茂密可愛。主人雖布衣草履，而舉止談對，宛若士人。几案間有文籍散亂，視之皆經子也。陳叩之曰：『翁訓子讀書乎？』曰：『種園爲生耳。』『亦入城市乎？』曰：『十五年不出矣。』問藏書何用曰：『偶有之耳。』因雜以他語。既而二子歸，捨鋤揖客，人物不類農家子。翁進豆羹享客，不復共談，遲明別去。後其子以鬻果失稅，爲關吏所拘。郡守釋之。翌日枉駕訪之，室已虛矣。

蘇雲卿

蘇雲卿，廣漢人。紹興間，來豫章東湖，結廬獨居。待鄰曲有恩禮，無良賤老稚皆敬愛之，稱曰『蘇翁』。身長七尺，美鬚髯，寡言笑，布褐草履，終歲不易。未嘗疾病，善於蓺植，雖隆暑極寒、土焦草凍，圃不絶蔬，滋鬱陽茂，四時之品無缺者，味視他圃尤勝。又不二價，欲者先期輸值。夜則織屨，堅韌過於草屩，人争貿之。以故薪水不乏。有羨則以周急應貸，假者負償不經意。溉園之隙，閉門高臥，或危坐中日，莫測識也。少與張浚爲布衣交。浚爲相，函金幣，屬豫章帥及漕曰：『余鄉人蘇雲卿，管樂流亞，遁跡湖海有年矣。近聞灌園東湖，其高風偉節，非折簡能屈，幸親造其廬，必爲我致之。』帥、漕密物色。曰：『此獨有灌園蘇翁，無雲卿也。』帥、漕乃屏騎從，更服爲將士，入其圃，翁運鋤不顧。進而揖之，翁乃延入室。土銼竹几，地無纖塵，案上有西漢書一册。二客恍若自失，默計此爲雲卿也。既而汲泉煮茗，意稍款洽，遂扣其鄉里，徐曰：『廣漢。』客曰：『張德遠，廣漢人，翁當識之。』曰：『然。』客又問：『德遠何如人？』曰：『賢人也。第長於知君子，短於知小人（器識故在張公之上），德有餘而才不足。』因問：『德遠今何官？』二客曰：『今朝廷起張公，欲了此事。』翁曰：『恐未便了得。』二客起而言曰：『張公令某等致公，共濟大業。』因出書函金幣，置几上。雲卿歎息，若自咎者。二客力請共載，辭不可，期以詰朝上謁。旦遣使迎伺，則扃户闃然，排闥入，則書幣不啟，家具如故，而翁已遁矣，竟不知其所往。帥漕覆命，浚撫几歎曰：『求之不早，實懷竊位之羞。』作箴以識之，曰：『雲卿風節高於傅霖，予期與之共濟。當今山潛水杳，邈不可尋，弗能弗早，餘罪曷鍼。』

順昌山人

順昌山人者，不知其姓名，亦不知何許人也。靖康末，有避亂於順昌山中者，深入得茅舍，主人風裁甚整。即之語，士君子也。怪而問曰：『諸君何事，挈妻孥能至是耶？』因語之故，主人曰：『亂何自而起耶？』衆争爲言。主人嗟惻久之，曰：『我父爲仁宗朝人，自嘉祐末卜居於此，因不復出。以我聞，但知有熙寧紀年，亦不知於今有幾何年矣。』

篋叟

篋叟者，不知其姓名，史稱其爲蜀之隱君子也。初，程頤之父守廣漢，頤與兄顥皆隨侍。游成都，見治篋箍桶者挾册，就視之，則《易》也。欲擬議致詰，而篋者先曰：『若嘗學此乎？』因舉示『未濟男之窮』以發問。二程遜而問之，則曰：『三陽皆失位。』兄弟漫然有所省。翌日再過之，則去矣。其後袁滋入洛，問《易》於頤。頤曰：『易學在蜀耳，盍往求之？』滋入蜀訪之，久無所遇。已而見賣醬薛翁於郿邛間，與語大有所得，不知得何從也。

李瀆

李瀆，字長源，河中人。淳澹好古，博覽經史，杜門不仕。往來中條山中，不親産業，所居木石幽勝。談唐室以來衣冠人物，歷歷可聽，罕著文。前後州將皆厚遇之。王旦、李宗諤與之世舊，每勸其仕，瀆皆不合。所乘馬嘗爲宗人借，憩於廛間。人有見者以語瀆。瀆即鬻之，其惡囂如此。真宗祀汾陰，直史館孫冕言其隱操，請加扶來。陳堯夫後薦之，命使召見，辭足疾不起。因自陳世本儒墨，習静避世之意。素嗜酒，人或勉之，答曰：『扶羸養疾，舍此莫可從，吾所好以盡餘年，不亦樂乎！』年六十三卒。

林逋

林逋，字君復，錢塘人。恬淡好古，弗趨榮利，家貧衣食不足，不以爲念。客遊江淮，久之歸杭，結廬西湖之孤山，二十年足不及城市。嘗畜兩鶴，逋或泛小艇出遊。有至逋所，則童子開籠縱鶴，逋隨放棹而歸。逋高逸倨傲，多所學，惟不能棋。嘗謂人曰：『逋世間事皆能之，惟不能擔糞與着棋耳。』真宗聞其名，賜粟帛，詔長史歲時勞問。後卒於仁宗朝，賜謚和靖先生。逋善爲詩，既就藁輒棄之。或謂何不存之，以示後世？曰：『吾晦跡林壑，且不欲以詩名一時，况後世乎！』

吕徽之

吕徽之，天台人也。居萬山中，綜博述詠，安貧逃名，常漁以自給。一日，携幣楮詣富家易穀。露頂短褐，布襪草屨，值大雪立門下，人弗之顧。徐至庭前，聞閣中諸貴遊子弟詠雪，苦吟弗就，徽之哂焉。乃出，侮之，徽之口占以答，無不精美。問其姓字，終不言。諸子弟曰：『嘗聞吾鄉有吕處士者，欲一見而不能。先生豈其人耶？』曰：『我農家，安知吕處士！』因惠之穀，徽之怒曰：『不義之貨，我何庸取！』遂去。諸子弟瞯識其所，雪霽覓訪，惟草屋壁立。忽米桶内有人，乃徽之妻子也。以天寒無衣，坐爲障耳。因問先生何在？答曰：『溪上捕魚。』乃至彼見之。徽之隔溪謂曰：『少需之，得魚當易酒，飲諸公也。』俄頃携魚酒至，盡歡散别。翌旦，復躡其蹤，則徽之已行矣。

郭延卿

郭延卿，以文行著名，厭世澆薄，葺園圃於水南居之。凡二十餘年，足跡未嘗至城市。交游薦於朝，得官不就。錢文僖惟演爲留守，謝絳爲通判，尹洙爲掌書記，歐陽修爲推官，慕其爲人。一日，屏侍從同謁，對談良久，延卿以陶樽果蔌進。文僖愛其野逸，引滿不辭。至晚，府吏牙甲至，始知留守相公。曰：『不圖今日肯顧野人。』相與大笑，更進數杯。暨日入，辭歸，延卿送出曰：『某老病，不能造謁，幸勿訝。』文僖登車，茫然自失，如入神仙之境。既而歎曰：『此人視富貴爲何等事？』

盧山人

盧山人柟，初囚滑獄。滑令張肖甫，時時問勞。及出犴狴，猶然桎梏也。山人詣廳事，稽首謝。張亟引副署中，從者以盧坐置側。盧謂張曰：『以囚當仆階前，以客當居上座。』遂據上坐之。

此與李谷坪事相類。谷坪謫驛丞，上司過者只一揖。代巡以同年招之，使側坐。李曰：『驛丞安敢望坐，同年不敢居傍。』遂拂衣去。

吴正子

吴正子，窮居一室，周環流水。跨木而渡，渡畢即抽之。人問其故，笑曰：『土舟淺小，恐不勝富貴人來踏耳。』

江曼容

江曼容，工古篆刻，老而愈精，即文三橋、何雪漁不及也。結室黄蘿山下，曰『一樹庵。』日誦唄其中，偶有事，暫至市。裾袖間，冉冉有白雲時出，事畢即返。人或問曰：『何返之速也？』曰：『白雲伴我出市，安可不送白雲入山？』

羅遠遊

羅遠遊，家山中，多古書舊帖。曹臣常過之，數日不歸。一日，臣欲急歸，羅不克留。時天欲雨，鄰山初合，松竹之顛，半露雲表。指謂臣曰：『汝縱不戀故人，忍捨此米家筆耶？』復留累日。

郭休

太白山有隱士郭休，字退夫，有運氣絶粒之術。於山中建茅屋百餘間，有白雲亭。每於亭中，與賓客看山禽野獸，即以鎚擊一鐵片，其聲清響，山中鳥獸聞之，下集於亭下，呼爲『喚鐵』。

湯亂勣

湯亂勣，東甌王孫，負才使氣，日記數萬言。十五六爲弟子員，京兆尹下學，傳籌召諸生。亂勣後至，當笞，大呼折尹，聲撼庭木。尹憤愧，卒笞之。亂勣攘袂走出學門，題詩府署云：『從今袖却經綸手，且向江頭理釣絲。』遂出遊江湖。

王冕

王冕，大雪中，赤足上潛嶽峰，四顧大呼曰：『遍天間皆白玉合成，使人心膽澄徹，便欲仙去。』

莫雲卿

莫雲卿曰：『余嘗獨居山中，時借榻僧舍。每見林巒新霽，鳥聲碎耳，岩扉初曉，雲山蕩胸。

一畝山椒紫翠正落枕上，仙仙乎，覺身世之欲浮也。』

徐　洪

常熟富民徐洪，忽諭幹人潘珪曰：『吾家業盛矣，必有代謝。今將舍此而去之。』遂舉田宅授幹，挈妻子築室先隴之側。布衣蔬食，謝遠交遊，自號『桃源水隱』。

陳德勝

陳德勝，自號龍潭老人，耕隱不仕。吴康齋雅重之，語陳白沙曰：『過清江，可叩龍潭老人。』白沙往訪，適龍潭雨中蓑笠犁田。乃延之家，對榻信宿，辨析疑義。白沙嘆服而去。龍潭語兒輩曰：『吴康齋，非愛我者。』

尤文康

姑蘇尤大參文康，乞歸，日以機杼爲活，人莫知者。會尹冢宰與公同年，托蘇守訪之。因覓得一老，絡絲委巷，芒鞋褻帽，澹如也。人或告以郡侯至，即趨避之。

呂仲木

呂仲木引病歸。門人迎於途。曰：『夫子如京，期年而又返，何不憚煩也。』呂曰：『豈予得已哉！曠職素餐，在官之之酒脯，不若南山蔬食之爲甘也。』

高嗣叔

高嗣叔答袁永之云：『僕高枕丘中，逃名世外，耕稼以輸王税，采樵以奉親顔。於時新穀既升，田家大洽，肥羜烹以享神，枯魚燔而召友。蓑笠在户，桔槔空懸，濁醪相命，擊缶長歌，兹鄙人之快，而故人之所與也。』

曹時中

曹時中，作壽藏日，往坐片時，曰：『此中無朝無暮，恍似天地未判之初。』

沈鳳峰

沈鳳峰曰：『夜來月色清絶，一碧無翳。小園諸品，影落清溪，掩映如畫。諸子弟對影團坐，談諧雜俗，醒醉相笑樂，劇飲無算。命童子以吴音調『鶴南飛』，聲入雲杪。因念二十年誤落塵網，奔走折腰，豈知有四時之景。今幸得歸，蒼松白鶴，猶笑主人歸來之晚。』

陳 琮

陳孝廉琮，搆别墅實邑之北邙，前後塚纍纍。或造陳顰蹙曰：『日中每見此輩，定不樂。』琮笑曰：『目中日日見此輩，乃使人不敢不樂。』

關西二叟

王麟洲，宦關西，見二叟策杖而行，意甚適也。王問：『何以得此？』一叟對曰：『力田收穀，可供饘粥；釀泉爲酒，可留親友；臨野水看浮雲，世事百十一聞。』一叟對曰：『濬池養魚，灌園藝蔬，教子讀書，不識催租吏，不見縣大夫。』王作而謝曰：『真太古之民！』

楊用修

楊用修，在廬州嘗醉，胡粉傅面，作雙丫髻，插花。門生舁之，諸妓捧觴，遊行城市，了不爲怍。人謂此君故自污。王元美曰：『特是壯心不堪牢落，故磨耗之耳。』

龔大章

龔大章，崑山老儒也。躬秉特操，竄伏田間，肆力群書，著述不輟。周文襄公累候其家，諮質治道。因兩薦爲松江太倉教授，皆堅遜不就。先生善記，國初典故，至於文移案牘，皆能誦之不遺。有田三十畝，仰食耕作。晚歲，獨與一老婢居破廬中，種豆植麻，詠歌自適。每有所詣，無遠近皆步。或勸稍就舟楫，先生曰：『生吾足將何用哉？』歿年八十餘，門人私謚曰『安節先生』。

陳體方父子

吴中老儒陳體方，詩思敏捷而嗜酒。嘗從人乞飲，飲時隨所求詩，累篇輒成，或但口占而已。每被人拉向壁作詩，必先索酒，時有美句。將死，頭戴野花，肩輿遍遊田間，狂醉三日，乃捐世去。其子陳大和，詩亦清美。一生恒遊僧舍，號無住髪僧，所賦詠多禪語。平生蹤跡，非西峰則東嶺。自來吴中詩人，能放浪水石間者；一人而已。一日醉死友人家。

吴中有一妓黄秀雲，好詩。謂體方曰：『吾必嫁君。然君家貧如此，肯爲詩百首贈我，以爲聘資乎？』體方信之，爲賦至六十餘篇而止，情致清婉，傳誦詞林。然是妓性實黠慧，利於多得其詩而已，於體方本無意也。方體方爲之詩，人多笑其老耄，被紿而欣然，每談於人以爲奇遇焉。

祝允明　唐寅　張靈

蘇郡祝允明、唐寅、張靈，皆誕節猖狂。嘗雨雪中作乞兒，鼓節唱蓮花落，得錢沽酒野寺中。曰：『此樂惜不令太白知之。』又嘗披氅持藍，與躋虎邱，爲道人唱。唐、祝兩公，浪遊維揚，貲用乏絶。戲謂鹽使者課稅甚饒，乃僞作玄妙觀募緣道士，衣冠甚偉，詣臺造請。鹽使者怒叱之。兩公對曰：『貧道非遊食者流也，所與交皆天下賢豪者。即如吾吳唐伯虎、祝希哲輩，咸折節爲友。明公不棄，請奏薄技，惟公所命。』御史霽威遂指牛眠石爲題，命賦之。唐先祝繼，立就一律云：『嵯峨怪石倚雲間，頭角崢嶸勢儼然。苔蘚作毛因雨長，藤蘿穿鼻任風牽。長眠不食谿邊草，無力難耕隴上田。怪殺牧童鞭不起，笛聲斜掛夕陽烟。』御史得詩，笑曰：『詩則佳矣，意欲何爲？』兩公進曰：『明公輕財好施，天下莫不聞。今姑蘇玄妙觀圮甚，倘捐俸葺之，名且不朽。』御史大悦，即檄下長吳二邑，資金五百爲葺觀費。兩公遂乘扁舟歸，投檄二邑，更修刺謁二尹，詐爲道士關說，得金如數。乃悉召諸妓及所與遊者，暢飲數日而盡。異日，鹽使者按吳詣觀瞻禮，見傾圮如故，召令責之。對曰：『前唐解元、祝京兆兩公，自維揚來，極道明公爲此勝舉，金已如數畀之矣。』使者悵然，心知兩公，然惜其才不問也。

祝京兆有債癖，每肩輿出，則索逋者纍纍相隨。蓋債家謂不往索，恐其復借，而京兆亦恬然不爲怪也。嘗托言款客，往友家借銀鑲鍾數事。既借，主人心疑，遣僕隨其輿察之，則已汲汲擗銀而棄胚於外矣。僕追止之，京兆曰：『借我，即我物也。汝欲用，亦拏一兩事去不妨。』又歲盡乏用，遍走柬於所親知，托言弔喪，借得白員領五十餘件，并付質庫。過歲首，諸家奴雲集，則皆索白員領者也，覓典票，已失之矣。

祝見古法書名畫，每捐業蓄之。即故昂其值弗較，或留客值窘時，即以所蓄易置，得初值僅什一二耳。黠者俟其窘日，持少錢米，乞文及手書輒得。已小饒，更自貴也。一富家持厚幣求書墓文，公鄙而不許。既窘極，友人乘間爲言。公曰：『必計字償錢乃可。』富家治酒延之，公半酣，趣筆墨硯來，因令前置一器，每書一字，則投十文於器内。既書可二三百字，睨視器中曰：『足矣。』欣然持器竟出，衆留之不得。富家因别倩人筆焉。

黄勉之

黄勉之，風流卓越，當上春官時，適田子藝過吴門，談西湖之勝，便輟裝不北上，往遊西湖，盤桓累日。

朱希真

朱希真，名敦儒，紹興中以詞擅名。其自述云：『我是清都山水郎，天教分付與疏狂。曾批給月支夙券，屢上留雲借日章。詩萬卷，酒千觴，幾曾着眼看侯王。玉樓金闕慵歸去，且插梅花醉洛陽。』可想見其風致。

按：希真，靖康之亂，避地廣西，嘗三召不起。後居嘉禾，秦檜用其子爲删定官：欲令希真教秦伯陽作詩，遂除鴻臚少卿。或作詩謂之云：『少室山人久掛冠，不知何事到長安。如今縱插梅花醉，未必王侯着眼看。』然希實愛其子，而又畏遠竄，不敢不起，識者憐之。

廉儉

向敏中

向文簡公敏中，判大理寺時，没入祖吉贓錢，分賜法吏。公引鐘離委珠事，獨不受。知廣州，至荊南歸市南藥。以往在官，一無所須，以廉清聞。

唐介

唐質肅公介。潭州一巨賈，私藏蚌胎，爲關吏所搜。太守而下輕其估，悉自售焉。唐時以言事謫潭倅，分珠獄發，奏方入，仁宗謂近侍曰：『唐介必不肯買。』案具奏覆，覽之果然。

曾子固

曾子固，在官有所市易，取賈必以薄，予賈必以厚。於門生故吏以幣交者，一無所受。福州無職田，歲鬻園蔬，收其值，自入常三四十萬。公曰：『太守與民争利，可乎？』罷之。後至者，亦不復取也。

熙寧清德

熙寧中，洛陽清德爲朝廷尊禮者，大臣曰富韓公，侍從曰司馬温公、吕申公，士大夫位卿監，以清德早退者十餘人，好學樂善有行義者二十人。康節隱居謝聘，皆相從。忠厚之風，聞於天下，里中後生皆知畏廉恥，欲行一事，必曰：『無爲不善，恐司馬端明、邵先生知。』

吕希哲

滎陽吕公希哲，文靖公之孫，正獻公之長子。更曆中外凡典五州。晚居宿州真楊十餘年，衣食不給，有至絶糧數日者。其在和州，嘗有詩云：『除却借書沽酒外，更無一事擾公私。』

劉道原

劉道原，家貧，至無以給甘旨，一毫不妄取於人。其自洛陽南歸也，時已十月，無寒具，温公以衣襪一二事及舊貂褥贐之。固辭，强與之，行及潁州，悉封而返之。温公曰：『於光而不受，於他人，可知矣。』

王沂公曾

王沂公與孫沖同榜。沖子京一日往辭，沂公相留云：『喫食了去。』飭子弟云：『已留孫京喫食，安排饅頭。』饅頭，時爲盛饌也。食後，合中送數軸簡紙。開看，皆是他人書簡後截下紙。其儉約如此。

韓億

韓忠憲公億布衣時，與李康靖公同遊，止一氈同寢。一日分途，遂割而分之。至汝州，太守趙學士請康靖爲門客，尤敬待韓公。每公至，即令設猪肉。康靖嘗有簡戲云：『久思肉味，請君早訪。』及李康靖爲長社，每日懸百錢於壁上，用盡則已。其貧儉如此。

范文正公

范文正公，爲吏部員外郎。出守時有三婢，及官大曆二府，以至於薨，凡十年不增一人，亦未嘗易也。公既貴，常以儉易率家人，戒諸子曰：『吾貧時，與汝母養吾親。汝母躬執爨，而吾親甘旨未嘗充。今而得厚禄，欲以養親，親不在矣！汝母又已早世，吾所最恨者。忍令若曹享富貴之樂也。』

公子純仁，娶婦將歸，或傳婦以羅爲帷幔者。公聞之不悦，曰：『羅綺豈帷幔之物哉。吾家素清儉，安得亂吾家法？敢持至吾家，當火於庭。』

公少貧悴，依睢陽朱氏家。嘗與一術者遊，會術者病篤，使人呼文正而告曰：『吾善鍊水銀爲白金。吾兒幼，不足付，今以付子。』即其方與所成白金一斤，封誌納文正懷中。文正方辭避，而術者已死。後十餘年，公爲諫官。術者之子長，呼而告之曰：『而父有神術。昔之死也，以汝尚幼，故俾我收之。今汝成立，當以還汝。』出其方并白金授之，封誌宛然。

張文宣

張文節爲相，自奉養如爲河陽掌書記時，所親或規之曰：『公今受俸不少，而自奉若此。公雖自信清約，外人頗有公孫布被之譏。公宜少從衆。』公歎曰：『吾今日之俸，雖舉家錦衣玉食，何患不能？顧人之常情，由儉入奢易，由奢入儉難。吾今日之奉，豈能常有，身豈能常存？一旦異於今日，家人習奢已久，不能頓儉，必致失所。豈吾居位去位、身存身亡，常如一日乎！』

杜正獻

杜正獻公，食於家惟一麵一飯而已。或美其儉，公曰：『衍本一措大爾。名位爵禄、冠冕服用，皆國家者。俸入之餘，以給親族之貧者。常恐浮食焉，敢以自奉也。一旦名位爵禄國家奪之，仍爲一措大，又將何以自奉耶？』

蘇公頌

蘇公頌，平生未嘗問家人有無。晚際會，所得俸賜，隨即散。其自奉養至儉薄，每食不過一肉。始薨之日，弔哭者至其寢室，見其居處服用，無不歎愕咨嗟，以爲寒素不若也。』

石介

石介，爲舉子時，寓學於南都，其固窮苦學，世無比者。王侍郎瀆，聞其勤約，因會客以盤餐遺之。石謝曰。『甘脆者亦介之願也。但日饗之，則可，若止得一饗，明日何以繼乎？朝享膏粱，暮厭粗糲，人之常情也。介所以不敢當賜。』

呂蒙正

呂蒙正爲相，一朝士家藏古鑑，自言能照二百里，因公弟獻以求知。其弟乘間從容言之，公笑曰：『吾面不檏碟子大，安用照二百里？』其弟遂不復敢言。聞者嘆服。

趙抃

趙清獻公抃，初任成都，携一龜一鶴以行。其再任也，屏去龜鶴，止一蒼頭執事。張公裕學士送以詩曰：『馬諳舊路行來滑，龜放長河不共來。』

范質

太祖以范質寢疾，數幸其家，慮煩在朝大臣，止令内夫人問訊。質家迎奉，器皿不具。内夫人奉知，太祖即令翰林司送果子牀酒器几十副，以賜之。復幸其第，因謂質曰：『卿爲宰相，何自苦如此？』對曰：『臣向在中書，門無私謁。所與飲酌，皆貧賤時親戚，安用器皿？因循不置，非力不及也。猥蒙厚賜，有涉逃名。望陛下察之。』尋薨，太祖嘗嗟悼之。

質性儉約，不受四方遺賂。自五代以來，宰相給於方鎮，由質絶之。爲相輔，居第止十一間，門屋卑隘。周太祖嘗令世宗詣質，時爲親王，軒馬高大，門不能容，世宗即下馬步入。及嗣位，從容語質曰：『卿所居舊宅耶，門樓一何小哉？』因爲治第。

查　道

查道，以謹儉率己。爲龍圖閣待制，每食必盡一器，度不勝，則不復下箸，雖蔬茹亦然。嘗謂諸親曰：『福當如惜之。』

温　公

温公曰：『先公爲郡牧判官。客至未嘗不置酒，或三行或五行或七行而止。酒沽於市，果止梨栗棗柿，肴止於脯醢菜羹，器用瓷漆。當時士大夫皆然，人不相非也。會數而禮勤，物薄而情厚。近日士大夫家，酒非内法，果非遠方珍異，食非多品，器皿非滿案，不敢會賓友。嘗數日營聚，然後敢發書。苟或不然，人争非之，以爲鄙吝。故不隨俗奢靡者，鮮矣。嗟乎，·風俗頽弊如是，居位者雖不能禁，忍助之乎！』

晏元獻

晏元獻，爲童子時，張文節公薦之於朝。適御試進士，公見試題曰：『臣前已作此賦，乞別命題。』上嘉其不隱。及其館職，上許臣僚擇勝燕飲。當時士大夫各爲宴集，公貧甚不能出。惟與昆弟講習。一日選東宫官，忽自中批除，且諭以杜門讀書，不出嬉遊之意。公對曰：『臣非不樂嬉遊，直以貧無可爲之具。若有財，亦須往耳。』上益嘉之，卒至大用。

胡汲仲

胡汲仲，字長孺，天台人也。特立獨行，凍餓有守。趙子昂嘗爲司徒，奉鈔百錠，請作墓銘。長孺怒曰：『吾豈爲宦官墓礜耶？』是日，長孺絶糧，其子以情白，坐上諸客咸勸之。長孺却愈堅。嘗送蔡如愚歸東陽，云：『糜不繼，襖不温，謳吟猶是。』鍾球鳴語之，曰：『此余秘密藏巾休糧方也。』

東坡

東坡在黄州，嘗書云：『自今日以往，早晚飲食不過一爵一肉。在尊客盛饌，則三之，可損不可增。有召我者，預以此告之，主人不從而過是，乃止弗去。又云：『儉有三益，一曰安分以養福，二曰寬胃以養氣，三曰省費以養財。』

朱文公

朱文公，晚年親書一帖，戒其子云：『年來衰病，因酒色過度以致。近覺肉多爲害尤甚，丁巳正旦以往，早晚飯各不得過一肉。如有肉羹，不得更設肉飣。如是菜羹熟水下飯。即肉飣不得用大碟，只用菜碟，大小一盤。晚食尤須減少，不肉更佳。一則寬胃以養氣，一則節用以省財，庶則全生盡年，儉德避難之萬一。爾等如有愛親之心，切宜深體此意。

胡九韶

金溪胡先生九韶，從吴康齋學易，造詣修潔。家甚貧，課兒力耕，僅給衣食。每日晡，焚香謝天賜一日清福。其老妻常笑之曰：『一日三餐菜粥，何名爲清福？』九韶曰：『吾幸生太平之世，無兵禍；又幸一家飽煖無饑，又幸榻無病人，獄無囚人，非清福而何？』清江敖先生云：『予爲童子時，聞長者談此事，輒笑之。迨正德辛未，避華林之寇。已而遭宸濠之變，避難山中，饑渴頓踣，至無所容身，始信九韶清福之言良然。』

葉肅卿

葉肅卿應驄，鄞人，爲刑部郎中。以勘獄忤時宰，謫戍遼東過蘇。蘇人魏維翰應召，亦爲刑部郎，謫戍還家。過肅卿舟坐中，語及郡守李公，曰：『此君之同年也。今君遠戍，宜有厚贐』云云。肅卿艴然不悦，曰：『君烏得爲是言？吾留此豈有覬耶？』既別，遽解纜去。李公聞之，疾趨挽留一餞，不肯止。乃遣吏持贐追至滸墅，再三陳懇悃意。第領之，其所贐，雖箋餌微物，皆唆却，無一受者。

江一麟

知州江新原公一麟，婺源人，寬仁廉儉，出自性成。任久，陞刑部員外，以俸銀十兩，令州民趙鍔修座船北行。及登舟，見繕治堅好，器物備具，問所費，僅以十兩對。不信，密喚各色工匠備查，實費二十兩。乃取銀陸兩，扇三十柄、墨三觔，二物價直四兩有餘。召鍔償之。鍔不敢受，公授之堅，遂勉受之。退，其閫正復語公曰：『既知十兩，即當償足其數，而别以扇墨酬其勞可也，何靳此耶？』公面頸發赤，亟呼鍔至，仍補銀四兩。鍔仍不敢受，公怒曰：『是則使我不如一婦人矣。』必不許辭，鍔乃如命受之。

郭翼

玉峰郭先生翼，以文名勝國。子東，清介有守。初爲東昌通判，一日他出，屬吏之妻饋園果一盒於其室人，拒不受，强委而去。東回，室人告以故。東啟視之，見其果肥潤，問曰：『汝嘗之乎？』曰：『果啖三四枚矣。』東市補之，使妻遺還，且囑其再勿如此。室人曰：『何必補之？』東曰：『所不欺者心耳，非在物也。』其立心不苟如此。

趙雙硯

臨海趙樂善，洪武間，卒業太學，爲中貴題蠶圖云：『蠶未成絲葉已無，雲鬟撩亂粉痕枯。宮中羅綺輕如布，争得王孫見此圖。』一日，上幸中貴宅見之，問知其人。即召見，授以肇慶知府。郡出端硯，他日趙携二石以歸。或有譽其在郡廉介者，趙慨然曰：『昔清獻自携一硯，今吾實取二硯，心愧多矣。』呼爲『趙雙硯』云。

劉鉉

劉文公鉉，家訓甚嚴。子瀞，舉進士，使南方，戒之曰：『見利無苟得也。』比還，閱其衣篋，喜曰：『無玷吾門矣。』

王翱

王忠肅翱，自遼東還，饋遺一無所受。某太監者，同事久，持明珠數顆餽之，曰：『公却吾餽，吾有死矣！』翱不得已，受之，乃密綴衣領間，夫人亦不知也。後太監死，其侄貧甚，翱乃召之，令買第宅。其人訝問，遂解其珠與之，曰：『值可千金，饒置第也。』

李文祥

咸寧令李文祥，遷職方監司，饋遺悉謝却之。人以孟子受薛兼金爲言，文祥曰：『孟子大賢，必有所處。吾寧過中，不敢假以自欺也。』

劉球

劉球之弟玑，令莆田，寄球一夏布。球即日封還，貽書戒之曰：『守清白以光前人，他非所望於弟者。』

蔣給事

蔣性中爲給事，歸甚清介。嘗駕一小舟入城，遇潮落，舟不得進。二僕牽挽，蔣自刺船，大爲他舟窘辱。二僕厲聲曰：『此是蔣給事，爾無横也。』蔣叱家人曰：『休哄人，此處安得有蔣給事。』

張鉞

張鉞，令清苑，有廉名，監司旌異之，因戒之曰：『汲水於盎，始非不澄澈矣，久之鮮有不腐者。爾信廉矣，盍保其終？』張抗聲曰：『水可腐，鉞不可腐也。』

陳完

陳完，舉鄉薦，任涇縣教諭，有清節。適縣官送白金修學。完詢其所由來，知爲贓罰，曰：『吾聖人有靈，決不欲以此物修其宮。』即返之。

楊繼宗

楊繼宗，守嘉興，去日，張寧送之曰：『楊伯起清白著聞，猶有金可却，公治郡，始終無一足敢暮夜及門者。』

何廷秀

何廷秀，使淮西，巢令閻徽以嘗師其尊人，贈以白金廷秀却之，徽曰：『吾以壽吾師，非贈君也。』曰：『子欲壽吾父，因他人致之則可；因吾致之則不可。』

馬逵

馬逵，令昌邑，粗衣糲飯，淡如也。其妻乘間言居官而貧若是，逵曰：『汝欲使我爲善耶，使我爲非耶？』

衡公嶽

衡公嶽，知慶陽，僚友諸婦會飲，金綺爛然，公内子荊布而已。即歸，頗不樂。公曰：『汝坐何處？』曰：『首席。』公曰：『既坐首席，又要服飾華美，富貴可兼得乎？』

豐慶

豐慶陞河南方伯，一縣令簠簋不飭，懼甚，乃以白金爲燭餽之。廳子以告，公佯曰：『試燃之。』廳子曰：『燃而不然也。』公曰：『不然，則還之耳。』次日，從容謂令曰：『汝燭不燃。』盡出之，以易燃者。自今無復爾矣。

錢昕　魚侃

常熟錢昕，爲方伯，魚侃爲郡守，俱以廉聞。錢有父產，王吏部嘗稱曰：『富不愛錢，錢昕；貧不愛錢，魚侃。』

章楓山

章拯，楓山之姪，官至司空，清操淳樸，與楓山等。致政歸，有俸餘四五百金。楓山知之，大不樂，曰：『汝此行做一場買賣回，大有生息。』拯有慚色。

林一鶚

少司寇林一鶚，病久，尹直往問安。一鶚喘息，歎曰：『病將三月，當住俸矣。』明報卒。直曰：『林公不慮病不起，且慮俸當當住，蓋以廉貧之故，可惜也。』

夏原吉　劉大夏

夏忠靖公原吉，嘗諫北伐獲罪。籍其家，惟賜鈔千貫，餘皆布衣、瓦器而已。正德初，兵部尚書劉公大夏，既謝政，逆瑾詗摘以事，遣官校逮繫簡其橐，惟俸給三十餘金。公以與之，官校感涕不納。二公皆湖人也。

巴河薛

蘄水薛府尹均，永樂時人，住巴河鎮，平生清苦，上亦甚稱之。橐無一錢，在任積俸，置紙馬板數副，以貽子孫。今巴河薛鋪紙馬獨易售，人猶稱薛府尹紙馬。

董頤齋父子

侍御會稽董公頤齋，宦游十餘年，貧不能治産。始卒業太學，家無僮奴，婁淑人亦侍御女，躬執炊爨，常乏薪，拾穢遺暴而蒸之。仲子中峰公圯，年二十三，弘治乙丑，會元及第，猶與父共寢。始婚卺飲之夕，雞鳴猶侍側，屢遣乃去。自編修至少宰，負謗歸，清苦猶父。辰夜治蔬粥奉太淑人。太淑人甘之，色澤日腴。華亭徐相以門生入謁。設饌，魚蔬淡薄，盛以大盂，黑白相錯。

和鵬

和鵬山西平定州人。弘治間，爲蘇郡倅，清介絶俗，不受人一蔬之饋。所禦一青袍，垢敝，懸虱纍纍，服之自若。妻子不免饑寒，時時怨歎，公不恤也。疾同官貪鄙，嘗與宴坐，捫虱，投几，取朱筆圈之，顧笑曰：『此贓官着枷耳。』以故同官多不悦者。然行事亦近迂，冬月訊囚不服，命施足枷，列之庭中。忽曰：『此輩足寒，可念。』令以絮被覆之，左右皆匿笑焉。在官數年，廉操始終不渝，擢江西僉事去。

李若谷等

李若谷，爲長社令，日懸百錢於壁，用盡即止。東坡謫齊安，日用不過百五十。每月朔，取錢四千五百，斷爲三十塊，掛在梁上。平旦，挑取一塊用之，又以竹筒貯用不盡者，以待賓客。云『此賈耘老法也』。又與李公擇書云：『口腹之欲無窮，每加節儉，亦是惜福延壽之道。』仇泰然，守四明，與一幕官相得。一日，問及公家日用多少，對以十口之家日用一千。泰然曰：『何用許多錢？』曰：『早具少肉、晚菜羹。』泰然驚曰：『某爲太守，居常不敢食肉，只是喫菜。公爲小官，乃敢食肉，定非廉士。』自此見疏。

魯釋

趙司成永，號類庵，京師人。一日，過魯學士鐸邸。魯曰：『公何之？』趙曰：『憶今日爲西涯先生誕辰，行往壽也。』魯問何贄，曰：『帕二方。』魯曰：『吾亦應如是。』啟笥無有，躊躕良久，憶里中曾餽有枯魚，令家人取之。報已食，止存其半。公度家無他物，即以其半與趙往稱祝。西涯烹魚沽酒以飲，二公歡甚，即事倡和而別。

變家風

范氏自文正公貴顯，以清苦儉約稱於世。子孫皆守其家法。忠宣正拜後，嘗留晁美叔同匕箸。美叔退謂人曰：『丞相變家風矣。』或問之，曰：『鹽豉棋子上有肉兩簇，豈非變家風乎？』聞者大笑。

陳孟賢

陳孟賢，素吝，同僚造一謔笑，云：『臘月廿四，天下竈神俱朝上帝。衆皆皂衣，一人獨白。上帝怪之，曰：『臣陳孟賢家竈神也。諸神皆烟薰，故黑；臣在孟賢家，自三餐外，不延一客。

臣衣何由得黑?』後人凡言冷談事,輒曰『陳家竈神』。

子孫榼

江西俗儉,果榼作數格,惟中一味,或果或菜,餘悉充以雕木,謂之『孫子榼』。又不解鎔蔗糖,亦刻木飾其色以代。一客取食,方知贋物,不覺失笑。覆視之,底有字云:『大德二年重修。』

器量

林英

林英年七十致仕,起爲大理卿,氣貌不衰,如四五十歲。人問何術致此,曰:『但平生不會煩惱。明日無飯喫,亦不憂。事至,則遣之,釋然!不留胸中。』治獄多所全活,若有所見者,豈其陰相耶?』

蘇少保

蘇少保頌,爲人深沉有度量,不悦於荆公,罷知制誥歸班二年,赴常朝未嘗一日在告,與人終日無一言及之。元祐中，與同列爭賈易事，遂以朋黨罷相，而平生未嘗識易也。知揚州日，呂溫卿出使，杖孔目以下四十餘人，公怡然一聽所爲。嘗奉親知婺州，中途大風，舟壞，親濡水。公皇遽入水負抱迓。吏及卒數百人，盡跳波間。須臾風定，親獲安全。世言公之作相，孝德所召也。

呂公著

呂文靖，生四子：公弼、公著、公奭、公孺，皆少。時文靖與其夫人語四兒：『他日皆繫金帶，但未知誰作宰相，吾將驗之。』他日，四子居外，夫人使小鬟擎四寶器，貯茶而往，教令至門故跌而碎之。三子皆失聲，或走告夫人；獨公著凝然不動。文靖謂夫人曰：『此子必作相。』元祐果大拜。

黃魯直

黃魯直，得洪州解頭，赴省試，與喬希聖數人待榜。相傳魯直爲省元，同舍置酒。有僕自門被髮大呼而入，舉三指，乃同舍三人，魯直不與。坐上數人皆散去，至有流涕者。魯直飲酒自若，飲罷與同舍看榜，不少見於顏色。孫莘老甚重之。後妻死，作發願文，絶嗜欲不御酒肉。至黔州命下，亦不少動。公在歸州，見其容貌愈光澤。留貶所累年，有見者無異仕宦時。議者以魯直德性殆夙成，非學而能之。

王　旦

中書有事，關送察院，事碍詔格。寇萊公在樞府時，以聞上。上以責王旦，旦謝過引咎，堂吏皆遭責罰。不逾月，密院有事送中書，亦違舊詔。堂吏得之，欣然呈公。公曰：『却送與密院。』吏出白寇公，寇公大慚。

公在中書，祥符末大旱。一日，自中書還第，路由潘氏旗亭。有狂生王行者，在其上指旦大呼曰：『百姓困旱，焦勞極矣。相公端受重禄，心得安耶？』遂以所持經擲旦，正中於首。左右擒之，將送京尹。旦遽曰：『言中吾過，彼何罪哉！』釋之。

王文正公母弟，傲不可訓。一日，逼冬至，祠家廟，列百壺於堂前，弟皆擊破之。家人惶駭。文正忽自外入，見酒流滿路不可行，俱無一言，但攝衣步入堂。其後，弟忽感悟，復爲善，終亦不言。

公局量寬厚，未嘗見其怒。飲食有不精潔者，但不食而已。家人欲試其量，以少埃墨羹中，公惟啖飯而已。家人問何以不食羹，曰：『我偶不喜食肉。』一日，又墨其飯，公視之曰：『我今不喜飯，可具粥。』其子弟愬於公曰：『庖食爲饔人所私，食不飽，乞治之。』公曰：『汝輩人，料食幾何？』曰：『一斤，今但得半斤，其半爲人所匿。』公曰：『盡一斤可飽乎？』曰：『足矣。』公曰：『此後人料一斤半可也。』

韓魏公

韓魏公在大名日，有人獻玉盞二隻，云：『耕者入壞冢而得，表裏無纖瑕可指，亦絶寶也。』公以百金答之。尤爲寶玩，每宴客，特設一桌，覆以錦衣，置玉盞其上。一日，召漕使且將用之勸坐客。俄爲一吏誤觸倒，玉盞俱碎。坐客皆愕然，吏且伏地待罪。公神色不動，謂坐客曰：『凡物之成毁，亦自有數。』俄顧吏曰：『汝誤也，非故也，何罪之有。』客皆歎公寛厚不已。

公帥定武時，夜作書，令一侍兵持燭於傍。侍兵他顧，燭燃公鬚。公遽以手摩之，而作書如故。少頃回視，則已易其人矣。公恐主吏鞭之，急呼之曰：『勿易渠，今已解持燭矣。』

公惟務容小人，善惡黑白不太分，故小人少忌之。范富歐尹常欲分君子、小人，故小人忌怨日至，朋黨亦起。方諸公存逐，獨公安焉。後扶植諸公復起，皆公力也。

王沂公

王沂公曾，再涖大名，代陳堯咨。既視事，府署毁圮者，即舊而葺之；什器損失者，完補之如數；政有不便者，悉彌縫掩其非。及移守洛陽，陳復爲代，覩之歎曰：『王公宜其爲相，我之量不及也。』蓋嘗以昔時之嫌，意公必返其故，發其隱也。

公狀元及第，還青州故郡。府帥聞其歸，乃命父老娼樂迎於近郊。公乃易服，乘小騎，由他門入，遽謁守。守驚曰：『聞君來，已遣人奉迎。門司未報，君何忽抵此？』公曰：『不才幸忝科第，豈敢煩太守致迓，是重其過也。』守嘆曰：『君所謂狀元矣！』以遠大期之。

狄青

狄青，作真定副帥，嘗宴韓魏公，劉易先生與焉。易性素疏迂，時優人以儒爲獻，易勃然，謂黥卒敢如此，始罵武襄不絶口，至擲樽俎以起。公是時觀武襄氣殊自若，不少動，笑語益温。次日，武襄首造劉易謝。公於是時，已知其有量。又公面有黥字，仁宗命去之。自謂面黥，足以勵士卒云。

吕蒙正

吕文穆，不喜記人過。初參知政事，入朝堂，有朝士於簾内指之，曰：『是小子亦參政耶？』公爲不聞而過之。同列怒，令詰其人，公遽止之。罷朝，同列猶不能平。公曰：『若一知其姓名，則終身不能復忘，固不如無知也。且不問之何損？』時皆服其量。

王德用

王武恭公，善撫士，狀貌雄偉動人，雖里兒巷婦，外至夷狄，皆知其名字。御史中丞孔道輔等，因事以爲言，乃罷樞密，出鎮，又貶官，知隨州。士皆爲之懼，公舉止言色如平時，惟不接賓客而已。久之，道輔卒。客有謂公曰：『此害公者也。』公愀然曰：『孔公以職言事，豈害我者。可惜朝廷亡一直言臣。』於是言者終身以爲愧，而士大夫服公有量。

李宗諤

李翰林宗諤，其父文正公昉秉政時，避嫌遠勢，出入僕馬與寒士無辨。一日，路逢文正公前騶，不知其爲公子也，遽呵辱之。是後，每見斯人，必自隱蔽，恐其知而自愧也。

傅堯俞

傅獻簡公堯俞，曆臺諫，遷三司、鹽鐵副使，出知江寧。坐事落職奪官，監衛州黎陽倉草場。郡掾行縣，公同邑官出迎，拜謁甚恭。郡守檄邑官，代公治出納，公不可，曰：『居其官不可以曠職。』雖祁寒隆暑，必躬坐庾中，治事不少懈。

寇萊公

萊公之貶雷州也，丁謂遣中使往，授之以錦囊，貯劍揭於馬前。既至，公方與郡官宴飲。驛吏言狀，公遣郡官出迎之。中使避不見，入傳舍中，久之不出。問所以來之故，不答。上下皆皇恐，不知所爲。公神色自若，使人謂之曰：『朝廷若賜準死，願見敕書。』中使不得已，乃以敕授之。公乃從録事參軍借緑袍着之，短纔至膝，拜受於庭，升階復宴飲，不暮而罷。

吕希哲

滎陽吕公希哲，熙寧初，監陳留稅。章樞密楶方知縣事，心甚重公。一日與公同坐，遽峻辭色折公以事，公不爲動。章歎曰：『公誠有德者，我聊試公耳。』

公晚年習静，雖驚顛沛，未嘗少動。自曆陽赴單守，過山陽渡橋，橋壞，轎人俱墜，浮於水，而公安坐轎上，神色不動。從者有溺死者。

宋太宗

太宗一日寫書，筆滯，思欲滌硯中宿墨。顧左右咸不在，因自俯銅池滌之，既畢，左右方至。上徐顧曰：『爾輩何處來？』

趙天錫

趙宛邱，官至財賦總官，公委至吴，因訪故舊。戒其僕曰：『汝至人家，須鞠躬屏氣。扣門問人有無。汝但曰前路吏趙天錫，慎毋曰趙總官。』蓋趙曾爲辟掾也。

夏元吉

夏元吉，湘陰人。永樂間，勳德寵眷，爲時元臣。器量宏厚，人莫能及。或問：『量可學乎？』曰：『吾幼時，遇犯者則怒。始忍於色，中忍於心。久則自然殊無相校意。是知量可學也。』又曰：『處有事當如無事，大事當如小事，若先自張皇，則中便無主矣。』

公治水江南，至崑山，寓千墩寺中。所居不陳儀從，坐一室視書，如常人。有鄉民數人來寺游觀，雜坐其旁。既而問僧：『尚書何在？』僧曰：『觀書者是也。』民惶懼奔走，公殊不爲意。

楊玢

楊尚書玢，致仕歸，舊居爲鄰里侵佔，子弟以狀白公。公批紙尾云：『四鄰侵我我從伊，必竟須思未有時。試上含光殿基望，秋風衰草正離離。』子弟不復敢言。

陳白沙

白沙陳公甫，訪定山莊孔旸，莊携舟送之。中有一士人素滑稽，肆談褻昵，甚無忌憚。定山怒不能忍。白沙則當其談時，若不聞其聲；及其既去，若不識其人。定山大服。

韓治

韓治與同僚處。一日有卒悍厲，衆皆怒之。惟韓不顧，徐曰：『無忿疾於頑，惟頑能致人忿故也。』

陳子方

閔仲建、陳子方，二人幼同讀書，長同習吏事，又同籍杭郡。吏循次録敘，則陳在先，閔乃以計先之。陳終無幾微怨嫉意。適故人約陳偕入京，達官貴卿交薦，尋僉憲浙西。閔方以日月陞掾憲府，聞陳之來，歎曰：『何面目見之？』稱疾不出。陳下車亟問吏曰：『閔仲達何不見耶？』咸以疾對。陳曰：『非疾，憚我也。我將見之。』及其門，閔皇懼出肅。陳曰：『吾與君交至深，誼至篤。君昔先我而吏郡者，命也；非此吾所就寧至是耶。今又幸同處，苟有未至，方賴於君，何稱疾爲？宜亟出。』閔感激從事，相好如初。

种世衡

胡蘇慕恩部落最强，種世衡嘗夜與飲，出侍姬佐酒。既而，世衡起入内，慕恩竊與姬戲。世衡遽出掩之，慕恩慚愧請罪。世衡笑曰：『君欲之耶？』即以遺之。由是諸部有貳者，使慕恩討之，無不克。

徐存齋

徐存齋，由翰林督學浙中。時年未三十，一士子文中用顔苦孔之卓，徐勒之，批云：『杜撰。』置四等。此生將領責，執卷請曰：『大宗師見教誠當，但苦孔之卓出揚子《法言》，實非生員杜撰也。』徐起立曰：『本道僥倖太早，未嘗學問，今承教多矣。』改置一等。一時翕然，稱其雅量。

不吝改過，即此便是，知名宰相器識。萬曆初年，有士作『怨慕章』一題，中用『爲舜也父者爲舜也母』句，爲文宗抑置四等，批『不通』字。此士自陳，文法出《檀弓》，文宗大怒曰：『偏你讀《檀弓》！』更置五等。人之度量，相越何啻千里。

宋藝祖嘗以事怒周翰，將杖之，翰自言：『臣負天下才名，受杖不雅。』帝遂釋之。古來聖主、名臣，斷無使性遂非者。

嚴震

嚴震，鎮山南，有一人乞錢三百千，去就過活。震召其子公弼等問之，公弼曰：『此患風耳，大人不足應之。』震怒曰：『爾必墜吾門，只可勸吾力行善事，奈何勸吾慳惜金帛？且此人不辨，向吾乞三百千，的非凡也。』命左右准數與之。於是三州之士歸心恐後，亦無造次過求者。

西吴董尚書潯陽公份，家富而勤於交接，凡衣冠過賓無不厚贈者。其孫禮部青之，工於詩字，往往以手書扇軸及詩稿贈人。尚書聞之曰：『以我家勢，雖日以銀幣爲歡，猶恐未塞人望。奈何效清客行事耶？且縉紳之家，自有局面，豈復以詩字得人憐乎？將來破吾家者，必此子也。』後民變事起，尚書已老，青之以文弱不能支，董氏爲之破産。人服尚書先見。

石曼卿

石曼卿，初登科，有人訟科場，覆考落數人，曼卿在其數。時方期集於興國寺，符追所賜敕牒，靴服，數人皆啜泣而起。曼卿獨解靴袍還使人，露體戴幞頭復坐，語笑終席而去。次日，被黜者授三班借職，曼卿爲一絶句云：『無才且作三班借，請俸争如録事恭。從此罷稱鄉貢進，且須走馬東西南。』

王英

崑山王公英，字俊伯，洪武末爲御史，有聲譽。太祖書其名於殿柱曰：『敦厚王英。』永樂中，陞陝西按察使。時歲荒，多流民。藩臣以聞，上曰：『朕有王英在彼。』其知愛之隆如此。後丁外艱，歸服闋，偶微服至閣門。門卒見其靴，時例方禁此，因執而送之官。公不與校，呼僕往取冠裳，乃與言曰：『我固當用此，今忽自輕，致汝褻慢，我之過也。汝援例褫去，汝職宜然。既已知之，便當見恕。』卒謝不已。又一日，值負鹽者横截於道，公少避之，偶失足水污。負者驚懼，委鹽逸走。公停，呼謂之曰：『非故罪也，地窄使然，速來負去。』其敦厚如此。公以都憲歸，入邑令盛設酒饌邀之。公竟赴鄰翁飯，或怪之，曰：『鄰翁貧，治具不若令易也。』

楊　翥

尚書楊公翥，厚德冠一時，鄉邦傳誦其事甚多。如鄰家搆舍，侵其桶溜墜其庭，公不問，曰：『晴日多、雨日少也。』或侵其址，公有『普天之下皆王土，更過些些也不妨』之句。又以鄰翁生兒，恐乘驢驚之，賣驢徒行等紀載已多。又聞其先墓前碑，數爲田兒戲推仆，墓人奔告。曰：『傷兒乎？』曰：『否。』曰：『幸矣！語諸兒家，善護兒，毋驚之。』

姚少師

姚少師，歸吴，每曳履獨步。偶遇一丞喝道來，少師行如故。丞怒執而笞之，少師受笞不爲理。有識者曰：『此少師也。』丞大驚伏地。少師徐云：『且送郡獄。』明日出之，謂太守曰：『此輩不識事，一野僧行道，何足怒而笞之？吾昨乃相戲耳。』更不罪丞。

金　忠

金忠未遇時，里人有窘辱公者。公爲尚書，其人補吏來京師，公薦用之。或曰：『彼不於公有憾乎？』公曰：『顧其才可用，奈何以私故，掩人之長？』

王忠肅

王忠肅，召爲冢宰，舟次濟寧，都水主事，法以先後序過閘，雖貴官不得越。人怪之，公曰：『彼立法，安忍壞？』及至部，即調爲考功。

顧佐

顧佐執法，下吏不堪，乃誣奏佐受皂隸賂，因放歸耕。楊士奇力辨，上即以訴吏付佐自治。吏恐甚，佐曰：『上命我治汝，我姑容之，但改行爲善。』竟不問。

羅洪先

羅洪先，作鼎元時，外舅曾太僕趨告曰：『喜吾婿幹此大事也。』羅面髮赤，徐對曰：『丈夫事業，更有許大在。此等三年遞一人，奚足爲大事也？』是日，猶袖米蕭寺中講學。

屠　漋

屠漋，位冢宰，有鄉人假稱屠公子，沿途騷動。人以聞於公，意公大加譴責。公但呼而戒之曰：『汝爲我兒，亦不辱；但難爲若翁耳。法有明禁，自今慎無爲此。』公新衣白綾甚澤，吏捧硯誤傾墨污，慴息請罪，公曰：『吾方惡其白，欲染之，適與意會。』

李　秉

李秉，巡撫宣府，巡按張鵬待之倨。已而，鵬與楊瑄言事謫戍西廣。林錦衣監行，二人同「梏，行坐有妨。時秉開府江南，二人道其地。瑄咎鵬曰：『若往時少貶李公，今日能不少視我乎？』語未畢，秉至，見二人哭不能起，命左右寬之。二人曰：『此門錦衣親封，邏者在後，何敢累公！』公曰：『朝廷有責，吾自當之。』遂懇林得釋，尋解其帶貽之。二人安然得至戍所。

蔣　瑶

蔣恭靖瑶，性寬厚。守揚時出市，有婦瀉水樓窗，誤濺公衣。左右縛其夫至，公叱去之。或訝公太褻，公曰：『吾非好名，婦誤耳，夫則何辜？』

陳鎰

陳鎰、王文，同掌内臺。凡入臺，陳或後至，王輒命鳴鼓；集諸道御史升揖。一日，陳先至堂，吏請擊鼓，陳曰：『少需。諸道咸不平，王至知之，曰：『吾在陳公度中矣。』

王承裕

王司徒承裕，幼時，暑月如廁，必置扇外舍牖間。諸姊欲試之，使婢藏去。王出視無扇輒往。及三置三藏之，則不復置扇，終無愠色。諸姊相與笑曰：『七叔量大如海，其將鼻吸三斗醋耶？』

魏文靖

魏驥，往留都考察，所積俸資寄一刑曹郎。郎之婿爲僞銀封識，盡盜其真者。公知而不言。後郎悉其事，盡數償公。公駭曰：『君誤矣！奈何以不明之跡，加人不韙乎？予銀具在，固無僞者。』迄不受。公致仕，時往於田，值御史官船，公上岸引舟而行。御史怪問，對曰：『魏驥。』又問，曰：『蕭山魏驥。』又問，曰：『尚書歸老，蕭山魏驥。』御史惶恐謝罪。

梁文康公

御史李鐸，詆斥梁文康。後大理寺丞缺，銓司曰：『按格宜鐸，惟詆公，議別擢。』公曰：『舉不避讐，古制也。』立擬擢鐸。

楊石齋

楊石齋，在閣久，漫無建白。武皇南巡，有狂生上書數其過，公延禮，生泣下曰：『久當不負良意。』後密計擒江彬，衆始服公才量。

吴稷

吴長史稷，歸隱，有司莫識其面。吏舉踐更役，誤以公名報。令不知，懸之榜。公親往注下曰：『不能爲官，豈堪爲役？』令聞大愧。

胡深

胡深，爲禮部尚書時，鄉人有不悦公者，造帷簿之謗，達書於公。公若不聞也。他日，其人至京謁公，公接之如平生歡，留之書室，偶翻文卷，則其書在焉。驚愧而出，公亦若不知也。

吴訥

常熟吴都憲訥，少爲士時，素負氣剛介。章御史珪於吴差後，然亦不屈士也。二人不相下，各以豪邁自雄，欲鬪見奇。福山有東嶽寺，塑酆都獄，至爲獰惡，又爲伏機於地下。人不知而躡之，則有群偶鬼萃而槍焉。殿堂闃寂，人非携一二伴侣，不敢單身入也。章與吴約，以月黑天陰之時獨往，以散餅爲驗。每鬼前必留一餅。約既定，章先往，匿神帳中。吴持餅諸鬼前，每至一鬼必云：『與一箇。』次章所匿處，章伸手出云：『我也要一個。』吴遂以餅與之，云：『也與汝一箇。』殊無驚異，由是章大驚服。後吴仕至都御史。

秦襄毅

秦襄毅公紘，總制兩廣軍務時，因發總兵官安遠侯柳景贓私，爲所誣。朝命錦衣衛逮訊，官校至，公治事自若。凡兵食軍務簡處既畢，然後就道。而軍容騶從，略不少損。官校以其大臣重望，不敢肆言，然憂誣之者以此脅之。及度嶺，公乃白衣囚首，堅請自縶，校不肯，公曰：『頃者吾非敢違朝旨，顧兩廣總制，其責任重，軍民之所承奉，蠻夷之所具瞻。一旦囚首，吾一身何足惜？

朝廷之威所損實多，故優遊至此，存大體耳。』乃就縶而去。

錢尚書

錢尚書邦彦，讀書僧舍，每夜有被髪鬼窺於窗外。諸僧怖懾，不敢出聲。公夜讀自若，老僧喜慰之，曰：『所謂見怪不怪，其怪自壞者也。』公笑曰：『一壞字作人我相，當云見怪不怪，怪自爲怪耳。』是夜，寺僧聞二怪相謂曰：『聞尚書言，豈不自愧。吾輩便遠避。』無犯貴人，自是怪遂絶。

卷七

厚德

李文正

李文正公昉，至道元年燈夕，太宗御樓時，公以司空致仕於家。上以安輿就其宅，召至賜坐於御樓之側，敷對明爽，精力康勁。上親酌御樽飲之，選肴核之精者賜焉，謂近侍曰：『昉可謂善人君子也，事朕兩入中書，未嘗有傷人害物之事，宜其今日所享如此也。』

韓魏公

韓魏公爲丞相，每見文字有攻人隱惡者，即手自封之，未嘗使人見。公在魏府，僚屬路拯者，就案呈有司事，而狀尾忘書名，即以袖覆之，仰首與語，稍稍潛卷，從容以授之。

公嘗言：『能扶人之危，周人之急，固是美事，能勿自談則益善矣。』

韓忠憲

韓忠憲公億，在中書日，見諸路職司捃拾官吏小過輒不懌。曰：『今天下太平，主上之心雖蟲魚草木皆欲得所，况仕者。大則望爲公卿；次亦望爲侍從，職司二千石；其下亦望朝京幕職。奈何錮之於聖世乎？』

傅獻簡

傅獻簡公堯俞，言：『以帷箔之罪加於人，最爲暗昧。萬一非辜，則令終身被其惡名。至使君臣父子之間難施面目，言之得無訒乎！』

曹武惠

曹侍中彬，爲人仁愛多恕。嘗知徐州，有吏犯罪，既立案，逾年然後杖之，人皆不曉其旨。公曰：『我聞此人新娶婦，若杖之，彼其舅姑必以婦爲不利而惡之，朝夕笞駡，使不能自存。吾故緩其事，而法亦不赦也。』其用志如此。

公國朝名將，勳業之盛無與爲比。嘗曰：『自吾爲將，殺人多矣，然未嘗以私喜怒戮一人。』其所居弊壞，子弟請加修葺。公曰：『時方大冬，牆壁瓦石之間百蟲所蟄，不可傷其生。』其仁心愛物蓋如此。公初尅成都，有獲婦女者悉閉於一第，竅度食具，戒左右：『是將進御，當密衛之。』洎事寧，咸訪其親還之，無親者備禮以嫁之。平蜀回，輜重甚多，或言悉奇貨也。太祖令伺之，皆古圖書，無銖金寸錦之附。

蔡襄嘗飲會靈東園，坐客有射矢誤中傷人者，客遽指爲公矢。京師呫然。事既聞，上以問公。公即再拜愧謝，終不自辨，退亦未嘗以語人。

張文定

張文定公齊賢，以左拾遺爲江南轉運使。一日家宴，一奴竊銀器數事於懷中，文定自簾下熟視不問。爾後晚年爲宰相，門下廝役往往皆得班行，而此奴竟不沾禄。奴乘間再拜而告曰：『某事相公最久，凡後於某者皆得官矣。相公獨遺某何也？』因泣下不止。文定憫然，語曰：『我欲不言，爾乃怨我。爾憶江南日盜我銀器數事乎？我懷之三十年不以告人，雖爾亦不知也。吾備位宰相，進退百官，志在激濁揚清，安敢以盜賊薦耶？念汝事吾日久，今予汝錢二百千，汝其去吾門下，自擇所安。蓋吾既發汝平日之事，汝其有愧於吾，不可復留也。』奴震駭，泣拜而去。

于令儀

曹州于令儀者，市井人也。長厚不忤物，晚年家頗豐富。一夕盜入其家，諸子擒之，乃鄰舍子也。令儀曰：『汝素寡過，何苦而爲盜耶？』『迫於貧耳。』問其所欲，曰：『得十千足以資衣食。』如其欲與之；既去，復呼之，盜大懼。語之曰：『汝貧甚，負十千以歸，恐爲邏者所詰。』留之，至明使去。盜大感愧，卒爲良民。鄉里稱君爲善士。君擇子侄之秀者起學室，延名儒以教之。子伋、侄傑、㑊繼登進士第，爲曹南令族。

彭思永

彭公思永，始就舉時貧無餘貲，惟持金釧數隻棲於旅舍。同舉者過之，衆請出釧爲翫。客有墜其一於袖間，公視之不言，衆莫知也，皆驚求之。公曰：『數止此，非有失也。』將去，袖釧者揖而舉手，釧墜於地。衆服公之德。

張知常

張知常在上庠日，家以金十兩附致於公。同舍生因公之出，發篋而取之。學官集同舍簡索，因得其金。公不認，曰：『非吾金也。』同舍生至夜，袖以還公。公知其貧，以半遺之。前輩爲公遺人以金，人所能也。倉卒得金不認，人所不能也。

張孝基

張孝基娶同里富人女，富人只一子，不肖，斥逐之。富人病，且死，盡以家財付孝基，與治後事如禮。久之，其子丐於途。孝基見之惻然，謂曰：『汝能灌園乎？』答曰：『如得灌園以就食，何幸！』孝基使灌園，其子稍自力。孝基怪之，復謂曰：『汝能管庫乎？』曰：『灌園已出望外，况管庫乎？又何幸也！』乃使管庫，竟馴謹無他。孝基察其能自新，遂以其父所委財産歸之。其子自此治家勵操，爲鄉閭善士。不數年，孝基卒。其友數輩遊嵩山，忽見旌幢騶御滿野，如守土之臣。竊視登車者，乃孝基也。驚喜前揖，詢其所以致此，曰：『吾以還財之事，上帝命主此山。』言訖不見。

寄金相讓

包孝肅尹京時，民有自言：『以白金百兩寄我者，死矣。予其子不肯受，願召其子予之。』尹召其子，辭曰：『亡父未嘗以白金委人也。』兩人相讓久之，孝肅驗究其實，斷與其子。公言：

『觀此事而言世無好人者，可以少愧矣。』

竇諫議

竇諫議禹鈞，嘗因元夕往延慶寺燒香，忽於後殿階側拾銀二百兩、金三十兩，遂持歸。明旦，詣寺守候失主。須臾，見一人涕泣至；公問所因，曰：『父犯大辟，遍懇至親貸得金銀若干，將贖父罪。暮以一相知置酒，酒昏忽失去。今父罪已不復贖矣！』公驗其實，遂與同歸，以物還之，加以惻憫，復有贈遺。

劉庭式

齊人劉庭式，未第時議娶其鄉人之女，未納幣也。庭式及第，其女以病，兩目皆盲。女家躬耕貧甚，不敢復言。或勸納其幼女，庭式笑曰：『吾已許之矣，雖盲豈負吾初心哉！』卒娶之，與之偕老。

此與前記載唐孫泰事同。泰姨老以二女爲托，曰：『其長損一目，汝可娶其女弟。』泰曰：『既有廢病，非泰何適？』卒娶其姊焉。又陳無已《談叢》載：『華陰呂君舉進士聘里中女。既中第，女家言曰：「吾女故無疾，既聘而盲，敢辭。」呂君曰：「既聘而盲，君不爲欺，又何辭？」遂娶之。生五男，皆中進士，其一丞相汲是也。』

姚雄

姚雄初爲將，以女議定一寨主子。無何，寨主物故，妻及子皆淪落。後雄以邊帥赴闕奏計。一嫗浣衣，喜其有士人家風，問所從來。嫗曰：『昔良人守官，邊寨有將姓姚者，許以女歸妾子。今夫既喪，無以自存，方貨餅餌以自給。』姚曰：『爾尚記形容否？』曰：『流落困苦，不復省記。』姚曰：『雄是也。女自許歸之後，不與他族，日望婿來。豈以父之存歿爲間耶！』嫗泣下，咽不能語久之。因留嫗并其子，易以新衣，俱載還鎮，遂畢其禮。

鍾離君

鍾離君，開寶間宰江州，以女嫁許氏，諭胥魁市婢從嫁。翌日，胥與老嫗引一女子來，問其何許人。曰：『撫之臨川人也。』女受嫗誡，不敢有他言。君視事回，見於屏，女流涕有戚容，且疑其家叱罵。詰（之），（女）曰：『不然，某之父昔令是邑，不幸與母俱亡，無親戚依倚。方五歲育於胥家十年，將爲己女。今明府欲得妾，胥與嫗以某應命。適見明府視事，追感吾父，不覺涕零。』君大驚，呼牙儈問之，復咨於老吏，具得其實。是時許之子納采有日，鍾離遽以書抵許氏，而止其娶。且曰：『吾買婢得前令之女，而特憐之、悲之，義不可久辱。當輟吾女之奩篚，先求婿以嫁前令之女。更俟一年，别爲女營嫁資，以歸君子。』許君答書曰：『蘧伯玉恥獨爲君子，君何自專仁義？願以前令之女配吾子，君别求良奧以嫁君女。』於是前令之女竟歸許氏。

王章惠

王章惠公隨，舉進士時甚貧。遊於翼城，逋人飯執而入縣。石務均之父爲縣吏，爲償錢，又館之於家，而其母尤所加禮。一日務均醉毆之，王遂去。明年登第，久之爲河東轉運使。務均恐懼逃竄，然王未嘗有害之意也。至後事敗，文潞公爲縣捕之，急往投王。王已爲御史中丞矣。未幾封一鋌金至縣，葬務均之父。事少解，至王參知政事，奏務均綀使。務均亦改行自修。王公厚德，不忘一飯之恩如此！

范文正公

公在杭州，子弟知其有退志，乘間請治第洛陽，爲逸老計。公曰：『人苟有道義之樂，形骸可外，况居室哉！吾今年逾六十，乃謀治第，顧何時而居乎？且西都士大夫園林相望，爲主人者莫得遊，而誰獨障吾遊者？俸餘宜以周宗族，若曹遵吾言，無以爲慮。』

查道

查道，淳化中初赴舉，貧不能上道，親族裒錢三萬遺之。道出滑州，過父友呂翁家。翁無以葬母，兄將鬻其女以辦襄事。道傾楮中錢悉與之，又與嫁其女。又嘗有僚卒，女爲人婢，道贖之以嫁大族。

趙清獻

趙清獻嫁兄弟之女以十數，皆如己女。在官，爲人嫁孤女二十餘人。居鄉，葬暴骨及貧無殮，且葬施棺給薪，不知其數。

公得虔州，虔當二廣之衝，行者常自買舟而北。公問（乃）取餘材造舟百艘，移二廣諸郡，曰仕宦之家有父兄没而不能歸者，皆遺文以遣，當具舟載之。』至者既悉授以舟，復量給公使物，歸者相繼於道。

彭尚書

尚書彭公汝勵，少時師事倪天隱，天隱亦奇之。及官保信，迎天隱置於學，執弟子禮事之。天隱死無子，公爲并其母葬之。又葬其妻，又割俸資其女。同年宋涣未官而死，公經理其後，不啻家人。其篤行如此。

彭鉉

彭鉉，初自南唐入京，市宅已歲餘，見宅主貧困甚，因召而謂曰：『得非售宅虧價而致是耶？子近撰碑，獲潤筆二百千，可償汝矣。』宅主固辭，遂命左右輦以付之。

王庭玉

涪州王庭玉，初締葉氏姻，入太學後結婚。女微跛，而又承虚筐，公姑鋭欲出之。庭玉過庭祈請，謂：『婚姻前定，罪非七出，何敢爲此薄德？』事越三年登科，生三子皆競爽。鄉曲高其行義，稱爲厚德之家。開慶元年九月，辟授天府帥機。

三槐王氏

王晉公事太祖，爲知制誥。太祖遣使魏州，以便宜付之。告曰：『使還與卿王溥官職。』時溥爲相也，蓋魏州節度使符彦卿，太宗夫人之父，有飛語聞於上。公往别太宗於晉邸。太宗却左右，欲與之語，公徑趨出。公至魏，得彥卿家僮一人，挾勢恣横，以便宜決配而已。及還朝，太祖問曰：『汝敢保符彥卿無異意乎？』祐曰：『臣與符彥卿家各有百口，願以臣之家保彥卿。』又曰：『五代之君多因猜忌殺無辜，致享國不長，願陛下以爲戒。』帝怒其語直，貶鎮國軍行軍司馬，華州安置，七年不召。太宗即位，以兵部侍郎召，不及見而薨。初，公赴貶時，親賓送於都門外，謂公曰：『意公作王溥官職矣。』公笑曰：『祐不做，兒子二郎必做。』二郎者，文正公也。公知其必貴，手植三槐於庭曰：『吾子孫必有爲三公者。』已而果然，天下謂之：『三槐王氏』云。

張生

福州一農家子張生，幼時父使持錢三千，入山市斧柯。遇村人爲逋負所迫，欲自經者。惻然，盡以所賫贈之。可而親縛因坐石上，旁有人不相識，問：『饑渴乎？』曰：『然。』指路隅竹萌，令食之。堅不可咀，徐傾小瓢水於掌，以飲之。生飲水，頓覺精爽非常，自此絶粒。忽識字，能爲詩，頗言人未來事，後祝髮爲浮屠。參議何大圭自閩來，云：『師所遇，乃鍾離先生。』至今往來不絶。

張忠定

自王均、李順之亂後，凡官於蜀者多不挈家以行，至今成都猶有此禁。張忠定公詠知益州，單騎赴任。是時一府官屬憚張之嚴峻，莫敢蓄使者。張不欲絶人情，遂自買一婢以侍巾幘。自此官屬稍稍置姬屬官。張在蜀四年，後召還闕。呼婢父母，出貲以嫁，猶處女也。

公言：『吾頃與今丞相寇公、南陽張覃取大名府解試罷，衆謂吾名居覃之右。吾上府帥書言：『覃之德行於鄉里，有古人風。將某之文近覃之文，則未知覃之行，遠某之行萬萬矣。』遂薦覃爲解元。公曰：『士君子當以德義相先，不然未足爲士矣。』

公視事退後，有一廳子熟睡。公謂之：『汝家有甚事？』對曰：『母久病，兄爲客未歸。』訪之果然。公翌日差場務一名給之，且曰：『吾廳有敢睡者耶？此必心極憂懣使之然爾，故憫之。』

吴遵路

明道末，天下旱蝗，知通州吴遵路，乘民未飢，募富者得錢幾萬貫，分遣衙校航海，糴米於蘇秀，使物價不增。又使民採薪芻，官爲收買，以其值糴官米。至冬大雪，即以原價易薪芻與民，官不傷財，民且蒙利。又建蓬茅屋百間以處流移，出俸錢置薦席鹽蔬，日與飯米，俵有疾者，給藥以治之；其願歸者，具舟續食還之本土。是歲諸郡率多轉死，惟通民安堵，不知歲凶也，故民愛之如父母。明年，范文正公安撫淮浙，上公治狀，頒下諸郡。熙寧中，命官於通，距公之治逾四十年，民猶詠稱不已。

黃兼濟

張忠定公詠在成都府，嘗夜夢謁紫府真君。接語未久，吏忽報：『請到西門黃兼濟承事。』兼濟以幅巾道服而趨，真君降階接之，禮頗隆盡，且揖張公坐承事之下，詢顧詳款，似有欽歎之意。公翌旦即遣典客詣西門，請黃承事者，戒令具常所衣服來。比至，果如夢所見，公即以所夢告之。問：『平日有何陰德？』兼濟云：『無他長。每歲惟遇禾麥熟時，以錢三萬緡收糴。至明年禾麥未熟，小民艱食之際糶之，價值不增，升斗亦無高下。在我者初無所損，而小民得濟所急。』公曰：『此承事所以坐某之上也。』令索公裳，令二吏掖之，使端受四拜。公後裔繁衍至今，在仕路者比比青紫。

侯可

侯可寓逆旅，有書生病極，爲庸醫所誤將殆。侯與書生無契素，特哀其途窮，輒叱去醫者，自爲調藥餌。病痊，始與之告別。

孔牧

孔寺丞牧，早以文行見推鄉黨。在汝州，村居饑歲，鄉民貨易菽粟，聽其自取，皆不取償。民有盜伐所種竹木者，家僮執之。牧見而釋之，且問其所欲之數，欲伐而益之，俾如其意。盜者愧謝。所居園圃近水，民有夜涉水盜蔬果者。牧歎曰：『晦夜涉水或有陷溺。』即爲製橋。盜者慚不復渡。

馬處厚

沙門島舊制有定額，過額則取一人投海中。馬默處厚登州，建言朝廷：『既貸其生矣，即投之海中，非朝廷本意。今後溢額，乞選年深者移登州。』神宗深然之，即詔可，著爲定制。馬坐堂上，忽昏困如夢寐中，見一人乘空來，如世所畫符使者。左右挾一男一女，至前大呼曰：『吾自東嶽來，聖帝有命：奉天符馬默本無嗣，以移沙門島罪人事，上帝特命賜男女各一人。』遂置二童，乘黄雲而去。馬驚起，與左右卒隸見黄雲東去，後果生男女二人。

邵靈甫

邵靈甫宜興人，倜儻樂施與。家蓄數千斛。歲大饑，或人請糶，答曰：『是急利也。』請捐，曰：『是近名也。』或曰：『衆饑。將自豐乎？』曰：『有成算矣。』乃盡發所儲，自縣至洑溪鎮除道四十里，通罨畫溪入震澤，邑人爭受役，皆賴以活，誠得救荒之法。

宋文憲

太祖召宋文憲問廷臣臧否，第言其善者。復問否者，濂曰：『其善者，臣與之交，故知之。其否者，縱有之，臣不知也。』卒無所毁。

楊承芳

楊承芳公爲浙江憲長。時有倉官數輩，以虧糧監并歲久，鬻子女未即完。公憫之，莫喻其故；適送月俸，數外餘五斗，他衙亦然，始悟前倉官虧糧之故。公曰：『常俸食之，不能盡其職，尚有天殃。况數外食之，是食其子女也。於心安乎！』欲奏聞，衆懼，因捐俸，設法補之，以釋其罪，俱得赴部轉選。

楊行中

浙之山陰濱海多水患，築塘備之。凡督工者多虐，惟新令楊行中，潞河通州人，温言勸民。民德之，相慶爲之謡曰：『築塘苦，築塘苦，海上沙爲塘上土。頻年修築勞民户，丁夫力疲督工怒。饑寒無力勝捶楚，賴有新臨楊父母。温言勸民民安堵。築塘成，民望怒，來歲風清免海患。用民之力得民心，功不在民恩在縣。』

張文定父子

鄞洞雲張翁角川，文定公邦奇之父也。公爲學憲時，其廳事僅三楹。上官過訪，頗不便。旁一楹，乃其叔之居也。適叔有宿逋願售，公以倍價買之。將重搆焉，告於翁。翁問價幾何，以若於對。翁知其倍也，甚悦。已而潸然下淚，公訝問故翁歎曰：『噫！我想至日拆彼屋以豎我柱，使其夫婦何以爲情？是以悲耳。』公惻然，曰：『大人寬心，兒當還之。』遽抽身取券。翁又止之曰：『毋，吾計其銀已隨手償人去矣，將若之何？』公曰：『第并其價，不取可也。』翁乃欣然曰：『若然，慰我甚矣。』

吴封君

孝豐吴封君，南山公之父，諱玒行人，其人謹愿厚德。一日自外歸，過其別墅，望見栗園中有人偷栗，乃急勒馬，轉迂路三四里抵家。語其故，且曰：『設我過而彼見之，必倉皇墜地，非死則傷。今恣其所取，損我能幾何哉？』即是一端，其仁厚類可想。子孫蕃衍，簪纓赫奕，非無自也。

姚牧庵

姚牧庵爲翰林學士承旨日，玉堂設宴，歌妓羅列。中一人秀麗閒雅，微摻閩音。公使來前，問其履歷，初不以實對。叩之，再泣而訴曰：『妾乃建寧人氏，真西山後也。父官朔方，禄薄不足以給，侵貸公帑無償，遂賣入娼家，流落至此。』公命之坐，仍遣使詣丞相，三寶奴請爲落籍。丞相素敬公，意公欲以侍巾櫛，即令教坊閲籍除之。公得報，語一小史王埭曰：『我以此女爲汝妻。女即以我爲父也。』後史爲顯官云。

按：牧庵名燧，樞之姪也，致政家居，年八十。時夏月沐浴，有侍妾在側，公因私焉。妾前拜曰：『主公年老，賤妾倘有娠，家人必見疑，願賜識驗。』公因捉其肚圍，題詩於上曰：『八十年來遇此春，此春過後更無春。縱然不得扶持力，也作墳前拜掃人。』未幾，公薨。後果生一子，疑其外通，妾出此詩乃釋。

秦君昭

維揚秦君昭，少年遊京師。其執友鄧載酒祖餞，既而舁一殊色小鬟至前，令拜秦。因指之曰：『此部主事所買妾也，幸君便航可以附達。』秦弗敢諾，鄧作色曰：『縱君自得之，亦不過二千五百緡耳！何峻辭乃爾？』秦勉强從命。迤邐至臨清，天漸暄，夜多蠍蝎可畏。納之帳中同寢，直至都下置書館處。持書往見主事，問曰：『足下與家眷來耶？』曰：『無有。』主事意極不悅，隨以小車取歸。逾三日，謝曰：『足下長者也，昨已作答簡，附便驛報吾鄧公，且使知足下果能不負鄧公付託之意矣。』遂相與結歡而散。後秦之子孫咸至顯宦。

楊士奇

廣東布政徐奇入覲，載嶺南藤簟，將以饋廷臣。邏者獲其單目以進，上視之，無楊士奇名。乃獨召之問故，士奇曰：『奇自都給。事中，受命赴廣時，衆皆作書文贈行，故有此餽。臣時有病，無所作。不然，亦不免。今衆名雖具，受否未可知。且物甚微，當亦無他。』上意解，即以單目付中官燬之，一無所問。

此單一焚而邏者喪氣，省縉紳中許多禍，且使人主無疑。大臣之心所全甚大。宋真宗時有上書言宮禁事者。上怒，籍其家，得朝士所與往還占問吉凶之説，欲付御史問狀，旦自取嘗所占問之書進，請并付獄。上意浸解，公遂至中書悉焚所得書。已而上悔，復馳取之，公對『已焚訖』，乃止。公婦家有壞冢，久無遺骸。術家謂葬此大貴，欲贈公。公曰：『幽明一理，攘人之室而居之，其得者、失者皆能安乎？』

楊希仲

成都楊希仲，未第時在某館。有少婦絶艷，乘夜奔之，拒不納。妻在鄉，是夕夢神告曰：『汝夫勵操客齋，當令冠多士，以彰善報。』妻惘然不知何事。歲暮，希仲歸，始言其故，明年舉第一。

楊孝廉

永新劉公髦，行業端茂。永樂戊子，領鄉薦會試下第，道遇洪水，一女子沉溺號救。劉命援之登舟，附載以歸，皎然不涅。抵家，婦迎問曰：『買妾乎？』公告之故，又扣女。女言：『本富家，已葬魚腹，感君子再生恩，請執婢役以報。』公曰：『惡有是！吾力猶能返汝。』立命人送之還，至則茫茫大川耳。親戚皆絶形迹，覆載來。公命婦善視，伺爲覓婿。婦曰：『渠已無家，吾亦無後。君非搆意爲之，政使從人，未必勝君。殆亦天作之合（夫人亦善爲翁矣），其留侍巾櫛。』公固不可，知者諭勸數四。久之，乃處側室。生二子，長即大宗伯文安公定之，次布政參議寅之也。

吴文定

吴文定公在吏部時，以喪歸。過其第西遍一曲，諸淫姬俱奔避。公語騶從：『彼亦貧，迫不得已耳。吾既未能濟而革之，亦沮彼糊口計。』命廻車迂行而東，戒後勿由此。

商文毅

商文毅致政歸，劉文安見其子孫多賢，乃嘆曰：『某與公同處若干年，未嘗見公筆下妄殺一人，宜子孫若是。』公應曰：『實不敢朝廷妄殺一人。』

夏忠靖公夜閱文書，撫案太息，筆欲下而止者再。大人問之，曰：『吾適所批者，歲終大辟。奏日筆一下死生決矣，是以慘沮，筆不忍下。』持夏忠靖此心，商文毅所以不妄殺。

蔣義

定西侯蔣義，有貸其金三斤，久弗能償者。或曰：『必致於理，始可得。』義歎曰：『始吾濟其急，今虐之；仁者固如是乎？』即焚其券。

柳仲益

御史柳彥輝貸陸坦銀五十兩，不立券，獨柳子仲益知之。後彥輝卒，仲益戍邊數年。赦還貧甚，絲積粒聚，得銀五十兩，拜坦墓納金。坦子以無券辭。仲益曰；『若雖不知，吾實知之。吾翁與若翁知之。吾弗償，異日何面目見兩翁於地下也？』

馮　俊

馮俊爲舉子時，逐什一之利於山東有息。視所得價皆僞銀也，俊悉投於河，曰：『無陷後人。』

景　暘

景暘與張貢約爲婚，貢旋死。暘曰：『禮聘未行，心已許矣。忍負吾友於地下乎！』召其子妻之。一女以瞽廢，其友潘準曰：『可使景女不字乎？願字吾子。』暘乃求姊以從，曰：『庶吾女有所歸，婿亦不至無以爲家也。』

張　寧

張寧晚年無子，禱於家廟，曰：『寧何陰禍，至辱先人？』旁一妾遽曰：『誤我輩，即陰騭耳！』公即日嫁者數人。

曹鼒

曹鼒爲泰和典史，因捕盜獲一女子，甚美。目之心動，輒以片紙書『曹鼒不可』四字，火之。已復書，火之。如是者數十次，終夕竟不及亂。

劉翁

蜀劉翁業屨，夜有盜入。翁曰：『有米十餘升，君可取去，肯留一升，旦日餉二子幸矣。』後盜遇翁，問曰：『公曾被盜乎？』曰：『無也。』曰：『取公米。公曰：「留一升。」有之乎？』曰：『無也。』曰：『盜即我也。公盛德若此，忍取公米乎！』悉還之。公曰：『實無是事，敢受君米？』卒却之。

文徵仲

有以書畫求文徵仲鑒定者，雖贋物必曰『真跡。』人問其故，先生曰：『凡買書畫者，必有餘之家。此人貧而賣物，待此舉火。我一言阻之，舉家受困矣。』

徐仲行

徐仲行居官，貧士有干請者，度力不能，猶强應之，曰：『奈何令客有慚色？』

汪一清

廣東張連倡亂犯漳郡，汪一清被執。賊人又執一婦人至，汪視之，乃友人妻也。因紿賊：『此吾妹，請無污之，以待贖，不則吾與妹俱碎首於此矣！』賊令汪及婦并置一室，昏旦相對。月餘贖歸，終不亂。

袁政

袁政令遂安，未視篆，夢小兒數十輩，皆血淋漓，挽令衣。覺而問諸父老，答曰：『此邑生女不舉，恐費資粧也。』即日下令嚴禁，後邑中生女皆名『袁留』。

太祖

右副將軍李文忠獲元諸孫的買八剌等，送京師獻俘。太祖曰：『古者雖有獻俘之禮，武王伐商曾用乎？』但令服本俗衣以朝，仍賜衣冠，建第龍光山，封崇禮侯。

徐太傅追元順帝，將及之，忽傳令班師。常遇春不知所出，大怒馳歸，告上曰：『達反矣。』太傅度遇春歸必有變，乃留兵鎮北平，而自引軍歸，駐舟江浦，仗劍上謁。上時方盛怒，宿戒閽吏曰：『達入，慎毋縱之。』達既入，未見帝，自疑有變，乃拔劍斬閽吏，奪關而出。帝因使人釋之，令內謁。達臥舟中不起，命公卿迎之，亦不至。上不得已，往視舟中。達因進曰：『使達果有異圖，今日雖回，晚矣。然臨江鞠旅，亦能撫有江淮，須弗爲耳。且吾之不擒元帝，亦籌之熟矣：彼雖虜也，嘗南禦中國，我執之以歸，汝曷治焉？天命在爾，已知之矣。顧達何人，敢以自外？』帝重感悟，結誓而去。太傅可謂善體聖祖之心者矣。

陳壽

陳壽分宜人，聘某氏，未成婚而壽得癩疾。其父令媒辭絕，女泣不從，竟歸壽。壽以己惡疾，不敢近女。女事之三年不懈。壽念惡疾不可瘳，而苟延旦夕以負其婦，不如死。乃私市砒欲自盡。婦覘知之，竊飲其半，冀與俱殞。壽服砒大吐而頓愈，婦亦一吐不死。夫婦偕老，生三子。家道日隆，人皆以爲婦貞烈之報。

聶從志

儀州華亭人聶從志，良醫也。邑丞妻李氏病垂死，治之得生。李氏美而淫，慕聶之貌。他日丞往旁郡，李僞稱疾使邀聶。伺間語之曰：『我幾入鬼籙，賴君復生，顧世間之物無足以報德，願以此身供枕席之歡。』聶從志驚歎，趨出。迨夜李復盛飾就之，聶絶袖而去，乃止，亦未嘗與人言。後歲餘，儀州推官黄靖國病，陰吏逮入冥，証事且還。行至河邊，獄吏捽一婦人，剖其腹抽其腸而滌之。傍有僧語其事甚悉，且謂聶真善士。其壽止六十，以此陰德遂延一紀，仍世世賜子孫一官。婦人減算如聶所增之數。今蕩滌腸胃者，除其淫也。靖國素與聶善，既甦密訪之。聶驚曰：『方私語時無一人聞者，惟此婦與吾知爾。君奚所得聞？』靖國具以告。聶死後一子登科。其孫圖南，紹興中爲漢中雒縣丞，屬仙井喻迪汝礪。汝礪作隱詩數百言，以發潛德云。

何澄

宣和間有一士人，抱病纏年，百治不差。有何澄者善醫，其妻召到引入密室中，告之曰：『妾以良人抱疾日久，典賣殆盡？無以供醫藥之資，願以身酬。』何正色曰：『娘子何出此言！但放心，當爲調治取效，切不可以此相污。萬一人知，非獨使某醫藥無效，不有人誅，必有鬼神責。』未幾其人疾愈。何一夕夢神引入神祠，有判官語之：『汝醫藥有功，不乘人急以色慾亂良人婦女，上帝令賜汝錢五萬貫，官一員。』未幾東宫得疾，國醫不能治。有詔召草澤醫，澄乃應召進劑而愈。朝廷賜錢三千貫，與初品官。自後醫道盛行京師，號爲『何藥院家』。

時邦美父

時邦美，陽武人也。父爲鄭州衛枚補軍將。吏部差押至成都時，已年六十四歲。母亦四十餘而未有子。母謂父曰：『我有百金可携至蜀，求一妾以歸，庶有子續後』。父如其言，既到蜀，輸納訖，召一儈諭以所求。儈携一女至，甚端麗。詢其家世，漠然不對。儈去女子櫛頭，父見以布總發，怪問之。女悲泣不已，曰：『妾乃成都人，父爲雄州椽，卒於官。母子扶柩至此，無貲以行，鬻妾以辦裝父』。惻然憐之，遂以所携白金并女子見其母，曰：『某不願得此女，請以百金助行。』掾妻號泣拜謝，父又即爲幹行計。明日遂法道中，親護其喪，視椽妻如部曲。到成都爲蹴居攢殯畢，歸陽武。妻問置妾之狀，具以事告，未幾有娠。一夕，夢有人被金紫者，又數人皆衣褐，徑入堂。後衣金紫者留中堂。及旦，邦美生，堂後一犬生九子，故邦美小名『十狗』，後舉進士第一，官至吏部尚書。

文太史

文太史衡翁，嘗過其友，生坐密室中。主人未出，偃息於床。有門下客踵至，不知太史在也。

竊篋中物，蹌踉而去。太史從帷中見之。既而主人出，索篋中亡十金。太史乃謝曰：『適有所需，已懷子金當償之。』主人唯唯，而心訝之，反以語門下客。後太史果如期償金。凡十餘年，客病革，始詳語其子，且令詣太史陳謝，終不敢滅長者之德。噫！施不望報，固已難之，而一段委曲回護隱腸，尤使人欲泣欲拜，可愧可死！至誠感神，矧人乎哉，彼門下客者，亦既知過矣。

俞小汀

廣陵鉅商某挾重貲吴門，寄寓俞氏。有號『小汀者』，往來有年矣。一日商人偕僕數人，携一練囊，置繒百餘匹負擔而去，竟忘其囊。小汀試舉之，重不可舉，開視有五百金。以爲旦暮當見索，舁置櫝中，歲久不聞音耗。逾十五年，而商人復來已入貲郎，遊宦十年始歸。置酒寒暄都不問前物。小汀因從容説他人遺亡舊事，商曰：『吾昔年亦有是事，自吴及揚跋涉月餘始覺，亦不知其何地，落阿誰手矣！』小汀乃開櫝取囊，塵垢積滿，商之題封宛然。於是舉座嗟歎，商乃遍述之同侣。遠近稱長者，舟車輻輳其門，遂以財雄於里。而子孫有至簪纓者矣。

王聞溪

王太守聞溪，有故人子，自浙西携兩篋，質百金去。篋中皆古名畫及銅玉、玩器，其值不貲。

故人子者，浪子也。已蕩其先産，願不過數金，大喜而去，去而落魄益甚，不能糊其口。太守遣人邀之，此子意索質，避不肯來。太守强之，此子跼蹐而來，備言貧苦不能償，面赤垂涕。太守微笑，袖成一紙示之。細開篋中某物值若干，某物直若干，一一還之。此子驚喜出望外，再拜稱謝。使人售易其物，更爲富人。

陸鎔

太倉陸參政鎔，美豐儀。天順三年，應試留都。逆旅人女善吹簫，夜奔公寢。公紿以疾，與期後夜。女退，因自吟曰：『風清月白夜窗虛，有女來窺笑讀書。欲把琴心通一語，十年前已薄相如。』遲明移寓。公以是科領薦，年甫二十四。

程彦賓

羅城使程彦賓，進攻遂寧。城下之日，左右以三處子進，姿色蔚然。時公方醉，謂女子曰：『汝猶吾女，安敢相犯？』因封置一室。及旦，訪其父母還之。皆泣謝曰：『願太尉早建旌節。』彦賓曰：『旌節非所願，但願無疾而終。』後官至觀察使，年九十。終無疾卒，諸子皆顯。

精察部

營道婦

道州營道縣村婦，養姑孝謹。姑寡居二十年，因食婦所進肉而死。鄰人有小憾，誣其進毒。縣尉薛大圭往驗，婦不能措詞，情志悲痛，願即死。薛疑其非志，反覆扣質。婦曰：『尋常得魚肉必實廚内柱穴間，責其高燥且近，如此，歷年歲已多，今不測何以致斯變？』薛趨詣其所，見柱有蠹朽處，命劈取而視，乃蜈蚣無數，結育於中。愀然曰：『害人者此也。』以實告縣，婦得釋。薛字萬圭，河中人。

馬裕齋

馬裕齋知處州，禁民捕蛙。有一村民犯禁，乃將冬瓜切作蓋，刳空其腹實蛙於中。黎明持入城，爲門卒所捕，械至於庭。公心怪之，問曰：『汝何時捕此蛙？』答曰：『夜半。』『有知者否？』曰：『惟妻知』。公追其妻詰之，乃妻與人通，俾妻教夫如此，又先往語門卒以收捕，意欲陷夫於罪，而據其妻也。公窮究其罪，遂置妻并姦夫於法。

張　詠

張忠定公詠，討劉盱兵廻有以賊首級求賞者。公曰：『當奔突交戰之際，豈暇獲其首耶？此必戰後剪來，知復是誰？』殿直段倫曰：『學士果神明也。當時隨倫爲先鋒入賊用命者，皆中傷被體，主帥令付營將理矣。』公命悉舁以來先録其功，帶首級者次之。於是軍情以公賞罰至當，相顧歡躍。

此一定之情理，可爲軍政法則，人知用命矣。

錢若水

錢宣靖公爲同州推官，知州性褊急，數決事不當，公輒争之。有富家小女奴，逃亡不知所之。女奴父母訴於州，州命録事參軍鞫之。録事嘗貸於富民而不獲，乃誣富民父子數人共殺女奴，棄屍水中，遂失其屍。或爲元謀，或從而加罪，皆應死。富人不勝榜楚，誣服。具獄上州官審覆無異，皆謂得實。公獨疑之，留其獄數日不決。録事詣公廳事詬曰：『若受富民錢出死罪耶？』公笑謝曰：『今數人者當死，豈可不少宿留，熟觀其獄辭耶？』留之且旬日，知州屢趣之不能得，上下皆怪之。公一旦請知州，屏人言曰：『某所以留其獄者，密使人訪求女奴，今得之矣。』知州驚曰：『安在？』公因密使人送於知州所，知州垂簾引女奴父母，問之曰：『汝今見汝女，識之乎？』對曰：『安有不識？』因推出示之，父母泣曰：『是也。』乃引富民父子，悉縱之，其人號泣不肯去，曰：『微使君之賜，則族滅矣。』知州曰：『推官之賜，非我也』。其人趨詣，公閉門拒之。其人不得入，繞牆而哭，傾家資以飯僧，爲公祈福。太宗聞之，驟加進擢，自幕職半年爲知制誥，二年爲樞密使。

向敏中

向敏簡公在京，有僧暮過村民求寄止，主人不許，僧懇寢於門外車箱中。夜有盗入其家，自牆上挾一婦人并囊衣而出。僧適不寐見之，自念：『不爲主人所納，且强求宿，今亡其婦及財，明日必執我。』因夜亡去，不敢循故道，走荒草中，誤墮眢井，則婦人已爲盗所殺，先在井中矣。明日主人蹤跡得之，執詣縣掠治。僧自誣服誘與俱亡，懼追者，殺之投井中，暮夜不覺失足亦墜。贓在井旁，不知何人取去。獄成言府，府皆無疑。獨公以贓不獲疑之，引僧詰問，得其實對。因密使吏出訪，吏食村店，店嫗聞自府中來，不知其吏也。問曰：『僧之獄何如？』吏紿之曰：『昨日已笞死矣。』嫗嘆息曰：『今若獲贓何如？』曰：『已誤決，此獄雖獲贓，亦不敢問也。』嫗曰：『然則，言之無傷矣。婦人者，乃村中某少年甲所殺也。』吏曰：『其人安在？』嫗示其舍，吏就舍中掩捕獲之。案問具服，并得其贓，一府咸以爲神。

前代明察之官，其成事往往得吏力。吏出自公舉，故多可用之才。今出錢納吏，以吏爲市耳。令訪獄。便鬻獄矣。况官之心猶吏也，民安得不冤！

范忠宣公

范純仁知齊州，録事參軍宋儋年暴死。公遣家人子弟視其喪，小斂口鼻出血，公疑其非命。按得其妾與小吏奸，因會客置毒鱉肉中。公曰：『肉在第幾巡？豈有中毒而能終席耶！』再訊之，則儋年素不食鱉，其曰毒鱉肉者，蓋妾與吏欲爲變獄張本，以逃死耳。實儋年醉歸，毒於酒而殺之，遂正其罪。

胡文恭公

胡文恭公通判宣州，有殺人者，獄成議法將抵死。公疑之，呼囚以訊，囚憚刑不敢言。公正衣冠，坐思之。俄而假寐，夢有告曰：『吴姓也。』公引囚辟左右復訊之，囚曰：『旦將之田，縣吏執赴官，不知其由也，乃被毆之。』婦與吴某奸殺其夫，謀執平人以告也。公之精誠格物蓋如此。

歐陽曄

鄂州崇陽素號難治，歐陽曄治之。民有争舟相毆至死者，獄久不決。公自臨其獄，出囚坐庭中，去其桎梏而飲食之。食訖，悉勞而還之獄，獨留一人於庭。留者色動惶顧。公曰：『殺人者汝也。』囚不知所以。曰：『食者皆以右手持匕，而汝獨以左。今死者傷在右肋，此汝殺之明驗也。』囚涕泣服罪。

韓忠獻

韓億知洋州，有大校李甲以財豪於鄉里。兄死，誣兄子爲他姓，賂里嫗之貌類者，使認爲己子，又醉其嫂而嫁之，盡奪其貲。嫂姪訴於州，及提刑轉運。甲賂獄吏，竟未有白其冤者。公至，又出訴。公取前後案牘視之，皆未嘗引乳醫爲驗。一日盡召其黨至庭下，出乳醫示之，衆皆服罪。子母復歸如初。

姚太守

蘇人出商於外，其妻畜雞數隻，以待其歸。數年方返。盡殺其雞食之，夫即死。鄰人疑有外奸，首之。太守姚公鞫之無他故，意其雞有毒也。令人覓老雞與當死囚遍食之，果殺二人。獄遂白。蓋雞食蜈蚣、百蟲，久則蓄毒。故養生家夏不食雞也。

王文恪

王文恪以風節文辭著名，而性好吏事。留守西京日，長水縣甲請買木錢數百千。王視其狀，亟呼吏行文下縣，令追買木一行人械送府。既至，皆以屬吏，吏請其故。王曰：『凡公文皆先書押而後印，故印在書上。今此狀乃先印後書，必有奸也。』鞫之，果疊重冒請盜印爲之者。

許襄毅

單縣有田作者，其婦餉之，食畢死。翁故曰：『婦意也。』陳於官不勝箠楚，遂誣服，自是天久不雨。許襄毅公時官山東，曰：『獄其有冤乎？』乃親歷其地，出獄囚遍審之。至餉婦，乃曰：『夫婦相守，人之至願，鴆毒殺人，計之至密者也，焉有自餉於田而鴆之者哉？』遂詢其所饋飲食，所經道路。婦曰：『魚湯米飯，度自荊林，無他異也。』公乃買魚作飯，投荊花於中試之，狗彘無不死者。婦冤遂白，即日大雨如注。

東昌一武職子，路遇素善庠生同飲於肆。是夜，武職子被殺於途，且無首。衆疑庠生，執赴官，不勝拷掠誣服。襄毅視生言貌，知其冤也。廉肆中知同飲又有二市井少年，公意必此人也。且時新歲，少年得銀必且治衣物，乃拘刷市賈人私曆，見一人買布數疋，追而鞫之，即款服，得首於空桑樹中，生遂釋。

泰安富豪王南，撻人折股而死，移他所，賄鄉鄰知見者，事久不白。襄毅乃隔處知見者，先取一人，叩其居人門户、姓名、牲畜甚詳。復取一人間之，不肯眼。公乃大聲叱曰：『汝謂我不親見耶？』歷數王南家花牛、石槽等牲畜器物甚具。且云：『先取者已盡言矣！』知見者疑公嘗私行，遂惶駭吐實，得屍而事白。

邊郎中

開封屠子胡婦，行素不潔，夫及舅姑日加笞罵。一日出汲不歸，胡訴之官。適安業坊中有婦屍在眢井中者。官司召胡認之，曰：『吾婦一足無小指，此屍指全，非也。』婦父素恨胡，乃撫屍哭曰；『此吾女也，久失愛於舅姑，是必撻死投井中，以逃罪耳。』時天暑經二三日，屍已潰。有司權瘞城下。下胡獄，不勝掠治，遂誣服。宋法歲遣使審覆諸路刑獄。是歲刑部郎中邊某，閱視成案，即知冤濫。曰；『是婦必不死。』宣撫使安文玉執不肯改，乃令人遍閱城門所揭諸人捕亡文字，中有賈胡逃婢一人，其物色與屍同，所寓正眢井處也，賈胡已他適矣。於是使人監故瘞屍者，令起原屍，瘞者出曹門，涉河東岸，指一新塜曰：『此是也。』發之，乃一男子屍。邊曰：『埋時盛夏河水方漲，此輩病涉棄屍水中矣。男子以青帬總發，必江淮新寇無疑。』訊之，果然。安心知其冤，猶以未獲逃婦不肯釋。會開封故吏除洺州，一僕於迓妓中，得胡氏婦，問之，乃出汲時淫奔於人，轉娼家，其事乃白。

解思安獄

定州流人解慶賓兄弟，坐事俱徙揚州，弟思安背役亡歸。慶賓懼後役追責規絕名貫，乃認城外死屍，詐稱其弟爲人所殺，迎歸殯葬，頗類思安，見者莫辨。又有女巫楊氏，自云見鬼，説思安被害之苦，饑渴之意。慶賓又誣疑同軍兵蘇顯甫、李蓋等所殺。經州訟之，二人不勝楚毒，各誣服。獄將決，李崇疑而停之，密遣二人非州内所識者，僞從外來詣慶賓，告曰：『僕任北州，比有一人見過寄宿，夜中共語，疑其有異，便即詰問，乃云是流兵背役，姓解字思安。時欲送官，苦見求，乃稱有兄慶賓，今住揚州相國城内。嫂姓徐，君脱矜愍，爲往告報見申委曲，家兄聞此必重相報。今但見質，若往不獲，送官何晚？是故相造。君欲見，顧幾何當放令弟。若其不信，可見隨看之。』慶賓悵然失色，求其少停，此人具以報崇。攝慶賓問之，引服。因問蓋等，乃云：『自誣。』數日之間，思安亦爲人轉送，崇召女巫視之，鞭笞一百。

尹見心

民有利其侄之富者，醉而拉殺之於家。其長男與妻相惡，欲借奸名并除之。乃操刀入室斬婦首，并取拉殺者以報官。時知縣尹見心，方於二十里外迎上官，聞報時夜已三鼓。見心從燈下視其首：一首皮肉上縮，一首不然。即詰之曰：『兩人是一時殺否？』答曰：『然。』曰：『婦有子女乎？』曰：『有一女，方數歲。』見心曰：『汝且寄獄，俟旦鞫之。』别發一票速取某女來。女至則携入衙，以菓食之，好言細問。竟得其情，父子服罪。

殷雲霽

正德中，殷雲霽字道夫，知清江。縣民朱鎧死於文廟西廡中，莫知殺之者。忽得匿名書曰：『殺鎧者，某也。』某係素仇，衆謂不誣。雲霽曰：『此嫁賊以緩治也。』問左右：『與鎧狎者誰？』對曰：『胥姚。』雲霽乃集群胥於堂，曰：『吾欲寫書，各呈若字。』有祝明者，字類匿名書。詰之曰：『爾何殺鎧？』明大驚曰：『鎧將販於蘇，獨吾候之，利其貲，故殺之耳。』

程　戡

程戡知處州，民有積仇者。一日諸子謂其母曰：『母老且病，恐不得更議，請以母死報仇。』乃殺其母置仇人之門，而訴於官。仇者不得自明，戡疑之。僚屬皆言：『無足疑。』戡曰：『殺人而自置於門，非可疑耶？』乃親自劾治，具得本謀。

張　舉

張舉爲句章令。有妻殺其夫，因放火燒舍，詐稱夫死於火。其弟訟之。舉乃取猪二口，一殺一活積薪焚之。察死者口中無灰，活者口中有灰。因驗夫口無灰，以此鞫之，妻乃服罪。

陳　騏

陳騏爲江西僉憲。初至，夢一虎帶三矢而登舟，覺而異之。會按問吉安女子謀殺親夫事有疑。初，女子許嫁庠生，女富而夫貧，女家恒周給之。其夫感激，每告其友周彪。彪家亦富，聞其女美欲求婚，而策後貧士。士親迎時，彪與偕行，諺謂之『伴郎』。途中貧士遇盜，殺死貧士。父疑女家嫌其貧，使人故要於路，謀殺其子。意欲他適。不知乃彪所爲，欲得其女也。訟於官，問者按女有奸，謀殺夫。騏呼其父問之，但云女與人有奸，而不得其主名。使穩婆驗其女，又處子。乃謂其父曰：『汝子交與誰最密？』曰：『周彪。』騏因思曰：『虎帶三矢而登舟，非周彪乎？况彪又伴其親迎，夢爲是矣。』越數日，僞移檄吉安，取有學之士修郡志，而彪名在焉。既至，騏設饌以飲之，酒半獨召彪於後堂。屏左右引手歎息，陽謂之曰：『人言汝殺貧士而取其妻，吾憐汝有學，且此獄一成不可復反。汝當吐實，吾救汝。』彪錯愕戰慄，跪而悉陳，騏録其詞，潛令人捕謀者。一訊而獄成，一郡驚以爲神。

三娘子

湖州趙三與周生友善，約同往南都貿易。趙妻孫不欲夫行，已鬧數日。明，趙先往登舟，因太早假寐舟中。舟子張潮利其金，潛移舟僻所沉趙，而復詐爲熟睡。周生至，謂趙未來，候之。良久，呼潮往促，潮叩趙門呼：『三娘子！』因問：『三官何久不來？』孫氏驚曰：『彼出門久矣。豈尚未登舟耶？』潮復周，周甚異。與孫分路遍尋，三日無踪。周懼累，因具牘呈縣。縣尹疑孫有他，故害其夫。久之，有楊評事者，閱其牘，曰：『叩門便叫三娘子，定知房内無夫也。』以此坐潮罪，潮乃服。

張昺

張御史昺字仲明，慈谿人。成化中以進士知鉛山縣。有賣薪者，性嗜鱓。一日自市歸，饑甚。妻烹鱓以進，恣啖者，腹痛而死。鄰保爲妻毒夫，執送官。拷訊無他據，獄不能具，械繫踰年。公始至，閲其牘，疑中鱓毒。召漁者捕鱓百斤，悉置水甕中，有昂頭出水二三寸者，數之得七。公異之，召此婦面烹焉。而出死囚與食，方下咽便言腹痛，俄仆地死。婦寃遂白。

程顥藏

程顥，爲鄂縣主簿。民有借其兄宅以居者，發地中藏錢。兄之子訴曰：『父所藏也。』令曰：『此無證佐，何以決之？』顥曰：『此易辨爾。』問兄之子也』『汝父藏錢幾何時矣？』曰：『四十年矣。』彼借宅居幾何時矣？』曰：『二十年矣。』即遣吏取錢十千視之，謂借宅者曰：『今官所鑄錢不五六年即遍天下。此錢皆爾未居前數年所鑄，何也？』其人遂服。

李若谷

李若谷守并州，民有訟叔不認其爲姪者，欲擅其財。累鞫不實，李令民還家毆其叔，叔果訟姪毆逆。因而正其分，分其財。

呂陶

呂陶爲銅梁令。邑民龐氏者，姊妹三人共隱幼弟田。弟壯，訟之官，不得直，貧甚，至爲人傭奴。陶至一訊而三人皆服罪吐田。弟泣拜，願以田之半作佛事爲報。陶曉之曰：『三姊皆汝同氣，方汝幼時非若爲汝主，不幾爲他人魚肉乎？與其捐半供佛，孰若分遺三姊？』弟泣拜聽命。

奉使者

有富民張老者，妻生一女無子，贅某甲於家。久之妾生子名『一飛』，育四歲而張老卒。張病時謂婿曰：『妾子不足任吾財，當畀汝夫婦爾。但養彼母子不死溝壑，即汝陰德矣。』於是出券書云：『張一非吾子也，家財盡與吾婿，外人不得争奪。』婿乃據有張業不疑。後妾子壯，告官求分。婿以券呈官，遂置不問。他日奉使者至，妾子復訴，婿乃仍前赴証。奉使者因更其句讀曰：『張一非吾子也。句家財盡與，句吾婿外人，句不得争奪。』曰：『爾婦翁明謂吾婿外人，爾敢有其業耶？詭書「飛」作「非」者，慮彼幼爲爾害耳！』於是斷給妾子，人稱快焉。

王罕

王罕知澶州，州有婦病狂，數詣守訴事，出語無章，却之悖駡。前守屢叱逐。罕至，獨引令前，委曲問之。良久，語漸有次第，蓋本爲人妻，無子，夫死妾有子，遂逐而據其貲。以屢訴不得直，憤恚發狂也。罕爲治妾，而反其貲，狂尋愈。

張三翁

有富民張氏子，其父死。有老父曰：『吾汝父母也，來就汝居。』張驚疑，請詳於縣，程顥詰之。老父探懷取策以進，曰：『某年某月某日抱子於三翁家。』顥問張其父年幾何，謂老父曰：『是子之生，其父年纔四十，已謂之三翁乎？』老父驚服。

李崇

壽春縣人茍泰，有子三歲，遇賊亡失，數年不知所在。後見在同縣趙奉伯家，泰以狀告。各言已子，并有鄰証，郡縣不能斷。李崇令二父與兒分禁三處，故久不問。忽一日，密遣人分告二父曰：『君兒昨不幸遇疾暴死。』茍泰聞即號跳，悲不自勝。奉伯咨嗟而已。崇察知之，乃以兒還泰，詰奉伯詐狀。奉伯款引云：『先亡一子，故妄認之。』

李思斷燕巢事，即此一理也。燕争巢累日，思使卒以弱竹彈之，一去一留。思笑謂吏曰：『此留者自計爲巢功重，彼去者既經楚痛，理無固心。』群下服其深察。又潁川富室兄弟同居，婦皆懷姙，長婦胎傷，弟婦生男，遂盜取之。争訟三年，州郡不决。黄霸令走卒抱兒去兩婦各十步，叱令自取。長婦抱持甚急，兒大啼呼。弟婦恐致傷，因而放與，而心甚懷愴。霸曰：『此弟子。』責問乃服。

范邵

范邵爲浚義令，二人挾絹於市互争。令斷之：各分一半。去後遣人密察之，有一喜、一慍之色，於是擒喜者。

韓彦古

韓彦古，字子師，延安人。蘄王之子，知平江府。有士族之母訟其夫前妻子者，以衣冠扶掖而來，乃其子也。彦古曰：『事體頗重，當略懲之。』母曰：『業已論訴，願據法加罪。』彦古曰：『若然必遂獄而明，汝年老必不能理對。姑留扶掖之子就獄與証，徐議所决。』母良久云：『乞文狀歸家，俟其不悛，即再告理。』由是不敢復至。

安重榮，雖武人而習吏事。初爲成德節度，有夫婦訟子不孝者。重榮拔劍授父使自殺之。父泣不忍，其母從旁詬夫，面奪劍而逐其子。問之。乃繼母也。重榮乃叱其母出，而從後射殺之。

孫　寶

孫寶爲京兆尹，有賣饊饊者，於都市與一民相逢，擊落皆碎。民認賠五十枚，賣者堅稱三百枚，無以證明。公令別買一枚稱之，乃都稱碎者，紐拆分兩，賣者乃服。

韓紹宗

樊舉人者，壽寧侯門下客也。侯貴震天下，樊負勢結戚勛貴臣，一切奏狀皆出其手，然駕空無事矣。爲怨家所發，事下刑部。部郎中韓紹宗具知其實，乃攝樊舉人。時樊匿壽寧所甚深，乃百計出之下獄。數日，韓一旦出門，見地上一卷書，取視則備書樊罪狀，宜必置之死，不死不可。韓笑曰：『此樊舉人所自爲書也。』詰之，果服。同僚問其何以自爲此，對曰：『韓公者，非可摇動以勢，蕲生則必死。今言死者，左計也。』韓曰：『不然，若罪原不至死。』於是發戍遼。

周文襄

周文襄公忱巡撫江南，有一曆册自記日行事，纖悉不遺。每日陰晴風雨亦必詳記，人初不解。一日某縣民告糧舡江行失風。公詰其失船爲某日午前、午後，東風、西風，其人所對參錯。公案籍以質，其人驚服。始知公之日記，非漫書也。

陳霽岩

陳霽岩爲楚中督學，初到任，江夏縣送進文書千餘角，書辦先將照詳、照驗分作兩處。公夙聞先輩云：『前道有駁提，文書難以報完者，必乘後道初到時，賄囑吏書從照驗混繳。』公乃費半日功，將照驗文書逐一親查，中有一件駁提該吏者混入其中，先暗記之。命書辦細查，戒勿草草。書辦受賄，逕以無弊對。公摘此一件而質之，重責問罪，革役。後照驗文書，更不敢欺。

王世貞

王世貞，備兵青州。部民雷齡以捕盜横萊濰間。海道宋購之急而遁，以屬世貞。世貞得其處，方欲掩取而微露其語於王捕尉者，還報又遁矣。世貞陽曰：『置之。』又旬月，而王尉擒得他盜。

世貞知其爲齡力也。忽屏左右，召王尉詰之：『若奈何匿雷齡？往立階下聞捕齡者非汝耶？』王驚謝，願以飛騎取齡自贖。俄齡至，世貞曰：『汝當死，然汝能執所善某某盜來，汝生矣。』而令王尉與俱，果得盜。世貞遂言於宋而寬之。

官校捕七盜，逸其一，盜首妄言逸者姓名。俄縛一人至，稱冤。乃令置盜首庭下，差遠而呼。縛者跪階上，其足躡絲履。盜數後窺之。世貞密呼一隸蒙縛者首，使隸肖之而易其履以入。盜不知其易也，即指絲履者。世貞大笑曰：『爾乃以吾隸爲盜？』即釋縛者。

范　檟

范檟會稽人，守淮安。景王出藩，大盜謀反王，布黨起天津至鄱陽，分徒五百人往來遊突。一日晚衙罷，門卒報：『有貴客入僦潘氏園寓拏者。』問：『有傳牌乎？』曰：『否。』命詗之，報曰：『從者衆矣，而更出入。』心疑爲盜，陰選健卒數十，易衣帽如莊農，曰：『若往，視其徒入肆者，陽與飲。飲中挑與鬭，相執縶以來。』而戒曰：『慎勿言捕賊也。』卒既散去，公命輿謁客西門，過街肆，持者前訴，即收之。比及得十七人，陽怒罵曰：『王舟方至，官司不暇食，暇問汝鬭乎？』叱令就縶。入夜，傳令儆備，而令吏飽食以需。漏下二十刻，出諸囚於庭，厲聲叱曰：『吐實！』如所料，即往捕賊。賊首已遁，所留拏妓也。於是飛騎馳報徐楊諸將吏，而斃十七人於獄，全賊散潰。

總轄察盜

臨安有人家土庫中失盜者，絶無踪跡。總轄謂其從曰：『恐是市上弄猢猻者。』誡往脅之，不伏則執之，又不伏，則令唾掌中。如其言，其人良久覺無唾可吐，色變俱伏，乃令猢猻從天窗中入内取物。或謂：『總轄何以知之？』曰：『吾亦不敢取必，但人之驚懼者，必無唾可吐，姑以卜之，幸而中耳。』又一總轄坐在壩頭茶坊内，有賣熱水人持兩銀杯。一客衣服濟然若巨商者，行過就飲。總轄遙見呼謂曰：『吾在此，不得弄手段，將執汝！』『客慚悚，謝罪而去。人問其故，曰：『此盜魁也。適飲湯以兩手捧杯，蓋陰度其廣狹，將作僞者以易之耳。』比韓王府中忽失銀器數件，掌器婢叫呼，爲賊傷手。趙從善尹京。命總轄往府中測視。良久，執一親僕，訊之，立服。歸白趙云：『適視婢瘡口在左手（拒亦必以口），蓋與僕有私。竊器與之，以刃自傷，謬稱有賊。而此僕意思有異於衆，是以得之。』

維亭張小舍

維亭張小舍察盜，偶行市中。見一人衣冠甚整，遇荷草者特取數莖，因如廁。張俟其出，從後叱之。其人惶懼，鞫之盜也。又嘗於暑月遊一古廟中，有三四輩席地鼾睡，旁有西瓜劈開未食，張亦指爲盜而擒之。或叩其術，張曰：『入廁用草此無賴小人，其衣冠必盜來者。古廟群睡。夜勞而晝倦，劈西瓜以辟蠅也。』時爲之語云：『天不怕地不怕，只怕維亭張小舍。』後遇瞽丐於途，疑而迹之。見其跨溝而過，擒焉，果盜魁。其瞽則僞也。請以重賂免，期某日，過期不至。久之張復遇諸塗，責以逾約。盜曰：『已輸於臥床之左足，但夜至不敢驚寢耳。』張猶未信，曰：『以何爲徵？』盜即述其夜夫婦私語。張始大駭，歸視床足有物繫焉，如所許數，兼得一利刃。悚然曰：『危哉乎！』自是察盜頗疏。

小舍智，此盜亦智；小舍先察盜智，後於疏察，盜更智。

京師指揮

京師有盜劫一家，遺一册。旦視之，盡富室子弟名。書曰：某日某甲會飲某地、議事或聚博、挾娼云云，凡二十條。以白於官，按册捕至，皆跅弛少年也，良以爲是。各父母謂諸兒素不逞，亦頗自疑及飲博諸事悉實，蓋盜每偵而藉之也。少年不勝榜毒，誣服。訊賄所在，浪言埋郊外某處，發之悉獲。諸少年相顧，駭愕，云：『天亡我！』遂結案伺決。一指揮疑之，而不得其故。沉思良久，曰：『我左右一髯，職豢馬耳。何得每訊斯獄輒侍側。』因復引囚鞫數日，察髯必至，他則否。

猝呼而問之，髯辭無他。即呼炮烙具，髯叩頭請屏左右，乃曰：『初不知事本末，唯盜賂奴，令治斯獄必記公與囚言，馳報酬我百金，乃知所發贓，皆得報胥瘞之也。』髯請擒賊自贖，指揮令數兵易雜衣與往，至僻境悉擒之。諸少乃得釋。

成化中，南郊事竣。撤器，失金瓶一，有庖人執事瓶所，捕之。不勝拷掠，竟誣服，詰贓，謬云：『在壇前某地。』覓之不獲，又繫之，將斃焉。俄真盜以瓶繫金鬻於市，市人疑之，聞於官。逮至，則衛士也。招云：『既竊瓶，急無可匿，遂瘞於壇前，只捩取繫索耳。』發地果得之，比庖人謬言之處相去止寸許。使前發者稍廣咫尺，則庖人死不白矣。豈必豢馬髯在側，乃可疑哉！訊盜之難如此。

錢藻

錢藻備兵密雲，有二京軍劫人於通州。獲之，不服。州以白藻，二賊恃爲京軍，出語無狀。藻乃移甲於大門外，獨留乙鞫問數四，聲色甚厲。已而握筆作百許字，若録乙口語狀。遣去，隨以甲入紿之，曰：『乙已吐實，事由於汝，乙當生，汝當死矣。』甲不意其紿也，忿然曰：『乙本首事，何委於我？』乃盡白乙首事狀。藻出乙証之，遂論如法。

吉安老吏

吉安州富豪娶婦，有盜乘人冗雜，入婦室潛伏床下，伺夜行竊。不意明燭達旦者三夕，饑甚奔出。執以簡官，盜曰：『吾非盜也，醫也。婦有癖疾，令我相隨，常爲用藥耳。』宰詰問其詳，盜言婦家事甚悉。蓋潛伏時所聞枕席語也。宰信之，逮婦供証，富家懇免，不從。謀之老吏，吏白宰曰：『彼婦初歸，不論勝負，辱莫大焉。盜潛入突出，必不識婦。若以他婦出對，盜若執之。可見其誣矣。』宰曰：『善』選一妓盛服輿至，盜呼曰：『汝邀我治病，乃執我爲盜耶？』宰大笑，盜遂服罪。

周新異政

周新按察浙江。將到時，道上蠅蚋迎馬首而聚，使人尾之，得一暴屍。惟小木布記在，取之，及至任，令人市布，屢嫌不佳。别市之，得印誌者。鞫布主，即布商賊也。一日視事，忽旋風吹異葉至前。左右言：『城中無此木，獨一古寺有之，去城差遠。』新悟曰：『此必寺僧殺人埋其屍也，冤魂告我矣。』發之，得婦屍，僧款服。

按：新南海人，由鄉科選御史，剛直敢言，人稱爲冷面寒鐵公，在浙多異政。時錦衣紀綱擅寵，使千户往浙緝事作威，受賂。新捕治之，千户走脱訴綱。綱搆其罪，殺之。嗚呼！

公能暴人冤，而不免冤死。天道可疑矣！

吴復

溧水人陳德娶妻林。歲餘家貧，傭於臨清，林績麻自活。久之，爲左鄰張奴所誘，意甚相愜。曆三載，陳獲數十金囊以歸。離家尚十五里，天暮且微雨，德慮懷寶爲累，乃藏金於水心橋第三柱之穴中。徒步抵家，而林適與張狎。聞夫叩門聲，匿床下。既夫婦相見勞苦，因敘及藏金之故。比晨往，而張已竊聽，啟後扉出，先掩有之矣。林心在夫，既聞亡金，疑其誑，怨詈交作。時署縣事晉江吴復有能聲，德爲訴之。吴笑曰：『汝以腹心向妻，不知妻别有腹心也。』拘林至嚴訊之，林呼：『枉！』德心憐妻，願棄金。吴叱曰：『汝詐失金戲官長乎？』置德獄中，而釋林以歸。隨命吏人之黠者爲丐容，造察之，得張與林私問慰狀。吴并擒治，事遂白。

盜石榴　盜櫻

秦檜爲相，都堂左揆前有石榴一株。每著實，檜默數焉。亡其二，檜佯不問。一日，將排馬，忽顧左右取斧伐樹，有親吏在旁，倉卒對曰：『實佳甚，去之可惜。』檜反顧曰：『汝盜食吾榴。』吏叩頭服。

有獻新櫻於慕容彦超，俄爲給役人盜食。主者白之。彦超呼給役人，僞慰之曰：『汝等豈敢盜新物耶？蓋主者誣執耳，勿懷憂懼。』各賜以酒，潛令左右入藜蘆散，既飲，立皆嘔吐，新櫻在焉。於是伏罪。

張昇

張昇知淵日，有婦人，夫出數日不歸。忽有人報：『菜園井中有死人。』婦人驚往視之，號哭曰：『吾夫也！』遂以聞官。公令屬官就井驗是其夫與否，皆以井深不可辨，請出屍驗之。公曰：『衆皆不能辨，婦人獨何以知其是夫？』收付所司鞫問，果奸人殺其夫，而婦人與與謀者。

楊逢春

南京刑部典吏王宗，閩人。一日當直，忽報其妾被殺於館舍。宗奔去，旋來告尚書周公用，發河南司究問，欲罪宗。宗云：『聞報而歸，衆共見也。且是婦無外行，素與宗歡，何爲殺之？』官不能決。既數月，都察院令審事檄浙江道御史楊逢春。楊示約某夜二更後，鞫王宗獄。如期，猝命隸云：『門外有覘示者執來！』果獲兩人，甲云：『彼挈某伴行，不知其由。』乃舍之，用刑窮乙。乙具服，言：『與王宗館主人妻亂，爲其妾所窺，殺之以滅口。』即置於法，而釋宗。楊曰：

『若日間則觀者衆矣，何由踪跡其人？人非切已事，肯深夜來看耶？』由是稱爲神明。

臨海令

臨海縣迎新秀才適黌宫。有女，窺見一生韶美，悦之。一賣婆在旁曰：『此吾鄰家子也。爲小娘子執伐成佳偶矣。』賣婆以女意誘生，生不從。賣婆有子無賴，因假生夜往，女不能辨。一日其家舍客，夫婦因移女而以女榻寢之。夜有人斷其雙首以去。明發，以聞於縣令。以爲其家殺之，而橐裝無損，殺之何爲？乃問榻向寢誰氏，曰：『是其女。』令曰：『知之矣。』立逮其女，作威震之曰：『汝奸夫爲誰？』曰：『某秀才。』逮生至，曰：『賣婆語有之，何嘗至其家？』又問女：『秀才身有何記？』曰：『臂有痣。』視之，無有。令沉思曰：『賣婆有子乎？』逮其子。視臂有痣。曰『殺人者汝也。』刑之，即自輸服。蓋其夜捫得駢首，以爲女有他奸，殺之。生由是得釋。

僧寺求子

廣西南寧府永淳縣寶蓮寺有子孫堂，旁多浄室。相傳：祈嗣頗驗，佈施山積。婦女祈嗣，須年壯無疾者，先期齋戒，得聖筶，方許止宿。其婦女或言：『夢佛送子。』或言：『羅漢。』或不言，或一宿不再，或屢宿屢往，因浄室嚴密無隙，而夫男居户外，故人皆信焉。閩人汪且初莅縣，疑其事，乃飾二妓以往。囑云：『夜有至者，勿拒；但以朱墨汁密塗其頂。』次日黎明，伏兵衆寺外而親往點視。衆僧倉皇出謁，凡百餘人。令去帽，則紅頭、黑頭者各二，令縛之而出二妓，使証其狀，云：『鐘定後兩僧更至，贈調經種子丸一包。』汪令拘訊他求嗣婦女，皆云：『無有。』搜之，得種子丸如彼，乃縱去不問，而召衆兵入；衆僧慴不敢動，一一就縛。究其故，則地平或床下悉有暗道可通，蓋所污婦女不知幾何矣。既置獄，獄爲之盈。住持名佛顯，謂禁子凌志曰：『我掌寺四十年積金無筭，自知必死，能私釋我等，暫歸取來？以半相贈。』凌許三僧從顯往，而自與八輩隨之。既至寺，則窖中黃白燦然，恣其所取。僧陽束臥具，而陰收寺中刀斧之屬，期三更斬門而出。汪方秉燭搆申詳稿，忽心動念：『百僧一獄，卒有變莫支。』乃密召快手持械入宿，甫集，而僧亂起。僧所用皆短兵，衆以長槍禦之。僧不能敵，多死。顯知事不諧，揚言曰：『吾等好醜區別，相公不一一細鞫，以此激變。然反者不過數人，今已誅死，吾儕當面訴相公。』汪令刑房吏諭曰：『相公亦知汝曹非盡反者，然反者已死。可盡納器械，明當庭鞫分別之。』器械既出，於是召僧十人一鞫，以次誅絶。至明，百僧殲焉。究兵器入獄之故，始知凌志等弊竇，而志等則已死於兵矣。

魯永清

成都有奸獄，一曰『和奸』，一曰『强奸』。臬長不能決，以屬成都守魯公。公令隸有力者去婦衣，諸衣皆去，獨裡衣，婦以死自持。隸無如之何。公曰：『供作和奸。蓋婦苟守貞，衣且不能去，況可犯耶？』

魯公蘄水人，決訟如流。門外築屋數椽，鍋竈皆備，訟者至寓居之。一見即決，飯未嘗再炊。有『魯不解擔』之謡。

伍袁萃

貴溪有殺越人於貨者，莫知爲誰。時姑蘇伍袁萃爲令，入覲未返。署篆者訪其仇家坐之，而贓竟不獲也。伍至，疑之：『某既晨起，仇家相去頗遠？何從知而襲之？必其相厚者也。』因詢其父：『若子與何人最相厚者？』曰：『間壁某，與吾子朝夕過從，嘗同臥起。』又問：『招稱若子帶銀十一兩在身，幾錠幾件乎？』曰：『三錠耳。』乃令縛某至於庭，厲聲詰之曰：『汝殺人奪財，我已訪之的矣，可漏網耶？』其人戰慄失措，强曰：『我與某結義兄弟，豈忍害之？』問：『有妻否？』以『無』對。問『有母否？』以『有』對。伍乃呼一吏耳語之曰：『汝到某家紿其母，若子受刑痛楚，已招認贓銀在汝處。速取出，猶可緩死。』母駭曰：『吾固知此事當敗。』遂以銀付隸，持來則三錠，宛然故物也。某遂輸服無辭，向署官所枉入者得釋。

楊卓

洪武初，楊卓爲廣東行省員外郎，有兵卒二十人，入山伐木。三卒邂逅一婦，欲亂之。不從，即共殺婦。婦家訴行省。有周參政者，悉捕二十人，栲掠皆引服。楊曰：『殺一婦安用二十卒？』細察詞色，止罪三卒。周曰：『員外何料事之審？』楊曰：『二十人存心宜善惡異，如皆在，即不能亂，况殺之乎？』

王道亨

王道亨令山陰。有齎鈔百緡臥城南莿樹下者，覺則亡矣，訴於道亨。曰：『此莿樹爲妖也。』即出城按問，民大駭，竟從之。令密捕不往者，得一人。訊之，果服。

杜宏

杜宏字淵之，河南臨潁人也，弘治庚戌進士。爲阜城令時，北方常有群盜，共謀殺人以誣人求賄。杜廉知其事，會有數商人來邑中，與人交易而鬭。明日，其徒一人死逆途中，杜遣中追捕。頃之，一人至庭，牽二駿馬，鞍勒皆飾以銀，出符以示杜。指符中姓名曰：『張鑒即我，張慶即今死者，吾弟也。我張都御史從子，鬻鹺淮上；索逋直來此地。昨令弟出外以黄金易錢，與人鬭而死耳。』杜使人簡其橐，有新衣數事，詰其餘資安在、曰：『吾所挾銀途中爲劫去。』杜笑曰：『爾詐也。銀且被劫，安得黄金獨存，又餘美衣駿馬耶？』其人辭窮色動，欲逸。杜乃縶其馬，封其橐，使卒守之。適景州逸他盜，邏者獲一人，自言：『我商也。有同侣在阜城與人鬭而死，吾避官府來此耳。』州移文至阜驗之。杜得之，大喜，乃移景州，并逮其人至，嚴刑訊之。盜皆具服，曰：『某實殺人求賄者，於某地殺某；於某地殺某；計凡殺人九人，今死者非吾弟也，乃途中行丐者。吾衣食之，令飼馬，復令其人交易而鬭，乃殺耳。』杜猶恐有遁情，復再三訊之中人，楊傑始吐實曰：『初與交易者鬭，乃傑也，非死者也。傑等五人於此夜殺飼馬者，傑恐鬭者識我，即逃往景州耳。』杜乃具白巡撫，下屬郡核盜所陳往事皆符合，遂奏聞。内批：『爲首者淩遲處死，爲從者斬，仍著爲令。』遠近稱快。後杜令以内艱去，服闋補山陰，召爲監察御史。

卷八

剩史

國學法

國學既成，氣象弘大。下令：『敢有婦人女子入門者斬趾。』蓋欲絶陰類耳。馬后聞其壯麗，欲觀之。上不可，遂於鷄山東麓緣崖開道，俾后自上望之。今石磴猶立。法甚嚴，敢有誹謗師長者梟首。相傳外門檻下日晷柱下，當時生埋官二員。正義堂西三班第三桌第一位，至今無人敢坐。云：『昔有孝子，因母病危，欲面訣，告歸不得，遂自刎於此。』六堂之後别創光哲堂，以處四夷子弟之來遊太學者。會饌食鍋，皆徑可八九尺，寬深若巨鐘焉。砌浴賢池，銅爲之底，引後湖水經其中南出，俾諸生澡雪。又置水磨運機，作麵以食諸生。又設校尉營以察之。以故，士風克一，無敢有愆。立積分之法，監生每考，以朱墨爲優劣，滿七百圈，而後授職出監。速者十餘年，遲者二十餘年。多有白首老死而不得者，朝出曆事，暮復歸監。與今之事體絶不相類矣。

無門限

監内號房皆無門限，而集賢門，門字無鈎。上意謂：『士人當出用，不宜限隔。』故門皆無限，且怒詹孟舉書門字有鈎，即以粉迹鈎畫，至今粉迹宛然。號房以規矩準繩爲序，每字二十間。北監以『格致誠正，修齊治平』爲序，各有取義也。

老官

南京國學監生，一日三次升堂。至時隸卒摇鈴巡號，呼曰『老官升堂。』蓋國初上製監生巾服成，試衣之，以問馬后曰：『吾何所似？』后笑曰；『像一位老官人。』故令沿襲，稱監生爲『老官。』

表箋禍

洪武甲子開科取士，嚮意文儒。諸勳臣不平，上諭之曰：『世亂用武，世治用文，此古今大體也。』諸勳臣進曰：『是固然矣，但此輩好譏訕人，殊爲可惡。且如張九四厚禮文士，及命製名，則曰：『士誠。』上曰：『此名甚美，何爲不可？』曰；『因《孟子》有「士誠小人」之句，故戲用之耳。豈美意耶？』上默然。因覽所進表箋，凡一字涉疑，輒加重典，不可勝記。

廷辨表文

翰林編修張聉者，直言無忌，上不能容，黜爲山西蒲州學正。例慶賀撰表，上閱表識其名。見其表詞有曰：『天下有道。』又曰：『萬壽無疆。』因發怒曰：『疆者，强也；道者，盗也。其謗我與？』即逮捕廷見，命送法司。張曰：『臣有一言，言畢就死。陛下有旨，表文不許杜撰，務出經典。臣謂「天下有道」乃先聖孔子之格言，「萬壽無疆」乃《詩經》臣子祝君之至情，今謂誹謗，臣死不服。』上默然良久，曰：『這廝還嘴强。』命放去，竟不問。左右相謂曰：『數年以來，纔見容此一人而已！』

大聲秀才

陳諤爲刑科給事中，遇事剛果。每奏事聲響甚宏，聽者悚然。上試令餓之數日，奏對如前。上曰：『是天生也。』每見呼爲『大聲秀才。』嘗以直諫觸上怒，命爲坎奉天門外瘞之，露其首，七日不死。遂釋還職，尋陞吏科都給事中。

賞巡軍

太祖初在婺州，嘗夜出私行，遇巡軍執之。小先鋒張焕從行，呼曰：『此大人也，宜急放行。』巡軍曰：『我識是何大人，衹知犯夜者執之耳。』焕懇之再三，乃釋之。次日，上命賞巡軍米三石。

修玉牒

上始與儒臣議修玉牒，欲祖朱文公。一日見有典史朱姓，而徽人，問：『其爲文公後耶？』對曰：『非也。』於是宸衷頓悟，『彼一小吏尚不妄祖他人，况我乎！』遂却衆議。

改天師號

初，上兵取江西，張天師四十二代孫正常遣人來見，自後屢覲京師。洪武初，上因其來朝，謂侍臣曰：『至尊者天，豈有師耶？以此爲號，褻瀆甚矣！』遂詔革其舊稱，改爲『真人』以領其教。

言動非常

初，太學將落成。上從高望之，曰：『形似蜈蚣。』他日果奏監中多蜈蚣，不可居。遂命名首山爲『雞鳴山』，以雞食蜈蚣也。已而果無。又嘗命劉三吾圖所居山水來看，圖呈上，笑曰：『安用許多山頭？』於突兀處以筆横抹之。無何，其山一夕爲雷所擊，突兀悉平，正如所抹。大聖人一言一動，真若有鬼神役使其間，信乎其非常也。

代王

代王之母邳人，本娼也。先是上嘗戰敗而奔王母家，曰：『爾朱某耶。人言爾爲天子也。』因留之，及旦辭去。王母曰：『我後有娠如何？』上乃遺敝梳爲質，王母亦以匣中裝贈行。自是果娠。及即位，子且長大，因携子及質來謁王。令工部設屋宇居之，不令入宫。及代王府成，遂分封焉。故王卒得終養其母，踰於常制。

猜燈

上嘗於上元夜微行京師。時俗好爲燈謎戲，乃於燈上畫一婦人赤脚，懷中抱一西瓜。衆讙然，上就觀，因喻曰：『是謂淮西婦人好大脚也。』明日，召軍士大戮居民，空其室，蓋馬后淮西人也。

錢宰

臨安錢宰，武肅王之裔，元末老臣也。上以禮徵，同諸儒修纂《尚書》，會選《孟子》節文。宰退，微吟曰：『四鼓鼕鼕起着衣，午門朝見尚嫌遲。何時得遂田園樂？睡到人間飯熟時。』邏者以聞。明日，文華燕畢，進諸儒，諭之曰：『昨者好詩，然曷嘗嫌汝。何不用一「憂」字？』宰等悚懼謝罪，未幾皆遣還。

閲江樓

洪武初，欲以南京獅子山頂作閲江樓。未造，乃先令儒臣作記，文成，上覽之，曰：『朝廷乏人矣。昔唐太宗繁工役，好戰争，徐充容猶知上疏曰：「地廣非久安之道，人勞乃易亂之源。」今所答皆順吾所欲，則唐婦人過今儒者矣！』樓竟不作，乃試作記者耳。

太監帽

國初時，高麗未服。上乃遣使覘其虚實，并圖其王之冠服而歸，遂命諸内侍皆依式冠之。因其使者來，指内侍之冠而謂之，曰：『汝主自以爲尊貴，乃其章服僅得與此輩同耳。令此曹日供使令之役於朕，汝主顧欲倔强不服朕耶？』使者歸，言之於王，大聳異，遂舉國降。

王司農

新城王氏，自嘉靖己未見峰諱之垣司農起家迄於今，子弟相繼登甲榜者十餘人，又多躋華要，海内無雙。然睹其始可異焉：司農曾祖自某縣避難新城爲傭工，一日大風晦暝，有女子從空而墜。問之，即某縣初氏女也。晨起取火，不覺至此，蓋頃刻而五百餘里矣。主人以爲天作之合，遂令偕伉儷焉。今之濟濟斌斌，皆初之自出也。其事若甚怪，而司農弟立峰諱之都，爲民部所撰《大槐記》實載之，則非妄矣。

官妓

國初不禁官妓，唯挾娼飲宿者有律。永樂末，都御史顧公佐始奏革之。國初於京師建官妓館六樓於聚寶門外，以安遠人，故名曰『來賓』，曰『重譯』，曰：『輕烟』，曰『淡粉』，曰『梅妍』，曰『柳翠』。其四名主女侍言也。其時雖憲法嚴肅，諸司每朝退相帥飲於妓樓，群婢歌侑暢飲逾時，以朝無禁令故也。後乃浸淫放恣，解帶盤薄，喧呶竟日。樓窓懸系繫牌，纍纍相比，日昃歸署，半已沾醉，曹多廢務。朝廷知之，遂從顧公之言。顧公太康人，剛嚴爲朝紳冠，時謂明之『包公』。

每待漏朝房，諸僚無一人與同坐，并連壁三五室内皆寂然畏其聞。或過門見有雙藤外立，知是公也，趨而辟之。

李神仙

有李校尉者，口奏：『宣廟爺爺詔求直言，臣不解文字，只口奏二事，其一云云。其二，陳符乃閹人，爺爺賜與二宫人何所用？直言只此二事爲大。』上大怒，命割其舌。行刑者即他校尉也，少削其尖，不大去之。上令持去。俄七日來説。既入獄，諸校更以肉餌啖之。七日奏：『李不死；』上令：『再餓七日。』校啖之如初。又七日，奏不死。上曰：『豈神仙乎？放之。』既出，人遂呼爲『李神仙』。

宣廟

宣廟幸其官第就安。家人供事，有女甚美，行酒左右，上悦之。然稚齒未可進環。上謂曰：；『爾要東西與我説。』又曰：『先與爾頭面。』眷戀久之而去。明日，賜金玉、珠寶各一稱。又數日，語近璫曰：『向見某家食器皆銅，何其貧耶？』又賜金銀飲食器具甚夥，費數千緡。明年上崩，此女竟不入宫。

施純

成化末，上病舌澁。朝臣讀奏，答旨多以『是』字，而尤弗便。鴻臚卿施純請以『照例』二字代之。上喜，擢爲大宗伯，時號『兩字尚書』。施京師人，體貌豐偉，音吐洪亮，詞語莊整，班行中可觀。其內子亦京師人，貌甚端麗。一日同諸命婦朝兩宮，內庭嬪御咸屬目焉。太后命之前，問：『夫人誰氏？』曰：『妾禮部尚書施純妻也。』太后賜鈔，諦視久之，顧左右寺人曰：『向者東朝選妃，何不及此人？』又顧謂曰：『夫人向後不必更入朝。』

夏忠靖

夏忠靖治水，役夫五十餘萬。公布衣徒步，盛暑揮蓋去，曰『衆赤體暴日中，吾何忍？』

何文淵

何文淵守溫州，有兄弟惑於婦言，爭財搆訟者。何判云：『祇緣花底鶯巧，致使天邊雁影分。』兄弟泣謝。

上　舍

國初一上舍任都掌院。群屬忽之，約二三新差巡按者請教。掌院者厲聲云：『出去不可使人怕，回來不可使人笑。』群屬凜然。

唐　荊　川

唐荊川語王遵岩曰：『宇宙間有一二事，人人見慣而純可笑者。屠沽細人，衣食少足，死後必有一篇墓誌，達官貴公，稍有名目，死後必有一部詩文。此等文字，家藏人蓄者，盡舉祖龍手段作用一番，則南山煤炭竹木，盡當減價矣。

李　思　齋

李思齋曰：『丈夫喜則清風朗月，跳躍歌舞，怒則迅雷呼風，鼓浪崩沙，如三軍萬馬，聲沸數里。安得閉眼愁眉，作婦人女子賤態！』

岳　正

岳正再起再廢。有自京師來者，傳天語於正曰：『岳正倒好，只是大膽。』正因寫一像，遂橥括其詞，題於上曰：『岳正倒好，祇是大膽。惟帝念哉，必當有感。如或赦汝，再敢不敢？』

吾謹

吾謹喜擊劍、弄丸、蹴鞠、六博。日與諸少年飲胡姬肆中，醉輒出都門，走馬平原。識者咸目之，曰：『此吾舍人兒耶？舍人長者，何爲今無子？』謹聞曰：如人言必何若，乃稱舍人有兒也。』或曰：『丈夫能以文章搏上第耳。』謹曰：『若是於謹何有？』遂謝諸少年。始爲博士業，至掄奎才五月耳。

宋山人

宋山人應孟，性豪宕，固窮，遍遊海内。後至武林，縉紳有憐其老，欲爲置棺衾者。宋笑曰：『我自有結果處，無需此。』八月錢塘潮盛，宋飲酒大醉，赴潮死。

天授

帝王之興有天授，非人力可及者。我太祖命西平侯沐英取雲南，師次曲靖，扼險莫前。忽大霧四塞，英麾軍銜霧，及白石江而止。比霧霽，賊大驚，以爲神兵飛皆㓞㓞勝，遂取雲南。成祖命新成侯張輔取安南，師過清光，晴久水涸。賊衆先遁，我軍莫渡。俄而，大雨數尺，千艘逼遊，遂俘逆主，郡縣其地。此二事書之史册，光昭千古。蓋與睢水之大風，滹沱之冰合不多讓也。

武宗

武宗幸建安，守臣具膳送行。常規，鎮守太監捧酒，巡撫下筋。是日上來遲，巡撫都御史鄭陽將筋收在袖，恐失落也。須臾上至，隨從兵衛擾攘，將巡撫躋下，蓋是時皆戎服，莫可辨。上與席無筋，急呼：『送筋來！』倉卒無處尋。上笑曰：『使我若做撫按官，決不如此怠慢。』是雖戲言，亦可仰見弘人之度矣。

産異

汝寧有秀才燕生，一産三男子，形貌不少差別。始生時恐其久而無别也，即蓄髮分左右中三髻識之。光州守陸公，杭郡人，聞之，因適郡之便，造其家。三子出見，童丱矣。考以課藝，又皆暢然，大加賞譽，解贈而去。後生携三子抵州謁謝。燕談間，生曰：『此不足爲異。聞貴治有一産三女子者。』公問侍者，曰：『有之。』即召其人至，乃女，又與兒同庚，益異之。曰：『此天合也。』即爲主婚，各以次第配焉。

張探花

豐城張探花春，莫知所出。其父晨出，見樹上筐乘一小兒，父正無子，遂抱歸以爲子。其家聚族而居，亦其族子也。後中探花，官至禮部侍郎，生九子一女。

吴侍御

吴侍御鵬舉爲孝廉時，獨一子爲倭虜去，鬻於山東某家作僕。某家兒殺人成獄，故賄匿去，而以吴子代死。會公按山東，問：『兒服乎？』兒曰：『我乃吴舉人某子』云云。視之，果其子。公仍以繫獄而涕痕滿面，側窺者莫知其故。臬司諸公偵得其情，即日釋出。具輿馬衣服裝送還家，今籍博士矣。

韓襄毅

韓襄毅平蠻時，取寨木於民。有儒生上詩云：『斧斤若過前岡上，留箇長松叫子規。』公下令毋犯其地，四十里間民家德之，各贈一木，用致殷裕。前記翦子言爲太守，取木於鄰塚，獻詩有云：『只恐江頭明月夜，誤他千里鶴歸來。』甚獲敬禮，事頗相類。

蔡攸醉酒

蔡攸嘗賜飲禁中。徽宗頻以巨觥宣勸之，攸懇辭不任杯酌，將至顛踣。上曰：『就令灌死，亦不致失一司馬光也。』

由是言之，徽宗之尊光而薄攸至矣。然光已死不免削奪，而攸迄被寵眷，何哉？

章子厚

章惇初來京師赴省試，年少美丰姿。當日晚獨步御街，見雕輿數乘從衛甚鄗，最後一輿有一婦人美而豔，揭簾以目挑章。章因信步隨之，不覺至夕。婦以手招與同載，一甲第甚雄壯。婦人者蔽章，雜衆人以入，一院甚深邃，若無人居者。少選，婦始至，備酒饌甚珍。章因問其所，但笑而不答。自是婦人引儕輩往來甚衆，俱亦姝麗，詢之皆不顧而言他。每去則以巨鎖扃之，如是累日夕。章爲體敝，意甚徬徨。一姬年差長，忽發問曰：『此豈郎所遊之地，何爲至此耶？我主翁行跡多不循理，寵婢多而無嗣息。每鈎至年少之徒與群婢合，久則斃之，此地數人矣。』章惶駭曰：『果爾，爲之奈何？』姬曰：『覩子之容，蓋非碌碌者，似必能脱。主人翌日入朝甚早，今夕解我之衣以衣子，我且不復鎖門。俟至五鼓，吾來呼子，亟隨我登廳事，我當以廝役之服被子。隨前騶以出，可以無患矣。爾勿以語人，亦勿復遊此街。不然吾與君皆禍不旋踵。』詰旦果來叩户，章用其術，遂免於難。既貴，始以語族中所厚善者，云：『後得其主翁之姓名，但不欲曉於人耳。少年不可不知誡也。』

蔡太師

京師一士人出遊，迫暮過人家缺墻，似可越，被酒試踰以入，則一大園，花木繁茂，徑路交互，不覺深入。天漸暝，望紗燈而來，驚惶尋歸路，迷不能識。急入道左小亭，氈下有一穴。試窺之，先有壯士伏其中，見人驚奔而去，士人就隱焉。已而燈漸近，乃婦人十餘，靚粧麗服，俄趨亭上，竟舉氈。見生驚曰：『又不是那一個！』又一婦熟視曰：『也得，也得。』執其手以行，生不敢問，引入洞房。曲室群飲交戲，五鼓乃散。士人倦不能行，婦貯以巨篋，舁而縋之牆外。天將曉，恐爲人所見，强起扶持而歸。他日跡其所過，乃蔡太師花園也。

樓叔韶

樓叔韶鏞，初入太學與同窓一友善。休日，友謂曰：『寂寂無聊，吾欲至一處飲，醇膳美且有聲色之娱。但君性輕脱，恐以言洩，則敗吾事。』樓諾約數四，乃相率出城，買小舟沿葦行。將十里，循小坡行，道微高下。又一里，得精舍，門徑絶卑小，而松竹花草楚楚然。友欵於門，即有小童應客。主人繼出，乃少年僧，姿狀秀美，進趨安詳，殊有富貴家氣。揖客曰：『久别甚思欵接，都不見過何也？』揖樓謂：『誰友？』曰：『吾親也。』遂偕坐。欵語十刻許，僧忽回顧，日影下庭西，笑曰：『日旰，二君餒乎？』便起推西窓小户，入則華屋三間，窓几如拭，玩具皆珍奇。喚侍童進點心，素膳三品，甘好精美，不知何物所造。撤器命推窓，平湖當前數十百頃，其外連山横陳，樓觀森列，夕陽返照，丹碧紫翠，互相發明，漁歌菱唱，隱隱在耳。眺望久之，僧取麈尾敲闌幹數聲，俄時小畫舫傍湖而來，二美人徑出登岸，艶粧麗色，王公家不過也。僧命且酌，指顧間觴豆羅陳，窮水陸之品。左右執事童皆佼好。杯行，美人更起歌舞。僧與友謔浪調笑，歡意無間。樓神思惝恍，正容危坐，噤不敢出一語。伺僧暫起，掣友臂扣所以，愠曰：『子但爲樂，何用知如許？』觴十餘巡，夜已艾，僧復引客至小閣中，臥具皆備。曰：『姑憩此。』遂去。壁外即僧榻。試穴隙窺，則徑擁二姬就寢。友醉甚，大鼾。樓獨彷徨不寐，起如廁。一童執燭，密詢之：『此爲何地？』童笑曰：『官人是親戚，何須問？』樓反室輾轉通宵，時側耳審聽，但聞鼻息齁齁而已。將曉，僧已至客寢，問安否。盥櫛畢，引入一院，製作尤邃巧。簾幕蔽滿庭下，奇花盛開，香氣蓊勃。小山叢竹，位置愜當。回思夜來境界，已迷不能憶。迨具食，則器用張陳一新，食品加精，獨二姬竟不復出。食罷各去，僧送之門，鄭重而别，由他徑絶湖而歸。樓惘惘累日，疑所到非人間。數問，友但笑不答，亦許尋舊遊。而樓用他故，急歸鄉。其後出處參商，訖不克再諧。

義倡傳

義倡者，長沙人也。不知其姓氏，家世倡籍，善謳尤喜秦少遊樂府。得一篇，輒手筆口咏不置。久之，少遊坐鈎黨，南遷。道長沙，訪潭土風俗，妓籍中可與言者。或言倡，遂往焉。少游初以潭去京數千里，其俗山獠夷陋，雖聞倡名，意甚易之。及見，觀其姿容既美，而所居復瀟灑可人，意以爲非惟自湖外來所未有，雖京洛間亦不易得。坐語間，顧見几上文一編，就視之，目曰：『秦學士詞。』因取竟閲，皆己平日所作者，環視無他文。少遊竊怪之，故問曰：『秦學士何人也？若何自得其詞之多？』倡不知其少遊也，即具道所以。少遊曰：『能歌乎？』曰：『素所習也。』少遊愈益怪，曰：『樂府名家無慮數百，若何獨愛此乎？不惟愛之，而又習之、歌之，若素愛秦學者，彼秦學士亦嘗遇若乎？』曰：『妾僻陋在此，彼秦學士京師貴人也，焉得至此？藉令至此，豈顧妾哉？』少遊乃戲曰：『若愛秦學士，徒悦其詞耳。若使親見容貌，未必然也。』倡歎曰：『嗟乎！使得見秦學士，雖爲之妾禦，死復何恨？』少遊察其語誠，因謂曰：『若欲見秦學士，即我是也。以朝命貶黜，因道而來此耳。』倡大驚，色若不懌者，稍稍引退。人謂母媪。有頃，媪出，設位坐少游於堂。倡冠帔立階下，北面拜。少遊起，且避。媪掖之，坐以受拜。已，且張筵飲，虚左席示不敢抗。母子左右侍觴酒，一行率歌少遊一闋以侑之，卒飲甚歡，比夜乃罷，止少遊宿，衾枕席褥，必躬設。夜分寢定，倡乃寢。先平明起，飾冠帔，奉沃匜，立帳外以待。少遊感其意，爲留數日。倡不敢以燕隋見，愈加敬禮。將别，囑曰：『妾不肖之身，幸侍左右。今學士以王命不可留，妾又不敢從行，恐重以爲累。唯誓潔身以報。他日北歸，幸一過妾，妾願畢矣。』少游許之。一别數年，少游竟死於滕。倡雖處風塵中，爲人婉娩。有氣節。既與少遊約，因閉門謝客，獨與媪處，誓不以此身負少遊也。一日晝寢寤，驚泣曰：『吾自與秦學士别，未嘗見夢，今夢來别，非吉兆也。秦其死乎？』急遣僕順流覘之，數日得報：秦果死矣。乃謂媪曰：『吾昔以此身許秦學士，今不可以死故背之。』遂蓑服以赴，行數百里，遇於旅館。將入，門者禦焉。告之故而後入。臨其喪，拊棺繞之三周，舉聲一慟而絶。左右驚救，已死矣。湖南人至今傳之，以爲奇事。

嫁娶奇合

嘉靖間崑山民爲男聘婦，而男得痼疾。民信俗有沖喜之説，遣媒議娶，女家度婿且死，不從。强之，乃飾其少子爲女歸焉，將以爲旬日計。既草率成禮，父母謂病不當近色，命其幼女伴嫂寢，而二人竟私爲夫婦矣。逾月，男疾慚瘳。女家恐事敗，紿以他故邀假女去，事寂無知者。因女有娠，父母竊問得之。訟之官，獄連年不解。有葉御史者，判牒云：『嫁女得媳，娶婦得婿。顛之倒之，左右一義。』遂聽爲夫婦焉。吴江沈寧菴吏部，作《四異記》傳奇。

一日得二貴子

楊公某，關中盩厔人，婦李氏，子七歲。公賈於閩漳浦，主蘖氏家。蘖新寡，後爲其家贅婿，生一子冒姓『蘖氏』亦已三歲。倭夷突犯海上諸郡，掠公以去。居十九年，髡跣跳戰，皆倭習矣。後又隨衆犯閩，會閩帥敗之去，而公得遁。歸爲纍囚屬。紹興郡丞楊公世道者，釐辨之：『夷耶？民耶？』公曰：『我關中民也。』因道其里族妻子名姓，多與己合，異之。歸以問母，母令再讞，而聽於屏後，不數語，大呼曰：『爾翁也。』起之囚中，拜哭皆慟，沐浴更衣，慶忭無極。次朝，蘖公知公得翁，舉羔雁爲賀。公觴之，翁出行酒。蘖公問翁何由入閩，翁言其始末，又與蘖公家里族妻子名姓合，異之，亦歸以問母。其日公來報謁，蘖公觴之，而母竊聽其語，又大呼曰：『而翁也。』其爲悲喜，猶楊丞家。於是閩郡黎老歡忭，呼爲循吏之報，士大夫羔雁成群，蓋守丞即異地各姓，實同體兄弟。而翁以髡跣跳戰之卒，且爲纍囚。一日而得二貴子、兩夫人，以朱幡千鍾養焉。其離而合，疎而親，賤而榮，豈非天故爲之哉！

世事翻覆

曹詠侍郎夫人厲氏，餘姚大族女。始嫁四明曹秀才，與夫不相得，仳傐而歸，乃適詠。時詠尚爲武弁，不數年以秦檜姻黨易文階，驟擢至直徽猷閣，守鄞。元夕張燈州治，大合樂宴飲。曹秀才携家來觀，見厲服用精麗，左右供侍備極尊嚴，語其母曰：『渠乃合在此中居，厚享如此富貴，吾家豈能留？』歎息久之。詠日益顯，爲户部侍郎。檜死，詠貶新州而亡。厲領二子扶喪歸葬，二子復不肖，家貲蕩析，至不能給朝晡。趙德光之妻，厲之從父妹也，憐其老且無聊，招置四明里第養之終身。厲間出訪親舊，見故夫曹秀才家，門庭整潔，花木蓊茂，謂侍婢曰：『我當時能自安於此，豈有今日！』因泣下數行，二十年間夫妻更相悔羨。

衛青服役公主家，後爲大將軍。公主仳儷，擇配無逾大將軍者，迄歸之。丁晉公治甲第，鉅麗無比，楊景宗躬負土之役。後景宗以外戚起家，丁第竟爲其有。陸都督炳治第京師，督工甚嚴苦，未幾陸敗。工某由外戚貴，即以陸第賜之。河陽花，今朝如土昔如霞。武昌柳，春作青絲今作帚。』世事翻騰，大都如此。

黄葱貴

武宗在宫中偶見黄葱，實氣促之，作聲爲戲，宦官遂以車載進御。葱價陡貴數月。朝廷一顰一笑，不可輕易如此！

武廟南巡事

武宗南巡過淮安，謂孟都御史鳳曰：『汝非一乳二子，而并顯者耶？』以網命之漁。鳳舉網奮張，僅如一笠。帝曰：『官許久，尚不解漁耶？』

南巡時蔣瑶爲揚州守，不肯横斂以媚權幸，一日上捕得大鯉，謀所鬻者。左右正欲中公，曰：『莫如揚州知府宜。』上乃呼而屬之。公歸括女衣并首飾數事，匍匐而進，曰：『魚值無所取，惟妻女衣妝在焉。臣死罪死罪！』上熟自睨之，曰：『汝真酸子耶？吾無須於此，其亟持歸，魚亦不取值矣！』

江彬誘上親征寧王。駐蹕南京，往牛首山打虎，後湖網魚得蝦蟆。一内侍諛曰：『此值五百金。』上曰：『汝買之。』武廟嬖南院一妓，每行必從，百官咸賄以求媚。一日上侵晨從外入，妓翁尚臥擁被，欲走匿。上從其旁直趨曰：『免起。』已而上去，少選，忽聞門外鼓吹聲，乃都察院送匾至，金書『免起堂』三字。

帝王言命

虞公奏議二百二十有七篇，而感然有感。世但知採石之戰以七千卒却北兵四十萬者，其功甚偉。然忌者猶曰：『適然。』可笑，可嘆！豈知公於紹興辛巳前，已因輪對，面奏北必叛盟，兵必分五道，正兵必出淮西，奇兵必出海道，宜令良將勁卒備此二境。其先事之識，已絶出乎衆人之表矣。及北叛盟，上令從臣集議。公獨言北兵必出淮。丞相善其言，而未果行。及遣公勞師採石，事已大壞。公以書生，收合亡卒，激勵諸將，施置於倉卒之餘，而破敵於俄頃之間，非胸中素所蓄積，忠誠足以動天地、感人心而作士氣，未易成此偉績也。而曰『適然』可乎？自昔狃勝者必忽其餘憂，公又令設備於瓜州。其他區畫悉各精密而不苟，敵遂遁去。乃徐請車駕還行都，歷歷見於奏疏也。宋朝多議論，少成功，雖盛時猶然也。况積習消靡之餘！夫人皆喜逸惡勞，圖安懼危。中興以來，前有張魏公，後有虞雍公爲國任其勞，當其危者也。彼不少愧焉，而又忍毀之乎？邱文莊公曰：『古今水戰，採石比赤壁猶奇且難。周瑜主將，而允文書生也。瑜握重兵，而允文空拳也。瑜有孔明爲犄角，而允文隻手也。以此較之，難易見矣。』可謂不易之論。

王梅溪

王龜齡十朋，四十餘，大魁天下。以書報其弟夢齡、昌齡曰：『今日唱名，蒙恩賜進士及第。惜二親不見，痛不可言。』嫂及聞詩。

雜志

宋太宗始嗣位，思有以帖服中外者。一日輦下市肆，有丐者不得乞，因倚門大罵。主人遜謝，久不得解。衆方擁門聚觀，中忽一人躍出，以刀刺丐者死，遺其刀而去。會日已暮，追捕莫獲。翊日聞奏，上大怒，謂：『猶仍五季亂習。乃敢中都白晝殺人？』即嚴索捕，期必得。有司懼罪，久之迹其事，乃三人不勝其憤，而殺之耳。獄具，太宗喜曰：『卿能用心若是，雖然，第爲朕更一覆，毋枉焉。且携其刀來。』不數日，尹再登對以獄詞，并刀上。太宗問：『審乎？』曰：『審矣。』於是顧旁小内侍：『取吾鞘來。』小内侍惟命，即奉刀納鞘中。因拂袖而起，入曰：『如此，寧不妄殺人？』

張燈

國朝故事三元張燈。太祖乾德五年正月詔曰：『上元張燈舊止三夜。今朝廷無事，區宇乂安，方當年穀之豐登，宜縱士民之行樂。其令開封府，更放十七、十八兩夜燈。』後遂爲例。太宗淳化元年六月詔：『罷中元、下元張燈。』官雖廢之，而私家猶有自張者。

七　夕

北俗遇見三七日，不食酒肉，重道教之故，而七夕改用六日。太平興國三年七月詔曰：『七夕佳辰，近代多用六日，宜以七日爲七夕，頒行天下。』蓋方其改用六日之時，始於朝廷。故釐正之，自朝廷始。

相　婆

王和父守金陵，荊公退居半山，每出跨驢，從二村僕。一日入城，忽遇和父之出，公亟入編户家避之。老姥自言：『病店求藥。』公隨行偶有藥，取以遺之？姥酬以麻線一縷，云：『相公可將歸與相婆也。』公笑而受之。

曲　江

唐曲江，開元天寶中旁有殿宇，安史亂後盡圮廢。文宗覽杜甫詩云：『江頭宫殿鎖千門。細柳新蒲爲誰緑？』因建紫雲樓、落霞亭。歲時開晏，又詔百司於兩岸建亭館。太宗於西郊鑿金明池，中有臺榭以閲水戲；而士人遊觀無存泊之所。若兩岸如唐制設亭，即逾曲江之盛也。

曆日用子

至道二年十一月，司天冬官正楊文鎰建言：『曆日六十甲子外，更留二十年。』太宗以爲支干相承，雖止於六十，本命之外却從一歲起首。并不見當生，紀年若存兩周甲子，共成上壽之數，使期頤人猶見本年號，令司天議之。司天請如上旨，印造新曆頒行。可之。

風流

子瞻守杭日，春時每遇休暇，必約客湖上，早食於山水佳處。飯畢每客一舟，令隊長一人，各領數妓，任其所適。晡後鳴鑼集之，復會望湖樓或竹閣，極歡而罷。至一二鼓，夜市猶未散，列燭以歸。城中士女夾道雲集而觀之，誠熙世樂事也。

紙裹錢

東坡云：『俗傳，書生入官庫見錢不識，或怪而問之。生曰，「固知其爲錢，但怪其不在紙裹中耳」。』予讀淵明《歸去來辭》。幼稚盈室，瓶無儲粟，』乃知俗傳可信，使瓶有儲粟亦甚微矣。

此翁平生只於瓶中見粟也。馬后夫人見大練，乃爲異物。晉惠帝問飢民。何不食肉糜？』細思之，皆一理也。聊爲好事一笑。』

蘇黄門

蘇黄門既南遷，還居許下，杜門不通賓客。恒深居宅南叢竹中，徜徉風月，於竹間搆小亭。有蜀人遠來，彌旬不得通。閽人使候之竹下。旬日一出，蜀人趨謁。黄門驚迓，慰勞歡甚，曰：『姑待我於此。』飄然深入，竟不與一再見。東坡聞之，曰：『子由直欲踰垣閉門矣。』

東坡觀書

秦少章言：『公嘗言觀書之樂，夜常以三鼓爲率，雖大醉歸，亦必披展至倦而寢。』然某於錢塘從公學一年，未嘗見公特觀一書也。蓋自出詔獄，不復觀一字矣。然每有賦詠及著撰，所用故實。

張　恕

元城先生語録云：『子弟固欲其佳，然不佳者亦未必無用處。』元豐二年，東坡下御史獄，天下之士痛之，環視而不敢救。時張安道在南京，憤然上疏，欲附南京遞，府官不敢受。乃遣其子恕，持至登聞鼓院投進。恕素愚懦，徘徊不敢投。東坡出獄見其副本，因吐舌色動。久之，問其故，東坡不答。後子由亦見之，云：『宜吾兄之吐舌也。』此事正得張恕力，或問其故。子由曰：『獨不見鄭崇之救蓋寬饒乎？其疏有云：「上無許史之屬，下無金張之托」，此語正是激宣帝怒耳。且寬饒正以犯許史輩有此禍，今乃再許之，是益其怒也。且東坡何罪？但以名太高，與朝廷争勝耳。』今安道之疏乃云：『軾文學實天下之奇才也，獨不激人主之怒乎！但一時急欲救之，故爲此言耳。』僕曰：『然則是時救東坡宜爲何説？』先生曰：『但言本朝未嘗殺士大夫，今乃開端。則是殺士大夫自陛下始，而後世子孫因而殺賢士大夫，必援陛下爲例。神宗好名而畏義，疑可以止之。』

東坡談笑而化

東坡初入荊溪，有樂死之語。繼而抱疾稍革，徑山惟琳來候，坡曰：『萬里嶺海不死，而歸宿田里，有不起之憂，非命也耶？然生死亦細故耳。』後二日，將屬纊。聞報先離，琳叩耳大聲曰：『端明勿忘西方！』坡言：『西方不無，但個裏着力不得。』語畢而終。

李仲寧

九江有碑工李仲寧，刻字甚工。黄太史題其居曰：『琢玉坊。』崇寧中，詔郡國刊元祐黨藉姓名。太守呼仲寧使刻之。仲寧曰：『小人家舊貧窶，只因刻蘇内翰、黄學士詞翰，至飽煖。今日以奸人爲名，誠不忍下手。』守義之，曰：『賢哉！士大夫之所不及也。』餽以酒，從其請。

與長安石工安民乞免鐫字於石末，同一羞惡之心。

項羽廟

項羽廟，在臨安近郡三衢十八里頭樟戴市。市人失火延及斯廟，有人作詩曰：『嬴秦久矣酷斯民，羽入關中又一秦。父老莫嗟遺廟燬，咸陽三月是何人？』

寇萊公

寇凖年三十餘，太宗欲大用，尚難其少。凖知之，遽服地黄、兼餌蘆菔以反之。未幾髭髮皓白。

李宗愕

李宗愕以京秩帶館職，不預賞花釣魚故事。賦詩曰：『無聊獨出金門去，恰似當年不第歸。』太宗覽之大喜，特詔預宴，即日改官。

蘇麟

范文正公鎮錢塘，兵官皆被薦。獨巡簡蘇麟不見録。乃獻詩云：『近水樓臺先得月，向陽花木易爲春。』公即薦之。

趙倚

宣和年，都下趙倚年十二，隨母嫁里中田生。生勇於力，母每遭毒手。積六年，倚每見淩辱，即勸母去，母終無意。一日倚病，母遭叱詈，倚病中憤鬱。因紿母出買藥，時田生尚寢，倚乃闔户持刀殺田生，連十餘下，以力弱不能中要害，而田亦宛轉血中。鄰人排闥入，倚曰：『吾母以身歸田生，執爨具飯。乳子澣衣，勤勞旦夕而未嘗得田生一善言。爲人子者，得不痛心！恨吾病甚，不能刃其首。』即以刃付邏卒，束手就執。既行猶回視諸人曰：『好視吾母。』行人皆爲之泣。下獄，察其孝，亦爲讞上。上哀其誠，止從杖而編置焉。

宋子京

宋子京多内寵，後庭曳羅綺者甚衆。嘗宴於錦江，微寒，取半臂。諸婢各送一枚，凡十餘枚皆至。子京視之茫然，恐有厚薄之嫌，竟不敢服，忍凍而歸。

守溪詩

武宗親征宸濠。既凱旋，駐蹕金陵，渡江幸大學士楊一清家，至再至三，屢賜詩章。清亦賡和，雖虞廷君臣不是過矣。守溪王鏊，感而賦云：『相國移家江水涘，金山望幸已多時。太平金鏡無由進，願得廻鑾一顧之。』又云：『趙普元爲社稷臣，君臣魚水更何人。難虛雪夜相通意，海錯尤堪佐酒巡。』

榮辱

寇萊公南遷，道過襄，留一絶於驛亭，云：『沙堤築處迎丞相，驛使催時送逐臣。到了輪他林下客，無榮無辱自由身。』又，明有一宦累及家屬。其媳婦一絶云：『昨日金釵上翠樓，今朝鐵索下孤舟。不如做了田家婦，無此榮華無此愁。』與萊公之意同。

鄭義門

金華浦江義門鄭氏，門有綽楔匾，曰：『天下第一人家。』上聞而惡之，召其家長詰曰：『汝何人？斯名爲第一？』對曰：『臣合族而居，已八世矣。内外無閒言，郡守以爲可激厲風俗，遂爲造坊，書匾如此，非臣之所敢當也。』上曰：『汝家食指幾何？』曰：『一千有餘。』上曰：『一千餘人而同居共爨，世所罕有，誠天下第一家也。』遂命之去。馬后於屏後聞之，遽語上曰：『陛下初以一人舉事遂有天下，今鄭義家丁數千餘人，設有異圖，同心合力，顧不尤易易耶！』上頷之，即復召入，試問曰：『汝處家亦有道乎？』曰：『無他，但大小事不聽婦人語。』上乃笑而遣之。適河南進香水梨，賜梨二枚，雙手擎梨叩首趨出。上命一校尉尾而瞰之。至家，召其族，置水兩缸於堂，杵梨投水中，攪而合族分飲。既畢，向北叩頭而謝。中使還報，上喜，遂不破其家。

又，義門先世以五櫃貯經史訓子孫，以五櫃貯兵器戒不虞。中榜，建文君所書『孝友堂』。永樂初或誣建文匿其家，遣使廉之。未至日，堂榜忽墜地，撤於他所以者莫可蹤踪，及發櫃，惟見經史。事聞，竟斬誣者。使當時堂榜不墜，發見兵器，禍叵測矣。

二祖之恩威不測何如，而義門兩免於難，謂非鬼神陰騭，孝友得如此乎！

關主事

楊撫餘姚人，承蕪湖主事差。差交代魏姓者至，語以某人當革，某事當因。魏憾之，謂其渺己也。及當要道，蘖楊之短，竟以按察副使罷。安吉陳大理亦嘗爲鈔關主事，代之者嘉興吴鵬也。亦如楊之語魏者語吴，乃爲終身知己，位至冢宰，而餽送不絶。事同而遇異有如此。

布衣花酒句

一布衣與謝方名契厚，以故李西涯閣老器重之。邀飲間，適有臺諫數人與席，置布衣上坐。諸客爲之不平，有以花酒令難之。不堪者，罰以巨觥。布衣即答曰：『園林到處消得酒，風雨等閑落盡花。』諸客竟爲改容。

王繼學

參政王繼學自筮仕京師，游宦四方，久去鄉里。及拜中書參議，歸省。逮里門，舍騎徒步，遇長者輒拜。過市，有老翁坐肆，公趨拜肆下。翁倨坐曰：『小大久不見汝，汝來奚自？』王曰：『自京師。』翁曰：『仕否？』曰：『忝參議中書。』翁又曰：『小大朝廷官爵，不可得任意。』公逡巡拜謝，翁倨坐如故。中原習俗之厚。繼學謙德之隆，於此見之。

李煜

李煜在國，微行娼家，遇一僧張席，煜遂爲不速之客。僧酒令謳吟，吹彈莫不高了。見煜明俊醖藉，契合相愛重。煜乘醉大書石壁曰：『淺斟低唱，偎紅綺翠六師，鴛鴦寺主傳持風流教法。』久之，僧擁妓至屏帷。煜徐步而出，僧妓竟不知。煜嘗密語徐鉉云。

蔡君謨

蔡君謨美鬚髯。一日屬清閑之燕，上顧問曰：『卿髯甚美，長夜覆之於衾下乎？將置之於外乎？』君謨無以對。歸舍，暮就寢思聖語，以髯置之内外悉不安，一夕不能寢。蓋無心與有心異也。

楊誠齋

唐司空圖有詩云：『昨日流鶯今日蟬，起來又是夕陽天。六龍飛轡長相窘，更忍乘危自着鞭？戒以色戕者也。楊誠齋善謔，嘗謂好色者：『閻羅王未曾相唤，子乃自求押到何也？』

宋元憲

宋元憲始名郊，文價振天下。既入翰林，有言：『郊姓名於朝廷非便。』神宗乃間諭元憲，令易之，遂改名庠。一日，具奏劄\先書臣庠，時李憲臣爲翰長，見奏指宋各曰：『此何人耶？』吏具以對。已而白宋。宋乃書一絶云：『紙尾何勞問姓名？禁林依舊玷華纓。欲知《七略》稱臣向，便是當年劉更生。』

晏元獻

晏元獻，佳客至必留。然自奉儉約，故盤饌皆不預辦。但人設一空案，一杯。既命酒，果實蔬茹漸至，第必以歌樂相佐，談笑雜出。數行之後，案上已燦然矣。稍闌，罷遣歌樂，曰：『汝曹呈技已遍，吾當呈藝。』乃具筆札相與賦詩，率以爲常。

秋水

真宗宴近臣，語及《莊子》，忽命呼『秋水』。至則象翠鬟衣小女童也，朗誦『秋水』一篇，聞者笑而奇之。

胡大川

松江胡大川者，國初人。精吏筆，善興滅詞訟。事覺，被截手足，編某衛戍，一御史差往雲南清理軍事，死於半途。大川得其印牒，即冒姓名往彼，在任三年，復還朝，將所理軍伍事造册，親賫，抵朝房，即遁去。太祖聞之，而異其人，更惜其不及終用之。既遁而惜，若其不遁，聖心喜怒又未可必也！

築臺

太祖於後湖中築一臺，以藏天下兵册，避火災也。築屢潰，乃命取所誅髑髏爲基，其臺即就。

歷代廟

〔一〕南京歷代帝王廟，每年一祀。每祀帝王前，皆一爵。惟漢高則三爵，蓋因廟初成時，太祖臨祭畢，復至漢高位前，笑謂曰：『劉君，今日廟中諸君皆有所憑藉以得天下，惟予與汝不階尺土一民，手握三尺劍以定區宇，比諸君尤難。可多飲二爵！』遂爲定制。初建廟時，自伏羲以下像皆易成。至元世祖，其面屢爲淚痕所汙。塑工頻修，越宿如故。上幸廟謂曰：『癡子，汝主中國幾至百年，可謂幸矣！今我以天命攸歸，奄有天下。然宥汝子孫，第驅還汝鄉，我於勝國亦謂有恩矣。汝復何恨而有淚耶？』於是，塑工明日奏：『面上無淚痕矣。』

却進獻

太祖初得天下，交趾進二女子。其艷麗之容，縫繡之工，婉順之性，宫内無比。上受之。既數年，復進兩女子。上大怒曰：『夷主將以我事聲色耶？』并前所進者還之，！且命使者曰：『人猶女體也，歸宜嫁之。』

國學址

南京國學址，舊爲積屍之所，謂之『萬人坑』。每天陰雨，行人多爲鬼眩，有至死者。因建雞鳴寺，設醮度之。而鬼又夜飛磚擊瓦，僧人怖恐。馬后啟曰：『此非孔子大聖，無以鎮之。是日，遷大成木主於此，鬼遂不復出，因建國子監焉。

解縉智囊

文皇與解縉同遊。文皇登橋，問縉：『當作何語？』縉曰：『此謂一步高一步。』及下橋又問之，縉曰：『此謂後面更高似前面。』

馮當世

王定國，素爲馮當世所知。而荊公絶不樂之。一日，當世立薦於神宗，荊公即曰：『此孺子耳。』當世忿曰：『王鞏戊子生，安得謂之孺子？』蓋鞏之生與同天節同日也。荊公愕然，不覺退立。

邵康節

司馬公一日見康節，曰：『明日僧顒修開堂説法，富公、吕晦叔欲偕往聽之。晦叔貪佛，已不可勸。富公果往，於理未便。某後進不敢言，先生曷止之？』康節唯唯。明日，康節往見富公，曰：『聞上欲用裴晉公禮起公。』公笑曰：『先生謂某衰病能起否？』康節曰：『固也。』或人言：『上命公，公不起；僧開堂，公即出。無乃不可乎？』公驚曰：『某未之思也。』時富公請告。

顧鼎臣

嘉靖初，講官顧鼎臣講《孟子·咸邱蒙章》，至『放勳殂落』語，侍臣皆驚。顧徐曰：『是時已百有二十歲矣。』衆心始安。

世宗多忌諱。是時科場出題，務擇佳語。如『無爲而治，節我非堯舜之道』二句題，主司皆獲譴，疑『無爲』非有爲，『我非堯舜』似謗語也。又命内侍讀《鄉試録》『仁以爲己任不亦重乎？』上忽問：『下文云何？』内侍對曰，『下文是興於《詩》』云云。此内侍亦有智。

布政司吏

布政某謁按臺，酒坐間，布政以多子爲憂。按台止一子，又憂其寡。吏在旁曰：『子好不須多。』布政聞之，因曰：『我多子，又云何？』答曰：『子好不愁多。』二公大稱賞，共汲引之。

王安石

荊公裁損宗室恩，數宗子相率馬首陳狀云：『均是宗廟子孫，那得不看祖宗面？』公厲聲曰：『祖宗親盡亦祧，何況賢輩？』

荊公議論皆偏，只此一語可定萬世宗藩之案。

祝知府

南昌祝守，以廉能名。寧府有鶴，爲民犬咋死。府卒訟之云：『鶴有金牌，乃出御賜。』祝公判云：『鶴帶金牌，犬不識字。禽獸相傷，豈干人事？』竟縱其人。又兩家牛鬭，一牛死。判云：『兩牛相争，一死一生。死者同享，生者同耕。』

劉　瑊

辛未會試，江陰袁舜臣作謎詩於燈上云：『六經藴藉胸中久，一劍十年磨在手。杏花頭上一枝横，恐洩天機莫露口。一點纍纍大如斗，掩却半床何所有。完名直待掛冠歸，本來面目君知否？』諸人不辨，惟劉瑊一見知之乃辛未狀元四字。瑊辛未榜眼吴縣人。

蘇　東　坡（續前定録）

劉貢父一日問於子瞻：『老身倦馬河堤水，踏盡黄榆緑槐影。非閣下之詩乎！』子瞻曰：『然。』貢父曰：『是日影耶？』子瞻曰：『竹影。金鎖碎，又何嘗記日月也？』二公大笑。

東坡在御史獄，獄吏問云：『檜詩「根到九泉無曲處，世間惟有蟄龍知」有無譏諷？』東坡答云：『「天下蒼生望霖雨，不知龍向此中蟠。」此龍是也。』獄吏爲之一笑。外紀

劉貢父觴客，東坡有事欲先起。劉調之曰：『幸蚤裏且從容。』坡曰：『柰這事須當歸。』各以二果一藥爲對。

東坡云：參寥子言：『老杜詩云，楚江巫峽半雲雨，清簟疏簾着奕棋，此句可畫，但恐畫不就耳。』僕言：『公禪人亦復愛此語耶？』寥曰：『譬如不事口腹，人見江瑶柱，豈免一朵頤哉！』外紀

承平時，國家與遼歡盟，文禁甚寬，輅客者往來，率以談謔詩文相娛樂。元祐間，東坡實膺是選。遼使素聞其名，思以奇困之，出一對曰：『三光日月星。』凡以數言者，必犯其上一字，於是遍國中無能屬者。有以請於坡，坡唯唯，謂其介曰：『我能而君不能，亦非所以全大國之體。「四詩風雅頌」天生對也，盍先以此復之？』介如言，方共歎愕。坡徐曰：『某亦有一對曰：「四德元亨利」。』使睢盱欲辯，坡曰：『而謂我忘其一耶？謹閱而言：「兩朝兄弟邦」。卿爲外臣，此固得酒中趣。』及見淵明云：『偶有佳酒，無夕不傾，顧影獨盡，悠然復醉。』便覺文舉多事矣。

優人評詞

柳耆卿、蘇子瞻各以填詞名，而二家不同。當時士論各有所主。東坡一日問一優人，曰：『我詞何如柳學士優？』曰：『學士那比得相公？』坡驚曰：『如何優？』曰：『公詞須用丈二將軍，銅琵琶，鐵綽板唱相公的《大江東去》；柳學士却着十七、十八女郎唱「楊柳外曉風殘月」。』坡爲之撫掌大笑。

王安石（錢氏私誌）

荆公舉一酒令云：『有客姓任名稔，販金販錦。』關吏止之曰：『任稔任入，金錦禁急。』又字謎云：『「目」字加兩點，不得作「貝」字猜。「貝」字欠兩點，不得作「目」字猜。「賀」「資」二字也。又，四個口，盡皆方，加十字在中央，不得作「田」字道，又不得作「器」字商，「圖」也。』

趙世長（國老談苑）

趙世長以宗正卿北使，時九月，既宴，薦瓜。主客舉謂世長，曰：『北方氣候誠蚤，彼想未也。』世長曰：『本朝來歲季夏，此味方盛，故知其節物晚也。』主客大慙。

高似孫（見聞搜王）

陸放翁問高似孫曰：『比見都城綵帛舖榜曰：「翠色真紅」，紅而曰翠何也？』似孫曰：『嵇康《琴賦》曰：「新衣翠燦」，取鮮明也。東坡《牡丹》詩云：「一朵妖紅翠欲流。」』放翁爲之擊節。

桂老人

宣德中慈谿縣尹怪民風近刁，進里長喻之曰：「汝輩聞滅門刺史，破家縣令否？」一老人桂姓者答云：『某未之前聞也。但聞之《詩經》云：「愷悌君子，民之父母。」』令默然。

達魯花赤（焦氏類林）

達魯花赤八刺脱國公，倜儻爽邁，凡宴會，滿座風生。有請令者，公曰：『一字有四個口字一個十字，又一字有四個十字一個口字，不解者請一巨觥。』衆皆就飲，公徐曰：『乃「圖畢」二字也。』

王得用

王得用，年十九從父討西賊，威名大振。一日除樞密使，孔道甫上言：『德用貌類藝祖，宅枕乾岡。』因出知隨州。謝表云：『貌類藝祖，父母所生。宅枕乾岡，先朝所賜。』時人莫不多其言。

王平父

王介甫與呂惠卿論新法，平甫吹笛於内。公諭之曰：『請學士放鄭聲』。平甫即應曰：『願相公遠佞人。』惠卿深銜之。

元明善

元明善，嘗副一蒙古大臣出使交趾。瀕還，國王賮以兼金。蒙古受之，明善獨不受。國王曰：『彼使臣已受矣，公何因辭？』明善曰：『彼所以受者，安小國之心。我所以不受者，全大國之體。』王嘆服。

塵餘

曹宗璠　著

曾憲輝　點校

曾慶先　復校

題解

曹宗璠，字汝珍，江蘇金壇人，生卒不詳。明季復社成員，曾仕南明弘光朝，明亡以抗清入獄。著有《昆和堂集》《洮浦集》《南華泚筆》等。所撰《塵餘》，收入小説十篇，皆就古史所載翻空出奇，寄托改朝换代的悲憤。有《照代叢書》《説庫》《古今説部叢書》等，此以宣統三年一九一一國學扶輪社《古今説部叢书》所録爲底本，參校《説庫》本標點付梓。據楊復吉跋語，集中原有《眉嫵賦》一篇未彙入。

目録

塵餘……五五一
荆軻客……五五一
翟公客……五五三
豢龍氏……五五五
獄吏貴……五五七
梁罍樽……五五九
弋視藪……五六一
驚伯有……五六二
大椿……五六四
花蝶梦……五六五
故琴心……五六七

塵餘

荆軻客

荆軻客，軹深井里人。欲死國埋名，故史不著其名。學劍慕聶政之爲人也，游大梁，爲夷門侯嬴御。如姬既已竊兵符授公子救趙，恐晉鄙宿將專閫，見公子輕車來代，心狐疑再請。事敗，侯生令客袖鐵椎，鏦殺晉鄙。客謝曰：『吾所取者，秦王耳。胡嚄唶爲？』見朱亥，退游於衛。荆軻兄事客，弟蓄高漸離。軻與魯勾踐争博道，勾踐目攝之。客從旁躡荆軻足，默不應，俱遁去，遂游燕。荆軻、漸離酒酣，和歌燕市井中。已而相泣，旁若無人。客引軻至僻處曰：『慧掃尾箕，望氣來高丈餘，前赤而卬。聽都邑人民之聲，律中商，馬鳴悲，皆兵兆。渤碣之間，復爲長平也。』軻曰：『天道元遠吾倦游悲歌慷慨，敢於急人，惟燕趙士耳。新從邯鄲來，不忍去也。』客辭，謁蒼海君，目曰：『即有急，車折轅，馬蹶蹄，集轡至。』

燕太子丹不量力，欲報馬烏之耻，因田光先生跽請荆軻揕刺秦王，荆軻許諾。美人供帳，惟恐不得當也。軻遣高漸離之東海召客，未返。秦師壓燕境，事急。太子丹具駕，軻叱曰：『往而不返者，豎子也。少留，待吾客與俱。今太子急裝，豈疑軻畏强秦哉！』遂去不顧。荆軻提匕首刼秦王，不幸中銅柱，火燃。秦人誅荆軻。而客之易水上，太子丹與賓客白衣冠祖道處。高漸離擊筑，客起舞劍，泣下數行，歌曰：『壯士怒兮，入秦關。匕首摘兮，驚龍顔。鈹交胸兮，袖胡絶。白虹雌兮，仇未雪。誰報太子兮，徵聲竭。長平髑髏兮，飲血泣。』又歌曰：『東連三晉兮，搆强胡。齊楚遙起兮，策可圖。曠日持久兮，不能竣。四海縞素兮，倚鋸鋙。』與漸離分背別去。及始皇滅韓，張良破家報仇，從蒼海君偕客號力士。客語良曰：『自高漸離死筑，始皇不近諸侯客，無可爲者。今離穴遠游，可取而代也。』遂與良狙擊始皇博浪沙中。誤中副車，客歎曰：『始皇有天命，誰謂荆轲劍術疎哉！』始皇大索。客避地吴中，依項羽。

楚漢兵起，張良事漢，客事項王，號蒲將軍。與黥布、季布以少擊衆，常摧鋒冠軍。項羽威震天下，名聞諸侯，皆三人麄戰力也。客業從項王救趙，降章邯，夜阬殺秦卒二十萬於新安。入關焚咸陽宫室，手斬降王子嬰，持其頭祭荆軻墓曰：『吾可以報荆軻之志矣。』項王欲割瑯琊郡封客，客謝曰：『秦暴虐無道，故從大王率天下諸侯滅秦。今政由己出，封賞不均，漢王失職，陳餘快快，諸田亦未有所樹，而多王羣臣諸將善地，是動天下之兵也。不忍見父老子弟，再罹鋒鏑。且臣與荆軻刺秦王，義不獨生，以秦未滅，故烏視禽息。今臣事畢，願從荆軻九原之游。』乃自刎荆軻塚傍。后田横之客聞之，五百人咸伏劍殉也，所謂畢命遂志義俠者乎！張良請漢王令有司歲以大牢祀也。

贊曰：『禍亂之起，豈可測哉！銅柱空燃，副車漫震，始皇自以天命在我，孰知其輿滿鮑魚，國墮璽易，竟在肘腋中軍令也。始皇坑趙卒四十萬，故殺扶蘇、弑胡亥，乃出趙氏公族。朔風蕭蕭，易水不寒矣。若客者，竭來何暮，無補劍術，以行道遲遲訴巫咸，不甚可悲乎！』

翟公客

羅雀可，曲逆人，一曰無終人，廷尉翟公客也。翟公鼎貴時，雀可造請門下，不避風雨。每召客，酒酣起舞，爲沐猴與狗鬬。侍喪以先往后罷爲助。兒女子耳語。日常移晷，夜視漏刻，惟恐金吾之警行也。翟公持刑平，彷于定國，廉不如，然所得貲財盡以奉士。車馬輻輳，擊鮮極歡，非投客車轄，不關門，門開常竟夕。而妻子自養，案上不過三桮。時張廷尉客王生，衆中命廷尉結襪，倨于廷尉。邑子不才，惟雀可最。后翟公官罷失勢，財緣手盡，賓客益衰。庭中露草蒙茸，門晝開，鳥雀乳子晒翼，可設羅焉。翟公令人召雀可，則已入公孫丞相府，脱粟飯布被。一日雀可車過巷，翟公老奴攬轡，雀可叱馭曰：『驅之。武安侯燕不敢后也。』明日始謁翟公。翟公曰：『君之體肥矣。』雀可欠伸于于曰：『羣兒自相貴，勞長者秉燭夜游。露晞，爲侍婢扶臥常失日。』翟公奉卮酒曰：『君貴人也，畢之。』雀可半膝席曰：『中聖人不能滿觴。』歌驪駒別去。

翟公心恨，欲聲其罪，鑄刑書，往訴梁內史韓安國。投牒安國曰：『朝盈暮虛，市道固也。曩田甲溺吾死灰，灰復燃，肉袒謝，吾笑曰：「公等足與治乎？」卒善待之。曷往謁中大夫主父偃？』翟公往訴中大夫，投牒偃曰：『始吾貧時，賓客不我内門，后吾相齊，客亦無復入偃之門。公長與諸君絶可矣。曷往訴北平太守李廣？』崔公往訴北平太守，投牒廣曰：『嗟乎翟公！天子之廷尉也。不愛金帛酒醴，以交雀可。雀可無大功可以稱者，今一旦失勢，掉臂去，是深負翟公也。夫賢者破家養士，而卒不得士之報，亦何以厲天下之節哉！向霸陵尉呵止故將軍，吾斬之。吾何惜三尺劍，剸負心人腹中，爲翟公報仇。』急遣符追雀可。雀可惶懼，念列侯惟魏其賢，且與李將軍俱戰吴壁下相善，遂齎千金叩頭求哀。魏其取金陳廊廡下，諸名士過，輒令裁取爲用，發書求解。灌將軍夫直入曰：『君侯何悖也！吾引繩排根，生平慕之后棄者，豈非爲賓客負人哉！雀可實應首誅，願溺其冠，唾其面。』遂坐堂上，雀可膝行伏地，灌將軍目眦盡裂，髮上冲冠，怒罵之，極詆其生平不直一錢。

雀可掩面狂走十餘里，遇鄭當時，觸車輪仆僵。當時下車扶起之。問故，雀可淚下承睫，内氣煩寃曰：『奴即負心，賢豪長者同聲伐予，敢請罪，果何當當時賜之坐，侯喘息少定，乃喟然歎曰：『道喪交，交喪世，非一朝夕之積也。美哉，優優乎，韓内史柔不吐，剛不茹，君子也，然太恕無崖崿。介哉鏗鏗乎，人之無良，投畀豺虎，然偃賤新貴絶人，足自發舒。若翟公既淪落，吾深愛其昔之情深也，一麾豈足酬寵哉。猛哉飛將軍，奉辭討罪，是謂俠烈，其猶有朱家郭解之風乎然負心人實多，安得匕首遍剸之，吾懼其既也。美哉醜而曲暢，誅而不虐，斷頭穴胸，不如撫心自疚，抱愧欲死，其在灌將軍之怒罵乎？其在灌將軍之怒罵乎？』於是雀可面無人色，匍匐而歸，終身不敢見翟公也。

贊曰：蕭朱結綬，王貢彈冠，史策以爲美談。繼其道者誰歟？世人輒以張耳、陳餘爲解，曰賢者不免。夫張、陳命争呼吸，位異侯王，以懟憤凶終，賢者猶鄙之。矧今所争，不過毫釐，輒掉頭不顧，且投石焉，何哉？此古人抱石沉河，不願長視于世也。

豢龍氏

夏后孔甲有二龍降於廷，枝角長髯，巨鱗熻艴，睛火奔電，尾雨摇雲，踁踱叫奡，仰首求食。孔甲執醴烹駒，廷揖之。言語不通，精色莫授。孔甲慨然曰：『時乘六龍，今遂無其人乎？』擾鱗氏進而對曰：『龍之爲物，神與化嬗，潛躍在淵，飛見在天，亢暘則變，乾動坤旋。今離其天淵之位，失其雲雨之勢，困處廷椽，毋乃君德之不建，故有鱗蟲之孽，君其放之河濟，而恭默乎黼扆之先。』孔甲怒，執劍從之。

猶龍氏曰：『君毋怒。擾鱗言戇，殺諫臣不祥。臣聞典故有擾龍氏、豢龍氏，君盍召二臣而問之。』於是擾龍氏進而對曰：『龍有性，有情。古者，龍遂其性，嗜欲不形。大海洋洋，吐納百靈。風雨以時，禾黍用成。其時有水政，而無龍師。龍之與人居也，其在中古乎。吾祖父實世其官。潔其水源，時其動静，飢則授以魚鱣，怒則鎮以鑌鐵，雖導其情，而無敢逆其性。每雷雨作，鼓鬣飛去者九之五，用是去來不常，而吾沼中時有蜕骨焉。』豢龍氏進而對曰：『擾龍之術工矣，猶未盡其巧也。夫龍得其情，而性可揉也。臣與龍同起居，文身斷髮，行臥蘧蘧。臣能使龍飽，豹胎象炙，和以魚膾之餌。臣能使龍飢，橘皮芍藥，襍以枳木之葅。臣能使龍喜，雌蛟牝馬，煖日浴波而騰踔。臣能使龍怒，雞羽㲋血，悲風鼓浪而騷除。屈伸聽臣而偃蹇，涎唾惟臣之割取。使其同類，曾不得同川而煦沫，又况鰕蛭之儔，能進讒而呪詛。于是龍一日失臣，則涕泗連連，心煩意寃，雷雨不敢激，風雲不敢隨。涣其江漢之都居，而惟吾刀俎之宰屠。究其所以，失飛騰之靈性，惟嗜欲見端，遂一往而不可圖也。』於是孔甲大悦，畜二龍於沼。豢龍氏醢而進焉，孔甲食之美，復求龍炙。

豢龍氏懼，逃之大澤，龍皆遠徙，翺翔而不肯下。居歲餘，雷聲殷殷，有神人仗劍宣策曰：『久矣。夫龍之爲盛德也，餐惟沆瀣，飲惟甘露，膚寸雲合，滂沱千里，上帝所駕，烝黎所仰。禍在奸人，誘設馨香，貪餌迷性，竭澤屯膏，遂使海沸波騰，郊原赤旱，百神怨恫，殛死無赦。』是日豢龍氏子孫盡爲雷火焦腐。於是豢龍之術不傳，而龍種乃復神靈於天下。猶龍氏退而語人曰：『嗟乎！龍惟乘雲御空，故爲貴耳。營情飲食，乃蚯蚓之弗若。賈生有言曰：「使麒麟可縶而游兮，曾何異乎犬羊。」彼龍亦惕然自省也哉。』

贊曰：吾聞孫思邈得龍宫醫方，則龍之飲食嗜欲，當與人同。古之世，龍與人狎居。以水政修，而人能其官也。然亦褻矣。語曰『白龍魚服』，既魚服矣，焉能禁人之不綱罟也。然陸機、張華，皆曠世逸才，迺沃龍胙，報以戮死，則龍其可胙乎哉？《易》曰『雲從龍』，又曰『龍戰于野』。有從無戰，其在亨利之際乎？

獄吏貴

漢承秦弊，刑罰煩嬈。俗吏虎而冠，武帝更摩牙而厲之。內有掖庭詔獄，入者輒靡爛以死。外有廷尉獄，又多設司奸校尉，伺察幽隱，投鉅公卿，兼以巡方糾覈，防其復振，必宿陷穽中。遠郡惡少年，受當途旨，蜚誣故侯，以報宿怨。於是章滿公車，人滿北軍。縉紳惴惴，慮無不可，日暮入獄矣。民間爲之謠曰：『牢耶獄耶，百官圖耶。印何纍纍，綬若若耶。』囚室踴貴逾長安市價，吏務鷹擊毛鷙爲治。間有平反，吏宰相輒駁覆，或并機繫。夫殺人以爲功，人猶爲之，殺人以避禍，雖賢者不免。醫過厲門，不同簋食，恐其累己也。每奏讞，罪臣撫心呼冤。吏曰：『無益。吾不惜以身爲殉，徒兩敗，且益重君累。君幸獨坐。命矣夫！』罪臣飲泣無以應。深文微辭，律加數等。久之，習爲固常。仍駁覆，又復加等。歲月淹滯，穢毒薰蒸，多有耐罪以上，而尸僵囹圄，遠魂不歸。孤子破家，迎喪萬里。每一案結，鬼薪白粲，則囚伍瀝酒以賀曰：『免荷戈萬里行也。』謫戍則叩頭皋陶廟前曰：『得生過里門也。』

宣帝在民間知苦吏急，然亦尚綜覈。地節黃龍時，四方無虞，單于來朝，頗修神祠，集方士，蓋意在緱城三神山之間。偶讀《高帝紀》至叔孫通定朝儀曰：『乃今知皇帝之貴也。』宣帝曰：『神仙貴耳。』于定國曰：『今時惟獄吏貴耳。』帝默然久之曰：『漢治襍霸，莠盛苗穢，何可不鋤。今刑政肅清，下無冤民，而廷尉詭辭獄重，刺譏朝廷，豈直反唇腹誹。有説則可，無説則死！』定國免冠頓首謝曰：『此非臣之言，絳侯周勃言也。勃身與項王力戰，芟除吕難，手授璽槃文帝肘下，以單辭下獄，饋獄丈千金，出語人曰：「吾嘗將百萬軍，不知獄吏之貴也。」雖然，絳侯猶功臣，非社稷臣。蕭相國何，撫循三秦，轉餉千里，收圖書、定律令，功在第一，帶礪河山。一旦下獄，則頭搶地，訥不能出聲，雖然，蕭相國功高，猶人臣耳。陛下爲皇曾孫時，居郡獄邸。非賴宗廟之靈、丙吉之忠，死拒使者，命夜閉門，則是太山大石横自立，而上林柳葉蟲空食字也，曷能子元元，臨萬國，爲中興首哉。』於是宣帝感慨悽愴，惻怛于心。下詔曰：『昔有虞氏畫衣冠，異章服，而民不犯。今中都官歲斷獄以萬計，而貴人之牢，魚鱗蝟毛，有一部縉紳之謡，非所以養賢士，尊朝廷也。股肱心膂，誼易隆焉。猜禍吏義縱王温舒等，子孫已被誅戮外，永錮則列不士流。中璫恭顯巧僞深賊，睚眥中傷，天下重足一跡，其徙歸故郡。丞相公孫賀逐捕大俠朱光世，以坐論之職，躬親搏擊之誅。蒼鷹乳虎，甘爲魁宿，傷和陰陽，變逆天地，其盤水加劍以殉，與天下更始焉。』由是疏幽滯，釋沈枉，舉廢格。韓安國，徒步也，起爲御史大夫。張敞，亡命也，起爲京兆尹。黄霸，長繫也，起爲丞相。蕭望之，對簿也，起爲太傅。破觚而爲圓，斲雕而爲樸，綱漏吞舟之魚，吏治蒸蒸，復覩文景之化焉。

贊曰：路温舒曰：『治獄之吏，皆欲人死，非憎人也。治安之道，在人之死，如是吏安得不酷。亞夫之功，楊惲之才，京房之術，皆不能逃死于獄。冤乎哉，冤乎哉！微直爲長我王國也。

高大其閭，掃除其墓，獄吏聞之，亦知警乎哉！』

梁罍樽

自古將相權勢之家，曷嘗不寶珠玉鼎彝，爲子孫之鎮者乎？然貧者不能有，有者不能守，即能守矣，不過一二傳，爲新貴攫去，且更得奇禍焉。懷璧之爲罪也，豈獨匹夫哉！

昔梁孝王，景皇帝幼弟，有平吴功，建天子旌旗，出警入蹕，連城數十，免園亭館臺池，窈窕三百里，游士垂橐，妖女驂乘，庫内黄金四十萬斤，他物稱是。可以守寶器者，莫孝王若矣。孝王寶一罍樽，趙璧發耀，鍾玦澄輝，鏤畫之巧，龍翔鳳戛。孝王戒李太后曰：『他物雖千萬可與人，此樽不可與也。』后孝王子任后開庫，直取去。李太后欲對漢使奏其狀，闔門咋指。竟日啼，不得與漢使語。事聞，王坐不孝，國除，樽入内帑。王舉睢陽而棄之，何有一樽也。

昭帝時，娶霍光甥女爲后。后以樽賜父上官桀。時有充華侍側，年且老，曰：『樽不可賜也。昔先帝封禪，羣臣上頌，敬舉此樽。呼韓來朝，稽顙甘泉，再舉此樽。今以賜桀，恐桀德薄，不足以當之。』后不聽。光夫人顯從桀家見樽，欲得之。桀妻以后賜，不敢予。桀曰：『予之。吾且弋光之家，何愛焉。逐麋之狗，寧顧免耶？光死，樽將焉往，猶外庫焉。』歲餘，光先誅桀，樽遂爲霍氏有。顯愛監奴馮子都，用樽爲合歡之巵，乘五彩輿，淫酣第中。霍氏敗，樽復歸内帑。時充華尚及見之。曰：『吾固知上霍之德不長，願官家齋戒神明，祀天享神，毋爲淫褻用也。』

哀帝復以樽寵董賢。王莽力争，帝曰：『吾欲法堯禪舜，君其争天下，毋争樽。』賢死，樽歸莽。莽語其子宇曰：『罍樽之禍人久矣。惟余功德高，符瑞駢臻，四夷仰沫，克享帝心，宜有此樽。』遂觴于祖廟，令良工刻其旁曰：『新都温柔鄉。』莽居攝，益慕古制。遂取高祖斬蛇劍，位司馬，封毓黄侯曰『赤精子，』火生土也。取武帝汾陰鼎，位秩宗，封氲黄侯曰『黄雲氤氲，』兆土象也。取傳國璽，位冢宰，封鎮黄侯曰『秦水德，』惟土尅也。并罍樽爲四，位司徒，封液黄侯曰『酒養脾，』滋土膏也。莽以土德王，故皆稱黄云。鑄印佩綬，執金吾捧以自隨。后翟義兵起，莽憂懼不知所爲，疑漢家寶物爲祟，遂埋斬妖劍于玉門關外。曰邊遠謫戍，汾陰鼎折一足尚饍。曰鬼薪白粲，罍樽漏不可盛漿。曰冠帶閒住，惟傳國璽爲孝元太后擲地損一角。且秦時物，符璽郎猶用之曰『革職爲民當差蓋用以相壓勝』云。四寶在莽世已不能守，况漸臺火起，玉石俱燼時乎。

人壽不滿百年，自少至老，與化俱徂，形骸且爲異物，乃問殉含之器哉。完毁數也，去來時也，得者矜之以爲榮，失者蹙然以爲恨，悲夫！

贊曰：『珠玉穢矣！若鍾繇之筆法，桓元之書畫，奇章之石，贊皇之草木，皆雅人韻事。然轉盼之間，已爲陳迹。雲影漾目，鳥聲娱耳，而必欲據以爲己有，架蜃市之樓臺，植空華之枝葉，腐鼠固不足以嚇鵷雛也。』

弋視藪

有客鍜羽倦游，琴樽寄傲，求養生之術，傳教子之書曰：『隱如是，足矣。』一日讀史，至梅福棄妻子，變姓名，游會稽，爲吴門卒，乃廢書而歎也。何居乎妻子爲綱羅，姓名爲鋩刃，豈真得已哉！

夫士當入朝建論時，賢賢奸奸，目光如電，其爲射的固宜。若夫釣鮮採緑，身世兩棄，吾方以爲羲黄上，而忌者猶以爲檻中物也，其禍豈可測哉！故賢者隱文埋名，至死不見。倘影響流傳，刄汚頸血矣，是真不可赦乎。或曰人才有屈伸，天道有往復，時雖蟄藏，其人尚在，一朝攝柄，龍飛豹變，故痛斷根株，聊以固吾圉也。或曰怨毒之于人甚矣哉！故吕后裂呰于人彘，武安蜚語于魏其，雖途困勢窮，而報必過，當取快俠腸，遂負慚義憤有弗惜也。或曰秋氣肅殺，實關天運，故嚴霜先屑于喬林，烈風必墮乎危石，正類前凋，黔首鼎沸，命也，于小人何尤焉。或曰名壽不可兼得，義利必至相仇，故利器發硎于盤錯，卞玉泣血于刀鋸，質碎廷階，馨留青史，造物固欲成是人耳。或曰山林之人，感憤悽愴，既與以著述之暇，復恣其姍嘲之態，故王允甘心于蔡邕，禰衡隕身于黄祖，使漢史不作，鼓撾無聲，爲身后計勞且遠也。持諸説而問之當塗之人然耶否耶？昔司馬相如有云：『焦朋已翔于寥廓，而羅者猶視乎藪澤。』夫藪澤固鴻雁之死地也。若士大夫之藪澤，乃寥廓之外矣。弋者彎勁弓而施新繳焉，將何所逃死哉。世之治也，雖陸沉金馬門可也。朝之戰也，泌水洋洋，皆元黄血也。

客採藥游會稽，求梅福故里。草長雲迷，不知其蹤。歧路豐襍，莫辨西東。坐而假寐，梦一羽士蹁躚揮麈曰：『子訪梅福之居乎？環會稽皆山也，長松合抱，流水潺潺。子絶賓客，碎筆硯，焚詩書，採薇煑蕨，蒲團夜坐，當有梅福往來其間。唐人云：「只在此山中，雲深不知處。」避秦人仍要桃源耳。』客曰：『賤子愚昧，敢問子將高標月旦，阮籍不置臧否。夫否否，實應受筆舌之禍。若夫臧臧，善氣之迎人也，曷爲招尤哉！』羽士曰：『天下善人少，而不善人多。子與善人游，不善人皆欲殺之矣。』客憮然起曰：『先生其梅生耶？何言之切也。世傳生仙去，敢問服食之術。』羽士曰：『坎飛朱雀，離麗流珠。金華先倡，鉛粉同居。鎮歸厚土，戊己爲廬。寂寂守夜晦，晶晶滿太虛。彈無懷之絃，而乘混沌之車。』客乃儻然止，贅然立，心與天游，貎人而蟄。巧專于削鐻，神凝于蜩翼，又何難嬰兒衛子，海鷗趙石。于是醒而爲之記曰：『余今而可以免弋者之慕也已。』

贊曰：昔父老吊龔生，薰以香自燒，膏以明自煎。然則薰可變爲茅，膏可化爲石歟？值香于幽，藏光于晦，其有物物而不物于物者耶？内視元牝，頤養谷神，超超塵外矣。然叔夜凝神，終傷韻雋，子瞻學道，猶恨才奇，習氣難除，刀鋒海瘴，亦戒心也夫。

驚伯有

或問于客曰：『鬼信無乎，伯有何以稱焉？』客曰：『無無，有有。』或曰：『何謂也？』客曰：『混沌之前有鬼乎？』或曰：『混沌氤氳，誰爲搆精，未有人，焉有鬼。』客曰：『混沌之時，陰陽未摶，太極包裹，寂静虚明。佛擬之爲覺，老擬之爲元，儒擬之爲性、爲良知，皆在形似之間，此人之所由生也。抱純一，寓陰陽，動静云爲，各歸其根。至于氣散神升，而我與天，統歸太極，又安得于其中分孰爲天之靈、我之靈乎？乾坤總是法身，五行妄爲别相，此之謂公我，此之謂無我。我且無矣，奚有我靈之影現乎？惟夫識情未滅，繫着纏綿，因而游魂爲變，凡鬼皆魂之游而未歸者也。莫然無魂，乃與道俱。彼之爲神靈血食者，其亡子之弱喪而無家者耶，不亦勞耶？故覺者歸之路也，識者生之役也。生爲識所縛，死爲識所留，取精多而用物宏，魂魄能無滯歟？故夫伯有，强厲之魂也。申生之妖梦，黄熊之索祀，怨憤之魂也。叔帶持腰而泣，君子立社而謀，喪敗之魂也。彭生立豕而墮屨，如意爲狗而撠腋，寃報之魂也。又若忠臣怒濤，孝婦赤旱，又若輔嗣談《易》，叔夜揮絃，師延譜濮水之音，王勃吟『落霞』之句，皆英雋絶羣，齎志長没，金石不毁，音響如存。又若夔岦罔象，方皇委蛇，興雲灑雨，獻瑞呈符，鬼類衆夥，不可殫記。湛寂海中分一勺，圓明鏡裏逗餘光。當其情斷想空，則烟銷泡滅，故有鬼乃識波之相織，無魂斯智照之圓明。生從何來，死從何往，一太極而已矣。

或曰：『蜕形歸虚，達人了悟，乃書傳所載。召帝廷而剪土，梦曾參而孕子，豈彼聖賢，未安寂静，猶有往來歟？』客曰：『至人滅迹而存神，凡夫見焰而取影，目眚忽覩狂華，青紅殊色，鼻觀偶調氣息，黑白分形，苟業緣之欲感，遂象罔之若來，想由己作，體絶彼生，斯大千同往于覺中，而下學不隔于靈路也。故蛤端佛象，鱔誦經聲，盡萬類以含宏，而如如不動，包三界以出入，而寂寂常依。法位常存，性本無生，鬼之有無，可無容置喙矣。』

贊曰：或問吾師，惟彼悮人，死歸太虛，愚夫魂散，淒風苦雨，借問二空，作何分別？吾師曰：『咄！虛空止一，不應有二，誰見淒風，誰見苦雨，若有見者即墮風雨。惟其無見，故住虛空。擬議即非，攝衣從之。』

大椿

莽蒼之野，有大椿焉。根榦蟉結，枝葉鱗獵。鴛鸞孔雀巢其巔，虎豹猿猱鳴其側，奔流急湍經其前。八千歲爲春，八千歲爲秋。下有茯苓肉芝，朱砂琥珀，纍落擁護，而終其天年。

時有朝槿從而笑之曰：『余也，朝陽發葩，迎春之淑。夕陰落英，避秋之肅。曾撫景之無幾，而霜露之已渥。不若子之支離偃蹇，流膏腐節，與造物爭千百年之壽，不病夫形拘而氣潺。且子矜千六百年爲久乎？自元會扐數，孰知始終？無首無尾，暫據其中。故投千六百年于造物之冶，一若潮汐之奔汛，而呼吸之鬱滃。自堯舜至今，僅四千餘年，誅伐竄奪，貧愁仇怨，不知幾千萬變，尚未足盡人事之紀，而徒攬乎純白之胸。今見子薅收之届期，將根摧乎烈風。』于是大椿瞿然懼，畫然悲。怨甘露之無征，痛月華之難潤。苟有形而必灰，自與土而俱燼。訪南山之梓，朱絲纏於兒髮。問嶧陽之桐，緑徽斲乎匠刃。欲躍冶于陰陽，非得道其何印。乃曰：『吾聞藐姑射之山，有神人焉。順風而請衛生之經。』

姑射山人曰：『二五搆精，搏而爲生，復歸太極，湛然無形。子但見青葱峭倩，葉蕋實繁，以爲子之靈也耶？子土爲芽，水爲滋，方其蓁蓁泥泥也，而精已銷亡二三矣。其奕奕灼灼也，而精已消亡五六矣。其纍纍磊磊，顯仁藏用，而精已銷亡八九矣。皆争妍獻腴于人，而忘其自爲妍自爲腴也。子欲問養生，其問之土未芽、水未滋之初。』于是大椿喟然歎曰：『毒哉！道之爲物也。靈非我有，道實爲之，其奈之何哉！願自今以后，造物者爲其混沌，勿爲開闢。爲其斂枯，勿爲芽茁。爲其鴻蒙，勿爲分别。何堅何脆，何壽何天，何聖何愚。日掛扶桑，枝焦腐乎陽烏。月種丹桂，根蠹食于蟾蜍。又何况后凋之松柏，與凌霜之栟櫚。養生之樂，空粲齒而的皪。傷生之悲，徒蹙頞而囁嚅。吾其解形釋神，與道涬溟而同居。』

贊曰：心即天無我義，天即心無物義。物我無渾，天體一勺。流全海水，又烏知江耶，漢耶，濟耶，河耶？各派之支委，其聚其散，聽乎天機，合其湛寂至已。一影若留，爲輪廻，爲妖孽。野火焚時，天地烈燬。

花蝶梦

蝶之類有幾？蠐螬之蟲化爲胥，陳麥之穗化爲灰翅，雜花之蕊化爲白鬚，義夫貞婦之魂化爲錦裾。夫爲化者神，將化者機。至于化，則物于物矣。化而出乎機，合乎神。以天合天，莫良乎夢。故黄帝夢風力，殷高夢傅，孔子夢姬，尚矣。若高惠、張敏夢中相尋，不識路而返。少陵夢太白曰：『恐非平生魂。』則其神未全也。若因羊夢馬，因馬夢輿，旗蓋鼓吹，身爲王公，則魂之游，非精神之極至矣，不大可哀耶？吾聞莊周隱几喪我，而夢爲蝶，栩栩然蝶也，不知其非蝶也。

蝶好游于花林，棲于香圃。則有剪綵爲花者，蝶曰：『戛戛乎！』則有玉樹青葱者，蝶曰：『侈言無騐，左思猶譏之。』則有初日芙蓉者，蝶曰：『麗矣！三人捉衣裾，四人攜坐席，吾悲其風之靡也。』則有南國檜蘭，西方卷耳，闕里之椒，九嶷之梧者，蝶曰：『中古媛媛姝姝，學一先生之言，僅堪一托宿焉。吾聞崑崙之巔，有竹千尺，聲合鳳之雌雄。裹糧從之見，伶倫足迹，興盡而返。于時彷徉元氣之外，逍遥無極之上，不棲息人間者千餘年。』而有江郎心頑質啙，偏好冥嘿，夢琪花滿管城，蝶乃喜曰：『此花布種于蜺高，植根于混沌，含英落實于燧媧羲軒，非江郎之所能有也。神明所住，偶一見之。吾知其有才盡之患，亟取而爲吾廬焉。飢則餐奕奕之光，而莫識其色。渴則飲濛濛之濕，而莫挹其膏。静則嗅霏霏之香，而莫辨其氣。醉則宿莫莫之帳，而莫空其房。其在花林也，猶其在元氣之外，無極之上也。樂乃忘疲，乃屏鶯郤燕，囚鵲牿峰，以一丸泥塞天台之徑，而斷武陵之津。』

時有蛺蝶，東飄澹淡，闖入其境，大聲疾呼曰：『爾蝶也，予亦蝶也。予鬚娟如，予翼浮如，予身蠕如，予舞翩如，而奚獨予鄙也？』花中之蝶曰：『噫！爾不知夫非蝶也，又曷知夫非非蝶乎？爾能擬吾之形貌，而遺吾神理，竊吾之文章，而遁吾天機，止堪作穢史耳，而孰蘧蘧，而孰于于乎？』于是移四海水爲花溝洫，提五嶽之尖爲花虎落。凡梦熊者，梦魚者，梦虺蛇者，梦蕉鹿者，皆擯之若敵國，不與往來。惟夫草元亭而九苞吐羽，賦赤壁而元裳戛舟，召以爲附庸焉。

太史氏曰：蝶與花相遇于梦。天者爲之。工部云。『穿花蛺蝶深深見。』非天也。何以深而又深乎？以人力獵古人之精英，而遽欲作古，是猶魏收之呼莊周也，豈足語化哉！

贊曰：蝶以幻造，黄粉何萌。花以空殖，紅脂何情。領其光氣，窈冥飛鳴。蟲蟄莖枯，春氣獨行。梦者知之，元天乃成。騰翼採英，海水泓泓。寄語覺人，心何能精。

故琴心

卓文君故夫，或曰程鄭子，名臯。或曰巴寡婦清之子，名臯。以鑄冶成業，富埒卓氏。臯弱冠娶文君，披纖羅，垂霧縠，羽翠葳甤，明珠的皪。定情之夕，嬌啼宛轉，倩粧在臂，薌澤微聞，綣如也。臯與司馬相如善，相如口吃，而辭賦靡麗。臯齒若編貝，口若懸河，日誦萬餘言，而尚書給筆札則自爲不及相如也。兩人師事張禹。禹好奢侈，后堂列絲竹管絃。兩人與戴崇俱得至后堂宴。麗人揚清角舞折盤，相如輒含喜微笑，竊視流盼，臯精爽無異。出，相如問之，臯曰：『物各有極，尤者移人。内子眉色如遠山，臉際若芙蓉。彼姝者子，幽蘭之棘枳也。吾侍兒澹服微睇，猶羞與爲伍。』于是知文君之姣好也。

文君弄琴，富文藻，每與臯分事類征故實，以多寡爲賞罰，皆奇繪物。一日臯負，歎曰：『惟司馬相如能助予。每奏賦，令我飄飄然有凌雲之志。』文君放誕，心憐才，遂慕之，私語侍者曰：『司馬相如可一見乎？』已而臯有消渴疾，痛朝曦之促節，惻白璧之分珪，作《黑頭吟》，其辭曰：『遠別必掩袂，長歸寧不啼。已知身是客，素手猶相攜。没若雲中星，散若水上萍。恩愛一時盡，猶能見形聲。形聲從何來，羅幃燈熒熒。髮緑草已青，顔紅淚亦紫。但得魂相憐，何必要以死。合歡何勞勞，訣別何草草。旦暮不相知，百年安能保。』且曰：『我死，寄生于吴枚氏子，仍名臯。后十五年，與汝相見于茂陵，不吾避也。』遂以卓氏僮百人，錢百萬，嫁時衣被財物還文君。文君泣，目盡腫，作誄哀之，辭曰：『良人本豪族，艷藻何翩翩。作賦羞鴛枕，催粧落碧鈿。何期結髮意，入門遽棄捐。殺身良不易，拉血亦空煎。佇竢靈之至，梦中訴纏綿。』喪畢，遂歸王録孫。而司馬相如適從梁倦游歸。相如爲梁上客，孝王取國中民家有女者，以待游士而妻之，屢欲妻相如。相如心慕文君，必得蛾眉如卓氏，故不屑也。及聞文君新寡好音，遂與臨邛令赴王孫召，以琴心挑之。侍者監牛酒賜相如車騎，相如因厚遺通殷勤。侍者語文君曰：『求凰者，相如也。』竊從户窺，心悦。夜亡奔相如。

初，臯欲作《上林賦》，已屬稾半，既心不樂曰：『《子虛》，虛言也。烏有先生者，烏有此事也。亡是公者，亡是人也。空花無蒂，鏡蕊難攀，殆不祥。』焚之。文君語相如，相如曰：『庸何傷。南箕翕舌，織女七襄，比興之流耳。』卒成賦。而相如年亦不長。相如奏賦爲郎，携文君居茂陵。時吴郡枚乘孽子臯，亦待詔金馬門，頗省憶前身事。見相如文遲，欲以速駕之。然拙，卒工不如。天子以優俳畜之，不貴重用事也。相如病消渴死，枚皋以鬼事見文君。文君業失身相如，不願見也。垂簾爲鼓琴一曲曰：『故夫雖有言，幽明路隔，愧不同衾，得同穴足矣。』文君再寡，猶在盛顔。居頃，家僮多竊貲逃。文君作誄哀相如，鬱鬱不得志死。枚皋送其喪還歸臨卭，與故夫合葬焉。而相如娶茂陵女，爲文君《白頭吟》嫁他人婦者，適夫亡，寡居，遂守相如塚云。

太史氏曰：世藉口夫之悔乎？余以愧夫變節事人者，而挑故琴之心焉。

贊曰：羅敷有夫，文藻瑯玕，設也狡童，怨不勝彈。嗟乎！文君。雙偶蓀蘭，琴心方協，哀誄再歎，爲歡幾何？帳冷燈殘，月照秦蜀，香魂兩寒。

嘗讀弇州山人所著《短長歎》爲補闕，求間得未曾有，茲更擴而充之。蓮花湧舌，玉屑霏霏。文人筆底，具有化工。彼鑽故紙堆中守兔園册子者，正未梦見也。集中尚有《眉嫵賦》更爲瓌艷，惜屬有韻之言，不克彙入此編爲憾。丙申仲夏震澤楊復吉識。

婦人集

陳維崧　著

歐陽健　點校

題解

《婦人集》一卷，題宜興陳維崧其年著，如皋冒褒無譽注，新城王士禄西樵評。陳維崧（一六二五～一六八二），字其年，號迦陵，宜興人。補諸生，久不遇。康熙初，應博學鴻儒科，試列一等，授翰林院檢討，與修《明史》。著有《湖海樓集》《迦陵文集》等。《婦人集》有海山仙館本、《香豔叢書》本，今據以校點。

婦人集

長平公主。孫承澤《春明梦餘録》曰：『公主名徽娖，明思宗女，周皇后産也。甲申之變，御劍親裁，傷頰及腕。越五宵旦，復甦。順治二年，上書今皇帝，甚有音旨。書曰：「幾死臣妾，跼蹐高天，髡緇空王，庶申罔極。」』先是，主議降大僕公子都尉周君名世顯，至是詔求故劍，仍館我周君焉，尋薨。張晨《長平公主誄》曰：『當扶桑上仙之日，距穠李下嫁之年，星燧初周，芳華未歇。』又曰：『公主葬彰義門之賜莊，禮也。』

明思宗田貴妃，維揚人。性明惠沉默，寡言笑，最得帝寵。吴偉業《永和宫詞》曰：『貴妃明惠獨承恩。』甲申李賊入燕，妃先一年薨。

長安女尼妙音，舊先帝時宫人也。國破後出居民間，祝髮於北城之文殊庵，與海昌相國居址相近，常出入相國家，談宫中舊事及甲申三月事甚悉。言十九日夜漏欲盡，先帝徧召内人，命其出宫避賊。是時黄霧四塞，對面不相見，帝泣下沾襟，六宫皆大哭。又言宫中侍姬，都以青紗護髪，外施釵釧。自遭喪亂，香奩寶鈿悉爲人奪，惟存青紗數幅，猶昭陽舊物也。吴江吴兆騫《白頭宫女行》云：『長安女冠頭似雪，曳地黄絁縣百結。手執金經淚暗流，云是前朝舊宫妾。』又云：『一托香台已十秋，每談遺事自生愁。室中漫禮金仙席，夢裏還隨玉輦遊。』『惆悵生年遘陽九，戒珠持徧甘衰朽。天家龍種尚飄零，賤妾蛾眉亦何有。』『晚樹沉沉禁苑斜，山川滿目思悲笳。傷心欲到扶風市，零落金箱憶漢家。』

鄭妗，故襄王宫人，遭亂，爲沔陽漁人所得。常椎髻跣足釣於黄金湖頭，獨著慘紅袙服，云是襄妃物也。見董以寧《楚遊聞見録》。張獻忠假楊嗣昌兵符破襄陽，事出倉卒，宫中無得免者。妗奉命往凌儀賓家送生日銀綵，因匿藻井上獲免。又聞賊盡斲城中婦女纖趾囊之，酒間賭勝。妗之跣足，意或悼此。見原注。

姑蘇女子圓圓字畹芬，戾家女子也，色藝擅一時。如皋冒先生嘗言：『婦人以姿致爲主，色次之。碌碌雙鬟，難其選也。蕙心紈質，澹秀天然，生平所觀，則獨有圓圓耳。』崇禎末年，戚畹武安侯劫置別室中。侯，武人也，圓圓若有不自得者。李自成之亂，爲賊帥劉宗敏所掠。我兵入燕京，圓圓歸某王宫中爲次妃。吴縣葉襄《贈姜垓百韻》詩有云：『酒壚尋卞賽，花底出圓圓。』按卞賽亦金陵名妓，家伯兄有贈畹芬絶句：『瀟湘一幅小庭收，菡萏香餘暮色幽。細細白雲生枕簟，夢圓今夜不知秋。秋水波迴春月姿，淡然遠岫學雙眉。清微妙氣輕噓吸，谷裏幽蘭許獨知。』

臨淮老妓某，戚畹府中净持也，後爲東平侯女教師。甲申京都失守，侯欲偵兩宫音息，而賊騎充斥，麾下將無一人肯行。伎奮然曰：『身給事戚畹邸中久，宜往。』遂易鞲鞢持匕首，間關數千里，穿賊壘而還。戚畹蓋田貴妃長兄，東平侯劉澤清也。

金屋恭順侯侯名吴維華姬人，父筆工也。幼穎悟，讀書善强記，侯寵之專房。一日，偶有他事失侯意，錮别室中，姬乃以小赫蹏作書叙其辛楚，中有《長生殿》卷中人語，侯見之，不解所出。典籤某曰：『此用玉環、崔徽二事實也。』侯大喜，即日迎歸邸第，寵愛如初。蘭陵鄒推官有《金屋歌》，歌長不載。

寇白門，南院教坊中女也。朱保國公娶姬時，令甲士五十，俱執絳紗燈，照耀如同白晝。國初籍没諸勳衛，朱盡室入燕都，次第賣歌姬自給。姬度亦在所遣中，一日謂朱曰：『公若賣妾，計所得不過數百金，徒令妾落沙吒利之手。且妾固未暇即死，尚能持我公陰事，不若使妾南歸，一月之間，當得萬金以報。』公度無可奈何，縱之歸，越月果得萬金。按姬出後，復流落樂藉中，吴祭酒作詩贈之，有『江州白傅』之嘆。

顧夫人識局朗拔，尤擅畫蘭蕙。蕭散落託，畦徑都絶，固當是神情所寄。顧字横波，合肥龔大中丞夫人。中丞名鼎孳，其《尊拙齋集》中『孤負香衾事早朝』及『不知何福得消君諸絶』，俱爲夫人詠也。

人目河東君風流放誕，是永豐坊底物。河東君姓柳名是，字如是，錢□□□□姬人。尚書築『我聞室』以居之，常於鴛湖舟中作百韻詩以贈柳。中有云：『河東論氏族，天上問星躔。漢殿三眠貴，吴宫萬縷連。瑶光朝孕碧，玉氣夜生元。』又云：『纖腰宜蹴踘，弱骨稱鞦韆。天爲投壺笑，人從争博癲。』又云：『凝明嗔亦好，溶漾坐生憐。薄病如中酒，輕寒未拆緜。清愁長約略，微笑與遷延。』君之風情與才藝，慨可見矣。

徐湘蘋名燦才鋒遒麗，生平著小詞絶佳，蓋南宋以來，閨房之秀，一人而已。其詞娣視淑真，姒畜清照，至『道是愁心春帶來，春又歸何處』，又『衰楊霜徧灞陵橋，何處是前朝』等語，纏緜辛苦，兼撮屯田淮海諸勝，直可憑衿。湘蘋，海甯陳相國之遴賢配，著《拙政園詩餘》初集，再録其《感舊》二首。《西江月》：『剪燭閒思往事，看花尚紀春游。侯門東去小紅樓，曾共翠蛾杯酒。聞説傾城尚在，可如舊日風流。怱怱彈指十三秋，怎不教人白首。』《水龍吟》：『合歡花下流連，當時曾向君家道。悲歡轉眼，花還如梦，那能長好。真箇而今，台空花盡，亂烟荒草。算一番風月，一番花柳，各自鬥，春風巧。休嘆花神去杳，有題花錦箋香藁。紅英舒卷，緑陰濃淡，對人猶笑。把酒微吟，譬如舊侣，梦中重到。請從今，秉燭看花，切莫待花枝老。』

或於舊台城内見二絶句云：『南朝天子一愁無，石子岡連元武湖。草緑離宫人不到，日長惟勅阮佃夫。』『臨春閣外渺無涯，烽火連天動妾懷。十萬長圍今夜合，君王猶自在秦淮。』中有字畫爲苔蘚剥蝕，或以意補之，詞意凄婉，類宏光時宫人語。宏光時，懷寧阮大鋮方貴幸用事，詩中所云佃夫，意或指此。

海昌彭幼玉名炎，進士孫遹從姑也。遺集一卷最新警，王十一曾以小密花牋，書其《銀河吹笙》一詩。詩云：『銀河吹徹玉笙遲，清漏迢迢睡覺時。巫峽雲歸俱是梦，鮫人淚滴盡成絲。霜衾抱月羞孤影，露葉驚風别故枝。』王偶遺記末二句，幽思怨緒，政自使人不能終曲也。《王推官集》中有《舟中懷彭十駿孫，時讀其從姑〈幼玉遺集〉》一詩，詩曰：『鳳脛燈寒共帝城，銀河小院語平明。蜀川消渴人如昨，洛水微波賦競成。寂寂武原春嶂遠，迢迢江浦暮潮生。謝娘柳絮班姬扇，欲向仙源上玉清。』

秣陵紀映淮，有秋柳句云：『棲鴉流水點秋光』，世多誦之。映淮字阿男，詩人紀映鍾妹也。漁洋山人《秦淮雜詩》云：『十里清淮水蔚藍，板橋斜日柳毿毿。棲鴉流水空蕭瑟，不見題詩紀阿男。』

計孝廉名果婦吴夫人善排調。孝廉故貧士，嘗置一妾，夫人揶揄之，曰：『古聞糟糠之妻，不聞糟糠之妾。如何?』見汪琬鈍庵《説鈴》。

吴江葉進士名紹袁三女，長昭齊，次蕙綢，三瓊章，俱有才調，而瓊章尤英徹，如玉山之映人，詩辭絶有思致，載《午梦堂集》中。瓊章有侍兒名紅于。天台泐大師序曰：『汾河諸葉，葉葉交輝。中秀雙株，尤爲殊麗。』

桐城姚夫人名維儀，無大師方簡討以智，法號無可姑母也，酷精禪藻，其白描大士尤工。所著《清芬閣集》，文章宏贍，亞於曹大家矣。

宗梅岑名元鼎母陳夫人，郡丞九室公名輔堯女，有婦德，兼工文詠。然唱隨外，不以示人，每有所作，梅岑欲受而録之，輒不許，恐言之出於壺也。臨終，取生平所作盡焚之，故不傳一字。梅岑每言及，痛手澤之不存，猶歎慕者久之。王吏部爲予言如此。

昭陽李夫人字季嫺游心元虚，託情道味，賦詩不多，殊復令人咨賞，可謂德音。夫人一字元衣，女子所撰詩集五卷，文集一卷。

石城卞元文名梦珏女曰吴巖子名山，夙擅詩歌西曲，諸女郎能音旨者，靡不宗卞。後適廣陵劉孝廉孝廉名師峻。吴梅村《〈西泠閨詠〉序》曰：『巖子著同聲之賦，元文賦嬌女之篇，辭旨幽閒，才情明惠。』又曰：『趙明誠金石之録，卷軸無存；蔡中郎蠹臼之辭，紙筆猶在。詩凡四首，今録其二：「五銖衣怯鳳凰雛，珠玉爲心冰雪膚。緑屬待兒春祓禊，紅牙小妹夜樗蒲。瓊牕日暖櫻桃賦，粉箋風輕蛺蝶圖。頻歛翠蛾人不識，自將書札問麻姑。」「石城楊柳碧城鸞，謝女詩篇張女彈。鸚鵡歌調銀管細，琅玕字刻玉釵寒。雙聲宛轉連珠格，八體穠纖倒薤看。閒整筆床攤卷素，棠梨花發倚闌干。」』

黃比部名永與夫人浦氏名映淥，字湘青，伉儷最篤。一日，鄒大名祇謨戲比部曰：『君得毋昔人所謂「愛翫賢妻有終焉之志」乎？』比部曰：『下官正復賞其名理。』夫人有《題周絡隱坐月浣花圖·滿江紅》一闋，詞云：『彼美人兮，宛相對，姍姍欲下。恰此夕，月華如洗，花枝低亞。盼到圓時仍未滿，看當開半還愁謝。與花神月姊細商量，歸來罷。憐嫩蘂，銀瓶瀉，廻清影，晶簾掛。奈晚妝猶怯，鏡臺初架。二十餘年芳草恨，兩三更後長吁夜。幾時將絡秀，舊心情，呼兒話。』附録艾庵往事《賀新郎》詞一首：『往事卿思否？十年來，幾嗔幾喜，相偎相守。漫道悲歡如水去，提起心頭都有。卿自買一觴一缶，笑拔金釵，閒指點點椿椿，欲説還搖手，恐化作皤然叟。何妨憒憒居人後，更誇甚筆搖千字，胸盤二酉。對酒當歌，卿試舞長袖，離披紅溜，爲卿盡先生五斗。醉看諸兒盡繞膝，待長成五岳容吾走，卿好做，尋山偶。』浦氏有詩名，比部弟京婦巢氏淑只亦能詩。

玉蜂顧文康小女名諟，亂後歸蘭陵董侍御。一日，與弟姪輩讌集，小有唱和。顧因笑謂阿甯名以甯，侍御從姪也曰：『著紅罽衫，弄虎邱浮圖甎，爲捉搦歌，新婦不如賢從；風日清佳，作曲室中語，爾時濯濯，賢從應亦不如新婦也。』侍御循環音理，大加撫掌。董以甯曰：『家嬸以國破家亡，流離不偶，每吟舊事，不勝椀嘆。嘗有詩曰：「舊婢僕來詢老母，嫁衣裳盡典空箱。」每吟二句，輒爲泣下，未幾云逝。家侍御刻其遺集百餘篇，顔曰「翰墨有遺蹟」。』

金沙王朗，學博次回名彦泓女也。學博以香奩艶體盛傳吴下，朗亦生而夙悟，詩歌書畫，靡不精工。尤長小詞，爲古今絶調。生平著譔甚多，兵火以來，便成遺失。嘗於扇頭見其《浪淘沙·閨情》三首云：『幾日病淹煎，昨夜遲眠，强移心緒鏡臺前。雙鬢淡烟低髻滑，自也生憐。不貼翠花細，懶易衣鮮，碧油衫子裭紅邊。爲怯遊人如蟻擁，故揀陰天。』（一）『疎雨滴青簷，花壓重檐，繡幃人倦思懨懨。昨夜春寒眠不足，莫捲湘簾。羅袖護摻摻，怕拂妝奩，獸爐香倩侍兒添。爲甚雙蛾長翠鎖，自也憎嫌。』（二）『斜倚鏡台前，長歎無言，菱花蝕彩個人蔫。分付侍兒收拾去，莫拭紅綿。　滿砌小榆錢，難買春還，若爲留住艶陽天。人去更兼春去也，煩惱無邊。』（三）才致如許，真所謂『却扇一顧，傾城無色』矣。又王吏部爲余言，夫人有春愁《浣溪沙》詞，前段云：『抱月懷風繞夜堂，看花寫影上紗牕，薄寒春懶被池香。』□□愛詠之。『抱月懷風』四字，非温尉、韋相，不能爲也，『緑肥紅瘦』，何足言警。又有詞云：『昨夜睡濃兼好梦，一身春懶起還遲。』亦是好句。按朗適梁溪秦氏，父彦泓任楚中學博。朗集唐以餞其行，中有『君向瀟湘我向秦』之句，可謂雅當。又有『學繡青衣閒刺鳳，自把金針，代補翎毛空』一詞，才思雕妍，殊爲巧妙矣。

余嘗與諸賢品題閨秀，或謂：『鉛黛之餘，偏饒韻致，筆墨之外，別有寄托，當今那得如許甯馨。』余沉思久之，忽曰：『噫自有人。』衆或嗤余爲騃。吴語謂人不甚了了者爲騃。夫銅鳴山應，理由冥契；陽回籥動，感豈人爲。士爲知已者死，女爲悦已者容，皆是物也。愚不可及，願從甯武。情至之談，豈諸賢所能尋味乎。

向於董二書舍見矮箋數幅，寫會真詞曲，字法秀逸，如花臨風。後有題云：『桃花便嫁東流水，不比楊花更化萍。』全詩殊耐尋想，其印識爲『採藥女郎』云，得於童子手中，以炊餅易之者。

虞山吴永汝字小法，母故某尚書姬也。七歲善琴箏，十歲工染翰，樂府诗歌，一见即能詮識，人有霍王小女之目。其母攜之毘陵，十二而字余友鄒大，後爲雀角所阻，見其訣別詞有云：『質如蒲柳，敢偶姬姜。年豈桑榆，忍甘駔儈。念一生其已矣，將九死以何之。』其《如梦令》一闋曰：『簾外一枝花影，月到花梢陰冷。夜坐穗燈消，寂寂小窗寒寢。梦醒，梦醒，重把離愁細整。』又《蝶戀花》半闋云：『傷心只怕天公遠，好運何時，薄命應須轉。西鄰姊妹閒相勸，抽箋步入桐陰院。』餘俱楚楚可誦。鄒大有《惜分飛》四十四闋，并製序以悼之。《惜分飛》序中有云：『霍王小女，母號浄持，衛氏少兒，父名鄭季。清風細雨，無不訝其針神；綺月流雲，咸共欽其墨妙。』直爲抒寫無遺。至云：『邯鄲才人，終歸厮養；左徒弟子，空賦嬌姿。金犢東西，不見台邊之柳；畫船南北，徒聞渡口之桃。』則千古傷心，不獨我友爲然矣。

會稽商夫人祁撫軍彪佳夫人，以名德重一時，論者擬於王氏之有茂宏，謝家之有安石。慈溪魏耕曰：『撫軍居恒有謝太傅風，其夫人能行其教。故玉樹金閨，無不能詠。當世題目賢媛，以夫人爲冠。』

山陰王端淑字玉映，意氣落落，尤長史學。父季翁名思任，常撫而憐愛之，曰：『身有八男，不易一女。』按山陰王家郎俱有鳳毛，季翁情鍾賢女，遂損譽兒之癖。蕭山毛奇齡詩云：『江南女士一代稀，王家玉映聲先知。著書不數漢時史，織錦豈憐機上詩。清暉閣中父書在，落筆争開寫眉黛。吟成細雨滴口脂，行即青籐繞裙帶。風流遺世姿獨殊，猗嗟四壁貧無如。牽蘿補屋愁不耐，天寒袖薄侵肌膚。只今兵革滿塗路，欲走西陵過江去。崎嶇宛轉進退難，祇恐行來更多誤。昨宵行李隘巷宿，繡帙香奩解書軸。今朝寂歷風雨來，令我停絃撫心曲。梧宫木落無復愁，清溪桃葉今難留。君行渺欲向何所，長江浩浩還東流。』

秦淮董姬字小宛，才色擅一時，後歸如皋冒推官名襄。明秀温惠，與推官雅相稱。居艷月樓，集古今閨幃軼事，薈爲一書，名曰《奩艷》，王吏部撰《朱鳥逸史》，往往津逮之。姬後夭，葬影梅庵旁，張明弼揭陽爲傳，吴綺兵曹爲誄，詳載《影梅庵憶語》中。

黄名運泰、毛名奇齡撰《越郡詩選》一書，其凡例曰：『閨秀，則梅市一門，甲於海内。忠敏擅太傅之聲，夫人孕京陵之德。閨中顧婦，博學高才；庭下謝家，尋章摘句。楚纕趙璧，援婦誡以著書；卞客湘君，樂諸兄之同硯。其他巨室名姝，香奩繡帙，董陶徐鄭，詠覽頗多，玉映静因，流傳最久，編題姓氏，約十二家，閨閣風流，莫此爲盛。』識者以爲實録云。張楚纕，名德蕙，適祁奕慶；朱趙璧名德蓉，適祁奕喜。祁卞客名德瓊，祁湘君名德茝。嘗見山陰徐緘詩云：『箕子國中許小妹，錦官城内王夫人。風流曠代不相接，筆陣一門驚有神。』今觀諸祁才藻，以方王許，似猶過之。楚纕《鬥牌詩》：『難遣離懷白晝昏，紅牙牌裡强争論。不因嬌嬾無情緒，輸却金釵未敢言。』趙璧《和湘君》詩：『海棠枝上落輕紅，花片隨香散碧空。但得與卿同轉側，不愁此夜逐春風。』湘君《夜坐》詩：『夏雨初晴後，長空萬里天。花間吹玉笛，月下數金錢。宿燕驚猶熱，簷榴墮欲燃。齊紈裁自好，棄置是何年。』奕喜《贈女弟湘君》詩：『深閨小妹動盈盈，盤内題詩早得名。初見落梅能弄笛，還宜新月照彈箏。』又云：『春光點點逐春江，春水悠悠渡夕陽。空留匣琴千種恨，空留錦字三載香。匣琴錦字無消息，故將天壤怨王郎。』

雲間章玉筐名有湘，龍眠孫進士名中麟婦也。工才調，作詩寄姊云：『憶昔同在翠微閣，飛文聯句誇奇作。那知江海各天涯，青鳥無情雙寂寞。蘇合房中愁索居，尺素遥傳錦鯉魚。爲問江淹五色筆，擬成團扇近何如。』此詩亦何減唐人韓君平也。玉筐著作，有《澄心堂集》《望雲集》，姊瑞麟，妹玉璜，并擅詩名。妹廻瀾，妹掌珠，俱以文章顯。荊隱君序曰：『夫人之詩，其旖旎則月中楊柳，露下芙蓉；其沉鬱則寒峰際霄，白雲不動。琉璃錦匣，聯翩劉氏之風流；翡翠筆床，掩映徐家之名勝。』荊隱君，夏瑗公先生女也。

虞山許太守夫人吴片霞，有詩才。其《梨花雙蝶》一詩，世尤誦之。詩曰：『如玉雙雙透瑣幃，鏡中斜見粉依稀。西施舞罷春衫冷，道韞詩成柳絮飛。影過杏梁朝日澹，梦醒巫峽片雲歸。梨花深院無人到，不是開籠放雪衣。』太守名瑶，字文玉，夫人名綃。

武進徐太守名可先，夫人謝玉英名瑛，詩名藉甚，性簡遠蕭勝，不嬰世務。太守之官後，夫人盡斥其橐中數千金，買青山莊居之。時於橋上凴欄小立，吟哦竟日，其風味如此。著有《博依小草》，近留心禪理，并詩亦不多作云。

武林顧若璞，黄少參名汝亨子婦也，早年稱『未亡人』，有綺才，所著《湧月王西樵曰『似臥月』

軒稿》行世，中有舅姑墓誌銘及外行狀，文章詳贍，學者韙之。孫女竣兒，法名智生，生而端麗，能詩歌小令。記其《宮詞》一首曰：『長信宮中侍宴來，玉顏偏映夜光杯。銀箏彈罷霓裳曲，又報西宮侍女催。』又《詠雪》一首云：『霏霏玉屑點牕紗，碎碎瓊柯響翠華。乍可庭前吟柳絮，不知何處認梅花。』清警殊甚。顧性喜學佛，歲癸巳病甚，父母痛之，女曰：『金鎗馬麥，定業難逃，大人獨不聞之乎？且女特身痛耳，心無所苦。』年十九夭。又夫人子燦婦丁玉如，字連璧，慷慨好大略，常於酒間與燦論天下大事，以屯田法壞爲恨。其言曰：『邊屯則患戎馬，官屯則患空言鮮實事。妾與子戮力經營，倘得金錢十二萬，便當北闕上書，請淮南北閒田墾萬畝，好義者出而助之，則粟賤而餉足。兵宿飽矣，然後仍舉鹽筴，召商田塞下，則天下可平也。』其大言如此。西樵嘗言夫人《臥月》一集，中多經濟理學大文，率經生所不能爲者。其子婦丁繼母張氏，名姒音，才學與夫人相亞，嘗作《討逆闖李自成檄》，詞義激烈，讀者如聽易水歌聲，惜未之見也。

劉夫人，江西吉州劉忠烈公忠烈諱鐸，揚州知府。天啓時爲魏奄所殺。女，王撫軍子次諧婦也，名淑。幼頴甚，能小詩。甲申鼎湖之變，夫人嘆曰：『先忠烈與撫軍兩姓皆世祿，吾恨非男子，不能東見滄海君，借椎報韓。然願興一旅，從諸侯擊楚之弑義帝者。』遂建義旗。適滇帥鑾兵精悍冠諸軍，聞夫人名請謁，夫人開壁門見之，旦日報謁，滇師具牛酒於軍中，高宴極歡。然帥武人也，陰持兩端，又醉後爭長，語不遜。夫人怒，即於筵前按劍欲斬其首，帥環柱走，一軍皆擐甲。夫人擲劍笑曰：『殺一女子何怯也！』索紙筆從容賦詩一首，辭旨壯激。帥悔且懼。夫人曰：『妾不幸爲國難，以至於此。然妾婦人也，願將軍好爲之。』遂跨馬馳去。見《巢震林史缺文補》。

長山劉節之名孔和，青嶽相國名鴻訓之次子，讀書懷大略。慕陸渭南之爲人，所著有《日損堂詩》數百首，亦學放翁。明末，棄諸生從戎，隸劉東平麾下。其婦鄒平王氏女，亦善騎射，南渡時，節之與婦，各將一軍。婦號令之嚴，過於節之，每相見，有孫權妹刀環風，節之亦敬憚之。後節之爲東平所戕，王間關北歸爲尼。王吏部爲予筆述其事如此。

海鹽陳若蘭名麟端，著《閨詞》一百首，中有云：『垂柳依依緑影生，芰荷亭上設棋枰。局中彈出縱横勢，笑問檀郎若個贏。』又云：『春閨三月養吴蠶，南陌攀桑滿竹籃。爲避行人回步急，不知髻上墮牙簪。』又云：『女伴相邀織綺羅，纖纖素手弄金梭。晚來尋取紅牙尺，較得工夫若個多。』又云：『閨中喜作道家粧，雲錦裁成緑羽裳。學戴星冠簪日月，待兒齊綰髻雙雙。』又云：『一自檀郎赴玉京，殘燈挑盡淚盈盈。黄昏又值芭蕉雨，不管人愁滴到明。』如此吟詠，去花蕊夫人何遠。若蘭詩集，有《緑窗閒咏》一帙。

康鄴字湘雲，直隸邢台人黄更生内子也，所著有《臨風閣集》。其《菩薩蠻》詞有云：『徙倚聽疏鐘，臨眠愁殺儂。』又《玉樓春》詞云：『妾顏自愧石邊花，君心莫化花邊石。』其警句多如此，載《燃脂集》中。西樵有贈更生詩云：『殿前筆札凌雲賦，樓上鶯花織錦妻。』蓋紀康之能文也。康又有《小重山》，起句云：『春雨蕭蕭杜宇愁，綺窗驚曉梦，蹙眉頭。』亦致語也。

王吏部夫人張鄒平，總憲文定公孫，亦擅詞賦。西樵官萊子時，嘗作《寄内》詩：『萊子淹留我共君，滯人春月復秋雲。巡檐幾夜頻搔首，海國鐘聲已厭聞。』夫人屬和末二句曰：『海邊休恨還留滯，猶喜離鴻得共聞。』後王官國博，官貧不能攜家，每咏此，未嘗不嘆其有思也。

陶令則名琬儀，雲間陸進士名鳴珂夫人也，有《九日登高憶芳兒》一詩云：『有意登高去，遥看江水環。長江連合浦，何日夜珠還。』見雄縣馬之驦詩《防初集》。

吴中閨秀贈海陵宮婉蘭一詩曰：『雲鬟偏宜試晚粧，石床苔潤恰新涼。採蘭愛向花前立，贏得羅衣滿袖香。』婉蘭宫進士名偉鏐女，歸余友冒無譽名褒，曲室唱酬，才情朗暢，伉儷之篤，亞於塤篪矣。婉蘭尤工畫墨梅，雪葉風枝，翛然有偃蹇瑶台之思。

仁和俞瓊英名桂，詩文纔十六篇，才思頗清綺。遇合抑塞，年二十而夭。其擬義山《無題》

云：『纔唱驪歌日漸曛，牽裳官道淚紛紛。紅英陌上花無主，錦翼雲中雁斷羣。玉鏡幾時還照影，金爐從此罷燒薰。聞知天上無離別，願得相攜駐白雲。』《江南古意》云：『江南三月花柳香，青春欲徂白日長。杏梁陰陰燕新乳，頡頏差池弄輕羽。美人午起自結束，曳鬢垂鬟手如玉。春草滿園蝴蝶飛，金鞍少年他日歸。』《中秋》云：『玉鏡澄清漢，金波蕩碧流。桂枝應欲謝，空倚最高樓。』錢塘毛先舒有閲俞瓊英集詩云：『宋玉真愁客，江淹本恨人。何當誦遺稿，霜髩又添新。』

錢塘女子陸么鳳，十四而善吟。嫁後夫遊學於外，陸頗愁思，《秋閨晚思》三首云：『晚來疎雨過人頭，風静羅衣颺不休。漫拾亂紅題小字，暗驚新句又悲秋。』『湖烟漠漠晚歸鴉，自掃楓香坐煮茶。一帶芙蓉寒映水，那知秋思屬兒家。』『翠黛宜顰不耐顰，病逢秋氣轉傷神。空堂莫掛疎簾起，黄菊丹花惱殺人。』毛先舒辨坻。

嘉興黄皆令名媛介，詩名噪甚，恒以輕航載筆，格詣吳越間。余嘗見其僦居西泠段橋頭，凭一小閣，賣詩畫自活。稍給，便不肯作。吳偉業《題鴛湖閨咏》四律，中有『夫壻長楊須執戟』之句，想黄所適，定楊氏也。

闞玉，錢塘人，甲申之歲，生十三年矣。容貌端麗，又有倍年之覺，父母從小絶珍憐之。已父亡，獨與母暨兄嫂同居。宏光時征選采女，誤爲賣菜傭所紿，竟嫁其子，日令玉職爨炊煨豕；稍暇，令鋤泥蒔灌。足去纏約，頭如蓬葆，面目黄黑，衣服泥污。玉悲甚，仰天慟哭而作歌，聞者莫不悲焉，未幾死。歌曰：『父生我兮，中道以逝。母煢煢兮門衰瘁，兄嫂難與居兮，抉我如目中之塵沙。伊又遘此佻巧兮，胡罪我之實多。彼六禮之或已愆兮，曾貞女子□從。矧要予以桑中兮，夫豈其爲予之匹。雙我獨有母兮，瘨思泣血。我父而有知兮，怒衝髮。我兄摩挲兄之金兮，骨肉相蔑。嫂旁睨之兮，笑言咥咥。我忽憤氣兮如雲，指漆室女以爲正兮。』又告夫司命與湘君，曰：『予不愛一死兮，弗忍速阿母之下世。願死而有依憑兮，爲凶之厲。嗚呼哀哉，我終死兮，魂獨歸去。明告母兮，幽訴我父，匪我夙夜兮，胡然遭此行露也。縱謂行多露兮，甯我之污也。亂曰：嘉名爲玉，父之命兮。幽辱糞壤，終保貞兮。憂思悄悄，淚淫淫兮。蒙此忍詬，日當心兮。』）（王西樵曰：『相其語勢，殆是女中之左徒。徐淑蔡琰，無其矯矯。』

辛卯冬，宜興史孝廉名鑑宗北上，道經淇水。夜宿宜溝客舍，見壁間有數行云：『馬足飛塵到鬢邊，傷心羞整舊花鈿。回頭難憶宫中事，衰柳空垂起暮烟。』後又云：『妾廣陵人也，從事西宫，曾不二載。馬上琵琶，逐塵長去，愴懷賦此。和淚濡毫，促裝心亂，語不成章。時庚寅七夕後四日，廣陵葉子眉識。』呼主者問之，知爲宏光西宫也。

王考功《筆述》云：『孫沚亭相公《南征紀畧》，載女子趙雪華題李家莊壁三詩，并有感寄，不記其詞。鄒平西青羊店逆旅中，有女子題壁者，自署萬里女郎，詩云：『獨抱寒衾憶梦眠，第二句不記。馬蹄得得行何已，歸雁提提又近年。』蓋和唐人韻也，亦宛轉可誦。又有題濟南東王舍莊壁者，不記姓名，詩云：『梦寄車塵馬足中，依稀綺疏夜燈紅。無端野鸛鳴寒柳，驚起愁心對曉風。』後小字旁注：『隨外北征作。』陽邱道上盧氏店中，曾有女子於七夕題絶句壁上，前一小序，末署云：『天孫渡河之夕梦兒書，』梦兒蓋其名也。詩後二句云：『惆悵佳期不復還，有似銀屏墜眢井。』餘不復記憶矣。數條予并載入《朱鳥逸史》中，以俱題壁詩，故識於此。

江都倪氏有《鸝怨集》，其本序云：『内子爲閩中巨族，依其舅氏於白門，孟夏歸余，一病不起。客有善李少君術者，爲余招内子魂，叩生前事，歷歷如響，復作詩十數章。』本序後附懺詞云：『生於閩海，長於西江。』又云：『衣不曳地，七襄錦織鴛鴦；案可齊眉，六禮書連鴻雁。乃以兵戈萍散，魂驚拍裹悲笳；兼之骨肉花殘，影落天涯畫角。爰求媒妁，締此姻緣；纔咏關雎，忽嗟瘖馬。前端陽之一日，鈿翠埋幽；曾合巹之幾時，爐香化燼。』又云：『廿五年之粉黛，辛苦同休；十九日之床帷，沉疴不起。』氏詩有云：『已作蘼蕪離恨草，莫看菡萏并頭蓮。』

柴貞儀字如光，杭州人也，能詩。其咏羅巾絶句云：『拭去盈盈淚，攜來冉冉香。殷勤纏素手，縷縷似愁腸。』亦極有思致。

通州陳㜅字無垢，幼博學，詩文絶工，著有《繡佛齋集》。嘗作閨怨五言詩，有『梦去不關愁，曉來心自惡』之句。從叔文起名宏裔見之，屢形吟賞。自注：『姊有寄予内子數絶句，一云：『斑管吟成字字珠，才高皇甫重三都。寄言小妹慚非古，文采江南讓大蘇。』又云：『既擅分金又惜詩，千秋鮑叔即名師。枯腸索句慚非錦，聊當梅花寄遠思。』』蓋姊有《茹蕙集》，即余作序。

松陵周羽步名瓊，一字飛卿，詩才清俊，作人蕭散，不以世務經懷，傀俄有名士態，生平尤長七言絶句。居如皋冒先生深翠山房八閲月，吟咏頗多。如贈范洛仙云：『黯淡消魂獨倚樓，登山臨水又逢秋。簷前垂柳絲千尺，只繫柔腸不繫舟。』贈蘇貞仙云：『一架薔薇滿袖香，同行誰不羡紅粧。生平最愛清幽事，肯惜凌波繞曲廊。』又寄懷洛仙云：『蕭騷越客獨淹留，污漫西風柳岸秋。安得東風解我意，好吹此恨到揚州。』此等語俱極似唐人絶句也。又羽步贈吴湘逸詩云：『絮語花陰夜未央，細聆音韻轉悠揚。君今幸作吹簫侣，儂願期爲雙鳳凰。』意蓋有爲也。

茂苑吴蕊仙名琪，才情新婉，當其得意，居然劉令嫻矣。與飛卿著有《比玉新聲集》。蕊仙尤好大畧，精繪染。飛卿贈詩云：『嶺上白雲朝入畫，樽前紅燭夜談兵。』蓋實録也。黄皆令《〈比玉新聲集〉序》曰：『不意唐山房中，而後復聞正始，惜未能借江醴陵五色筆，展薛淇度十樣箋，倩衛茂漪手書之，藏之白間靚閬間耳。』

吳湘逸，儀真人，亦冒推官侍兒也，一名扣扣，蓋摘繁欽《定情詩》中語。資性頴異，好讀書，文選杜詩，一二偏即能覆誦。年十九夭，聞者惜之。按湖海樓本集有《吳扣扣小傳》，即謂姬也。家伯氏有《同湘逸水繪庵看桃花》二絶云：『林坰深杳恣聊浪，小霽偎紅露寵光。癡態若雲誰得見，畫隄飛起兩鴛鴦。』『小閣湘中雲水鄉，有人如玉共文房。三吾昔日應無此，贏得幽情惱漫郎。』

王繡君名璐卿，通州人，馬孝廉名振飛之妻也。閨房唱和，時以小幅行世，風調綿整，人甚稱之。嘗見其一絶句云：『青草湖頭花正妍，緑莎汀畔水連天。輕舟載得春多少，無數飛紅到槳邊。』蓋咏舟前落花者，筆情波媚，與題頗称云。又嘗見繡君一絶云：『春寒日日雨如絲，草滿離亭水滿陂。寄語東君須著意，惜花人去未多時。』亦自成調。自注：『繡君妹亦工詩，余内子嘗以白紈乞二王簪花格，便覺瓊枝璧月，争映行間也。』

《西軒集》西軒，淮南邱象隨所居軒名載：婁江女子《燈夕寄答》一絶，清怨迢迢，耐人尋味。詩曰：『荒樓何處忍吹簫，寂寞燈前涕淚遥。忽看病中書信至，却傷今夜是元宵。』閨閣中有如許思理，惜已軼其姓名。原唱係襄陽年少所作，有『一行清淚了元宵』之句，辛楚欲絶，亦不知誰家年少，殊可惜也。王阮亭《感事三章》附録宵後：『少小愁多不自持，鍼床初繡合歡枝。春風筵上迴中後，夜雨燈前擁髻時。雙黛痕消鴛翠滅，單衾香細鷓鴣知。定情三五遥相憶，詎獨繁欽解賦詩。』『曼睩横波溼鏡潮，紅蘭當户柳垂條。爲歌白石逢郎艷，曾約黄金貯阿嬌。酒病正濃過上巳，春愁難妥近花朝。那知更逐香雲去，楚水巫山萬里遥。』『金鵲鴉鬟烏桕門，琴川春水記啼痕。機中錦字勞相憶，肘後香囊是舊恩。密約難忘松柏樹，新居聞傍苎蘿村。春江花月千餘里，悵望流光欲斷魂。』又附録邱象隨摘語爲起句一首：『夜雨燈前擁髻時，上紅初引第三絲。玉鈎穩壓重簾静，海燕深棲煖梦遲。十七雲鬟年最少，一雙星鵲誓先知。風流意極銷魂處，半近粧臺有所窺。』

吴門家太僕名濟生示余以望遠圖，乃十四歲女子所作，霧鬢雲鬟，薄施水墨，真遺世獨立矣。錢塘陸圻《望遠曲》十四首，今録其三：『採罷蘼蕪望故夫，藐姑仙子不曾殊。屏間歷歷窺青瑣，道上明明種白榆。舉體乍飄連理帶，定情羞解合歡襦。可憐漂泊刀頭約，坐看天街夜月孤。』『雙啼玉筯濕羅巾，爲結相於訪故人。自是口中生石闕，何堪腹内轉車輪。儂聞梧子心難變，郎比蓮花貌絶倫。何事小姑偏獨處，清溪簫鼓夜迎神。』『皓腕輕羅騐守宫，纖纖手爪似春葱。常將小婦誇中婦，不擬賢雄是故雄。九醖滿浮金鑿落，兩環真作玉玲瓏。何防深鎖青苔濕，説與昭陽絶不同。』

夔州李翰林名長祥，崇禎癸未進士，官庶吉士，亂後僑居金陵，娶姚夫人，善丹青，得北宋人筆意。曾爲雲間董大名黄母夫人畫一粉箑，烟墨離離，深秀不可言，爲香奩畫手中逸品第一。或曰：夫人又工畫仕女圖。

江西康孝廉名范生夫人，亦金陵女也。工畫竹，最似管夫人手法，孝廉頗矜重之。嘗以一扇貽余，緑篠明玕，便覺白日欲翳。王考功曰：朱遠山夫人文江集，有和康夫人寄外詞，似又不僅擅繪事也。

江陰女子周淑禧，處士周榮起女也，工畫花鳥，在徐熙、黄荃間，好事者争以餅金購之。同時又有宜興盧丹，善畫美人，每作一圖，皆婦爲之點睛云。

海昌女子李因，字今是，號是庵，作水墨花鳥，幽淡欲絕。王吏部嘗題其芙蓉鷺鷥畫云：『寒入金塘花葉孤，非烟非雨態模糊。姚家女子丹青絶，寫作芙蓉匹鳥圖。』姚月華小傳嘗作『芙蓉匹鳥』也。李是葛光禄無奇夫人，著有《竹笑軒集》，又以節著。

秦淮宋蕙湘，教坊女也。被北兵掠去，題詩郵壁，悽然有去國離家之痛焉。詩凡四首，猶記其一云：『風動江聲羯鼓催，降旗飄颺鳳城開。君王下殿將軍死，絶代紅顔馬上來。』王西樵曰：『絶代，一作薄命。』

秣陵崔秀玉，父吴門老教授，家貧，居僦鷄鳴埭下，常口授秀玉書史，無不明曉，著有《耽佳閣詩集》一卷，如咏杜鵑花句云：『恰喜花名似鳥名，』慧絶可想。丹陽賀宿述。

賡明弟名玉堪自北歸，以郵亭女子一詩示予，予爲憮然。詩曰：『凌波卸却換宮鞾，女作男粧實可嗟。扶上高樓愁不穩，泪痕多似馬蹄沙。』盖流人羈子，過之繫念矣。詩更有自序云：『乙酉六月一日，遇難寶林庄，傍徨無地，灑淚而書，以爲異日話尋之具。廣陵十七歲女子張氏淚筆書於方順橋店中。』

耕塢老人爲余言：予壬寅過鄭州，見驛亭有姑蘇女史芳芸詩，猶記其宋句云：『銀釭燒盡心還熱，畫鼓金針月已西。』最爲清麗。其全首録藏敝篋，曾舉示映然，予即採入名媛詩緯。王考功所載，亦余言之也，予閨人亦有和韵。

乙酉澄江之變，士子黄姓者，妻秦氏，被擄不屈。過金山，題詩壁上，末二句曰：『蒲團夜坐三更月，懺悔今生未了緣。』明日投崕殞。兵去復甦，適遇乳母夫過，攜歸復合。

劉阿李者，李氏，字小鳳，長干里人也。其父母故貧，幼鬻於耿進士章光家。耿罹平陵之難，自妻姚朱以外，隨死者凡四人。小鳳法當入官，蘭陵劉生捐金贖之，左右其事者，則馬大將軍之力爲多。將軍名允昌，吴婁東人，蒙古故將之裔，明末爲黔南大將軍。天兵南下，因束身來歸，天子嘉之，賜田宅金帛有差，視諸儀同秩。聞者義焉。與小鳳同時入宮者，一曰雙蓴，後代小鳳選入掖庭；一曰服益，則年最少，後不知所終云。鄒祗謨有傳。新城王士禎詩曰：『天涯芳草碧氤氲，擁髻燈前感少君。共道朱家輕一諾，非因蕭寺識雙文。定情欲賦明璫解，心字初濃斗帳薰。梦到葭萌關上去，還如蕭總識香雲。』『花枝似玉咏紅顏，曉鏡明窗幾寸山。小閣春濃香蔽膝，後堂蝶拂玉交關。乍宜角枕袁生咏，自賣青溪盧女還。罨畫樓台烟月夜，劉郎應不憶人間。』

李姬名香，秣陵教坊女也。母曰貞麗，有俠氣，嘗一夜博輸，千金立盡。姬亦俠而慧，畧知書，能辨別士大夫賢否，張學士溥、夏吏部允彝尤亟稱之。十三歲從吳人周如松受歌，盡得其音節，然不輕發也。嘗一日者，故開府田仰以金二百鎰，邀姬一見。開府向兒事魏閹者，又姬嘗以他事獲罪阮懷甯，至是，喟然嘆曰：『田公甯異於阮公乎？』峻却之，卒不往。姬與歸德侯方域善，曾以身許方域，設誓最苦，誓亂今尚存湖海樓篋衍中。又，方域與陳處士小札曰：『昨域歸來，有人倚闌私語，謂足下與域至契。既知此舉，必在河亭凝望，冀月落星隱，少申夙諾。不意足下誘李君虞作薄倖十郎也。然則一夜徬徨，失却十年相知，羅袖拂衣，又誰信此盛遇乎？域即冒受法太過之嫌，然有意外之逢，此即至誠之報也。足下表章，自是不藏善之美。其實天王明聖，不介而孚，遭際如此，臣願畢矣。今日雅集，亟欲過談。而香姬盛怒足下，謂昨日乘其作主，而私讌十郎，堅不可解。則域雖欲過從，恐與人臣無私交之義，未有當也。』翫此書詞，姬生平風調爾爾。

松陵吳氏名銀姊，與鄰邑王生，以才藝相昵。後事露，庭鞫，氏板所供狀，灑灑數千言，頗露致語，一時争傳誦焉。辭多不載，中有云：『昔淡眉卓女，服縞素而犇相如，漢皇弗禁；紅拂張姬，著紫衣而歸李靖，楊相不追。古有是事，今亦宜然。』蓋表放誕於閨房，寄清狂於蠓黛矣。

陸姬孟珠，或曰繆城大家女也，曾爲侯門寵妓。侯裁於法，姬邑邑不得志，流落江海間。悽然擁髻，有東京梦華想，製詩一卷，自名『紅衲道人』。□□□贈姬詩二首：『亂漢金人淚滿腮，西園東閣已成灰。莫嫌烏爪麻姑少，曾見滄桑幾度來。』『剩水殘山花信稀，瑣牕鸚鵡舊籠非。儂家十二珠簾外，可有尋常燕子飛。』

潁水劉公戫比部名體仁，寄王推官家集數種，中有賢媛詩三卷，一名《雲錦樓詩》，係進士劉揩妻李氏著，李氏中丞某女孫。一名《紉蘭軒詩》，進士劉佐臨女著。一名《寶田堂詩》，秀才劉振女著。俱可誦。汝潁風流，卯金爲最，孝威諸妹，有天人之譽矣。此條係西樵筆述，并《注雲錦樓偶成一絶》曰：『花前閒步數蜂鬚，霽色初晴小院隅。巧試金釵移日影，闌干劃處損紅朱。』《紉闌軒新月》一首曰：『宿雨夕方歇，雲開天氣清。星河仍欲净，凉月復來迎。簾捲花初好，螢飛火自明。虚簷移凳久，新茗聽新聲。』又《櫻桃》起句曰：『竹實方成筍，朱櫻已及時。』《寶田堂雪夜》起句曰：『雪飛忽滿徑，入夜合瑶天。』

臨邑邢慈净，子愿名侗，官太僕。先生之妹，善畫觀音大士，莊嚴妙麗，用筆如玉台膩髮，春日游絲。慈净適武定馬方伯，馬夫人雅工詩文，詩有《非非草》《蘭雪齋集》二種，錢宗伯選入《列朝詩集》者，非其佳製也。從馬宦黔中，馬卒於官，夫人扶柩還，塗中作《黔塗畧》一書，文筆高古，有班惠姬之風。予在萊海時，於劉幼孫先生家見夫人答劉一書，詞極雅健。又於張渤海家，見其硯銘二首，亦皆有致。又工書酷類太僕，刻有之室集帖。婦人筆墨，見於金石者，房璘妻高而外，殆不多有。然高文詞不多見，則夫人兼長，爲尤難矣。

余嘗游宿遷北司峿山，有石刻女郎湯文玉遊山詩云：『山雨初晴洗佛螺，春風幾處揭青莎。採香不倦溪邊路，多少飛紅趁襪羅。』詞極新倩，然與他遊詩雜書一石，盖他人爲刻之，非其自書也。

女子琅玕，濟南德州人也，曾有句云：『自憐身似楊花，願向天涯情死。』字數不多，讀之居然悵惘。琅玕題德州旅壁，一序二詩。序云：『妾家齊右，歡是吳儂。玉樹其人，紅葉贈我。既見君子，信綠綺之可媒；我思古人，願紅拂以爲友。佳人久嗟薄命，好緣肯俟來生。苦海斯離，多露勿畏。寶馬踏來剛半夜，老崑崙焉所用之；彩鸞飛去向天邊，莽吒利從兹逝矣。聊題短句，用示情癡。』詩一云：『何須押衙妙手，五更暗度香鞍。誰續奇女子傳，小名喚作琅玕。』二云：『昨宵紅拂深閨，今日高唐去矣。』後二句，則所載也。此女子不特筆豔，人亦復奇。

王菊枝工小詩，雋令殊甚。廣東程内史名可則爲余說，洵可謂珠娘之絕調矣。粤中生女號珠娘，菊枝有絕句一首，紀其末句云：『與孤牕雨一般聽』，語甚雋。今選家或改作『孤牕夜雨一般聽』，庸甚矣。

無錫顧文婉，自號避秦人，詩詞極多，恒與王仲英相倡和，詞見《倚聲右集》。文婉《浣溪沙》云：『風雨妨春苦不寬，開簾怕見嫩紅殘，錦屏深護早春寒。新嬾一身扶不起，愁痕萬點鏡慵看，空拈班管寫長歎。』又云：『獨坐無聊對簡編，閒題恨字滿花箋，夕陽西去轉凄然。掩淚低徊粧閣畔，掀簾私語瘦梅前，此時試問阿誰憐。』又云：『曉日凝粧上翠樓，惱人春色偏枝頭，湘簾風細蕩銀鈎。燕子未歸寒側側，梅花初落恨幽幽，重門深鎖一天愁。』

長沙女子王素音，爲亂兵所得，題詩古驛，有云：『可憐魂魄無歸處，應向枝頭化杜鵑。』見者莫不憐之。王阮亭有《減字木蘭花》云：『離愁滿眼，日落長沙秋色遠。湘竹湘花，腸斷南雲是妾家。掩啼空驛，魂化杜鵑無氣力。鄉思難裁，楚女樓空楚雁來。』盖爲素音作也。乙未歲，阿貽偕同邑傅侍御名宬北上，至白溝河，頓此邸中，見璧間有和素音詩者。覓原題不得，以問居停。指牆邊積木，堆五六尺許，云在此中堵壁上。時方隆冬，阿貽與侍御急欲讀素音詩，乃同從奴共運木。及半，而詩盡出。侍御執炬，阿貽呵凍蘸筆，録詩竟。共讀，書已，復各爲和章，書之壁。書竟，乃命酒劇飲，始覺手腕欲僵，各大笑相顧，謂癡絶也。此事亦極可傳。余後此至邸，亦和韵，末有『也學低頭拜杜鵑』之句。素音原詩共三絶，前有小序，是儷語，凡二百許字，其精麗可與琅玕女子相敵，載余《燃脂集》中。自劉比部以後共七條，俱係西樵先生筆述并注，以下俱係湖海樓自撰并注。

江西李侍郎名元鼎，與夫人朱中楣字遠山，有《文江唱酬》一集，盛行於世。常熟錢□□《文江集序》有云：『珊瑚筆格，緑沉之管交輝；玳瑁書籤，雲母之箋雙擘。花深綱户，每刻燭以分題；燕乳綺疏，或擁書而徵事。』又云：『雕軒文駟，驂玉馬以北朝；翟茀鞠衣，伴角巾而東下。水精簾幙，鎮日焚香，雲母蓮花，午年辟蠹，豈若敬通見抵，但對孺人，子美漂流，長隨妻子。』

湯畹生名淑英，長洲人，適休寧吴翺，工詩善奕，年三十六夭。其《暮春·南鄉子》云：『天氣最無憑，乍雨還晴又做陰。時候困人，三月也清明。暗買韶光柳釀金，杯酒恣閒吟。寂寞春庭門草心，院落黄昏。簾幙静深深，獨坐譙門又起更。』王西樵爲予言：畹生詞佳者最多，予録二十餘篇入《燃脂集》中。

范滿珠，休寧人，范眉生名良妹，詩才與兄相稱。《述母》一詩曰：『獨眠不禁冷風呼，摧落梨花滿地鋪。可奈壻亡留女在，那堪兒死更孫無。枕前有梦誰人伴，燈下無言已淚枯。不是彼蒼昏昧久，如何伯道暮年孤。』詩語絶痛。又《旅夜絶句》云：『殘燈明滅亂蟲啼，展轉鄉心月漸低。梦對家人纔欲語，雞聲依舊到窗西。』凄凄楚楚，可念也。詩名《繡蝕草》，紅豆老人爲之序。

周明媖名庚，莆田人，諸生陳承纘妻也。生平製撰，所見不多，曾覽其尺牘一卷，清遥秀映，允爲玉台之名搆矣。與仲嫂書云：『感念化者，欲爲陳立傳。以之才之美，無子無年，搦管垂毫，惟聞猿哭。是以更端而未就，當續成之，敢不誠於陳耶。』又云：『《三國志》經嫂所點定，庚應窮其贊辭。但不解於古人何所厚薄，只覺此心爲劉。』與外一書曰：『《離騷》之所以妙者，在亂辭無緒。緒益亂則憂益深，所寄益遠。古人亦不能自明，讀者當危坐誠正以求。然後知其粹然一出於正，即不得以奥鬱高深奇之也。』又云：『林媛松石圖，已見歲寒之志，欽其至性，以一絶風之畫首矣。亦不敢展玩，恐風雨悲鳴也。』仲嫂能定《三國志》，林媛能作松石圖，新婦俱於此不凡，惜俱逸其姓氏。見《尺牘新抄》王西樵曰：『周詩名《羹繡集》，凡百餘首，是宗竟陵者，亦有一二可録。小札名《十七帖》，語語清雋，備録《燃脂集》中。

甲申之難，賊入後宮，有宮人費氏者，爲賊所獲，將污之。氏紿賊曰：『身是長公主也，鼠輩詎敢爾？』賊舍之。居無何，俟賊沉湎後，挾匕首立斷數賊首，遂自殺。南昌陳宏緒詩云：『衝天劇盜乘金輿，含元殿化緑林區。赭袍日角不知處，鵂鶹飛向陛前呼。團營去盡戚畹走，黯黯風沙掩陽烏。玉貌嬋娟散如雨，紅鴉靴嘴泥中逋。費家嬌女明光姝，巧手丹青不能圖。芙蓉墮井井水涸，銀床不覆繡羅襦。衆驚窺視争救出，共惜花閒顏色殊。姝生妙計賺蛾賊，稱是崇禎公主軀。鼠輩何敢犯龍種，汝主遥聞磔汝徒。渠魁後驗知非是，擲向帳旁于思胡。身藏匕首口佯許，鐵衣醉倒紫氍毹。挾刃立刺咽喉斷，血縷亂濺殘香袪。我仇既報我安徂，七尺應須傍鼎湖。談笑自蹈霜鋒凜，髪鬟不受黄埃污。盈廷豈少如戟鬚，幾个男兒耀簡書。寒燈哭拜披香影，三十六宮春草枯。』

錢塘女子吴柏字柏舟，未嫁而夫卒，柏衰麻往哭，遂不歸母家。苦節十餘年，遘疾夭殁。所著有《柏舟集》數卷，詩極鍛鍊，詞尤富，而長調更絶工，不減徐夫人湘蘋也。古文尺牘，在明瑛之上，真奇女子矣。

洞庭女子遭亂，自投漢陽江，流至壽昌，土人憫而瘞之，獲寸帛于衵衣，油楮密固，展視爲絶句十首，聞者爭傳誦焉。詩有云：『征帆又説過雙姑，掩淚聲聲怯夜烏。葬入江魚沉底後，不留青塚在單于。』結響悲楚，運格端好，詎在班婕妤下，令千古以下，王嬙、蔡炎、花蘂夫人流輩讀之，能無愧赧欲死。載録其詩四首：『生小伶仃畫閣時，詩書曾託母兄師。濤聲夜夜悲何急，猶記挑燈讀楚辭。』『當年閨閣惜如珍，何事牽裙繞水濱。報與雙親休眷戀，入江原是女兒身。』『生平猶未遇簪笄，死後狂瀾嘆不齊。河伯有情憐薄命，東流爲繞洞庭西。』『照影江干不勝悲，永辭鸞鏡斂雙眉。朱門空許成秦晉，死後相逢總未知。』耕塢老人云：『女姓藺，名玉真。』或曰湘潭人，或曰即吾邑人。以入水無月餘尚能逆流之理，然玩其句有雙姑語文，似從下江而上者。俱存以備攷爲是。

王十一爲余述林四娘事，幽窈而屑瑟，盖《搜神》《酉陽》之亞也。四娘自言故衡邸宫人。王太史有《林四娘歌》，歌首繫一小序，序云：『晉江陳君寶鑰，分臬青州。入署之夜，堂上忽聞樂作，空中隱隱呵殿聲，如貴人騶從至。至則燿燎輝煌，杯饌羅列，賓客雜沓於堂上，俳優厮養犇走於堂下。胥役大駭，走白陳君。陳君固已心異之矣，因率衛卒呵禁之，不止；挾弓矢操而射之，不止；持轟天雷諸大炮擊之，復不止。越數日，陳方爇燭坐小齋，而風雨聲有自遠至者，齋中窸窣如人行聲。少須，雙鬟褰簾入，唱曰：「林四娘侍兒青兒啓事，娘子願謁使君。」陳惝怳未答，而美人翩然來矣。妖質雪瑩，繡紋花映，修蛾自斂，斜紅半舒。揄袂以前，向陳而拜，拜畢就坐，徐徐啓曰：「某金陵林四娘也。幼給事衡王，中道仙去，今暫還舊宫。竊見殿閣毁於有司，花竹淪於禾黍。某故有宫中儔侣，話舊情深，停車無所，敢假片席於使君之堂。某固無能有德於使君，然亦非有害於使君。今與使君爲方外交，可乎？某有小酒食，願同醉飽，并及從者，微有薄犒，幸無深訝焉。」陳雖疑且畏，然度無可如何，遂偕飲。及下箸，則珍餚也；引杯，則良醞也。從者視其犒，則朱提青蚨也，意始稍稍定。後則夜分必來，更闌即去。數入内，與陳夫人姬媵締交，若娣姒然。陳之客過臨淄者，或請接見，無不歡好，即席酬和，落紙如飛。詞中憑吊故苑，離鴻别鶴之音爲多。噫嘻，此何爲者耶。』又謂：『四娘貌本上流，妝從吴俗，秀髻鬟髮，峨如遠烟，覆以霧縠，綴以珠璧，身縈半臂，足躡翠靴，錦緣雙環，環懸利劍，冷然如聶隱娘、紅線一流。婢東兒、青兒皆殊麗，恒侍左右，人亦無敢調者。居三月，一夕，别陳君欲去，且以青兒爲託。把酒賦詩，臨歧悵别。聳身碧霄，蹤影頓絶。青兒後一二來，久亦不至矣，異哉。曾記其一詩云：「玉堦小立羞蛾蹙，黄昏月映蒼烟緑。金床玉几不歸來，空唱人間可哀曲」。』

閻素華，字雲衣，以長板橋頭人，事宛陵唐内史名允甲。或稱其羅羅嬴秀，孤情絶照，綽有林下風。宣城俞綬爲立傳，傳略曰：『唐先生官中秘，亡幾何，爲壬人所屏逐。令人至，舉牛衣，時相慰藉如疇昔，自是不復居國門。歸而稅駕，雁翅故居耳。又時時有跡之者，游徼織於道，厲染相屬，無弗辟匿者。唐先生叱令人曰：『矆唶，盍去諸？』令人對曰：『曩者妾不以公貧故，不謹事公。安則暱之，危則違之，失事人者禮。且笄幗者流，除闐闑安所措足？死即死耳，已事卒定。』爲唐先生友者，罔不以令人能執義云。

周炤，字寶燈，江夏女子也。湘楚中人，傳其丰神纖媚，皎好如佚女。性敏給知書，歸漢陽李生。生名以篤，字雲田。生固慕炤，既得炤，則益大喜過望也。然家先有大婦在，炤眉黛閒恒有楚色。李生愛客遊，常携炤殘箋數幅以示友，人人無不色飛者。生篋中有藏炤自寫坐月浣花圖，雙鬟如霧，烘染欲絶。圖尾有小篆二，一曰『絡隱』，或曰炤又字絡隱云。董以甯《周炤傳》云：『江夏周某女也，某官山東按察使僉事。遇闖難，殉節死。炤哀之，作悼懷之賦，略曰：「侑江流之浩浩兮，弔禰衡與屈平。彼填江而不溢兮，何以抒其憤盈。草參差而并生兮，孰辨其爲杜蘅、鳥之嚶咿。亦各有所謂兮，而人孰知其情。」賦長，餘不録。讀之如聽三閭大夫姊嬃吟也。』龔百藥傳云：『寶燈年十九，所至雖謹自蔽匿，人得窺見寶燈，蓋天人也。』寶燈有《次林文貞韵寄王玉映》詩云：『夫子南歸後，永夜述名媛。生小貯金屋，弱齡弄玉研。海桑失廬畝，竹素易釵鈿。感爾瑶華贈，時時動紈扇。芰荷綴鴛翠，天真寫素絢。詠絮謝女匹，織錦蘇娘彦。儂是小家女，畏令仙人見。注目倚鏡閣，因風寄方便。所恃一片心，的的託澄練。』又有《閨外君耨香子將歸》一律云：『茶花梅蕊自紛飛，小圃身如坐翠微。不定陰晴天欲倦，何方燕雀晚知歸。王孫歲歲懷芳草，侍女朝朝倚繡帷。見説畫眉人且近，湘山如黛未應稀。』

婦人集補

冒丹書 著

歐陽健 點校

題解

《婦人集補》一卷，題如皋冒丹書青若著。冒丹書字青若，号卯君，如皋人。諸生，考授州同，著有《枕烟堂集》。補陳維崧《婦人集》而作，有海山仙舘本、《香豔叢書》本，今據以校點。

婦人集補

目録

婦人集補……六一三
跋……六一七

婦人集補

秣陵丁雄飛字菡生婦卜氏名曇，字四香，婉嫕柔惠。歸丁以後，每每有憂生之嗟。常讀霍小玉及小青傳，淚簌簌如雨。性穎悟，雄飛在燕都得四香手書，書中『念』字俱少一畫，始悟『念』字從人、從二，心中去一畫，殊見用意也。年三十夭，雄飛悼之，作《家人緒語》。經云：不亂取手香，不淫色體香，不妄語口香，不淫害心香。命字四香，以此。

清河丁氏，潘尊賁妻也。幼有『劉三娘』之目，能詩歌。其《舟泊蕪城》云：『流離一孤舟，魂黯蕪城路。不見折瓊花。惟聞悲玉樹。』二十字中，乃使人居然悽惘。見《淮南詩城》。又山陽蕭氏亦能詩，嘗有絶句云：『花谿紅亂燕雙飛，錦水香泥春獨歸。爲憶金釵樓上夜，琵琶度月下簾幃。』

龐紉芳名蕙纕，吴江吴聞瑋名鏘婦，有《紫藤花下分賦》一詩。詩曰：『年來愁病强支離，也向花前醉酒巵。綉閣開尊同北海，金釵雅集勝南皮。錦雲夜月千層浪，紫玉春風萬縷絲。何事今宵稱絶勝，筵前道韞總能詩。』見《鼓吹新編》。陽羨陳先生曰：『紉芳曾於衍波箋上書春詞一首，詩云：「春深詩句滿經函，小字紅箋手自緘。睡起有情疑好梦，愁來無力换羅衫。繁花滿樹空教謝，芳草盈庭未忍芟。蕩子天涯歸未得，雙棲嗔殺燕呢喃。」詩絶佳，字畫亦極明秀。』

女冠龍隱，俗姓夏氏，華亭人也。常因六姊孫儷簫没於丁亥家難，爲賦一詩云：『憶昔於歸紈綺叢，郎家聲譽擅江東。肅雍自叶房中樂，散朗仍歸林下風。日暖畫樓彤管麗，春深珠箔麝蘭通。綵雲散後空憑吊，野哭荒郊恨幾重。』又《閨思》一律云：『碧天明月影遲遲，翠袖輕寒香露滋。海内風塵勞客梦，江東羅綺擅文辭。頻驚桂棹廻前渚，時整花鈿立小墀。子夜明燈猶未寢，魚箋珍玩感婚詩。』詩，句清綺豈獨君家《大哀》一賦，獨擅才子耶？又有王氏道元者，亦女冠也，陳留人。其《禪坐書懷》一律最流麗，詩云：『碧雲静鎖梵王宫，猶似明霞拱禁中。玉樹舊枝歸净業，内家新調擅宗風。三千里外腸堪折，十二年前淚暗紅。欲悟無生何處是，禪燈移照鏡台空。』清句如此，可謂女中惠休矣。王考功曰：『孔植在京師納一小姬，姓宋，貌絶婉麗。一日於几上寫「明月」二字。孔植問書此云何？姬笑不答。孔植爲予言之，余爲賦一絶云：「雙蛾學畫指初揩，偷搦紅毫小字佳。應識參軍新句好，願隨明月入君懷。」孔植持示姬，姬復爲一笑。末七字明遠句也。』又東昌蔣夫人能爲小詞，其《如梦令》一闋，頗爲人所傳誦，全録入《燃脂集》中，不記其詞矣。又云：東昌有尼名泉玉，亦有詞句。劉司李孔植名楷，爲余道之。

張氏，湖廣黄岡烏林鎮人，工詩詞。先是已字某，父忽以他故悔，將改字富商，女聞之泣曰：

『兩髩何在，遂至此乎？』引刀自剄死。衣帶中有詩云：『摇落林居風日清，黄花白露客心驚。頗聞洵美非吾士，却憶當年敢再生。隱几芳魂飛海嶼，捲簾秋色滿山城。年華轉换俱陳跡，底事猶牽世上名。』《啓正野乘》曰：『張氏類得道者，縱不以節著，亦當以才顯矣。雖然，與其爲班姬、蔡媛，曷若爲共姜、叔姬之尤愈乎？』

吴瑟瑟字數青，姑蘇人錢進士名位坤姬也。兄年十七，亦美豐姿，美音律，能爲大小李將軍畫。倩妹設色，鮮妍遠過其兄。兄嘗師朱文甫，朱畫冠當時，每稱若妹殊勝阿大也。瑟瑟畫最著者，李夫人簫史圖，孫夫人放鴿圖。錢位坤《瑟瑟小傳》曰：『壬午八月既望，瑟瑟於歸。時清露晨流，疎星夜落。若遠若近，楚楚可念也。』

王賓孃，湖廣黄岡人。七歲能誦唐詩絶句千首，十歲能屬文，十五博通經史。家人以女博士呼之。後因所天不偶，心恒侘傺，詩文諸藁，都不以示人也。賓孃，王貞定名追駿，丁丑進士女。

女道士曹素侯，姑蘇人。曾有一詩云：『梧桐一葉早驚秋，鶴梦留人塵梦收。情逐綺雲飄玉宇，心隨碧露蕩銀鈎。浪遊清院難消日，偷上層樓未敢愁。空憶舊時衣帶緩，不勝遥夜淚重流。』據此才思，或亦魚元機一流。

張一孃，婁東張太史名溥長女。太史無子，遺書數萬卷，盡歸一孃。自十三經及廿一史，無不淹貫。文擬《左》《國》，詩法漢魏，尤喜臨十三行，人以爲獻之復生。適同邑吳綿祖。陳黄門子龍《挽太史詩》曰：『若從此日論天道，應有傳經鄭小同。』後太史遺腹又生一女，言之三嘆。

王兆淑字仙琬，通州人，亦和《秋柳》詩曰：『春來眉展試羅衣，過眼繁華今又非。吴苑笙歌愁月盡，隨堤花草怨人稀。風吹荒岸流螢墮，葉落村墟黄蝶飛。片影涼光秋欲滴，賞心如梦肯相違？』『夕陽疎影使人憐，殘恨西風冷碧烟。彭澤舉盃初漉帽，秦川罷織欲縫綿。營中畫角思歸日，馬上章台憶昔年。最是悲涼成九辯，鶗鴂啁哳寂寥邊。』二詩殊濯濯有致。

跋

矛揭來荊南道中，嘗訪求先民著述。客冬從松陵楊列歐進士，得陳定生先生《山陽録》。今年春，又從沈呂黃孝廉得《其年檢討》《婦人集》二書，并夙所心慕者也。間嘗觀之《山陽録》，感懷今昔，渺若山河，所謂『人之云亡，邦國殄瘁』者非耶？洎《婦人集》，則風流葛蕩，有典午名士之習。然而故家遺俗流風，不與玉樹後庭同其消滅者，亦髣髴於是乎見。予故合二編而抄之。俾覽古之君子，知有明所以結三百年之局者，區區南部之烟花，不烈於東京之黨錮也。辛亥齊豐宿山日吴騫題。

迦陵先生《婦人集》，向頗疑其名不雅馴。後閱焦氏《經籍志·總集類》，載《婦人詩集》二卷，宋顔竣輯。乃知前輩用字之不苟如此也。楊復吉附記跋。

迦陵先生《婦人集》，《續本事詩》曾採取一二。余購之二十餘年，迄不可得，意謂天壤間無是書矣。辛亥九月，海甯吴丈槎客歸舟携示，因得睹其全豹，并如皋冒氏叔若姪纂注補遺，網重寶於深淵，合雙龍於劍水，快何如之！十月既望，震澤楊復吉識。